DARWINS FAKTOR

M.A. ROTHMAN

Übersetzt von

CARL H. TORRSON

Primordial Press

DARWINS FAKTOR

Grafik: M.S. Corley

Aus dem Amerikanischen von Carl H. Torrson

Darwins Faktor **ist M. A. Rothmans erster Roman in deutscher Übersetzung.**

ISBN-13: 978-1-0879-3307-8

INHALT

VORBEMERKUNG ZU COVID-19

Als ich 2018 den Roman *Darwins Faktor* schrieb, hätten vermutlich die meisten Menschen diese Vorstellung für Science Fiction gehalten: dass sich ein Virus über den ganzen Globus ausbreiten und großen Teilen der Menschheit gravierende Einschränkungen ihrer Freiheit aufzwingen könnte.

Als ausgebildetem Naturwissenschaftler mit langjähriger Berufspraxis war mir allerdings schon immer bewusst, dass sich derartige Dinge durchaus ereignen könnten, zumal das auch schon in der Vergangenheit mehrfach der Fall gewesen war. Allerdings sind auch wir Wissenschaftler im Laufe der Jahre ein bisschen zu selbstgefällig geworden – als hätten wir so etwas längst im Griff. Denn schließlich »wissen« wir doch, dass sich der Albtraum des »Schwarzen Todes« – die Pestepidemie, die zwischen 1347 und 1351 fast die Hälfte der Bevölkerung Europas auslöschte – in unserer heutigen, modernen Zeit nicht mehr ereignen könne.

Aber warum? Warum sollte sich so etwas nicht mehr ereignen können? Nun, ganz einfach: Die Pest wurde damals durch eine bakterielle Infektion verursacht. So etwas würden wir doch heutzutage mit unseren allzeit verfügbaren Antibiotika einfach wegwischen, nicht wahr?

Aber natürlich war die Pest nicht die einzige und letzte Pandemie der Menschheitsgeschichte. Um 1918 tötete die Spanische Grippe schätzungsweise zwischen 20 und 50 Millionen Menschen. Davor hätte uns kein Antibiotikum bewahren können. Diese Grippe wies zwei sehr fiese Eigenschaften auf: Sie verbreitete sich ausgesprochen leicht und hatte eine sehr hohe Sterblichkeitsrate. Interessant ist dabei, dass diese Grippe, die so viele Menschen das Leben kostete, durch das H1N1-Virus verursacht wurde, also durch dieselbe Virusart, die 2009 die Schweinegrippe-Pandemie auslöste. Allerdings hatte die Schweinegrippe eine sehr niedrige Todesfallrate, die sogar geringer war als die der gewöhnlichen Grippe. Nicht zuletzt deshalb hielten es viele politische Entscheidungsträger für extrem unwahrscheinlich, dass sich so etwas wie die Pandemie von 1918 jemals wieder ereignen könnte.

Bis COVID-19 zuschlug.

Die Welt brauchte nicht lange, bis ihr klar wurde, wie anders diese neue Pandemie war. Sie verbreitete sich sehr leicht. In der Anfangsphase kam es zu einer schockierend hohen Zahl von Todesfällen. Die halbe Menschheit wurde in den Lockdown gezwungen.

Ich bin mir fast sicher, dass auch Sie, wenn Sie diese Zeilen lesen, in irgendeiner Weise von den Lockdown-Maßnahmen betroffen waren. Das tut mir leid.

Deshalb möchte ich hier kurz zwei Dinge erwähnen, die hoffentlich ein wenig ermutigend wirken:

1. Wir wissen schon heute sehr viel mehr über dieses Virus, als es noch vor ein paar Monaten der Fall war. Ich denke, wir wissen inzwischen, was getan werden muss, um seine Ausbreitung unter Kontrolle zu bringen und auch die Sterblichkeitsrate zu senken.
2. Seit 1918 sind unsere Kenntnisse biologischer Vorgänge enorm gewachsen. Auch hat die heutige Genforschung großen Nutzen für die Menschheit bewirkt. Klinische Studien zu verschiedenen Impfstoffen sind angelaufen; ich bin überzeugt, dass breit einsetzbare Impfstoffe schon sehr bald zur Verfügung stehen werden. In der Folge werden wir vermutlich bald zu einer »relativ normalen« Lebensweise zurückkehren können.

Der vorliegende Roman greift das Thema der Krebsforschung und der Suche nach einer wirksamen Heilbehandlung auf, aber ich komme dabei auch auf die Frage zu sprechen, was sich im Falle einer weltweiten Pandemie ereignen würde – eine Frage, die mir damals recht gespenstisch, aber keineswegs unwahrscheinlich erschien. Denn obwohl *Darwins Faktor* ein fiktiver Roman ist, beruht die Story zum großen Teil auf realen wissenschaftlichen Erkenntnissen. Ich kann nur hoffen, dass wir, wenn wir COVID-19 erst einmal hinter uns gebracht haben, weltweit sehr viel mehr in die Wissenschaften investieren werden, um sie zu befähigen, so gut wie möglich dafür zu sorgen, dass derartige Pandemien schon bald der Vergangenheit angehören.

Mike Rothman
28. Juli 2020

[PROLOG]

ZENTREN FÜR SEUCHENKONTROLLE UND –PRÄVENTION
CDC 24/7: Leben retten, Menschen schützen™
Prognose neuer Krebserkrankungen und –todesfälle für das Jahr 2030
Bericht Nr. A15928
VERTRAULICHE ERGEBNISSE
NICHT ZUR VERÖFFENTLICHUNG FREIGEGEBEN

Für den Zeitraum 2018 bis 2030 muss mit einem Anstieg der Zahl neuer Krebserkrankungen in den Vereinigten Staaten gerechnet werden: bei Männern um ungefähr 24 Prozent oder mehr als 1 Million neue Fälle pro Jahr, bei Frauen um ungefähr 21 Prozent oder mehr als 900 000 Fälle pro Jahr.

Bei den folgenden Krebsarten ist ein besonders hoher Anstieg zu erwarten:

- Melanom beziehungsweise schwarzer Hautkrebs, vor allem bei weißen Männern und Frauen,
- Prostata-, Nieren-, Leber- und Blasenkrebs bei Männern,
- Lungen-, Brust-, Gebärmutter- und Schilddrüsenkrebs bei Frauen.

Obwohl die Rate der mit Zigarettenkonsum verbundenen Krebserkrankungen wie zum Beispiel Lungenkrebs rückläufig ist, beobachten wir einen steten Anstieg anderer Krebsfallziffern, der zum Teil der Alterung der Bevölkerung zuzuschreiben ist, aber auch andere Ursachen haben kann, darunter Fettleibigkeit sowie weitere noch nicht genauer erforschte Faktoren.

Ungefähr zwei Drittel der Erwachsenen und ein Drittel der Kinder sind derzeit als übergewichtig oder gar fettleibig einzustufen. Diese mit dem Körpergewicht zusammenhängenden Faktoren erhöhen das Risiko von Brustkrebs, Dickdarmkrebs, Speiseröhrenkrebs, Uteruskrebs, Bauchspeicheldrüsenkrebs und Nierenkrebs. Bis 2030 müssen wir daher mit einem Anstieg der Fallzahlen dieser mit dem Körpergewicht zusammenhängenden Krebsarten um weitere 30 bis 40 Prozent rechnen.

Die Zahl neuer Leberkrebserkrankungen wird voraussichtlich um mehr als 50 Prozent zunehmen, als Folge eines Anstiegs der Hepatitis-Infektionen. Mundhöhlenkarzinome bei weißen Männern werden voraussichtlich um ungefähr 30 Prozent zunehmen, was einer höheren Inzidenz des Humanen Papillomvirus (HPV) zuzuschreiben sein wird.

Andere potentielle Faktoren für den Anstieg der Krebserkrankungsraten sind, unter anderem, der ethnisch-demographische Wandel sowie umweltbezogene Bedingungen.

EMPFEHLUNG

Auf der Grundlage dieser Ergebnisse ist festzustellen, dass unsere Nation an der Schwelle einer Krebs-Epidemie steht. Es werden größere finanzielle Aufwendungen dringend erforderlich, um die Krebsforschung verstärkt auf Vorbeugung und Behandlung zu fokussieren, da andernfalls die Kosten der medikamentösen Behandlung der Krebspatienten letztlich höher sein werden als die gesamten übrigen Kosten des Gesundheitswesens.

Dr. med. Paula E. Gruyerre
Direktorin des CDC
Ministerium für Gesundheitspflege und Soziale Dienste

KAPITEL EINS

Jon LaForce stolperte auf unsicheren Füßen den steilen, steinigen Fußpfad hinunter, der ins Tikaboo-Tal führte. Für den Abstieg stärkte er sich noch einmal mit einem kräftigen Schluck aus der Flasche – billiger Rotweinfusel, den er auf dem Weg hierher in einer Tankstelle gekauft hatte. Fast sofort verspürte er die wohlige Wärme, die vom Magen durch den Hals in seine Wangen strömte.

Er war gerade gefeuert worden – schon zum zweiten Mal in diesem Monat.

Im Moment wusste er nicht so recht, was ihn hier in diese gottverlassene Gegend im Südwesten von Nevada getrieben hatte. Früher, als er noch ein Junge gewesen war, hatte er mit seinen Freunden immer wieder mal darüber geredet, sich in diese verbotene Gegend zu schleichen und die Militärflugzeuge auszuspionieren, die hier abhoben oder landeten. Sie hatten im Flüsterton über geheime Experimente spekuliert, die hier durchgeführt würden, über mysteriöse Wolken und natürlich auch über UFOs. Denn das hier war schließlich der Ort, an dem sie die Aliens gefangen hielten. Die berühmte Area 51.

Jon glaubte natürlich längst nicht mehr an diesen Scheiß und hatte ernsthafte Zweifel, ob er oder einer seiner Freunde damals tatsächlich den Mumm aufgebracht hätten, sich auf das Militärgelände zu schleichen oder sich auch nur in seine Nähe zu wagen. Und wenn er sich jetzt umblickte, musste er zugeben, dass sie nichts versäumt hatten. Meilenweit nichts als dicht gewachsenes, silbrig-graues Gestrüpp, das, wenn er sich richtig erinnerte, Wüsten-Beifuß genannt wurde.

Er gönnte sich einen weiteren kräftigen Schluck aus der Flasche, und schon verspürte er wieder das alkoholische Prickeln, während er weiter den Hang hinunter stolperte. Plötzlich brach am Fuß des Abhangs etwas aus dem Beifußgestrüpp heraus. Jon zog die Glock aus dem Holster und ging in Schießhaltung. In dieser Gegend streiften manchmal auch Rotluchse herum.

Aber es war nur ein streunender Hund. Ein Hund mit dunkelbraunem Fell, langem Schwanz, herabhängenden Ohren – ein brauner Labrador-Retriever vielleicht.

Jon steckte die Waffe wieder ein und pfiff. »Hey, Junge, was hast du hier draußen zu suchen?«

Der Hund wedelte heftig mit dem Schwanz und sprang auf Jon zu.

Jon schraubte den Verschluss auf die Flasche und streckte dem Hund die Hand hin, damit er daran schnüffeln konnte. Während der Hund seine Hand beschnupperte und die Nase an Jons Hosenbeinen rieb, bemerkte Jon eine blutige Wunde an einer der Vorderpfoten.

»Da hat dir aber jemand ein ordentliches Stück herausgebissen, alter Knabe«, stellte Jon fest.

Der Hund jaulte und blickte sich zum Gebüsch um, hinter dem er hervorgekommen war.

Jon kraulte ihm den Kopf. »Dein Fell ist hübsch und glänzt, und du siehst auch gut genährt aus.« Er schüttelte den Kopf und tätschelte den Hunderücken. »Aber was hast du hier draußen verloren? Jemand wird wahrscheinlich schon nach dir suchen. Wird wohl besser sein, wenn ich dich zu einem Hundeasyl bringe, vielleicht finden sie dort heraus, wem du gehörst. Und sie können sich auch besser um dich kümmern. Ich kann ja kaum für mich selbst sorgen.«

Im Gestrüpp raschelte es, ungefähr 40 Meter entfernt. Der Hund jaulte auf, lief ein paar Schritte auf den Hang hinauf und drehte den Kopf zu Jon um, als wollte er ihm sagen, »Kommst du jetzt oder nicht?«

Jon zog erneut die Glock und ging einen Schritt auf das Geräusch zu.

Der Labrador sprang plötzlich vor ihn und ließ ein tiefes Knurren hören.

»Pst«, sagte Jon und ging um den Hund herum.

Der Labrador jaulte noch einmal, packte Jon am Hosenbein und zerrte hart an den Jeans, um ihn wieder den Hang hinauf zu ziehen, weiter von dem Geräusch weg.

»Was zum Henker willst du denn, du Köter?« Jon riss ihm wütend das Hosenbein aus der Schnauze und kickte dem Hund in den Bauch, aber der wich geschickt aus.

Immerhin zog sich der Hund jetzt jaulend zurück, kläffte noch einmal und raste den Hang hinauf.

Unten am Abhang brachen zwei dunkle Tiere aus dem Beifußgestrüpp – zwei weitere Hunde, beide sahen dem Braunen zum Verwechseln ähnlich.

Nur in ihrem Verhalten unterschieden sie sich von ihm.

Diese beiden Hunde begrüßten Jon nicht mit freundlichem Schwanzwedeln und heraushängenden Lefzen. Vielmehr beäugten sie ihn drohend, senkten die Köpfe und schlichen mit drohendem Knurren näher heran.

Jon richtete die Pistole auf sie und rief ihnen in freundlichem Ton zu: »Hey, Jungs, sucht ihr euren Freund?«

Kaum hatte er die Waffe auf die Hunde gerichtet, als sie auch schon auseinander stoben, einer nach rechts, der andere nach links.

Jons Puls ging schneller, sein Herz begann zu hämmern. Er zielte auf den rechten Hund. Sofort suchte der Köter hinter einem Felsbrocken Deckung.

Man konnte fast glauben, das Tier wüsste, dass die Pistole gefährlich war.

Schräg von links hörte Jon Krallen über die Steine kratzen. Er wirbelte herum und feuerte einen Warnschuss ab.

Aber der Hund rückte näher, jetzt allerdings in einem unbeständigen Zickzack, so dass es Jon schwer fiel, auf ihn zu zielen.

Ein Schauder lief Jon über den Rücken.

Seine Waffenhand zitterte, als er auf den näher kommenden Hund zielte. Einen kurzen Augenblick schoss ihm die Erinnerung an seine Zeit als Artillerist in Afghanistan durch den Kopf. Damals hatte er auf Feinde geschossen, die er kaum sehen konnte. Jetzt jedoch stand er zum ersten Mal im Leben in Spuckdistanz von seinem Ziel entfernt, als er auf den Abzug drückte.

Der Hund hatte gerade zum Sprung angesetzt, als die Kugel ihn in die

Schulter traf. Mit lautem Jaulen fiel er zu Boden.

Doch fast im selben Augenblick prallte ein 50 Kilo schwerer Hundeleib in seinen Rücken. Der zweite Köter warf Jon um. Der starke Hundekiefer schloss sich wie ein Schraubstock um das Gelenk seiner Schusshand.

Jon versuchte, gegen das wütend knurrende Tier anzukämpfen. Er schrie auf – doch plötzlich blieb der Schrei in seiner Kehle stecken. Der Hund, den er angeschossen hatte, griff nun ebenfalls wieder an und verbiss sich in Jons Hals.

Jon fiel wieder auf den Boden zurück. Die unglaublich starken Kiefer des Tieres zerbissen ihm die Luftröhre. Er rang nach Luft, während sein Blick verschwamm.

Inzwischen raste sein Herz vor Angst und Entsetzen. Er betete, »Mein Gott, ich wollte doch noch so viel…«

Dann wurde alles schwarz.

Hans Reinhardt stand auf dem Kamm des felsigen Hügels und atmete widerwillig den beißenden Brandgestank ein. Ein halbes Dutzend Männer in Overalls schwärmten über den Hügel und entfachten mit ihren Flammenwerfern ein wahres Höllenfeuer. Überall im lodernden Beifußgestrüpp knackten Steine und Felsbrocken in der glühenden Hitze.

Die Operation war gut gelaufen – bisher. Aber jetzt hatte sie sich plötzlich in Scheiße verwandelt. In eine totale Katastrophe. Trotz aller Zusicherungen seiner Bosse beim Bundesnachrichtendienst, ganz zu schweigen von seinen amerikanischen Verbindungsagenten in der CIA-Zentrale in Langley, war Hans inzwischen klar geworden, dass es höchste Zeit war, alles noch einmal auf »Anfang« zu stellen. Er musste die Operation auslagern, an einen unzugänglichen, viel weiter abgelegenen Ort. Einen Ort, an dem die Gefahr eines »Zwischenfalls« geringer war.

Der Kommandant der Basis, ein Colonel der Air Force, kam herbei und blieb neben ihm stehen. »Er hieß Jonathan LaForce und war ein Marine, ein Artillerist. Vor zehn Jahren kam er aus Afghanistan zurück und wurde mit allen Ehren entlassen.«

»Was zum Teufel hatte er hier zu suchen? Ich dachte, die Basis sei völlig sicher?«

Der Basiskommandant trat nervös von einem Fuß auf den anderen. »Das ist sie auch. Völlig sicher. Aber beim Hundezwinger haben wir die Sache unterschätzt. Der Zwinger war ausbruchsicher, aber für diese Tiere nicht ausbruchsicher genug. Ich habe die Videoaufzeichnungen noch einmal selbst überprüft. So unglaublich es klingt, aber anscheinend hat eines der Versuchstiere herausgefunden, wie sich der Riegel des Käfigs öffnen ließ. Und als er erst einmal aus dem Käfig war, machten es ihm die anderen nach. Bis der Ausbruch bemerkt wurde, hatten sich schon sechs Tiere unter dem äußeren Sicherheitszaun hindurch gegraben.«

Hans kickte einen Stein über die Felskante und knirschte voller Frustration mit den Zähnen. »Ein toter Marine ist das Letzte, was wir jetzt brauchen. Was meinen Sie, wird der Tote für uns ein Problem, vielleicht sogar ein *großes* Problem?«

Der Colonel zuckte verlegen die Schultern. »Die gute Nachricht ist, dass er zu den krankhaften Nörglern gehörte. Unbeliebt, ein Säufer, keine Angehörigen, und anscheinend hatte er gerade auch seinen Job verloren. Er streunte nur einfach durch die Gegend, wahrscheinlich wird niemand nach ihm suchen, jedenfalls nicht in nächster Zeit. Wir kümmern uns um die Leiche.«

»Und was ist mit den Versuchstieren? Wurden sie schon alle aufgespürt und, hm, ausgemustert?«

»Allen waren die passiven Transponder eingepflanzt worden. Durch die Signale konnten wir fünf Tiere aufspüren. Sie wurden eingefangen und beseitigt.« Der Colonel atmete tief ein. »Leider konnten wir das sechste Tier bisher noch nicht lokalisieren. Ich habe ein paar Drohnen losgeschickt. Sie sind so programmiert, dass sie das gesamte Terrain nach einem festgelegten Raster nach den Signalen absuchen, die sein Transponder absetzt. Wir werden es finden.«

Hans fragte sich, wie ein derart inkompetenter Esel Kommandant einer Luftwaffenbasis werden konnte, die doch angeblich eine Hochsicherheitseinrichtung war. »Wir haben keine Zeit für eine längere Suche, Colonel. Es darf nicht sein, dass eines unserer Versuchstiere frei herumstreunt und womöglich irgendwelche Zivilisten attackiert.«

»Wir werden den Hund bestimmt bald orten und ihn...«

»Das ist kein verdammter Hund, Sie Idiot!«, blaffte Hans den Colonel an. »Wir haben es hier mit einem speziell gezüchteten Albtraum zu tun! Mit einer Kampfmaschine! Dieses Tier verfügt über genug Kraft und

Intelligenz, um ganz von selbst aus Ihrem so genannten ›Hochsicherheitszwinger‹« – sarkastisch malte er Anführungszeichen in die Luft – »ausbrechen und einen bewaffneten Ex-Marine ausschalten zu können, der ihm in die Quere kam!«

Der Colonel kniff wütend die Augen zusammen und knirschte mit den Zähnen, so dass seine Wangenknochen hervortraten, sagte aber nichts.

»Hören Sie«, fuhr Hans ein wenig ruhiger fort, »wenn diese Sache bekannt wird, werden Köpfe rollen – meiner und Ihrer. Wir dürfen keinesfalls riskieren, dass die Öffentlichkeit von unserem Versuchsprogramm erfährt. Und seien wir doch mal ehrlich: Ihre Regierung hat ja bereits bewiesen, dass sie nicht fähig ist, gewisse Dinge unter dem Deckel zu halten, denken Sie nur an Wikileaks.«

»Mr. Reinhardt«, sagte der Colonel mit mühsam unterdrückter Wut, »eins dürfen Sie mir glauben: Ich weiß sehr genau, was auf dem Spiel steht. Daran brauchen Sie mich wirklich nicht zu erinnern. Das hier ist nicht nur eine der üblichen Verdeckten Operationen, sondern eine ›Schwarze Operation‹, und das wird sie auch bleiben. Ich werde persönlich die Säuberung überwachen.« Der Colonel deutete auf einen Abhang in der Nähe. »Dort drüben haben wir Blutspuren gefunden. Wir glauben, dass sie von dem vermissten Tier stammen. Es ist verletzt, und das wird seine Fähigkeit einschränken, uns zu entkommen. Auf dem Boden haben wir die Männer der Wachgesellschaft, in der Luft haben wir unsere Drohnen – das Tier hat keine Chance. Wir werden es finden.«

Hans starrte ihn durchdringend an. »Das will ich Ihnen auch geraten haben.«

Frank O'Reilly schüttete ein paar Handvoll Splitt in das Zaunpfostenloch, das er gerade ausgehoben hatte. Er warf Johnny, einem Landarbeiter, den er vor kurzem angeheuert hatte, einen Blick über die Schulter zu.

»Vergiss nie, mindestens zehn Zentimeter Splitt oder Kies in das Loch zu schütten und es gut zu verdichten, so wie ich es dir zeige.« Frank rammte den Splitt mit einem großen Holzpfahl fest in das Loch. »Der Splitt verhindert, dass sich das Regenwasser unter dem Holzpfosten staut. Die Zaunpfosten müssen gut und fest in der Erde sitzen. Und sie brauchen auch guten Halt, weil sich das Vieh gern daran reibt. Hast du das kapiert?«

»Klar, hab ich, Mr. O'Reilly. Und die Pfosten müssen immer im Abstand von zwei Meter fünfzig stehen, weil auch die Zaunbohlen so lang sind?«

»Stimmt genau. Pass auf, dass die Pfosten genau senkrecht stehen und immer im selben Abstand.«

Frank reichte Johnny den Erdbohrer. Unwillkürlich musste er grinsen. Der neue Farmarbeiter war grade erst 18 geworden und Frank musste unwillkürlich an Kathy denken, als sie in diesem Alter gewesen war. Johnny war genauso lebhaft und energiegeladen wie Kathy damals. Frank dachte an die Zeit zurück, als sie von der Highschool abgegangen und begierig gewesen war, die große weite Welt dort draußen kennen zu lernen.

Er klopfte Johnny auf die Schulter. »Schaffst du das, Johnny?«

»Klar, Sir, kein Problem. Nehmen Sie's mir nicht übel, dass ich frage, aber warum brauchen Sie jetzt plötzlich noch einen Helfer? Sie haben doch schon genug Farmarbeiter? Gehen Sie in Rente oder was?«

Frank lachte und schüttelte den Kopf. »Johnny, ich bin zwar schon 53, aber ich hab immer noch ein bisschen Leben in mir. Mach deine Arbeit und denke immer dran, was ich dir gesagt habe – dass man jeden Job so gut und sauber wie möglich erledigen muss. Ich werde deine Arbeit genau überprüfen, also lass dir bloß keine faulen Tricks einfallen, verstanden?«

»Bestimmt nicht, Sir. Machen Sie sich deswegen keinen Kopf.« Johnny schulterte den Lochbohrer und ging zum nächsten gekennzeichneten Punkt.

Als Frank sich umdrehte, wäre er beinahe über einen Hund gestolpert, der direkt hinter ihm auf den Hacken saß und zu ihm aufblickte.

»Verdammt, wo kommst denn du her?«

Der braune Labrador saß einfach nur da und ließ die Zunge heraushängen. Ein schönes Tier. Glänzendes Fell, sehr muskulöser Körper und offenbar gut genährt. Ganz sicher kein Streuner.

Frank streckte die Hand aus. »Na, bist du ein guter Hund?«

Der Hund stand auf und wedelte heftig mit dem Schwanz. Er schnupperte an Franks Hand, dann senkte er die Schnauze und schnüffelte an seinen Schuhen und am Saum seiner Jeanshose. Schließlich setzte er sich wieder auf die Hacken, leckte sich die Schnauze und jaulte leise. Mit hellen braunen Augen schaute er zu Frank auf, schaute wieder auf seine Hosenbeine, dann wieder in Franks Gesicht. Und jaulte noch einmal.

Frank legte den Kopf ein wenig schief; er hatte keine Ahnung, was der Hund ihm sagen wollte. Dann kam ihm plötzlich die Erleuchtung und er lachte. »Ah! Jetzt weiß ich, warum du dich so für mich interessierst.« Er zog ein gefaltetes Stück Beef Jerky, das seine Frau gedörrt hatte, aus der Hosentasche und warf es dem Hund hin.

Der Hund schnappte den Trockenfleischstreifen aus der Luft und kaute zufrieden darauf herum.

»Na, ich muss jetzt nach Hause, Kleiner. Ich kriege sonst was zu hören, wenn ich nicht rechtzeitig zum Abendessen zu Hause bin.«

Zu Fuß ging er die rund 800 Meter zu seinem bescheidenen weißen Bauernhaus zurück, das er vor fast 30 Jahren gebaut hatte. Unterwegs hörte er das leise Tappen von Pfoten hinter sich. *Na, das hast du jetzt davon,* dachte er. *Hättest doch wissen müssen, dass man einen fremden Köter nicht füttern sollte!* Frank ignorierte das Tier und stieg die Treppe zur Haustür hinauf.

Der Duft von Rinderbraten lag in der Luft.

Megan öffnete ihm die Tür. »Gut, dass du kommst! Das Essen ist fast fertig. Geh dich waschen.«

Er küsste sie flüchtig auf den Mund. »Riecht gut.«

Sie blickte verwundert an ihm vorbei. »Hast du einen neuen Freund?«

Der Labrador saß aufmerksam vor der untersten Stufe und blickte hoffnungsvoll zu ihnen hinauf.

Frank schüttelte den Kopf. »Ich hab einen Fehler gemacht – habe ihm ein Stück Trockenfleisch zugeworfen.«

Megan schob ihr schulterlanges kastanienbraunes Haar hinter die Ohren, bückte sich und klopfte leicht auf die Holzplanken des Podests vor der Haustür. »Hallo, Junge, hat dir das Fleisch geschmeckt?«

Der Hund sprang mit zwei Sätzen die Treppe hinauf und legte sich vor sie hin, wobei er sich auf den Rücken drehte und eifrig mit dem langen Schwanz über die Holzplanken fegte.

Megan kicherte und kraulte ihm den Bauch. »Du bist ja ein guter Junge.« Sie blickte mit dem verlegenen Lächeln, das Frank so gut kannte, zu ihm auf. »Was meinst du, gehört er jemandem?«

»Keine Ahnung. Er kam nur einfach zu mir. Scheint kein Streuner zu sein, so gepflegt, wie er aussieht, aber er trägt kein Halsband und keine Marke.« Frank zögerte. »Ich dachte, nachdem Daisy gestorben war, dass du dir geschworen hast, nie mehr…«

»Ach du armes Ding!«, rief Megan aus, als sie die Wunde am rechten Vorderbein entdeckte. »Sieht so aus, als sei er in einen Kampf geraten oder so.«

Der Hund winselte leise, als sie die Wunde näher untersuchte.

»Ist nicht schlimm. Lass ihn laufen«, sagte Frank.

»Kommt nicht in Frage.« Megan stand auf und wischte sich die Hände an der Schürze ab. »Wir bringen ihn zum Tierarzt. Der soll sich das mal anschauen.«

Frank fluchte in sich hinein. Er ahnte bereits, wie die Sache ausgehen würde: Der Tierarzt würde ihm eine hübsche Rechnung präsentieren. »Aber der Köter gehört uns doch gar nicht!«, protestierte er.

Megan drehte sich zu ihm um und bedachte ihn mit einem Blick, der ihm unmissverständlich klar machte, dass sie darüber nicht mehr diskutieren wolle. »Der Tierarzt kann dann gleich noch nach einem dieser Chips suchen, die sie heutzutage den Hunden einpflanzen.«

Megan war knapp über 1,50 Meter groß und hatte eine feenhafte Figur, aber wenn sie erst einmal einen Beschluss gefasst hatte, war sie durch nichts davon abzubringen. Nach 30 Jahren Ehe hatte Frank das längst begriffen.

Ergeben hob er beide Hände. »Und was ist mit dem Abendessen?«

»Das schmeckt dir auch in einer Stunde noch gut.« Megan ging ins Haus zurück und winkte dem Hund, ihr zu folgen, was er auch sofort tat. »Ich glaube, wir haben noch Daisys Wassernapf. Er ist bestimmt durstig. Du kannst inzwischen den Tierarzt anrufen und ihm sagen, dass wir unterwegs sind.«

Eine Sprechstundenhilfe mit langem rotbraunem Pferdeschwanz öffnete die Tür des Wartezimmers und rief: »O'Reilly?«

Frank hob die Hand. »Das sind wir.«

Ihr Blick wanderte zu dem braunen Labrador, der zwischen Megans und Franks Füßen lag. »Und wie heißt du, Süßer?«

»Er hat noch keinen…«

»Jasper«, verkündete Megan, als hätte sie selbst den Hund auf den Namen getauft.

Frank stöhnte innerlich. Er konnte nur hoffen, dass sie den Hund nicht schon ins Herz geschlossen hatte. Dieses Tier gehörte sicherlich jemandem. Ein Streuner würde ganz bestimmt nicht so gesund und gut genährt aussehen.

»Na, dann wollen wir dich mal wiegen und untersuchen.«

Megan stand auf und »Jasper« tat es ihr sofort nach. Gehorsam trottete er hinter ihr her ins Untersuchungszimmer. Frank schüttelte den Kopf und folgte ihnen resigniert.

Die Sprechstundenhilfe – »Sherri« war auf ihrem Schlupfkasack aufgestickt – blieb neben einer großen Metallwaage stehen. »Mal sehen, ob wir Jasper überreden können, auf die Waage zu steigen.«

Aber bevor Megan den Hund auch nur dazu auffordern konnte, stieg Jasper auf die Waage.

»Ha! Was für ein braver Junge«, staunte Sherri. »Wow – 57,6 Kilo. Das hätte ich nicht gedacht.« Sie trug Jaspers Gewicht auf einem Formular ein und schob es in seine Patientenfaltkarte.

»Haben Sie einen Chip-Scanner?«, erkundigte sich Frank, wobei er Megans wütenden Blick ignorierte. »Jasper ist uns nämlich erst heute zugelaufen und hat weder ein Halsband noch eine Hundemarke. Vielleicht sucht jemand in unserer Gegend einen weggelaufenen Labrador. Wir wollen alles richtig machen und möchten deshalb wissen, ob ihm ein Chip eingepflanzt wurde oder nicht.«

»Ach so, ja, natürlich. Bin gleich wieder da.« Sherri verschwand in einem anderen Raum, während Megan liebevoll Jaspers Kopf tätschelte. Kurz darauf kehrte Sherri mit einem Stab zurück, an dessen Ende eine kleine Schleife angebracht war.

Sie fuhr mit dem Gerät über Jaspers Rücken. »Hmm. Die meisten Tierärzte implantieren den Chip zwischen den Schulterblättern, aber hier finde ich nichts. Schauen wir mal, ob du den Chip woanders hast, Jasper.« Sie setzte die Suche fort, aber als sich das Gerät der Wunde näherte, jaulte Jasper leise auf.

»Alles okay, Jasper«, beruhigte ihn Megan. »Sie tut dir nichts.«

Über der verkrusteten Wunde am Bein hielt Sherri inne. »Armer Kleiner, das tut dir bestimmt weh. Dr. Dew wird dich heilen.« Nachdem sie Jasper gründlich gescannt hatte, schüttelte sie den Kopf. »Nein, kein Chip.«

Frank musste seine Frau gar nicht anschauen, er wusste auch so, dass sie erleichtert lächelte. Er selbst war keineswegs erleichtert. Er seufzte, als ihm klar wurde, dass Megan gerade einen zugelaufenen Hund adoptiert hatte. »Na gut«, seufzte er, »in diesem Fall sollten wir nicht nur Jaspers Wunde versorgen lassen, sondern ihn auch gleich gründlich untersuchen. Ich will nicht, dass er irgendwelche Krankheiten in unsere Farm einschleppt.«

»Okay. Dr. Dew wird sich gleich um Jasper kümmern. Die Wunde an der rechten Vorderpfote ist ziemlich tief, es kann sein, dass wir das Bein röntgen müssen. Und für die Behandlung wird er vielleicht eine Betäubung brauchen. Alles zusammen wird mindestens vierhundert Dollar kosten«, sagte Sherri und schaute Frank und Megan fragend an.

»Ja, machen Sie das«, sagte Megan schnell. »Wenn der Arzt sagt, dass das nötig ist, dann zahlen wir das.«

Frank seufzte noch einmal und küsste Megan auf das Haar. Bei solchen Dingen duldete Mrs. O'Reilly keinen Widerspruch.

Frank und Megan saßen fast eine Stunde lang im Wartezimmer, wobei Megan kaum still sitzen konnte. Als der Tierarzt schließlich hereinkam – ohne Jasper –, griff Megan nach Franks Hand und drückte sie fest.

Der Tierarzt war ein riesiger Mann mit der Figur eines Bodybuilders, aber seine Stimme war überraschend sanft, fast weiblich. Er lächelte die O'Reillys freundlich an. »Jasper wacht in ungefähr zwanzig Minuten wieder auf, aber es ist alles in Ordnung. Anscheinend ist er in einen Kampf verwickelt worden und die Wunde hat sich entzündet. Wir haben das Bein geröntgt, glücklicherweise hat er sich nichts gebrochen. Aber auf dem Röntgenbild habe ich noch etwas anderes gefunden – ohne Röntgen hätte ich es nicht entdeckt.«

Er zog einen durchsichtigen Plastikbeutel aus dem Arztkittel und gab ihn Frank. In dem Beutel befand sich ein etwa zehn Zentimeter langes, dünnes Drahtstück. Der Arzt legte den Beutel auf seinen weißen Kittelärmel, so dass sie den Draht besser sehen konnten. »Der Draht steckte zwischen Haut und Muskeln, direkt oberhalb der Wunde. Ich habe keine Ahnung, wie er dort hinein geraten sein konnte, aber heraus kam er jedenfalls ohne Probleme.«

»Aber sonst… geht es Jasper gut?«, fragte Megan besorgt.

Lächelnd sagte der Arzt: »Er wird noch ein paar Tage lang ein wenig hinken, aber sonst ist alles in Ordnung. Wir haben die Wunde vernäht. Ich verschreibe ein Antibiotikum, das er zweimal täglich einnehmen muss, und gebe Ihnen auch eine Salbe mit, die Sie jeden Tag auf die Wunde auftragen sollten.«

Aus dem Untersuchungszimmer war plötzlich lautes Gebell zu hören, kurz darauf flog die Tür auf und Jasper kam in das Wartezimmer gesprungen. Sein Vorderbein war dick mit Mullbinden umwickelt und er konnte nicht voll auf das Bein auftreten. Trotzdem raste er sofort zu Megan hinüber und tobte voller Begeisterung um sie herum, als hätte er nicht damit gerechnet, sie jemals wiederzusehen.

Sherri kam hinterher gerannt. »Tut mir leid, Dr. Dew, aber Jasper ist viel früher aufgewacht, als wir angenommen hatten, und fing sofort an, wie wild an der Tür zu kratzen. Ich wollte nicht, dass die Nähte wieder aufplatzen. Scheint so, dass er unbedingt wieder zu seiner Mummy wollte.«

Stolz lächelnd kraulte Megan Jaspers Kopf. Frank verdrehte die Augen. Kein Zweifel, diese beiden hatten sich gefunden.

»Na, wir wollen natürlich nicht, dass Jasper unsere Türen aufbricht«, sagte Dr. Dew lachend. »Ich glaube nicht, dass ich jemals einen so schweren gesunden Labrador gesehen habe, nicht mal annähend. Das ist seltsam, denn seinem Aussehen nach hätte ich ihn höchstens auf 36 oder 37 Kilo geschätzt, aber er scheint eine unglaublich dichte Muskulatur zu haben. Und nach seinem Gebiss zu urteilen, ist er noch jung. Kann gut sein, dass er noch ein wenig wächst.«

Frank stöhnte. »Ich werde schon müde, wenn ich nur daran denke, wieviel ich arbeiten muss, um diesen Burschen durchzufüttern.«

Jasper lief zu einem der Stühle, unter dem eine Hundedecke lag, schleppte sie zu Frank hinüber und legte sie ihm auf den Schoß.

Megan lachte. »Wow! Er hat gehört, dass du müde bist, und bringt dir eine Schlafdecke.«

Dr. Dew tätschelte Jaspers Kopf. »Du scheinst ein wirklich cleverer Bursche zu sein.«

Jasper setzte sich aufrecht und bellte zustimmend.

Frank wurde das mulmige Gefühl nicht los, dass mit diesem Hund irgendetwas nicht stimmte. Aber als er sah, wie liebevoll Megan das fremde Tier bemutterte, wurde ihm klar, dass seine Bedenken von jetzt an keine Rolle mehr spielen würden.

KAPITEL ZWEI

»Juan, ich will nicht, dass mein Bruder meine Rechnungen für mich bezahlt. Ich suche mir einen Teilzeitjob, damit ich auch etwas verdiene und du dich nicht totarbeiten musst.«

Juan Gutierrez holte tief Luft und flehte innerlich um Geduld, während er das Handy an das Ohr drückte. Kaum hatte Miguel sein erstes Studienjahr am renommierten Georgia Institute of Technology begonnen, faselte er bereits davon, einen Nebenjob zu suchen? Juan blickte sich in seinem Forschungslabor um. Er verdiente hier zwar nicht besonders viel, aber doch genug, um auch seinen Bruder auf die Hochschule schicken zu können. Wenn auch nur knapp.

»Ich hab dir doch gesagt, dass ich das eingeplant habe. Ich will, dass du dich auf dein Studium konzentrierst und auf nichts anderes. Außerdem ist von Mums Lebensversicherung gerade noch genug übrig, um deine Ausgaben abzudecken.«

»Bist du sicher?«

»Natürlich bin ich sicher«, log Juan.

Die Wahrheit sah allerdings anders aus. Das Geld von der Lebensversicherung war schon seit Jahren aufgebraucht. Aber das durfte Miguel nicht erfahren, denn dann würde der Junge wahrscheinlich sofort das Studium hinschmeißen. Juan hasste es, seinen jüngeren Bruder anlügen zu müssen, aber wenn es nötig war, damit er sich auf sein Studium konzentrierte …

»Trotzdem«, sagte Miguel beharrlich, *»kann ich nebenher noch einen Teilzeitjob bewältigen. Das ist keine große Sache.«*

Juan holte noch einmal tief Luft und versuchte so ruhig wie möglich, seinem Bruder die Idee auszureden. »Du kannst es mir ruhig glauben, Miguel: Mit dem Studium hast du mehr als genug zu tun, statt dir ständig Stress zu machen, weil du den nächsten Bus zu irgendeinem bescheuerten und unterbezahlten Job erwischen musst. Und du weißt so gut wie ich, dass es Mums größter Wunsch war, dass du dein Studium abschließt. Du überlässt die monatlichen Studiengebühren mir und kümmerst dich nur um deine Noten. Du hilfst mir mehr, wenn du dafür sorgst, dass dein Stipendium weiterläuft.«

Miguel hatte ein Teilstipendium bekommen, das von seinem Studienerfolg abhing. Ohne das Stipendium würde Juan vermutlich nicht wissen, wie er für die Studiengebühren und die Unterhaltskosten seines Bruders aufkommen konnte.

Miguel seufzte. *»Na gut, okay. Ich werde mir größte Mühe geben. Danke dir, Juan.«*

Im Hintergrund war eine Stimme zu hören: *»Hey, Miguel, Lust auf eine Runde am Korb?«*

»Wir telefonieren später nochmal, Juan, okay? Bester Bruder weltweit.«

Juan lachte. »Ja, du auch, Kleiner.«

Gerade als Juan auflegte, piepte der Kartenleser am Laboreingang. Ein grauhaariger Sicherheitsmann kam herein und blickte sich aufmerksam um. Sein Blick blieb an Juan hängen. Mit misstrauischem Blick fragte er: »Was haben Sie hier zu suchen?«

Der Mann starrte ihn so misstrauisch an, dass Juan Wut in sich aufsteigen fühlte. Dieser angeheuerte Ersatzwächter schien zu erwarten, dass Juan die Papierkörbe leerte, statt an seinem Labortisch zu sitzen.

»Wie bitte?«, blaffte ihn Juan verärgert an. »Zufällig arbeite ich hier!«

Der Sicherheitswärter runzelte die Stirn. »Und wo ist Ihr Mitarbeiterausweis, Sir?«

Juan drehte sich auf seinem Laborstuhl um und löste die Ausweiskarte von seinem Labormantel, den er über die Stuhllehne gehängt hatte. Wortlos hielt er das Band in die Höhe, an dem der Ausweis hing.

Der Wärter nickte. »Danke, Sir. Ich drehe nur meine Runden.« Er wandte sich um und verließ das Labor.

Juan runzelte die Stirn. Natürlich war ihm klar, dass der Mann nur seinen Job machte, aber er fragte sich trotzdem, ob der Wärter genauso brüsk gewesen wäre, wenn Juans Gesichtsfarbe nicht braun, sondern weiß gewesen wäre.

Schon vor Jahren hatte Juan begriffen, wieviel Glück er gehabt hatte, obwohl er ein Latino war. Es war ihm nicht nur gelungen, den so genannten »Projects« in East Los Angeles zu entkommen, dem berüchtigten Sozialwohnungsprojekt für einkommensschwache, größtenteils nichtweiße Familien, in dem eine sehr hohe Kriminalitätsrate herrschte, was allein schon eine Ausnahmeleistung gewesen war, sondern sowohl das College als auch das Medizinstudium erfolgreich abzuschließen. Und hier war er nun und arbeitete als Krebsforscher in einem der größten Pharmaunternehmen der Welt.

Er warf einen Blick auf das Foto seiner Mutter, das auf seinem Arbeitstisch stand. Sie war noch sehr jung gewesen, als sie mit ihm schwanger wurde, und hatte daher nie eine Gelegenheit bekommen, einen guten Beruf zu ergreifen. Stattdessen hatte sie beschlossen, für Juan die beste Mutter zu sein, die er sich hätte wünschen können. Sie war es, die ihm den Gedanken einpflanzte, dass Bildung der einzige Weg sei, der aus den *Projects* führte.

Ein dumpfer Schmerz kroch über Juans Nacken hoch – die ersten Anzeichen von Kopfweh.

Juans Leben war nicht leicht gewesen – und es wurde noch härter, nachdem sein Vater gestorben war. Juan war gerade erst 13 Jahre alt und seine Mutter war mit Miguel schwanger gewesen, als Dad eines Tages mitten im Wohnzimmer zusammenbrach. Er hatte schon eine Weile an einer Krankheit gelitten, die alle nur für eine besonders hartnäckige Grippe gehalten hatten.

Aber an dieser »Grippe« war Juans Dad gestorben, gerade erst 31 Jahre alt.

Juan konnte sich noch deutlich an den Gestank der Autoabgase in den verstopften Straßen erinnern, als er mit seiner Mutter der Ambulanz zum Krankenhaus folgte. Sie hatte mit einer Hand den Wagen gelenkt, während sie ihm mit der anderen beruhigend auf das Bein klopfte. »Mach dir keine Sorgen, *mijo*, es kommt alles wieder in Ordnung.«

Aber nichts kam wieder in Ordnung.

Dad erlangte nicht mehr das Bewusstsein.

An einem Sonntagabend vor fast 18 Jahren hörte Juan zum ersten Mal das Wort »Krebs«.

Und er hörte das Beben in ihrer Stimme, als sie immer wieder flüsternd zu Gott betete. Juan war längst nicht mehr sicher, ob es diesen Gott überhaupt gab.

Nach dem Tod seines Vaters begann Juan um sich zu schlagen. In der Schule legte er sich mit sämtlichen Lehrern an, stürzte sich in sinnlose Kämpfe mit anderen Schülern, ließ seinen ohnmächtigen Zorn an seiner ganzen Umgebung aus. Und er war wütend auf seinen Vater, weil er nicht schon früher zum Arzt gegangen war.

Er war ein Teenager, der einen Elternteil verloren hatte. Und er war einfach… wütend.

Wenn ihn seine Mutter nicht mit starker Hand geführt hätte, wäre sein Leben sicherlich in ganz anderen, schlechteren Bahnen verlaufen. Und tatsächlich wäre es beinahe so gekommen. Aber seine Mutter war unerschütterlich, mutig bewahrte sie ihn vor den Gangs und Gefahren der Straße.

Sie war seine Rettung gewesen. Doch auch sie war von ihm gegangen.

Er spürte die Leere tief im Innern, schloss die Augen und überließ sich den schmerzlichen Erinnerungen.

»Ay, ay, ay, mijo… el dolor…«, stöhnte Mum auf Spanisch, wenn die Schmerzen in ihrem Körper besonders heftig wüteten.

Tränen trübten Juans Blick, während er an ihrer Seite wachte. Er wusste, dass sie nicht mehr lange zu leben hatte. Trotz der starken Kampferdünste, die aus ihrem Inhaliergerät aufstiegen, konnte sie nur noch flach und mühsam atmen. Sie weigerte sich beharrlich, in ein Hospiz zu gehen, denn sie wollte lieber bis zum Ende zu Hause bleiben.

Plötzlich atmete sie tief und mit schmerzverzerrtem Gesicht ein, packte mit beiden Händen Juans Hand und drückte sie.

Dann lockerte sich ihr Griff. Ihr Gesicht entspannte sich. Sie schloss die Augen.

Eine Träne rann ihr über die eingefallene Wange. »Tut mir leid, mijo… ich kann nicht mehr dagegen kämpfen…«

»Ich kann nicht mehr dagegen kämpfen«, flüsterte Juan die letzten Worte seiner Mutter vor sich hin. Selbst jetzt, acht Jahre danach, konnte er diese Worte nicht vergessen.

Krebs. Die unheimliche, unerbittliche Krankheit hatte ihm beide Eltern genommen, und ihr qualvolles Sterben hatte ihn zu dem Menschen gemacht, der er heute war. Der Tod seines Vaters hatte Juan einen unaufhaltsamen Antrieb gegeben, und der Tod seiner Mutter hatte ihm das Verlangen eingepflanzt, anderen Menschen zu helfen, die unter dieser grauenvollen Krankheit litten.

Juan war von einem einzigen Ziel besessen.

Eine Heilung für Krebs zu finden.

Juan blickte zur Laboruhr hinauf und stöhnte. Schon vor Stunden hätte er zu Hause sein sollen, das hatte er Lisa versprochen. Er ließ den Blick über den Labortisch gleiten, der mit Notizen und Ausdrucken übersät war, und weiter zu den Computermonitoren, schüttelte den Kopf und verkündete laut, obwohl keine Zuhörer im Raum waren: »Okay, machen wir Schluss für heute.«

Aber gerade als er seinen Laptop herunterfahren wollte, ertönte der typische Klingelton, der eine neue Nachricht von der Personalabteilung in der AgriMed-Zentrale ankündigte.

An die Mitarbeiterinnen und Mitarbeiter in Nordamerika:

Wie vielen von Ihnen bekannt sein dürfte, ist auch die pharmazeutische Industrie von der Wirtschaftskrise betroffen, die seit Monaten unser Land im Griff hält. Bisher konnten wir solche wirtschaftlichen Abschwungphasen durchstehen, indem wir verstärkt Investitionen in Forschung und Entwicklung tätigten, so dass wir, wenn die Wirtschaftskrisen überwunden waren, stärker und solider dastanden als zuvor.

Leider zeigen unsere Prognosen, dass die Wirtschaftsflaute nun auch auf Europa und Asien übergreift und somit auch die internationalen Absatzmärkte unserer Produkte beeinträchtigt. Aus diesem Grunde hat sich die Unternehmensleitung entschlossen, sämtliche Investitionen und Projekte auf den Prüfstand zu stellen. Es wird deshalb eine umfassende

Überprüfung durchgeführt, in deren Ergebnis wir einige Projekte entweder für eine begrenzte Zeit aussetzen oder völlig einstellen müssen. In diesen Fällen werden sich betriebsbedingte Kündigungen nicht vermeiden lassen.

Alle Mitarbeiterinnen und Mitarbeiter werden in den nächsten Tagen zu Vier-Augen-Gesprächen mit ihren unmittelbaren Vorgesetzten eingeladen, unabhängig davon, ob sie von möglichen Veränderungen betroffen sind oder nicht.

Weitere Einzelheiten zu möglichen Abfindungen werden in der kommenden Woche bekannt gegeben.

Juan las die Mail ein zweites Mal durch, ließ den Blick noch einmal über das Chaos der Notizen und ausgedruckten Teilergebnisse gleiten, das auf seinem Labortisch herrschte, und stöhnte erneut auf.

Ihm fiel auf, dass die Unternehmensleitung nicht erwähnt hatte, wie viele Beschäftigte »betroffen« sein würden. Er konnte nur hoffen, dass er nicht dazu gehörte – der Krebsforschung wurde von AgriMed doch sicherlich Priorität beigemessen, oder nicht? Trotzdem spürte er, wie sich die Angst um seine Brust zusammenzog.

Wenn sie tatsächlich planten, die Krebsforschung zurückzufahren, würde auch sein Kopf rollen. Denn die bittere Wahrheit war, dass er bisher noch keinen Durchbruch erzielt hatte, während andere Forscher, die in anderen Bereichen forschten, immer wieder neue Verfahren entwickelt und über ihre Ergebnisse und Erfolge in den angesehensten Fachzeitschriften breit publiziert hatten, oder sogar schon große klinische Studien durchführten.

Er stöhnte noch einmal. »Das war's dann wohl.«

»Komm mir bloß nicht noch einmal mit deinen faulen Ausreden, Juan! Ich hab genug von dem Scheiß, *Juan!*«

Wann immer Lisa wütend auf ihn war, betonte sie seinen Namen ganz besonders, und heute Abend war sie *sehr* wütend. Es war nicht das erste Mal, dass er im Labor die Zeit vergessen hatte und Stunden später als versprochen nach Hause gekommen war. Doch dieses Mal hätte er sogar eine plausible Ausrede gehabt, denn nach der Schreckensbotschaft aus der Zentrale hatte er in größter Eile begonnen, seine Aufzeichnungen zu ordnen.

Aber sie wollte nichts davon hören. Heute waren es genau sechs Monate, dass sie sich kennengelernt hatten, und sie hatte ihn mit einem Abendessen überraschen wollen, um das Ereignis zu feiern.

Wer zum Teufel feierte denn schon den sechsten Monatstag der ersten Begegnung?

Wütend stopfte sie einen Arm voller Klamotten in ihr Louis-Vuitton-Kofferimitat. Juan starrte unwillkürlich auf Lisas Po, als sie auf den Koffer kniete, um ihn schließen zu können. Sie trug ihre eng anliegenden schwarzen Yoga-Leggings und ein pinkfarbenes Neckhalter-Top, das ihre durchtrainierte Taille freigab.

Juan seufzte. Seine Libido sagte ihm zwar, dass der Spaßfaktor enorm war, mit einer Neunzehnjährigen zusammen zu leben – mit einer weit über zehn Jahre jüngeren Frau –, aber sein Verstand sagte ihm, dass es vielleicht keine schlechte Lösung war, wenn sie ihn verließ. Er brauchte eine reifere Person.

Sie blickte auf den gedeckten Tisch mit dem Abendessen und fauchte: »Hoffentlich bleibt es dir im Hals stecken!« Dann, mit einem letzten, verächtlichen Schnauben, warf sie ihm ihren Wohnungsschlüssel vor die Füße, stürmte aus der Wohnung und schmetterte die Wohnungstür hinter sich zu. Nur ein letzter Hauch ihres Parfüms und das kalt gewordene Abendessen erinnerten noch daran, dass sie jemals hier gewohnt hatte.

Juan schüttelte den Kopf. »Irgendwann werde ich darüber nachdenken müssen, was mir wirklich wichtig ist im Leben«, seufzte er leise.

Frank musste grinsen, als er Megan am Spülbecken stehen sah, wo sie eine Plastikschüssel mit warmem Wasser volllaufen ließ. Seit der Hund in ihr Leben gekommen war, hatte sich seine Frau irgendwie verändert. Sie summte eine improvisierte Melodie vor sich hin und war so voller Energie und Elan, wie sie schon seit langem nicht mehr gewesen war… seit Kathy, ihr einziges Kind, noch im Haus gelebt hatte.

Der Hund saß direkt neben ihr und schaute aufmerksam zu ihr auf, als sie ein wenig Salz in die Schüssel schüttete und ihn mahnte: »Jasper, Dr.

Dew hat gesagt, dass wir deine Wunde sauber halten müssen. Also halte schön still, verstanden?«

Der Hund bellte einmal zustimmend.

Megan stellte die Schüssel auf den Boden, setzte sich im Schneidersitz daneben und tauchte einen Lappen in das Salzwasser. »Okay, gib mir deine Pfote.«

Jasper hob folgsam die rechte Pfote, die Megan vorsichtig über die Schüssel hielt, als sie die rasierte Stelle und die Wunde wusch, die der Tierarzt genäht hatte. Als alles sauber war, ließ sie die Pfote los, aber Jasper hielt sie immer noch über die Schüssel, als wüsste er genau, dass Megan noch nicht fertig war.

Frank ließ die Zeitung sinken und schaute zu, wie seine Frau vorsichtig die Salbe auf die Wunde auftrug.

Als sie damit fertig war, gab sie dem Hund einen kurzen Kuss auf die Nase. »Guter Junge, Jasper. Aber lecke die Salbe bloß nicht gleich wieder ab – sie muss erst richtig einwirken.«

Der Hund schaute auf seine Wunde und kläffte zustimmend.

Megan kraulte Jasper im Nacken und stand auf. »Ich räume hier nur noch auf, dann schalte ich *Clifford* für dich an, okay?«

Megan hatte zufällig herausgefunden, dass die Zeichentrickserie *Clifford, der große rote Hund* Jaspers Lieblingssendung war. Die Serie lief gerade wieder in der x-ten Wiederholung auf einem lokalen TV-Sender.

Der Hund wedelte begeistert mit dem Schwanz und trabte sofort ins Wohnzimmer hinüber. Frank wusste, dass er sich dort vor den Fernseher legte, um darauf zu warten, dass Megan ihr Versprechen einlöste.

Frank schüttelte den Kopf. »Megan, fällt dir eigentlich nicht auf, dass du mit dem Hund wie mit einem Kind redest, und dass der verdammte Köter jedes Wort zu verstehen scheint?«

Megan zuckte die Schultern, während sie sich die Hände wusch. »Er ist eben ein braver Junge, und sehr clever.«

Ja, dachte Frank, *viel zu clever*. Aber wenigstens war Jasper gut erzogen worden. Er ließ sich in den Sessel zurücksinken, steckte den Kopf wieder in die Zeitung und brummte vor sich hin: »Wenn nur Kathy immer so folgsam gewesen wäre wie dieser verdammte Köter!«

KAPITEL DREI

Zwei Wochen, nachdem Juan die Email der Personalabteilung erhalten hatte, saß er im Büro seines Chefs und machte sich auf das Schlimmste gefasst.

Der Leiter des AgriMed-Forschungslabors in Rochester war ein Managertyp Anfang vierzig. An der Wand hinter seinem Schreibtisch hing das Harvard-Diplom. Der Boss blätterte durch Juans Personalakte. »Juan, wie Sie wissen, erleben wir momentan eine Wirtschaftsflaute. Das Unternehmen sieht sich gezwungen, den Gürtel enger zu schnallen. Sehr viel enger – die Konzernleitung hat die größte Entlassungsrunde angekündigt, die wir jemals erlebt haben. Für die Betroffenen ist das natürlich ein schwerer Schlag.« Er schwieg für einen Augenblick, dann seufzte er. »Nun ja, ich muss das wohl hinter mich bringen.«

Juan gefiel diese Einleitung in keiner Weise. Bedeutete sie, dass er gefeuert würde? Im Laufe der Jahre war ihm immer wieder bissige Kritik von seinen Kollegen zu Ohren gekommen, die seinem eigenwilligen, unkonventionellen Forschungsansatz gegolten hatten. Aber nichts hatte seine Zuversicht erschüttern können, dass er auf dem richtigen Weg war. Seine Arbeit begann erste Früchte zu tragen. Wenn man ihm nur noch ein wenig Zeit geben würde…

Er beugte sich vor und hielt den Atem an, als der Manager die Stirn runzelte und die Drahtgestellbrille ein wenig höher schob.

»Ihre Arbeit wurde für so wichtig eingestuft, dass Sie von dieser Runde der Freisetzungen nicht betroffen sein werden.«

Juan sackte förmlich in seinem Stuhl zusammen, schier überwältigt vor Erleichterung. »Danke, Sir.«

»Nun, ich dachte, ich gebe Ihnen die gute Nachricht ohne Umschweife weiter. Aber bitte behalten Sie im Hinterkopf, dass das keine Garantie für die Ewigkeit ist. Wenn es weitere Entlassungsrunden gibt, nun, dann… Um es klar auszudrücken: Heutzutage ist nichts in Stein gemeißelt. Aber machen Sie mit Ihrer guten Arbeit weiter, dann wird alles okay sein. Am Freitag ist Ihr nächster Fortschrittsbericht fällig. Bitte leiten Sie ihn mir pünktlich zu – ich muss meinen Monatsbericht an die Zentrale schicken.«

»Natürlich, Sir.« Juan war mehr als glücklich, als er wieder in sein Labor zurückkehrte. Voller Dankbarkeit, dass man ihm erlaubt hatte, weiterzuarbeiten.

Um sieben Uhr abends war Juan immer noch im Labor. Das DNA-Sequenzierungsgerät hatte gerade den Bericht über die letzte Gewebeprobe ausgespuckt und Juan war dabei, die Datenreihen zu analysieren. Das Ziel war, irgendeine Bedeutung aus den Unterschieden zwischen den letzten Proben herauszulesen, ein Muster der Veränderungen zu erkennen und die Mutationen bestimmter Gene aufzuzeichnen. Das war oftmals eine langweilige, fast einschläfernde Arbeit, aber an diesem Abend arbeitete Juan mit äußerster Konzentration.

Ein metallisches Geräusch erregte seine Aufmerksamkeit. Der Griff an der Labortür bewegte sich; langsam schwang die Tür auf. Steve Chalmers streckte den Kopf herein, offensichtlich überrascht, Juan noch immer im Labor vorzufinden. Dann grinste er breit. »Na, sieht so aus, als hättest du Spaß?«

Juan stieß sich von seinem Computerterminal weg und rieb sich die Augen. »Spaß macht das nicht gerade. Ich musste wieder zur automatisierten Sanger-Sequenzierungsmethode zurückkehren, weil sich aus diesen Daten keinerlei Sinn ergab.«

Steve kam herein und ließ sich in den viel zu weich gepolsterten beigen Armsessel fallen, der vor Juans von Papieren und Ausdrucken überhäuftem Schreibtisch stand. Er war in den Vierzigern, sah mit seinem widerspenstigen blonden Haarschopf aber viel jünger aus. Obwohl Steve inzwischen ein großes Forschungsteam leitete, hatte er seine jugendlich-lässige Unbekümmertheit nie abgelegt.

Steve unterschied sich so sehr von Juan, dass dieser sich manchmal fragte, ob er nicht zu genau, zu penibel sei. Vielleicht brauchte er irgendein interessantes Hobby, um sich manchmal von der Arbeit abzulenken. Oder eine neue Freundin. Vielleicht eine ältere Freundin als Lisa gewesen war. Irgendwann vielleicht.

»Ich verstehe euch Onkologentypen einfach nicht«, sagte Steve. »Eure ganze Forschung über den Krebs kommt mir so... morbid vor.« Er lachte und deutete mit dem Zeigefinger auf Juan. »Ich hätte da noch einen Job in meinem Team, falls du mal ein wenig kürzer treten willst. Jeder weiß doch, dass die Aufsichtsbehörde besonders gemein ist, wenn es um klinische Studien für Krebstherapien geht. Auf der einen Seite quälen uns die Typen von der FDA ständig mit ihren Auflagen, auf der anderen Seite stehen die paar armen Forscher, die noch genug Mut haben, sich mit Krebsforschung zu beschäftigen – und zu allem anderen sind auch die Kosten enorm, bevor eine neue Behandlungsmethode auf den Markt kommen darf. Da fragt man sich schon, warum sich die Pharmakonzerne überhaupt noch damit abgeben.«

Juan zuckte die Schultern und lehnte sich zurück. »Ich glaube nicht, dass sich jemand auf Onkologie spezialisiert, der das nicht als eine Art Berufung empfindet. Für mich jedenfalls ist es eine sehr persönliche Sache.«

Steve nickte verständnisvoll. »Tut mir leid. Mir fällt erst jetzt wieder ein, dass du mir mal von deinen Eltern erzählt hast...«

Juan winkte ab. »Braucht dir nicht leid zu tun. Außerdem kommst du doch nur in mein Labor, wenn dir irgendetwas durch den Kopf geht. Also, was ist los?«

Steve lächelte. »Wie wär's mit Abendessen? Felicia hat ihren berüchtigten Schmorbraten in die Röhre geschoben. Du kannst doch nicht wollen, dass ich mir das allein antue?«

Juan zog eine Schublade auf und nahm einen Plastikbeutel heraus, in dem sich sein Abendessen befand. Das hatte er völlig vergessen. »Sorry, Kumpel, aber ich habe mein eigenes Käsebrot mitgebracht, und wenn ich es nicht bald esse, wird es schlimmer stinken als meine Sportsocken. Außerdem habe ich ein Date mit einer vierzigtausend Jahre alten Probe, die mich ständig anschreit, mir nun endlich alles über ihr Genom erzählen zu dürfen.«

Steve stemmte sich aus dem Sessel hoch und klopfte auf Juans Schreibtisch. »Bist du sicher? Und was wäre, wenn ich Felicia dazu bringe, auch eine ihrer Freundinnen einzuladen? Die wäre dann wahrscheinlich jünger als deine Probe, und wenn du Glück hast, vielleicht sogar ein bisschen lebendiger.«

Juan lachte, schüttelte jedoch den Kopf. »Ein anderes Mal. Grüße Felicia von mir.«

»In Ordnung, mein Freund. Mach's gut.«

Juan hörte es kaum noch, als sich die Tür hinter Steve schloss. Er war bereits wieder in die letzten Sequenzierungsdaten vertieft.

Kurz vor Sonnenaufgang hatte Nate Carrington genau die Hälfte seines Acht-Kilometer-Morgenlaufs hinter sich. Wie jeden Morgen bog er an dieser Stelle von seinem Joggingpfad ab und lief zu dem kleinen, unauffälligen Friedhof hinüber. Auch an diesem Morgen wurde der gepflegte Fußweg hauptsächlich von den Laternen beleuchtet, deren Licht jedoch immer mehr vom zunehmenden Licht des neuen Tages überlagert wurde. Der Morgentau glitzerte auf den Grashalmen, als er geradewegs zu dem Grab hinüber lief, wie tausende Male zuvor.

Tief atmete Nate den Duft des frisch gemähten Grases ein, während eine leichte Brise den Schweiß auf seiner Stirn trocknete. Er kniete vor dem bescheidenen Grabmal nieder und zitierte die Worte, die ihm seine Frau so oft zugeflüstert hatte, wenn sie nebeneinander aufgewacht waren. »Den Guten-Morgen-Kuss kriegst du erst, wenn wir beide die Zähne geputzt haben.«

Nate fuhr mit den Fingern sanft über den vom Tau benetzten Grabstein und über ihren Namen: Madison Carrington. Fast 20 Jahre waren seit ihrem Tod vergangen, aber kein einziger Tag, an dem er nicht an sie gedacht hatte.

Er setzte sich auf die Fersen, schloss die Augen und die letzten drei Jahrzehnte schienen zu verschwinden. Es kam ihm wie gestern vor, dass ihm das schüchterne blonde Mädchen mit dem strahlenden Lächeln zum ersten Mal aufgefallen war. Damals war er 18 Jahre alt gewesen und hatte sich noch nicht viele Gedanken über Liebe oder Seelenverwandtschaft mit Mädchen gemacht – aber in diesem Augenblick hatte er gewusst, dass dieses Mädchen für ihn die Richtige war.

Sie heirateten sechs Monate später.

Danach war Nate als Sanitäter bei den Special Forces der U.S.-Army über zehn Jahre lang ständig in allen möglichen Ländern der Welt unterwegs gewesen, aber Madison war immer da gewesen, wenn er nach Hause zurückgekehrt war, und hatte ihn mit ihrem wunderbaren Lächeln willkommen geheißen.

Und mit diesem Lächeln hatte sie ihn auch begrüßt, als er Sonderurlaub nehmen musste, nachdem er erfahren hatte, dass sie unheilbar an Krebs erkrankt war. Ihr Lächeln war so wunderschön wie immer, trotz aller Schmerzen.

Sie war die stärkste Person, der er jemals begegnet war. Der Krebs fraß sie von innen her auf, aber sie weigerte sich, die Medikamente einzunehmen, die ihre Schmerzen hätten lindern und ihr ein wenig Frieden hätten schenken können. »Mit diesen Drogen würde ich nicht mehr ich selbst sein«, erklärte sie. »Und ich will bei dir sein, bis zum Ende.«

Sie war bei ihm bis zum Ende. Sie lag in seinen Armen, als sie ihren letzten Atemzug tat.

Jetzt, an ihrem Grab, beugte er sich vor, küsste ihren Namen auf dem kalten Stein und flüsterte: »Unser Guten-Morgen-Kuss.«

Im Laufe seiner zwanzigjährigen Laufbahn beim FBI war Nate zum Experten in forensischer Analyse geworden. Er konnte die Beweise der unterschiedlichsten Arten von Verbrechen analysieren und sie wie ein Puzzle neu zusammenfügen, so dass sich manchmal ein völlig anderes Bild von den Ereignissen ergab. Tatsächlich hatte Nate in den letzten beiden Jahrzehnten eine Reihe von längst etablierten Techniken der Tatortanalyse neu erfunden. Dabei hatte ihm geholfen, dass er im Gegensatz zu vielen seiner Kollegen nicht nur im Labor und am Schreibtisch arbeitete, sondern es vorzog, die Feldarbeit selbst vorzunehmen. Vor sechs Monaten war er als Ausbilder an die FBI-Akademie in Quantico, Virginia, berufen worden.

Er war keineswegs überzeugt, dass er als Ausbilder für Forensik besonders gut geeignet war, aber er erinnerte sich noch gut an das, was ihm der Direktor der Akademie sagte, als Nate seinen neuen Posten als Ausbilder antrat: »Mit Ihren Leistungen haben Sie die Grenzen der forensischen Analyse im FBI erweitert. Das FBI hätte gern ein paar hundert Leute wie Sie, aber weil es nur einen einzigen gibt, brauchen wir Sie dringend, damit die anderen Agenten möglichst viel von Ihnen lernen können.«

Die Sonne war noch immer nicht aufgegangen, als Nate den gesicherten Gebäudeflügel betrat, der die so genannte Sensitive Compartmented Information Facility beherbergte – der Bereich, in dem Quellen, Verfahrensweisen und besonders sensible Informationen zu streng geheimen Operationen gelagert, gespeichert und verwaltet wurden. Die Einrichtung sah allerdings nicht halb so beeindruckend aus, wie ihre Bezeichnung klang. Im Innern dominierten billige Kaufhausmöbel aus Alu und Resopal, die Wände bestanden aus weiß getünchten Betonschalsteinen und der Boden war mit handelsüblichem Teppichboden in langweiligem Braunton belegt. Nate konnte noch immer den jahrzehntealten Zigarettengestank riechen, der bis in die letzten Poren des alten Gebäudes gedrungen war. Aber wenigstens waren die Computer Hightech und immer auf dem neuesten Stand.

Nate setzte sich vor einen Monitor, der mit dem Schild »JayWicks« gekennzeichnet war. Das war die interne Abkürzung für das Joint Worldwide Intelligence Communications System, ein internes, spezielles Netzwerk, über das »Top Secret«-Inhalte sicher übertragen und ausgetauscht werden konnten. Direkt neben das Schild hatte irgendein Witzbold einen Sticker geklebt, auf dem sich ein Blue Jay, ein Blauhäher, den gefiederten Flügel vor den Schnabel hielt, als Aufforderung, über alles, was auf diesem Monitor vor sich ging, Stillschweigen zu bewahren.

Nate loggte sich in das gesicherte System ein, öffnete seinen Posteingang und klickte auf die erste der neu eingegangenen Emails.

An: Nathaniel Carrington, Special Agent – FBI
Betreff: Forensische Analyse eines militärischen Vorfalls.
Es gibt plausible Gründe für die Annahme, dass es im Zusammenhang mit bestimmten Aktivitäten auf dem Homey Airport Vertuschungsversuche

gegeben hat. Homey Airport ist eine Militärbasis am Groom Lake, Nevada.
Die angehängten Satellitendaten bestätigen, dass dort vor acht Tagen ein Buschfeuer ausbrach, das sich über rund 60 Hektar des Airport-Geländes ausbreitete. In den Statusberichten des örtlichen Sicherheitspersonals wird das Buschfeuer nicht erwähnt.
Außerdem wurden über 130 Kilometer entfernt die rußverkohlten, sterblichen Überreste eines ehemaligen Corporals der U.S. Marines aufgefunden, in der Nähe des Stadtrands von Las Vegas. Das verlassene Fahrzeug des Corporals wurde jedoch gestern von einem Zivilisten direkt vor dem markierten Zaun des Sperrgebiets der oben erwähnten Militärbasis aufgefunden.
Mit dieser Mail werden Sie mit der Ermittlung der Vorfälle beauftragt. Für weitere Informationen setzen Sie sich bitte umgehend mit der Zentrale in Verbindung.

Miriam W. Walker
Stellvertretende Direktorin
Operation Technology Division
Federal Bureau of Investigation

Nate starrte auf den Monitor, wobei er ungeduldig mit den Fingern auf die Resopaltischplatte trommelte. Er las die Mitteilung noch einmal durch, dann brummte er vor sich hin: »Was zum Henker hat ein toter Marine mit dem Buschbrand auf einer Air Force-Basis zu tun?«

Er klickte auf die angehängten Satellitenaufnahmen. Mehrere Fotos zeigten Luftaufnahmen der Anlage, die mitten in der trostlosten Landschaft Nevadas lag, sowohl vor als auch nach dem Buschbrand. Selbst mit maximaler Zoomeinstellung waren nicht genügend Details zu erkennen, um aus den Fotos wichtige Erkenntnisse zu gewinnen.

Nate warf einen Blick auf die Uhr an der Wand. Der große Zeiger sprang gerade auf die volle Stunde: 7 Uhr. Nate seufzte.

Wird wohl besser sein, dachte er, *wenn ich gleich mal zum Hoover Building fahre und mir anhöre, was sie mir noch nicht erzählt haben.*

Nate hatte den frühesten Flug von Washington, D.C., nach Las Vegas genommen und betrat schon kurz nach 9 Uhr das Büro des Gerichtsmediziners von Clark County. Eine dunkelhaarige Frau saß hinter dem Empfang.

Sie blickte mit finsterer Miene auf, als er an ihren Schreibtisch trat. »Kann ich Ihnen helfen?«

Nate hielt ihr seinen Ausweis hin. »Ich bin Special Agent Carrington vom FBI. Ich habe meinen Besuch gestern telefonisch angekündigt. Ich muss dringend mit dem zuständigen Rechtsmediziner über einen der Fälle sprechen, die hier in den letzten Tagen untersucht wurden.«

»Ah, ja, Sir, Ihr Anruf, ich weiß Bescheid. Mr. Crawford ist allerdings noch nicht im Büro – er hätte Sie gern persönlich begrüßt, steckt aber noch im Stau. Er hat mir gesagt, dass Sie kommen.« Sie zog eine Schublade auf und nahm einen Schreibblock heraus, auf dem mehrere Post-it-Zettel klebten. Sie tippte auf einen der Zettel. »Er sagte, Sie sollten sich in dieser Sache an Dr. Kim wenden, den zuständigen Gerichtsmediziner. Er hat die Obduktion des Falls durchgeführt, für den Sie sich interessieren.«

Sie gab eine Durchwahl auf ihrem Telefon ein. »Guten Morgen, Dr. Kim … hier ist Monica vom Empfang. Das FBI ist hier und würde Sie gerne sprechen.«

Sie führte Nate durch stille Korridore. Ein kleiner, älterer Asiate kam ihnen im Durchgang zu seinem Büro entgegen, als er sie kommen hörte. Die Empfangsdame machte Nate mit dem Arzt bekannt und kehrte an ihren Arbeitsplatz zurück.

Nate schüttelte dem Gerichtsmediziner die Hand. »Ich bin Special Agent Carrington vom FBI.«

Dr. Kim war kaum über 1,60 Meter groß; Nate schätzte ihn auf Anfang sechzig. Er winkte den Agenten mit sich in sein Büro und deutete auf den Besucherstuhl. »Bitte setzen Sie sich.« Er selbst setzte sich hinter seinen Schreibtisch, auf dem sich Aktenmappen und Formulare stapelten.

Nate kam ohne Umschweife zur Sache. »Dr. Kim, ich komme im Zusammenhang mit einer aktuellen Ermittlung. Ich muss mehr über eine Person herausfinden, die vor etwas mehr als einer Woche hier in Ihrem Institut obduziert wurde. Ich hoffe sehr, dass Sie mir ein paar Fragen zu dem Fall beantworten können.«

Kims Gesichtsausdruck war undurchdringlich. »Nun, wenn es nicht im Bericht steht, werde ich Ihnen wohl nicht viel weiterhelfen können. Bitte bedenken Sie, Agent Carrington, dass wir hier in der Gerichtsmedizin jedes Jahr tausende Fälle bearbeiten. Aber schauen wir mal. Wie hieß denn der Verstorbene?«

»Jonathan LaForce. Mir liegt allerdings nur die Zusammenfassung des Ereignisberichts der Polizeidirektion von Las Vegas vor. Offenbar wurde der Mann verbrannt. An seinem Nacken fand man Spuren von Verletzungen.«

»Ach ja, ich erinnere mich an den Fall! Die Autopsie habe ich selbst durchgeführt. Einen Moment, ich lade meinen Bericht hoch.« Er gab einen Befehl auf der Tastatur ein. »Was genau möchten Sie denn wissen?«

»Ich hätte gern eine Kopie Ihres Autopsieberichts. Ich habe auch schon telefonisch darum gebeten, aber es scheint da gewisse Probleme mit diesem Bericht zu geben.«

»LaForce, sagten Sie?« Der Gerichtsmediziner tippte den Namen ein und runzelte die Stirn. »L-a-f-o-r-c-e?«

Nate zog sein eigenes Notizbuch heraus und überprüfte die Schreibweise noch einmal. »Ja, genau. Gibt es da ein Problem?«

»Einen Moment.« Der Arzt öffnete eine der Akten auf seinem Schreibtisch und blätterte darin, dann gab er noch einmal einen Befehl auf der Tastatur ein. Schließlich schüttelte er den Kopf. »Der Bericht findet sich nicht in der Datenbank.« Wieder tippte er etwas ein und zuckte die Schultern. »Vielleicht ein Computerfehler. Aber ich erinnere mich noch gut an den Fall, es passiert nicht oft, dass wir eine teilweise ausgedörrte Leiche auf den Tisch bekommen, noch dazu einen Menschen, der meiner Ansicht nach von Hunden zerfleischt worden und von Kopf bis Fuß mit Ruß bedeckt war.« Er tippte sich nachdenklich an das Kinn. »Ich gebe nur ungern Auskunft über Einzelheiten, solange mir meine Aufzeichnungen und der Autopsiebericht nicht vorliegen, aber an ein paar grundsätzliche Dinge erinnere ich mich noch sehr gut. Todesursache war eine starke Verletzung der Halsschlagader. Es gab klare Anzeichen von Bisswunden an den Handgelenken – ich hätte sie für Wolfsbisse gehalten, aber wir haben keine Wölfe in dieser Gegend, daher vermute ich, dass es ein großer Hund mit sehr kräftigem Biss gewesen sein könnte. Soweit ich feststellen konnte, waren die Lungen sauber – keine Anzeichen von Ruß oder dass er Rauch eingeatmet haben könnte. Die toxikologische Untersuchung… tut mir leid, aber daran kann ich mich nicht mehr erinnern. Jeden Tag habe ich neue Fälle auf dem Tisch, es ist praktisch wie Fließbandarbeit, verstehen Sie? Vermutungen helfen Ihnen nicht weiter, und ich will auch keine falschen Auskünfte geben.«

Nate hatte sich eifrig Notizen gemacht. »Danke für die Zusammenfassung. Ich werde dennoch eine Kopie des vollen Berichts brauchen, alle Aufzeichnungen oder Transkriptionen der Autopsie und sämtliche Fotos. Wenn der digitale Bericht nicht auffindbar ist, könnte ich vielleicht eine Kopie Ihres eigenen Ausdrucks bekommen?«

Dr. Kim schüttelte den Kopf. »Bedaure. Meine Akten über die Autopsien der vergangenen Woche sind bereits für die Digitalisierung weitergeleitet worden. Es ist sinnlos, sie länger aufzubewahren. Übrigens ist es heute das erste Mal, dass ich Probleme habe, einen Bericht hochzuladen. Wahrscheinlich ein Tippfehler oder Speicherfehler. Wenn Sie mir Ihre Karte hier lassen, schicke ich Ihnen den Bericht zu, sobald die Sache geklärt ist.«

Nate gab dem Mediziner seine Visitenkarte und stand auf. »Danke noch einmal, Dr. Kim. Bitte rufen Sie mich an, sobald Sie den Bericht gefunden haben. Jemand vom hiesigen Außenbüro des FBI wird ihn dann abholen.«

»Natürlich.« Der Arzt studierte Nates Karte und runzelte die Stirn. »Aus welchem Grund reist ein Agent aus Washington persönlich an, um sich den Autopsiebericht dieses Toten geben zu lassen?«

Nate lächelte. »Ich bedaure, aber darüber darf ich keine Auskunft geben. Oh, noch eins. Ist es möglich, mir einen Abstrich der Rußspuren auf dem Körper mitzugeben?«

Dr. Kim zuckte die Schultern. »Natürlich habe ich einen Abstrich genommen, aber ich habe kein Problem damit, dass Sie einen weiteren Abstrich mitnehmen, zumal Sie meine Ergebnisse noch nicht erhalten können. Die Leiche sollte noch im Leichenschauhaus liegen.«

»Vielen Dank für Ihre Hilfe, Dr. Kim.«

Die Landschaft, durch die Nate fuhr, war rau und kahl, außer ein paar Radartürmen oben auf den felsigen Hügeln war nicht viel zu sehen. Es gab keine Straßenschilder, die den Weg zur Basis wiesen, und bisher hatte er auch keinerlei Lebenszeichen bemerkt. Nur die in regelmäßigen Abständen am Zaun angebrachten Schilder »Zutritt für Unbefugte verboten« und »Drohnenüberflug verboten« ließen keinen Zweifel daran, dass es sich hier um ein militärisches Sperrgebiet handelte.

Er hielt vor einem großen Schild am Eingang an, das darauf hinwies, dass er sich nun auf einer Basis der US Air Force befinde und dass er sich strafbar mache, wenn er die Einrichtung ohne Erlaubnis des Basiskommandanten betreten würde. Bevor er den Wagen auch nur parken konnte, entdeckte er eine Staubwolke, die auf der Straße heranraste. Zwei nicht gekennzeichnete SUVs kamen mit einer Vollbremsung direkt vor Nates Auto zum Stillstand. Zwei Männer in Kampfmontur sprangen heraus.

Einer richtete sein Sturmgewehr auf Nates Auto und brüllte: »Motor ausschalten!«

Nate schaltete den Motor aus und ließ das Seitenfenster herunter.

Der zweite Soldat näherte sich dem Seitenfenster. Nate fiel auf, dass er keine reguläre Kampfmontur der US-Streitkräfte trug. Auf einem Abzeichen auf der Schulter stand SRU Federal Services. Diese Männer waren keine US-Soldaten, sondern gehörten zu einem privaten Sicherheitsdienst.

Nate zückte seinen FBI-Ausweis, den der Soldat genau prüfte. Der Mann betrachtete Nate misstrauisch.

»Sir, ist Ihnen bekannt, dass wir auch dem FBI keinen Zutritt zu dieser Basis gestatten dürfen?«

Nate richtete sich ein wenig in seinem Sitz auf. »Colonel Armington ist informiert und erwartet mich.«

Der Sicherheitsmann drückte einen Knopf auf dem Funkgerät, das an seiner Schulter hing. »Ich habe hier am Haupttor einen FBI-Agenten. Sein Name ist Nate Carrington, und er behauptet, dass er…« Der Mann brach ab und hörte sich an, was die knisternde Stimme in seinem Ohrstöpsel antwortete. »Jawohl, Sir.« Er winkte dem anderen Wärter zu, der sofort die Waffe senkte und zu seinem Fahrzeug zurückging.

Der erste Sicherheitsmann drehte sich wieder zu Nate um. Sein Verhalten hatte sich geändert; jetzt behandelte er Nate mit professioneller Höflichkeit, als er ihm den Ausweis zurückgab. »Entschuldigen Sie die Verzögerung, Sir. Bitte folgen Sie uns. Wir bringen Sie zum diensthabenden Offizier, der sie zum Kommandanten begleiten wird.«

Nate ging langsam neben dem Air Force-Major her, während beide die verkohlten Hügel betrachteten.

»Agent Carrington, es tut mir leid, dass sie von unserem Gorillatrupp so unhöflich empfangen wurden. Aber Sie müssen verstehen, dass wir hier jede Menge Gaffer haben, die ständig auf der Suche nach irgendwelchem verrückten Scheiß sind.«

»Marsmännchen? Aliens?«, fragte Nate lächelnd, denn natürlich war ihm bekannt, welchen Ruf diese Air Force-Basis bei den Verschwörungstheoretikern besaß.

»Das und noch eine Menge anderes lächerliches Zeug. Wenn sie die Wahrheit wüssten, würden sie wohl viel weniger interessiert sein. Aber je mehr wir erklären, dass hier absolut nichts Ungewöhnliches abgeht, desto weniger glauben sie uns. Deshalb setzen wir alles daran, diese Typen auf Abstand zu halten.«

Nate kniete am Rand des verkohlten Feldes nieder, riss einen einzelnen Grashalm aus und schnupperte daran. Er roch rußig und verbrannt, aber Nate glaubte auch einen künstlichen Geruch wahrzunehmen. »Was war denn nun die Brandursache?«

»Um ehrlich zu sein, ich war noch nicht hier, als sich der Brand ereignete.« Der Major trat ein wenig verlegen von einem Fuß auf den anderen. »Ich bin gerade erst vom Air Command Staff College hierher versetzt worden. Aber die Sicherheitsfirma behauptet, dass Blitzschlag die Ursache war. Das Gras sei völlig ausgetrocknet gewesen und das Feuer habe sich schnell ausgebreitet.«

Nate zog einen Plastikbeutel aus dem Spurensicherungskoffer und füllte ein wenig Erde hinein, zusammen mit ein paar verbrannten Gras- und Strauchhalmen. »Wie ich sehe, brannte es immer nur am Außenzaun entlang, aber es sieht trotzdem wie ein größerer Brand aus. Warum wurde dazu keine Vorfallsmeldung eingereicht?«

Der Major seufzte. »Hätte gemacht werden sollen. Die Sicherheitsfirmen hier werden immer schlechter. Sie dürfen mir glauben, dass ich die Sache dem Colonel berichten werde.« Er runzelte die Stirn. »Sind Sie deshalb hierher geschickt worden? Nur weil keine Vorfallsmeldung vorliegt?«

Nate schaute den Offizier aufmerksam an, konnte aber keine Täuschung erkennen. Aber er war schließlich kein menschlicher Lügendetektor, im Gegensatz zu manchen dieser realitätsfremden Detectives in den

TV-Serien, die einen Verdächtigen nur kurz anschauen mussten, um zu wissen, ob er schuldig war oder nicht. Nate hielt sich lieber an die Tatsachen, nicht an irgendeinen »Instinkt«, ein Bauchgefühl oder eine geniale Intuition. Auf Fakten konnte man sich wenigstens verlassen.

»Nein. Ich wurde hierher geschickt, um Ermittlungen über mehrere Vorfälle in der Umgebung anzustellen. Ich denke, man wollte Kosten sparen, deshalb soll ich nun alle Vorfälle untersuchen.« Nate deutete auf ein paar Betongebäude, die mitten auf dem verkohlten Gelände standen. »Was für Gebäude sind das?«

»Das waren früher mal Schutzräume für die Beobachter, als diese Basis noch als Bombentestgelände genutzt wurde. Soweit ich weiß, wurden sie seit den 60er-Jahren nicht mehr genutzt, deshalb spielt es keine Rolle, ob sie vom Feuer geschädigt wurden oder nicht. Wahrscheinlich haben sie es ganz gut überstanden. Sie wurden so konstruiert, dass sie die Leute sogar vor Fehleinschlägen schützen konnten, deshalb konnte ihnen das bisschen Feuer sicherlich nicht viel anhaben.«

Nate hängte den Spurensicherungskoffer an die Schulter und ging über das verbrannte Feld zu den Betongebäuden hinüber. Der Major zögerte ein wenig, doch dann folgte er ihm. Nate schätzte die Grundfläche der einstöckigen, rechteckigen Bauten auf jeweils ungefähr 15 mal 18 Meter. Unter seinen Wanderstiefeln knirschte verkohlter Schutt.

Neben einem der Gebäude kniete er nieder und nahm einen Geruch war, der ihn sofort wieder in seine Tage in Falludscha im Irak zurückversetzte. Er fuhr mit dem Zeigefinger durch die verbrannte Erde und schnüffelte daran. Diesen Geruch würde er jederzeit und überall wiedererkennen. Ein Brandbeschleuniger.

Das Feuer war eindeutig gelegt worden.

Wer hatte die Gebäude und das Feld abgefackelt? Und warum?

Als er mehrere Erdproben in seine Beweistüten füllte, entdeckte er etwas Metallisches. Er nahm eine Pinzette aus dem Koffer und hob den Gegenstand auf: ein glasbeschichtetes Metallstück, ungefähr doppelt so groß wie ein Reiskorn. Es war teilweise angebrannt und winzige Fellhaare klebten daran.

»Haben Sie was Interessantes gefunden?«, fragte der Offizier.

Nate füllte die Proben in einen Beweisbeutel und schüttelte den Kopf. »Ich sammle nur Beweise von verschiedenen Stellen ein. Können wir in die Gebäude hinein?«

Der Offizier nickte. »Spricht nichts dagegen.«

Das Gebäudeinnere bestand aus einem einzigen Flur in der Mitte, von dem auf beiden Seiten winzige Kammern abgingen, die wie Gefängniszellen aussahen. Die Wände waren mit Brandspuren übersät, aber es gab keinerlei Brandschutt. Das kleine Haus war gründlich gereinigt worden.

»War jemand seit dem Brand hier drin?«, fragte Nate.

Der Major zuckte die Schultern. »Das weiß ich nicht. Wie gesagt, ich bin gerade erst zurückgekommen. Aber ich kann mir nicht vorstellen, dass sich jemand diese Mühe gemacht hat. Diese Gebäude sind seit Jahren nicht mehr benutzt worden. Es gab auch keinerlei Möbel oder Einrichtung.«

Nate kauerte direkt am Eingang einer der Zellen nieder. An der Ecke des Durchgangs, direkt neben der Kante der Maueröffnung, war ein wenig Asche und Dreck liegen geblieben. Als er mit dem Finger innen an der Maueröffnung hochfuhr, ertastete er eine etwa acht Zentimeter lange, raue Stelle. Hier konnte sich eines der Türscharniere befunden haben.

Nate schaute zu dem Offizier auf, der am Eingang des Hauses stand. »Hatten diese Zellen früher Türen?«

Der Major trat näher und runzelte die Stirn, während er den nächsten Zelleneingang betrachtete. »Ja, früher hatten die Zellen Türen. Aber ich muss sagen, dass ich seit einem Dreivierteljahr nicht mehr auf der Basis war, und auch davor habe ich seit mindestens zwei Jahren diese Gebäude hier nicht mehr betreten. Aber ja, früher müssen sich hier Türen befunden haben.« Er zuckte die Schultern. »Ich kann das überprüfen. Vielleicht gab es irgendeinen Grund, warum die Türen herausgenommen wurden. Ist das denn wichtig?«

Nate überhörte die Frage. Wieder ließ er die Finger über die Ränder der Maueröffnung gleiten. Etwas von dem, was er für Brandspuren gehalten hatte, fiel auf den Boden. Mit der Pinzette nahm er es auf – die verkohlten Überreste von… versengten Haaren? Auch sie legte er in einen Beweisbeutel.

Langsam arbeitete er sich durch die übrigen Räume. In manchen fand er weitere Haarspuren; die meisten waren dunkelbraun, alle waren sehr kurz, und alle fand er an den Ecken der Maueröffnungen. Es war, als hätten sich wilde Tiere an den Kanten der Türzargen gescheuert.

Der Rechtsmediziner hatte gesagt, der ehemalige Marine sei von einem wilden Tier zu Tode gebissen worden. Gab es hier irgendwelche Verbindungen?

Nate wandte sich wieder an den Major, der ihn neugierig beobachtete und sich offenbar mühsam beherrschen musste, Nate nicht mit Fragen zu löchern. »Ich möchte gerne mit einem Manager der Sicherheitsfirma sprechen, die während des Brands hier aktiv war. Ist das möglich?«

Der Offizier trat unruhig von einem Fuß auf den anderen. »Nein, fürchte ich. Als ich erfuhr, warum Sie kommen würden, bin ich selbst zu der Firma gefahren, um mit der Firmenleitung zu sprechen. Anscheinend wurden kurz nach dem Brand, und bevor ich auf die Basis zurückkehrte, sämtliche externen Auftragsfirmen durch andere Firmen ersetzt. Ich habe bisher nicht herausfinden können, aus welchem Grund es geschah.«

Nate starrte den Mann sprachlos an; er konnte kaum glauben, was er da zu hören bekam. Hier ging definitiv etwas vor sich, und nach dem Gesichtsausdruck des Majors zu urteilen, vermutete auch er, dass etwas faul war. Oder er wusste es bereits. War diese ganze Sache hier eine verdeckte Operation, von der niemand etwas wissen durfte? War der ehemalige Marine zufällig in diese Sache hinein gestolpert – hatte zu viel gesehen oder erfahren und deshalb sterben müssen?

Nate hatte allmählich das Gefühl, dass er bei weitem nicht alles über den Tod des Marine erfahren hatte; er hatte gerade erst an der Oberfläche dieser Sache gekratzt. Hier ging etwas vor sich, und es war offenbar viel größer, als es auf den ersten Blick den Anschein hatte.

KAPITEL VIER

Juans Frustration nahm zu, als Steve den Wagen durch den strömenden Regen steuerte. Inzwischen hatten sie den Flughafen fast erreicht, aber erst, nachdem sie fast eine Stunde lang im Stau gestanden hatten.

Steve starrte auf den zähfließenden Verkehr hinaus und trommelte ungeduldig mit den Fingern auf das Lenkrad. »Echt, sie hätten sich keinen ungünstigeren Zeitpunkt aussuchen können, dich zum Airport in Marsch zu setzen.«

Juan blickte auf die Uhr. »Tut mir leid, dass das so lange dauert. Ich hätte einfach ein Taxi nehmen sollen.«

»Mach dir darüber keinen Kopf. Wenigstens habe ich eine plausible Ausrede, dass ich zu spät zum Abendessen nach Hause komme. Außerdem – wofür sind Freunde da?«, fragte er schmunzelnd. »Ich habe nur keine Ahnung, warum sie dich so plötzlich in die Zentrale kommandieren. Ein Vier-Augen-Gespräch mit Winslow kann nur bedeuten, dass du was ganz Schlimmes ausgefressen hast – und in diesem Fall will ich in Zukunft nichts mehr mit dir zu tun haben. Oder du wirst befördert. Dann wäre eine Party fällig, wie wir sie früher feierten.«

Juan schnaubte. »Die Party solltest du noch nicht planen. Ich glaube eher, dass sie mich mit einem Tritt in den Arsch in die Gosse befördern.«

Steve schüttelte den Kopf. »Nö. Winslow würde doch keinen Flug für dich buchen lassen, nur um dir persönlich zu sagen, dass du gefeuert wirst!

Das hätten sie dir auch telefonisch mitteilen können. Aber trotzdem: Ich habe gehört, dass sie noch weitere Entlassungen planen. Sicher, das ist nur mal wieder die übliche Gerüchteküche, das muss man mit Vorsicht genießen. Aber sie haben die offene Stelle in meinem Team ersatzlos gestrichen, deshalb weiß ich, dass sie immer noch darauf aus sind, Personalkosten einzusparen, wo es nur geht.«

Darauf wusste Juan keine Antwort. Was Steve sagte, hätte ihn eigentlich beruhigen sollen, aber er konnte das bohrende Gefühl nicht verdrängen, dass er trotz allem seinen Job verlieren könnte.

Steve hielt vor dem Terminal an, in dem sich die Check-Ins von American Airlines befanden. »Na, wenigstens haben wir es hierher geschafft.«

»Danke, Steve. Und mach dir keine Sorgen – ich lasse es mir nicht in den Kopf steigen, falls ich befördert werde.« Juan holte seine Reisetasche vom Rücksitz. »Aber reserviere schon mal dein Gästezimmer für mich. Irgendwo muss ich ja schlafen, wenn sie mich feuern und ich mir meine Wohnung nicht mehr leisten kann.«

Steve lachte. »Hey, Mann, du musst positiv denken! Sie dürfen nicht merken, dass du dir vor Angst in die Hose pisst!«

Dr. Harry Winslow, der Direktor der Forschungsabteilung des AgriMed-Konzerns, war über 60 Jahre alt. Als Leiter des gesamten Bereichs für Forschung und Entwicklung hatte er fast 500 Mitarbeiter entweder direkt oder indirekt unter sich, die über fünf Kontinente verstreut arbeiteten. Juan war ihm erst ein- oder zweimal persönlich begegnet, seit ihn Winslow am ersten Tag als neuen Mitarbeiter willkommen geheißen hatte. Das war vor drei Jahren gewesen.

Winslow wies Juan lächelnd auf einen der beiden braunen Stühle vor seinem Schreibtisch. »Setzen Sie sich, Juan. Machen Sie es sich bequem.«

Seine Stimme klang freundlich, aber Juan stellte dennoch fest, dass ihn der Direktor mit seinen dunkelbraunen Augen durchdringend anschaute und dass seine Wangenknochen ein wenig heraustraten, als knirschte er mit den Zähnen.

Und er hatte auch keine Ähnlichkeit mehr mit dem Genforscher im weißen Labormantel, dem Juan an seinem ersten Tag begegnet war. Der Mann war inzwischen eher zu einem Manager geworden, einschließlich Nadelstreifenanzug und tadelloser Frisur, bei der nicht ein Härchen am falschen Platz lag.

Juan hatte kaum geschlafen. Zu aufdringlich waren die Gedanken gewesen, die in der Nacht ständig um seinen unsicheren Forschungsjob und die Gerüchte gekreist waren, dass es noch weitere Entlassungen geben würde. Im Laufe der Jahre hatte er zwar seinen direkten Vorgesetzten, den Leiter des Forschungslabors in Rochester, regelmäßig über seine Fortschritte informiert, aber er hatte keine Ahnung, ob diese Informationen auch an Winslow weitergeleitet worden waren.

Juan setzte sich, atmete tief ein und aus und erwiderte das Lächeln des Direktors. »Danke, Sir. Ich freue mich, dass ich die Gelegenheit bekomme, mit Ihnen zu sprechen. Ich habe mit meiner Forschung gewisse Fortschritte erzielt, die Sie vielleicht interessieren.«

Winslow beugte sich vor, stützte die Ellbogen auf den Schreibtisch und legte die Fingerspitzen zu einem Kirchendach zusammen. »Juan, kurz nachdem wir Sie eingestellt haben, begleitete ich Sie auf Ihrer Reise zu der Ausgrabungsstätte in Sibirien. Wo man den fast völlig erhaltenen Mammut gefunden hatte. Sie erinnern sich?«

Juan war überrascht, dass der Direktor darauf zu sprechen kam; er blinzelte. »Äh, ja, natürlich.«

»Sie hatten damals gerade einen neuen Aufsatz veröffentlicht. Wie war der Titel nochmal?«

»Ich glaube, er lautete ›Natürliche Auslese als Anleitung für zielgerichtete Evolution‹, oder so ähnlich, Sir. Es war eine Studie, wie Darwin'sche Prinzipien dazu dienen können, die Forschung über das 21. Jahrhundert hinaus voran zu bringen.«

Juan erinnerte sich noch sehr gut an diese Reise, und auch an den Aufsatz. Was er jedoch nicht erraten konnte war, warum Winslow ausgerechnet jetzt diese Geschichte wieder ausgrub. War das nur als freundlicher Smalltalk gedacht, bevor er den großen Hammer herausholte?

Winslows Miene verdüsterte sich. »Sie wissen es vielleicht nicht, aber ich hatte damals große Hoffnungen darauf gesetzt, dass Sie mit der Richtung, die Sie in Ihrem Aufsatz vorschlugen, Erfolge erzielen würden. Tatsächlich verfolge ich Ihre Arbeit schon eine ganze Weile besonders aufmerksam. Das ist der Grund, warum ich Ihrer Forschung über die Jahre hinweg immer grünes Licht gegeben habe.

Juan spürte, dass das »Aber« schon bald folgen würde, und seine Angst wuchs. Schon seit drei Jahren suchte er nach etwas, von dem kein Mensch außer ihm selbst glaubte, dass er es jemals finden würde. Er war in der Welt herumgereist und hatte DNA-Proben von längst ausgestorbenen Spezies gesammelt, mit denen er seine Forschung vorantreiben wollte. Und er wusste, dass er an der Schwelle zu etwas Großartigem stand. Aber es konnte jederzeit auseinander brechen, jetzt, in diesem Augenblick, und dann würde nichts davon übrig bleiben. Tausende Stunden, die er der Verfeinerung seines Mutations-Algorithmus gewidmet hatte…

»Juan, wir wussten doch beide, dass es eine höchst unsichere Sache war. Sie haben jetzt schon drei Jahre Arbeit in das Projekt gesteckt, und sicherlich war es die ganze Mühe wert. Ich bin wirklich froh, dass Sie diese Forschung betrieben haben. Aber drei Jahre sind vergangen, und Sie haben noch immer nichts vorzuweisen…«

»Das stimmt nicht! Ich habe erste Ergebnisse.« Aufgeregt sprang Juan vom Stuhl hoch. Sein Herz hämmerte so heftig, als wolle es aus der Brust springen. Er zog einen Ringordner aus der Reisetasche, legte ihn auf den Schreibtisch und blätterte in den Laborberichten, bis er die DNA-Sequenzierungsgrafiken fand. Er drehte den Ordner so hin, dass der Direktor die Grafiken sehen konnte.

»Ich habe ein Muster entdeckt! Und das ist kein Zufallstreffer. Ich habe auch überprüft, dass es sich nicht um einen statistischen Ausreißer oder eine Anomalität handelt.«

Winslow schaute Juan mit gerunzelter Stirn an. Für ein paar Sekunden herrschte verlegenes Schweigen, doch dann blickte Winslow auf die Schaubilder und Grafiken und zog den Ordner näher zu sich. »Ein Muster, sagen Sie?«

Juans ganzer Körper bebte vor nervöser Energie. Er zwang sich, ruhiger zu atmen. Er musste seine Argumente überzeugend präsentieren. Das war seine einzige Chance.

»Sir, wie Sie wissen, habe ich mehrere Jahre lang die DNA ausgestorbener Spezies sequenziert und analysiert. Diese Grafiken hier zeigen die Ergebnisse meiner komparativen Analyse mehrerer intakter DNA, die ich von unterschiedlichen ausgestorbenen Spezies extrahiert habe. Für die Analyse der Sequenzierungsdaten brauchten die Computer und ich zwei volle Jahre, und die letzten sechs Monate habe ich aufwenden müssen, um…«

»Von welchen Daten reden wir hier?«, unterbrach ihn Winslow und blickte auf, während Juan eine weitere Grafik im Ordner aufschlug.

»Nun, zum Beispiel vom Wollhaarmammut«, antwortete Juan, blätterte eine Seite weiter und tippte auf eine andere Grafik. »Seine diploiden Gene weisen ungefähr 9,4 Milliarden Basenpaare auf – das menschliche Genom besitzt nur ungefähr 3 Milliarden. Der Computer musste dafür ungefähr 2,3 Gigabytes Daten bewältigen. Ich habe komparative Analysen durchgeführt und die Quellen auf die ungefähr gleiche Umgebung in Sibirien normalisiert, wobei ich verschiedene Proben von unterschiedlichen Zeitpunkten in ihrer evolutionären Geschichte benutzte. Meine älteste Probe ist fast 100 000 Jahre alt, andere Proben sind 75 000, 40 000 und 14 000 Jahre alt. Außerdem habe ich die Veränderungen mit den örtlichen Umweltbedingungen der Gegend abgeglichen, in denen die Proben gefunden wurden.«

Juan atmete tief ein. »Wie wichtig die Veränderungen waren, bemerkte ich erst, als ich die genetische Evolution über die gesamte Gruppe hinweg betrachtete. Sämtliche Daten wurden in den Computer eingegeben – wegen der schieren Masse von Daten dauerte das mehrere Monate. Aber dann zeigte sich endlich ein Muster. Und ich entdeckte, dass… die Mutationen nicht beliebig auftraten.«

Im Raum schien es plötzlich wärmer zu werden. Von Winslows Schreibtisch stieg ein starker Holzpoliturgeruch auf, bei dem Juan fast übel wurde. Obwohl ein kühler Luftstrom aus einer der Düsen der Klimaanlage in der Decke direkt auf ihn niederging, begann er zu schwitzen. Er wischte sich eine Schweißperle von der Stirn und fuhr fort:

»Aus dem Mutationsmuster konnte ich einen Algorithmus entwickeln, den ich dann auf eine andere Spezies anwandte, die ich noch nicht vollständig sequenziert hatte. Und als ich schließlich mit der Dekodierung der DNA-Proben eines Höhlenlöwen begann, entdeckte ich dasselbe Muster von Veränderungen, und dann erneut bei der Probe eines Eurasischen Auerochsen. Und nachdem ich die geschätzte Dauer jeder Generation der Spezies angepasst hatte, erhielt ich eine fast perfekte Übereinstimmung zwischen dem, was ich dekodiert hatte, und dem, was mir mein Mutationsalgorithmus vorhersagte. Mit dem, was ich bisher erreicht habe, bin ich in der Lage, mit einer Fehlerquote von 0,001 Prozent das Evolutionsmuster über tausende Generationen einer Spezies hinweg vorherzusagen.«

Winslow lehnte sich zurück und trommelte mit den Fingern auf den Schreibtisch. »Ich verstehe nicht ganz. Sie haben also ein paar DNA-Proben sequenziert und im Rückblick das entsprechende Evolutionsmuster ›vorhergesagt‹, obwohl wir es doch sowieso schon kennen und bestimmen können. Wem nützt das? Und wohin wollen Sie mit dieser Forschung? Und was noch wichtiger ist: Was nützt es AgriMed bei der weiteren Erforschung und Entwicklung unserer Medikamente? Wie lässt sich Ihre Forschung in Geld ummünzen? Ich habe Ihre Forschung unterstützt, weil ich hoffte, dass Sie die genetischen Wurzeln von Krebs entdecken würden. Oder noch besser, die genetischen Voraussetzungen für einen erfolgreichen Kampf gegen Krebs.«

Ein Schauder lief Juan über den Rücken; er nickte voller Begeisterung. »Ja, genau, Sir! Genau das ist mir gelungen! Deshalb habe ich mit dem Mammut angefangen. Wie Sie wahrscheinlich wissen, sind heutige Elefanten hochgradig tumorresistent. Bei ihnen zeigen sich viele Extrakopien von TP53, eines bekannten Tumorsuppressorgens. Ich wollte beobachten, wie sich das entwickelte. Dann stolperte ich über das Muster, von dem ich Ihnen gerade erzählt habe, und plötzlich wurde mir klar, was damit möglich wurde. Denn wenn ich das Muster für all die verschiedenen ausgestorbenen Tiere verfolgen würde, dann würde ich erkennen können, wie sich die verschiedenen Teile ihrer genetischen Codes über tausende Generationen hinweg entwickelt hatten, nicht wahr? Und dann könnte ich mit demselben Algorithmus auch simulieren, wie sich unsere menschlichen Gene in der Zukunft entwickeln werden.«

Juan atmete tief ein. »Stellen Sie sich das einmal vor. Wie würden unsere genetischen Daten in tausend Generationen aussehen? In zehntausend Generationen? Was würden wir bei dieser Arbeit entdecken können? Wir haben es inzwischen geschafft, das Genom des Menschen zu entschlüsseln. Aber wirklich verstanden haben wir es noch nicht; wir haben bisher kaum an der Oberfläche gekratzt. Wie blinde Hühner picken und scharren wir im Hühnerhof herum, immer auf der Suche nach einem Körnchen, und können nur hoffen, dass sich die genetischen Modifikationen, mit denen wir experimentieren, irgendwann als nützlich erweisen werden. Aber mit meinem prädiktiven Algorithmus könnten wir innerhalb von Monaten Vorab-Modelle entwickeln, für die die Natur zehn- oder hunderttausende Jahre brauchen wird.«

Er beugte sich vor und schlug die Zusammenfassung seiner jüngsten Simulation auf. »In diesem Simulationsdurchlauf habe ich meinen Algorithmus auf das Genom einer gemeinen Laborratte angewandt. Ich simulierte die Evolution der DNA dieser Ratte über die nächsten zweihunderttausend Generationen. Das entspricht ungefähr vier- bis fünftausend Jahren ihrer zukünftigen Entwicklung.«

Winslow beugte sich tiefer über den Ausdruck und fuhr mit dem Finger über die Grafik. War das ein Zeichen von Interesse? Juan rutschte unsicher und ungeduldig auf seinem Stuhl hin und her.

Plötzlich hob Winslow den Kopf. »Wenn ich das hier richtig verstehe, glauben Sie, dass Ihre gemeine Laborratte in ein paar tausend Jahren Evolution mehrfache Kopien des TP53-Tumorsuppressorgens aufweisen wird?«

Juan nickte. »Genau das zeigen die Simulationen. Aber es ist viel komplizierter als das – das gesamte Genom zeigt alle möglichen Veränderungen, die jeweils für sich untersucht werden müssten. Aber mir fiel es leicht, diese Anomalie herauszufischen, weil die Computer sie bereits angezeigt hatten. Wenn ich meine Arbeit fortsetzen darf und herausfinden kann, was die Veränderung auslöste, und sie bei einer lebendigen Spezies beobachten kann, dann…«

Dr. Winslow lehnte sich wieder zurück und nickte nachdenklich. »Sie gehen davon aus, dass wir, wenn wir erst einmal den Trigger-Mechanismus verstanden haben, vielleicht denselben Trick mit unserem, dem menschlichen, Genom anstellen könnten?«

»Vielleicht, oder vielleicht auch nicht«, antwortete Juan. »Aber das können wir nur herausfinden, wenn wir meine Forschung fortführen. Im Idealfall würde ich gern mit ein paar Laborstudien weitermachen. Ich muss einige dieser Sequenzen genau studieren, um verstehen zu können, was sie bewirken.«

Der Direktor schmunzelte. »Nun, das… das ändert alles, Juan. Mir gefällt die Richtung, in der sie denken und arbeiten. Wir werden Ihnen diese Probeläufe ermöglichen. Bitte sorgen Sie dafür, dass alles, was Sie tun, auf dem Server dokumentiert ist, vor allem dieser Algorithmus, von dem Sie gesprochen haben. Inzwischen werde ich mit den anderen

Forschungsleitern reden, vielleicht können wir Ihnen ein paar Leute zur Seite stellen.«

Juan spürte, wie ihm eine riesige Last von den Schultern genommen wurde. »Ich mache mich sofort daran, Sir. Ich werde meine Pläne natürlich auch dem Ethikrat von AgriMed vorleg…«

Winslow unterbrach ihn mit einer wegwerfenden Handbewegung und lächelte freundlich. »Den Ethikrat brauchen wir jetzt noch nicht einzuschalten. Schicken Sie Ihre Pläne direkt an mich. Ich schaue mir alles noch einmal genau an und kämpfe die Sache für Sie durch unsere Gremien. Ich habe ein gutes Gefühl bei der Sache, Juan. Ein sehr gutes Gefühl.«

Winslow stand auf, ging zur Tür und öffnete sie. Mit leiser Stimme sagte er: »Juan – bitte bewahren Sie bis auf Weiteres Stillschweigen über Ihre Forschung und unsere Vereinbarung. Lassen Sie niemanden in die Details Ihrer Forschung blicken. Unser Unternehmen bietet Ihnen sehr gute Aufstiegschancen. Und was noch wichtiger ist: Sie haben die Möglichkeit, in Ihrem Forschungsgebiet wirklich etwas ganz Großes zu erreichen. Wir dürfen nicht zulassen, dass diese Informationen nach außen durchsickern, bevor wir dazu bereit sind, verstehen Sie?«

»Selbstverständlich, Sir.«

Im Vorzimmer sagte Winslow zu seiner Sekretärin: »Sheila, bitte rufen Sie Jenkins, Ratheblume und Marty Cohen an, sie sollen zu einem Vier-Augen-Gespräch in mein Büro kommen. Planen Sie für jeden eine halbe Stunde ein.« Dann wandte er sich wieder an Juan, schüttelte ihm die Hand und erkundigte sich: »Ihr Rücktransport zum Airport und so weiter ist arrangiert, hoffe ich?«

»Ja, Sir, danke. Und was die genetische…«

»Ts, ts.« Winslow klickte mit der Zunge und schüttelte den Kopf. »Darüber wollen wir jetzt nicht mehr reden, Juan. Sie schicken mir die Informationen, wie wir es vereinbart haben, vor allem das, was sich auf Ihren Algorithmus bezieht. Und natürlich auch Ihre Aufzeichnungen über alles, was Sie herausgefunden haben. Ich kümmere mich dann um den Rest. Sie hören spätestens morgen wieder von mir.«

Winslow klopfte ihm noch einmal freundlich auf die Schulter, ging in sein Büro zurück und schloss die Tür.

Juan starrte noch eine Sekunde auf die geschlossene Tür und wünschte sich, er könnte sich in eine Fliege verwandeln, die an der Wand saß und alles mitanhörte, was der Direktor bei den Gesprächen mit seinen Forschungsgruppenleitern besprechen würde.

»Hi, Nate, hier ist John Hendrickson vom Forensischen Labor. Ich bin gerade mit den Beweisbeuteln fertig geworden, die Sie aus Nevada mitgebracht hatten. Ich denke, Sie sollten mal zu mir herüberkommen. Da sind Sachen dabei, die... na ja, sie ergeben einfach nicht viel Sinn.«

Nate stöhnte unhörbar. »Ich habe meinen Wagen nicht dabei, und von meinem Büro zu Ihrem Labor sind es mindestens zehn Minuten zu Fuß. Bitte halten Sie mich nicht für faul, aber ich bin im Moment unter Druck. Können Sie mir nicht einfach hier am Telefon sagen, was Sie herausgefunden haben?«

»Nein, glauben Sie mir, Sie sollten persönlich herkommen. Dieses Scheißzeug wird immer seltsamer. Ich brauche jemanden, der mir bestätigen kann, was zum Teufel ich da zu sehen bekomme.«

Das war eine reichlich eigenartige Bitte. Aber Nate hatte schon oft mit Hendrickson zusammengearbeitet und wusste, dass der Mann ein vernünftiger, solide arbeitender Laboranalyst war. Er warf einen Blick auf die Uhr: fast Feierabend. »Es ist kurz vor fünf. Ich muss noch ein paar Sachen erledigen, dann komme ich zu Ihnen. Werden Sie um halb sechs noch im Labor sein?«

»Ja, klar, kein Problem. Ich muss auch noch ein paar andere Beweisproben analysieren.«

»Okay. Bis gleich.«

Nate legte auf und lehnte sich zurück. Was hatte der Labortechniker herausgefunden, dass er so aufgeregt war?

Das Forensische Labor des FBI war weltberühmt, ein riesiger, fast 50 000 Quadratmeter großer Campus. Hier wurde buchstäblich alles untersucht und analysiert, von Fingerabdrücken über DNA bis hin zu Gefahrstoffen. Entsprechend beeindruckt war Nate gewesen, als er bei der mit der Beweissicherstellung beauftragten Einheit des FBI angefangen hatte. Dieses Labor machte einfach alles.

Die großen Doppeltüren schwangen mit sanftem Wuuusch! auf. Hendrickson, ein Techniker in einem abgetragenen Laborkittel, begrüßte ihn mit schiefem Lächeln. Sein Haar war giftgrün gefärbt.

»Hier, ziehen Sie das hier erst mal an.« Er warf Nate einen Laborkittel zu. »Sie kennen ja die Regeln.«

Nate betrat die Luftschleuse. Während er den Kittel anzog und die Schutzhüllen über die Schuhe streifte, spürte und hörte er den Luftstrom, durch den das Labor gegenüber der Außenwelt versiegelt wurde. Die Laborluft war intensiv gefiltert, und die Luftschleuse sollte nicht nur verhindern, dass Gefahrstoffe aus dem Labor entwichen, sondern auch eine Verunreinigung der Beweismittel von außen unterbinden.

Nate zog ein Paar Latexhandschuhe über und blickte den Labortechniker grinsend an. »Grüne Haare? Geht's noch?«

Henrickson wurde tatsächlich ein wenig rot. »Na ja, ich hab sie mir für eine Party am St. Patrick's Day gefärbt. Das bescheuerte Zeug lässt sich nicht mehr auswaschen.«

Nate schmunzelte. »Na ja, es sieht genauso aus... einfach bescheuert.«

Hendrickson grunzte leicht gereizt. »Ja, Mann, danke vielmals. Kommen Sie schon. Die einfacheren Informationen gebe ich Ihnen auf dem Weg zum DNA-Labor.«

Die beiden Männer gingen durch einen großen Raum mit zahlreichen Labortischen, die unter der neuesten Hightech-Laborausrüstung fast zusammenbrachen.

»Ganz allgemein wiesen alle Proben, die Sie mitgebracht haben, Spuren eines Brandbeschleunigers auf. Aber das werden Sie wahrscheinlich schon selbst herausgefunden haben.«

Nate nickte. »Ich roch das Zeug sofort. Konnten Sie herausfinden, was genau verwendet wurde?«

»Ja. Es war eine Mischung von Benzin, Benzol und Polystyrol.«

»Scheiße! Das ist Napalm!«, stieß Nate entsetzt hervor.

»Napalm-B, um genau zu sein. Und der Abstrich, den Sie von dem toten Burschen genommen haben, weist genau dieselben Spurenelemente auf wie Ihre Bodenproben. Er musste also direkt auf der Brandstelle gewesen sein, daran besteht kein Zweifel.«

»Möglich, aber er kam nicht in den Flammen um, sondern wurde totgebissen und verbrannte erst danach«, murmelte Nate nachdenklich.

»Was ist mit dem winzigen Stück glasiertes Metall? Haben Sie herausfinden können, was das war?«

»Ja, auch das. Es stammt von einer Hundemarke, wie sie fast jeder Hund in den Staaten trägt. Nur dass diese Marke auch noch einen aktiven Sender hatte. Und wie es aussieht, hatte die Marke auch noch eine Drahtantenne, aber sie war abgebrochen. Mit der Antenne hätte man das Tier selbst auf größere Entfernung orten können.«

Sie waren inzwischen vor einer Tür mit dem Schild DNA-Labor angekommen.

Hendrickson fuhr mit seiner Kennkarte durch den Kartenleser und die Tür ging auf.

»Solche Marken werden verwendet, damit man ein entlaufenes Haustier wieder auffinden kann?«, fragte Nate.

»Wäre nutzlos. Die meisten Marken mit einem Tracker, die für Haustiere, zum Beispiel für Hunde, verwendet werden, haben nur sehr geringe Reichweiten. Ein paar Dutzend Meter vielleicht. Die Tracker sind nicht stark genug, um ein Tier in mehreren Kilometern Entfernung aufzuspüren. So einen Tracker, wie er hier verwendet wurde, habe ich noch nie gesehen. Soweit ich weiß, verwenden sie diese Dinger bei den Gefangenen in Guantanamo.«

»Sie? Wen meinen Sie damit? Die CIA?«

Der Techniker schaltete die Beleuchtung ein. Er wedelte abwehrend mit dem Finger. »Ich weiß nur, dass die CIA solche Tracker in Guantanamo verwendet. Man könnte deshalb vermuten, dass auch diese Marke von dort stammt, aber ich habe noch nicht herausgefunden, wer das Ding hergestellt hat. Wenn Sie mir noch ein wenig Zeit geben, finde ich das vielleicht auch noch heraus.«

Hendrickson drehte sich zu einem Computer um und tippte einen Befehl ein. »Okay. Reden wir nun über die Haarproben. »Kommen Sie, schauen Sie sich das hier mal an.«

Er hatte einen DNA-Analysebericht hochgeladen. Die Schlussfolgerung lautete schlicht: NICHT IDENTIFIZIERBAR.

»Also keine Übereinstimmung mit Ihren Datenbanken?«, fragte Nate. »Aber das ist nach einem Brand nichts Ungewöhnliches.«

Der Techniker runzelte die Stirn. »Nate, ich bin kein Idiot. Manches von dem, was Sie mitgebracht haben, war gar nicht verbrannt – und das gilt auch für diese Probe hier. Nur können die Computer keine DNA-Übereinstimmung feststellen.«

»Das verstehe ich nicht. Was soll das heißen?«

Statt zu antworten, schloss der Techniker eine Schublade auf und nahm einen Beweisbeutel heraus. Er enthielt einen Objektträger, den er unter ein hochauflösendes Mikroskop schob, und schaltete das Gerät ein. Ein Monitor leuchtete auf und zeigte zwei Haarproben.

»Sehen gleich aus, nicht wahr?«, fragte er.

Nate nickte; sie sahen tatsächlich gleich aus, aber das sagte ihm nichts. »Ja, sieht so aus. Ich nehme an, eine Probe habe ich mitgebracht, und die andere ist...?«

»Die andere ist ein Hund. Genauer, ein Labrador. Ich dachte mir gleich, dass Ihre Proben von einem Tier aus der Familie der Canidae stammen müssten, deshalb habe ich sie mit unseren Daten abgeglichen, bis ich eine visuelle Übereinstimmung fand.«

Nate betrachtete die Proben genauer. »Also hat jemand einen Hund mit einem Tracker ausgestattet. Ich verstehe nicht, was daran interessant sein soll. Damit landen wir in einer Sackgasse. Ein Tracker an einem Haustier. Okay, ein Hightech-Tracker, aber das war's dann auch schon.«

»Nicht ganz. Denn interessant ist nicht, dass ich Ihre Probe einem Labrador zuordnen konnte – interessant ist, dass der Computer genau das *nicht* tat! Hätte er aber tun sollen, wenn die DNA dieselbe wäre. Ist sie aber nicht! Ich habe die DNA-Daten für den Labrador-Rassestandard hochgeladen. Die DNA würde natürlich nicht genau übereinstimmen, sofern es sich nicht um Zwillinge handelt, aber ihre DNA-Sequenzen sollten bei Mitgliedern derselben Spezies zu mehr als 99,9 Prozent übereinstimmen. Aber als ich die DNA eines Labradors mit Ihrer Probe verglich, betrug die Übereinstimmung nur 97,8 Prozent. Das ist ein riesiger Unterschied. Zum Beispiel beträgt die Übereinstimmung zwischen Menschen und Schimpansen 96 Prozent.«

Nate riss die Augen auf. »Und ist denn nun die Probe ein Labrador oder nicht?«

Der Techniker schaute ihn mit besorgter Miene an. »Ehrlich, ich weiß nicht, was es ist. Das Haar ist ein Labrador-Haar – oder schlimmstenfalls etwas, das einem Labrador sehr, sehr ähnlich ist. Aber die DNA unterscheidet sich radikal. Ich habe das extra nachgeschlagen: Die Differenz der mitochondrialen DNA von Hunden und Wölfen beträgt 0,2 Prozent.

Aber hier haben wir eine Abweichung von über 2 Prozent, also das Zehnfache! Wie kann ein Lebewesen, das eindeutig hundeähnlich ist, eine DNA aufweisen, die so weit von der Gattung der Hunde abweicht?«

Nate runzelte die Stirn. »Wir haben also erstens einen Hightech-Tracker. Zweitens hat jemand mit Napalm-B versucht, alle Beweise zu vernichten. Drittens haben wir einen Hund, der kein Hund ist.«

»Es ist nicht einfach nur ›kein Hund‹, Nate! Es ist ein Tier, das mit keinem anderen Tier in unserer Datenbank übereinstimmt! Eine Datenbank, in der so gut wie jede lebende Tierart erfasst ist! Zum Teufel, was für eine Kreatur haben Sie denn da gefunden?«

Ein Schauder lief Nate über den Rücken. »Ich habe nicht die geringste Ahnung.«

KAPITEL FÜNF

Drei Jahre danach

Kathy O'Reilly leckte sich den salzigen Spray des Pazifiks von den Lippen. Als sie sich in dem hohen Drehstuhl auf dem Deck nach vorn lehnte, schaukelte das Boot sanft in den warmen Wellen.

Sie warf einen Blick über die Schulter. Brad stand über eine Seekarte gebeugt. »Was meinst du, können wir es noch vor dem Sturm schaffen?« Dabei nickte sie zu der dunkelgrauen Wolkenlinie hinüber, die sich über den gesamten westlichen Horizont erstreckte.

Brad schüttelte den Kopf. »Das möchte ich lieber nicht riskieren. Aber es gibt da eine kleine Insel, nicht zu weit entfernt. Sie hat eine Lagune, in der wir Schutz suchen und den Sturm aussitzen können.«

Wie zur Betonung frischte der Wind plötzlich stark auf, so dass das Boot heftig ins Schaukeln geriet.

Kathy tippte auf den Touchscreen der Navigationskonsole und schrie über den Wind: »Gib mir die Koordinaten! Ich programmiere den Autopiloten.«

»Die Lagune ist im Westen der Insel. Das müssten wir schaffen. Gib ein: 11 Grad, 25 Minuten, 19,2 Sekunden Süd und 151 Grad, 49 Minuten, 22,7 Sekunden West.«

Kathy gab die Koordinaten ein und drückte auf das »Start«-Symbol. Fast sofort steuerte das Boot ein paar Grad nach Backbord. Sie lächelte Brad ein wenig schief an.

»Let's go sailing«, sang Brad, frei nach Rod Stewart. »Mach dir keine Sorgen. Ich bin praktisch auf einem Segelboot aufgewachsen.«

Sie drohte ihm scherzhaft mit dem Finger. »Wenn wir auf einer gottverlassenen Insel stranden, nur weil du einen glorreichen Einfall hattest, wirst du das nicht überleben, das schwöre ich dir.«

Brads blaue Augen glitzerten in der grellen Sonne, als er lachte. Er war fast vierzig, aber sein jungenhaftes Lächeln und seine Abenteurernatur ließen die 15 Jahre, die zwischen ihnen lagen, völlig unwichtig erscheinen.

Er schaute sie an und fuhr sich mit der Hand durch die hellbraunen Haare. »Soweit ich mich erinnere, haben wir den Plan für diesen Segeltörn gemeinsam besprochen. Und du warst völlig damit einverstanden. Außerdem« -- er hakte ein Satellitentelefon von seinem Gürtel ab – »haben wir auch noch das hier. Selbst wenn wir in Seenot geraten, können wir immer noch die Kavallerie von der Seenotrettung rufen.«

»Na, hoffen wir mal, dass das nicht nötig sein wird.«

Kaum gesagt, leuchtete auch schon ein greller Blitz zwischen den Wolken auf, Sekunden später gefolgt von einem langen, rollenden Donner. Kathy verspürte einen Schauder, als sie auf den Autopiloten blickte und dann die Entfernung der rasch heranziehenden Wolkenbank abschätzte.

Für einen kurzen Augenblick wünschte sie sich, wieder zuhause zu sein. Sie war als Tochter eines Viehzüchters in Nevada aufgewachsen und hatte nicht vor, ihr Leben auf einer Ranch zu verbringen, aber jetzt, mitten auf dem Pazifik, verspürte sie eine unheilvolle Vorahnung und ihre Gedanken schweiften kurz zum vertrauten Elternhaus zurück.

»Kathy!« Brad musste jetzt schon brüllen, um sich über den Wind und das Echo des Donners verständlich zu machen. »Wir gehen in die Kabine hinunter!« Er kletterte voraus unter Deck und winkte ihr zu, ihm zu folgen. »Bis zur Insel brauchen wir ungefähr zwei Stunden. Wir werden es noch vor dem Sturm schaffen, aber der Wind wird ziemlich heftig werden.«

Kathy sprang vom Steuermannsstuhl und folgte ihm in die Kabine. Sie gab Brad einen flüchtigen Kuss auf die Wange. »Ohne Schiffbruch, verstanden, Mister?«

»Ach, ich weiß nicht so recht. Ein Schiffbruch würde mir doch mal richtig viel Zeit geben, dich ganz für mich allein zu haben.« Er gab ihr einen leichten Klapps auf den Hintern. Sie schrie in schlecht gespielter Empörung auf und sprang die letzten zwei Stufen hinab.

Brad nahm ein Kissen von einer der Kojen und warf es ihr zu. »Leg dich ein bisschen hin und ruhe dich aus. Ich passe auf, dass uns nichts passiert.«

»Gute Idee.«

Brad setzte sich vor die Kabinen-Steueranlage, während sich Kathy auf das V-förmige Bett im Bug der Jacht legte und das Kissen unter den Kopf schob. Brad war kein Hobbysegler – er arbeitete als Kapitän bei einer Fischfangflotte und sie vertraute ihm voll und ganz, dass er sie beide sicher an ihr Ziel bringen würde. Sie entspannte sich ein wenig und genoss das Schaukeln des Boots, und als ihr schließlich die Augen zufielen, wehrte sie sich nicht gegen den Schlaf.

Urplötzlich wurde sie von Brads Ruf aus dem Schlaf gerissen. »Liebling, kommst du bitte an Deck?«

Kathy schüttelte ihre Benommenheit ab, stolperte die Treppe hinauf und blickte sich um. Wellen brachen sich donnernd an Felsen und Klippen. Die Sonne stand knapp über dem Horizont, aber die dunkelgrauen Sturmwolken hatten mehr als den halben Himmel erobert. Kathy kniff die Augen zusammen. Sie waren vor der Insel angekommen, aber noch nicht in der sicheren Lagune.

Brad zog gerade sein Hemd aus und kickte die Deckschuhe von den Füßen. Er hakte das Satellitentelefon vom Gürtel und hielt es ihr hin. »Nimm das.«

»Was hast du vor?«

»Eine Korallenbank blockiert die Einfahrt in die Lagune. Es sieht so aus, als hätte jemand eine schmale Durchfahrt durch die Bank gesprengt, aber sie ist durch ein Gitter versperrt. Die Insel ist offenbar Privatbesitz. Aber weil wir vom Sturm gejagt werden... Manchmal ist es besser, hinterher um Vergebung zu bitten, als vorher um Erlaubnis zu fragen.« Er grinste und wies mit einer Kopfbewegung auf den Steuermannstuhl. »Du siehst, ich habe die Segel gerefft. Wir benutzen jetzt nur noch den Motor. Dein Job ist es, die Jacht vorsichtig in die Lagune zu steuern, sobald ich das Tor aufbekommen habe.«

Kathy nickte; Brad warf ihr einen Luftkuss zu und setzte das Fernglas an die Augen. Kathy schätzte das Gittertor auf ungefähr zehn Meter

Breite; oben war ein Schild befestigt, das immer wieder von den Wellen überspült wurde. *Privatbesitz. Zutritt verboten.*

Brad schwamm zum Tor und kletterte wie ein Affe zum oberen Rand des Gitters hinauf, wo sich der Verschluss befand – eine schwere Eisenstange, die durch eine Öse geschoben wurde, so dass das Tor nicht aufschwingen konnte. Er schien Schwierigkeiten zu haben, die Stange zurückzuziehen, und stemmte sich mit seinem ganzen Körpergewicht in die Gegenrichtung.

Plötzlich gab die Stange nach und Brad stürzte ins Wasser zurück.

Kathy sprang entsetzt auf und schrie: »Brad!«

Ein paar Sekunden später tauchte er wieder auf, zeigte ihr den erhobenen Daumen und winkte ihr zu, das Boot näher heranzusteuern. Dann tauchte er wieder unter und das Tor schwang langsam und anscheinend widerwillig auf.

Kathy ließ sich wieder auf den Stuhl fallen, schob behutsam den Gashebel vor und steuerte die Jacht langsam auf die Öffnung zu. Im selben Moment fielen die ersten, schweren Tropfen vom Himmel.

Kathy stand im frühen Morgenlicht auf dem Deck und starrte zu den Überresten des Gittertors hinüber, die schief und verbogen an dem Eisenpfosten hingen.

Sie hatte die fürchterlichste Nacht ihres Lebens hinter sich. Der Taifun war mit grausamer, urtümlicher Gewalt, mit brüllendem Sturmwind und meterhohen Brechern über die Jacht hergefallen. Die Segeljacht war keineswegs klein, aber selbst im Schutz der Lagune war sie hin und her geworfen worden wie ein Spielzeugschiffchen. Als dann endlich der neue Tag angebrochen war, hatte sich der Sturm wieder verzogen. Der Himmel war wieder klar, aber jetzt standen sie vor einem neuen Problem: das verbogene Gittertor blockierte die Ausfahrt. Und um alles noch schlimmer zu machen, hatte der Sturm eine Unmenge Müll, Seetang, Treibholz und Pflanzenteile gegen das Tor getrieben.

Brad war draußen und hackte mit einer kleinen Feueraxt auf dem verkeilten Treibholz, auf den Ästen und sonstigem Unrat herum, um das Tor frei zu bekommen. Er schien nicht viel bewirken zu können.

Kathy rief hinüber: »Soll ich dir helfen?«

Er warf einen Blick zurück und schüttelte den Kopf.

Kathy errötete unwillkürlich, als ihr klar wurde, wie dumm ihre Frage war. Brad benutzte das einzige Werkzeug, das sie hatten, mit dem man schneiden konnte… von den Steakmessern abgesehen.

Sie kam sich hilflos vor, als sie sah, wie sich Brad mit der Treibholzbarrikade abmühte. Nach weiteren zehn Minuten brüllte er in wütender Frustration auf, sprang wieder ins Wasser und schwamm zum Boot zurück. Kathy half ihm, auf das Deck zu klettern.

Brad ließ sich erschöpft auf das Deck fallen. »Tut mir leid, Darling. Das Scheiß-Treibholz hat sich völlig im Tor verkeilt und durch das Gewicht wurde auch das Gitter selbst in den Felsen unter dem Wasser festgeklemmt. Ich glaube nicht, dass wir das Tor mit einer Axt und bloßen Händen aufbekommen, dazu würden wir schweres Gerät brauchen. Sorry – ich wollte dich nicht in so eine Lage bringen, aber jetzt bleibt uns nichts anderes mehr übrig, als die Seenotrettung um Hilfe zu bitten.«

Mühsam rappelte er sich hoch und stöhnte mit schmerzverzerrtem Gesicht auf. Erst jetzt bemerkte Kathy, dass sein rechter Knöchel angeschwollen war und sich ein großer Bluterguss ausgebreitet hatte.

»Was ist mit deinem Knöchel passiert?«

»Nur übertreten, glaube ich.« Brad machte eine wegwerfende Handbewegung und griff nach dem Satellitentelefon.

»Ich weiß, dass die Insel in Privatbesitz ist, aber sie war der einzige Schutz vor dem Taifun in erreichbarer Nähe! Können Sie uns bitte helfen, die Durchfahrt wieder frei zu bekommen, damit wir aus der Lagune hinaussegeln können? Das ist alles, worum ich Sie bitte. Wir brauchen keine Hubschrauberrettung oder so etwas. Unsere Jacht ist nicht beschädigt und vollkommen seetüchtig.«

Brad hielt das Telefon ein wenig vom Ohr weg und warf Kathy einen frustrierten Blick zu. Offenbar verlief das Telefonat nicht so erfreulich, wie er gehofft hatte. Er hatte zunächst die zuständigen Meeresbehörden angerufen, die ihm aber nur erklärt hatten, dass er das Unternehmen anrufen müsse, dem die Insel gehöre. Und bei diesem Anruf schien nun alles schief zu gehen.

»Nein, wir nehmen natürlich nichts von Ihrer verdammten Insel mit!«, bellte Brad ins Telefon. »Wir wollen nur so schnell wie möglich von hier weg!« Brad fuhr sich mit der Hand durch die Haare, eine Geste schierer Frustration. »In sechsunddreißig Stunden? Geht's denn nicht schneller?« Er seufzte. »Okay, okay. Nein, wir werden auf dem Boot bleiben und auf Sie warten.«

Brad starrte das Telefon noch ein paar Sekunden lang an, schüttelte den Kopf und hakte es wieder an den Gürtel.

»Das heißt also, dass wir hier noch eineinhalb Tage herumhängen müssen«, stellte Kathy fest.

»Scheint so. Anscheinend hat dieses Unternehmen einen Langzeit-Pachtvertrag für diese Insel. Sie haben sehr sauer reagiert, als ich ihnen unsere Positionsdaten durchgab, und redeten dauernd davon, dass wir uns rechtswidrig verhalten hätten, aber wie es aussieht, werden sie uns herausholen. Aber natürlich haben sie mir gleich klargemacht, dass sie mir dafür eine saftige Rechnung präsentieren werden.«

»Und das überrascht dich?«

»Nein, eigentlich nicht. Aber sie sind ja ohnehin schon sauer, dass wir unbefugt eingedrungen sind… Wie wär's, wenn wir…« Brad grinste listig und wies mit dem Kopf auf das Ufer.

Kathy schüttelte lächelnd den Kopf. »Sollten wir nicht machen.«

»Warum denn nicht? Ich habe ein paar riesige Krebse am Strand herumkriechen sehen, und der Wald besteht praktisch nur aus Kokospalmen. Was sagst du zu einem Krebs-Festmahl? Dazu gibt's frisches Kokoswasser, direkt aus der Nuss.«

Das klang recht verlockend – frischer Krebs war allemal besser als das abgepackte Zeug, das sie in der Pantry hatten.

Kathy legte ihm die Arme um die Schultern. »Damit wir uns nicht missverstehen: Du glaubst also, mit ein paar Krebsen als Abendessen kannst du wiedergutmachen, dass wir auf dieser Robinsoninsel gestrandet sind?«

Brad grinste. »Na ja…«

»Ach, vergiss es.« Kathy gab ihm einen liebevollen Klapps auf die nackte Brust. »Ich setze schon mal das Krebswasser auf, während du die Kokosnüsse von den Bäumen holst.«

Kathy wälzte sich auf den Bauch, stützte sich auf die Ellbogen und blickte auf das Meer hinaus. Tief atmete sie den salzigen Geruch ein. Neben ihr war Brad eifrig dabei, ein Lagerfeuer zu bauen, aber bisher hatte er nur eine dichte Rauchwolke hervorgebracht.

Sie wollte gerade eine neckische Bemerkung über seine Fähigkeit als Pfadfinder machen, als schon eine erste orange Flamme aus dem Holzhaufen zuckte. Brad setzte sich auf die Hacken und betrachtete selbstzufrieden das immer stärker werdende Feuer. Doch als die Flammen fast bis an seine Knie herausschossen, sprang er rasch auf die Füße – und stöhnte unwillkürlich auf.

»Brad, bist du sicher, dass das nichts Schlimmeres ist? Dein Knöchel ist furchtbar geschwollen.«

»Alles in Ordnung. Entspanne dich, Liebling. Ich setze das Wasser auf. Hast du den Wein und die Gewürze vom Boot mitgebracht? Gut – bei dieser Größe müssen die Krebse mindestens dreißig Minuten kochen.«

Während Brad den größten Topf, den sie auf dem Boot hatten, über das Feuer hängte, ließ Kathy den Blick über den Strand schweifen. Im Abstand von jeweils zwanzig Metern standen große Warnschilder – *Privat – Zutritt verboten* – in Englisch und Spanisch, aber was ihr noch mehr Sorgen machte, war das Gewirr von Treibholz, verdorrten Palmwedeln, Seegras, Tang und Plastikmüll, das sich fast wie eine Mauer knapp oberhalb der Flutlinie am Strand entlang zog. Brad hatte zwar versucht, sein Humpeln vor ihr zu verbergen, aber sie sah, dass sein Knöchel noch weiter angeschwollen war.

Der Sandstrand endete an der Westseite der Insel; dort bestand das Ufer aus Riffen und Felsbrocken, zwischen denen sich ebenfalls Unmengen Meeresmüll angesammelt hatten. Es würde Brad schwer fallen, mit seinem verletzten Knöchel über das Geröll zu klettern, wenn sie zum Boot zurückgingen. Sie seufzte; Brad würde niemals zugeben, dass er Schmerzen hatte.

Brad warf eine Handvoll Old Bay-Gewürzmischung in den Topf und Kathy atmete genussvoll den Duft ein, der aus dem kochenden Wasser zu ihr herüber wehte. Trotzdem konnte sie das Gefühl nicht abschütteln, dass mit dieser Insel etwas nicht stimmte. Nach dem Sturm machte der Pazifik seinem Namen wieder alle Ehre, ruhig lag das Meer vor ihnen, der Wind war kaum noch spürbar… und doch verspürte sie dieses seltsame Unbehagen.

Geräusche.

Es dämmerte ihr, dass sie nichts mehr gehört hatte, seit sie die Insel betreten hatten. Keinen Möwenschrei, überhaupt keinen Vogelruf, nichts.

Wie ein Leichentuch lag die Stille über der Insel. Sie setzte sich auf und starrte zu dem Palmenwald hinüber, der sich oberhalb des Strands am Ufer entlang zog.

»Honey? Was meinst du – warum gibt es hier keine Vögel?«

»Vögel? Keine Ahnung. In Dutch Harbor verschwinden die Möwen aus der Stadt, wenn ein starker Sturm aufzieht. Vermutlich machen das die Möwen hier genauso.« Brad zog eine große Grillzange aus seinem Rucksack und klapperte mit den Zinken. »In einer Viertelstunde können wir essen.«

Seine Erklärung beruhigte Kathy nicht. Sie richtete den Blick auf einzelne Bäume – und dann entdeckte sie etwas: Ein regenbogenfarbener Vogel starrte von einer der fast zehn Meter hohen Kokospalmen auf sie herab. Kathy hatte keine Ahnung, wieso sie diesen Vogel nicht sofort bemerkt hatte; sein leuchtend buntes Gefieder hob sich klar von dem Braun und Grün der Palmwedel ab.

»Hey, schau doch, Brad – anscheinend sind nicht alle Vögel weggeflogen.«

»Oh – wow! Schöne Farben. Hast du eine Ahnung, was für ein Vogel das ist?«

Er schirmte mit der Hand seine Augen gegen die Sonne ab und ging zu der Kokospalme hinüber. Plötzlich breitete der Vogel die Flügel aus – und stürzte sich direkt auf ihn. Brad duckte sich und wehrte den Angreifer mit dem Arm ab. Für eine Sekunde schlug der Vogel die Krallen in seinen Arm, hackte kurz auf ihn ein und flog wieder in die Bäume hinauf.

»Scheiße! Was war das denn!«

Kathy sprang auf und rief ihm zu: »Geh weg von den Bäumen! Bestimmt hat er dort sein Nest gebaut und verteidigt es.«

Brad tupfte seinen Arm mit dem Saum des weißen T-Shirts ab, auf dem rote Blutflecken zurückblieben. »Diese verdammte Krähe hat mir ein Stück Fleisch herausgepickt!«

Kathy zog das Erste-Hilfe-Set aus Brads Rucksack. »Komm her – wir wollen nicht, dass sich das entzündet.«

Brad schüttelte immer noch verwundert den Kopf. »Bin sicher, der wollte mir ins Gesicht hacken. Wenn ich den Arm nicht schon oben gehabt hätte…«

Kathy riss den Beutel eines Alkoholtupfers auf und grinste. »Komm her, du großes Baby. Wir desinfizieren das erst mal.«

Sie wischte das Blut ab. Der scharfe Schnabel hatte ein fast bleistiftdickes Stück Haut und Gewebe aus Brads Unterarm gehackt. »Verdammt – er hat dir wirklich ein Stück Fleisch geklaut. Du kannst von Glück sagen, dass er dich nicht in die Augen gehackt hat.«

Brad starrte wütend zu den Bäumen hinüber. »Dass mich ein Vogel angreift, ist mir noch nie pass…« Plötzlich riss er Kathy den Arm weg und schlug heftig nach ihr. Sie zuckte instinktiv zurück, als seine Faust direkt an ihrem rechten Ohr vorbei schlug, taumelte und verlor beinahe das Gleichgewicht.

»Ich hab ihn erwischt!«, rief Brad triumphierend.

Wie benommen folgte Kathy seinem Blick. Hinter ihr lag der regenbogenbunte Vogel tot im Sand.

»Dieses Ding muss richtig sauer auf uns gewesen sein«, sagte Brad. »Der war pfeilschnell, und er hatte es auf dein Gesicht abgesehen.«

Und plötzlich ertönte ein wildes Gezwitscher in den Palmen. Einen Moment lang fragte sich Kathy, ob das die Jungvögel waren, die nach ihrer toten Mutter riefen. Sie taten ihr leid.

Aber dieses Gefühl dauerte nicht lange. Mindestens ein Dutzend regenbogenbunte Vögel landeten auf den Palmwedeln.

»Brad«, sagte sie, während ihr ein eiskalter Schauder über den Rücken lief, »wir müssen hier weg! Dort oben hocken noch mehr Vögel.«

Wie auf einen stillen Befehl hin breiteten die Vögel die Flügel aus und schossen im Sturzflug direkt auf Brad und Kathy herab.

Kathys Herz begann wie rasend zu hämmern, als sie die Szene wie in Zeitlupe beobachtete. Brad schrie auf, als mehrere der bunten Vögel auf ihn einhackten und sich sofort wieder in die Luft schwangen.

Er packte den Rucksack und schwang ihn gegen die angreifenden Vögel, wobei der Inhalt herausgeschleudert wurde. »Haut ab, verdammt!«, brüllte er.

Tatsächlich schaffte er es, zwei weitere Vögel zu erschlagen. Aber sein T-Shirt war mit Blutflecken übersät.

Kathy vergaß das Feuer, das Essen und alles, was sie im Strand zurücklassen mussten. Außer sich vor Angst schrie sie: »Brad, wir müssen weg! Zurück zum Boot!«

Brad nickte. »Ja, lauf los, ich bin direkt hinter dir!«

Kathy sprintete über den Sandstrand. Sie geriet fast in Panik, als etwas gegen ihren Rücken prallte. Aber sie blickte sich nicht um, sie lief, so schnell sie nur konnte, konzentrierte sich auf den unebenen Strand und auf die scharfen Kanten und Spalten der Felsen, über die sie steigen mussten, um zum Boot zu gelangen. Und sie lief auch weiter, als ein weiterer Vogel gegen ihren Rücken stieß, wobei sie einen scharfen, stechenden Schmerz verspürte. Jetzt hatte ein Vogel auch aus ihr ein Stück Fleisch gehackt.

Erst als Brad hinter ihr vor Schmerzen aufschrie, drehte sie sich um. Die Welt schien plötzlich zum Stillstand zu kommen. Brad versuchte gerade, wieder auf die Füße zu kommen. Blut strömte ihm über das Gesicht. Sein T-Shirt war so voller Blut, dass kaum noch weiße Stellen zu sehen waren. Und zum ersten Mal sah sie nackte Angst in seinem Gesicht.

»Verdammt, Kathy, lauf weiter – kümmere dich nicht um mich! Lauf!«

Sie blickte auf und sah die Vögel, die über ihm kreisten, bereit zum nächsten Angriff. Sie stand wie erstarrt, ihre Beine folgten ihr nicht mehr.

Brad sprintete zu ihr, packte sie am Arm und zerrte sie in die Richtung der Bäume hinüber. »Wir laufen durch den Wald! Dort liegt nicht so viel Zeug herum, und sie können uns nicht so leicht angreifen.«

Kathy spürte, wie das Adrenalin durch ihr System schoss. Sie raste in den Schutz des Palmenwalds hinüber. Aber als sie zwischen den dicht stehenden Bäumen hindurchjagte, musste sie feststellen, dass auch der Wald keinen vollständigen Schutz bieten konnte; mehrmals spürte sie die scharfen Schnäbel, die in ihren Rücken, ihre Oberschenkel und in den Nacken hackten. Ihr Atem ging stoßweise, unterbrochen von verzweifeltem Schluchzen. Brad hatte sie aus den Augen verloren, aber wenigstens hörte sie ihn, als er sich weiter rechts durch Büsche und Gestrüpp kämpfte.

»Brad! Alles okay?«

Sie bekam keine Antwort.

Und sie hatte die Orientierung verloren. Sie konnte nur hoffen, dass sie wenigstens ungefähr in Richtung der Lagune rannte. Dutzende brennender Wunden auf ihrem Körper waren der schmerzliche Beweis, dass der harmlose Ausflug zum Strand zu einem Kampf auf Leben und Tod geworden war. Den sie höchstwahrscheinlich verlieren würde.

Doch dann plötzlich ein Hoffnungsschimmer: Zwischen den Bäumen wurde es heller. Sie näherte sich dem Rand des Palmenwalds.

Sie stellte sich vor, wie sie in einem irren Sprint zur Lagune rasen und sich in der Kabine des Boots in Sicherheit bringen würde… jagte zwischen den letzten Bäumen hindurch ins Freie… und kam abrupt zum Stillstand.

Sie stand auf einer Lichtung. Vor ihr befand sich ein Betongebäude, an einer Seite, keine zwanzig Meter entfernt, war eine riesige Voliere an das Haus angebaut – in der es vor Vögeln mit Regenbogengefieder nur so wimmelte. Sie hätten in dem Gehege eingesperrt sein müssen, aber der Sturm hatte offenbar eine große Kokospalme umgeworfen, die durch das Drahtgeflecht des Vogelhauses gekracht und ein riesiges Loch hineingerissen hatte.

Kathys Herz klopfte zum Zerspringen. Sie rannte zu dem Betongebäude hinüber. Im selben Moment flatterte eine gewaltige Vogelschar durch das Loch in der Voliere heraus und flog auf sie zu.

Bitte mach, dass die Tür offen ist.

Verzweifelt drehte sie den Knauf an der schweren Metalltür… und die Tür schwang auf. Sie stolperte hinein, kickte die Tür hinter sich zu und brach auf dem Boden zusammen, um Atem ringend.

Nach einer Weile richtete sie sich auf Knie und Ellbogen auf. Blut tropfte auf den Betonboden. Sie hatte keine Ahnung, wie viele Wunden ihr die Vögel zugefügt hatten, aber es waren jedenfalls sehr viele. Ihre Arme waren mit einem schleimigen Gemisch aus Blut und Schweiß bedeckt, als hätte sie in ihrem eigenen Blut gebadet.

Etwas vibrierte an ihrem Gürtel. Das Satellitentelefon. Ein Anruf.

Sie riss es aus dem Gürtelclip. »Brad! Gottseidank! Hast du es auf das Boot geschafft?«

»Madam? Ein Boot mit einem Rettungsteam ist unterwegs…«

»Verdammte Scheiße, schicken Sie einen Hubschrauber! Wir zahlen es! Wir werden hier von einem ganzen Schwarm tollwütiger Vögel angegriffen! Wir brauchen einen Notarzt!« Der Wutausbruch hatte Kathys Todesangst und ihre Angst um Brad für ein paar Sekunden verdrängt, doch jetzt begann sie zu weinen. »Mein Freund ist auf dem Weg zum Boot, aber er ist verwundet. Ich sitze in irgendeinem Gebäude, blute am ganzen Körper und Gott allein weiß, was…«

»Madam, beruhigen Sie sich! Sagten Sie, sie seien in dem Gebäude auf der Insel?«

»Ja! Und schicken Sie uns endlich Ihren verdammten Hilfstrupp! Das ist ein Notfall!«

»Madam…«

Die Stimme schien schwächer zu werden; Kathy fühlte sich plötzlich unendlich schwach und hilflos.

Habe ich so viel Blut verloren?

Sie legte sich auf den Rücken. Der Raum begann sich zu drehen. Die Sonne warf ihre Strahlen durch das Fenster, das erstaunlicherweise noch intakt war… doch dann verschwamm es und alles wurde dunkel.

Ein fernes Donnern weckte sie. Nein, kein Donner… eher eine Explosion.

Kathy setzte sich auf und schüttelte benommen den Kopf.

Noch einmal krachte es ohrenbetäubend laut. Jetzt wusste sie, es war definitiv eine Explosion. Sie lief wie ein Beben durch den Boden und das Gebäude. Dieses Mal klang sie… näher.

Sie ignorierte die Schmerzen und kam stöhnend auf die Füße.

Sie war in reinster Todesangst in das Gebäude gestolpert, zu sehr in Panik, um irgendetwas richtig wahrnehmen zu können. Jetzt erst blickte sie um sich. Der Raum war eindeutig eine Art Labor. Inkubatoren standen an den Wänden entlang. Manche enthielten kleine Haufen von weißen, kirschgroßen Eiern, in anderen sah sie blinde, federnlose Küken. Sie beugte sich näher an die Glastüren und entdeckte, dass sich bei manchen Küken erste feine rote Federnspitzen zeigten.

Verdammte Scheiße. Züchtete hier jemand diese Mordvögel?

Brad. Ein Ring der Angst zog sich um ihre Brust zusammen, als sie an ihren Freund dachte. Sie konnte nur hoffen, dass er es heil bis zum Boot geschafft hatte. Plötzlich wurde ihr schwindelig und sie musste sich an einem der Labortische abstützen.

Auf dem Tisch lag ein Stapel Notizblocks, alle mit dem Logoaufdruck *AgriMed* auf dem Umschlag. Neben einem Inkubator befand sich ein Computer-Arbeitsplatz; im Rechner steckte ein USB-Stick. *AgriMed – Vertraulich* stand auf einem kleinen Aufkleber auf dem Stick. Wer immer hier gearbeitet hatte, musste die Insel fluchtartig verlassen haben.

Von einem vagen, unbestimmten Impuls getrieben, zog sie den Stick heraus und steckte ihn ein.

Wieder erschütterte eine Explosion das Gebäude. Kathy rannte zum Fenster.

Ihr Herz klopfte bereits bis zum Hals, doch jetzt begann es zu rasen, als sie sechs Männer in schwarzer Kampfmontur entdeckte, die zwischen den Bäumen hervorkamen. Alle waren bewaffnet. Einer richtete ein ungewöhnlich großes Gewehr auf die Voliere und ein oranger Flammenstrahl schoss heraus.

Ein weiterer Soldat rannte auf das Gebäude zu; die Tür flog krachend auf und der Mann stürmte herein. »Madam, Sie sind in Sicherheit. Wir bringen Sie von hier weg.«

Kathy taumelte auf ihn zu, plötzlich verspürte sie wieder die unglaublichen Schmerzen überall am Körper. Der Soldat packte sie am Oberarm und stützte sie.

Als sie aus dem Gebäude kam, spürte sie sofort die gewaltige Hitze, die von den Flammenwerfern und von brennenden Palmen ausging. Die Soldaten brannten nicht nur das Vogelhaus nieder, sondern machten sich offenbar daran, auch den umstehenden Wald abzufackeln. Die Hitze war fast unerträglich und setzte ihr zu, als sie versuchte, mit den Soldaten Schritt zu halten, die sie von dem Gebäude wegführten. Gewaltige Rauchwolken stiegen aus dem brennenden Wald hoch und reizten ihre Augen, so dass sie kaum noch durch die Tränen sehen konnte.

Sie blieb einen Moment stehen, um sich Rauch und Ruß aus den Augen zu wischen, und schnappte verblüfft nach Luft, als einer der Soldaten sie kurzerhand über die Schulter warf und weiterrannte, dicht gefolgt von den anderen Männern. Kathy hörte ein Zischen und spürte die Hitze, als ein Flammenwerfer auf etwas über ihren Köpfen feuerte. Der Rauch war inzwischen so dick, dass sie kaum noch atmen konnte.

Man hob sie in die offene Kabine eines Helikopters. Die Rotoren begannen sich bereits zu drehen.

Kathy hustete; ihre Lungen schmerzten vom inhalierten Rauch. Der Schmerz breitete sich in der ganzen Brust aus. Sie packte den Soldaten, der sie getragen hatte, am Arm. »Brad ist noch da draußen! Sie können ihn nicht auf der Insel zurücklassen!« Der Lärm der Rotoren wurde immer lauter.

Das Gesicht des Soldaten war rußgeschwärzt, wie das Gesicht einer

Schieferstatue. Er runzelte die Stirn und schüttelte den Kopf. »Niemand ist auf Insel.« Er sprach mit hartem Akzent… Schwedisch? Deutsch?

Ein anderer Soldat legte ihr eine Sauerstoffmaske auf das Gesicht. »Ruhig atmen.«

Erleichtert atmete sie tief ein… und die Welt wurde schwarz.

KAPITEL SECHS

Kathy saß auf der Kante eines Krankenhausbetts in einem spartanisch eingerichteten Zimmer. Die Wände bestanden aus unverputzten Betonziegeln, es gab keine Fenster und keine Verbindung zur Außenwelt, aber wenigstens verfügte sie hier über ein eigenes Bad. Sie hatte keine Ahnung, wo sie sich befand.

Der Helikopter war mitten in der Nacht auf einer anderen tropischen Insel gelandet; von einem Gebäude abgesehen, hatte Kathy keinerlei Anzeichen bemerkt, dass die Insel besiedelt war. Zwei Männer in Laborkitteln hatten sie in das Gebäude geleitet und schweigend ihre Wunden untersucht und versorgt. Das hatte eine ganze Weile gedauert – sie hatte Dutzende Bisse, die meisten sehr tief, die gereinigt, desinfiziert und genäht werden mussten. Während der ganzen langen Behandlung hatten sich die Männer geweigert, auch nur eine einzige ihrer Fragen zu beantworten. Aber wenigstens hatte man ihr anschließend erlaubt, eine Dusche zu nehmen, bevor man sie hier, in diesem kasernenähnlichen Zellenraum, zurückgelassen hatte.

Sie wusste, dass sie sich ausruhen sollte, aber das konnte sie nicht. Sie konnte nicht einmal die Augen schließen, ohne Brads blutüberströmtes Gesicht vor sich zu sehen. Und sie konnte auch den Gedanken nicht mehr verdrängen, dass es möglich – oder sogar wahrscheinlich – war, dass er irgendwo tot auf der Insel lag.

Noch etwas machte ihr Sorgen: dass sie bei alledem so wenig empfand. So kannte sie sich gar nicht. Normalerweise hätte sie durchgedreht, Weinkrämpfe bekommen, vielleicht sogar Wutanfälle. Aber sie war emotional wie ausgelaugt. Sie hatte einfach nicht mehr genug Energie, um irgendwelche Aufwallungen zu empfinden.

Sie fühlte sich betäubt.

Fühlt es sich so an, wenn man sich im Schock befindet? Hatte man ihr ein Beruhigungsmittel gespritzt? Oder habe ich eine Art Posttraumatische Belastungsstörung?

Kathy blickte sich genauer um und atmete tief ein und aus. Etwas stimmte nicht mit ihrem linken Auge – sie konnte es nur einen schmalen Spaltbreit öffnen. Ein antiseptischer Geruch hing im Raum, den sie von Krankenhäusern kannte, aber als man sie vom Behandlungsraum zum Krankenzimmer rollte, hatte sie nur einen leeren Korridor und keine anderen Patienten zu sehen bekommen.

Ihr ganzer Körper pochte vor Schmerzen. Sie zog den Ärmel des makellos sauberen weißen Krankenhaushemds hoch, das man ihr angezogen hatte, und betrachtete ihren von Wunden und Blutergüssen übersäten Arm. »Zehn Bisse, jeder mit zwei Stichen genäht«, zählte sie.

Als sie aufstand, zuckte eine neue Schmerzwelle durch die Beine hoch. Mühsam schleppte sie sich ins Badezimmer. Das Gesicht, das ihr aus dem Spiegel entgegen blickte, jagte ihr einen Schauder über den Rücken.

Sie erkannte sich kaum wieder.

Auf der linken Gesichtshälfte hatte sich ein großer violetter Bluterguss ausgebreitet und war so angeschwollen, dass sie kaum das linke Auge öffnen konnte. Vorsichtig tastete sie ihr Gesicht ab und stellte überrascht fest, dass sie keinerlei Schmerzen verspürte. Vielleicht hatten ihr die Ärzte ein lokales Betäubungsmittel gespritzt. Aber alle anderen Körperteile fühlten sich schlimmer an, als sie sich jemals hätte vorstellen können. Die unzähligen kleinen und großen Wunden hatte man nicht betäubt; sie brannten und pochten. Und obwohl es im klimatisierten Zimmer ziemlich kühl war, war ihr unangenehm warm.

Fange ich an zu fiebern?

Es klopfte an der Tür. Sie verließ das Badezimmer und öffnete.

Ein kräftig gebauter Mann, völlig in schwarze Kampfmontur gekleidet, stand vor ihr. Mit deutlichem deutschem Akzent sagte er: »Folgen Sie mir. Der Direktor will Sie sprechen.«

Der Direktor?

Sie nickte. »Okay.«

Vielleicht erfahre ich jetzt endlich, was mit Brad ist.

Der deutsche Soldat führte Kathy in einen bequem ausgestatteten Besprechungsraum. Eine Frau stand in einer Ecke, die Kathy mit kaltem Blick musterte. Ein älterer Herr saß am großen Konferenztisch. Im Gegensatz zu den Ärzten und Soldaten, die sie bisher zu sehen bekommen hatte, trug er einen untadeligen Zweireiheranzug und Krawatte. Und auch sein graumeliertes Haar war tadellos frisiert. Als er zu sprechen anfing, wurde ihr sofort klar, dass er Amerikaner war.

»Miss O'Reilly, bitte setzen Sie sich. Ich bin erleichtert, dass Sie sich wieder besser fühlen, nach diesem... höchst unglückseligen Zwischenfall.« Lächelnd hielt er kurz inne. »Aber Ihnen wird sicherlich klar sein, dass rings um die Insel zahlreiche Schilder angebracht sind, die Unbefugte davor warnen, die Insel zu betreten.«

Seine Stimme klang warm, aber Kathy nahm dennoch eine stählerne Härte in seinem Verhalten wahr – als hätte ihn etwas sehr verärgert. Vielleicht, weil er zu diesem abgelegenen Ort hatte kommen müssen, oder vielleicht ärgerte er sich über sie. Oder über beides.

Sie setzte sich, erleichtert, dass sie ihre watteweichen Beine entlasten konnte. Das fiebrige Wärmegefühl war immer noch da. »Ich weiß, dass wir dort nichts zu suchen hatten«, gab sie zu. »Aber Brad hat Ihnen sicherlich...« Sie brach mitten im Satz ab. Plötzlich sah sie wieder Brads blutüberströmtes Gesicht vor sich. »Haben Sie ihn gefunden? Meinen Freund? Wir wollten zum Segelboot zurück, aber wir wurden getrennt...«

Der Mann blickte zu der Frau hinüber. Sie hatte Kathy nicht für eine Sekunde aus den kalten Augen gelassen. »Ich bin sicher, dass es Ihrem Freund gut geht«, antwortete der Mann ruhig und tippte auf ein paar Papiere, die vor ihm auf dem Tisch lagen. »Meine Männer berichten, dass sie die Durchfahrt zur Lagune freigeräumt hätten; die Jacht sei dann sofort aufs offene Meer hinaus gesegelt.«

Kathy verspürte neue Hoffnung. Aber als sie gerade zu einer Frage ansetzen wollte, redete der Mann rasch weiter.

»Aber wir haben keine Ahnung, wohin das Boot fuhr.«

Das brachte Kathys Welt abrupt zum Stillstand. Die Angst kroch kalt durch ihr Inneres.

Niemals hätte Brad sie im Stich gelassen, niemals wäre er davon gesegelt, ohne sie wissen zu lassen, wohin er fuhr. Er hätte sich um sie gekümmert, daran hatte sie nicht den geringsten Zweifel.

Dieser Mann log.

Was wiederum bedeutete… dass Brad tot war.

Und dass niemand auf der Welt wusste, wo sie war.

Wieder lief ihr ein kalter Schauder über den Rücken. Sie war diesen Leuten auf Gedeih und Verderb ausgeliefert.

Die Anwesenheit der kalten Frau in der Ecke beunruhigte Kathy noch mehr. Sie hatte Kathy noch keine Sekunde aus den Augen gelassen. Aus irgendeinem Grund flößte sie ihr noch mehr Angst ein als selbst die fremdländischen Soldaten und dieser geschniegelte Mann hier am Tisch.

Der Mann schob ein paar Papiere über den Tisch. »Miss O'Reilly«, sagte er kühl und sachlich, »Sie sind ohne Erlaubnis in unser Gebiet eingedrungen, aber das Unternehmen hat entschieden, dieses Vergehen nicht weiter zu verfolgen und wird auch keine Entschädigung fordern. Es ist uns in der Tat sogar sehr unangenehm, dass Sie diese Erfahrungen durchmachen mussten; wir bieten Ihnen deshalb ein großzügig bemessenes Schmerzensgeld an. Im Gegenzug bitten wir Sie jedoch, diese Verschwiegenheitserklärung zu unterzeichnen.«

Kathy überflog die erste Seite der Erklärung.

Jetzt nahm die Stimme des Mannes wieder einen warmen, fast väterlichen Ton an. »Es ist im Grunde eine Standard-Erklärung. Sie erklären sich damit einverstanden, Stillschweigen über alles zu bewahren, was Sie auf der Insel gesehen und erlebt haben; wir werden Ihnen dafür 200 000 Dollar zahlen. Was die Details der Vereinbarung angeht…«

Er fuhr fort, ihr diese Details genauer zu erklären, aber Kathy hörte nicht mehr zu. Sie hätte sich niemals träumen lassen, dass ihr jemand so viel Geld für irgendetwas zahlen würde, ganz zu schweigen davon, dass sie nur genau das zu tun haben würde: schweigen.

Natürlich war ihr klar, dass es sich dabei nicht um Schmerzensgeld, sondern um Schweigegeld handelte, oder noch genauer: Bestechungsgeld. Aber sie sah auch ein, dass sie im Grunde keine andere Wahl hatte.

Sie schauderte bei dem Gedanken, was sie mit ihr tun würden, wenn sie die Unterschrift verweigerte.

Ohne abzuwarten, was ihr der Mann sonst noch zu erklären hatte, griff sie nach dem Kugelschreiber und unterschrieb die Erklärungen.

Das »Unternehmen« hatte für Kathy einen Flug nach Hause gebucht. Aber als sie wieder in ihrer Wohnung in Dutch Harbor, Alaska, war, wusste sie nicht mehr so recht, was sie mit sich anfangen sollte. Als Barsängerin stand sie bei mehreren Bars draußen in Cape Cheerful unter Vertrag, aber in dieser Umgebung erinnerte sie alles zu sehr an Brad; in Cape Cheerful hatte sie ihn auch kennen gelernt.

Sie musste herausfinden, was mit ihm geschehen war.

Er war nicht mehr nach Hause zurückgekehrt. Sein Bootsliegeplatz blieb leer. Sie nahm Kontakt zu seinen Freunden und seiner Schiffsbesatzung auf, in der Hoffnung, dass er sich bei ihnen gemeldet hatte. Aber niemand hatte von ihm gehört.

Inzwischen war sie absolut sicher, dass ihm etwas Furchtbares zugestoßen war. Sie ging zur Polizei und meldete ihn als vermisst. Sie versprachen, nach ihm zu suchen, rieten ihr aber, sich keine allzu großen Hoffnungen zu machen. Ein Verschwinden auf hoher See aufzuklären, überstieg ihre Möglichkeiten und lag außerhalb ihres Zuständigkeitsbereichs.

Nach nur einer Woche wurden Angst und Ungewissheit einfach unerträglich. Alles hier in Alaska erinnerte sie an Brad. An Brad und diese verdammte Insel.

Sie brauchte einen Ortswechsel.

Frank hörte das Klopfen an der Haustür erst nach einer Weile. Er stemmte sich von seinem bequemen Lehnstuhl hoch und ging öffnen.

Vor der Tür stand die Person, mit der er am wenigsten gerechnet hatte.

Seine Tochter Kathy.

Seit zwei Monaten hatten sie nichts mehr von ihr gehört, und auch das war nur ein kurzes Fünf-Minuten-Telefonat mit Megan gewesen. Kathy hatte ihrer Mutter erzählt, sie sei jetzt mit einem Kapitän eines Fischtrawlers oben in Alaska zusammen. Seine Tochter war seit… ja, seit über drei Jahren nicht mehr zu Hause gewesen.

Und jetzt stand sie vor ihm und sah einfach fürchterlich aus. Unglücklich. Beide Arme und die linke Gesichtshälfte waren voller Blutergüsse und Narben, und selbst an der Halsseite entdeckte er eine Wundnaht, direkt oberhalb des Blusenkragens. Tränen liefen ihr übers Gesicht.

Ihren früheren Boyfriend hatte Frank zur Rede gestellt, nachdem er herausgefunden hatte, dass der Typ Kathy – seine Kathy! – geschlagen hatte. Kathy hatte auf seine Einmischung wütend reagiert und war schon am nächsten Tag aus dem Elternhaus ausgezogen. Im Moment wünschte sich Frank nichts sehnlicher, als dass seine Tochter wieder nach Hause kam.

»Dad? Kann ich mein Zimmer wiederhaben?«

Er schloss sie in die Arme. »Aber natürlich, Schätzchen! Du kannst hier bei uns wohnen, so lange du willst.« Er küsste sie auf das Haar. »Deine Mum ist grade mit Jasper draußen unterwegs. Sie wird bald zurück sein.«

»Jasper?«, fragte Kathy mit dumpfer Stimme, weil sie das Gesicht immer noch gegen seine breite Brust presste.

»Hätte schwören können, dass ich dir das schon erzählt habe. Wir haben einen neuen Hund.«

Kathy löste sich wieder von ihm und wischte sich die Tränen aus dem Gesicht. »Wirklich? Als Daisy starb, wollte Mum doch auf keinen Fall wieder ein neues Hündchen anschaffen!«

Er lächelte gezwungen. »Na ja, es ist eher umgekehrt – Jasper hat uns ausgesucht. Er wird dir gefallen. Ein ausgesprochen cleverer Hund und macht nicht halb so viel Probleme wie gewisse junge Damen in meiner Bekanntschaft.« Er zwinkerte ihr zu. »Und jetzt komm endlich rein.«

»Ich hole erst mal mein Gepäck.«

»Unfug.« Frank zog seine heißgeliebte Tochter ins Haus und führte sie ins Wohnzimmer. »Setz dich und ruhe dich aus nach der langen Reise. Ich kümmere mich um alles andere.«

Kathy lag in ihrem Bett; die Vorhänge waren zugezogen. Schon eine Woche war sie nun wieder zu Hause, aber die Erinnerung an das, was auf der Insel geschehen war, ließ sich nicht vertreiben. Vor allem ein Bild sah sie ständig vor sich: Brads blutüberströmtes Gesicht.

Und auch die Angst war immer noch da. Sie nagte in ihrem Innern, so hartnäckig und unerbittlich, dass sie sich ständig fiebrig und ausgelaugt fühlte.

Die Zimmertür öffnete sich einen Spaltbreit und Jasper schob die braune Schnauze durch den Spalt.

Kathy drehte sich auf die andere Seite, von der Tür weg, und zog die Bettdecke höher um sich.

Trotzdem hörte sie das leise Tappen der Pfoten, als der Hund zu ihrem Bett kam.

Es gefiel ihr nicht, dass sich ein neuer Hund im Haus befand. Daisy war ihr eigener Hund gewesen, als sie noch ein Kind gewesen war, und es hatte Kathy innerlich fast zerrissen, als Daisy starb. Kein anderer Hund konnte Daisy ersetzen. Dieser Hund, dieser Jasper, kam ihr wie ein Eindringling vor.

Jasper sprang auf ihr Bett und legte sich neben sie. Sein Kopf lag auf ihrem Kissen.

Sie drehte ihm das Gesicht zu; sein Hundeatem strömte über ihr Gesicht. Genau das hatte auch Daisy immer getan.

Jasper leckte ihr das Gesicht.

Sie lachte, sie konnte nicht anders. »Schüchtern bist du jedenfalls nicht, oder?«

Jasper blickte sie mit seinen unergründlichen braunen Augen an und ließ ein leises »Wuff!« hören.

Frank lehnte sich auf dem Sofa zurück und legte den Kopf auf Megans Schulter. »Jasper hat Kathy ins Herz geschlossen, wie es scheint.«

Vor einer Stunde war der Hund in Kathys Schlafzimmer verschwunden. Seither hatten sie nur ein gelegentliches, leises »Wuff!« und das unverkennbare Kichern ihrer Tochter zu hören bekommen.

»Ist es nicht seltsam, dass Jasper fast zu spüren scheint, wenn jemand niedergeschlagen oder unglücklich ist, und wie er es dann schafft, sie aus der Misere zu holen?«, fragte Megan. Sie schaute Frank direkt an. »Hast du sie dazu gebracht, über ihre Blutergüsse und Narben zu sprechen?«

Frank spürte, wie ihm die Zornesröte ins Gesicht stieg. »Sie will nicht darüber reden, kein Wort. Ich denke, ihr Freund hat ihr etwas angetan, ich mag mir nicht vorstellen, was er getan hat. Unser Kind kann ziemlich launisch sein, und wir wissen beide, dass ich auch manchmal recht jähzornig werde. Aber das Letzte, was ich will ist, dass sie wieder davon läuft, wenn sie uns am Dringendsten braucht.«

Megan seufzte und drückte seinen Arm an sich. »Ich hoffe, es geht ihr allmählich wieder besser. Sie schläft sehr viel.«

»Sie braucht einfach nur Zeit, um ihr Leben wieder in den Griff zu bekommen. Und um wieder klar denken zu können.«

Plötzlich schoss ein brennender Schmerz durch seinen Ellbogen. Frank verzog das Gesicht und strich sich über den Arm.

»Dein Arm tut immer noch weh. Warum gehst du nicht endlich zum Arzt?«

Frank schüttelte stur den Kopf. »Alles in Ordnung. Ich habe dir doch gesagt, ich habe ihn nur ein wenig verrenkt, als ich letzte Woche die Heuballen abgeladen habe. Ich werde den Arm einfach nur ein wenig schonen müssen.«

Kathy setzte sich an den Esstisch und strich mit der Hand über die Tischplatte. Diesen Tisch hatte ihr Dad gezimmert, als sie gerade erst neun Jahre alt war. Sie erinnerte sich, dass sie ihm geholfen hatte, die Beize aufzutragen, und ihm dann zugeschaut hatte, als er schier unzählige Male den Tisch mit Polyurethanlack gestrichen hatte. Bis zum heutigen Tag sah der Tisch aus, als käme er direkt aus dem Möbelhaus.

Aus der Küche trieb der Duft von Rinderbraten herüber. Kathy wusste, dass ihre Mutter eine sehr gute Köchin war; trotzdem rebellierte ihr Magen. Seit ihrer Rettung von der Insel hatte sie sich nicht mehr richtig wohl gefühlt. Tag für Tag verspürte sie Übelkeit und Erschöpfung.

Kathy fühlte sich schuldbewusst, als sie die vertrauten Geräusche hörte, die ihre Mutter beim Kochen machte.

Und das zu Recht, denn seit sie nach Hause zurückgekehrt war, hatte sie nichts getan. Wochenlang hatte sie nur im Bett oder auf der Couch gelegen. Sicherlich litt sie an Depressionen – verursacht durch Schuldgefühle, dass Brad ums Leben gekommen war, dass sie überlebt hatte… dass sie das Schweigegeld angenommen hatte, das nun auf ihrem Bankkonto lag.

Dad schlenderte ins Esszimmer und fragte mit breitem Lächeln: »Na, wie geht's meinem Mädchen?«

»Mir geht's gut, Dad«, log sie. »Wie macht sich das neue Weideland?«

Er küsste sie auf das Haar und legte ihr die Hand auf die Schulter; sie fühlte sich warm an. »Gut. Den Rindern scheint das Gras zu schmecken. Wenn du Lust hast, kannst du gern mal mit mir hinfahren.«

In Kathys Brust zog sich etwas zusammen, als sie daran dachte, wie es wohl sei, wieder ihrem Dad auf der Farm zu helfen. Er hatte sein Leben lang Rinder gezüchtet und war auf Pferden auf seiner Farm herumgeritten, und er konnte fast alles reparieren, was kaputt ging. Die Rinderzucht lag ihm im Blut. Für Kathy jedoch war es eine Horrorvorstellung, ihr Leben lang auf dieser abgelegenen Farm festzusitzen.

Sie schüttelte den Kopf. »Nein, danke, Dad.«

Ihr Vater nickte nur und lächelte ihr aufmunternd zu, wodurch sie sich aber nur noch schlimmer fühlte.

Jasper tappte herein, ließ den schweren Kopf auf ihren Schoß fallen und stieß einen tiefen Seufzer aus. Sie kraulte ihn hinter den Ohren. Irgendwie schien es der Hund immer zu fühlen, wenn sie kurz vor dem Zusammenbruch stand; seine Anwesenheit half ihr, sich selbst unter Kontrolle zu halten.

Kathys Mum trug ein Tablett mit Rinderbraten und neuen Kartoffeln herein. Sie stellte es auf den Tisch und drehte sich zu ihrer Tochter um. »Wie geht's deinem Magen heute, Kathy? Ich kann dir auch einen mild gewürzten Salat machen, wenn du noch kein schweres Essen verträgst.«

»Ein Salat wäre wunderbar.« Kathy schob den Stuhl zurück. »Aber ich mache ihn selbst…«

»Du rührst dich nicht vom Fleck, junge Dame.« Mum blickte sie streng an. »Ruhe dich aus. Ich bin gleich wieder da.«

Dad schaute ihrer Mum nach, die in die Küche zurück eilte. Erst als sie außer Hörweite war, wandte er sich wieder an seine Tochter. »Bist du sicher, dass es dir gut geht, Kathy? Wenn es da etwas gibt… etwas, wobei dir der Arzt in Ash Springs nicht helfen kann… wir können dich zu einer der großen Kliniken in Vegas fahren. Du musst es nur sagen.«

Kathy lächelte ihren Vater an. So deutlich hatte er ihr noch nie zu verstehen gegeben, dass etwas mit ihrem Kopf nicht in Ordnung sein könnte. »Nein, Dad, mir geht's gut, mach dir keine Sorgen.«

Mum kehrte mit einer großen Holzschale zurück, in der sich alles befand, was man für einen Salat brauchte. »Ist Himbeervinaigrette in Ordnung? Ich habe keine andere Salatsoße.«

»Das klingt doch wunderbar, Darling«, sagte Frank.

Kathy lächelte zu ihrer Mutter hoch, die am Tisch den Salat mischte. »Meine Lieblingsvinaigrette.« Sie streichelte Jaspers Kopf und versuchte, sich voll und ganz auf den Augenblick zu konzentrieren.

Während ihre Mutter den Salat anmachte, schnitt Frank den Rinderbraten auf und legte große Scheiben auf die Teller. Kathy beobachtete still ihre Eltern. Sie waren das perfekte Paar. Sie kannten sich seit der Highschool und hatten sich kein einziges Mal gestritten. Jedenfalls soweit Kathy wusste.

Sie waren auch perfekte Eltern, und für die meisten Menschen würde das eine wunderbare Sache sein. Doch in Kathy löste genau das eine unbestimmte Zukunftsangst aus. Sie würde wohl nie so glücklich und so erfüllt leben wie ihre Eltern.

Mum nahm Kathys Teller und fragte: »Liebes, du möchtest nur einen Teller Salat, richtig?«

Kathy nickte, und Mum stellte den Teller vor sie hin.

Ihr Vater räusperte sich, wie immer, bevor er das Tischgebet sprach. Alle schlugen das Kreuz und senkten die Köpfe.

»Komm, o Herr, sei unser Gast und segne…«

Kathys Gedanken schweiften ab, hin zu einem düsteren, dunklen Ort. Wieder wurde sie von den Schuldgefühlen fast überwältigt.

Segen… den hatte sie nicht verdient.

Der Parkplatz vor der Saint Mary-Kirche war praktisch leer, als Kathy den Wagen parkte. Seit mindestens fünf Jahren war sie nicht mehr in der Kirche gewesen, nicht seit der Beerdigung ihres Onkels. Er war bei einem Autounfall lebensgefährlich verletzt worden, während Kathy als Barsängerin durch Alaska tourte. Sie war auf dem Rückflug nach Hause, als er im Krankenhaus starb.

Als sie aus dem Auto stieg, rief plötzlich eine warme Stimme: »Du lieber Gott! Ist das nicht die kleine Katherine O'Reilly?«

Ein großer, silberhaariger Mann kam die Kirchentreppe herab. Er trug den schwarzen Anzug und das weiße Kollar eines katholischen Priesters.

»Ja, Father Carson, ich bin's.«

Father Carson war längst in den Siebzigern, zeigte aber keine Anzeichen von Altersmüdigkeit. Er kam auf Kathy zu, umfasste ihr Gesicht mit beiden Händen und betrachtete sie aufmerksam. »Mein Kind, du siehst erschöpft aus. Deine Mutter hat mir ein wenig von dem erzählt, was du durchgemacht hast, und auch vom Verschwinden deines Freundes und so weiter. Es tut mir unendlich leid, dass du einen solchen Schmerz ertragen musst.«

Das klang so aufrichtig und warmherzig, dass etwas in Kathy endlich schmolz, das so lange verhärtet und erstarrt gewesen war.

Als würde ein Film in Sprüngen abgespielt, zuckten Bilder aus ihrem Leben in den letzten paar Monaten wie Blitzlichtaufnahmen durch ihren Kopf.

Brads blutüberströmtes Gesicht. Ihre Flucht in das Labor. Die schwarz gekleideten Männer, die sie von der Insel geholt hatten. Kathy, wie sie vor Brads leerem Haus stand und sich fragte, ob er auf der Insel umgekommen sei.

Während des Angriffs auf der Insel, während der anschließenden Flucht aus der Gefahrenzone, sogar während der folgenden drei Monate, in denen sie sich in ihrem Elternhaus vor der Welt versteckt hatte… zu keinem Zeitpunkt hatte sie etwas empfunden, hatte sie etwas *wirklich gefühlt*.

Bis jetzt.

Plötzlich strömten ihr Tränen über das Gesicht. Die Benommenheit, die Lähmung riss auf wie ein Damm und die lange aufgestauten Gefühle brachen sich Bahn – Erleichterung, Schuld, Entsetzen, Trauer.

Sie schlang die Arme um sich, wie um zu verhindern, dass sie zerbrach.

Father Carson wischte ihr die Tränen von den Wangen. »Mein Kind, gibt es etwas, das ich tun kann, damit du deinen Schmerz besser ertragen kannst?«

Kathy atmete tief ein und nickte. Sie bekreuzigte sich und senkte den Kopf.

»Segnen Sie mich, Father, denn ich habe gesündigt. Meine letzte Beichte war vor…«

KAPITEL SIEBEN

»Eine Ermittlung in Kiribati?«, fragte Nate. »Das wäre ja mal was ganz anderes.«

»Es wäre nicht nur was anderes – die Sache stinkt zum Himmel.« Jeff Binghamton, der grauhaarige Assistant Director der Abteilung für Kriminalitätsbekämpfung, schob eine Mikrokassette über den Tisch. »Auf dem Band befindet sich die Tonaufnahme der ursprünglichen Anzeige. Sie können sich das später anhören. Im Wesentlichen geht es darum, dass irgendein Firmenidiot behauptet, staatliche Behörden würden sein Unternehmen illegal schikanieren. Die Firma heißt AgriMed; sie betreibt multinationale Genforschung. Ihr Hauptsitz befindet sich hier in den Staaten. Konkret geht es darum, dass einige ihrer überseeischen Einrichtungen zerstört wurden.«

»Das wäre aber doch normalerweise ein Vorfall, um den sich der betreffende Staat kümmern müsste?«

»Ja, sicher. Aber dieser Bursche behauptet, dass die Zerstörung durch das amerikanische Militär erfolgte. Was wir bisher wissen, ist folgendes: Die Seenotleitstelle der Republik Kiribati empfing einen Notruf, der von einer entfernten, unbewohnten Insel abgesetzt wurde. Die Insel war an AgriMed verpachtet worden, und anscheinend hatte der Konzern auf der Insel mehrere Millionen Dollar investiert, um dort irgendwelche Heilkräuter anzubauen, aus denen sie neuartige Tinkturen oder Pillen oder so zusammenbrauen wollten. Deshalb setzte sich die Seenotleitstelle direkt mit AgriMed in Verbindung.« Jeff griff nach dem Kaffeebecher auf dem Schreibtisch und trank einen Schluck. »Soweit die Fakten. Aber dieser AgriMed-Typ behauptet nun, sie hätten ihre Insel nur noch als rauchende Trümmerlandschaft vorgefunden, und ein Trupp schwer bewaffneter Soldaten sei auf einem Boot davon gebraust, das militärische Kennzeichen gehabt habe. Außerdem sei eine gerettete Person vor einer AgriMed-Einrichtung auf der Hauptinsel von Kiribati abgesetzt worden.«

»Scheiße«, sagte Nate. »Haben wir denn dort draußen irgendeine militärische Operation am Laufen?«

Jeff rümpfte die Nase und zuckte die Schultern. »Genau das ist die Frage. Die Beschwerde ist schon vor einer ganzen Weile eingegangen und ich habe natürlich sofort eine Anfrage an das Büro des Generalinspekteurs im Verteidigungsministerium gerichtet und um Informationen gebeten. Sie leugneten es natürlich, aber die Antwort war zweideutig formuliert. Sie wissen, was ich meine? Im Stil von ›Wir haben nichts getan, was Sie interessieren dürfte‹.«

Jeff beugte sich vor; seine Tränensäcke bestätigten Nate erneut, dass es eine gute Entscheidung gewesen war, beim FBI keinen Job im Innendienst oder im Management anzunehmen. Die politischen Verrenkungen, die die FBI-Manager tagtäglich ihrem Rückgrat zumuten mussten, hätte Nate in kürzester Zeit zum Gewaltverbrecher werden lassen, und das nicht nur bildlich gesprochen.

»Ich habe deshalb selbst ein wenig Recherche durchgeführt«, fuhr Jeff fort, »wobei mir ein Kumpel im Büro des Generalinspekteurs half. Sagen wir einfach nur, dass es zum fraglichen Zeitpunkt gewisse militärische Interessen in dieser Region gab. In dieser Hinsicht könnte also die Beschwerde des AgriMed-Konzerns durchaus berechtigt sein.«

»Und jetzt wollen Sie, dass ich hinfliege und herausfinde, was genau auf der Insel abging.«

»Ja. Ich stelle Ihnen ein Team zur Seite, aber ich möchte, dass Sie die Leitung übernehmen.« Jeff beugte sich über den Tisch und stieß den Zeigefinger in Nates Richtung. »Nate: Seien Sie vorsichtig. Wir haben keine Ahnung, welchen Scheiß Sie dort vorfinden werden. Ich traue diesen AgriMed-Leuten nicht über den Weg. Mein siebter Sinn kitzelt wie irre.«

Nate nahm die Kassette und steckte sie ein. »Bin schon auf dem Weg.«

Eine steife Brise blies Nate ins Gesicht; unter der Atemmaske verzog er das Gesicht. Die Insel stank nach verbranntem Unrat, unverbranntem Benzin und verwesten Fischkadavern. Anscheinend hatten die Militärtypen – oder was auch immer sie gewesen sein mochten – den Cocktail ziemlich freizügig verspritzt, mit dem sie praktisch die ganze Insel abgefackelt hatten. In dem ganzen verkohlten Chaos, das einmal ein Palmenwald gewesen war, ragte nur ein kleines Betongebäude in der Ferne heraus, das einzige Zeichen von Zivilisation.

Nates sechs Agenten verzogen ebenfalls angewidert die Gesichter. »Was zum Teufel ist das?«, fragte Eric Meadows, der jüngste Agent im Team. »Die Insel stinkt nach Benzin, fast wie eine Ölraffinerie.«

»Nein, kein Benzin«, sagte Mike Anderson, ein ehemaliger Marine-Infanterist. »Diesen Gestank vergesse ich im Leben nicht mehr. Polystyrol, Benzol und Tod. Die Typen vom forensischen Labor müssen mir erst nicht erklären, was hier los war – dass jemand die Insel mit Napalm-B in eine Hölle verwandelt hat.«

Nate schüttelte nur stumm den Kopf. Auch er erinnerte sich an diesen Geruch aus seiner Zeit bei den Sonderkommandos. Er ließ den Blick über den Felsenstrand wandern und bemerkte kleine Nester von schmutzigen Blasen.

»Umso mehr Grund, die Sache so schnell wie möglich hinter uns zu bringen«, überschrie er die schrillen Schreie der Möwen. »Ich habe nicht vor, noch einmal auf diese Hölleninsel zurück zu kommen, also, Leute, müssen wir so viel Beweismittel wie möglich sammeln. Anderson, Sanchez und Smith, ihr übernehmt die Ostseite. Johnson, Liu und Meadows, ihr durchsucht den Westen. Ich übernehme die Mitte. Wir treffen uns dann an der Nordseite. Alle halten ihre Funkgeräte ständig auf Empfang. Ist das klar?«

Die Agenten nickten und machten sich auf den Weg. Nate trottete durch das apokalyptische Terrain. Verkohlte Palmwedel knisterten und knirschten unter seinen Stiefeln. Ab und zu blieb er stehen, wenn ihm etwas auffiel, zog einen Beweisbeutel aus der Tasche und beschriftete ihn, dann füllte er verkohlte Holzsplitter, Bruchstücke einer Kokosnuss oder eine ausgebrannte Krebsschale in die Tüte.

Als er sich dem Gebäude in der Mitte der Insel näherte, kam er an einer großen Palme vorbei, die zwar umgestürzt, aber nicht völlig verbrannt war. Sie war auseinander geborsten – Nate glaubte, dass kochender Saft im Stamm die Ursache gewesen sein mochte –, aber große Stücke waren unversehrt geblieben, und als er gegen den Stamm kickte, brach er nicht weiter auseinander.

Er holte eine Eisenstange aus dem Rucksack, schob sie unter den Stamm und versuchte, ihn ein Stück beiseite zu hebeln. Stöhnend vor Anstrengung gelang es ihm. Darunter entdeckte er zwar platt gedrückte, aber unverbrannte Vegetation. Als er weitere Beweisstücke zu seiner rasch wachsenden Sammlung hinzufügte, entdeckte er einen winzigen, grellfarbenen Gegenstand, der im Stamm steckte. Er nahm die Pinzette heraus, schabte den Gegenstand frei und zog ihn heraus: eine rote, daunenartige Feder. Das erste Anzeichen, dass es auf dieser Insel tierisches Leben gegeben hatte, wenn man von den toten Möwen und Krebsen am Strand absah. Er ließ die Feder in eine Beweistüte fallen und ging weiter.

Als er dem Gebäude schon recht nahe war, blieb er verwundert stehen und runzelte die Stirn.

Die gesamte Insel war mit Asche und verkohlten Pflanzenresten bedeckt – aber hier, rings um das halb zerstörte Gebäude, war alles freigeräumt worden. Das war höchst eigenartig. Hatte der Konzern hier bestimmte Medikamente gezüchtet oder produziert? War das der Grund, warum sie einen breiten Streifen rings um das Haus vollkommen freigeräumt hatten?

Damit stellte sich die Frage, welche Pflanzen eine solche Investition wert gewesen waren, die sicherlich ein paar Millionen Dollar verschlungen hatte. Hier würde er auf jeden Fall eine Menge Beweisproben eintüten. Dann näherte er sich dem Gebäude.

Es handelte sich um ein schlichtes, einstöckiges, fast quadratisches Betonbauwerk. Wände und Dach waren größtenteils intakt, aber die Fenster waren offenbar nach außen explodiert und die Metalltür hing schräg an einem Scharnier.

Er trat ein. Der Gestank von kaltem Rauch und Napalm war überwältigend.

Sie haben sich größte Mühe gegeben, alles zu vernichten, was sich hier drin befunden hatte, dachte Nate.

Asche bedeckte den Boden, doch trotz der Flammenhölle, die hier gewütet haben musste, war nicht alles restlos verbrannt. Auf dem Boden waren mehrere schwarze Klumpen zu sehen. Nate bückte sich und stieß mit einem Metallstift gegen einen der Klumpen.

Zu seiner Überraschung war er ziemlich hart.

Er kratzte ein wenig Ruß und Teer ab und entdeckte, dass es sich um ein verbogenes, halb geschmolzenes Computer-Motherboard handelte. Die meisten Chips, die auf das Board gelötet gewesen waren, mussten in der Hitze abgesprungen sein und waren vermutlich verbrannt.

Neben dem zerstörten Computer befand sich ein weiterer verbogener und rußgeschwärzter Metallgegenstand, der wohl ein Mikroskop gewesen war.

Überall an den Wänden entlang entdeckte Nate ähnliche Kombinationen von Klumpen – neben jedem Computer hatte ein Mikroskop gestanden.

Nate zog das Funkgerät heraus. »Habt ihr was gefunden, Jungs?«

»Hier Anderson. Bisher nichts als tote Krebse, Möwenscheiße und jede Menge tote Möwen. Ich denke, sie haben dieses benzingetränkte Zeug gefressen.«

»Liu hier. Auf der Westseite ist es genau das gleiche. Ich habe ein paar der armen Möwen eingetütet, für alle Fälle. Die ganze Insel ist eine ökologische Katastrophe.«

»In Ordnung, Jungs. Planänderung. Kommt zur Mitte der Insel, zu dem Betongebäude. Ich habe dort mehrere verbrannte Computerteile gefunden. Sie werden uns wahrscheinlich nichts mehr nützen, aber um ganz sicher zu gehen, will ich sie trotzdem eintüten. Vielleicht können unsere Leute im Forensiklabor etwas damit anfangen. Wir werden das ganze Zeug katalogisieren und mitnehmen.«

»Verstanden. Ost-Team wird in 20 Minuten dort sein.«

»West-Team ebenfalls.«

Nate hängte das Funkgerät wieder an den Gürtel und verließ das Gebäude, um den penetranten Gestank nicht mehr ertragen zu müssen. Er scharrte mit der Stiefelspitze im verkohlten Boden, während er intensiv über das nachdachte, was er bisher in Erfahrung gebracht hatte.

Ein großer Pharmakonzern ist sauer, weil jemand ihre Drogenzuchtanlage zerstört hat? Das hielt Nate für durchaus plausibel, aber es musste noch mehr an der Sache dran sein.

Das Militär hat das Gebäude und die Insel zerstört, aber warum? Ginge es um harmlose Medikamente, würde man wohl kaum alles niederbrennen. Und man würde nicht alle Mikroskope und Computer vernichten, wenn man nichts zu verbergen hätte.

Jemand hatte hier eine ganz beschissene Sache am Laufen, aber Nate hatte keine Ahnung, ob es diese AgriMed-Leute waren oder irgendeine staatliche Agentur.

Genau das musste er herausfinden.

Juan atmete tief ein. Der Geruch im Labor war nicht unangenehm, so ähnlich wie frisches Sägemehl, das Ergebnis einer sehr leistungsfähigen Luftfilteranlage und der sanitären Vorschriften des Unternehmens. Das war auch dringend nötig, denn in dem Labor lebten hunderte Ratten in offenen Käfigen.

Er betrachtete die Ratte in Käfig 153. »Na, Herkules, wie geht es dir heute?«

Die braune Ratte beachtete ihn nicht; sie knabberte gierig an einem der Futterpellets.

Juan hatte diese Ratte Herkules getauft, weil sie ungewöhnlich kräftig war. Tatsächlich handelte es sich um ein Rattenmännchen, auch Bock genannt. Herkules hatte fast dreißig Prozent mehr Muskelmasse als eine normale Ratte, das Fell war etwas länger und sein Stoffwechsel erforderte eine deutlich höhere Kalorienzufuhr.

Aber Herkules war auch die erste Ratte, der er virentragende Fragmente des jüngsten algorithmisch-generierten Genoms injiziert hatte. Die modifizierten Gene waren ihm schon bald nach der Geburt geimpft worden, so dass sich Herkules zu einem sehr ungewöhnlichen Tier entwickelt hatte, nämlich zur lebenden Verkörperung der Zukunft seiner Spezies.

Diese Ratte war der Beweis, dass das wissenschaftliche Wunder, das Juan zu bewirken versuchte, tatsächlich möglich war.

Juan schaute in einige der anderen Käfige, in denen die Kontrollratten lebten. Subkutane Beulen auf dem Rücken der Ratten ließen ihn vermuten, dass die Krebszellen, die er ihnen injiziert hatte, recht schnell wucherten.

Herkules war mit denselben Zellen injiziert worden, doch bei ihm zeigten sich keinerlei Anzeichen von ungewöhnlichen Geschwüren.

Der Bursche war wahrhaftig ein Wunder.

Carol, eine von Juans Laborantinnen, beugte gerade den grauhaarigen Kopf über einen der Käfige und hob vorsichtig die Ratte heraus. Juan rief ihr zu: »Carol, hast du das vollständige Stoffwechselpanel für Herkules schon gemacht?«

Die Laborantin, die ungefähr Mitte fünfzig war, hob den Blick von der zappelnden Ratte und schob die Brille höher auf die Nase. Mit säuerlicher Miene antwortete sie trocken: »Ach du meine Güte! Ich habe ja sonst nichts zu tun, ich muss ja nur zweihundertfünfzig Ratten testen, einen Praktikanten beaufsichtigen, der auf seinem Labortisch das reinste Chaos anrichtet, und eine Praktikantin beruhigen, die Angst vor Ratten hat – was ja eigentlich kaum zu glauben ist – und dann noch einen dritten Praktikanten, der sich jedes Mal fast in die Hose pisst, wenn er die Tiere testen muss. Und dann kommst du daher und bürdest mir auch noch die normalen Laborarbeiten auf.« Carol hob vielsagend die Augenbrauen. »Da du dich ja hier nicht sehr oft blicken lässt… Und die Antwort ist deshalb: Nein, ich bin noch nicht dazu gekommen, das Stoffwechselpanel für unsere Wunderratte durchzuführen.«

Juan nickte schuldbewusst. »Tut mir leid, Carol. Mir ist klar, dass ich in den letzten zwei Wochen fast ständig in Besprechungen war. Aber seit wir Herkules' Ergebnisse bestätigen konnten, drehen die Leute in der Zentrale fast durch und ich muss ihnen ständig neue Daten liefern.« Er faltete die Hände, als würde, als müsste er sie anflehen. »Würdest du – bitte! – den metabolischen Panel für Herkules durchführen und dann die Blut- und Gewebeproben für die DNA-Extraktion vorbereiten? Ich verspreche dir, dass ich mich so bald wie möglich um gute Hilfskräfte kümmern werde.« Er zuckte schuldbewusst die Schultern. »Winslow will mich kurz nach Mittagspause in Washington sprechen. Ich bin nicht völlig sicher, worum es geht, aber wenn wir genug Daten vorlegen können, die unsere Arbeitsthesen untermauern, bekommen wir vielleicht die Chance, genehmigen sie uns vielleicht einen klinischen Phase-0-Test.«

Carol schaute ihn misstrauisch an, doch dann verdrängte der Anflug eines Lächelns ihre grimmige Miene. Sie setzte die Ratte in den Käfig zurück und schüttelte den Kopf. »Ach, hör schon auf, mich anzubetteln. Ist dir das nicht selbst peinlich?« Sie reinigte die Hände mit einem Desinfektionsgel und brummte: »Ich mache das Panel und fange mit der Extraktion an, aber die Analyse mache ich nicht. Ich habe morgen Geburtstag und werde den Tag frei nehmen.«

Juans Telefon vibrierte – die Erinnerung, dass er zum Flughafen aufbrechen musste.

»Danke, Carol, danke! Ich komme heute Abend zurück und mache dann morgen die Analyse, während du deinen wohlverdienten Tag freinimmst. Eine der Praktikantinnen kann mir helfen.«

Die letzte Bemerkung entlockte Carol nur ein mürrisches »Dafür kann ich dir nur viel Glück wünschen.«

Es war dann doch sehr viel später als Juan erwartet hatte, bis er in das Labor zurückkehren konnte. Mike Kim war bereits mit der Analyse beschäftigt. Mike war ein Doktorand der Universität Stanford, und Juan war ziemlich sicher, dass er der »Praktikant« war, der sich »in die Hose pisste«, sobald er die Ratten testen musste. Aber mit Computern kannte er sich aus, wenn auch nicht so sehr mit Ratten.

»Dr. Gutierrez«, rief Mike, sobald Juan das Labor betreten hatte. »Bin froh, dass Sie da sind. Ich vergleiche gerade die DNA-Profile für Spezies 153 mit den Standardkontrollprofilen, aber ich bin nicht sicher, ob die Ergebnisse stimmen können.«

Juan wand sich zwischen den Labortischen durch, die schwer mit Notizblocks, Zentrifugen und Magnetrührern beladen waren. Im ganzen Labor hing der süßlich-stechende Geruch von Isopropanol in der Luft, den man auch aus Krankenhäusern kannte, und weil es bereits nach Feierabend war, herrschte im Labor gespenstische Stille. Juan nahm sich einen Stuhl und setzte sich neben Mike. »Okay, Mike. Was gibt's?«

Mike deutete auf den Computermonitor. »Na ja, ich habe Herkules' DNA-Profil in die GeneMark-Software eingelesen… und das war das Ergebnis.«

Juan starrte auf den Bildschirm. Er zeigte die komplexe grafische

Darstellung des Rattengenoms. Er musste lächeln – er wusste genau, warum der Praktikant so verblüfft war. Bei einem gut dokumentierten Genom wie dem der *Rattus norvegicus*, der Wanderratte, hätte der Monitor mit schmalen grünen Rechtecken, aufgereiht auf senkrechten Strängen, übersät sein müssen, wobei die Farbe grün die identifizierten Gene symbolisierte. Stattdessen wurden die Stränge über weite Strecken rot angezeigt – Gensequenzen, die mit keinen anderen in der Datenbank übereinstimmten.

»Sind Sie sicher, dass die Genome, mit denen wir arbeiten, nicht irgendwie verunreinigt sind?«, fragte Mike. »Solche Analysen habe ich auch im Studium schon durchgeführt und habe noch nie so viele nicht identifizierte Daten zu sehen bekommen.«

Leider durfte Juan seinem Praktikanten die Wahrheit nicht erzählen. Keiner der Praktikanten wusste, dass das Genom für Spezies 153 die Ergebnisse einer simulierten Evolution darstellte, die sich über fünf Jahrtausende erstreckte. Aber er war auf die Frage vorbereitet, schließlich hatte er diese Lüge schon oft genug erzählen müssen.

»Mike, Sie haben sicherlich schon vom Verdeckten Markowmodell gehört? Bekanntlich bedeutet das Modell, dass ein System auf zufällige Weise von einem Zustand in einen anderen übergeht, wobei die zukünftige Entwicklung nur vom aktuellen Zustand, und nicht von den vorhergehenden Zuständen abhängt. Die Software, die wir hier im Labor einsetzen, wendet das Markowmodell an, um die Position der Gene in dem Genom zu identifizieren, das ich Ihnen für die Analyse gegeben habe. Es ist nicht ungewöhnlich, dass in diesen Proben Mutationen auftreten, aus Gründen, die ich Ihnen allerdings nicht erklären darf. Und selbst die umfangreichste Gen-Datenbank, die es gibt, würde diese Mutationen als nicht identifiziert markieren. Die Software ist immer nur so gut wie ihre Datenbank.«

Juan tippte auf einen der rot markierten Strangabschnitte. Der Abschnitt zoomte heran und zeigte nun die Signatur dessen, was die Analyse ergeben hatte. »Aber indem sie die veränderten Sequenzen klar kennzeichnet, hat die Software immerhin einen Teil der Arbeit geleistet. Wir können zwar sehen, dass diese Sequenz funktional ist, aber nicht, worin ihre Funktion tatsächlich besteht. Unser Job ist es, die Leerstellen aufzufüllen. Und das können wir nur durch in-vivo-Experimente.«

Der Praktikant blickte zur hinteren Wand, in der sich ein großes Fenster befand, das den Blick in das Nachbarlabor ermöglichte. Das

Labor, in dem sich die Rattenkäfige befanden. Er runzelte die Stirn. »Dann schlagen Sie also einen Knockout-Assay vor?«

»Nein.« Juan tippte erneut auf den Monitor, der daraufhin wieder die grünen und roten Genstränge anzeigte. »Um zu verstehen, was diese funktionalen Sequenzen bewirken, müssen wir unsere Testsubjekte modifizieren. Das Protokoll ist einfach. Sie isolieren die identifizierten Sequenzen und fügen die synthetisierten Sektionen ein, die das Programm als nicht identifiziert kennzeichnete. Diese Konstrukte fügen wir in den Wirt mit einem modifizierten viralen Agens ein.

Glauben Sie mir – das sieht wie eine Menge Arbeit aus. Ich versuche seit ein paar Jahren, die bedeutungslosen Unterschiede im Genom herauszutrennen. Aber eine Kombination mehrerer dieser Sequenzen könnte uns eines Tages den Schlüssel liefern, um die Menschheit gegen bestimmte Krebsarten unempfindlich zu machen. Alle Teile des Puzzles liegen hier vor uns. Wir müssen nur herausfinden, wie sie sich zusammenfügen lassen.«

Mike riss die Augen auf und schluckte. »Also… müssen wir den Ratten die modifizierten viralen Erreger injizieren?« Er sah ziemlich blass um die Nase aus.

Juan klopfte ihm auf die Schulter. »Das werden Sie schon schaffen.« Er knöpfte die Hemdmanschetten auf und krempelte sich die Ärmel hoch. »Wir arbeiten parallel. Sie übernehmen die erste markierte Sequenz, ich die zweite. Und so weiter.«

Frank O'Reilly beobachtete aufmerksam seine Herde, zweihundertfünfzig Angus-Rinder, die sich eifrig durch das Gatter auf Weide 4 drängelten. Buck, Franks sommersprossiger Farm-Vorarbeiter, schloss das Gatter hinter dem letzten Tier.

Aber in Gedanken war Frank ganz woanders. An diesem Morgen hatten er und Megan Kathy zum Flughafen gefahren, und selbst jetzt fühlte er die Leere, die sie hinterlassen hatte. Vor ein paar Tagen, wie aus heiterem Himmel, war sie von der Kirche nach Hause gekommen und hatte ihren Eltern erklärt, dass sie ihr Studium wieder aufnehmen wolle. Bis zu diesem Zeitpunkt war Frank noch nicht so recht bewusst geworden, wie sehr es ihm gefallen hatte, dass sie wieder zu Hause war. Seit ihrer

Abreise waren erst ein paar Stunden vergangen, und schon vermisste er sie.

Aber er verstand sie auch. Kathy musste ihr Leben wieder in den Griff bekommen, und er konnte sich Schlimmeres vorstellen als das, was sie nun tun wollte.

Seine Glieder schmerzten, als er vom Pferd stieg und dem Helfer die Zügel zuwarf.

Buck fing die Zügel geschickt auf und wies mit einer Kopfbewegung auf die Rinderherde. »Mr. O'Reilly, auf der Weide werden die Rinder richtig fett werden.«

Frank stöhnte leise auf, als er den Arm hob und auf die jetzt leere Weide wies. »Buck, auf Weide 3 liegt jetzt eine Menge Dung. Sorge dafür, dass die Jungs den Dung gut unterfräsen, damit wir in ein paar Wochen die Luzerne säen können. Und inzwischen ist auch das Heu auf Weide 2 fast schnittreif.«

»Jawohl, Sir. Ich hole gleich die Fräse und fange heute Nachmittag mit Weide 3 an.«

Frank schwang den Arm vor und zurück und versuchte, den Schmerz zu vertreiben, den er nun schon seit einer Weile im Arm verspürte. Der Vorarbeiter beobachtete ihn mit besorgter Miene.

»Was ist?«, fragte Frank ein wenig gereizt.

Buck schüttelte den Kopf. »Nichts. Hab nur grad daran gedacht, was ich heute noch zu erledigen hab.«

»Buck, du arbeitest jetzt schon für mich, seit du zwölf warst, und in Vollzeit, seit du von der Highschool abgegangen bist. Ich kenne dich besser, als du dich selbst kennst, und ich weiß, dass dein Gehirn jetzt gerade heißläuft. Ich kann den Rauch förmlich riechen. Also sag schon – was geht dir gerade durch den Schädel?«

Buck scharrte verlegen mit der Stiefelspitze in der Erde, dann blickte er mit besorgter Miene auf. »Sir, es ist nur... Sie sehen im Moment nicht sehr gesund aus. Ich hoffe nur, dass Sie sich nicht zu viel zumuten und am Ende noch richtig krank werden.«

Frank schnaubte. »Jetzt hör schon auf. Mir geht im Moment so manches durch den Kopf, das ist alles. Meine Tochter ist heute Morgen wieder abgereist, weißt du. Sie geht wieder an die Uni zurück.«

»Na ja, ein Studium ist doch eine gute Sache, oder nicht? Sie war schon immer ein kluges Mädchen.«

Frank schnaubte noch einmal. »Stimmt, das ist viel besser als das, was sie davor getan hat. Also entschuldige, dass ich in Gedanken woanders bin, ein bisschen zerstreut, sonst nichts.« Er grinste seinen besorgten Helfer ein wenig schief an. »Den Tritt in den Hintern kriegst du dann später, wenn ich mal nichts anderes zu tun habe.«

Buck lachte und nahm die Zügel der beiden Pferde in eine Hand. »Ich würde mir über Kathy nicht zu viele Sorgen machen. Sie ist eine ziemlich robuste Person.«

»Genau wie ihre Mum«, nickte Frank. »Und jetzt geh endlich wieder an die Arbeit. Ich schaue mal kurz bei Megan vorbei.« Als Frank zu seinem Pickup zurückging, versuchte er, so wenig wie möglich zu hinken, obwohl heftige Schmerzen durch seine Knie zuckten.

Frank ließ sich auf seinen Ruhesessel fallen und versuchte sich zu erinnern, ob er in den letzten Wochen irgendetwas getan hatte, das die Ursache für diese heftigen Schmerzen sein könnte. Denn plötzlich verspürte er sie von Kopf bis Fuß. Eigentlich sollte er jetzt draußen bei der Arbeit sein, schließlich war es erst früher Nachmittag. Aber sein Körper befahl ihm, eine Pause einzulegen.

Es ist wahrscheinlich nichts Besonderes, dachte er. Du kriegst eine Panikattacke wegen nichts und wieder nichts.

Er schüttelte drei Aspirintabletten aus dem Fläschchen auf dem Couchtisch und spülte sie mit viel Wasser hinunter. Der bittere Geschmack hing noch eine Weile in seinem Gaumen. Er zwang sich, sich zu entspannen.

Oben ging eine Tür, kurz darauf tappten Pfoten tappten über den Dielenboden im Flur. Jasper sprang in das Wohnzimmer und blieb vor Frank stehen. Megan folgte ein wenig langsamer, das Haar immer noch feucht von ihrer Mittagsdusche.

Frank kraulte Jasper hinter den Ohren. »Hey, Junge, passt du auch gut auf deine Mum auf?«

Als Antwort ließ Jasper sein übliches »Wuff!« hören.

»Wieso bist du jetzt schon zu Hause?«, fragte Megan.

Frank hielt das Aspirinfläschchen hoch. »Hab ziemlich schlimme

Kopfschmerzen und dachte, ich müsste mal eine Zeitlang aus der Sonne. Buck erledigt meine Arbeit für mich.«

Megan legte ihm die Hand auf die Stirn. »Na, Fieber scheinst du nicht zu haben.« Sie nahm ihr Strickzeug und setzte sich aufs Sofa. »Ich leiste dir ein wenig Gesellschaft. Wenn Kathy jetzt wieder im Osten lebt, braucht sie vielleicht ein paar neue Pullover.«

Frank seufzte. »Ich hoffe nur, dass es das Richtige ist, was sie macht. Mir kam es so vor, als hätte sie Angst.«

Megan schüttelte nur leicht den Kopf, während sie den roten Pulloverärmel weiterstrickte. »Nein, sie hat keine Angst. Ich glaube, sie ist sogar richtig aufgeregt. Und sie ist ja auch schon ein großes Mädchen. Du weißt doch, dass wir sie nicht ewig bei uns behalten können.«

»Weiß ich. Aber sie fehlt mir trotzdem.«

Megan lächelte mitfühlend.

»Du bist wirklich ein großer Softie. Deshalb lieben wir dich alle.«

Jasper schnüffelte an Franks Hosenbeinen und jaulte leise.

»Was ist los, mein Junge?«

Jasper legte die Vorderpfoten auf die Sesselkante und schnüffelte weiter, als jagte er unsichtbare Insekten.

»Nein, ich hab kein Trockenfleisch in der Tasche, du dummer Hund… He!«

Jasper war plötzlich auf Franks Schoß gesprungen, drehte sich ein wenig, bis er die bequemste Stellung gefunden hatte, und legte den schweren Kopf auf Franks Brust.

Frank starrte verblüfft auf den großen Hund hinunter und schüttelte verwundert den Kopf. »Na, das ist mal was ganz Neues. Normalerweise legst du dich doch am liebsten neben deiner Mum auf das Sofa?«

»Er versucht nur, dir das Kopfweh erträglicher zu machen«, erklärte Megan ruhig, als sei das bei einem Hund ein völlig selbstverständliches Verhalten.

»Kann sein, aber ich hab jetzt was anderes zu tun. Es ist bald Zeit für das Abendessen. Ich habe dir doch versprochen, die Steaks vorzubereiten.«

Jasper begann zu schnarchen und Megan lächelte. »Mach dir darüber keine Gedanken. Wir haben noch genug vom Eintopf übrig. Ich werfe noch ein paar Kartoffeln hinein, dann reicht es für uns beide. Die Steaks essen wir morgen. Ruh dich aus, Frank.«

Frank ließ den Kopf wieder auf die Sessellehne sinken, schloss die Augen und kraulte Jaspers pelzigen Nacken. Vielleicht sollte er wirklich ein wenig schlafen. Er fühlte sich heute ungewohnt müde.

»Ich bin echt überrascht, dass Sie es geschafft haben, den ganzen Scheißhaufen durchzuarbeiten, den ich Ihnen mitgebracht hatte«, sagte Nate. »Das ist ja grade mal ein paar Wochen her.«

Hendrickson schnaubte spöttisch, als er Nate durch das Gebäude führte. »Was zum Teufel glauben Sie denn, dass ich den ganzen Tag lang mache? Auf meinem Allerwertesten sitzen und hübsch aussehen? Obwohl ich mich in der letzten Zeit schon gewundert habe, wo Sie diesen ganzen Dreck eingesammelt haben?«

»Darf ich nicht sagen, das wissen Sie doch.«

»Ja ja, ich weiß. Und selbst wenn Sie es mir sagen würden« – Hendrickson steckte sich übertrieben theatralisch die Finger in die Ohren, während sie durch das fast leere Labor gingen – »müsste ich so tun, als hätte ich nichts gehört. Aber wie auch immer, Sie haben mir damit jedenfalls eine Menge Arbeit gemacht.«

»Freut mich, dass ich Ihnen helfen konnte. Ach, übrigens, ich bin irgendwie fast traurig, dass Sie es endlich geschafft haben, das Grün aus ihren Haaren zu waschen.«

Hendrickson brummte nur und schüttelte den Kopf. »Das ist jetzt fast drei Jahre her, Mann! Wann werden Sie die Sache endlich mal vergessen?«

»Niemals.« Nate tippte sich an die Schläfe. »Ich habe das Gedächtnis eines Elefanten.«

Nate mochte diese Frotzeleien mit Hendrickson. Aber noch mehr gefiel es ihm, mit dem Forensiker zu arbeiten. Er war ein exzellenter Analyst, gründlich und hartnäckig und entschlossen, immer zum Kern einer Sache vorzudringen, bei der sich Zweifel ergaben.

Hendrickson zog seine Karte durch den Kartenleser am Eingang eines Nebenraums, der für Materialien reserviert war, für die die höchste Geheimhaltungsstufe galt. Er setzte sich an einen Computerarbeitsplatz und blätterte zunächst in den handschriftlichen Aufzeichnungen, die neben der Tastatur lagen.

Er brummte verärgert, schloss ein Schubfach auf und suchte nach einer Akte.

»Und?«, fragte Nate ein wenig ungeduldig. »Haben Sie etwas gefunden?«

»Sagen wir mal so«, begann Hendrickson. »Bei den Beweismaterialien, die Ihr Team vorgelegt hat, müssen wir drei Kategorien unterscheiden: chemische Analyse, Datenrettung und DNA-Analyse.« Wieder räusperte er sich. »Fangen wir mit der chemischen Analyse an. So ziemlich alles, was Sie hergebracht haben, wies Spuren eines Brandbeschleunigers auf. Genauer: eine Form von geliertem Benzin. Das Verhältnis der Zusatzstoffe stimmt ungefähr mit den Bestandteilen des Höllenzeugs überein, das wir damals im Koreakrieg abgeworfen haben.«

»Ja.« Nate nickte, er erinnerte sich noch deutlich an die ätzenden Dämpfe, die nach Benzin und Schmierseife rochen. »Wer auch immer den Spruch ›Ich liebe den Geruch von Napalm am Morgen‹ von sich gegeben hat, war ein komplettes Arschloch. Ich hasse diesen Gestank.«

Hendrickson ließ sich nicht ablenken. »Kommen wir zur Datenrettung. Aus der verbrannten Hardware konnten wir so gut wie nichts herausholen. Die Leute, die den Standort der Computer abfackelten, hatten sämtliche Festplatten ausgebaut. Ich konnte nur noch den Hersteller der PCs feststellen, aber alle Rechner waren völlig normale, frei verkäufliche Workstations.«

»Also eine Sackgasse.«

Der Analyst warf Nate einen Seitenblick zu und grinste schief. »Ich sagte, ›so gut wie nichts‹.« Er gab einen Befehl in den Computer ein und rief einen Verkaufsbeleg auf. »Auf einem der Motherboards konnte ich die Seriennummer lesbar machen – und als ich dieser Spur folgte, stieß ich auf den Kauf von zweihundert praktisch identischen Workstations.«

Nate beugte sich vor und betrachtete die eingescannte Lieferrechung auf dem Monitor. Der Käufer trug einen deutschen Namen und eine Adresse in Deutschland. »Bundesnachrichtendienst?«, las er langsam das schwierige Wort. »Wissen wir etwas über diese Firma?«

Hendricksons Miene wurde plötzlich ernst. »Das ist keine Firma, Mann!. Bundesnachrichtendienst heißt wörtlich übersetzt Federal Intelligence Service. Die meisten Leute nennen ihn nur BND. Das ist so etwas wie die CIA in Deutschland.«

»Was zum Henker… Meinen Sie das im Ernst?«, fragte Nate und starrte Hendrickson verblüfft an.

»Todernst. He, Mann, ich bin sozusagen nur der Bote der Nachricht. Was Sie damit machen, ist Ihre Sache.«

Nate schüttelte ratlos den Kopf. »Sonst noch was?«

»Ja, und die Sache wird sogar noch seltsamer. Erinnern Sie sich an diese zerstörten Mikroskope, die Sie zurückgebracht hatten? Das waren keine normalen Mikroskope für den Alltagsgebrauch in Schule oder Labor. Das waren Epifluoreszenz-Mikroskope, wie sie häufig in Life-Science Labs verwendet werden. Solche Hightech-Geräte sind schweineteuer. Und wissen Sie was?«

»Sie haben eine Seriennummer gefunden?«

Hendrickson grinste. »Ganz genau!« Er rief eine weitere Datei auf, ebenfalls eine Rechnung. »Eine Lieferung von zehn Mikroskopen an eine Adresse hier in Virginia.« Der Analyst vergrößerte die Adresse und tippte auf ein paar Tasten, so dass sich eine Landkarte öffnete. Das Bild zoomte auf die in der Rechnung angegebene Adresse, und als Hendrickson auf das Satellitenbild umschaltete, zeigte es ein unheilvoll wirkendes riesiges Gebäude.

Ein kalter Schauder lief Nate über den Rücken. Dieses Gebäude kannte er nur zu gut: das Hauptquartier der CIA. »Echt? Sind Sie absolut sicher?«

»Ich kann Ihnen nicht mehr als das sagen, was Sie hier sehen. Es ist mir gelungen, von drei der Mikroskope die Seriennummern zu entziffern – alle Geräte waren an eine Scheinfirma geliefert worden, die ihre Büros angeblich im Altbau des CIA-Gebäudes hat. Ich habe keine Befugnis, die Beschaffungsorder einzusehen. Die Nachrichtendienstwelt kann manchmal ziemlich nebulös sein.«

Nate bewegte den Kopf kreisförmig, um seine Nackenmuskeln zu entspannen. Es knackte leise. »Der deutsche und die US-Geheimdienste arbeiten zusammen? Das kommt oft vor und reicht nicht aus, um eine Ermittlung zu begründen. Aber vielleicht reicht es, dass jemand das FISC anruft und zumindest eine Vorladung erwirkt.« Der Foreign Intelligence Surveillance Court (FISC) ist ein US-Gericht, das die Auslandsgeheimdienste überwacht.

»Warten Sie, das Beste habe ich Ihnen ja noch gar nicht erzählt. Kommen wir jetzt zu den DNA-Beweisproben.« Hendrickson drehte sich wieder zum Monitor um und rief Bilder von mehreren Proben auf. »Dieses Zeug hier war ziemlich stark verbrannt – aus dem meisten Material konnte ich nichts mehr herausholen. Und das wenige, was ich herausfinden konnte, war nicht sonderlich interessant. Ein kleines Stück der Schere eines Kokosnuss-Krebses. Oder ganz normale Strandhühner…«

»Strandhühner?«

Hendrickson grinste. »Sorry – Möwen. Übrigens sind alle diese Tiere an Benzolvergiftung gestorben. Das ergibt Sinn, wenn sie mit Benzin getränkte Materie gefressen hatten.«

Nate machte eine leicht ungeduldige Handbewegung. »Na schön, aber kommen wir jetzt zur guten Nachricht.«

»Okay. Es gab eine Probe, die völlig bizarre Ergebnisse lieferte. Das war das winzige flaumige Stückchen einer roten Feder, das Sie gefunden haben. Aufgrund der Morphologie konnte ich die Herkunft der Feder auf ein paar wenige Spezies einengen, aber als ich dann eine DNA-Analyse durchführte, ging die Sache in die Binsen. Ich bin nicht zu hundert Prozent sicher, welche Vogelart es war, aber es sieht sehr nach einer Gouldamadine aus. Man nennt sie auch Prachtfinken. Die gleiche Federstruktur, Färbung, Größe… aber wenn es eine Gouldamadine ist, kann etwas mit den DNA-Ergebnissen nicht stimmen. Das hat mich an einen der Fälle erinnert, die Sie mir vor drei Jahren gebracht haben. Sie erinnern sich noch an die Sache mit den Hundehaaren?«

Nate erinnerte sich noch sehr deutlich daran. Den Fall hatte er bis zum heutigen Tag nicht aufklären können. »Sie wollen damit sagen, dass Sie keine DNA-Übereinstimmung mit der Feder feststellen konnten?«

»Ganz genau. Keine einzige. Und was der Hammer ist: Nach der DNA ist zu vermuten, dass diese Kreatur enger mit einem Krokodil verwandt ist als mit irgendeinem anderen Geschöpf mit Flügel und Federn. Natürlich ist mir klar, dass sich die genetische Struktur eines Krokodils nur zu sechs Prozent von der eines gewöhnlichen Vogels unterscheidet; sie sind also nicht völlig verschieden. Ich kann Ihnen deshalb nur sagen, dass der Federflaum von einem gefiederten, aber ansonsten nicht näher identifizierbaren und in den Datenbanken nicht erfassten Lebewesen stammt.«

Nate runzelte die Stirn. »Habe ich das richtig verstanden: Sie behaupten also, dass wir es hier nicht einfach nur mit einer noch nicht identifizierten Vogelart zu tun haben?«

»Richtig.« Der Analyst schaute Nate mit grimmiger Miene an. »Es hat

Federn, aber es ist kein Vogel. Ich jedenfalls habe noch nie etwas Derartiges gesehen. Kein einziger bescheuerter Vogel, der irgendwo auf der Welt herumflattert, weist ein Genom auf, das diesem hier auch nur entfernt ähnlich ist. Und das bedeutet… na ja, ich glaube, es ist nicht auf natürlichem Wege entstanden. Selbst eine ganze Serie von Mutationen würde keine derart massiven genetischen Veränderungen erzeugen.«

»Also… was genau wollen Sie damit sagen?«

»Was ich damit sagen will ist, dass hier jemand Gott spielt.«

KAPITEL ACHT

Juan beobachtete Winslows Mienenspiel genau, als der Chef der Forschungsabteilung von AgriMed in dem dicken Bericht der Klinischen Studie blätterte, der die Fortschritte dokumentierte, die Juan bei seinen derzeitigen Experimenten mit den Ratten erzielt hatte.

Es war warm im Raum, ein wenig zu warm. Juan atmete den Geruch des Lederstuhls tief ein, auf dem er saß.

Wenn alles gut ging, würde er die Genehmigung erhalten, erste klinische Untersuchungen am Menschen durchzuführen. Nur war Juan schon mehrmals an diesem Punkt angekommen. Doch jedes Mal, wenn er glaubte, alles bis auf das letzte Komma korrekt erfasst und dargelegt zu haben, hatte Winslow weitere Fragen aufgeworfen, auf die Juan noch keine Antworten hatte geben können. Der Direktor war wahrhaftig ein Erbsenzähler, wenn es um die Einhaltung der Vorschriften ging.

Es waren harte, arbeitsreiche Jahre gewesen, aber jetzt war sich Juan sicher, dass er an der Schwelle zu etwas ganz Großem stand.

Ohne vom Bericht aufzublicken, fragte Winslow mit belegter Stimme: »Bei Versuchstier 153 zeigt sich also fortgesetzte Tumorresistenz, aber dieses metabolische Panel hier zeigt eine permanent erhöhte Kerntemperatur. Haben Sie dafür schon die Ursache herausfinden können?«

»Noch nicht, Sir. Wir konnten die Funktion für die meisten veränderten Gene identifizieren und sind jetzt dabei, einen Gen-Knockout-Assay durchzuführen. Ich hoffe, dass wir schon in den nächsten Monaten die Veränderungen der wichtigsten Genfragmente weiter einengen können.«

Winslow beugte sich vor und starrte Juan durchdringend an, während er mit den Fingern auf die Schreibtischplatte trommelte. »Und wie wollen Sie dieses Wissen bei der Behandlung menschlicher Patienten einsetzen?«

Ein Schauder lief über Juans Rücken und sein Herzschlag beschleunigte sich. Das war das erste Mal, dass einer seiner Vorgesetzten tatsächlich andeutete, dass beim nächsten Schritt menschliche Patienten involviert sein könnten.

»Sir, wir nutzen virale Erreger bereits bei der Behandlung der Versuchstiere. Seit kurzem haben wir erfolgreich Sporulation angewandt, so dass die Viren aufgenommen werden konnten, die Sporen platzten im Gedärm des Tieres, und erst dort begannen sie, ihr genetisches Material zu streuen.«

Zu Juans Überraschung blickte ihn der Direktor mit warmem Lächeln an. »Junger Mann, wenn das alles wirklich funktioniert, werden Sie die Gentherapie und die Onkologie revolutionieren.«

Juan errötete verlegen und erfreut zugleich.

»Ja«, fuhr Winslow fort, »mir gefällt die Richtung, die Sie hier einschlagen, und um offen zu sein, Ihre Ergebnisse sind schon jetzt absolut bemerkenswert. Sie glauben wahrscheinlich, wir führen uns hier wie richtige Korinthenkacker auf, und das stimmt vielleicht sogar. Aber dafür haben wir gute Gründe. Denn sollte es Ihnen durch irgendein Wunder tatsächlich gelingen, aus dieser Sache etwas zu machen, werden wir eine Menge Leute in der FDA und in anderen staatlichen Behörden davon überzeugen müssen, bevor wir weitere Schritte wagen können.«

Er richtete den Zeigefinger auf Juan. »Jetzt sind Sie wieder am Ball. Führen Sie Ihren Knockout-Assay zu Ende. Und wenn Sie dann die Veränderungen der wichtigsten Genfragmente genau bestimmen können, kommen Sie wieder zu mir. Ich werde Ihnen dann helfen, diese Sache durch den Ethikrat zu bringen, um die Genehmigung für eine Phase-0-Studie mit Menschen zu bekommen.«

Juans Gedanken überschlugen sich, als er daran dachte, was er als Nächstes zu tun haben würde. »Danke, Sir. Ich werde mein Bestes geben.«

Winslow kam um den Schreibtisch herum und legte Juan den Arm um die Schultern. »Daran habe ich nicht den geringsten Zweifel.«

Auf dem Weg zum Gate herrschte dichtes Gedränge. Reagan National Airport war heute belebter als sonst, aber Juan hatte es nicht besonders eilig. Sein Flug von Washington nach Rochester würde um zwei Stunden verspätet starten. Er hatte sich in eine Airport Lounge gesetzt und begnügte sich in der Wartezeit mit einem einzigen Bier.

Er konnte kaum ein ständiges Lächeln unterdrücken, seitdem ihm klar geworden war, dass er sein Ziel fast erreicht hatte. Vielleicht entwickelte sich das, was er ganz am Anfang für eine fantastische, unausgegorene, fast verrückte Idee gehalten hatte, zu etwas, das Millionen Menschenleben retten konnte. Er trank einen Schluck Bier und sagte halblaut vor sich hin: »In ein paar Monaten behandle ich vielleicht sogar meinen ersten Patienten.«

Juans Handy vibrierte; er warf einen Blick auf das Display. »Miguel? Was ist los?« Sein jüngerer Bruder rief nur selten mitten am Tag an.

»Juan! Du wirst es nicht glauben, was in dem Brief steht, den ich gerade erhalten habe!«

Juan verspannte sich und blaffte Miguel an: »Spann mich nicht auf die Folter – was ist los?«

»Ich habe gerade die Zulassung zum Medizinstudium bekommen!«

Die nervöse Anspannung wich wieder und Juan lehnte sich erleichtert auf dem billigen, mit Vinyl gepolsterten Stuhl zurück.

Sein Bruder verkündete jubilierend: *»Und du wirst nicht glauben, von welcher Medical School!«*

Juan wusste, dass sich Miguel bei einer ganzen Reihe von Ausbildungskrankenhäusern beworben hatte. »Keine Ahnung. Vielleicht, äh, Universität Miami? Sie haben eine ziemlich gute Medi…«

»Yale Medical School! Keine andere als Yale, Bruder! Kannst du dir das vorstellen? Ein Kid aus dem Barrio studiert an einer Elitehochschule!«

»Miguel, das ist absolut super!« Juan strahlte, während ihm Miguel das Zulassungsschreiben Wort für Wort vorlas.

Gleichzeitig war ihm klar, dass damit der Augenblick viel näher rückte, in dem er Miguel gegenüber die Fassade nicht mehr aufrechterhalten konnte, er könne die Studiengebühren an einer Elitehochschule mit Mums »Lebensversicherung« bezahlen. Selbst bei einer weniger renommierten Universität wäre es Juan schwer gefallen, die Studiengebühren aufzubringen; im Falle einer Eliteuni musst er sich eingestehen, dass er die 50 000 Dollar schlicht nicht aufbringen konnte, die in den nächsten Jahren jedes Jahr fällig würden. Dieses Gespräch hatten die beiden Brüder schon einmal geführt, als Miguel nach seinem ersten Studienjahr an der Georgia Tech begonnen hatte, sich um einen Studienplatz an anderen Hochschulen zu bewerben.

»Ach, übrigens, mach dir keine Sorgen wegen der Studiengebühren!«, fuhr Miguel aufgeregt fort. *»Ich zahle sie selbst. Ich habe schon eine Unmenge Studienstiftungen entdeckt, bei denen ich mich um ein Stipendium bewerben will. Manche fördern sogar ausdrücklich nur Latinos, und bei einigen hätte ich gute Chancen… Ich wünschte nur, ich wäre Jude, die haben noch viel bessere Möglichkeiten. Und dann gibt es ja auch noch Studienkredite. Ich will nicht, dass du dir darüber Sorgen machst, Bruder.«*

Juan nickte, während er zuhörte. »Hey, ich bin total stolz auf dich. Und bestimmt lächelt Mum gerade auf dich herab. Halte mich auf dem Laufenden, was die Stipendien angeht. Natürlich finde ich es gut, dass du dich bewirbst, aber ich werde trotzdem helfen, so gut ich kann.«

»Nein, das sollst du nicht. Ich bin ziemlich sicher, dass du mir bei der Sache mit Mums Lebensversicherung eine Menge Mist aufgetischt hast. Ich will dir nicht noch länger zur Last fallen.«

Stolz wallte in Juans Brust auf, es war ein warmes Gefühl. Miguel war schon immer ein unglaublich gescheiter Junge gewesen.

»Ich werde es schaffen, Juan, glaub mir! Diese Chance werde ich mir nicht entgehen lassen!«

»Das weiß ich. Ich liebe dich, *hermano*. Melde dich bald wieder.«

»Ich liebe dich auch, Bruderherz.«

Kurz nachdem Juan das Gespräch beendet hatte, ertönte eine neue Durchsage.

»Meine Damen und Herren, dies ist der Aufruf für die Passagiere für American Airlines Flug 4359 nach Rochester. Wir beginnen mit dem Boar-

ding und bitten zunächst Passagiere mit kleinen Kindern sowie Passagiere mit besonderen Bedürfnissen, sich zum Che...

Endlich.

Juan trank den letzten Schluck des inzwischen warmen Biers, sammelte seine Sachen ein und ging zum Gate. Unterwegs kam er an einem Zeitungsstand vorbei und beschloss, noch eine Flasche Wasser zu kaufen. Er öffnete die Glastür des Kühlschranks mit den Getränken und entdeckte eine Geldbörse. Größe und Form ließen vermuten, dass es eine Frauenbörse war. Offenbar hatte sie jemand abgelegt, um ein Getränk herausnehmen zu können, und danach vergessen. Er blickte sich um, konnte aber niemanden in der Nähe entdecken.

Miguels gute Nachricht hatte Juan in Hochstimmung versetzt, weshalb er beschloss, heute mal wieder eine Gute Tat zu vollbringen und die Börse zum Fundbüro zu bringen. Wo auch immer das sein mochte. Sein Flug war gerade zum ersten Mal aufgerufen worden, er hatte also noch ein wenig Zeit.

Die Börse lag offen im Kühlfach, die Führerscheinkarte war in einem der Steckfächer zu sehen. Dem Bild nach zu urteilen, war die Besitzerin eine attraktive Rothaarige mit leuchtend grünen Augen.

Juan verspürte plötzlich einen Stich des Mitleids, als er sich vorstellte, in welche Panik die Frau geraten würde, wenn sie den Verlust entdeckte.

Er blickte sich genauer um und entdeckte tatsächlich eine Frau mit leuchtend roten Haaren, die durch den Terminal ging und sich suchend umblickte.

Juan warf einen Blick auf den Führerschein, las den Namen und rief: »Hey, Katherine!«

Die junge Frau blieb stehen und drehte sich um.

Juan hielt die Börse in die Höhe.

»Oh mein Gott!« Sie kam hastig herbeigelaufen. »Danke, vielen Dank! Ich fasse es nicht, dass ich so blöd war... Jetzt fällt es mir wieder ein... ich wollte eine Flasche Wasser kaufen, aber dann...«

Sie nahm die Börse entgegen und überprüfte kurz die Kartenfächer und den Inhalt, dann schaute sie ihn zum ersten Mal direkt an. Tatsächlich waren ihre Augen so leuchtend grün, wie sie auf dem Foto erschienen – Juan hatte noch nie solche Augen gesehen. Und sie war atemberaubend schön.

Juan stockte vor Verlegenheit der Atem.

Sie hielt ihm einen Zwanzig-Dollar-Schein hin. »Danke vielmals, dass sie so ehrlich waren… Bitte nehmen Sie das…«

»Das ist nicht nötig«, lehnte Juan ab. »Ich bin froh, dass ich Sie noch entdeckt habe. Sonst hätte ich die Börse zum Fundbüro bringen müssen.«

»Na ja, nicht jeder wäre so ehrlich gewesen.«

Sie lächelte, und für Juan kam die Welt für einen kurzen Augenblick zum Stillstand.

»Aber ich muss weiter«, fügte sie hinzu. »Jemand wartet auf mich.« Sie hielt die Börse mit beiden Händen in einer Dankesgeste vor sich. »Danke noch einmal. Vielen Dank!« Dann drehte sie sich um und eilte davon, am Security Check vorbei. Dann war sie verschwunden.

»Aufruf für American Airlines Flug 4359 nach Rochester. Wir beginnen nun mit dem Boarding. Bitte begeben Sie sich zu Gate 3.«

Juan blickte der rothaarigen Frau nach, doch schließlich wandte er sich um. Er verspürte ein Bedauern, wie nach einem Verlust. *Krieg dich wieder ein, Juan. Sie ist nur irgendein hübsches Mädchen, das seine Geldbörse vergessen hat.*

Aber als er den Boardingpass aus der Brusttasche zog und ihn der Bodenstewardess am Gate reichte, stellte er fest, dass ihm das grünäugige Mädchen nicht mehr aus dem Sinn gehen wollte. Es war, als hätte sich ihr Gesicht in sein Gedächtnis eingraviert.

Auch ein paar Minuten später, als er bereits im Flugzeug saß, das sich langsam vom Gate entfernte, ging ihm ihr Gesicht nicht aus dem Sinn. Er schüttelte den Kopf. Was zum Teufel war nur mit ihm los? Er wusste aus Erfahrung, dass er normalerweise Probleme hatte, sich an den Nachnamen seiner jeweils aktuellen Freundin zu erinnern, aber aus irgendeinem Grund glaubte er, dass er den Namen der fremden Frau nie mehr vergessen würde.

»Katherine O'Reilly«, murmelte er vor sich hin, »verschwinde endlich aus meinem Kopf.«

Kathy saß an ihrem Schreibtisch und warf einen Blick über die Schulter auf das zerwühlte Bett ihrer Mitbewohnerin. Die Tür der Studentenbude stand halb offen; vom Flur drang das Kichern der anderen Studentinnen herein.

Es kam ihr sehr seltsam vor, wieder Studentin zu sein. Wie eine Rückkehr in die Vergangenheit.

Erst drei Wochen waren vergangen, seit Kathy Father Carson alles gebeichtet hatte, was sich ereignet hatte. Drei Wochen, seit er ihr eine ziemlich ungewöhnliche Buße aufgebrummt hatte.

Die Buße hatte darin bestanden, dass er ihr »auferlegt« hatte, das Studium wieder aufzunehmen. Das Geld, das ihr das Unternehmen ausgezahlt hatte, sei einer der Gründe für ihre Schuldgefühle – sie solle es dafür nutzen, ihr Leben wieder in die richtigen Bahnen zu bringen.

Das war ihr zuerst unmöglich erschienen. Man konnte nicht einfach beschließen, wieder an die Uni zurückzugehen und hoffen, schon nach zwei oder drei Wochen wieder im Seminarsaal zu sitzen. Aber Father Carson hatte ein kleines Wunder vollbracht. Anscheinend saß einer seiner besten Freunde im Vorstand der Universität Georgetown, der ältesten katholischen Universität des Landes, die mit einigen ihrer Fakultäten zu den Spitzenuniversitäten zählte. Und bevor Kathy auch nur wusste, was geschah, war sie zum Studium zugelassen worden. Zwar war sie sieben Jahre älter als die übrigen Erstsemester in der Darnall Hall, fühlte sich aber von ihren Kommilitoninnen herzlich aufgenommen.

Sie wandte sich wieder dem Stapel der Lehrbücher auf ihrem Tisch zu und griff nach einem rot eingebundenen Buch mit dem Titel *Genetics* auf dem Buchrücken. Diesen Kurs würde sie zwar erst im kommenden Semester belegen, wollte sich aber schon vorab mit dem Thema vertraut machen… aus ganz persönlichen Gründen.

In das Buch hatte sie mehrere Ausdrucke gelegt, die sie nun schon zum hundertsten Mal betrachtete.

Von den rosafarbenen Narben überall an ihrem Körper abgesehen, waren diese Daten – die insgesamt über 200 Seiten ausmachten – der einzige Beweis, dass das, was sie damals auf der Insel erlebt hatte, wirklich geschehen war.

Der Ausdruck stammte von dem USB-Stick, den sie aus dem geheimnisvollen Labor geschmuggelt hatte. Sie hatte die Daten ausgedruckt, sobald sich dazu eine Gelegenheit geboten hatte, und hatte jede der vielen Seiten mindestens einmal genau durchgelesen, oder jedenfalls die Seiten, die sie lesen konnte, denn leider war die Hälfte der Berichte auf Deutsch abgefasst. Doch sie wäre ohnehin nicht daraus schlau geworden, selbst wenn alles auf Englisch verfasst worden wäre.

Bisher hatte sie aus alledem nur folgern können, dass auf der Insel irgendein genetisches Forschungsprojekt betrieben wurde. Und dass diese Forschung streng geheim war. Darauf wurde mit dem Aufdruck COSMIC TOP SECRET #53823 unübersehbar und unmissverständlich hingewiesen, der als blassrotes Wasserzeichen diagonal über die meisten Seiten gedruckt war. Die Seiten, die in englischer Sprache abgefasst waren, trugen gewöhnlich nicht weniger ominöse Markierungen wie TOP SECRET//SI-G DRWN//TK. Nach kurzer Recherche im Internet hatte sie herausgefunden, dass derartige »COSMIC«-Kennzeichnungen für »streng geheime« Dokumente der NATO oder der US-Regierung verwendet wurden.

Was wahrscheinlich bedeutete, dass sie keine Kenntnis von diesen Dingen haben sollte. Selbst wenn sie die Daten nicht gestohlen hätte, würde sie sich schon allein durch den bloßen Besitz der Dokumente strafbar machen.

Sie schaute die erste Seite noch einmal genauer an.

Darwin File #390AE202D80E

Zusammenfassung: Unter Verwendung des Darwin-Algorithmus V3.4 konnten wir feststellen, dass die Gen + 15 000-Ergebnisse für die Prachtfinkenart Gouldamadine (Erythrura gouldiae) Versuchstiere mit einer überdurchschnittlich hohen Resistenz gegen Fibrosarkome hervorbrachten. Ihre Morphologie entsprach zwar noch immer im Wesentlichen der Spezies, aber es wurden Veränderungen im Schwarmverhalten festgestellt. Dem Prüfplan entsprechend, werden die Computer den Algorithmus auch für das nächste Stadium verwenden; gleichzeitig wird jedoch die Analyse der aktuellen Population fortgesetzt.

Wissenschaftlicher Leiter:
Dr. Deidrick Müller
Berater:
Hans Reinhardt, Bundesnachrichtendienst
Ian Wexler, DARPA – BTO

»Kathy!«

Kathys Mitbewohnerin, eine energiegeladene Blondine namens Sophia, platzte in das Zimmer, riss eine Schublade auf und zog einen einteiligen Badeanzug heraus. »Ein paar von den anderen Mädchen gehen zum Pool. Willst du nicht mitkommen?«

Kathy schüttelte den Kopf. »Ich kann grade nicht, Sophia. Vielleicht komme ich später nach.«

»Bist du sicher? Falls du einen Badeanzug brauchst... Ich kann dir einen leihen.«

Kathy stellte sich vor, wie die Leute reagieren würden, wenn sie sie in einem Badeanzug zu sehen bekämen – von Kopf bis Fuß bedeckt von rosa Narben. »Das ist lieb von dir, aber bei ein paar Seminaren fühle ich mich sehr unsicher... an das Lernen muss ich mich erst wieder gewöhnen. Ist schließlich schon eine Weile her, seit ich zuletzt büffeln musste.«

Sophia zog einen dramatischen Schmollmund, während sie in den Einteiler schlüpfte. »Vielleicht lernen wir mal zusammen, wenn ich wieder zurück bin?«

»Das wäre super.«

Sophia wickelte sich in ein weißes Frotteestrandtuch, ging zur Tür und rief lachend. »Na dann, viel Spaß. In einer Stunde kommst du uns heulend nachgelaufen!«

Professor Wilkinsons dröhnende Stimme füllte mühelos den Hörsaal. »Das war's für heute. Sie kennen Ihre Aufgaben. Ich weise noch einmal auf das hin, womit Sie es diese Woche im Labor zu tun bekommen: Sie werden Experimente zum Nachweis der Substratkettenphosphorylierung durchführen, die zu unserem Studienabschnitt über Glykolyse und den Krebs-Zyklus gehören, den Sie auch unter der Bezeichnung Citratzyklus kennen. Und wie immer hoffe ich, dass Sie sich schon vorab mit der Materie beschäftigt haben, damit Sie sofort anfangen können.«

Kathy besuchte Wilkinsons Kurs nun schon seit zwei Monaten und wusste daher, was der Professor eigentlich meinte, wenn er »ich hoffe« sagte: eine unabdingbare Voraussetzung. Alle stimmten überein, dass Wilkinson der härteste Prof in der gesamten Fakultät war. Seine Seminare für Erstsemester galten als eine Art Hürdenlauf, bei denen er die Spreu vom Weizen trennte.

Zwei Minuten vor dem Ende des Seminars, als die meisten Studenten bereits ihre Unterlagen einzupacken begannen, wandte sich der Professor noch einmal an seine Studenten. Er klopfte auf das Mikrofon, um sich in der allgemeinen Aufbruchsunruhe bemerkbar zu machen. »Ach, eins noch: Wer im nächsten Semester Genetik belegen will, wird vielleicht den Vortrag eines Gastdozenten interessant finden, der heute Abend im Konferenzzentrum der Universität stattfindet. Der Redner wird sich mit der Frage befassen, wie sich die bisherigen Ergebnisse der Genforschung auf die Fortschritte in der heutigen und zukünftigen Medizin auswirken. Der Vortrag beginnt um 18 Uhr, aber ich empfehle Ihnen, etwas früher zu kommen, wenn Sie noch einen Platz finden wollen.«

Die Ankündigung erregte Kathys Interesse. Sie packte ihren Laptop ein und warf einen Blick auf die Wanduhr.

Um 17 Uhr hatte sie einen Untersuchungstermin in der Campus-Klinik. Sofern das Wartezimmer nicht überfüllt war, würde sie es wohl rechtzeitig zu dem Vortrag schaffen.

Kathy kam es so vor, als hätte sie einen 30 Kilo schweren Rucksack auf dem Rücken, als sie der Krankenschwester in den hinteren Bereich der Klinik folgte. Seit Monaten litt sie an einer ständigen, dumpfen Müdigkeit, die nicht weichen wollte. Zuerst hatte sie es einer Depression zugeschrieben, aber schon bald festgestellt, dass es nichts mit ihrem psychischen Befinden zu tun hatte, oder jedenfalls nicht mehr. Tatsächlich hatte sie seit langem nicht mehr so optimistisch in die Zukunft geblickt wie gerade jetzt; wieder zu studieren war die richtige Entscheidung gewesen. Nein, es musste eine andere Ursache haben. Sie fühlte sich ausgelaugt. Ständig körperlich erschöpft.

Die Schwester blieb vor einer Waage stehen. »Wir überprüfen zuerst Ihre allgemeinen Gesundheitsdaten. Bitte stellen Sie sich auf die Waage.«

Kathy runzelte die Stirn, als sich die Digitalanzeige immer höher bewegte – ungefähr fünf Kilogramm über ihrem Normalgewicht.

»Gut«, meinte die Schwester. »Für Ihre Größe von 1,62 Metern liegt Ihr Gewicht im Normalbereich.«

Die mütterliche Stimme der Krankenschwester beruhigte Kathy ein wenig, zumal ihr klar war, dass sie seit dem Zwischenfall auf der Insel keinerlei Sport mehr betrieben hatte. Im Moment wollte sie nicht mitanhören müssen, sie solle sich körperlich mehr betätigen oder abnehmen.

Geduldig ließ sie die Blutdruckmessung und die Pulsoxymetrie über sich ergehen. Der Blick in ihre Mundhöhle und ihre Reflexe zeigten keine Auffälligkeiten.

Die Fiebermessung ergab 37.7 Grad Celsius. »Na, anscheinend haben Sie leicht erhöhte Temperatur. Wird Ihnen öfters zu warm?«

Kathy zuckte die Schultern. »Eigentlich nicht. Ich fühle mich nicht krank, nur ständig müde.«

Während sie auf den Arzt wartete, las sie die Poster an den Wänden – Empfängnisverhütung, Geschlechtskrankheiten… Das überraschte sie, schließlich war das hier eine katholische Universität. Aber natürlich hatte sie schon vom zwanglosen Miteinander von Frauen und Männern an den Universitäten gehört – beide Geschlechter »schliefen herum«, ohne sich auf dauerhafte Beziehungen einlassen zu wollen. Aber aus irgendeinem Grund hatte sie geglaubt, dass es an der Georgetown-Universität anders sein würde. Sie selbst fand diese »Abschleppkultur« widerlich. Sie war bisher nur mit einem Mann zusammen gewesen, und der lebte nicht mehr.

Ein verblüffend großer Arzt kam herein, der größte Mann, den Sie jemals gesehen hatte. Er musste den Kopf senken, als er durch die Tür kam, und als er ihr die Hand schüttelte, stellte sie fest, dass seine Hand fast doppelt so groß war wie ihre. Der Mann war ein Riese.

»Katherine O'Reilly, ich freue mich, Sie kennen zu lernen. Ich bin Dr. Al-Siddiqui.« Er zog einen Rollhocker heran, setzte sich ihr gegenüber und blätterte in ihrer Patientenakte. »Sie sagen, Sie leiden an ständiger Müdigkeit.«

»Ja. Ich fühle mich nicht kraftlos, aber… nun, es ist, als würde ich ständig durch Wasser waten. Alles, was ich mache, fällt mir schwer und kostet mich mehr Mühe als es sollte. Es… es ist schwer zu erklären.«

Der Arzt kritzelte ein paar Notizen in die Akte, dann schaute er Kathy mitfühlend an. »Nun, Ihre allgemeinen Werte sind gut, keinerlei Auffälligkeiten. Leicht erhöhte Temperatur, aber draußen ist es warm, oder Sie haben eine leichte Erkältung oder so. Darüber müssen Sie sich keine Sorgen machen.« Wieder blätterte er in der Akte. »Auch Ihr Blutbild ist größtenteils gut, aber Sie haben einen Mangel an Vitamin B12 und eine leichte Anämie. Das könnte eine Erklärung für Ihr Ermüdungsgefühl sein. Wir geben Ihnen eine B12-Spritze, aber die Anämie möchte ich vorerst lieber mit einer Veränderung Ihrer Ernährungsgewohnheiten behandeln. Sie sind nicht zufällig Vegetarierin?«

»Nein, ich bin mit Fleisch und Kartoffeln aufgewachsen, aber in letzter Zeit habe ich auch mehr Fisch und Geflügel gegessen.«

»Ich möchte vorschlagen, dass Sie öfters rotes Fleisch zu sich nehmen – mindestens ein- bis zweimal die Woche. Außerdem dunkelgrünes Blattgemüse, zum Beispiel Kohl oder Spinat, denn sie sind ebenfalls stark eisenhaltig. Mehr Eisen im Blut verbessert den Sauerstofftransport, und das wird Ihnen dann wieder mehr Schwung verleihen. Wäre Ihnen das möglich?«

Kathy lächelte. »Mein Dad ist Rinderfarmer. Ja, das mit dem roten Fleisch kriege ich auf jeden Fall hin.« Wenn sie ihrem Dad erzählte, dass ihr der Arzt mehr Rindfleisch empfohlen hatte, würde er ihr wahrscheinlich auf der Stelle eine halbe Tonne Rindersteaks schicken, Expresslieferung.

»Na wunderbar, dann machen wir das so.« Als der Arzt aufstand, ragte er wie ein Wolkenkratzer über ihr empor. »Kommen Sie in einem Monat wieder her, damit wir Ihr Blutbild und die Anämie noch einmal untersuchen können. Haben Sie noch Fragen?«

»Nein, Sir.«

»Okay – achten Sie auf Ihr Befinden. Wenn Sie glauben, dass sich die Erschöpfung verschlimmert, kommen Sie bitte sofort wieder her. In diesem Fall müssten wir etwas anderes versuchen.«

Die grauhaarige Sprechstundenhilfe gab Kathy einen gelben Lutscher. »Ich finde, so ein Lutscher hilft gegen viele Wehwehchen. Ich bin gleich wieder da, aber dann werde ich Sie ein bisschen piksen müssen.«

Nate schob seinem Vorgesetzten Jeff Binghamton den Ermittlungsbericht über den Schreibtisch.

»Das ist alles wirklich sehr verdächtig, Jeff«, sagte er. »Die Insel war praktisch mit Brandbeschleuniger getränkt und alles ist sehr gründlich niedergebrannt worden. Was immer dort vor sich ging, musste offenbar geheim gehalten werden. Natürlich weiß ich, was AgriMed behauptet, dass sie dort gemacht haben – dass sie dort nur bestimmte tropische Pflanzen angebaut hätten, um ihre medizinische Wirksamkeit zu erforschen. Aber unsere Jungs im Labor haben auch ein paar Seriennummern der Geräte herausfinden können, die wir dort gefunden haben, und…«

Während Nate redete, hatte Jeff in dem Bericht geblättert. Jetzt fiel er Nate ins Wort. »Scheiße… der deutsche Nachrichtendienst? Und die CIA?« Er las den entsprechenden Abschnitt laut vor. »›Sechs der sichergestellten zerstörten Computer stammen aus einer Lieferung von 25 Dell Precision Workstations, die vom Bundesnachrichtendienst geordert worden waren. Als Lieferadresse konnte eines der deutschen Büros des BND identifiziert werden.‹ Zitat Ende.«

Er blickte wieder auf. »Was halten Sie von der Sache?«

Nate runzelte die Stirn, kippte den Stuhl auf die Hinterbeine und wippte ein wenig vor und zurück. »Ich denke, es gibt absolut keinen Grund, warum sie für den Anbau und das Züchten bestimmter Pflanzen die ganze aufwändige Technik und Ausrüstung benötigten, die wir vor Ort gefunden haben. Wir haben ja auch keinerlei Hinweise auf ein elektronisch gesteuertes Bewässerungssystem gefunden, oder auf irgendetwas anderes, das mit den Computern gesteuert werden musste. Es ergibt einfach keinen Sinn. Diese Firma machte irgendetwas Ungewöhnliches auf der Insel und ich kaufe ihnen die Story nicht ab, die sie uns geliefert haben – dass sie dort nur eine unschuldige kleine Farm für ihre Versuchspflanzen betrieben hätten. Um dann alles so gründlich abzufackeln? Die ganze Sache stinkt zum Himmel.«

Binghamton nickte nachdenklich und klopfte mit dem Ende eines Bleistifts auf die Tischplatte. »Ich verstehe das alles genauso wenig wie Sie. Aber dass die CIA darin verwickelt sein könnte, macht mir Probleme. Sind wir denn sicher, dass das stimmt? Denn wenn es so ist, bekommt die ganze Angelegenheit eine völlig neue Dimension.«

Nate griff über den Tisch, blätterte im Bericht ein paar Seiten weiter und deutete darauf. »Das hier sind die Belege für die Lieferungen. Schauen Sie sich die Lieferadresse für die Geräte genau an – sie ist identisch mit der Adresse des CIA-Hauptquartiers.«

Binghamton stöhnte leise auf. »Verdammt, ich habe wirklich genug davon, dass uns diese Burschen ständig verarschen wollen. Kann ja sein, dass die Agency und die Deutschen da irgendeine Sache am Kochen haben, aber was hat die Pharmafirma damit zu tun? Ich sehe die Verbindung nicht. So ein Mist! Und ich habe auch keine Ahnung, ob es sich hier um eine genehmigte Operation handelt. Vielleicht ist es eine streng geheime *black op*, über die wir niemals hätten stolpern dürfen, oder eine schurkische Operation, in die ein paar Agenten aus beiden Geheimdiensten heimlich verwickelt sind?« Er schüttelte frustriert den Kopf, dann deutete er mit dem Bleistift auf Nate. »Das riecht nach einer Sachlage, die womöglich unter das FISA fällt, also unter das Gesetz zur Überwachung in der Auslandsaufklärung. Wir, also das FBI, sind berechtigt, einen FISA-Durchsuchungsbeschluss zu beantragen, und genau das werde ich tun. Ich will herausfinden, was die Nachrichtendienste über diese Burschen und diese verdammte Insel wissen. Und was die CIA angeht, werde ich eine formelle Anfrage auf Amtshilfe stellen. Wir werden dann sehen, wie weit wir damit kommen.«

Nate nickte nachdenklich, dann sagte er: »Sir, wenn Sie die Dienstreise genehmigen, würde ich gerne diesem Hinweis im AgriMed-Bericht nachgehen – es ist da von einer Frau die Rede, die von der Insel gerettet wurde. Ich würde gerne herausfinden, was sie darüber weiß.«

Binghamton blätterte wieder in dem Bericht. »Ich sehe hier keine näheren Angaben. Wissen Sie denn, wo sie wohnt oder sich aufhält?«

»Noch nicht, aber im ursprünglichen Bericht, der der Beschwerde angehängt wurde, war ihr Name erwähnt – er klang irisch oder amerikanisch. Ich wollte zunächst einmal eine Suche in den Datenbanken für Pässe und Immigration durchführen lassen. Sollte ich einen Treffer bekommen, würde ich mir die Datenbanken für Bankkonten vornehmen und ihren Wohnort herausfiltern. Angenommen, dass das ihr echter Name ist und sie unter diesem Namen in die Staaten eingereist ist, stehen die Chancen gut, dass ich sie aufspüren kann.«

»Prima. Machen Sie das. Wie gesagt, die Sache stinkt. Ja, machen Sie weiter. Spüren Sie die Frau auf und schaffen Sie sie hierher, damit wir sie befragen können. Ich stelle inzwischen den FISA-Antrag und das Gesuch auf Amtshilfe. Wir rollen die Angelegenheit von zwei Seiten her auf und treffen uns dann in der Mitte. Bitte halten Sie mich über Ihre Ermittlungen auf dem Laufenden.«

Nate zögerte. »Sir… Was ist, wenn es sich um eine Operation handelt, von der wir nichts wissen sollten?«

»Wir sind doch alle im selben Team, Nate.«

»Auch mit den Deutschen?«

Binghamton verzog das Gesicht. »Gott, ja, das hoffe ich doch, sofern die Sache legal ist. Aber natürlich könnte es auch eine schurkische Operation sein… Auch in Geheimdiensten gibt es immer ein paar schwarze Schafe. Ich denke mal, es wäre keine schlechte Idee, wenn Sie noch einen weiteren Agenten mitnehmen würden. Zur Unterstützung… und um aufzupassen, dass Ihnen nichts geschieht.«

KAPITEL NEUN

Kathy betrat den Konferenzsaal erst zehn Minuten nach Beginn der Vortragsveranstaltung. Der Redner war gerade vorgestellt worden und trat nun an das Rednerpult. Sie glitt auf einen Sitz, während der Mann zu sprechen anfing. Seine tiefe Stimme schallte aus den Lautsprechern, die an verschiedenen Stellen im Saal installiert waren.

»Da Sie so zahlreich zu diesem Vortrag erschienen sind, gehe ich davon aus, dass Sie an dem Gebiet der Genetik entweder interessiert sind oder zumindest eine gewisse Neugier empfinden. Als Genforscher und Arzt weiß ich natürlich, was Ihnen die Medien oftmals glauben machen wollen – dass ein Mensch, der solche Forschungen betreibt, gewissermaßen die Brut Satans sein müsse.«

»Wegen euch Schweinen kriegen wir alle Krebs!«, brüllte jemand von den hinteren Reihen des großen Saals.

Und schon reckte eine Gruppe Studenten, die ganz hinten im Saal standen, Poster und Schilder mit Aufschriften in die Höhe, die zum Widerstand gegen Gentechnik aufriefen. »NEIN ZUR GENTECHNIK!«, brüllten sie rhythmisch. Die meisten Zuhörer bekundeten ihr Missfallen über die Störung mit Pfiffen und Buh-Rufen.

Kathy hatte politische Aktivisten immer bewundert, aber in diesem Fall wünschte sie sich einfach nur, dass die Leute endlich still wären.

Schließlich war sie gekommen, um zu hören, was der Mann zu sagen hatte.

Die Störung dauerte nur zwei Minuten, dann griff der Sicherheitsdienst des Campus ein, drängte die Protestler aus dem Saal und verschloss die Türen – aber nicht, bevor noch ein letzter Protestruf zu hören war: »Ihr seid nichts weiter als monopolistische Schweine, die uns den letzten Dollar aus den Taschen ziehen wollen!«

Nachdem die Türen verschlossen worden waren, verstummte der Lärm allmählich. Im Auditorium herrschte noch ein paar Momente lang wütendes Gemurmel, dann wandte sich die Aufmerksamkeit wieder dem Redner zu.

Der Gastredner schüttelte nur den Kopf und seufzte ins Mikrofon. »Wie ich schon sagte, wird unsere Arbeit in der Genforschung oftmals missverstanden. Manche Leute, wie zum Beispiel unsere Freunde, die gerade noch hinten im Saal standen, glauben offenbar, dass durch meine Forschungsarbeit noch mehr Menschen an Krebs erkranken werden. So bedauerlich es auch sein mag, sie scheinen davon absolut überzeugt zu sein. Aber ich möchte meinen Vortrag nicht beginnen, ohne Sie um einen Gefallen gebeten zu haben: Lassen Sie sich nicht von der populären Rhetorik einlullen. Niemand darf Ihnen seine Meinung als eine Art Evangelium aufdrängen. Auch das, was ich Ihnen hier sage, muss angezweifelt und hinterfragt werden. Stellen Sie Ihre eigenen Nachforschungen an, bevor Sie sich eine Meinung bilden.«

Etwas an diesem Mann kam Kathy irgendwie bekannt vor. Er war jung, vermutlich um Mitte dreißig, wahrscheinlich hispanischer Herkunft. Und er wirkte leicht traurig und tat ihr deshalb ein klein wenig leid.

»Aber weil die Frage nun einmal so lautstark aufgeworfen wurde, möchte ich kurz auf diese Behauptung mit dem Krebs eingehen. Um es gleich vorweg zu sagen: sie ist lächerlich. Ich bin selbst Onkologe, also auf Krebserkrankungen spezialisiert. Das Ziel meiner Forschungsarbeit war, ist und wird immer sein, Krebserkrankungen zu behandeln. Was die Beschuldigung angeht, dass ich ein Monopolist sei: Ich gebe zu, dass ich für AgriMed arbeite, also für einen großen Pharmakonzern. Das will ich auch gar nicht leugnen. Aber wir sind wahrlich kein Monopol. Überhaupt finde ich diese Anschuldigung geradezu ironisch. Der Anteil von Google an den Internet-Suchvorgängen beträgt weltweit neunzig Prozent, und Android läuft als Betriebssystem auf rund neunzig Prozent aller Smartphones. Aber ich habe noch nie Proteste gegen diese Firmen gehört, weil sie sehr populäre Produkte anbieten, die von den Leuten ständig genutzt werden.«

Im Raum wurde es warm. Die Klimaanlage hatte offenbar Schwierigkeiten, mit der aus dem dicht besetzten Raum aufsteigenden Körperwärme fertig zu werden. Kathy fasste ihr langes Haar zusammen und schob es unter ihre Baseballmütze, um den Nacken frei zu bekommen.

»Und schließlich möchte ich auch ein weiteres Schreckgespenst verjagen, nämlich die Gentechnik«, fuhr der Redner fort. »In der Genforschung sind wir nicht damit beschäftigt, ständig neue Dinge zu erfinden, um den Menschen zu schaden. Sondern wir erforschen Probleme, von denen Menschen betroffen sind, und versuchen, die bestmögliche Lösung zu finden. Ein Beispiel: In einigen Teilen der Welt, vor allem in den Entwicklungsländern, besteht ein Vitamin-A-Mangel, der epidemische Ausmaße annehmen kann. Nach einem Bericht der UNICEF sind davon derzeit rund 140 Millionen Kinder betroffen. Und übrigens auch weit über zehn Millionen schwangere Frauen in über hundert Ländern.

Wie auch vielen hier im Raum nicht klar sein dürfte, ist der Vitamin-A-Mangel eine ernsthafte Gefahr, die für ein bis zwei Millionen Todesfälle und rund 500 000 unheilbare Erblindungen verantwortlich gemacht wird – und zwar Jahr für Jahr.

Das Problem ist in den Teilen der Welt besonders ausgeprägt, in denen die Ernährung großenteils auf Reis beruht. Denn Reis liefert nicht genug Vitamin A. Durch gentechnische Verfahren wurde nun eine neue Reissorte gezüchtet, die eine erhöhte Menge an Beta-Carotin, auch Provitamin A genannt, enthält. Der gentechnische Eingriff besteht darin, dass man das Phytoensynthase-Gen herausschneidet und es mit einem anderen Gen zusammenfügt. Das Ergebnis wird ›Goldener Reis‹ genannt. Klinische Studien haben den Nachweis erbracht, dass schon durch die tägliche Aufnahme einer geringen Menge von Goldenem Reis bestimmte Folgen des Vitaminmangels wie Blindheit und höhere Sterblichkeit zwar nicht völlig beseitigt, aber doch deutlich reduziert werden können. Wer gegen Gentechnologie protestiert, schreckt vermutlich vor der Vorstellung zurück, dass die Wissenschaft in unsere Nahrungsmittel eingreift, aber ich versichere Ihnen, Millionen von Menschen, die an Vitamin-A-Mangel leiden, sehen das ganz anders.«

Der Redner ließ den Blick durch den Raum schweifen. »Aber

Gentechnik ist nur eine Seite der Genforschung. Einige der aufregendsten Entwicklungen auf diesem Gebiet betreffen die Gentherapie. Nehmen wir mal an, Sie hätten einen Patienten, der an Mukoviszidose leidet. Was wäre, wenn sie ihn behandeln könnten, indem Sie das Gen, das die Krankheit verursacht, buchstäblich austauschen und so das Leben des Patienten verlängern könnten? Was ist, wenn ich Ihnen erzähle, dass sechzehn herzkranke Patienten, von denen viele bereits dem Tod ins Auge blicken, behandelt werden können? Wir könnten eine direkt auf ihre Herzen gerichtete Gentherapie anwenden, durch die das Blutgefäßwachstum angeregt wird, so dass eine nachweisbare Besserung oder vollständige Schmerzerleichterung eintritt. Das ist keineswegs Science Fiction, meine Damen und Herren – es geschieht bereits.

Wir stehen an der Schwelle einer völlig neuen Welt, und das haben wir der Medizinforschung zu verdanken. So – und nun möchte ich zu meinem eigentlichen Thema zurückkehren und Sie ein bisschen eingehender über das informieren, was diese Forschung mit sich bringt.«

Während der Gastredner weitersprach, fiel Kathy nun erst ein Mann auf, der hinter dem Rednerpult saß. Obwohl es sehr warm im Saal war, lief ihr plötzlich ein kalter Schauder über den Rücken.

Was der Redner auch sagte, flog nun völlig an ihr vorbei, als sie den Mann anstarrte – die letzte Person auf der Welt, der sie jemals wieder hatte begegnen wollen. Derselbe Mann, der ihr ein Bündel Verschwiegenheitserklärungen über den Tisch geschoben hatte – und der ihr das Schweigegeld ausgezahlt hatte.

Sie beugte sich zu dem Mädchen mit dem von Akne vernarbten Gesicht hinüber, das neben ihr saß, und flüsterte: »Wer ist der Typ, der hinten rechts neben dem Rednerpult sitzt?«

»Du meinst den älteren Herrn im Armani-Anzug? Das ist Dr. Harry Winslow. Ich glaube, er hat sich als Leiter der Forschungsabteilung von irgendeinem Pharmakonzern vorgestellt. Er hat den Redner eingeführt.«

Wenn Kathys Blicke hätten töten können, wäre dieser Winslow tot vom Stuhl gefallen. Der jedoch lauschte dem Vortrag konzentriert.

Es ärgerte Kathy, dass dieser Mann so würdevoll erschien und offenbar hohes Ansehen genoss. Dabei war sie vermutlich die einzige Person im ganzen Saal, die wusste, dass er alles daran setzte, etwas geheim zu halten, was sich auf dieser höllischen subtropischen Insel abgespielt hatte – derselbe Mann, der vermutlich indirekt auch für den Tod von Kathys

Freund verantwortlich war.

Nachdem der Redner geendet und der Applaus verstummt war, strömten die Zuhörer zum Ausgang. Kathy stemmte sich gegen den Menschenstrom und schrie über die Köpfe hinweg: »Dr. Winslow!«

Er blickte sich zu ihr um und für einen kurzen Moment begegneten sich ihre Blicke. Sie glaubte eine Reaktion zu sehen, ein Wiedererkennen, aber dann wandte er sich abrupt um und ging zum Seitenausgang neben der Bühne.

Sie drängelte sich noch entschlossener durch die Menge und achtete nicht auf die wütenden Proteste der anderen Studenten. »Dr. Winslow!«

Die Menge drängte weiter zum Ausgang und Kathy wurde beiseite gedrängt. Ihr Fuß verfing sich an einem Stuhlbein und sie geriet ins Stolpern, konnte sich nicht mehr fangen und wäre zu Boden gestürzt…

Doch plötzlich legte sich ein Arm um ihre Taille.

»Vorsicht – alles in Ordnung?«

Kathy blickte in die Richtung, in der Winslow verschwunden war – sie verspürte einen Kloß im Hals. Ihre Wut verebbte und verwandelte sich in bittere Frustration, als sie die Selbstbeherrschung wiederfand.

»Alles in Ordnung?«, fragte der Mann noch einmal. »Haben Sie sich wehgetan?«

Jetzt erst drehte sich Kathy zu ihm um. Der Mann, der ihr wieder auf die Beine geholfen hatte, war niemand anders als der Gastredner. Mit warmen, freundlichen brauen Augen musterte er sie besorgt.

»N-nein, nichts passiert.« Kathy atmete tief ein und beruhigte sich wieder. »Ich bin nur kurz gestolpert.«

»Sie wollten Dr. Winslow sprechen? Er musste dringend zum Flughafen zurück, aber vielleicht kann ich Ihre Fragen beantworten?« Er zögerte… dann glitt ein Lächeln über sein Gesicht. »Hey! Sie sind Katherine O'Reilly!«

Kathy stutzte und zermarterte ihr Gehirn – woher kannte er sie? Und warum kam auch er ihr irgendwie bekannt vor?

Er schmunzelte und streckte ihr die Hand entgegen: »Ich bin der Bursche, der damals am Flughafen Ihre Geldbörse fand. Ist schon ein paar Monate her. Juan Gutierrez.«

»Oh mein Gott!«, rief Kathy aus und schüttelte ihm die Hand. »Was für ein bizarrer Zufall!«

»Ja, in der Tat. Und – haben Sie Fragen, die ich vielleicht beantworten könnte?«

Kathy spürte, wie ihr die Röte warm durch die Wangen stieg. Sie wusste nicht einmal, was sie zu Winslow hätte sagen können, wenn sie ihn eingeholt hätte. Auf jeden Fall war es keine Frage, die dieser Mann beantworten konnte. »Ich… ich glaube, bei dem Sturz hab ich vergessen, was ich ihn fragen wollte.«

»Oh.« Juan sah fast… enttäuscht aus. Er zögerte, dann räusperte er sich. »Na, wie auch immer… mein Flug geht erst morgen früh und ich bin am Verhungern. Können Sie mir vielleicht, äh… ein gutes Restaurant hier in der Gegend empfehlen?«

»Ja, sicher. Meine Mitbewohnerin schwärmt dauernd vom Mai Kai. Das ist ein neues asiatisches Restaurant, hat aber auch regionale Küche. Soll wirklich gut sein. Dafür kann ich selbst aber nicht garantieren – ich selber hab noch nie dort gegessen.«

Juans Miene hellte sich auf. »Na, warum kommen Sie nicht einfach mit? Vielleicht fällt Ihnen beim Essen die Frage wieder ein, die Sie Winslow stellen wollten?«

Kathy blinzelte überrascht. Hat er mich gerade zu einem Dinner eingeladen? Das Letzte, was sie jetzt gerade brauchen konnte, war ein Date.

»Äh…«

Juan lächelte beruhigend. »Keine Sorge, das ist absolut harmlos. Ich mag nur nicht gern allein essen. Mache ich aber ständig, und es gefällt mir nicht. Und für Sie hat es den Vorteil, dass Ihr Begleiter zahlt.«

Kathy hatte ein paar Jahre lang in Bars gearbeitet und hatte daher so manche Erfahrung mit schleimigen Barbesuchern sammeln können. Dieser Bursche hier kam ihr nicht schleimig vor. Er wirkte… aufrichtig. Sie wusste besser als viele andere, wie einsam man an einem fremden Ort sein konnte.

»Ich… eigentlich müsste ich zuerst meiner Mitbewohnerin Bescheid sagen, dass ich ausgehe – aber okay, ich komme gerne mit. Wann wollten Sie gehen?«

Er lächelte. »Wir wär's mit sofort?«

Juan nippte an einem Glas Eistee und blickte sich in der fremdartigen Umgebung um. Das Restaurant war im polynesischen Stil eingerichtet, dekoriert mit Palmwedeln und Tiki-Statuen. Auf der kleinen Bühne wurde Livemusik mit Hula-Tänzerinnen und Feuerschwertern geboten und die Bedienungen trugen die traditionellen Kostüme. Juan hätte sich ohne Probleme einreden können, er befände sich auf Hawaii.

Von ihrem Tisch aus war die Sicht auf die Bühne nicht sehr gut, aber das machte Juan nichts aus. Denn das gab ihm eine Ausrede, seine atemberaubende Begleitung ausgiebig anzuschauen.

»Also«, sagte er, »Sie sind fünfundzwanzig, eine ehemalige Sängerin und jetzt Erstsemester am College. Zu so einem Lebenslauf muss noch mehr gehören. Wie kommt es, dass Sie sich an der Universität Georgetown eingeschrieben haben?«

Kathy blickte auf ihr Getränk, rührte gedankenverloren darin und zuckte schließlich die Schultern. »Um ehrlich zu sein, das College stand bisher nicht auf meiner Lebensplanung. Ich war zwar immer gut in der Schule, aber der einzige Gedanke, den ich in meinem Abschlussjahr an der High-School hatte war, von zu Hause wegzukommen.«

Juan schossen sofort mehrere Erklärungen der Ursachen durch den Kopf. »Es tut mir leid, ich wollte nicht…«

»Nein, nein, nicht das, was Sie denken«, sagte Kathy schnell und blickte ihn an. »Verstehen Sie mich nicht falsch – meine Eltern sind absolut wunderbar und ich liebe sie mehr als alles andere auf der Welt. Aber sie leben nun mal auf einer kleinen Viehranch in Nevada, die nächsten Nachbarn sind zehn Kilometer entfernt, und ich hasste es, dort zu leben. Ich wusste, wenn ich dort bleibe, würde ich nie mehr wegkommen. Ich wollte mehr von der Welt sehen, und ich dachte, dass meine Stimme gut genug wäre, um in Bars und so weiter zu singen, deshalb ging ich von zu Hause weg.«

»Und trotzdem haben Sie diesen Traum aufgegeben, um ein Studium anzufangen?«

Kathy legte den Kopf ein wenig schief und schaute ihn leicht vorwurfsvoll an.

Die Beleuchtung in dem großen Restaurant war auf die Bühne konzentriert; an den Tischen war es daher recht dunkel, aber Juan blickte wie gebannt in ihre leuchtend grünen Augen.

»Sie machen sich über mich lustig«, sagte sie. »Kein halbwegs vernünftiger Mensch würde den Job als Barsängerin als Traumjob bezeichnen.«

»Ich wollte nicht…« Juan dachte kurz über seine letzte Bemerkung nach. »Sorry – ich glaube, das klang irgendwie sarkastisch, aber das war nicht meine Absicht. Aber viel zu reisen und zu tun, was einem gefällt, kommt mir beneidenswert vor.«

Kathy runzelte kaum merklich die Stirn. »Sie glauben, dass es beneidenswert ist, irgendwelche Leute an Tischen zu bedienen und in verrauchten, dunklen Bars zu singen? Ach kommen Sie – ich bin auf einer Farm aufgewachsen, aber ich bin kein naives Landei. Und Sie sind Arzt und Genforscher bei einem großen Pharmakonzern.«

Juan lächelte. »Kann sein, dass mich die Leute so sehen, aber im Innern bin ich immer noch ein Junge, der in den Slums im Osten von L.A. aufgewachsen ist. Meine Chance, als Drogenhändler oder in einem Hilfsarbeiterjob ohne jede Perspektive zu enden, war hundertmal höher, als Arzt oder gar Genforscher zu werden. Ich hatte das große Glück, eine außerordentlich willensstarke Mutter zu haben, die mich ständig antrieb, das Beste aus mir herauszuholen.«

Ein Kellner kam an ihrem Tisch vorbei. Er trug eine große Schale gefüllt mit Shaved Ice und Früchten im besten Hawaii-Stil, zwischen denen funkensprühende Wunderkerzen steckten. Eine kleine Gruppe von Kellnern in polynesischen Kostümen versammelte sich um den Nachbartisch und stimmte »Happy Birthday« an. Eine ältere Dame strahlte über das ganze Gesicht.

Kathy lächelte, als sie die freudige Überraschung der Dame sah. Es war das zweite Mal, dass Juan sie lächeln sah – es war, als leuchtete ihr Gesicht auf. Sie war atemberaubend schön, und plötzlich fühlte er sich befangener als jemals zuvor.

Verliebe dich nicht in dieses Mädchen. Das darfst du nicht. Du hättest ohnehin nicht die geringste Chance.

Während die Männer sangen, bemerkte Juan ein paar kleine runde Narben, die ein wenig aus Kathys Blusenkragen ragten. Auf dem linken Handgelenkrücken war eine ähnliche Narbe zu sehen.

Automatisch dachte er an sein Medizinstudium zurück, vor allem an die Seminare über Immunologie. Die Narben erinnerten ihn an etwas, das er im Zusammenhang mit der Pockenimpfung gelesen hatte – sie glichen den runden, manchmal rosafarbenen Narben, die als Anzeichen einer vor Kurzem erfolgten Pockenimpfung zurückblieben.

Aber Pocken? Die Vereinigten Staaten waren schon Mitte der Siebzigerjahre für pockenfrei erklärt worden.

Er wollte Kathy gerade über die Narben befragen, als der Kellner mit den Speisen zum Tisch kam.

Der Kellner stellte einen wunderbar arrangierten Teller vor Kathy und sagte: »Für die Dame das Teriyaki Wagyu Beef mit Pilzen, Spargel, gegrillter Ananas und Knoblauch-Konfit, bestreut mit Sesamkörnern.«

Vor Juan stellte der Kellner ein stark dampfendes Gericht. »Für den Herrn ein Delmonico-Cowboy-Ribeyesteak, mariniert und über Eichenkohle gegrillt, Medium, mit Wasabi Meerrettich und Stampfkartoffeln.«

Juan lief das Wasser im Mund zusammen, als ihm das reiche Aroma vom Teller in die Nase stieg.

Nachdem der Kellner wieder verschwunden war, lächelte Juan Kathy an. »Verstehen Sie mich bitte nicht falsch, aber ich freue mich, dass Sie keine Vegetarierin sind.«

Kathy schnaubte, als sie die Gabel in ein fast quadratisch geschnittenes Fleischstück stieß. »Ganz bestimmt nicht. Mein Vater hätte mich aus dem Haus gejagt und enterbt. Außerdem habe ich leichten Eisenmangel, deshalb soll ich viel rotes Fleisch essen.«

Juan schnitt ein saftiges Stück von seinem Ribeye ab und bewunderte die feine Marmorierung. »Na, als Arzt kann ich Ihre Behandlungsmethode gegen Eisenmangel nur gutheißen. Ich denke, Sie haben eine vielversprechende Karriere in der Medizin vor sich.«

Dieses Mal galt Kathys strahlendes Lächeln ihm – und nur ihm.

Juan lehnte sich zurück, klopfte leicht auf seinen flachen Bauch und stöhnte: »Ich hab noch nie so viel gegessen, glaube ich.«

Kathy trank den letzten Schluck Wasser. »Meine Mitbewohnerin sagt, dass das Restaurant auch einen wunderbaren Pfad mit großartigem Blick auf den Potomac River hat. Er sei nachts mit Fackeln beleuchtet, so dass man sich fast wie in Hawaii fühlt. Haben Sie Lust zu einem kleinen Spaziergang, um das Essen ein wenig abzuarbeiten?«

Juan gab sich größte Mühe, nicht aufgeregt wie ein Junge vor seinem ersten Date zu klingen. »Auf jeden Fall.« Er hatte bereits damit gerechnet, dass seine Zeit mit Kathy schon in ein paar Minuten vorüber sein würde, er hätte praktisch zu allem ja gesagt, um den Abend mit ihr ein wenig in die Länge zu ziehen.

Juan staunte, als er sah, wie gut man das Flussufer in eine Art tropisches Paradies verwandelt hatte. Grillen zirpten und Vögel sangen überall um sie herum, als sie die von Palmen gesäumten Wege entlang gingen, die in regelmäßigen Abständen von Fackeln beleuchtet wurden. Er blickte sich nach den Lautsprechern um, schließlich konnten es keine natürlichen Geräusche sein, aber die Boxen waren sehr geschickt verborgen worden.

»Das ist wirklich erstaunlich«, sagte er.

Kathy atmete tief ein und nickte. Eine Sekunde schien so etwas wie Qual über ihr Gesicht zu fliegen, glaubte Juan.

»Also…«, sagte sie nach einer Weile. »Es würde mich interessieren, woran Sie gerade arbeiten, bei ihrer Forschung, meine ich?«

»Das erzähle ich Ihnen gerne. Und um offen zu sein, ich finde das, was ich gerade mache, sehr aufregend.« Juan wies auf einen gut ausgeleuchteten Alkoven, in dem eine aus einem Baumstamm gehauene Bank stand. »Setzen wir uns doch – die Brise ist sehr angenehm heute Abend.«

Kathy setzte sich und als er neben ihr Platz nahm, wandte sie sich zu ihm und schaute ihn offen an.

Er versank in ihrem Anblick. Sie war so schön... plötzlich fühlte er sich unsicher und nervös.

»Bevor ich Ihnen davon erzähle, muss ich Sie bitten, nichts weiterzuerzählen. Bestimmte Einzelheiten meiner Arbeit haben wir noch nicht publik gemacht und ich…«

»Keine Sorge«, sagte sie lächelnd. »Ich bin ziemlich gut darin, Geheimnisse zu bewahren.«

Juan nickte. »Nun, am Anfang stand eine noch sehr vage Idee. Ich wollte herausfinden, wie sich vielfache Kopien bestimmter Gene auf moderne Elefanten auswirken würden…«

Juan war überrascht und erfreut, wie aufmerksam Kathy ihm zuhörte, als er ihr in groben Zügen erklärte, woran er gerade arbeitete. Und ihre eingehenden Fragen bewiesen, dass sie verstand, wovon er redete. Diese Frau war nicht nur schön, sie war auch gescheit.

»Also zeigte sich das Muster, das Sie entdeckten, auch bei anderen Tieren?«

»Ja, genau. Ich war selbst überrascht. Wir mussten eine ganze Weile daran herumdoktern, weil ein Teil der DNA, die ich verwendete, von teilweise beschädigten oder zerstörten Proben stammten, aber am Ende war es ungefähr so, als hätte ich den Schlüssel eines Rätsels gefunden. Dasselbe Grundmuster traf auf mehrere Spezies zu.«

Kathy zögerte, dann fragte sie unvermittelt: »Glauben Sie an Gott?«

Juan stutzte bei der unerwarteten Frage. Er dachte kurz nach, bevor er antwortete. »Ja, in der Tat. Ich bin katholisch erzogen worden, aber ich müsste lügen, wenn ich behaupten würde, dass ich in letzter Zeit auch nur einmal in der Kirche gewesen wäre. Eigentlich nicht mehr, seit meine Mutter starb.«

»Na gut, aber haben Sie schon mal überlegt, dass Sie vielleicht ein Muster gefunden haben, das Gott *allen* Tieren gegeben haben könnte? Wie sonst ließe es sich erklären, dass Ihr Muster sozusagen universal ist?«

»Oh«, rief Juan aus, da er nicht erwartet hatte, dass sich das Gespräch in diese Richtung entwickeln würde. »Ich erlaube mir normalerweise nicht, darüber nachzudenken, dass hinter solchen Dingen eine bestimmte Motivation stehen könnte – oder mich überhaupt mit Themen zu befassen, die weder ich noch sonst jemand beweisen kann. Und Gott gehört nun mal zu den Dingen, die sich nicht beweisen lassen – die man also *nicht wissen* kann. Ich sage nicht, dass Sie mit Ihrer Vermutung nicht recht haben, ich sage nur, dass… nun, es gibt Dinge, die wir *glauben* können, und es gibt Dinge, die wir untersuchen, studieren, *wissen* können.«

Kathy nickte. »Ich habe noch eine Frage. Was ist mit Umwelteinflüssen? Wie können Sie die jahrhundertelange Evolution bestimmen, wenn Sie doch wissen, dass die Evolution oft von Umweltfaktoren beeinflusst oder sogar bestimmt wird? Ging es bei Darwins Beobachtungen nicht genau darum?«

»Das ist eine großartige Frage. Ich denke, es ist so: Alle Lebensformen, ob die der Menschheit oder der übrigen Tierwelt, hängen durch Genetik zusammen. Davon ausgehend kann man sagen, dass sich die DNA in unterschiedlichen Richtungen entwickelt. Zum Beispiel kann mein

Algorithmus nicht von vornherein wissen, ob sich eine bestimmte Richtung unter Umwelteinflüssen als Sackgasse erweist.

Stellen wir uns nun die Dinosaurier vor. Wenn ich ihre DNA hätte, könnte ich natürlich versuchen herauszufinden, wie sie heute existieren würden, aber mein Algorithmus kann nicht wissen, ob Asteroiden auf der Welt einschlagen, oder ob es zu Eiszeiten kommt, oder zu irgendwelchen sonstigen globalen Katastrophen. Der Algorithmus zeichnet einen Evolutionspfad auf, der praktisch in einem Vakuum verläuft, um es mal so auszudrücken. In diesem Sinne ist der Pfad reiner oder durch externe Faktoren unverfälschter als der, den wir in der realen Welt beobachten.

Im Grunde sehe ich dieses Muster als eine Art Chiffre oder als einen Faktor. Ein evolutionäres Rätsel, das nur darauf wartet, dass jemand daher kommt und überhaupt erst einmal bemerkt, dass es da ist. Und ohne jede Bescheidenheit denke ich… nun ja, dass es vielleicht genau das ist, was ich getan habe.«

»Darwins Faktor?«, fragte Kathy lächelnd.

»Ja – so könnte man es wohl nennen, denke ich«, antwortete Juan ebenfalls lächelnd.

Danach herrschte eine Weile Schweigen, dann stand Kathy auf. »Es ist schon spät, ich muss ins Bett.« Sie verdrehte frustriert die Augen. »Ich habe den Fehler gemacht, mich für das erste Seminar gleich um acht Uhr einzuschreiben.«

Juan schmunzelte. »Den Fehler machen wohl alle Erstsemester, aber nur ein einziges Mal. Kommen Sie, ich fahre Sie nach Hause.«

Auf dem Weg von Juans Auto zu ihrem Wohnheim zwang sich Kathy, nicht zurückzuschauen. Es war das erste Mal seit Brads Verschwinden, dass sie mit einem Mann ausgegangen war und sie konnte ein Schuldgefühl nicht völlig unterdrücken. Jedes Mal, wenn sie sich an diesem Abend mit Juan ein wenig entspannt hatte, drängte sich sofort wieder eine Erinnerung an Brad in ihre Gedanken, und schon wurde sie wieder von Schuldgefühlen überwältigt.

Vielleicht war es für so etwas noch zu früh.

Aber dennoch – Juan war nett. Er war älter als sie, aber nicht zu viel älter. Er war deutlich jünger als Brad. Und er redete nicht mit ihr wie jemand, der älter war und sich auch so fühlte, und auch nicht so, wie ein Lehrer mit seinen Schülern oder Studenten reden würde. Er redete mit ihr auf derselben Augenhöhe. Wie normale Menschen miteinander reden.

Und er schien interessiert zu sein. Er hatte absolut nichts getan, um ihr sein Interesse deutlich zu verstehen zu geben – aber sie fühlte es.

Als sie unter einer Weglampe vor dem Haupteingang des Wohnheims hindurch ging, warf sie einen Blick auf die Visitenkarte, die er ihr gegeben hatte. Auf der Rückseite stand seine private Handynummer. Diese Nummer hätte er ihr sicherlich nicht gegeben, wenn er nicht gewollt hätte, dass sie ihn anrief.

Aber das würde sie natürlich nicht tun. Sie schleppte im Moment noch zu viel emotionales Gepäck mit sich herum. Und er wohnte ohnehin in einem ganz anderen Bundesstaat.

Gerade als sie die Karte sorgfältig in ihre Börse schob, traten plötzlich zwei dunkle Gestalten aus dem Schatten neben dem Eingang. Kathy konnte gerade noch einen Schreckensschrei unterdrücken.

»Katherine O'Reilly?«

Sie blieb wie angewurzelt stehen und starrte den Mann mit vor Schreck weit aufgerissenen Augen an, der ihr nun eine Dienstmarke und eine Ausweiskarte entgegen reckte. Er trug einen dunklen Geschäftsanzug, ein auf dem Campus höchst ungewöhnlicher Anblick. Die andere Person war eine Frau, wie Kathy jetzt erst bemerkte; sie trug einen dunklen Hosenanzug.

»Entschuldigen Sie – sind Sie Katherine O'Reilly?«, fragte er noch einmal.

Kathy nickte, machte sich aber gleichzeitig zur Flucht bereit, sollte es nötig werden.

»Madam, ich bin Special Agent Carrington vom FBI.« Der Mann wies auf seine Begleiterin. »Das ist meine Kollegin, Special Agent Ragheb. Soweit wir informiert sind, waren Sie vor ungefähr vier Monaten in einen Zwischenfall verwickelt. Wir möchten Ihnen dazu ein paar Fragen stellen.«

KAPITEL ZEHN

Nate betrat Jeffs Büro, aber sein Vorgesetzter telefonierte gerade. Jeff formte unhörbar »Eine Minute« mit den Lippen und winkte ihm zu, sich zu setzen, während er das Telefonat zu Ende führte.

Nate setzte sich auf den Lederstuhl vor dem Schreibtisch und blickte sich im Raum um. Ein großes Poster von Jeffs alter Division bei der US Army zog sofort den Blick auf sich. Das Motto »Tun, was getan werden muss« war in großer roter Schrift aufgedruckt.

Nate wusste, dass Jeff rund 20 Jahre lang in der Strafverfolgungsbehörde des Militärs tätig gewesen war. Da Nate selbst fast ein Jahrzehnt in der Army gedient hatte, konnte er gut nachvollziehen, warum Jeff auf seine Waffenbrüder so stolz war. Das war vermutlich der Hauptgrund, warum sie beide so gut miteinander auskamen – es hatte viel mit gegenseitigem Respekt und Verständnis zu tun. Sie hatten ähnliche Wurzeln.

Jeff beendete das Telefonat. »Danke, dass Sie es so schnell einrichten konnten, Nate. Ich habe ein paar schlechte Nachrichten für Sie und hielt es für besser, die Dinge unter vier Augen zu besprechen.«

»Das hört sich aber nicht sehr gut an.«

»Nein, ganz bestimmt nicht. Wie besprochen, habe ich zunächst einmal versucht, den deutschen Nachrichtendienst, den BND, unter Beobachtung stellen zu lassen. Kurz gesagt, der Antrag wurde vom zuständigen Gericht, dem FISC, rundweg abgeschmettert.«

»Wie bitte? Ich dachte immer, das FISC würde solche Anträge fast unbesehen durchwinken?«

Jeff zuckte die Schultern. »Anscheinend beeindruckt so ein Antrag die FISC-Richter nicht besonders, wenn er von einem Stellvertretenden Direktor einer Strafverfolgungsbehörde gestellt wird. Einen befreundeten ausländischen Geheimdienst unter Beobachtung zu stellen ist eine heikle Angelegenheit. Solche Dienste genießen Immunität, außerdem liefern sich manche dieser Schlapphüte ständig eine Art Katz-und-Maus-Spiel. Wir pflegen einen professionell-höflichen Umgang miteinander und versprechen, dass wir uns nicht gegenseitig ausspionieren, machen das aber trotzdem. Aber dieses Mal wurden wir tatsächlich blockiert.«

Jeff seufzte und fuhr fort: »Ich habe auch meine Kontakte beim CIA aktiviert, offiziell und inoffiziell. Und ich ging sogar richtig offiziell durch den Vordereingang. Nichts. Wenn das, was auf der Insel abging, tatsächlich eine CIA-Op war, will jedenfalls niemand darüber reden. Tut mir leid, Nate.« Nates Boss deutete mit dem Zeigefinger auf ihn. »Und was haben Sie zu berichten? Haben Sie diese Zeugin von der Insel bereits aufgespürt?«

Nate schluckte seine Enttäuschung hinunter, die wie ein saurer Kloß in seinem Hals steckte, als er jetzt erfahren musste, dass weder das FISC noch die CIA zu einer Kooperation bereit waren. Er rief sich die rothaarige Studentin in Erinnerung, die er erst vor drei Tagen vernommen hatte. »Ja, sicher, ich konnte sie aufspüren, und Sie dürfen sich freuen: Es sind keine Reisekosten angefallen. Zufällig lebt sie jetzt ganz in der Nähe, sie hat sich an der Universität Georgetown eingeschrieben. Und was sie erzählte, war ausgesprochen hilfreich.«

»Ach ja? Inwiefern hilfreich?«

»Na ja, sagen wir mal so: Das arme Mädchen und ihr Boyfriend waren definitiv zum falschen Zeitpunkt am falschen Ort. Äh… sagt Ihnen *Gilligans Insel* etwas?«

»Ja, klar. Eine TV-Serie – lief auf CBS, als ich noch auf die Highschool ging. Ein paar Amerikaner erleiden Schiffbruch und stranden auf einer einsamen Pazifikinsel und so weiter.«

»Genau. Und nun stellen Sie sich vor, dass dieser Katherine O'Reilly und ihrem Freund etwas Ähnliches passierte. Die beiden gerieten auf einer Segeltörn in einen schweren Sturm und strandeten auf einer winzigen Insel irgendwo mitten auf dem Pazifik, aber statt Kokosnüssen und Paradies wurden sie plötzlich von Killervögeln angegriffen, die sich aus allen Richtungen auf sie stürzten und ihnen ganze Stücke Fleisch aus dem Hintern pickten. Es grenzt an ein Wunder, dass sie lebend von der Insel wegkam.«

Jeff runzelte die Stirn. »Und du glaubst ihr das?«

»Hundertprozentig. Sie zeigte mir ein paar Narben.« Nate schüttelte den Kopf, als er daran dachte, wie Katherine die Ärmel ihres Sweatshirts hochgeschoben hatte. Die münzgroßen Narben waren überall auf ihren blassen Armen zu sehen gewesen. »Natürlich habe ich sie nicht an einen Lügendetektor gesetzt, aber, Jeff, ich mache diesen Job jetzt schon seit über zwanzig Jahren, und ich sage Ihnen, ich glaube ihr jedes Wort. Darauf würde ich jede Wette abschließen.«

»Ich zweifle nicht daran, Nate, ich frage nur. Sie haben auch ihren Freund erwähnt, der dabei gewesen ist? Es wäre hilfreich, wenn wir von ihm eine Bestätigung dieser Story bekommen könnten.«

Nate schüttelte den Kopf. »Das macht die Sache noch seltsamer. Offiziell gilt dieser Brad Harper als verschollen. Er wird seit dem Zwischenfall auf der Insel vor vier Monaten vermisst. Angeblich auf hoher See verschollen. Aber Miss O'Reilly hat sich sehr über diesen Pharmakonzern AgriMed aufgeregt. Sie ist völlig überzeugt, dass sie ihn auf der Insel sterben ließen und dann versuchten, die Sache zu vertuschen.«

»Warum ist sie nicht selbst zur Polizei gegangen?«

»Weil irgendein Oberboss dieser Firma extra zu ihr flog und sie eine Verschwiegenheitserklärung unterschreiben ließ. Als Gegenleistung für ihr Schweigen zahlten sie ihr eine sechsstellige Summe.«

Jeff pfiff leise durch die Zähne, stand auf und ging nachdenklich im Raum hin und her. »Dann *wissen* wir immerhin, dass sie etwas zu verbergen hatten. Hat sie Ihnen den Namen dieses AgriMed-Burschen genannt?«

»Ja. Ein Dr. Harry Winslow. Ich hab mich über ihn informiert – er ist einer der Vizepräsidenten und Direktor der Forschungsabteilung von AgriMed.«

»Ein Vizepräsident?« Jeff runzelte die Stirn. »Kommt mir seltsam vor, dass sich der Vizepräsident eines multinationalen Konzerns höchst persönlich auf den Weg macht, um einem Mädchen Schweigegeld zu zahlen, damit es die schmutzigen kleinen Firmengeheimnisse nicht ausplaudert.«

»*Angebliche* schmutzige Geheimnisse«, verbesserte ihn Nate. »Vergessen Sie nicht, dass AgriMed behauptet, das Militär hätte die ganze Insel bereits abgefackelt, bevor ihre eigenen Leute dort ankamen. Und wir haben ja auch nur von der Sache erfahren, weil AgriMed selbst den Vorfall angezeigt hat.« Nate trommelte mit den Fingern auf die Tischplatte, während er fieberhaft nachdachte. »Die Firma hätte uns doch bestimmt nicht eingeschaltet, wenn sie selbst dort etwas Unrechtes getan hätten.«

»Die Anzeige kann auch eine vorbeugende Aktion sein, um nicht selbst verdächtigt zu werden… Ich wünschte nur, wir hätten mehr Informationen über das, was auf dieser Insel tatsächlich abging.«

Zufrieden lächelnd zog Nate ein Blatt Papier aus der Jackentasche, faltete es auseinander und legte es auf den Schreibtisch. Es war eine Zusammenfassung der Papiere, die ihm die Frau ausgehändigt hatte. »Wie wär's mit einem Bündel vertraulicher Dokumente, die Miss O'Reilly von dieser gottverlassenen Insel schmuggelte, darunter auch wichtige Namen, Bezeichnungen, Beschreibungen und alle möglichen sonstigen Informationen, für die ich hochspezialisierte Experten brauche, um sie auch nur halbwegs verstehen zu können?«

»Sie wollen mich wohl verarschen, wie?«, rief Jeff und las das Dokument durch. »Wie zum Henker hat sie das fertiggebracht? Aber egal. Was ist das hier… DARPA? Wie unser DARPA?«

»Ganz genau.« Das war auch Nate sofort aufgefallen. Das Akronym bezeichnet die Defense Advanced Research Projects Agency, eine dem Verteidigungsministerium unterstellte Behörde, die geheime militärische Forschungsprojekte durchführt. Wenn DARPA in diese Sache involviert war, wurde die ganze Angelegenheit noch geheimnisvoller. »DARPA wurde durch einen gewissen Dr. Ian Wexler repräsentiert. Er ist Programmmanager im biotechnologischen Institut von DARPA. Aber er ist auch Arzt und hat früher bei der CIA gearbeitet. Nur der Himmel weiß, woran er dort arbeitete.«

Jeff fuhr mit dem Finger über die Zeilen. »Und wer ist das hier? Dr. Reinhardt vom… Bundesnachrichtendienst?«

»Ich staune, dass Sie das Wort schon beim ersten Versuch richtig aussprechen können. Hans Reinhardt könnte dem deutschen Bundesnachrichtendienst angehören, aber in dieser Sache bin ich noch nicht sicher. Ich werde noch eine Weile brauchen, um das herauszufinden, teilweise, weil viele Dokumente auf Deutsch sind, teilweise auch deshalb, weil sie eine

Menge technisches Zeug und viel Fachjargon enthalten. Soweit ich das verstanden habe, benutzen sie eine Art Evolutionsalgorithmus, den sie auf Experimente mit Tieren anwenden. Und insbesondere murksen sie an einer bestimmten Finkenart herum.« Nate grinste. »Jeff, wenn das kein eindeutiger Beweis ist, fresse ich einen Besen.«

Jeff erwiderte Nates Grinsen nicht. Im Gegenteil – er schaute ihn sehr ernst an. »Nate, dieser Mist stinkt zum Himmel. Das werde ich nach ganz oben weitermelden müssen. Wir können jetzt nicht mehr um den heißen Brei herumschleichen. Diese Leute haben mindestens einen Vermisstenfall zu verantworten, und vermutlich haben sie versucht, eine Menge Dinge zu vertuschen. Außerdem ist unser Militär irgendwie involviert, vielleicht auch die CIA, der deutsche Geheimdienst… für mich ergibt das alles keinen Sinn.«

Nate fühlte sich plötzlich unwohl und nervös, als ihm durch den Kopf schoss, was damit womöglich ausgelöst würde. Mit einem Nicken wies er auf das Papier in Binghamtons Hand und fragte: »Möchten Sie, dass ich das Dokument übersetzen lasse und dass sich unsere Laborjungs den Text genauer anschauen? Es ist von vorn bis hinten als vertraulich gekennzeichnet.«

»Machen Sie zwei Kopien davon, eine für das Beweisarchiv, die andere schicken Sie mir.« Jeff legte das Papier wieder auf den Tisch und tippte auf eines der hellroten Wasserzeichen, die das Dokument als »geheim« markierten. »Diese ›COSMIC‹-Wasserzeichen hier sind die NATO-Klassifizierungen für streng geheime Dokumente. Was die ›SI-G DRWN‹-Markierung angeht, werden wir uns erst einmal kundig machen müssen. Ich habe keine Ahnung, was diese ›DRWN‹-Abteilung ist, wer sie leitet oder wem sie unterstellt ist, aber ganz offensichtlich haben wir keine Zugangsberechtigung. Ich werde mich mit unseren Spezialisten für derartige Zugangsberechtigungen in Verbindung setzen – mal sehen, was sie herausfinden können.«

»Ja, Sir.«

Nate wollte gerade noch eine weitere Frage stellen, aber Jeff hob abwehrend die Hand und blickte gedankenverloren zum Fenster hinaus.

»Nate… ich möchte, dass Sie sich mit diesem Winslow in Verbindung setzen. Befragen Sie ihn, was er über diese Sache weiß...«

»Aber, Jeff, damit verletzen wir die Geheimhaltungs…«

»Ich habe nicht gesagt, dass Sie ihm diesen Scheiß hier zeigen sollen,

Nate. Konfrontieren Sie ihn einfach nur mit dem, was Ihnen das Mädchen erzählt hat. Ich nehme doch an, dass sie Ihnen *alles* über dieses Dokument erzählte, bevor sie es Ihnen übergab, richtig?« Bei dem Wort »alles« nickte Jeff übertrieben und vielsagend.

Nate grinste; er begriff sofort, was er zu tun hatte. »Na, sicher hat sie mir *alles* erzählt.«

»Gut. Und Nate…« Jeff beugte sich vor und schaute ihn durchdringend an. »Passen Sie auf sich auf, haben Sie mich verstanden?«

»Jawohl, Sir.«

Juan rümpfte die Nase, als er auf die Pizza hinunter blickte, die neben seiner PC-Tastatur lag. Und die dort schon fast den ganzen Tag gelegen hatte. Es war schon ein paar Wochen her, dass er zuletzt im Supermarkt eingekauft hatte, weshalb er praktisch nichts anderes mehr zu essen im Haus hatte. Schließlich siegte der Hunger; er nahm ein Stück und biss hinein.

Dann wandte er sich wieder dem Monitor zu und nahm ein paar kleinere Änderungen an dem vor, was er für sich inzwischen als »Darwin-Algorithmus« bezeichnete. Zusammen mit seinem Team hatte er hart daran gearbeitet, die Gene zu eliminieren, die keinen Beitrag zu den fantastischen Ergebnissen leisteten, die sich bei Herkules zeigten. Es war eine mühselige Arbeit, und der Knockout-Assay war in viel langsamerem Tempo vorangegangen, als er sich gewünscht hatte, aber er durfte sich jetzt keine Fehler mehr leisten, wenn er die Genehmigung bekommen wollte, endlich mit der klinischen Studie an Menschen beginnen zu dürfen.

Trotzdem hatte er immer noch das Gefühl, einen Kampf gegen eine vielköpfige Hydra zu führen. Kaum hatte er eines der betreffenden nutzlosen Gene eliminiert, tauchte schon das nächste Problem auf, etwa indem plötzlich ein Viertel der nächsten Tiergeneration an einer angeborenen Fehlbildung ihrer Herzkammern starb. Schnitt er dann einen Block von zwanzig betroffenen Genen heraus, konnte es sein, dass rein gar nichts geschah. Man wusste nie, was geschehen würde, bis man es ausprobiert hatte.

Sämtliche Ergebnisse wurden in den Algorithmus eingefügt, der sich infolgedessen ständig änderte. Letztlich war das Ziel, zehntausende veränderte Gene auf das nackte Minimum zu reduzieren, um »die Ratte der Zukunft« hervorzubringen – eine Ratte, bei der sich alle Vorteile und keiner der Nachteile zeigten. Erst wenn er dieses Stadium erreicht hatte, würde er bereit sein, den Antrag auf Genehmigung einer klinischen Studie am Menschen einzureichen.

Juan seufzte, klickte auf die Schaltfläche »Kompilieren« und lehnte sich zurück. Das Programm würde nun mehrere Stunden lang damit beschäftigt sein, sich durch Millionen Zeilen von genetischem Code zu arbeiten, bis es irgendwann ein Update ausspuckte. Erst dann würde Juan in der Lage sein, die Ergebnisse mit den Veränderungen in dem Genom zu vergleichen, die er erwartet hatte.

Auf dem Monitor erschien die Mitteilung »Darwin-Faktor wird berechnet«.

Juan lächelte. Die Bezeichnung erinnerte ihn immer wieder an Kathy. Es war ein segensreicher Einfall gewesen, dass er sie nicht um ihre Telefonnummer gebeten hatte, denn hätte er sie bekommen, hätte er sie seither sicherlich mit hunderten Anrufen genervt. Ihr Gesicht verfolgte ihn unablässig, seit er es zum ersten Mal am Flughafen gesehen hatte.

Es hatte nichts damit zu tun, dass sie so schön war. Oder nicht nur. Es war auch ihre Klugheit, ihr scharfer Verstand, der ihn anzog, ihr Lächeln, ihre Bodenständigkeit, ihre Unabhängigkeit.

Ja, es war definitiv gut, dass er ihre Nummer nicht kannte.

Sein Handy vibrierte. Er zog es aus der Tasche des Laborkittels und blickte auf das Display.

Harry Winslow.

Juan konnte sich nicht erinnern, dass ihn der Direktor der Forschungsabteilung jemals persönlich angerufen hatte. Und ganz sicher nicht auf Juans Privathandy.

»Juan? Hier ist Harry Winslow. Kommt mein Anruf gerade ungelegen?«

»Überhaupt nicht, Dr. Winslow. Ich bin gerade zu Hause. Schön, von Ihnen zu…«

»Sind Sie allein?«

Juans Blick zuckte unwillkürlich durch sein leeres Apartment. Er nickte, obwohl Winslow das nicht sehen konnte. »Äh, ja…«

»Ich komme gerade aus einer Besprechung mit zwei FBI-Agenten«, fuhr Winslow fort.

Im ersten Schock blieb Juans Mund offen stehen. »FBI?«, fragte er entgeistert.

»Hören Sie mir genau zu, und antworten Sie immer nur mit Ja oder Nein. Wissen Sie, was gemeint ist, wenn ich Darwin-Algorithmus sage?«

»Ja, klar!« Juans Blick zuckte unwillkürlich zum Computer hinüber, der seine jüngsten Eingaben berechnete.

»Gut. Hören Sie – ich weiß, wie das jetzt in Ihren Ohren klingen mag, und ich werde es Ihnen auch erklären, aber nur unter vier Augen. Ich schicke Ihnen den Firmenflieger nach Rochester. Spätestens in ein paar Minuten wird ein Fahrer mit einer AgriMed-Ausweiskarte vor Ihrer Tür stehen. Packen Sie alles ein, woran Sie gerade arbeiten, und bringen Sie es nach Washington D.C. Der Fahrer wird Ihnen beim Einladen behilflich sein.«

Mit pochendem Herzen blickte sich Juan im Apartment um, in dem unzählige alte und neue Ausdrucke herumlagen. Eine Million Fragen schossen ihm durch den Kopf. »Dr. Winslow, worum geht es eigentlich? Bekommen wir wegen irgendetwas Probleme?«

Am Telefon blieb es einen Moment lang absolut still, so dass Juan fast in Panik geriet. »Dr. Winslow?«

»Nein, Juan, niemand bekommt Probleme. Ich erkläre Ihnen das genauer, sobald Sie hier sind. Und denken Sie daran: Lassen Sie nichts zurück, was mit Ihrer Arbeit zu tun hat. Haben Sie mich verstanden?«

»Ja, ich habe verstanden.«

»Atmen Sie erst mal wieder richtig durch. Es ist alles in Ordnung. Und packen Sie Ihre Sachen zusammen. Bis bald.«

Das Gespräch wurde beendet.

Juan blieb sekundenlang sitzen und starrte das Handy an. Was zum Teufel wollte das FBI von Winslow? Und warum jetzt plötzlich diese Eile? Warum musste er alles einpacken, was mit seiner Forschung zu tun hatte? Warum schickten Sie ihm den Firmenjet, warum wurde er von einem Fahrer abgeholt?

Das alles gefiel ihm nicht. Überhaupt nicht.

Der Gedanke schoss ihm durch den Kopf, dass ihm hier womöglich für irgendetwas die Schuld zugeschoben werden sollte. Aber wofür? Und wenn es eine Falle war – weshalb gerade er? Statt sich zu beruhigen, ging sein Puls noch schneller. Ein kalter Schauder lief ihm über den Rücken.

Er steckte das Handy ein, rannte zum Nachttisch und holte die einzige

Waffe, die er besaß: ein zehn Zentimeter langes Klappmesser. Er steckte es in die vordere Jeanstasche.

Sekunden später klopfte es an der Wohnungstür. Eine raue Stimme rief: »Dr. Gutierrez, ich bin Ihr Fahrer. Ich soll Sie zum Flughafen bringen.«

KAPITEL ELF

Eine kühle Brise blies vom Norden heran und brachte den Duft von frisch gemähtem Heu mit sich. Frank O'Reilly ließ den Blick über das Feld gleiten, auf dem seine Herde graste, und nickte zufrieden. »Sie scheinen das Alfalfa zu mögen und legen ordentlich Gewicht zu.«

Auch Buck nickte. »Ja, Sir. Im Sommer sollten wir für sie einen ordentlichen Preis bekommen.«

Jasper bellte. Der Hund ging unruhig am Zaun hin und her, ohne die Herde aus den Augen zu lassen.

»Richtig, mein Junge«, sagte Frank zu dem Hund. »Du weißt ja, wo die saftigen Fleischstückchen herkommen, die du immer wieder bekommst.« Er wandte sich wieder an Buck. »Was macht die Zuchtherde? Ist die Besamung schon gemacht worden?«

Der sommersprossige Farm-Vorarbeiter spuckte seinen Kautabak auf einen Felsblock in der Nähe. »Wir haben die Trächtigkeitsuntersuchung bei allen durchgeführt. Fast alle Kühe tragen, und auch die Färsen sind trächtig. Sollen wir die nichttragenden Kühe keulen?«

»Nö, geben wir ihnen noch zwei weitere Versuche, und erst wenn das nicht funktioniert, kommen sie zur Schlachtherde.« Frank kniff die Augen zusammen und spähte zum fernen Ende der Weide, wo die Kühe am Zaun entlang standen. »Buck, deine Augen sind besser als meine. Schau mal, dort hinten… hängt da nicht ein Zaunpfosten schräg? Die Kühe kratzen sich ständig an den Zaunplanken.« Er deutete in die Richtung, und plötzlich flammte der Schmerz in seiner Schulter wieder auf.

Buck schirmte die Augen mit der Hand gegen die Sonne. »Yeah, ich seh's. Stimmt. Hängt fast bis zum Boden.«

Frank griff nach dem Funkgerät am Gürtel und drückte auf die Sendetaste. »Jungs, kommt sofort hier raus zur Weide 4. Ein Stück Zaun muss wieder aufgerichtet werden.«

»Jawohl, Sir! Hank, Johnny und ich haben gerade eine der Herden auf Weide 2 getrieben. Wir sind in ungefähr zehn Minuten dort.«

Frank wünschte, er könnte sich selbst darum kümmern – oder wenigstens wieder aufs Pferd steigen. Seine Knie schmerzten immer mehr. Er schaute noch einmal zu dem kaputten Zaun hinüber und brummte unwillig. »Verdammt, ein paar Kühe hauen schon ab durch die Lücke!«

Ohne eine Sekunde zu zögern, bellte Jasper kurz auf, als hätte er Franks Bemerkung verstanden, und rannte sofort in Richtung des kaputten Zauns los.

»Scheiße, Mr. O'Reilly, dieser Köter kriegt einen Huf an den Kopf, wenn er nicht aufpasst!« Buck griff nach den Zügeln, schwang sich auf sein Pferd und galoppierte hinter dem Hund her.

Frank knirschte mit den Zähnen, als er sah und hörte, wie der Hund wie besessen die Kühe anbellte und zwischen den großen Tieren hin und her flitzte.

Die meisten Kühe wichen vor dem wie verrückt bellenden Hund zurück. Niemand hatte Jasper zum Hütehund ausgebildet, aber er schien instinktiv zu wissen, was er zu tun hatte, denn es dauerte nicht lange, bis er die streunenden Kühe wieder durch die Zaunlücke auf die Weide zurückgetrieben hatte. Buck bezog dort Stellung, um dafür zu sorgen, dass keine Kühe mehr durch die Lücke kamen, bis die anderen Jungs mit den Werkzeugen kamen, um den Zaun zu reparieren.

In der Ferne bemerkte Frank eine Staubwolke. Das mussten die anderen Farmhelfer sein, die rasch herankamen. Es dauerte keine Viertelstunde, bis die Jungs den Zaun wieder aufgerichtet hatten und sich daran machten, die Herde auf eine andere Weide zu treiben.

Frank musste unwillkürlich lachen, als Jasper mit heraushängenden Lefzen wieder zurückkam – und mit etwas, das fast wie ein breites Grinsen aussah. »Jasper, du bist wirklich ein verrückter Köter, weißt du das?«

In den letzten paar Monaten hatte Frank oft genug über den scharfen Verstand des Hundes gestaunt. Deshalb wunderte er sich nicht weiter, dass Jasper offenbar von den Farmhelfern gelernt hatte, wie man die Herden von einer Weide auf die nächste trieb. Anscheinend wollte er ein Hunde-Cowboy werden.

Zur Belohnung warf er Jasper ein Stück Trockenfleisch zu, das der Hund aus der Luft auffing und innerhalb von Sekunden verschlang. Aber Frank bereute den Wurf sofort. Wieder schoss ein heißer Schmerz durch die Schulter, bis zum Ellbogen hinunter, so dass er sich zusammenkrümmte.

»Was ist los, Frank?«

Er drehte sich um. Megan kam eilig mit einem Vesperkorb herbei.

»Nichts, nichts, alles in Ordnung.«

»Unsinn, nichts ist in Ordnung, das sehe ich doch!« Sie stellte den Korb auf den Boden und kam zu ihm, während Jasper jaulend um Franks Beine strich. »Sogar Jasper merkt, dass du Schmerzen hast.« Sie legte die Hände an sein Gesicht und zwang ihn, sie direkt anzuschauen. »Mein Lieber, du musst endlich lernen, nicht mehr den Helden zu spielen und zuzugeben, wenn du dich nicht wohl fühlst. Sag's mir endlich! Ich weiß, dass du Schmerzen hast.«

Frank spürte einen Kloß im Hals. »Frau, natürlich hab ich Schmerzen. Um die Wahrheit zu sagen, mir tut so ziemlich alles weh! Knie, Ellbogen, Schultern, Hüfte… such dir was aus. Für die Krankheit gibt's einen Namen, sie heißt Altwerden. Man muss nur immer in Bewegung bleiben, dann wird es irgendwann besser.«

Megan runzelte die Stirn. »Du bist nicht alt. Du bist nur ein besonders stures Exemplar von einem Mann.« Sie zog sein Gesicht zu sich herunter und küsste ihn auf den Mund. »Mir reicht's jetzt. Ich werde dich zum Arzt schleppen, und wenn ich dich dafür zusammenschnüren muss wie eine Pute an Weihnachten.«

Frank grinste die Frau mit schmerzverzerrtem Gesicht an, mit der er seit über dreißig Jahren verheiratet war. »Zu Befehl, Madam.«

Frank saß im Wartezimmer; Megan hielt seine Hand mit eisernem Griff. Er wusste, dass sie nervös war; er selbst sah dem, was immer Gott ihm bestimmt haben mochte, ziemlich gelassen entgegen.

Vor zwei Wochen hatte er endlich nachgegeben und sich von ihr zu einem Arzt in Ash Springs schleppen lassen, aber danach hatte er sich schlechter gefühlt als zuvor. Bei dem ersten Arztbesuch hatte man ihn gestochen, gestoßen, ihm Blut und Urin abgenommen und ihn von Kopf bis Fuß geröntgt. Beim zweiten Besuch ein paar Tage später hatten sie sogar Gewebeproben aus Schulter und Knie genommen.

Aber das hatte alles nur noch schlimmer gemacht. Hatte er zuvor gelegentlich starke Gelenkschmerzen gehabt, so waren sie danach in einen dauerhaften Schmerz übergegangen. Inzwischen saß er fast ständig in seinem Lehnstuhl und musste sich darauf verlassen, dass sich Buck um die Farm kümmerte.

Er schaute seine Frau an. »Megan, du weißt doch, dass ich diesen Landärzten nicht vertraue. Du hättest mich einfach zum Veteranenkrankenhaus gehen lassen sollen. Die hätten mich auf der Stelle wieder zusammengeflickt.«

Als ehemaliger Soldat hatte Frank größtes Vertrauen in die Krankenhäuser, medizinischen Einrichtungen und Behörden, die dem VA, dem Veteranenministerium, dem nach dem Verteidigungsministerium zweitgrößten US-Bundesministerium, unterstellt waren.

»Keine Chance«, murmelte Megan halblaut. »Die Idioten vom VA-Krankenhaus? Niemals. Die hätten dir frühestens in drei oder vier Wochen einen Untersuchungstermin gegeben.«

»Ich hätte schon so lange warten…«

»Nein«, schnitt ihm Megan das Wort ab. »Ich werde nicht dulden, dass du mit diesen Schmerzen noch wochenlang leben musst.«

Frank beugte sich zu ihr hinüber, der einzigen Liebe und größten Liebe seines Lebens, küsste sie auf das Haar und flüsterte: »Das ist der Grund, warum ich dir nicht davon erzählt habe.« Und es war auch der Grund, warum er, nicht einmal jetzt, ihr nicht alles erzählt hatte. Dass er allmählich das Gefühl in den Fingern verlor und dass sie sich selbst dann eiskalt anfühlten, wenn er im Haus war.

Die Sprechstundenhilfe streckte den Kopf durch die Tür. »Mr. und Mrs. O'Reilly? Kommen Sie bitte.«

Frank verzog das Gesicht, als er sich aus dem Stuhl hochstemmte, wobei er Megans hilfreich ausgestreckte Hand absichtlich übersah. Sie runzelte die Stirn, aber er hatte nicht die geringste Lust, sich von ihr wie ein Krüppel behandeln zu lassen.

Dr. Montgomery war ein älterer Herr im weißen Arztkittel. Ein Stethoskop baumelte aus einer Tasche. Er schüttelte beiden die Hand, dann zog er einen Stuhl heran und setzte sich direkt vor den Patientenstuhl. Er blickte recht ernst drein, und Frank machte sich auf das Schlimmste gefasst.

Der Arzt nahm eine dicke Patientenakte vom Schreibtisch und legte sie geöffnet auf den Schoß.

Frank spürte Megans Griff an seinem Arm, als sie ungeduldig herausplatzte: »Dr. Montgomery, was hat die Untersuchung ergeben? Was fehlt Frank?«

Dr. Montgomery presste die Lippen zu einer dünnen Linie zusammen und wandte sich an Frank. »Mr. O'Reilly, erinnern Sie sich noch, was ich Ihnen bei Ihrem letzten Besuch hier über Ihre Röntgenaufnahmen erklärt habe?«

»Natürlich. Dass die Aufnahmen irgendetwas Anormales an einigen meiner Knochen zeigten. Und dass das der Grund sei, warum Sie die Gewebeproben entnehmen mussten.«

»Richtig. Die Röntgenbilder zeigten ein so genanntes Codman-Dreieck. Das ist eine Abhebung des Periosts, also der Knochenhaut. Es tritt bei aggressiven bzw. neoplastischen Knochenerkrankungen auf. Und wie Sie sich vielleicht erinnern…«

»Ach, sagen Sie schon, Doktor. Ist es Krebs oder nicht?«, platzte Frank heraus. Er brauchte keine langatmigen Erklärungen, er wollte nur das Urteil hören.

Der Arzt nickte ernst. »Ich fürchte ja.«

Megans Finger gruben sich noch tiefer in Franks Arm. »Oh, Frank…«

Aber Frank verspürte seltsamerweise eine große innere Ruhe. »Also – wie lange habe ich noch?«

»Holla.« Der Arzt hielt die Hand hoch. »Jetzt mal halblang. Nur weil wir in zwei Gewebeproben bösartige Geschwulste festgestellt haben, heißt das noch gar nichts.« Der alte Mann sprach in besänftigendem Tonfall, schaute Megan kurz an, dann konzentrierte er sich wieder auf Frank. »Das ist natürlich nicht, was Sie hören wollten, aber wir haben noch keine volle Diagnose. Um wirklich verstehen zu können, womit wir es zu tun haben, müssen wir ein paar PET-Scans durchführen. Dafür sind wir hier in der Praxis nicht ausgerüstet, aber ich habe mich mit dem Krebszentrum im Summerlin-Hospital in Verbindung gesetzt. Man wird Sie aufnehmen, sobald Sie es einrichten können. Der leitende Krebsspezialist ist ein gewisser Dr. Charles Liu. Er ist der Beste in seinem Fach in der näheren Umgebung. Er wird sich gut um Sie kümmern. Sie müssen mir nur sagen, wann Sie gehen können, und ich werde…«

»Wo ist denn dieses Krebszentrum?«, wollte Megan wissen.

»In Las Vegas. Ungefähr eineinhalb Stunden mit dem Auto.«

»Wir können sofort hinfahren«, sagte Megan.

Frank wollte widersprechen, aber seine Frau bedachte ihn mit einem Blick, der keinen Widerspruch duldete.

»Na, großartig«, sagte der Arzt. »Aber bevor Sie sich auf den Weg machen, möchte ich lieber noch einmal in der Klinik anrufen, um sicher zu gehen, dass Sie heute auch wirklich aufgenommen werden können. Haben Sie noch irgendwelche Fragen, bevor ich Dr. Liu anrufe?«

Frank und Megan schüttelten stumm die Köpfe.

Der Arzt klopfte Frank leicht auf die Schulter und ging aus dem Raum.

Megan redete beruhigend auf Frank ein, dass alles wieder in Ordnung käme und dass sie den Krebs gemeinsam vertreiben würden, egal was noch komme.

Frank saß nur still da und rang mit dieser unerwarteten Wendung in seinem Leben – dass er Krebs hatte. Seine größte Sorge galt nicht sich selbst, sondern Megan und Kathy. Er musste dringend dafür sorgen, dass es ihnen gut ging, wenn er nicht mehr da war.

Er drehte sich zu Megan um. »Hör mal, ich bitte dich nur um eine einzige Sache, und die wird dir nicht gefallen. Egal was mit mir passiert, du darfst Kathy kein Wort verraten. Mit ihrem Studium hat sie schon genug am Hals. Verstehst du?«

Megans Lippen bebten und Tränen traten ihr in die Augen, aber sie nickte.

Frank lehnte sich in dem unbequemen Stuhl zurück und tätschelte ihr Knie. »Ich liebe dich.«

»Ich liebe dich auch.«

Dave Butler lag in seinem Krankenhausbett, während eine Krankenschwester seinen Blutdruck maß. Der Krebs hatte offenbar keine Mühe mehr, sich sogar durch die hohe Medikamentendosis zu kämpfen, die man ihm verabreicht hatte. Nach fast siebzig Jahren, die er auf dieser Erde verbracht hatte, wollte er auf keinen Fall benebelt von Betäubungsmitteln aus dem Leben scheiden, aber die Schmerzen waren nicht mehr zu ertragen. Er hatte gedacht, dass er stark genug sei, um damit fertig zu werden.

Aber das war er nicht.

Damals, 1968, hatte er eine Kugel ins Bein eingefangen, die ein Heckenschütze abgefeuert hatte, und er hatte immer geglaubt, dass er die schlimmsten Schmerzen bereits kannte, die es gab. Nun, der Krebs hatte die Kugel aus dem Hinterhalt übertroffen, und das nicht zu knapp. Metastasierendes Osteosarkom nannten sie es hier. Einfache Leute wie er nannten es bösartigen Knochenkrebs, was angeblich nicht ganz korrekt war, aber wenigstens klar beschrieb, was mit ihm los war. Er hatte nicht gewusst, dass Knochen dermaßen weh tun konnten. Inzwischen wusste er es.

Man hatte ihm gesagt, dass er nur noch ein paar Wochen zu leben hatte. Und dann hatte man ihn gefragt, ob er an einer neuen klinischen Studie im Veteranenkrankenhaus teilnehmen wolle. Dabei gebe es natürlich gewisse Risiken, aber das war ihm egal. Was zum Teufel hatte er schon noch zu verlieren?

Der Arzt hatte ihm erklärt, es gehe dabei um eine allogene Zellentransplantation, die sein Immunsystem so sehr stärken würde, dass es besser in der Lage sei, die fremden Zellen anzugreifen.

Dave hatte die Einzelheiten nicht so recht verstanden. Er wusste nur, dass der Versuch seine eigenen Abwehrkräfte dazu bringen solle, den Krebs zu bekämpfen.

Eine Schwester streckte den Kopf herein und sah, dass er zitterte. »Brauchen Sie noch mehr Decken, Mr. Butler?«

»Wenn es Ihnen nichts ausmacht…«

»Natürlich nicht.« Sie verschwand wieder und kehrte einen Augenblick später mit einer dicken Decke zurück, mit der sie ihn von der Brust bis zu den Füßen zudeckte. »Direkt aus dem Vorwärmer. Wir wollen, dass es Ihnen möglichst gut geht, bevor wir anfangen. Und es hilft auch Ihrem Kreislauf.«

Dave seufzte zufrieden, als die Wärme in seinen Körper drang.

Er musste eingeschlafen sein, denn als er wieder aufwachte, fand er sich in einem Operationssaal wieder. Er hing am Tropf und ringsum waren Ärzte oder Techniker damit beschäftigt, die Operation vorzubereiten.

Einer der Männer bemerkte, dass er aufgewacht war. »Ah, Mr. Butler.« Er sprach mit hartem deutschem Akzent. »Sie sind offenbar gerade rechtzeitig aufgewacht, damit wir Sie wieder betäuben können.«

»Ich dachte, ich müsste gar nicht betäubt werden?«, sagte Dave.

»Keine Sorge – Sie werden nur leicht betäubt… ein bisschen groggy, mehr nicht. Sie werden wach genug bleiben, um das ganze Verfahren mitzubekommen, und ich werde Ihnen immer genau erklären, was vor sich geht.«

»Dr. Müller«, sagte eine Frauenstimme hinter Dave, »wir können jetzt mit der Infusion beginnen.«

Der Arzt nickte. Dave sah, dass jemand eine milchige Flüssigkeit in seinen Infusionskatheder spritzte. Schon verbreitete sich ein warmes Gefühl in seinem Arm.

»Wie gesagt, Sie werden sich ein bisschen benommen fühlen«, erklärte Dr. Müller. »Wie ich Ihnen schon erklärt habe, hat die Infusion eine ziemlich aggressive Wirkung auf die krebserregenden Zellen in Ihrem Körper, aber wir tun alles, um es Ihnen so erträglich wie möglich zu machen. Sie werden ständig wach bleiben, aber wir haben eine vierstündige Prozedur vor uns… nun, wenn Sie dabei ein wenig wegdösen, werden wir Sie nicht daran hindern.« Er zwinkerte Dave zu.

Blinzelnd versuchte Dave, den Blick auf den Arzt zu fokussieren. Von seinem Arm breitete sich die Wärme über seine Brust aus und stieg durch Hals und Nacken hoch. Schließlich schaffte er es nicht mehr, die Augen offen zu halten – es war, als schwebte er irgendwo im Weltall; nur gelegentlich drangen Stimmen durch die Benommenheit.

»Bitte behalten Sie das Videobild der FLIR genau im Auge. Wir müssen auf jeden örtlichen Temperaturausschlag achten. Allerdings erwarte ich keine sofortigen Temperaturveränderungen im System.«

Trotz seiner partiellen Betäubung kam es Dave so vor, als würden ihm überall heiß glühende Nadeln in den Körper gestochen. Immer wieder waren Stimmen zu hören, aber je länger die Behandlung dauerte, desto schwerer fiel es ihm zu verstehen, worüber gesprochen wurde.

»Sehen Sie? Die ersten zwei Stunden passierte nicht viel, aber jetzt plötzlich sehen wir, dass die vom Krebs befallenen Stellen vor Hitze aufleuchten.« Das war Müllers Stimme. »Das Virus funktioniert. Das Immunsystem reagiert auf das Darwin-Protokoll. Es wird praktisch neu programmiert. Absolut fantastisch, wenn man überlegt, was es bedeutet. Wenn es funktioniert, wird dieser Mann ein Immunsystem haben, wie es sich bei uns Menschen erst in zehntausenden Jahren entwickeln wird. Schauen Sie mal auf den Monitor – sämtliche Tumore leuchten bei dem Angriff des Immunsystems gelb auf. Und je mehr T-Zellen den Feind erkennen, werden wir noch deutlicher sehen können, wie sich die Wirkung noch weiter verstärkt.«

Dave konnte keinen einzigen Muskel bewegen; die Schmerzen, die er jetzt erdulden musste, waren unglaublich. Noch immer hatte er das Gefühl, überall mit rotglühenden Nadeln gefoltert zu werden. Wenn er nur sprechen könnte! Er würde nach einem stärkeren Betäubungsmittel verlangen. Selbst für einen Schlag mit dem Knüppel auf den Kopf wäre er dankbar gewesen.

»Mr. Butler, wir haben jetzt schon drei Stunden hinter uns und Sie machen das ganz großartig. Auf dem Monitor sehe ich, dass jetzt sogar Ihre Lymphknoten betroffen sind.«

Dave hatte keine Ahnung, wovon der Arzt redete. Er war vollauf mit dem Krieg beschäftigt, der seinen Körper förmlich zerfetzte, und wünschte sich nichts sehnlicher, als dem Feind klar zu machen, dass er kapitulierte.

»Dr. Müller, die Körperkerntemperatur ist auf 38.4 Grad gestiegen.«

»Sein Körper reagiert auf den systemischen Angriff. Geben Sie noch mehr Kochsalzlösung in die IV. Damit normalisieren wir seine…«

»Herzfrequenz steigt rapide! Ventrikuläre Tachykardie!«

Der Herzmonitor, der während der gesamten Operation ein gleichmäßiges Piepen hatte hören lassen, ging plötzlich in einen Dauerton über.

»Herzstillstand!«

Dave seufzte erleichtert auf, als die Schmerzen plötzlich verschwanden – und mit ihnen all das Chaos um ihn herum.

Fast alle Tische im Hörsaal waren besetzt: die Medizinstudenten legten den üblichen Test in der Mitte des Semesters ab. Kathy hatte bisher ein ziemlich gutes Gefühl gehabt und machte sich nun an die Beantwortung der letzten Frage.

»Was ist der Unterschied zwischen autotroph und heterotroph? Nennen Sie für beides ein Beispiel.«

Autotrophe Organismen, schrieb Kathy, *ernähren sich von anorganischen Stoffen, zum Beispiel nehmen sie Kohlenstoffdioxid, Wasser und Mineralsalze auf oder gewinnen Energie aus Sonnenlicht. Beispiele für autotrophe Lebewesen sind Algen (durch Photosynthese) und manche Bakterien (durch Chemosynthese). Im Unterschied dazu können heterotrophe Organismen ihre Nahrung nicht selbst erzeugen und sind daher auf andere Lebewesen als Nährstoffquellen angewiesen. Heterotrophe Organismen nehmen organische Stoffe (wie Kohlenhydrate, Fette, Eiweiße) auf. Auf diese Weise ernähren sich Menschen, Tiere, Pilze und viele Bakterien. Ein weiteres Beispiel sind Misteln, eine parasitäre Pflanze, die sich von einer Wirtspflanze ernährt.*

Sie lehnte sich zurück und blickte zur Uhr an der Hörsaalwand hinauf. Noch zehn Minuten. Sie nutzte die verbleibende Zeit und las ihre Antworten noch einmal genau durch, um sicher zu gehen, dass alles stimmte und gut lesbar war.

Als der Summton vom Rednerpult zu hören war, legte sie ihre Testaufgaben vor sich auf den Tisch. Ja, sie hatte ein gutes Gefühl bei dieser Seminararbeit.

Auf dem Weg aus dem Seminarraum schaltete sie ihr Handy wieder ein. Während des Tests war eine SMS von ihrer Mutter eingegangen. *Bitte ruf an.*

Kathy suchte sich eine stille Ecke vor dem Gebäude und wählte die Nummer ihrer Eltern.

»Hi, Mum. Ich soll dich zurückrufen?«

»Liebes, ich wollte nur mal hören, ob du alle Tests hinter dir hast?«

Kathys Herzschlag beschleunigte sich, als sie hörte, wie angespannt die Stimme ihrer Mutter klang. »Ich habe gerade den letzten Test hinter mir. Was ist los, Mum?«

Einen Augenblick blieb es still, und zum ersten Mal, solange Kathy zurückdenken konnte, brach ihrer Mutter die Stimme. »Ach, Liebes… es ist dein Vater… Er ist wirklich ernsthaft krank und weigert sich stur, sich behandeln zu lassen. Ich hatte gehofft, dass du vielleicht nach Hause kommen könntest… Vielleicht schaffst du es, ihn zur Vernunft zu bringen.«

Tränen schossen Kathy in die Augen. Dad? Ernsthaft krank?

»Natürlich komme ich, Mum! Ich versuche gleich mal, den nächsten Flug zu bekommen. Mum…« Kathy versuchte, den Kloß hinunterzuschlucken, der sich in ihrer Kehle gebildet hatte. »Was… was ist mit ihm?«

Mum schniefte und räusperte sich, und ein paar Sekunden lang schwieg sie. Doch dann platzte es plötzlich aus ihr heraus: »Er hat Krebs. Oh, Kathy, ich fürchte, es ist wirklich schlimm.«

Kathy war bereits auf dem Weg zu ihrem Wohnheim. »Ich bin spätestens heute Abend zu Hause.«

KAPITEL ZWÖLF

Es war Samstagabend, kein Zeitpunkt, zu dem man gern ins Büro des Chefs zitiert wurde. Juan hatte noch nicht einmal in sein Hotel einchecken können. Bei seiner Ankunft war er von einem weiteren Fahrer erwartet und direkt hierher in die Konzernzentrale chauffiert worden.

Und jetzt hatte ihm Winslow etwas mitgeteilt, das Juan noch nicht vollständig begriffen hatte.

»Jemand hat meinen Algorithmus benutzt, um eine neue Tierart zu züchten?«

Winslow nickte mit säuerlicher Miene auf dem kantigen Gesicht. »Ich fürchte, ja.« Er trug eine Khakihose und ein schwarzes Polohemd und sah an diesem Abend viel nahbarer und lässiger aus als in seinem gewöhnlichen Anzug. Er beugte sich ein wenig über den Tisch und senkte die Stimme. »Juan… wer sonst kennt noch die näheren Einzelheiten Ihrer Arbeit? Oder genauer: Wer weiß etwas über den genetischen Evolutionsalgorithmus?«

Juan dachte kurz über die Frage nach. »Na ja, ich vermute, dass eine Menge Leute ungefähr oder ganz allgemein wissen, was ich mache, aber nur zwei Menschen haben direkten Zugang zum Algorithmus: meine Assistentin Carol und Mike Kim, unser Stanford-Praktikant. Sie glauben doch nicht, dass einer von ihnen…«

»Ich weiß es nicht.« Winslow schaute ihn gequält an. »Das FBI wurde plötzlich ziemlich wortkarg, als ich wissen wollte, was sie herausgefunden hatten. Aber sie erwähnten den ›Darwin-Algorithmus Version 3.4‹. Sagt Ihnen das was?«

Juan riss die Augen auf. »Mein Gott, ja! Das ist meine Bezeichnung für den Code, mit dem man meinen Algorithmus ausführen kann. Nur ist er nicht mehr aktuell: Version 3.4 ist ungefähr ein halbes Jahr alt!« Plötzlich stieg Wut in ihm auf – Wut über den Verrat. Wie konnte es jemand wagen, seinen Algorithmus zu stehlen? Konnten es wirklich Carol oder Mike gewesen sein?

Winslow schüttelte den Kopf. Echtes Bedauern lag in seiner Stimme, als er ernst sagte: »Ich fürchte, dass ich alle Mitarbeiter in Ihrem Labor mit dem Lügendetektor testen lassen muss. Das gilt auch für Sie selbst, Juan. Wir müssen dieser Sache auf den Grund gehen.«

»Ich mache jeden Test, den Sie anordnen. Ich will auch selbst wissen, wer das war – mehr als irgendjemand sonst.«

»Gut.« Winslow hob einen fingerlangen USB-Stick in die Höhe. »Das FBI ist überzeugt davon, dass jemand hier bei AgriMed die Ergebnisse unserer Forschungsarbeit ausspioniert und sie weiterkauft. Die Agenten waren zwar ziemlich geizig mit ihren Auskünften, aber immerhin haben sie mir ein paar Werkzeuge gegeben, um weitere Diebstähle zu verhindern. Unsere zuständige Abteilung wird sich um eine verschärfte IT-Sicherheit in Ihrem Labor kümmern. Und von jetzt an wird der Zugriff auf Ihre Dateien nur durch eine Mehrfaktoren-Authentifizierung möglich sein.«

Juan starrte den Direktor verwirrt an. »Das… das verstehe ich nicht.«

Winslow wedelte mit dem USB-Stick. »Soweit ich es verstanden habe, besteht dieses Ding hier aus zwei Teilen: Einerseits ist es ein normaler USB-Port – den stecken Sie einfach in Ihren Computer. Die andere Seite, die wie ein flacher Fingergriff aussieht, ist ein Fingerabdruckscanner. Das FBI hat uns eine ganze Schachtel davon hier gelassen, zusammen mit genauen Anweisungen. Ich werde unsere IT-Leute bitten, diesen Stick für Ihren Fingerabdruck zu programmieren. Außerdem müssen wir sämtliche Dateien, auch alles, was Sie zuhause haben, verschlüsseln, so dass nur noch Leute darauf zugreifen können, die einen von diesen Hardwareschlüsseln benutzen. Diese Dongles schützen uns also vor Softwarepiraterie.«

»Das funktioniert aber nur für elektronische Dateien«, wandte Juan ein. »Aber ich habe viel von meiner Arbeit auch ausgedruckt und nicht im Computer gespeichert…«

»Was Sie nicht tun sollten«, unterbrach ihn Winslow. »Alles, was Sie für vertraulich halten, müssen Sie in den Computer transferieren und die Ausdrucke schreddern. Das ist lästig und macht Arbeit, aber wir dürfen jetzt kein Risiko mehr eingehen. Und damit komme ich zur nächsten wichtigen Frage…«

Winslows Ton hatte sich geändert. Juans Zorn auf die unbekannte Person, die den Verrat begangen hatte, wurde momentan von Neugier verdrängt. Was kam jetzt noch?

»Wir haben im Vorstand darüber gesprochen, in welche Richtung Ihre Forschung geht. Ich hatte nicht geplant, Ihnen schon jetzt davon zu erzählen, solange wir keine Genehmigung für die klinische Studie mit Menschen hatten, aber nun… kurz und gut, ich möchte Ihr Projekt hier in die Zentrale umsiedeln. Hier haben wir eine viel bessere Einrichtung und Ausrüstung und weitaus besseren Zugang zu anderen Ressourcen in Großraum Washington, die Ihnen bei Ihrer Arbeit nützen können. Deshalb frage ich Sie jetzt, ob Sie sich vorstellen können, in den District of Columbia umzuziehen.«

Juan überlegte, was der Umzug in den D.C. für ihn und für seine Arbeit bedeuten würde. »Na ja, ich persönlich habe kein grundsätzliches Problem damit, nach Washington umzuziehen, aber mit all den Labortieren und…«

»Machen Sie sich über das Labor keine Sorgen, darum kümmern wir uns natürlich«, sagte Winslow mit einer wegwerfenden Handbewegung. »Ich kann Ihnen versichern, dass wir die Sache für Sie so schmerzlos wie möglich machen werden. Und ich möchte es auch so schnell wie möglich durchziehen. Ich werde die Personalabteilung informieren und ihnen klar machen, dass ich das gesamte Umzugspaket persönlich genehmigt habe. Sie brauchen ihnen nur zu sagen, wann und wo es losgehen soll. Unsere Leute werden Ihren gesamten Hausstand einpacken und alles hierher schaffen.«

»Äh, aber ich habe einen Mietvertrag mit einer Kündigungsfrist…«

»Darum kümmern wir uns. Glauben Sie mir, im Unternehmen werden ständig Leute versetzt oder müssen umziehen. Wir haben dafür ein eigenes Firmenprogramm. Sie brauchen sich um nichts zu kümmern, Sie müssen dem Umzugsunternehmen nur sagen, wann Sie umziehen wollen und wohin sie Ihre Sache bringen sollen. Unsere Leute packen alles ein, verladen es und laden es am Ziel wieder aus.«

»Und was wird aus Carol, meiner Assistentin?«

»Allen Mitarbeitern Ihres Teams machen wir dasselbe Angebot. Vorausgesetzt natürlich, dass sie den Lügendetektortest bestehen.«

Das alles geschah so schnell, dass sich Juan nicht sicher war, was er darüber denken sollte. Er war aufgeregt… aber auch besorgt. Während er Winslows Verhalten und Mienenspiel beobachtete, dämmerte ihm allmählich, dass ihn der Mann jetzt anders behandelte als früher. Zum ersten Mal in seiner Karriere bei AgriMed hatte er das Gefühl, mehr zu sein als eines der vielen Rädchen im Getriebe, eher wie… jemand, der *wichtig* war. Das war schon mal nicht schlecht. Aber Juan konnte ein leichtes Misstrauen nicht völlig abschütteln.

»Okay«, sagte er schließlich, »dann machen wir das. Was ist der nächste Schritt?«

Winslow lächelte breit. Er drückte auf eine Taste der Telefonanlage. Der Klingelton ertönte im Lautsprecher, dann meldete sich eine Männerstimme.

»Ja, Sir?«

Juan erkannte die Stimme – sie gehörte dem Fahrer, der ihn vom Flughafen abgeholt hatte. Eine tiefe Stimme, die zu seinem mächtigen Körperbau passte. Der Mann war bestimmt größer als 1,85 Meter und brachte sicherlich mehr als 100 Kilo auf die Waage – kein Fett, sondern durchtrainierte Muskeln.

»Carl, haben Sie Dr. Gutierrez' Sachen in einen Sicherheitsraum gebracht?«

»Natürlich, Sir. Alles ist im Sicherheitsbüro.«

»Gut. Juan und ich sind hier fast fertig. Fahren Sie den Wagen vor und bringen Sie ihn zum Ritz an der 23. Straße. Sie wissen, wo das ist?«

»Ja, Sir. Wir können in fünf Minuten abfahren. Gibt es sonst noch etwas, Dr. Winslow?«

»Juan muss morgen früh um neun Uhr zum Flughafen gefahren werden. Das ist alles. Danke, Carl, dass Sie das alles übernommen haben.« Winslow drückte noch einmal auf die Taste und wandte sich wieder an Juan. »Carl ist normalerweise kein Fahrer – er ist einer von AgriMeds internen Sicherheitsleuten.«

»Das erklärt vieles. Ist er der Fahrer, der mich vom Flughafen abgeholt hat? Na, er sieht jedenfalls nicht aus wie einer der Typen von den privaten Sicherheitsdiensten, die unser Labor in Rochester bewachen.«

Winslow lachte und schüttelte den Kopf. »Nein, wirklich nicht. Carl ist ein ehemaliger Navy SEAL-Commander.«

»Ach so«, sagte Juan verlegen, als ihm bewusst wurde, dass er immer noch das Taschenmesser in der Tasche hatte.

Winslow stand auf und winkte Juan mit sich zur Tür. »Gut, bringen wir Sie erst einmal ins Hotel. Mir ist vollkommen klar, dass Ihnen das alles verrückt vorkommen muss, genau wie mir selbst auch. Als die FBI-Agenten bei mir zu Hause vor der Tür standen und mir ihre Dienstmarken und Ausweise vor die Nase hielten, hätte ich mir beinahe in die Hose gepisst. Dürfte nicht leicht sein, meiner Frau das alles zu erklären, wenn ich nach Hause komme.«

Trotz der lockeren Redeweise war es Winslow anzusehen, dass ihm die ganze Sache große Sorgen bereitete. Der Direktor stieß die große Flügeltür am Haupteingang auf und nickte Carl zu, der draußen neben der Limousine stand. Er wandte sich wieder an Juan und schüttelte ihm die Hand. »Ich bin morgen verreist, deshalb werden wir uns nicht sehen, aber ich möchte Ihnen danken, dass Sie in dieser Situation so bereitwillig mit mir kooperieren. Wir werden das wieder unter Kontrolle bekommen, da bin ich ganz sicher.« Er klopfte Juan auf die Schulter. »Und jetzt ruhen Sie sich erst mal aus.«

Juan konnte es kaum fassen, als er – ein Kid aus dem Barrio – sich in das weiche Lederpolster der Limousine sinken und sich zum Ritz Carlton fahren ließ. Wenn ihn nur seine Mutter jetzt hätte sehen können!

»Carl, Dr. Winslow hat mir erzählt, dass Sie ein ehemaliger Navy Seal sind. Danke, dass Sie mich zum Hotel fahren!«, sagte er aufrichtig.

»Dafür brauchen Sie mir nicht zu danken«, antwortete der Mann gleichmütig. »Es ist mir eine Ehre, meinem Land zu dienen.«

»Trotzdem. Ich denke nämlich, die Menschen bedanken sich heutzutage nicht mehr genug.« Juan schlug die Beine übereinander und schaute den Hinterkopf des Fahrers an. »Aber wie kommt es, dass Sie jetzt für AgriMed arbeiten?«

»Ich war zwanzig Jahre lang bei den SEALs, ich brauchte einfach mal etwas anderes.« Carl zögerte, schien seine Worte genau abzuwägen. »Und dann spielte da auch das Geld eine Rolle. Das hat meine Entscheidung natürlich stark beeinflusst.«

»Bitte verstehen Sie mich nicht falsch, aber sind Sie nicht für gefährlichere Situationen ausgebildet, als Ihnen der Stadtverkehr von Washington zu bieten hat? Sie wissen schon – etwas Aufregenderes?«

Carl hielt an einer roten Ampel an, drehte sich um und bedachte Juan mit einem breiten Grinsen. »Der Verkehr ist meine geringste Sorge. Für den Fahrdienst werde ich nur eingesetzt, wenn es um ernsthaft gefährdete Personen geht. Das bietet mir heutzutage genug Aufregung.«

»Ernsthaft gefährdete Personen?«, fragte Juan und spürte, wie sein Herz plötzlich schneller schlug. »Moment… Sagen Sie mal… Gehöre ich auch dazu?«

Die Ampel wechselte auf grün. Carl schüttelte nur leicht den Kopf und die Limo glitt über die Kreuzung.

Juan brauchte drei Tage, um sein Labor in Rochester auszuräumen. Er hasste es, so viel Zeit für Arbeiten aufwenden zu müssen, die ihn mit seiner Forschung nicht voran brachten, aber Winslow hatte wohl recht – in D.C. boten sich ihm viel bessere Ressourcen, also war der ganze Umzug doch wohl die Mühe wert.

Außerdem war er gut gelaunt, denn sowohl Carol als auch Mike hatten den Test mit dem Lügendetektor bestanden. Es hätte Juan tief verletzt, wenn sich einer von ihnen als Verräter entpuppt hätte.

Leider musste er Mike, den Praktikanten von der Stanford-Universität, gehen lassen. Die Firma hatte auch ihm ihr Umzugspaket angeboten, aber Mike hatte abgelehnt und per Email mit zwei Wochen Frist gekündigt. Das war ein Rückschlag, denn der Student war gut gewesen, aber für Juan war das kein sehr großes Problem. Viel schlimmer wäre es gewesen, wenn er auch Carol verloren hätte.

»Danke, dass du den Umzug mitmachst«, sagte er, während sie die vielen Umzugskartons zuklebten und beschrifteten. »Ich hoffe, dass dir der Ortswechsel keine Schwierigkeiten macht.«

Carol schob die Brille auf der Nase höher und schnaubte spöttisch. »Mir ist schon lange klar, dass ich irgendwann Probleme bekommen würde, wenn ich für dich arbeite, Juan. Aber dass es so schlimm kommen würde…«

Juan blickte sie erschrocken an und runzelte die Stirn. »Das tut mir leid… Ich weiß, dass es dir schwer fällt…«

Sie wedelte mit der Hand. »Ach was, ich hab nur Spaß gemacht. Die Firma kauft mir mein Haus ab, und zwar für viel mehr Geld, als ich für diese Scheißhütte jemals bekommen hätte, sie zahlen mir nicht nur den Umzug, sondern sogar einen Flug nach D.C., damit ich schon vorab auf Wohnungssuche gehen kann. Also denke ich mir: Warum nicht?«

»Na gut – ich freue mich jedenfalls, dass du mitkommst. Ohne dich wäre ich aufgeschmissen.«

»Ach, halt doch die Klappe.« Carol schaute ihn mit schlecht gespielter säuerlicher Miene an und wandte sich dem nächsten Karton zu. »Sonst erröte ich noch wie eine Fünfzehnjährige.«

Juan lachte; das kleine Geplänkel gab ihm das Gefühl, die richtige Entscheidung getroffen zu haben. Mike hatte sich heute krank gemeldet, so dass nur er und Carol im Labor waren, und obwohl das nicht selten vorkam, fühlte es sich heute ungewohnt leer an. Hier hatte Juan in den letzten vier Jahren gearbeitet, doch jetzt war es nur noch ein Raum voller Umzugskartons.

Obwohl er wusste, dass er und Carol im Labor allein waren, konnte er das Gefühl nicht abschütteln, dass jemand alles mithörte. »Carol.« Juan senkte die Stimme zu einem Flüstern. »Morgen kommt die Anweisung von der Sicherheitsabteilung, dass sich auch alle anderen Mitarbeiter dem Test mit dem Lügendetektor unterziehen müssen. Ich will unsere gesamte Ausrüstung bis heute Abend fertig eingepackt haben.«

»In Ordnung.« Carol seufzte. »Wann soll alles abgeholt werden?«

»Sobald ich ihnen sage, dass wir bereit sind. Die Sicherheitsleute werden alles über Nacht nach D.C. schaffen.«

Carol warf einen Blick zum Nachbarraum hinüber, der voller Käfige war. »Auch die Labortiere?«

»Alles. Man hat mir gesagt, sobald sie von mir hören, werden sie alles verladen, was nicht niet- und nagelfest ist, und bis morgen früh nach D.C. transportieren.«

»Heilige Madonna – diese Leute lassen wirklich nichts anbrennen, stimmt's?«

Carol hatte keine Ahnung, wie sehr ihre Bemerkung ins Schwarze traf.

Bis zu der Fahrt mit Carl in der Limousine zum Hotel hatte Juan keine Sekunde lang daran gedacht, dass seine Firma Leute wie Carl brauchte. Aber offenbar war es für die Topmanager von Pharmafirmen nichts Ungewöhnliches, Morddrohungen von radikalen Umweltaktivisten, Impfgegnern oder irren Fanatikern zu erhalten.

Juan stieg vom Stuhl, streckte die Glieder und schüttelte den Kopf. »Nein, ganz bestimmt nicht. Ich glaube, sie sorgen sich wirklich um unsere Sicherheit. Unser neues Labor hat sogar zwei Sicherheitsebenen«, sagte er und hielt einen der USB-Sticks in die Höhe. »Diese seltsamen Dinger hier sind nur eine Seite. Aber ich habe inzwischen erfahren, dass sie auf dem Campus in D.C. sogar eine Biocontainment-Einheit haben. Es würde mir zwar nicht gefallen, in so einer Einheit zu arbeiten, aber andererseits glaube ich nicht, dass wir uns jemals wieder Sorgen um unsere Ausstattung machen müssen, wenn wir erst einmal umgezogen sind.«

»Na ja, dann machen wir mal diesen Laden hier bereit für den Umzug«, schniefte Carol und machte sich wieder daran, einen Stapel von Unterlagen zu sichten und in Kartons zu verpacken.

Von der Tür war das Piepsignal des Kartenlesers zu hören. Steve Chalmers schlenderte ins Labor. »Hallo Juan, kommst du mit zum Mittagessen?«

Juan blickte auf die Uhr, dann auf die noch unerledigte Arbeit und zögerte.

»Jesus, Mann, ihr habt hier drin wirklich mal aufgeräumt«, rief Steve erstaunt, als er sich umblickte.

Carol warf Juan einen kurzen Blick zu. »Ich habe mir was zu essen mitgebracht und esse nebenher. Geh nur mit ihm.«

Juan nickte und wandte sich wieder zu Steve um. Gewissensbisse quälten ihn plötzlich. Die Instruktionen der Sicherheitsabteilung waren streng gewesen, niemandem von dem Umzug des Labors zu erzählen – und vor allem nicht, aus welchem Grund der Umzug erfolgte. »Na gut, ich komme mit. Was schlägst du vor?«

Steve fuhr sich durch die blonden, kurz geschnittenen Haare. »Hm, wie wär's mit Toscano's?«

Juan stöhnte. »Bisschen zu teuer für ein einfaches Mittagessen. Ich dachte eher an den Imbissstand weiter unten an der Ecke…«

Steve schaute ihn mit gespieltem Entsetzen an. »Wie wär's damit: Ich hab heute keine Lust auf Nahrungsmittelvergiftung, deshalb lade ich dich ein.«

Juan lachte. »Na schön, dann eben Toscano's.«

Satt und zufrieden lehnte sich Juan zurück und klopfte sich auf den Bauch. »Verdammt, Steve, damit habe ich mindestens zwei Kilo zugenommen.«

Steve lachte. »Ach was, sind ja nur Kohlenhydrate. Du bist noch so jung, dass du sie in kürzester Zeit wieder verbrennst. Bei mir ist das anders – ich brauche eine Extraschicht Fett, um mich hier draußen warm zu halten.«

Juan hatte darauf bestanden, draußen auf der Freiterrasse zu sitzen, wogegen Steve zuerst protestiert hatte. Aber heute war es warm für einen Dezembertag. »Du bist ein Weichei, Steve«, sagte Juan lachend. »Es hat fast 15 Grad. Und überhaupt bist du erst, wie alt…? Fünfundvierzig? Damit bist du nur ungefähr zehn Jahre älter als ich.«

»Fünfundvierzig ist praktisch schon fünfzig. Ich spüre mein Alter in allen Knochen.«

War es das, was ihm Probleme bereitete? Steve hatte auf Juan einen ausgeglichenen Eindruck gemacht, aber er konnte das Gefühl nicht abschütteln, dass sein Freund gestresst wirkte.

»Na«, sagte Juan, »ich habe in letzter Zeit nicht viel von dir gesehen. Wie läuft's denn so in der neurologischen Forschung? Vor ein paar Jahren hast du mir etwas von einem Durchbruch in eurem MS-Projekt erzählt – gibt's da was Interessantes zu erfahren?«

Steve zögerte. »Naja, es läuft eigentlich ziemlich gut. Ob du es glaubst oder nicht, ich habe sogar eine Gruppe von Onkologen eingestellt, die unsere Forschung vorantreiben sollen.«

»Onkologen? Für ein Forschungsprojekt über Multiple Sklerose?«

»Ja, genau. Klingt verrückter, als es ist. Du weißt doch, dass es bei MS darum geht, dass das eigene Immunsystem des Patienten aus dem Ruder läuft und die Myelinscheiden im Hirn angreift.« Steve tippte sich an die Schläfe und fuhr fort: »Ich habe ein Verfahren entwickelt, bei dem der Patient eine kurze Chemotherapie durchläuft, um die Stammzellenproduktion zu stimulieren. Wir filtern das Blut, fangen die Stammzellen auf und geben dem Patienten eine schwere Chemo-Dosis, um das fehlfunktionierende Immunsystem auszuschalten. Dann führen wir die Stammzellen wieder ein und schaffen damit ein neues Immunsystem, eines, das keine der Fehlfunktionen mehr aufweist und das Myelin um die Neuronen intakt lässt.«

Juan nickte. »Es ist also so, als würde ihr Immunsystem neu gebootet.«

»Ganz genau!« Steves blaue Augen leuchteten vor Aufregung. »Bei den meisten MS-Fällen konnte das Verfahren den Fortschritt der Krankheit aufhalten.«

»Das ist total cool!«

Danach herrschte eine Weile Schweigen. Juan suchte nach einer Möglichkeit, unauffällig das Thema zu wechseln. Er wollte seinen Freund nicht belügen; er fühlte sich ohnehin schlecht, weil er Steve nicht von seinem Umzug in die Zentrale erzählt hatte.

Juans Handy vibrierte; er warf einen Blick auf das Display. Eine unbekannte Nummer. »Wahrscheinlich wieder eine dieser Umfragen«, sagte er.

»Ja, die rufen auch bei mir ständig an. Diese Typen hängen mir zum Hals heraus.«

Doch kurz darauf summte das Handy ein einziges Mal, das Zeichen, dass eine Nachricht auf dem Anrufbeantworter eingegangen war. Juan runzelte die Stirn. »Meinungsforscher sprechen normalerweise keine Nachricht auf den Anrufbeantworter. Macht es dir was aus…«

Steve trank einen Schluck Kaffee. »Nein, höre sie dir nur ruhig an. Könnte ja was Wichtiges sein. Ich bin sowieso mit meiner Verdauung beschäftigt.«

»Danke.« Juan drückte auf die Tasten, um die Voice Mail-Nachricht abzuhören. Eine Frauenstimme meldete sich.

»Juan… äh, Dr. Gutierrez? Ich weiß, es muss Ihnen seltsam vorkommen… aber ich weiß nicht, wen ich sonst anrufen sollte. Hier ist Kathy O'Reilly, wir haben vor einiger Zeit im Mai Kai zusammen zu Abend gegessen.«

Juans Herz schlug plötzlich schneller. Rasch schaltete er den Lautsprecher aus und drückte das Handy ans Ohr.

»Ich… ich weiß, Sie sind Onkologe, und… also… mein Vater hat gerade die Diagnose bekommen, dass er Krebs im fortgeschrittenen Stadium hat. Die Ärzte wollen ihn bereits ins Krankenhaus einweisen, aber ich hoffe, dass es noch andere Behandlungsmöglichkeiten gibt. Ich weiß, alle halten mich für schwierig, aber es geht um meinen Vater… und

ich… ich möchte fragen, ob Sie vielleicht eine zweite Meinung abgeben könnten oder… vielleicht Vorschläge für die Behandlung machen könnten oder so… Ich wäre sehr, sehr dankbar, wenn Sie mich zurückrufen könnten. Ich bin während der vorlesungsfreien Zeit über Weihnachten zu Hause bei meinen Eltern, und hier draußen ist das Mobilnetz katastrophal schlecht. Wenn Sie mich vielleicht unter der Festnetznummer meiner Eltern anrufen könnten und mich rufen lassen…? Ich wäre Ihnen sehr dankbar, wirklich… Äh… danke.«

Juan ließ das Handy sinken. Es war, als hätte er einen Tiefschlag in den Magen bekommen. Das arme Mädchen.

Steve blickte ihn besorgt an. »Alles in Ordnung, Juan? Ist jemand gestorben?«

»Nein, aber es scheint, dass das bald der Fall sein wird. Eine Studentin, die ich bei einem Vortrag in Georgetown kennen gelernt habe. Anscheinend hat ihr Vater Krebs im Endstadium. Die Ärzte wollen ihn ins Krankenhaus einweisen, aber sie möchte zuerst noch eine Zweitmeinung einholen.«

Steve runzelte die Stirn und rührte mit dem Löffel in den geschmolzenen Pistazieneisresten. »Wo wohnt ihr Vater?«

»Sie erwähnte, er habe eine Rinderfarm in Nevada. Warum fragst du?«

»Das ist perfekt! Ich weiß zufällig, dass jemand im Veteranenkrankenhaus in Vegas eine klinische Phase-II-Studie durchführt. Sie wollen bestimmte Typen von metastasierendem Krebs untersuchen. Und jetzt rate mal, wer den Leiter der Studie persönlich kennt?« Dabei deutete Steve mit dem Daumen theatralisch auf die eigene Brust.

»Wow, Steve, das wäre absolut perfekt. Gehört das zu dem Projekt, an dem du arbeitest?«

Steve wollte gerade antworten, doch dann schüttelte er den Kopf. »Sagen wir einfach, dass ich dir das nicht sagen darf. Aber es sieht gut aus.«

Nach dieser Bemerkung fühlte sich Juan ein wenig besser. Es war in Ordnung, wenn sie beide Geheimnisse hatten – damit waren sie auf derselben Ebene.

Steve zog einen Kuli und ein Stück Papier aus der Tasche. Er kritzelte etwas darauf und schob es über den Tisch.

Juan lächelte erfreut, als er die Telefonnummer sah. Er rief die Nummer des verpassten Anrufs auf.

Kathy antwortete schon nach dem ersten Klingelton. *»Hallo?«*

»Kathy? Hier ist Juan Gutierrez.«

»Oh mein Gott, wie wunderbar, dass Sie zurückrufen!« Es klang, als sei sie den Tränen nahe. *»Es tut mir so leid, dass ich Sie nicht schon früher angerufen habe, aber ich…«*

»Das ist in Ordnung. Es tut mir leid, dass Ihr Vater krank ist und dass Sie und Ihre Familie das durchmachen müssen. Ich weiß, wie schwer das ist.«

»Danke. Mir ist völlig klar, dass es eine Zumutung ist, Sie darum zu bitten, aber können Sie mir jemanden empfehlen, der eine Zweitmeinung abgeben könnte? Mein Dad ist ein Sturkopf und will niemand anders konsultieren als seine eigenen Ärzte, aber ich möchte alle Möglichkeiten ausschöpfen. Verstehen Sie das?«

»Selbstverständlich. Kathy, welche Art Krebs hat Ihr Vater?«

»Osteosarkom.«

Juan formte das Wort mit den Lippen und Steve nickte lächelnd.

»Wenn die Ärzte zu einer Krankenhausbehandlung raten, nehme ich an, dass der Krebs metastasiert? Mit anderen Worten, er hat sich bereits ausgebreitet?«

»Ja. Metastasierendes Osteosarkom. Stadium vier, falls Ihnen das mehr sagt.«

Juan zeigte Steve vier Finger. »Ja, das tut es. Nun, die gute Nachricht ist, wenn man in diesem Fall überhaupt von einer guten Nachricht sprechen kann, dass ich Ihnen nicht nur einen Namen nennen kann. Ich habe erfahren, dass die Veteranenbehörde in ihrem Krankenhaus in Las Vegas eine klinische Studie durchführt. Ihr Vater muss kein Veteran sein, um daran teilnehmen zu können. Was meinen Sie – würde er daran interessiert sein?«

»Machen Sie Witze?« Kathys Stimme bebte. *»Ja! Ja, natürlich wird er daran interessiert sein! Aber glauben Sie, dass man ihn aufnehmen würde? Übrigens ist er ein Veteran. Aber das Veteranen-Hospital hat eine sehr lange Warteliste, deshalb hat er sich nicht einweisen lassen.«*

»Bleiben Sie mal kurz dran.« Juan legte die Hand über das Handymikrofon und flüsterte: »Sie ist daran interessiert. Welche Chancen hätte ihr Vater, in die Studie aufgenommen zu werden?«

»Mit Osteosarkom im vierten Stadium käme er in Frage. Und ich kriege ihn auch rein.« Steve zeigte ihm den erhobenen Daumen. »Ich werde alle möglichen Strippen ziehen. Nach allem, was du für mich getan hast, ist es das Mindeste, was ich für dich tun kann.« Steve kritzelte noch ein paar Informationen auf den Zettel.

»Danke, Mann, das weiß ich zu schätzen.« Juan nahm die Hand vom Mikrofon. »Ich glaube, Ihr Vater könnte aufgenommen werden, aber verstehen Sie mich bitte nicht falsch: Ich weiß nicht sehr gut darüber Bescheid, was diese Studie angeht. Ich habe erst vor kurzem davon erfahren.« Er zwinkerte Steve zu. »Um offen zu sein, Kathy: Klinische Studien können ein Geschenk des Himmels sein – oder völlig nutzlos.«

»Ja, das verstehe ich vollkommen.«

»Gut. Das sollten Sie immer im Kopf behalten. Kathy, wenn er mein Vater wäre, würde ich Himmel und Erde in Bewegung setzen und die Gelegenheit nutzen, ihn in die Studie zu bringen. Haben Sie was zu schreiben?«

Kathy schniefte, räusperte sich und sagte: *»Einen Moment, bitte.«* Juan hörte Papier rascheln. *»Ja, jetzt bin ich soweit.«*

Juan diktierte ihr die Informationen, die ihm Steve aufgeschrieben hatte. »Der Leiter der Studie heißt Deidrick Müller. Ihr Vater sollte sich am Termintag gleich morgens dort einfinden. Er wird wahrscheinlich ein ganzes Bündel von Verschwiegenheitserklärungen und andere Papiere unterschreiben müssen. Das ist immer so bei Klinischen Studien. Soll ich Ihnen die Adresse des Hospitals durchgeben?«

»Nein, meine Eltern waren schon mal dort.« Jetzt konnte sie die Tränen nicht mehr zurückhalten. *»Juan«,* schniefte sie, *»vielen, vielen Dank. Ich weiß, wie die Chancen stehen, aber für meine Eltern... und auch für mich ist das ein Hoffnungsschimmer. Ich bin Ihnen sehr, sehr dankbar.«*

Auch Juan verspürte einen Kloß im Hals. »Hören Sie, Kathy – haben Sie meine Visitenkarte noch?«

»Ja.«

»Zögern Sie nicht, mich anzurufen, wann immer Sie wollen. Wenn Sie Fragen zur Behandlung haben, oder auch nur, wenn Sie eine Schulter zum Ausweinen brauchen. Okay?«

Sie schniefte immer noch, musste aber trotzdem lachen. *»Ich kann nur hoffen, dass Sie das wirklich so meinen. Sie könnten es nämlich bald bereuen.«*

Juan sah, dass Steve breit grinste und die Finger vor der Brust zu einem Herzzeichen formte.

Er spürte, wie ihm die Röte ins Gesicht stieg. »Ja, ich meine es wirklich. Und jetzt können Sie es gleich mal mit Ihren Eltern besprechen.«

»Mum, warte mal eine Sekunde, ich hab dir was Wichtiges zu sagen. Meine Mutter ist gerade hereingekommen. Nochmals tausend Dank, Juan. Ich werde Sie ganz bestimmt bald wieder anrufen, was auch immer passiert. Versprochen.«

»Ich freue mich schon darauf.«

Kaum hatte Juan das Gespräch beendet, als Steve auch schon wissen wollte: »Na, wann darf ich die junge Dame kennenlernen, die dich dermaßen von den Socken holt?«

Offenbar ließen sich Juans Gefühle groß und breit von seiner Miene ablesen. Er warf Steve die Serviette an den Kopf und knurrte: »Ach, halt doch die Klappe.«

KAPITEL DREIZEHN

Kathy sprang vom Fahrersitz des Pickup, rannte um den Wagen herum und hielt ihrem Vater die Hand hin, um ihm beim Aussteigen zu helfen. Sie war nur drei Monate weg gewesen, aber es kam ihr so vor, als sei ihr Dad in dieser Zeit um zehn Jahre gealtert. Er klagte nie, aber sie sah trotzdem, dass er große Schmerzen hatte. Sobald er sich bewegte, entfuhr ihm ein leises Stöhnen.

»Komm schon, Dad, wir beide sind hier allein. Lass mich doch helfen.«

Brummend nahm er ihre Hand, als er aus dem Pickup stieg. »Tut mir leid, dass du mich in diesem Zustand sehen musst, Liebes. Es ist nur…«

»Dad, hör auf, dich selbst zu quälen. Die Leute hier werden dir helfen. Ich habe schon mit dem Arzt telefoniert, der das Programm leitet. Er meinte, sie hätten bei einigen ähnlichen Fällen schon recht gute Erfolge erzielt.« Sie schlug die Autotür zu und stützte ihn am Arm, als sie zum Haupteingang des Veteranen-Hospitals gingen, das allgemein nur »VA« genannt wurde.

»Ich bin dir dankbar, dass du irgendwelche Strippen gezogen hast, damit ich hier aufgenommen werde, aber ich weiß auch, was mir mein Arzt gesagt hat. Ich will nicht, dass ihr beide von dieser Behandlung zu viel erwartet.«

»Dad, du musst einfach optimistischer sein«, sagte Kathy ein wenig zu laut. Sie atmete tief ein. »Ich habe gelesen, dass sich die Ergebnisse verbessern, wenn die Patienten der Behandlung optimistisch gegenüberstehen. Also bitte – tu mir den Gefallen und benimm dich nicht wie ein…«

»Esel?« Er drückte ihre Hand.

Kathy legte den Kopf auf seine Schulter und lächelte. »Eigentlich wollte ich sagen, ›Benimm dich nicht wie ein typischer O'Reilly‹.«

»Das ist dasselbe.«

Die Glastüren glitten auf und sie gingen zur Rezeption. Eine Krankenschwester eilte mit einem Rollstuhl herbei. »Guten Morgen, Mr. O'Reilly. Sie kommen gerade rechtzeitig.«

Dad starrte den Rollstuhl gereizt an. »Verstehen Sie mich bitte nicht falsch, aber in dieses verdammte Ding werde ich mich nicht setzen. Bin schließlich kein Krüppel!«

»Aber, Sir…«

»Bitte«, mischte sich Kathy so höflich wie möglich ein, »können wir es so machen, wie mein Vater es will? Er braucht ja auch noch keinen Rollstuhl.«

Die Schwester zögerte, doch dann lächelte sie ein wenig gezwungen und nickte. »Wie Sie wollen, Mr. O'Reilly.« Sie schob den Rollstuhl an die Wand und winkte ihnen zu, ihr zu folgen. »Ich bringe Sie zum Wartebereich für die Patienten, die an der Studie teilnehmen.«

Langsam ging Kathy neben ihm her. Jedes Mal, wenn er ein Aufstöhnen zu unterdrücken versuchte, zog sich in ihr etwas zusammen. Sie konnte nur hoffen und beten, dass dieses Krankenhaus das Wunder vollbringen würde, das ihr Vater brauchte.

Der Gang zum Wartebereich dauerte volle fünf Minuten. Der Bereich schien vom Rest des Krankenhauses abgetrennt zu sein. Sie setzten sich, und kurz darauf kam eine junge blonde Frau herbei. Sie hielt eine Aktenmappe in der Hand, in der sich zahlreiche Papiere befanden.

»Hi! Ich bin Pamela Ravitz und gehöre zu Dr. Müllers Team.« Sie wandte sich an Kathys Vater. »Sie sind Franklin Christopher O'Reilly?«

»Soweit ich weiß, ja«, versuchte Dad zu scherzen.

»Ich nehme an, Sie sind seine Tochter?«, fragte sie Kathy. »Gut. Ich habe hier ein paar Informationsblätter, die Sie durchlesen müssen.« Die Schwester reichte beiden jeweils eine recht umfangreiche Broschüre. »Das ist die Beschreibung der Klinischen Studie. Sie finden darin die Erwartungen, die Patienten gewöhnlich haben, eine kurze Beschreibung der Studie und der Behandlungsmethoden und Pflegemaßnahmen, die dabei erforderlich sein werden. Es handelt sich um eine Phase-II-Studie. Wir haben gegenwärtig einhundertvierzig Patienten, die für verschiedene Arten von metastasierendem Krebs behandelt werden. Darunter sind auch Patienten mit Osteosarkom, das auch bei Ihnen diagnostiziert wurde. Vier dieser Fälle werden hier in diesem Krankenhaus behandelt, die übrigen verteilen sich auf die Vereinigten Staaten, Südamerika und London.«

»Welche Behandlung ist geplant?«, fragte Kathy und blickte von der Broschüre auf, in der sie geblättert hatte.

»Das wird erst festgelegt, nachdem die Daten analysiert wurden. Ich habe bisher nur wenige Patienten mit Osteosarkom zu sehen bekommen, und jeder Mensch reagiert anders auf die Behandlung. Das ist der Grund für solche Klinischen Studien. Je größer die Zahl der behandelten Patienten ist, desto besser können wir erkennen, wie verschiedene Behandlungsmethoden wirken und warum manche Patienten besser darauf ansprechen als andere.«

»Pamela, gibt es hier eine Toilette?«, fragte Dad.

»Natürlich.« Sie deutete den Flur entlang. »Gleich rechts nach dem ersten Patientenraum.«

Als ihr Dad davon schlurfte, beugte sich Kathy ein wenig näher und fragte die Krankenschwester leise: »Welche Ergebnisse haben Sie denn schon beobachten können? Ich weiß, Sie haben nur wenige Patienten mit diesem Krebs, und ein offizielles Ergebnis gibt es noch nicht, aber… Funktioniert die Behandlung denn überhaupt?«

Die Schwester zögerte, blickte sich im leeren Raum um und flüsterte: »Sie haben das nicht von mir, okay? Ich darf darüber eigentlich nicht reden… Die Behandlung ist ein reines Wunder. Ich bin seit zwanzig Jahren Krankenschwester, aber so etwas habe ich noch nie gesehen.«

Kathys Herz schlug ein wenig lauter und schneller. Sie blinzelte die Tränen weg, die ihr in die Augen stiegen. »Gibt es denn auch eine Kontrollgruppe? Bekommen also manche Patienten bei dieser Studie nur Placebos?«

Pam nickte. »Ja, das muss leider so sein. Natürlich darf ich nicht verraten, welche Patienten in welche Gruppe kommen. Das entscheiden die Sponsoren.« Sie deutete auf die Broschüre. »Steht alles da drin. Ihrem Vater wird zuerst einmal Blut abgenommen, dann folgt eine eingehende Untersuchung.«

»Aber er hat im anderen Krankenhaus bereits alle möglichen Tests hinter sich gebracht. Können Sie nicht einfach diese Daten verwenden?«

»Ich fürchte nein. Für die Klinische Studie müssen alle Untersuchungen neu durchgeführt werden, von unserem eigenen Personal. Bitte beachten Sie auch, dass die Patienten während des ersten Teils der Studie stationär untergebracht werden müssen. Ihr Vater wird für ungefähr eine Woche bei uns bleiben müssen.«

»Stationär?«, fragte Kathy besorgt. »Damit haben wir nicht gerechnet. Ich glaube nicht, dass unsere Krankenversicherung die Kosten übernimmt. Wissen Sie, wieviel das alles kosten wird? Ich habe noch etwas für meine Studiengebühren gespart…«

»Die Teilnahme ist kostenlos.« Pamela lächelte. »Der Sponsor der Studie ist der Pharmakonzern AgriMed; die Firma übernimmt sämtliche Kosten der Patienten, die in die Studie aufgenommen werden. Also sämtliche Untersuchungen, den Krankenhausaufenthalt, die Medikamente und so weiter. Und wir zahlen sogar achtzig Dollar für jeden der vorgeschriebenen ambulanten Untersuchungstermine, die Ihr Vater absolvieren muss.«

»Sie machen Witze.« Kathy starrte die Frau mit offenem Mund an und konnte die Tränen nicht mehr zurückhalten. »Aber… wie ist das möglich?«

»Die Studie ist Teil eines vom Sponsor finanzierten Forschungsprojekts«, erklärte Pamela sachlich. »Deshalb übernehmen sie sämtliche Kosten. Das ist übrigens bei solchen Studien üblich.«

Dad kam wieder zurück, sah Kathys tränenüberströmtes Gesicht und sagte: »Was um Gottes Willen ist los?«

»Dad – wenn du das hier nicht durchziehst, will ich nichts mehr mit dir zu tun haben.«

Dad zog die Augenbrauen hoch. »Na, so läuft das nicht bei mir, junge Dame.«

Die Krankenschwester deutete auf die Broschüre, die auf dem Tisch lag. »Mr. O'Reilly, Sie werden das alles genau durchlesen müssen, bevor wir anfangen können. Ich muss dafür sorgen, dass Sie alles verstanden haben und damit einverstanden sind, und das bedeutet, dass Sie alles erst allein lesen müssen und dann mit mir gemeinsam noch einmal durchsprechen.«

Dad nahm die Broschüre und brummte gutmütig: »Das fängt ja gut an.

Ständig sagen mir irgendwelche Frauen, was ich tun muss – erst meine Tochter, und jetzt auch noch Sie…«

Es war noch früh am Morgen, kurz nach neun Uhr, aber Kathy war bereits seit Stunden auf den Beinen. Der Duft von Schmorbraten wehte durch das Haus; Kathy schälte Kartoffeln.

Mum deckte den Braten auf und nahm ein großes Messer aus der Schublade. »Würdest du bitte die Kartoffeln dieses Mal immer in gleichdicke Scheiben schneiden? Ich will keine matschigen oder rohen Stücke im Kartoffelsalat sehen – dein Vater mag den Salat besonders gern.«

Kathy achtete nicht auf das Genörgel ihrer Mutter. Jasper saß geduldig direkt unter dem Schneidebrett, auf dem ihre Mutter den Braten in dünne Scheiben schnitt. Sie waren für die Sandwiches bestimmt, und Jasper verfolgte jede Bewegung mit größter Aufmerksamkeit. Wenn Megan eine Bratenscheibe nicht gefiel, ließ sie sie auf den Boden fallen. Jasper fing sie meistens schon aus der Luft auf und schluckte sie hinunter. »Mum, du weißt doch, dass er bald richtig fett sein wird, wenn du ihn ständig fütterst!«

»Dein Vater muss dringend ein bisschen zunehmen!«

Kathy lachte. »Du weißt genau, dass ich Jasper gemeint habe.«

Mum blickte auf den großen Hund hinab und warf ihm einen Luftkuss zu. »Dein Vater kommt in vier Tagen aus dem Krankenhaus und hat genug Bemerkungen über das schlechte Essen dort fallen gelassen. Bratensandwiches und Kartoffelsalat ist das Mindeste, was ich für ihn tun kann, solange er es dort noch aushalten muss.«

Draußen knirschten Reifen über den Kiesbelag; Kathy blickte hinaus. Ein Taxi war gerade vorgefahren, und kaum hatte es angehalten, als auch schon die Hintertür aufgestoßen wurde. Dad stieg mühsam aus dem Auto. Kathy ließ den Kartoffelschäler fallen und sprang auf. »Oh nein!«

Sie riss die Tür auf, als ihr Vater, beladen mit Gepäck, die Stufen zur Haustür hinaufstieg. Er blickte sie finster entschlossen an.

»Dad! Was um alles in der Welt hast du hier zu suchen!«

Er trat in den Flur und ließ die Reisetasche auf den Boden fallen. Dann ging er ins Esszimmer und stellte ein großes schachtelförmiges Gerät auf den Esstisch. »Keine Sekunde bleibe ich länger in diesem Krankenhaus!«

Mum starrte ihn zornig an, während sie sich die Hände an der Schürze abwischte. »Franklin Christopher O'Reilly, was hast du dir dabei gedacht?«

Er zog einen Stuhl heran und ließ sich seufzend darauf sinken. »Ich war drei Tage da. Und sie haben nichts gemacht, nur Blut abgenommen, Temperatur und Blutdruck gemessen und den Herzschlag abgehört, und ich musste ständig Wasser aus diesem verdammten Ding hier trinken.« Er deutete auf das Gerät auf dem Tisch. Es hatte vorne einen Chromwasserhahn; hinten hing ein langer, aufgerollter Schlauch heraus. »Und wenn das alles ist, was sie machen«, fuhr er fort, »dann kann ich das auch zu Hause, bei meiner Familie.«

Er zwinkerte Kathy zu. »Holst du mir bitte einen Schraubschlüssel? Ich muss das Ding hier an die Wasserleitung anschließen.«

Kathy stand stumm da und starrte ihren Vater an. Es hatte ihr die Sprache verschlagen.

Er blickte zwischen den beiden Frauen hin und her. »Na, was ist? Muss ich den Schlüssel selbst holen oder was?«

Endlich fand Kathy ihre Stimme wieder. »Nein, ich hole ihn, Dad.«

Als sie zur Werkstatt hinausging, hörte sie ihre Mutter schreien: »Hast du denn völlig den Verstand verloren, Franklin O'Reilly?«

Frank saß in seinem Lehnstuhl, mit Jaspers Kopf auf den Knien. Kathy reichte ihm ein großes Glas Wasser.

»Zeit für deine Medizin, Dad.«

Er verzog das Gesicht, während Kathy auf ihn herab schaute und wartete. Manchmal glaubte er, dass etwas in dem Wasser herumwirbelte, aber vielleicht war das nur Einbildung. Heute sah es absolut klar aus.

»Na schön«, brummte er. »Leertrinken, was sonst.« Er trank das Glas in einem Zug leer und gab es ihr zurück.

»Gut gemacht, Dad.« Sie ging in die Küche zurück, um Megan mit dem Abendessen zu helfen.

Das Wasser schmeckte völlig normal, aber manchmal hatte es einen Nachgeschmack, als hätte er einen Kupferpenny verschluckt. Und kurz danach setzte dann gewöhnlich ein brennender Schmerz ein.

Jasper jaulte leise, als sich Franks Hand auf seinem Kopf plötzlich verkrampfte. Da war er wieder, der brennende Schmerz.

Frank schloss die Augen und wappnete sich, als sich die dumpfen Schmerzen in seinen Gliedern in feurige Speere verwandelten. Langsam atmete er ein und aus, aber selbst das fiel ihm unglaublich schwer, während sich die Schmerzen immer weiter ausbreiteten.

Wieder jaulte Jasper, als könne er seine Schmerzen spüren.

Inzwischen waren zwei Wochen vergangen, seit er sich selbst aus dem Krankenhaus entlassen hatte, und obwohl es ihm nicht besser ging, fühlte er sich auch nicht viel schlechter. Eher schien es ihm, als hätte er einen Schmerz gegen einen anderen ausgetauscht. Statt der Schmerzen, die früher beim Gehen und bei praktisch jeder Bewegung durch die Gelenke geschossen waren, verspürte er jetzt überall im Körper ein dumpfes, nie endendes Brennen. Zwei Stunden, nachdem er das Wasser getrunken hatte, wurde es gewöhnlich schlimmer.

»Frank, wie fühlst du dich?«, rief Megan aus der Küche.

»Wie man sich eben fühlt, wenn man stirbt«, schrie er zurück.

»Dafür bist du viel zu stur, Dad«, rief Kathy. »Bist du hungrig?«

Frank dachte über die Frage nach. Vielleicht war der Hunger teilweise an den brennenden Schmerzen in seinem Magen schuld? »Ich denke, ich könnte mich überreden lassen, ein bisschen was zu essen.«

»Essen ist in einer halben Stunde fertig«, verkündete Megan.

Etwas erregte Jaspers Aufmerksamkeit. Er stand auf und trabte in die Küche.

Frank senkte die Rückenlehne so weit ab, wie es ging. Trotz der brennenden Schmerzen wurde er plötzlich von Müdigkeit übermannt.

Als Megan später mit dem Essen hereinkam, lag Frank O'Reilly friedlich schnarchend in seinem Sessel.

Zwei Wochen nach dem Umzug nach Washington hatte Juan endlich in seine vertraute Routine zurückgefunden. Das neue Labor war überwältigend – dreimal so groß wie sein altes Labor, außerdem hatte er nun vier neue Praktikanten, und keiner von ihnen scheute sich davor, die Ratten anzufassen.

Und das war noch nicht einmal das Beste.

Das Beste war Kathy.

Juan saß in seinem neuen Büro und telefonierte mit ihr. Er grinste wie ein Teenager, der zum ersten Mal eine Schönheitskönigin kennenlernt, als ihm Kathy erzählte, wie es ihrem Vater ging. Sie klang viel glücklicher als beim letzten Telefonat vor ein paar Wochen.

»Und Dad isst plötzlich wieder, als hätte er sein ganzes Leben lang hungern müssen! Es ist total fantastisch! Ich weiß, dass er immer noch Schmerzen hat, aber manchmal kommt er mir wieder so vor, wie er war, bevor der Krebs kam. Wahrscheinlich bilde ich mir das nur ein, aber das Zeug, das er einnimmt, scheint ihm wirklich zu helfen.«

»Ich kann Ihnen nicht sagen, wie sehr ich mich freue, Kathy. Ich hoffe, dass das alles doch noch gut ausgeht. Aber… bitte vergessen Sie nicht, dass er eine sehr schwere Krankheit hat. Verstehen Sie, was ich damit sagen will?«

»Ja, ja, natürlich! Ich versuche ja auch, nicht zu sehr darauf zu hoffen, dass er wieder völlig gesund wird.« Juan hatte allerdings den Eindruck, als sei ihr das nicht sehr gut gelungen. *»Und wie geht es Ihnen? Leben Sie immer noch da oben im Norden am Ontario-See und freuen sich auf weiße Weihnachten?«*

Juan lachte. »Vor ein paar Wochen hätte ich dazu noch ja sagen müssen. Aber mein Projekt ist nach Washington, D.C., verlegt worden, und hier ist es im Moment ziemlich warm.«

»Echt? Wow. Das ist… sagenhaft. Ich meine… ich hoffe, der Umzug ist doch gut für Sie und Ihr Projekt, oder?«

»Ja, auf jeden Fall. Aber ich hatte noch nicht viel Gelegenheit, Washington und den District of Columbia kennen zu lernen. Es war einfach zu viel Arbeit. Eigentlich…« In Juans Magen ballte sich etwas zusammen; er musste seinen ganzen Mut zusammenraffen, um diese Grenze zu überschreiten, denn er hatte gar nicht mehr damit gerechnet, dass er jemals Gelegenheit bekommen würde, ihr diese Frage zu stellen. »Vielleicht… wenn Sie wieder hierher zurück kommen… ich meine, vielleicht können Sie mir noch einmal ein nettes Restaurant empfehlen… und wir könnten es dann zusammen ausprobieren…?«

Am anderen Ende wurde es einen Moment lang völlig still. Als Kathy wieder sprach, klang ihre Stimme weicher, fast schüchtern. *»Das würde ich sehr gerne tun.«*

Juans Wangen schmerzten schon vom breiten Lächeln. Er warf einen

Blick auf die Laboruhr. »Okay, hören Sie... ich muss jetzt gleich zu einer Besprechung, aber, Kathy, ich bin sehr froh, dass Ihr Vater Fortschritte macht. Bitte halten Sie mich auf dem Laufenden, wie es ihm weiter ergeht. Es war wunderbar, wieder mit Ihnen zu reden.«

»Danke, Juan, danke für alles. Ich will Sie nicht aufhalten... Gehen Sie zu Ihrer Besprechung, und ich widme mich wieder meinen häuslichen Pflichten... am Herd in der Küche.«

Juan lachte. »Viel Spaß, Aschenputtel.«

»Aschenputtel, äh...?«

»Wenn der Schuh passt...«

Kathy stöhnte. *»Oh Gott. Tschüs, Mr. Märchenprinz.«*

Nachdem er das Gespräch beendet hatte, stieß Juan triumphierend die Faust in die Luft. Er konnte sich nicht mehr erinnern, wann er sich zuletzt so sehr auf ein Date gefreut hatte.

Kurz danach ging das Telefon. »Hallo?«

»Juan«, meldete sich Carol. *»Ich habe gerade das Stoffwechselpanel für eine neue Versuchsgruppe durchgeführt. Das musst du dir unbedingt gleich mal anschauen.«*

»Ich bin praktisch auf dem Weg zu einer Besprechung.«

»Dann verspätest du dich eben um ein paar Minuten.«

Juan lachte. »Okay. Bin sofort da.«

Im Vorbeigehen schaute Juan auf die Ratten in den Glaskäfigen. Allen Tieren waren Krebszellen injiziert worden, und bei der Kontrollgruppe zeigte sich erwartungsgemäß ein Tumorwachstum im Unterhautgewebe. Aber die Testgruppe war mit einem Virencocktail behandelt worden, der ihr genetisches Erbgut verändert hatte. Bei ihnen zeigte sich *kein* Tumorwachstum.

Das erste Versuchstier, bei dem sich eine gewisse Tumorimmunität gezeigt hatte, war Herkules. Doch bei ihm hatte sich nicht nur eine Tumorresistenz entwickelt, sondern es waren auch Veränderungen seines genetischen Erbguts eingetreten, die dazu geführt hatten, dass er viel größer als normal geworden war. Auch sein Stoffwechsel hatte sich im Vergleich zu seinen normalgroßen Artgenossen deutlich verändert.

Juan blieb neben Carol stehen. »Na, was zeigen die Tests?«

Carol reichte ihm einen Ausdruck mit der Blutanalyse und den metabolischen Testergebnissen. »Ich glaube, wir sind fast am Ziel. Bei den Testergebnissen haben wir nur einen Ausreißer.«

Juan studierte die Daten genauer – Eisen, Bilirubin, Protein und andere Analysen, die alle im Normalbereich lagen. Sein Finger glitt weiter zu den Teilen des Berichts, den Carol gelb markiert hatte. Bei der BMR-Spalte hielt er inne. »Die basale Stoffwechselgeschwindigkeit liegt ganz knapp über dem Normalbereich. Ist das bei allen der Fall?«

»Bei allen sind die Sauerstoffverbrauchsraten relativ hoch. Von den zehn Testtieren weisen sieben BMRs auf, die über normal liegen.«

»Und die anderen drei sind im Normalbereich?«

Carol nickte. »Ja, aber sie liegen ganz knapp unter der Obergrenze des Normalbereichs.«

Juan runzelte die Stirn. Womit ließ sich diese Anomalie erklären?

Er las auch die übrigen markierten Zahlenreihen genau durch. »Hier geht zweifellos etwas vor sich. Schilddrüse, Glukose, Kalium, Albumin, Calcium… alles normal. BUN und Kreatinin ebenfalls normal, die Nieren scheinen also gut zu arbeiten. Elektrolytspiegel ebenfalls normal. Hmmm.«

»Hast du irgendeine Erklärung?«, fragte Carol.

Juan schüttelte den Kopf, während er sich das Gedächtnis nach möglichen Erklärungen für die leicht erhöhten metabolischen Ergebnisse zermarterte. »Möglicherweise werden die Ergebnisse davon beeinflusst, dass das Immunsystem die Tumorzellen zu zerstören versucht, die wir injiziert haben. Aber das ist nur eine Vermutung.«

Carol tippte an einen der Glaskäfige und betrachtete die anscheinend gesunde Ratte. Die Ratte blickte bei dieser Störung unwillig auf, fraß dann aber wieder weiter. »Wenn das der Fall ist, sollten wir die Tests in einer Woche noch einmal durchführen. Vielleicht zeigen sich dann andere Ergebnisse.«

Juan sprang von seinem Laborhocker, hob die Hand zur Ghettofaust und sagte grinsend: »Das ist eine großartige Idee, Carol. Das machen wir. Mittlerweile sollen die Praktikanten noch zehn weitere Ratten für die Impfung vorbereiten. Ich will, dass alles, was wir machen, dreifach überprüft wird. Wir führen immer im Abstand einer Woche weitere Tests durch. Vielleicht können wir dann im Zeitverlauf die Veränderung der

BMR genauer beobachten. In der Zwischenzeit forsche ich weiter, vielleicht finde ich noch eine andere Lösung.«

»Weißt du«, sagte Carol nachdenklich, »ich glaube wirklich, dass wir hier einer ziemlich wichtigen Sache auf der Spur sind.«

Ein Schauder lief wie eine Vorahnung über Juans Rücken. »Das hoffe ich wirklich.«

Kurz nach sieben Uhr abends, nach einem langen, harten Arbeitstag, fuhr Juan auf der Interstate 395 nach Süden. Bis er an der Ausfahrt 7 nach Arlington ankam, war der Regen in Graupel übergegangen, aber das war nicht schlimm, denn bis zu seinem neuen Zwei-Zimmer-Apartment mit dem bequemen Bett waren es nur noch ein paar Minuten Fahrt.

Als er auf den Parkplatz vor dem Apartmentblock einbog, wunderte er sich flüchtig, warum die Beleuchtung nicht wie sonst angegangen war.

Er stellte den Wagen auf seinem Stellplatz ab und stieg die Außentreppe zu seiner Wohnung im ersten Stock hinauf. Inzwischen hatte es zu schneien begonnen.

Als er die Wohnungstür von Apartment 2B fast erreicht hatte und den Schlüssel aus der Tasche zog, bemerkte er, dass die Tür ein klein wenig offenstand.

Das Blut gefror förmlich in seinen Adern.

Er nahm das Handy aus der Tasche und gab die Notrufnummer 911 ein, doch ohne auf das grüne Anrufsymbol zu drücken. Dann schob er langsam die Tür vollends auf.

Die Wohnung war das reinste Chaos.

Seine medizinischen Fachbücher waren aus den Regalen gerissen worden und lagen überall auf dem Boden verstreut.

Selbst die Polsterung des Sofas war aufgerissen worden. In den mit Gipskartonplatten verkleideten Wänden klafften große Löcher.

Mit heftig pochendem Herzen trat er auf den Stockwerkabsatz der Außentreppe hinaus und entfernte sich so weit wie möglich von der Wohnungstür, ohne sie aus den Augen zu lassen. Er drückte auf das Rufsymbol.

»911 – wie kann ich Ihnen helfen?«

»Mein Name ist Juan Gutierrez. Ich bin gerade nach Hause gekommen. Jemand ist in meine Wohnung eingebrochen und hat alles herausgerissen und durchsucht.«

»Sir, wissen Sie, ob sich die Einbrecher noch in der Wohnung befinden?«

Juans Atem bildete dichte Dampfwolken in der kalten Nachtluft. »Das weiß ich nicht. Ich habe die Wohnung nicht richtig betreten, sondern bin gleich wieder auf den Flur hinaus. Meine Adresse ist Nummer 2350 in der 26. Court South, Apartment 2B, in Arlington.«

»Ich schicke sofort einen Streifenwagen zu Ihrer Adresse. Bitte legen Sie nicht auf, bis die Beamten bei Ihnen eingetroffen sind.«

Aus dem Augenwinkel bemerkte Juan eine Bewegung unten auf dem Parkplatz. Vier Männer hatten sich am Fuß der Außentreppe versammelt und starrten zu ihm hinauf.

»Äh… ein paar Männer mit FBI-Jacken stehen unten auf dem Parkplatz, direkt an der Treppe.«

»Sagten Sie FBI?«

»Dr. Gutierrez?«, rief einer der Männer zu ihm hinauf. Er hielt etwas in die Höhe, das wie eine Kennmarke aussah, und trug eine Waffe in einem Schulterholster.

Die drei anderen Männer kamen die Treppe herauf, drängten sich wortlos an Juan vorbei und betraten seine Wohnung.

Juan nickte. »Ja, ich bin Dr. Gutierrez. Ich habe hier 911 am Telefon.«

»Juan, der Streifenwagen ist zwei Straßenblocks entfernt.«

Der Mann, der Juan angesprochen hatte, verzog das kantige Gesicht, als er das Martinshorn hörte, das sich rasch näherte. Er drückte auf einen Knopf an etwas, das sich dicht an seiner Kehle befand, und flüsterte etwas, das Juan nicht verstehen konnte.

In der Wohnung wurde Glas klirrend zerschmettert, kurz darauf hörte Juan einen Fluch in einer fremden Sprache, die er für Deutsch hielt. Die drei Männer kamen wieder aus der Wohnung, dann stürmten alle vier wieder die Treppe hinunter.

»Juan, was ist eigentlich los bei Ihnen?«

»Ich habe keine Ahnung. Diese FBI-Männer kamen, drangen in meine Wohnung ein und jetzt verschwinden sie wieder!«

Zwei schwarz-weiße Streifenwagen bogen mit grell blitzendem Blaulicht auf den Parkplatz ein; im selben Augenblick raste ein schwarzer

Kastenwagen dicht an den Polizeifahrzeugen vorbei aus der Ausfahrt und verschwand.

»Zwei Streifenwagen sind eingetroffen«, meldete Juan.

»Ich habe gerade die Bestätigung bekommen, dass die Beamten Taggart und Wilson von der Polizeistation Arlington am Einsatzort eingetroffen sind. Die beiden Beamten werden sich jetzt um alles Weitere kümmern.«

»Okay. Danke.«

Die Polizisten rannten die Treppe herauf; einer hatte die Waffe gezogen, hielt sie aber auf den Boden gerichtet.

Juan wich nervös einen Schritt zurück. »Ich bin Juan Gutierrez. Ich habe den Notruf abgesetzt.«

»Mr. Gutierrez.« Der führende Beamte kam näher, blieb aber gut drei Meter von Juan entfernt stehen. »Bitte zeigen Sie mir irgendeinen Ausweis.«

Juan zeigte ihm seine AgriMed-Schlüsselkarte mit dem Foto, die er bei der Arbeit immer an einem Band um den Hals trug und aus Gewohnheit erst zuhause ablegte. »Das ist mein Arbeitsausweis. Mein Führerschein steckt in meiner Geldbörse, aber dazu muss ich in meine Hosentasche greifen.«

Der Beamte beugte sich nahe genug heran, dass Juan den Namen »Taggart« auf der Uniform lesen konnte.

Taggart nickte. »Bitte bleiben Sie hier draußen, bis wir Ihre Wohnung gesichert haben.«

Juans Herz klopfte bis zum Hals, als die beiden Beamten mit gezogenen Waffen in sein Apartment eindrangen.

»Tut mir leid, dass ich Sie so spät nachts noch anrufe, Dr. Winslow.« Juans Stimme bebte; er drückte den Ohrstöpsel seines Handys fester ins Ohr. Es knisterte statisch, als die Polizisten – es waren noch zwei weitere Beamte eingetroffen – Fotos von den Zerstörungen in seiner Wohnung aufnahmen.

»Nein, kein Problem, das ist völlig in Ordnung. Sagten Sie, dass das FBI bei Ihnen war?«

Juan schüttelte den Kopf, während er den Blick durch die Wohnung schweifen ließ. Zerbrochene Möbel, aufgerissene Matratzen und Polster, zerfetzte Bücher. »Sie trugen FBI-Jacken und zeigten mir irgendwelche Dienstmarken, aber die konnte ich nicht genau sehen. Ich denke, sie hatten meine Wohnung schon durchsucht, bevor ich nach Hause kam. Vermutlich wollten sie gerade wegfahren, als ich auf dem Parkplatz ankam. Daraufhin kamen sie wieder herauf und drangen noch einmal in meine Wohnung ein. Die ganze Sache war irgendwie… unwirklich.«

Ein Polizist näherte sich mit einem Klemmbrett. »Mr. Gutierrez, ich weiß, in diesem Chaos ist es schwer zu sagen, aber fehlt irgendetwas?«

Juan ging in der Wohnung umher, wobei er die Hände in den Hosentaschen ließ, wie man ihm befohlen hatte, und inspizierte das Durcheinander. Er konzentrierte sich vor allem auf Dinge, die Einbrecher normalerweise stehlen würden. Sein Flachbildschirm-TV war noch da, war aber auf den Boden geworfen worden. Seine Schuhe knirschten über Glasscherben, als er ins Schlafzimmer weiterging. Die Schublade des kleinen Nachttischchens war herausgezogen worden; der Inhalt lag über den Boden verstreut. Auf dem Boden entdeckte er auch die feine Goldkette mit dem kleinen kreuzförmigen Medaillon-Anhänger – es hatte seiner Mutter gehört. Das hatten sie also auch nicht gestohlen.

Erleichtert atmete er auf.

Doch dann riss er entsetzt die Augen auf. »Mein Laptop… der stand auf dem Nachttisch. Er ist weg.«

Der Beamte nickte und beugte sich hinab. »Laptops sind leicht zu verhökern. Aber…« Er deutete auf die Goldkette auf dem Boden. »Ist doch seltsam, dass sie den Schmuck nicht mitgenommen haben. Die Goldkette mit dem Anhänger hätte ihnen doch jeder Hehler sofort abgekauft.« Er schaute zu Juan auf. »Haben Sie in letzter Zeit mit Leuten geredet, die Sie nicht kannten, ihnen vielleicht von Ihrer Wohnung erzählt, oder sind Ihnen hier im Apartmentblock Leute aufgefallen, die Sie noch nie gesehen hatten?«

Juan schüttelte den Kopf. Sein Mund war völlig ausgetrocknet und er spürte die Kälte durch die Jacke dringen. »Ich weiß nicht, was ich Ihnen noch sagen könnte. Ich wohne erst seit ein paar Wochen hier, deshalb kenne ich kaum jemanden und alles ist noch recht neu für mich.«

Winslows Stimme kam wieder aus dem Ohrstöpsel. Juan hatte völlig vergessen, dass sein Chef noch am Telefon war.

»Juan, war auf dem Laptop etwas gespeichert, worüber wir uns Sorgen machen müssen?«

Juan wandte sich von dem Beamten ab, der auf seinem Klemmbrett irgendein Berichtsformular ausfüllte, und flüsterte: »Nein, da waren nur ein paar Spiele und Hörbücher gespeichert. Nichts, was mit der Arbeit zu tun hat.«

»Gut. Hören Sie, Juan, ich werde mich mit unserer Sicherheitsabteilung in Verbindung setzen und ein paar Dinge veranlassen. Gefällt mir gar nicht, was da in Ihrer Wohnung passiert ist. Bleiben Sie einen Moment dran, ich rufe die Jungs gleich mal an.«

Als einer der Beamten vorbei kam, fragte Juan: »Kann ich ein paar Sachen einpacken? Ich werde heute Nacht nicht hier schlafen können.«

Der Cop rief ins nächste Zimmer: »He, Ed, bist du mit den Fingerabdrücken im Schlafzimmer fertig?«

»Ed« trug Straßenkleidung und eine Jacke mit der Aufschrift »Arlington PD« auf dem Rücken. Er war gerade mit dem Einpudern der Fingerabdrücke in der Gästetoilette beschäftigt. »Jep, bin fertig mit dem Schlafzimmer.«

»Gut. Sie können jetzt Ihre Sachen packen, Sir.«

Juan packte gerade ein paar Hemden in einen Koffer, als sich Winslow wieder meldete. *»Juan, Carl ist auf dem Weg zu Ihnen. Er wird Sie abholen und zu dem Hotel bringen, in dem Sie schon einmal übernachtet haben. Eine Suite im Hotel ist ständig für unser Unternehmen reserviert, dort können Sie bleiben, bis wir überprüft haben, dass der Einbruch nichts mit der Arbeit zu tun hat.«*

»Glauben Sie denn, dass es so sein könnte?«

»Das weiß ich nicht. Aber ich werde gleich morgen früh beim FBI anrufen und mir mal anhören, was sie dazu zu sagen haben. Geben Sie Carl auch Ihre Autoschlüssel, er wird dann dafür sorgen, dass Sie den Wagen morgen auf dem Parkplatz des Labors vorfinden.«

»Danke für alles, Dr. Winslow.«

»Machen Sie sich keine Sorgen, Juan. Wahrscheinlich war es nur ein normaler Einbruch, aber falls es nicht so sein sollte, ist es ein weiterer Grund dafür, dass wir eine eigene Sicherheitsabteilung haben. Wir kümmern uns um unsere Mitarbeiter.«

Juans Handy summte. »Dr. Winslow, gerade kommt ein zweiter Anruf. Bleiben Sie bitte noch dran.« Er drückte auf ein Symbol und nahm den zweiten Anruf entgegen.

»Dr. Gutierrez, hier ist Carl Weatherby von AgriMed Security. Ich

biege gerade auf den Parkplatz vor Ihrem Apartment ein. Wenn Sie abfahrbereit sind, warte ich unten an der Treppe auf Sie.«

»Wow, das war aber schnell! Ich frage die Polizisten, wie lange man mich hier noch benötigt. Meine Aussage haben sie bereits aufgenommen.«

»Verstanden.«

Juan schaltete sich wieder in das Gespräch mit Winslow ein. »Dr. Winslow, Carl ist bereits eingetroffen. Ich denke, es ist jetzt alles unter Kontrolle, danke sehr.«

»Gut. Kommen Sie gleich morgen früh in mein Büro. Wir rufen das FBI gemeinsam an und hören uns an, was man dazu zu sagen hat. Gute Nacht, Juan.«

»Gute Nacht, Sir.«

Juan legte auf und ließ den Blick noch einmal durch das Apartment schweifen – oder über das, was davon noch übrig war. Selbst seine nagelneue breite Federkernmatratze war so gründlich aufgerissen und zerfetzt worden, dass die Metallspiralen herausragten. Er konnte nicht glauben, dass das hier ein normaler Einbruch gewesen war. Sie hatten alles durchsucht und so viel zerstört, aber fast nichts gestohlen…

Wonach zum Teufel hatten sie gesucht?

KAPITEL VIERZEHN

Nate schürzte nachdenklich die Lippen, als Juan Gutierrez unter Eid seine Zeugenaussage über den Einbruch in seine Wohnung abgab. Der Mann war eindeutig erschüttert, aber Nate versuchte dennoch, die anscheinend nebensächlichsten Einzelheiten aus ihm herauszuquetschen. Er hatte den vorläufigen Bericht der Polizei von Arlington gelesen und den Tatort selbst besichtigt. Nach allem, was er dabei herausgefunden hatte, konnte er die Vermutung des Opfers nur bestätigen.

Jemand hatte nach etwas ganz Bestimmtem gesucht.

Sie saßen sich in einem der kleinen Besprechungsräume in der Zentrale von AgriMed gegenüber. Nach dem fünf Meter langen Konferenztisch aus dunkel poliertem Holz und den üppig gepolsterten Stühlen zu urteilen, war AgriMed ein reicher Konzern. Dr. Gutierrez wiederum machte nicht den Eindruck eines typischen Managers. Er war noch recht jung, vermutlich Mitte dreißig, und hispanischer Abstammung. Seine leicht unordentlich wirkende Erscheinung und das zerzauste Haar passten zum Bild eines Menschen, der gerade aus seiner Wohnung vertrieben worden war.

Was Nate bei allem, was er im Polizeibericht über die Aussage des Zeugen gelesen hatte, das größte Kopfzerbrechen bereitete, war dessen Hinweis, dass das FBI am Schauplatz aufgetaucht und wieder verschwunden sei.

»Dr. Gutierrez«, sagte Nate, »haben Ihnen die FBI-Agenten ihre Namen genannt?«

Der Arzt schüttelte den Kopf. »Nein. Einer hielt kurz eine Dienstmarke hoch, aber da stand er unten an der Treppe und ich oben, und auf die Entfernung hatte ich keine Chance, den Namen zu lesen. Es war schon spät abends und die Beleuchtung auf dem Parkplatz funktionierte nicht.«

Im Polizeibericht wurde erwähnt, dass die Lichter auf dem Parkplatz mit einem Luftgewehr ausgeschossen worden waren. Das zerbrochene Glas hatte man am Fuß der Lampenposten gefunden.

»Ist Ihnen etwas Ungewöhnliches am Verhalten der drei Agenten aufgefallen, die Ihre Wohnung betraten? Trugen sie Handschuhe? Drangen sie mit gezogenen Waffen in die Räume ein? Wie verhielten sie sich?«

»Keiner zog eine Waffe. Bei dem Agenten, der vor der Wohnungstür bei mir stand, bemerkte ich eher zufällig eine Waffe, die er in einem Schulterholster trug. Möglich, dass auch die anderen bewaffnet waren, aber bestätigen kann ich das nicht.« Gutierrez hielt inne und dachte kurz nach. »Ich bin nicht sicher, was Sie mit ›Verhalten‹ meinen. Der Mann draußen starrte mich einfach nur an. Auf mich wirkte er angespannt, nervös. Aber schon nach einer oder zwei Minuten hörten wir die Martinshörner, der Mann, der bei mir stand, sagte etwas in sein Funkgerät, und dann kamen auch schon die drei anderen Männer aus der Wohnung gerannt. Ach so, ja, noch etwas: Aus der Wohnung hörte ich, das Glas zersplitterte, und ich dachte, ich hätte einen von ihnen fluchen gehört – auf Deutsch.« Er lachte nervös. »Aber in meiner Erinnerung verschwimmt das alles irgendwie. Ich fürchte, es ergibt nicht viel Sinn.«

Nate atmete tief ein und versuchte, keinerlei Reaktion zu zeigen. »Sie sagen also, Sie hätten gehört, dass die Männer miteinander deutsch redeten?«

»Na ja, auf der Highschool habe ich ein paar Jahre lang Deutsch gelernt. Ich will nicht behaupten, dass ich es fließend spreche, aber Sie wissen vielleicht, dass man dabei auch Flüche lernt. Und was einer der Männer rief, klang jedenfalls so.«

»Was genau haben Sie gehört?«

Gutierrez runzelte die Stirn. »Na ja, als die Martinshörner immer lauter wurden, rief einer von ihnen, ›Verdammte Scheiße!‹.« Er verzog ein wenig gequält das Gesicht und schüttelte den Kopf. »Was das heißt, ist ja auch für einen Amerikaner nicht schwer zu erraten, und ich glaube jedenfalls, dass ich das hörte, aber ich kann es nicht beschwören. Zu dem Zeitpunkt war ich irgendwie geschockt.«

»Das ist völlig verständlich, Dr. Gutierrez.« Nate gab sich äußerlich gelassen, obwohl bei ihm sämtliche Alarmglocken schrillten. »Und dann gingen die Agenten wieder? Wohin?«

»Sie rannten einfach die Treppe hinunter. Keiner sagte ein Wort zu mir. Ich habe allerdings nicht darauf geachtet, wohin sie gingen. Zu dem Zeitpunkt achtete ich nur noch auf die Polizeisirenen und dann bogen auch schon die Streifenwagen mit Blaulicht auf den Parkplatz ein. Obwohl… ja, jetzt fällt es mir ein: Im selben Moment, als die Polizeiautos ankamen, fuhr ein Kastenwagen vom Parkplatz weg. Das könnten sie gewesen sein.«

»Haben Sie die Marke feststellen können? Was für ein Modell? Oder die Farbe?«

»Er war schwarz, oder jedenfalls dunkelgrau oder dunkelblau. Hinten keine Fenster, ein geschlossener Kleintransporter… Aber sonst… nein, mehr weiß ich nicht. Er war auch zu weit weg, als dass ich Einzelheiten hätte sehen können. Verdammt, ich habe nicht einmal darauf geachtet, in welche Richtung sie wegfuhren.«

Nate lehnte sich zurück. Das hatte nicht im Polizeibericht gestanden. Ein Kastenwagen? Wenn er selbst einen taktischen Einsatz mit einem kleinen Team durchführen müsste, wäre das in der Tat eine vernünftige Entscheidung für das Transportfahrzeug.

»Im Bericht steht, dass Ihr Laptop verschwunden ist. Fehlt sonst noch irgendetwas?«

»Mir ist nichts anderes aufgefallen.«

»Schmuck? Uhren? Geld oder Gold?«

»Ich habe nur eine Uhr – hier am Arm. Die kleine Goldkette von meiner Mutter haben sie einfach liegen gelassen. Sonst hatte ich keinen Schmuck in der Wohnung.«

»Und es fehlt auch nichts, das mit Ihrer Arbeit zu tun hat?«

Gutierrez schüttelte den Kopf. »Ich nehme nichts mehr von meiner Arbeit mit nach Hause.«

»Wirklich? Das erstaunt mich aber. Die meisten Menschen nehmen ab und zu Unterlagen von ihrer Arbeit mit nach Hause.«

»Na gut, das stimmt, das war auch bei mir so. Aber mein Projekt wurde vor kurzem intern als ›abgeschottet‹ eingestuft. Das bedeutet, dass keine Einzelheiten aus den gesicherten Arbeitsräumen entfernt werden dürfen. Deshalb habe ich damit aufgehört.«

»Abgeschottet? Das Wort kenne ich in diesem Zusammenhang noch nicht.«

Gutierrez zuckte die Schultern. »Im Konzern gilt es als höchste Geheimhaltungsstufe. Alles, was mit dem Projekt zu tun hat, muss in eigens gesicherten, also abgeschotteten Räumen verwahrt werden, zu denen nur Personen Zutritt haben, die einer verschärften Geheimhaltungspflicht unterliegen, die über die normale Verschwiegenheitserklärung hinausgeht. Bei AgriMed befinden sich die Spezialprojekte in solchen eigens abgeschotteten Labors, die besondere Sicherheitsvorkehrungen haben.«

»Aha. In staatlichen Behörden würde man das als ›Verschlusssache‹ bezeichnen. Interessant.« Nate trommelte mit den Fingern auf den Tisch, während er überlegte, ob er sich der Sache nicht aus einer ganz anderen Richtung nähern müsse, um weitere Informationen zu bekommen. »Fällt Ihnen sonst noch etwas ein, was in dieser Nacht geschah, das mir bei dieser Ermittlung weiterhelfen könnte? Irgendetwas, das Sie der Polizei gegenüber noch nicht erwähnt haben?«

»Nein, ich glaube nicht.« Dr. Gutierrez räusperte sich. »Darf ich auch Ihnen mal eine Frage stellen?«

»Nur zu.«

»Warum ist das FBI in meiner Wohnung aufgetaucht? Und – *war* es überhaupt das FBI?«

Nate verzog keine Miene. »Ich fürchte, ich kann Ihnen auf beide Fragen keine Antwort geben. Sagen wir mal so: Ich gehe beiden Fragen nach.«

Auf Nate wirkte der Arzt sehr besorgt. »Bin ich in Gefahr? Gibt es etwas, das ich tun sollte?«

Nate empfand Mitleid mit dem Mann. »Nein, ich denke nicht. Aber ich werde mich mit der Polizei von Arlington in Verbindung setzen und sie auffordern, in Ihrer Straße ein wenig häufiger zu patrouillieren.«

Er stand auf, schüttelte Dr. Gutierrez die Hand und reichte ihm seine Visitenkarte. »Sollte Ihnen noch etwas einfallen, selbst wenn es Ihnen nebensächlich erscheint, rufen Sie mich bitte an.«

»Danke.« Gutierrez blickte auf die Karte und seine bedrückte Miene hellte sich ein wenig auf. »Sie können sich jederzeit an mich wenden, wenn Sie noch Fragen haben.«

»Ja... eine erste hätte ich jetzt schon«, lächelte Nate. »Können Sie mir den Weg zum Parkplatz zeigen? Ich glaube, ich habe nach der vierten oder fünften Ecke in diesen endlosen Fluren hier die Orientierung verloren.«

Wieder in seinem Büro in Quantico durchsuchte Nate als Erstes seine älteren Fallakten. Er suchte nach Unterlagen, die mit AgriMed zu tun hatten – genauer: mit dem Mädchen, das von dieser pazifischen Insel gerettet worden war.

Er hatte keinen Grund zu der Vermutung, dass die beiden Fälle miteinander zu tun haben könnten, hatte aber ein sehr ungutes Gefühl, dass es so sein könnte.

Er las seine Aufzeichnungen genau durch. Das Mädchen hieß Katherine O'Reilly. Sie hatte eine Verschwiegenheitserklärung mit AgriMed unterzeichnet – und trotzdem Dateien aus dem seltsamen Labor auf der Insel geschmuggelt. Kein Zweifel, dass dieses Labor ein paar wertvolle Geheimnisse geborgen hatte, bevor man es gründlich niedergebrannt hatte. Geheimnisse, die es wert waren, gestohlen zu werden.

Und dann war da noch diese seltsame Geschichte, dass der deutsche Geheimdienst in die Sache verwickelt sein könnte. Konnte es wirklich ein Zufall sein, dass Dr. Gutierrez die Männer in seiner Wohnung auf Deutsch hatte sprechen hören?

Höchste Zeit, sich noch einmal genauer mit den gestohlenen Dateien zu befassen.

Zehn Minuten später hielt Nate der Beamtin in der Asservatenkammer seinen Ausweis vor die Nase. »Ich habe hier einen Ausdruck als Beweismittel registrieren lassen. Die Fallnummer ist 541982A. Der Text ist auf Deutsch; ich hatte eine Übersetzung beantragt. Ist sie schon fertig?«

Die grauhaarige Beamtin gab die Fallnummer in ihren Computer ein. »Fallnummer 541982A, sagten Sie? Unter dieser Nummer kann ich keinen Vorgang feststellen.«

»Aber die Nummer ist korrekt.«

Sie runzelte die Stirn und schaute noch einmal seinen Ausweis an. »Ich versuche es mal unter Ihrem Namen.« Wieder tippte sie etwas ein, schob die Brille ein wenig höher und schaute auf den Monitor. »Okay, da haben wir es. Sie haben etwas für eine Laboranalyse eingereicht, aber nichts für eine Übersetzung.«

»Moment.« Frustriert zog Nate sein Handy heraus und durchsuchte seine Fotos, bis er das richtige Bild fand – eine Empfangsbestätigung mit einem Barcode. Er zeigte es der Frau.

»Das ist die Empfangsbestätigung, als ich die Beweismittel einreichte. Mir wurde gesagt, dass es ein paar Wochen dauern würde. Inzwischen sind ein paar Wochen vergangen.«

Die Frau hielt einen Barcodescanner vor das Foto. »Der Computer meldet, dass es dazu keinen Vorgang gibt.«

Nate fluchte, und die Frau schaute ihn geschockt an.

»Tut mir leid«, entschuldigte er sich. »Aber wie kann so etwas passieren?«

Die Frau zuckte die Schultern. »Das weiß ich nicht. Ich kann unsere IT-Abteilung anrufen und fragen, wenn Ihnen das etwas nützt. Sie werden wahrscheinlich herausfinden, was da schief gelaufen ist.«

Nate runzelte verärgert die Stirn. »Ma'am, nennen Sie mir bitte Ihren Namen.«

Sie blickte ihn verunsichert an. »Janice.«

»Janice«, sagte Nate übertrieben geduldig, »wie lange arbeiten Sie schon hier in der Asservaten-Registratur?«

»Fast zwanzig Jahre.«

»Und wie oft sind in diesen zwanzig Jahren Beweismittel verloren gegangen?«

Das ging gegen ihre Berufsehre; verärgert antwortete sie: »Niemals!«

Nate deutete wortlos auf die Empfangsbestätigung auf seinem Handy-Display und räusperte sich vielsagend.

»Äh… na ja…«, stotterte Janice, »es passierte nie… oder jedenfalls nicht, bevor wir die Registratur auf Computer umstellten.«

»Wollen Sie damit sagen, dass es jetzt manchmal vorkommt?«

»Äh… nein… Eigentlich nicht. Passiert nicht oft, aber es ist schon ein- oder zweimal vorgekommen. Ein paar Vorgänge sind aus dem System verschwunden, obwohl ich noch die Ausdrucke von den Formularen hatte, mit denen sie eingereicht worden waren.«

»Und was haben Sie dann in der Sache unternommen?«

Janice zuckte die Schultern. »Ich habe einen Bericht an die IT-Abteilung geschickt. Das ist Vorschrift.«

Nate atmete tief ein und versuchte, seine Wut unter Kontrolle zu bringen. »Schön. Tun Sie das auch in diesem Fall. Suchen Sie meinen Beweis. Ich komme bald wieder.«

Ohne auf eine Antwort zu warten, drehte er sich um und stürmte hinaus.

»Sind Sie sicher?«, fragte Jeff, drehte sich vom Monitor weg und starrte Nate über den Schreibtisch hinweg geschockt an. »Das ist ein schwerwiegender Vorwurf.«

Nate kochte innerlich noch immer, gab sich aber seinem Boss gegenüber gelassen. »Absolut sicher. Sowohl der Ausdruck als auch die Audioaufzeichnungen, die ich als Beweisstücke eingereicht habe, sind verschwunden.«

»Okay. Ich streite nicht ab, dass wir hier ein Problem haben. Aber bevor wir einen Aufstand veranstalten, sollten wir ihnen die Zeit lassen, die Beweisstücke aufzuspüren. Warum brauchen Sie diese Dinge eigentlich so dringend?«

»Es sollte keine Rolle spielen, *warum* ich sie brauche, Jeff! Ich sollte *jederzeit* darauf zugreifen können! Ich habe die Beweise sogar in unsere so genannte *Sicherheitsverwahrung* gegeben! Ich hätte die englische Übersetzung der deutschen Textteile längst bekommen sollen! Stattdessen ist der ganze Kram einfach nicht mehr auffindbar. Das ist doch Scheiße! Ich glaube keine Sekunde, dass das ein Zufall ist. Gerade eben hatte ich mit diesem armen Teufel zu tun, der bei AgriMed arbeitet, einem Dr. Juan Gutierrez. In seine Wohnung wurde eingebrochen, es wurde buchstäblich alles herausgerissen. Ganz offensichtlich haben die Einbrecher nach etwas Bestimmten gesucht. Und jetzt kommt's: Ein paar ›FBI-Typen‹« – Nate zeichnete die Anführungszeichen in die Luft – »tauchten kurz darauf bei Gutierrez auf und verschwanden sofort wieder, als die Polizei eintraf. Mindestens einer von ihnen sprach Deutsch.«

»Was?«, rief Jeff verblüfft.

»Ich sage Ihnen: Wenn die Polizei nicht so schnell erschienen wäre, hätte die Sache für den armen Doktor übel ausgehen können. Diese Angelegenheit stinkt zum Himmel.«

Jeff runzelte die Stirn. »Ich glaube nicht, dass es echte FBI-Agenten waren.«

Nate schüttelte den Kopf. »Nein, waren sie nicht, so wie sie sich verhielten, darauf würde ich einen Kasten Champagner wetten. Sie hielten sich nicht einmal an die einfachsten Vorschriften für eine Hausdurchsuchung. Und sie suchten ohne jede Erklärung das Weite, als sie die Einsatzwagen kommen hörten. Möglicherweise benutzten sie einen schwarzen Kastenwagen.«

»Was glauben Sie, wer sie waren?«

»Deutscher Geheimdienst?«

Jeff verzog das Gesicht. »Ich habe befürchtet, dass Sie das sagen würden.« Er überlegte kurz. »Wie hieß der Arzt nochmal?«

»Juan Gutierrez. Warum?«

Jeff zog eine Schublade an seinem Schreibtisch auf und nahm eine Akte heraus. »Sie erinnern sich, dass ich mich über diese DRWN-Abteilung erkundigen wollte?«

Als sein Chef die Akte aufschlug, erhaschte Nate einen Blick auf einen der Ausdrucke. »Oh, Gott sei gedankt! Ich hatte völlig vergessen, dass ich Ihnen eine Kopie des Berichts gegeben habe!«, rief Nate strahlend. »Und was haben Sie über diese DRWN-Abteilung herausgefunden?«

Jeff blätterte in der dicken Akte. »Der Sicherheitsbeamte konnte oder wollte mir nicht weiterhelfen. Er behauptete, es gebe keine solche Abteilung, und soweit ich sehen kann, sind diese Markierungen hier alle nur Mist.«

»Na ja, sie sind jedenfalls noch nicht an die Öffentlichkeit gelangt.«

»Natürlich nicht. Ich werde in dieser Sache nichts weiter unternehmen. Aber am Ende habe ich dann doch die Akte durchgelesen und…«

»Sie haben sie gelesen? Wie denn? Das Meiste ist doch in deutscher Sprache.«

Jeff hob die Augenbrauen. »Meine Mutter war Deutsche. Ich bin zweisprachig aufgewachsen.« Er blätterte in der Akte und tippte auf eine bestimmte Passage. »Aha, da ist es. Wusste ich doch, dass mir der Name Gutierrez schon einmal begegnet ist.« Er las den Abschnitt laut vor: »›Gutierrez hat die Version 3.4 bereits eingereicht, aber die Ergebnisse des Algorithmus müssen noch genauer analysiert werden, bevor der Algorithmus eingesetzt werden kann.‹«

Überrascht beugte sich Nate vor. »Sie glauben, dass es derselbe Gutierrez ist?«

Jeff zuckte die Schultern. »Soweit ich mich erinnere, ist das hier die einzige Passage, in der sein Name erwähnt wird. Aber wenn es derselbe Gutierrez ist, lese ich die Sache so: Jemand überwacht seine Aktivitäten – vielleicht stehlen sie sogar konkrete Ergebnisse seiner Arbeit. Das wäre dann auch eine Erklärung dafür, dass sie seine Wohnung durchsuchten.«

»Was wiederum bedeuten würde, dass Gutierrez auf ihrer… Wunschliste ganz weit oben steht.« Nates Gedanken überstürzten sich bei diesen neuen Informationen. »Und vielleicht auch die Frau, diese Katherine O'Reilly.«

»Nun, vielleicht können wir das ausnutzen«, meinte Jeff. »Wenn wir schon durch unseren eigenen Apparat nicht herausfinden können, worum es hier geht, erfahren wir vielleicht mehr, wenn wir O'Reilly und Gutierrez beobachten lassen.«

Nate lächelte. »Heißt das, Sie genehmigen eine Observation rund um die Uhr?«

»Ja. Wir werfen einfach ein paar Haken ins Wasser, dann sehen wir, was dran hängen bleibt.«

KAPITEL FÜNFZEHN

Die Schmerzen durchzogen Frank O'Reillys Körper von Kopf bis Fuß, als er zur Weide 5 hinausging. Und trotzdem war es ein gutes Gefühl, wieder draußen im Freien herumzugehen. Die Schmerzen hatten fast eine therapeutische Wirkung.

Jasper flitzte um ihn herum und jagte durch das hohe Gras, mit der schier grenzenlosen Energie eines zu schnell groß gewordenen Welpen.

»Jasper, du bist bestimmt auch froh, wieder mal draußen zu sein?«

Der Hund kläffte zustimmend und rannte weiter, ständig auf der Jagd nach irgendwelchen eingebildeten Beutetieren.

Frank streckte den Rücken. »Viel zu lange im Sessel sitzen geblieben, das ist alles.«

Trotz der dumpfen Hintergrundschmerzen waren die plötzlichen Schmerzstiche in den letzten Tagen abgeflaut – was der Grund war, warum er nun endlich das Haus hatte verlassen können. Megan machte sich immer noch größte Sorgen. Ständig fasste sie an seine Stirn und warnte ihn, dass er immer noch leichtes Fieber habe. Aber er fühlte sich nicht krank. Na ja, natürlich war er krank, aber eben nicht *so* krank.

Endlich hatte sie ihn dazu überreden können, die Ärzte im VA-Hospital anzurufen und sie über sein Befinden zu informieren. Schließlich führten sie eine Klinische Studie durch, nicht wahr? Sie würden wissen wollen, wie die Behandlung wirkte. Deshalb hatte er an diesem Morgen zehn Minuten lang versucht, im Krankenhaus anzurufen. Aber unter der direkten Durchwahl des Sekretariats der Studie hatte niemand den Anruf entgegengenommen. Schließlich hatte er die Zentrale des Krankenhauses angerufen und bei der freundlichen Dame, die antwortete, eine Nachricht für Dr. Müller hinterlassen.

Am Gatter der Weide 5 kam die Färse, die Franks Vorarbeiter Buck vor einer Woche vom Rest der Herde getrennt hatte, zu Frank herüber, um ihn zu begrüßen. Buck hatte befürchtet, dass sie an der gefürchteten Infektiösen Bovine Rhinotracheitis, kurz IBR, erkrankt sei, die von den Farmern nur »Rote Nase« genannt wurde. Normalerweise hätte Frank sie notschlachten lassen, aber weil sie trächtig war, hatte er es aufgeschoben, bis er ganz sicher sein konnte. Trotzdem konnte er sie nicht zur Herde zurückführen, wollte er nicht riskieren, dass sie die anderen Tiere ansteckte.

Jasper kläffte etwas Unsichtbares im Gras an und jagte hinterher.

Frank kratzte sich am Kopf, kraulte die Färse am Kopf und betrachtete den fast unangetasteten Heuballen. »Isst du auch genug, altes Mädchen?« Die Nase sah nun deutlich entzündet aus. Das machte ihm Sorgen.

Die Färse schubste ihn mit dem Kopf an.

Er grinste. »Hör mal, Mädchen, wenn es dir wieder besser geht, können wir dich wieder zur Herde zurück bringen, aber im Moment noch nicht. Du musst nur ordentlich fressen und saufen…«

Frank verstummte, als sein Blick auf die Thermosflasche fiel, die an seinem Gürtel hing.

War wohl einen Versuch wert, oder nicht?

Er nahm eine große Zinkwanne, die unter der Tränke stand. Normalerweise wurde sie benutzt, um allen möglichen Unrat einzusammeln, aber sie würde genügen. Er stellte sie ins Gras und kniete nieder, wobei er vor Schmerzen ächzte.

Die Färse folgte ihm, entweder aus Einsamkeit oder aus Neugier. Frank schob ihren Kopf weg, als sie an der Wanne lecken wollte.

Er schraubte die Thermosflasche auf, trank einen Schluck, goss den Rest in die Wanne und hielt sie der Färse hin.

Sie schlürfte das Wasser sofort auf.

»Hallo, altes Mädchen, scheinst ja ganz schön durstig zu sein.«

Jasper kam quer über die Weide gerast und bellte wie verrückt. Frank blinzelte gegen die Sonne und sah, dass ein Kaninchen der wilden Hetze im Zickzacklauf vorausraste. Er musste lachen, als das Kaninchen in einem Erdloch verschwand und Jasper aus vollem Lauf abzubremsen versuchte. Der braune Hund stieg auf die Hinterpfoten und rammte die Vorderläufe ein paarmal auf den Boden, vermutlich hoffte er, das Kaninchen so wieder aus dem Bau zu scheuchen.

Frank schüttelte den Kopf. Er musste zugeben, dass Jasper auch ihm ans Herz gewachsen war. Der Hund war unbestreitbar schlauer als jeder andere Hund, von dem er je gehört hatte, und hatte eine erkennbar eigene Persönlichkeit.

Jasper kauerte sich nieder und bellte das Bodenloch an, als wartete er darauf, dass das Kaninchen wieder herauskam.

Frank rief über die Wiese: »Jasper, gib endlich auf! Das Kaninchen ist wahrscheinlich schon auf halbem Weg nach China!«

Pferdehufe trommelten über den Boden und Buck ritt herbei. Für einen Farm-Vorarbeiter war Buck noch sehr jung, wirkte aber härter, als er wirklich war, was ihm half, von den anderen Farmarbeitern als Vorgesetzter akzeptiert zu werden. Jasper kam herbeigerannt, um ihn zu begrüßen.

Buck grinste breit, als er abstieg. »Meine Güte, es ist gut, Sie wieder hier draußen zu sehen, Mr. O'Reilly.«

»Bin noch nicht ganz in der Grube, mein Junge.«

»Sie schauen nach der Färse?«

»Jep. Ich denke, wir lassen sie noch eine weitere Woche hier. Bis dahin werden wir sehen, ob sie wirklich krank ist. Wenn sie tatsächlich wieder gesund wird, kommt sie zur Herde zurück.« Er schaute das Tier genauer an. »Sie sieht ziemlich dick aus. Wie lange noch, bis sie kalbt?«

Buck nahm die Baseballmütze ab. Sein kupferrotes Haar leuchtete hell in der Sonne, so dass es aussah, als hätte es Feuer gefangen. Er kratzte sich am Kopf und runzelte nachdenklich die Stirn. »Schätze, sie ist in drei oder vier Wochen fällig.«

Jasper drückte den Kopf an Franks rechte Hüfte. Frank kraulte ihn hinter den Ohren. »Na, dann müssen wir sie gut füttern. Schau'n wir mal, was passiert.«

»Jawohl, Sir.« Buck setzte die Mütze wieder auf und fragte: »Werden Sie jetzt wieder die Runde mit mir und den anderen Jungs reiten?«

Frank streckte die Arme. Er spürte nicht nur die üblichen Schmerzen in den lange nicht trainierten Muskeln, sondern auch die Wärme, die von seinen entzündeten Gelenken ausging, und zuckte die Schultern. »Ich denke, ich werde es langsam angehen müssen. Ich erhole mich, aber nur langsam. Jetzt zum Beispiel würde ich gern ein Nickerchen machen.«

Buck grinste ihn breit an. »Na ja, die Jungs und ich, wir freuen uns darauf, dass Sie bald wieder bei uns sind.« Er klopfte auf das Funkgerät an seinem Gürtel. »Rufen Sie uns einfach, wenn Sie etwas brauchen, okay?«

Frank winkte ihm zu und machte sich auf den Rückweg zum Haus.

Jasper rannte ihm voraus. Frank verspürte im ganzen Körper die längst vertrauten Schmerzen, die ihn ständig daran erinnerten, dass noch lange nichts in Ordnung war.

Er schaute zum Himmel auf und betete still: »Wenn ich schon abtreten muss, sorge wenigstens dafür, dass es schnell geht. Wegen mir sollen die Mädchen nicht leiden.«

Kathy saß am Esstisch, trank ein Glas Wasser und beobachtete ihren Vater. Er hockte auf dem Boden im Wohnzimmer und leimte das lockere Bein am Kaffeetisch wieder an.

Sie hielt den Atem an, als Frank den Tisch auf die Seite kippte, ohne auch nur das Gesicht zu verziehen. Als sie nach Hause zurückgekommen war, hatte er nicht einmal ohne schmerzhaftes Stöhnen vom Stuhl aufstehen können.

Auch sein Gesicht war nicht mehr so stark gerötet wie damals. Ihre Seminare begannen in der kommenden Woche wieder, und Frank hatte ihr streng verboten, seinetwegen zu Hause zu bleiben, aber was seine Krankheit anging, war Kathy nun fast sicher, dass sie sich nicht täuschte.

Ihr Vater zeigte deutliche Anzeichen, dass er sich erholte.

»Katherine O'Reilly!«, blaffte ihre Mutter sie an. »Warum trinkst du deinem Vater das Wasser weg?«

»Was?« Kathy schaute das leere Glas an. »Ist das Dads Glas?«

Mum wandte sich an Frank. »Hast du das Wasser getrunken, das ich dir eingeschenkt habe?«

Dad zog gerade eine Schraube am Tischbein an. »Welches Glas?«

Mum verdrehte die Augen und schnaubte. »Verdammt, Frank, ich habe dir das Wasser hingestellt, aber jetzt hat Kathy es ausgetrunken… das war das Wasser mit deiner Medizin!«

Kathy zog die Nase kraus. »Igitt. Tut mir leid.«

Mum winkte nur ab und nahm das Glas mit in die Küche, wobei sie etwas über zerstreute Männer vor sich hin murmelte.

Dad richtete sich auf, spürte aber nur sehr geringe Schmerzen. Er stellte den Kaffeetisch wieder auf die Beine und stützte sich darauf, wobei er zufrieden nickte. »Fertig!«

Mum kehrte mit einem frischen Glas Wasser zurück. »Hier. Trink!«, befahl sie.

Frank verdrehte die Augen, trank das Glas mit einem Zug leer und küsste sie leicht auf den Mund.

Wenn sie davon absah, dass ihr Vater stark abgemagert war, hätte sie glauben können, er sei wieder fast der alte. Auf jeden Fall schien es ihm besser zu gehen, dachte Kathy. Ihre einzige Sorge war, dass es ein Placebo-Effekt sein könnte. Denn das Wasser mit dem Medikament hatte genauso geschmeckt wie normales Wasser. Was wäre, wenn sie ihn in eine der Kontrollgruppen aufgenommen hätten, wenn also seine Erholung nur eine Einbildung war statt eine echte Gesundung?

Jasper ging langsam an Frank vorbei, schnüffelte kurz an ihm, kam zu Kathy und legte ihr den schweren Kopf auf den Schoß.

Sie kraulte seinen Kopf und flüsterte: »Ich hoffe aus ganzem Herzen, dass er wieder gesund wird.«

Juan setzte sich an den Tisch in dem kleinen Besprechungsraum, der am Ende des Flurs lag, ein paar Türen von Winslows Büro entfernt. Winslow und ein Mann namens Paul Hutchison, den Juan bereits flüchtig kannte, waren bereits anwesend. Hutchison war der Chef der Abteilung für Interne Sicherheit bei AgriMed, ein schon recht kahlköpfiger Mittsechziger, der den größten Teil seines Berufslebens beim Militär verbracht und sich auf Informationssicherheit spezialisiert hatte.

»Juan«, begann Winslow das Gespräch, nachdem sie sich begrüßt hatten, »ich habe Sie zu diesem Gespräch gebeten, weil Sie bisher im Rochester-Labor gearbeitet haben. Wir hoffen, dass Sie uns ein wenig besser über bestimmte Leute informieren können, über die wir gleich reden werden.« Er wandte sich an den Sicherheitschef. »Paul, fassen Sie doch bitte die Ergebnisse Ihrer Überprüfung zusammen.«

Paul schlug eine Akte auf – eine von mehreren, die er vor sich aufgestapelt hatte. »Zum Zeitpunkt der Sicherheitsüberprüfung hatte unsere Niederlassung in Rochester 433 Vollzeitbeschäftigte und 37 Mitarbeiter mit Zeitverträgen. Alle 470 Mitarbeiter wurden gebeten, sich einem Test mit dem Biosignalgerät zu unterziehen, das man umgangssprachlich als Lügendetektor bezeichnet. Von diesen sahen sich 13 Mitarbeiter in ihren Persönlichkeitsrechten verletzt und entschlossen sich, ihre Arbeitsverträge mit dem Unternehmen zu kündigen. Von diesen 13 waren 7 auf Zeitvertragsbasis beschäftigt. Wir haben ihre jeweiligen Vermittlungsagenturen informiert, dass wir diese Personen niemals mehr für zeitbefristete Beschäftigungen akzeptieren werden.«

Er tippte auf den Stapel von sechs weiteren Akten. »Damit bleiben noch 6 Vollzeitbeschäftigte übrig, die lieber kündigten, als sich dem Biosignaltest zu unterziehen. Wir haben ihre Personalakten genauestens überprüft; über diese Personen wollen wir nun genauer sprechen. Den Akten zufolge zeigten alle zum Prüfungszeitpunkt geringe Leistungen, aber zwei von ihnen wiesen früher Spitzenleistungen auf, bis dann ihre Leistungen stark nachließen.«

»Fangen wir mit diesen beiden früheren Spitzenkräften an«, sagte Winslow.

Paul nickte und zog die beiden obersten Akten vom Stapel. »Erstens: Melody Kolifrath. Biochemikerin, arbeitete an der Entwicklung eines entzündungshemmenden Medikaments für die Behandlung von Morbus Crohn.« Er blätterte kurz in der Akte. »In ihrem letzten Leistungsbericht schreibt ihr Vorgesetzter, ich zitiere: ›Melody hat seit 18 Monaten keine wesentlichen Fortschritte erzielt, und, offen gesagt, bin ich nicht überzeugt, dass sie noch mit vollem Engagement bei ihrer Arbeit ist. Sie arbeitet nicht mehr konzentriert, scheint abgelenkt zu sein. Ich habe sie bereits gewarnt, wenn sie mit ihrer Arbeit jemals das Stadium einer Klinischen Studie erreichen will, müsse sie sehr viel solidere Laborergebnisse vorweisen können.‹«

Winslow blickte Juan an. »Kennen Sie diese Mrs. Kolifrath?«

Juan erinnerte sich an die Frau – Lockenfrisur, dicke Brille. »Ja, aber nur flüchtig. Ihr Arbeitsraum war nur ein paar Türen von meinem Labor entfernt. Ich weiß, dass sie irgendwann schwanger wurde, aber ich glaube, während der Schwangerschaft passierte irgendwas. Vorher war sie meistens gut gelaunt gewesen, dann war sie plötzlich nicht mehr schwanger und mir kam es so vor, als sei sie ständig irgendwie bedrückt und niedergeschlagen.« Er zuckte die Schultern. »Dieser Stimmungsumschwung… nun, ich vermute, dass sie das Baby verloren hatte, aber ich kenne keine Einzelheiten. Das ist kein Thema, über das man mit jemandem redet, den man kaum kennt.«

»Natürlich nicht«, nickte Winslow und wandte sich wieder an Paul. »Eine Fehlgeburt würde vieles erklären.«

»Das sehe ich auch so.« Paul zog die nächste Akte heran. »Die andere Person ist Steven Chalmers.«

Juans Herz schlug plötzlich schneller. *Steve?*

»Ein Neurologe«, fuhr Paul fort. »Spezialisierte sich auf die Behandlung von Primär Progredienter Multipler Sklerose. Ich zitiere aus der letzten Mitarbeiterbewertung seines Vorgesetzten: ›Steve ist viel zu häufig vom Labor abwesend. Obwohl die Ergebnisse seiner Phase-I-Klinischen Studie mit Menschen weitgehend erfolgreich verliefen, hat Steve wiederholt Termine für die erforderlichen Anträge auf Genehmigung der Phase-II-Studie versäumt. Ich habe ihm klar gemacht, dass er mir keine andere Wahl lasse, als die Leitung der Studie jemand anders zu übertragen, wenn er nicht sehr bald wieder zuverlässiger arbeite.«

Juan blieb buchstäblich der Mund offen stehen.

Winslow runzelte die Stirn. »Verdammt. Diesen Burschen habe ich selbst eingestellt. Ich hatte wirklich gehofft, dass wir mit seiner MS-Forschung vor einer großen Sache stehen.« Er wandte sich an Juan. »Sie kennen ihn?«

Juan spürte zwei Augenpaare, die ihn durchdringend anblickten.

»Ja… Steve kenne ich sogar sehr gut. Ich wusste über seine MS-Arbeit Bescheid, aber… ich bin wirklich nicht sicher, was ich davon halten soll. Ich dachte eigentlich, dass er eine Phase-II-Studie zu einer Krebsbehandlung durchführt?«

»Wie um alles in der Welt kommen Sie auf diese Idee?«, fragte Winslow, offensichtlich höchst verwundert.

Juan dachte an das Essen bei Toscano's zurück, bei dem ihm Steve den Hinweis auf die Klinische Studie gegeben hatte, die für Kathys Vater in Frage kommen könnte. »Na, vielleicht habe ich mich getäuscht. Ich kenne jemanden, deren Vater an Knochenkrebs erkrankt ist, und Steve hat mir eine Klinische Studie über diese Krebsart genannt. Ich hatte einfach angenommen, dass er mit dieser Forschung zu tun hätte.«

Paul beugte sich vor und stützte die Ellbogen auf den Tisch. »Warum hätten Sie das annehmen sollen? Er ist ja kein Krebsspezialist.«

»Na ja…« Juan atmete tief ein. »Er hat mir erklärt, bei der MS-Behandlung, an der er arbeite, käme auch Chemotherapie zum Einsatz. Vermutlich habe ich einfach diese beiden Dinge gedanklich zusammengeworfen, obwohl sie eigentlich nicht zusammengehören. Aber als ich fragte, ob die erwähnte Studie über Knochenkrebs zu seiner MS-Arbeit gehöre, wollte er mir nichts darüber sagen – was damals durchaus Sinn ergab. Damals hatte man mir gerade größtes Stillschweigen über meine Arbeit auferlegt, und ich dachte, er hätte dieselbe Anweisung bekommen.«

Winslow kniff nachdenklich die Augen zusammen und schüttelte den Kopf. »Ausgeschlossen, dass er an einer Phase-II-Studie arbeitete, von der ich nichts wusste. Aber davon abgesehen, ist das noch keine Erklärung dafür, warum seine Leistungen nachließen oder warum er nicht bereit war, sich dem Test mit dem Lügendetektor zu unterziehen.« Er schaute Paul mit verdrießlicher Miene an. »Was halten Sie davon?«

Der Sicherheitschef runzelte die Stirn. »Die Sache ist jedenfalls seltsam. Wir werden ihr nachgehen. Wenden wir uns erst einmal den anderen Fällen zu.«

Ein kalter Schauder lief Juan über den Rücken.

Worin war sein Freund Steve verstrickt?

Eine Frauenstimme meldete sich, als Juan anrief. *»O'Reilly.«*

»Kathy?«, fragte Juan.

»Nein, ich bin ihre Mutter. Mit wem spreche ich bitte?«

»Oh.« Juan lachte ein wenig nervös. »Sie klingen genau wie sie. Hier ist Dr… äh, Juan Gutierrez.«

»Eine Sekunde. Ich hole sie ans Telefon.«

Offenbar deckte sie den Telefonhörer mit der Hand ab, aber Juan hörte trotzdem, wie sie nach ihrer Tochter rief. Ein paar Augenblicke später meldete sich Kathy. *»Juan? Es ist wunderbar, dass Sie anrufen. Tut mir leid, dass ich mich nicht schon selbst bei Ihnen gemeldet habe, aber ich bin am Packen – ich fahre bald wieder zur Uni zurück.«*

»Ach, kein Problem. Ich wollte nur mal nachfragen, wie es Ihrem Vater geht.«

»Das ist lieb, dass Sie danach fragen. Es geht ihm wirklich gut.« Sie senkte die Stimme zu einem Flüstern. *»Ich dachte zuerst, dass sie ihm nur ein Placebo gegeben hätten und dass er sich vielleicht nur eingebildet hätte, dass es ihm besser gehe. Aber ich schwöre – ich weiß, es ist nur ein Monat vergangen, aber ich kann sehen, dass er lange nicht mehr so viel Schmerzen hat wie früher.«*

»Das klingt absolut großartig. Was sagen die Ärzte zu dem Fortschritt? Wurden weitere Untersuchungen durchgeführt, um den Tumorstatus zu überprüfen?«

Kathy schnaubte verärgert. *»Dad ist ein sturer Esel. Er behauptet, er hätte mehrmals versucht, die Leute dort anzurufen, und hätte ihnen sogar eine Nachricht hinterlassen. Er sagt immer, dass es ihm besser gehe. Aber weil ihn das Veteranenkrankenhaus nicht zurückruft und ihn niemand zu einer Nachuntersuchung drängt, sieht er überhaupt keinen Grund, den ganzen Weg zur Klinik zu fahren. Mum bearbeitet ihn ständig, damit er wenigstens zu einem Spezialistin hier in der Gegend geht, aber bis er das auf die Reihe kriegt, bin ich längst nicht mehr da.«*

Juan runzelte die Stirn, als er das hörte. Die Teilnehmer einer Klinischen Studie wurden normalerweise sehr streng beobachtet. »Ich hoffe, dass sich sein Zustand weiter verbessert.«

»Das hoffe ich auch. Ich bin Ihnen sehr, sehr dankbar. Ich hoffe, dass Sie mir Gelegenheit geben, mich noch einmal zu bedanken.«

»Das war doch selbstverständlich, Kathy.«

»Sie sind wirklich sehr nett. Wie läuft es mit Ihrer Arbeit?«

Juan dachte an sein zerstörtes Apartment und daran, dass AgriMed es für nötig befunden hatte, die Sicherheit um ihn und seine Arbeit zu erhöhen, und dass zu befürchten war, dass jemand einen Teil seiner Forschungsergebnisse gestohlen hatte.

»Oh, bei mir läuft alles großartig. Stecke nur bis zum Hals in Arbeit.«

»Ich weiß, was Sie meinen. Meine Kurse fangen nächste Woche wieder an, und dann wird es richtig hektisch. Ich habe zwei wirklich schlimme Kurse belegt, bei denen die Spreu vom Weizen getrennt wird, wie unser Professor ankündigte. Das sind echte Killer-Seminare.«

»Na, wenn Sie Hilfe brauchen, rufen Sie einfach an.«

Kathy lachte. *»Das würde ich nie tun! Aber wenn wir beide mal ein wenig Zeit haben, könnten wir etwas zusammen unternehmen. Kino zum Beispiel oder so.«*

Juans Herz vollführte einen kleinen Hüpfer. Hieß das, dass sie an ihm interessiert war? Aber nein – wahrscheinlich wollte sie ihm damit nur danken, dass er ihr geholfen hatte.

»Das wäre wunderbar. Sagen Sie mir einfach wann, dann finden wir bestimmt eine Möglichkeit.«

»Ja, das mache ich, sobald ich wieder in D.C. bin. Ciao.«

Juan rief erneut seine Kontakte auf. Der nächste Anruf würde weit weniger erfreulich sein: Steve Chalmers. Juan wollte sich bei ihm für den Hinweis auf die Knochenkrebs-Studie bedanken, die Kathys Vater offenbar genutzt hatte – und ihn fragen, warum Steve seine Stelle bei AgriMed gekündigt hatte.

Aber unter Steves Nummer war nur eine automatische Mitteilung zu hören. *»Die gewählte Nummer ist nicht vergeben oder gesperrt. Bitte erkundigen Sie sich bei ...«*

Juan beendete den Anruf.

Was ist los mit dir, Steve?

Nate schlenderte in das Büro seines Vorgesetzten und hatte sich gerade gesetzt, als das Telefon auf Jeffs Schreibtisch läutete. Jeff drückte auf die Lautsprechertaste. »Binghamton.«

»Jeff, hier ist Paul Hutchison. Schon eine ganze Weile her, stimmt's?«

»Heilige Scheiße, Chief Hutchison! Sind Sie das wirklich? Wie lange ist das her, zehn Jahre doch bestimmt, oder nicht?«

Nate stand wieder auf und wollte gehen, aber Jeff winkte ihm zu, sitzen zu bleiben.

»Ja, okay, Sie kennen mich doch und wissen, dass ich mich nicht mit überflüssigem Herumtelefonieren aufhalte. Aber es gibt da etwas, wovon ich Ihnen erzählen muss.«

»Okay, ich höre.«

»Nun, ich bin vor einigen Jahren in den Privatsektor gewechselt und arbeite jetzt als Leiter der Sicherheitsabteilung eines Pharmakonzerns namens AgriMed. Und, nun ja, sagen wir einfach mal, dass ich hier einen interessanten Hinweis für Sie habe.«

»Einen Hinweis? Für mich?« Jeff riss eine Schublade auf und holte einen Schreibblock und Kugelschreiber heraus. »Okay, Chief, ich habe jetzt was zum Schreiben.«

»Ich weiß, dass Ihnen die Sache mit dem Einbruch bei einem unserer Forscher hier bekannt ist. Ich weiß auch, dass einer der Agenten Ihrer Abteilung hierher kam und mit einem unserer Manager sprach, deshalb dachte ich, dass Sie diese Sache vielleicht genauso interessieren wird wie mich. Aber als Gegenleistung müssen Sie mir einen Gefallen tun.«

»Ich bin ganz Ohr. Sagen Sie mir, was Sie brauchen.«

»Nun ja, ich habe keine Befugnisse mehr, Verdächtige vorzuladen oder zu vernehmen, deshalb möchte ich Sie bitten, sich einen unserer ehemaligen Mitarbeiter ein wenig genauer anzuschauen. Ich schicke Ihnen die Einzelheiten und die Gründe, warum ich glaube, dass er nicht ganz sauber ist. Sie können dann jeder Spur folgen, die sich ergibt. Natürlich habe ich selbst schon Nachforschungen angestellt, aber im Privatsektor stößt man dabei sehr schnell an Grenzen. Ganz abgesehen davon, dass sich da auch eine CIA-Verbindung zeigt.«

»Woher zum Teufel wollen Sie das wissen?«, fragte Jeff verblüfft.

Das fragte sich auch Nate.

»Machen Sie mir nichts vor, Jeff. Wenn ich eine Verbindung herausgefunden habe, bin ich ziemlich sicher, dass auch Sie längst auf diese Verbindung gestoßen sind. Und wenn wir beide darüber Bescheid wissen, dann ist jeder verdächtig, der mit diesem Burschen zu tun hat. Die ganze Sache stinkt stärker als ein Haufen Schweinemist. Ich dachte mir, wenn es einen gibt, der mir in dieser Sache weiterhelfen kann, dann sind Sie es. Habe ich recht?«

Jeff lehnte sich zurück und trommelte mit der freien Hand auf die Armlehne seines Stuhls. »Ja, okay, Sie haben recht, Chief.«

»Kleine Warnung. Wenn Sie herausfinden, dass da irgendwelche Leute in der Schlapphut-Szene Dreck am Stecken haben, werden sich genau diese Leute für alles brennend interessieren, was Sie darüber als streng geheim klassifizieren.«

Nate hob erstaunt die Augenbrauen. Anscheinend teilte dieser »Chief« seinen eigenen Verdacht, dass Leute aus der Geheimdienstszene in die Sache involviert waren, was immer »diese Sache« auch sein mochte. Das bedeutete, wenn jemand Berichte als »streng geheim« kennzeichnete und auf den entsprechend gesicherten Servern speicherte, wären sie dort alles andere als sicher. Sie würden genauso schnell verschwinden, wie die

Dokumente und Dateien verschwunden waren, die Nate selbst in der Asservatenkammer eingereicht hatte.

»Ich habe Ihnen gerade eine verschlüsselte Email mit Anhängen an Ihre private Mailadresse geschickt«, fuhr Hutchison fort. *»Darin finden Sie alles, was ich über unseren Burschen weiß, darunter auch eine psychologische Beurteilung und eine Liste seiner vermutlichen Verbündeten.«* Er diktierte Jeff ein Passwort, mit dem die Dateien zu öffnen waren.

Jeff checkte sein Smartphone. »Eingegangen. Ich frage jetzt mal lieber nicht nach, woher Sie meine private Mailadresse kennen, Chief.«

»Nicht schwer herauszufinden. Hören Sie, Jeff, ich muss Ihnen dringend davon abraten, irgendetwas hierüber oder Ihre Kommunikation in dieser Sache über die gesicherten Server oder sonstige staatlichen Email-Dienste zu führen. Jede Wette, dass diese Kanäle von einem Insider überwacht werden. Alle Emails über dieses Thema sollten verschlüsselt werden, und wenn Sie telefonieren, sollten Sie nur gesicherte Telefone und verschlüsselte Verbindungen benutzen, besonders dann, wenn Sie einem Empfänger das Passwort mitteilen. Das wird jedem, der ohne Befugnis in dieser Sache herumschnüffelt, den Job schwerer machen.«

»Okay, ich mache mich sofort daran. Gibt es sonst noch etwas, das ich wissen sollte?«

»Vertrauen Sie niemandem. Und passen Sie auf sich auf – auf sich selbst und auch die Person, die Sie damit beauftragen. Haben Sie mich verstanden?«

»Ich habe verstanden, Chief.«

»War nett, wieder mal mit Ihnen zu reden, Jeff. Grüßen Sie Margaret von mir.«

Jeff beendete das Gespräch und schaltete den Lautsprecher wieder aus.

»Du meine Güte«, sagte Nate. »Wer war denn dieser Bursche?«

Jeff grinste Nate ein wenig reumütig an. »Das war der ehemalige Chief Warrant Officer Paul Hutchison, ein legendärer CID-Agent. Er hat mich ausgebildet. Sagen wir einfach, es gibt wohl keinen lebenden Menschen, der mehr weiß als Paul, wenn es um Betrugsermittlungen, Krisenmanagement, Geiselverhandlungen und Personenschutz geht. Ach, und nicht zu vergessen: Obwohl er schon Mitte sechzig ist, kann man ihn als Computer- und Kryptographiegenie bezeichnen.«

»Und jetzt glaubt er, dass an AgriMed etwas faul ist? Sie glauben wirklich, dass das etwas mit meinem Fall zu tun hat?«

»Glauben Sie es denn?«

Nate nickte. »Hm… ja, jetzt glaube ich es auch.«

»Na also.« Jeff zog einen Tabletcomputer aus einer Schublade. »Das hier ist mein persönliches Tablet. Ich richte jetzt einen WLAN-Hotspot auf meinem Smartphone ein und transferiere seine Daten auf mein Tablet.«

»Damit halten Sie die Daten aus dem Intranet der Behörden heraus?«

»Ja, verdammt. Alles, was der Chief sagte, passt zu dem, was Sie und ich bereits vermuteten, deshalb mache ich das hier heimlich.« Jeff legte das Tablet auf den Tisch und winkte Nate zu sich.

Nate schob den Stuhl um den Schreibtisch herum und setzte sich schräg hinter Jeff. Und zum ersten Mal in seiner langen Laufbahn bei der Bundespolizei schaute er zu, wie sich ein Assistant Director des FBI höchstpersönlich über sämtliche Ermittlungsvorschriften hinwegsetzte.

Nate pfiff anerkennend durch die Zähne, als er aus dem Auto stieg und den Blick über den tadellos gepflegten Rasen und das parkähnliche Anwesen gleiten ließ, auf dem mindestens fünf Fußballfelder Platz gefunden hätten. Es erinnerte Nate an Monticello, das Landgut des 3. US-Präsidenten und Autors der Amerikanischen Unabhängigkeitserklärung, Thomas Jefferson.

Rund um das Grundstück hatten weitere Agenten Stellung bezogen. Ein betonierter Fußweg durchschnitt den makellosen Rasen und führte direkt zur Haustür. Nate ging entschlossen darauf zu. Unterwegs warf er seiner Kollegin einen kurzen Blick zu. »Ziemlich nette Bude für einen Pharmaforscher, meinst du nicht auch?«

Agentin Alexandra Ragheb, eine dunkelhaarige, durchtrainierte Frau, mit der er schon mehrfach zusammengearbeitet hatte, nickte und runzelte die Stirn. »Ja, und genau deshalb glaube ich, dass hier etwas nicht stimmt.« Sie deutete kurz auf die anderen Agenten in der Ferne. »Warum rücken wir hier mit der ganzen Kavallerie an? Rechnest du mit Problemen?«

»Ich hoffe nicht. Aber es ist auch kein Nachteil, auf alles vorbereitet zu sein.« Er checkte kurz die Glock im Schulterholster und zog sein Jackett zurecht. Während sie auf die große Eingangstür zugingen, musste er sich widerstrebend eingestehen, dass er stark beeindruckt war. Die

»Haustür« war riesig – zweiflügelig, fast drei Meter hoch und offenbar aus massivem Mahagoni gefertigt; sie hätte einer Villa oder sogar einem Schloss alle Ehre gemacht. Nate schätzte, dass jeder Türflügel eine halbe Tonne wog. Als er auf die Türklingel drückte, ertönte im Innern ein melodisches Glockengeläut.

»Moment!«, war eine weibliche Stimme von irgendwo im Haus zu hören.

Nach ein paar Augenblicken schwang ein Türflügel auf. Vor ihnen stand eine kleine, schwarzhaarige Frau mit Küchenschürze.

Nate hob seinen FBI-Ausweis in die Höhe. »Ma'am, ich bin Agent Carrington und das hier ist Agent Ragheb. Wir sind vom FBI. Ist Dr. Chalmers zu Hause? Wir möchten ihn sprechen.«

Die Frau zerknüllte die Schürze in den Händen. Offenbar eingeschüchtert, sagte sie zögernd: »N-nein. Doktor nicht zu Hause. Tut mir leid.« Sie hatte einen starken hispanischen Akzent.

»Darf ich Ihren Namen erfahren?«

»F-Felicia«, antwortete sie nervös. »Ich bin Haushälterin für Dr. Chalmers. Er nicht zurück vor Abend. Spät. Ich ihm sage, dass Sie hier gewesen.«

Nate unterdrückte ein verärgertes Stirnrunzeln und wollte gereizt antworten, aber Alex mischte sich schnell ein.

»Felicia«, sagte Alex mit weicher Stimme und besänftigendem Tonfall. In solchen Situationen war sie einfach besser als er. »Würden Sie uns bitte Dr. Chalmers Handynummer geben? Es ist ziemlich wichtig, dass wir ihn so schnell wie möglich sprechen.«

Felicia biss sich auf die Unterlippe und wirkte unentschlossen.

»Er wird ganz bestimmt auch mit uns sprechen wollen«, sagte Alex und klang dabei außerordentlich beruhigend.

Felicia nickte kurz. »Okay. Ich gleich wieder da.« Sie huschte ins Haus zurück, ließ die Tür aber offen stehen.

Nate trat ein paar Schritte in den Flur und blickte sich um. Eines der Gemälde im großen Empfangsraum zeigte ein Männerporträt, das Nate wie ein schlecht gemalter Comic vorkam. »Sein Kunstgeschmack ist nicht so mein Ding«, murmelte er.

Alex schnaubte und schüttelte den Kopf. »Damit wäre deine Karriere als Kunstexperte auch schon beendet. Ich bin ziemlich sicher, dass das hier ein Picasso ist.«

Er zuckte die Schultern. »Und wenn schon. Zumindest die Nase hätte er unter die Augen malen können statt daneben.«

Alex verdrehte die Augen. Von irgendwo tiefer im Haus schrie Felicia plötzlich: *»Ay, Dios mío!«* Und fast gleichzeitig nahm Nate einen Geruch von angebranntem Essen wahr.

Kurz darauf kehrte Felicia zurück und reichte Alex eine Visitenkarte. »Dr. Chalmers hat neue Nummer. Ist drauf.« Mit gequälter Miene fügte sie hinzu: »Darf ich gehen? Essen ist angebrannt und ich muss kochen noch einmal.«

Alex nahm die Karte entgegen und lächelte freundlich. »Danke, Felicia. Wir werden uns mit Dr. Chalmers in Verbindung setzen. Gehen Sie nur und retten Sie das Essen. Wir melden uns, falls wir noch weitere Fragen haben.«

Felicia nickte erleichtert und schloss die Tür.

Auf dem Rückweg zum Auto gab Alex die Visitenkarte an Nate weiter. Er rief den Agenten an, der die Leitung des Einsatzteams am Zaun des Anwesens hatte. »Die Zielperson ist nicht zuhause. Bleiben Sie vor Ort und observieren Sie das Haus. Wir gehen einem Hinweis nach, den wir gerade erhalten haben. Es könnte sein, dass er bald hier auftaucht.«

»Verstanden. Ich halte Sie auf dem Laufenden.«

Danach rief Nate die Einsatzzentrale des FBI an, die speziell für diesen Fall eingerichtet worden war. »Special Agent Nathaniel Carrington. Ich brauche eine Handyortung für die folgende Nummer.« Er diktierte die Nummer auf Chalmers Visitenkarte.

Eine halbe Minute lang hörte er das Klicken einer Tastatur, dann meldete sich die Zentrale wieder. »Der Provider dieser Nummer ist Verizon. Ein Mobilfunkmast meldet, dass das Handy derzeit benutzt wird. Ich sende Ihnen die triangulierten GPS-Koordinaten auf das Tracking-System in Ihrem Fahrzeug.«

Nate wandte sich an Alex. »Wir haben eine aktive Ortung. Jetzt schnappen wir uns diesen Burschen.«

Frank atmete die kühle, frische Luft begierig ein und lächelte. Solange beide Frauen zuhause waren, hatte er nicht viel zu melden. Aber jetzt war

Kathy wieder an die Uni zurückgekehrt, und Frank hatte wieder ein wenig mehr Freiheit.

Er liebte seine Tochter über alles, aber jetzt war er doch froh, dass sie wieder weiterstudierte, so, wie sich das gehörte. Davon abgesehen, ging es ihm auch auf die Nerven, dass sich Mutter und Tochter ständig stritten. Beide würden es niemals zugeben, aber sie waren sich einfach zu ähnlich.

Kathy war vor einer Woche abgereist, und seither war Frank jeden Morgen schon vor Sonnenaufgang aufgestanden, ein Versuch, die alte Kraft wieder zurückzugewinnen, die er vor seiner Erkrankung besessen hatte. Die Schmerzen, die er tief in seinen Knochen verspürt hatte, waren größtenteils abgeklungen, und obwohl er nie darüber sprach, war er ziemlich überzeugt, dass er eigentlich längst das Gras von unten hätte wachsen sehen müssen. Aber er hatte noch Leben in sich, und so lange das der Fall war, wollte er seine Tage nicht im Bett oder im Lehnstuhl verschwenden.

Und auch nicht mit einer Bande von Ärzten. Das gefiel Megan zwar nicht, aber auch sie hatte versucht, die Verwaltung der Klinischen Studie im VA zu erreichen, und hatte es ebenso wenig geschafft wie er. Niemand schien zu wissen, wohin diese Leute verschwunden waren. Im Moment jedenfalls stand es Frank völlig frei zu tun, was ihm gefiel.

»Ich werde diese zweite Chance nicht damit verschwenden, dass ich in irgendwelchen Kliniken oder Arztpraxen herumhänge«, sagte Frank laut, obwohl niemand in der Nähe war.

Er ging zur nächsten Weide hinüber, die ungefähr einen halben Kilometer entfernt war. Jasper umkreiste ihn im großen Bogen, ständig auf der Jagd nach Kaninchen. In der kühlen Morgenluft schoss sein Atem wie Dampf aus seiner Nase.

Der Hund kläffte vor Begeisterung, während er herumtollte und eine schier grenzenlose Energie an den Tag legte.

Frank überquerte die Hügelkuppe vor der nächsten Weide – und blieb abrupt stehen. Jasper hielt ebenfalls inne und ließ ein langes, tiefes Jaulen hören.

Frank starrte auf die Weide hinunter. Das Blut schien ihm in den Adern zu gefrieren.

Dann lief er los. Jasper begann wie verrückt zu bellen. Immer wieder sprang er Frank in den Weg, so dass der fast über ihn stolperte.

»Was zum Teufel…«

Er stieß Jasper beiseite. Das Herz schien ihm in die Kniekehlen zu fallen, als er am Zaun ankam und auf das Feld hinaus blickte.

Noch gestern hatten über hundert gesunde Kühe und Färsen auf der Weide gestanden, alle trächtig, alle würden innerhalb eines Monats kalben.

»Das… das kann nicht sein«, stöhnte Frank, als sein Blick immer weiter über das vom Frost bedeckte Feld glitt. Sämtliche Tiere lagen auf der Seite; kein einziges bewegte sich.

»Verdammte Scheiße!«, brüllte Frank und fuhr fast aus der Haut, als plötzlich sein Funkgerät dudelte. Er drückte auf die Empfangstaste und bellte: »Ja?«

»Frank, ich hab dir doch gesagt, du sollst mich aufwecken! Ich wollte das Frühstück machen und…«

»Megan! Die trächtigen Kühe sind alle tot! Alle! Die ganze…«

Er brach plötzlich ab, als er den verzweifelten Ruf eines Kalbs hörte. Er konnte nicht sehen, von wo das klägliche Muhen kam, aber das Kalb musste sich zwischen den Kadavern befinden.

»Ich glaube, ein Kalb lebt noch«, sagte er hastig und ging auf die Weide hinaus. Jasper rannte vor ihm her, knurrte wütend und fletschte die Zähne.

»Franklin O'Reilly!«, schrie Megan schrill, *»geh nicht in ihre Nähe! Ich rufe erst einmal den Tierarzt…«*

»Aber, Megan, da ist ein…«

»Nein, bleib weg! Das könnte irgendeine Krankheit sein, und du könntest dich anstecken!« Megans Stimme brach und sie schluchzte. *»Bitte, komm sofort nach Hause!«*

Megans Verzweiflung drang durch Franks Schock. »Du hast recht. Ich komme nach Hause. Aber ruf gleich Doc Johnson an. Er soll sofort herkommen.«

KAPITEL SECHZEHN

Während Nate im Auto vor der Eastview Mall saß, tippte er zum x-ten Mal auf das Refresh-Icon des Tracking-Monitors. Das Bild erneuerte sich und zeigte nun die aktualisierte Position von Dr. Chalmers Handy an. »Wie lange braucht dieser Typ denn noch zum Einkaufen?«, knurrte Nate.

Alex rutschte auf dem Beifahrersitz zurück und streckte den Rücken. »Ich bin immer noch der Meinung, dass wir reingehen sollten.«

»Ich sage dir doch, in dieser Mall wimmelt es um diese Tageszeit nur so von Leuten. Es ist besser, wir warten ab, bis er irgendwohin geht, wo weniger Menschen sind, und greifen ihn uns dann.«

Alex deutete auf das Display. »Der Punkt bewegt sich!«

»Scheiße.« Nate stellte seine Sitzlehne wieder aufrecht und startete den Chevy Suburban. Der kräftige Motor röhrte auf.

Langsam lenkte Nate den Wagen über den Parkplatz. Alex meinte, »Sieht so aus, als wolle er auf den Commons Boulevard und... nein, warte, er will auf dic NY-96 North.«

Nate trat auf das Gaspedal und manövrierte den Chevy geschickt durch den Verkehr. »Wir sind hinter einem schwarzen Mercedes her, richtig?«

»Ja.« Alex öffnete ihr Notizbuch und blätterte ein paar Seiten zurück, bis sie eine hastig hingekritzelte Notiz fand. »Kurz nachdem er seinen Job bei AgriMed gekündigt hatte, stieß er seinen alten Wagen ab und beantragte Kennzeichen für einen nagelneuen Mercedes. Wir suchen eine S-Klasse mit Saisonkennzeichen.«

Nate ließ den Blick über den dichten Mittagsverkehr gleiten und schüttelte den Kopf. »Sehe ihn nirgends.«

Alex tippte auf das Refresh-Symbol. Der blinkende Punkt sprang weiter nach vorn. »Jetzt ist er gerade auf die I-490 West abgebogen.«

»Mist.« Nate riss das Lenkrad scharf nach rechts herum und schaffte es gerade noch in die Zufahrt zur Interstate.

Kurz darauf summte sein Handy. Er tippte auf das Telefonsymbol auf dem Lenkrad. »Carrington. Was gibt's?«

»Nate, hier ist Bill Wallace.« Bill war der altgediente Agent, der den Observationstrupp vor Chalmers Villa leitete. *»Ich hatte gerade einen Anruf von unserer Zentrale. Anscheinend hat das Dienstmädchen unsere Zielperson angerufen, sobald ihr aus dem Haus wart. Er weiß also, dass jemand hinter ihm her ist.«*

»Ja, genau – das sind wir beide hier, Alex und ich. Wir verfolgen ihn gerade. Sieht so aus, als wolle er zu seinem Haus zurückfahren.«

»In Ordnung. Wir halten die Augen offen.«

Nach fast 45 Minuten im Stopp-und-Go-Verkehr verlor Nate allmählich die Geduld. Er warf einen Blick auf das Display. »Bist du sicher, dass er hier von der Interstate abgefahren ist?«

Alex drückte erneut auf das »Refresh«-Icon, und nachdem sich das Bild aktualisiert hatte, nickte sie. »Ja. Sieht so aus, als hätte er Ausfahrt 10 genommen.«

Nate bog vom Highway ab und konzentrierte sich auf die Autos in der Nähe, während sie der auf dem Display angezeigten Position immer näher kamen.

Als sie sich dem Signal weiter näherten, drückte Alex erneut auf »Refresh«. »Ich glaube, er hat angehalten. Das Signal hat sich nicht mehr bewegt.«

»Aber ich sehe den verdammten Mercedes nirgendwo!«

»Biege rechts in die Lyell Avenue ein.«

Nates Blick zuckte von der Straße zum Display und wieder zurück. Jetzt hatten sie das Signal fast erreicht.

Alex deutete auf einen großen Parkplatz. »Von dort kommt das Signal.«

Nate bog auf den Platz ein. »Sehe seinen Wagen immer noch nicht.« Er ließ den Blick über die riesige asphaltierte Fläche gleiten. Etwas in seinem Magen verkrampfte sich, als ihm klar wurde, wo sie sich befanden. »Was zum Henker hat dieser Typ im Logistikzentrum der Post zu suchen?«

»Keine Ahnung.«

Nate parkte den Wagen in der Nähe des Eingangs. »Das werden wir jetzt gleich mal herausfinden.«

Sie traten in eine riesige Lagerhalle, zu der offenbar nur Mitarbeiter Zutritt hatten. Nate glaubte allmählich, dass ihnen ein Fehler unterlaufen sein müsse.

Ein Gabelstapler fuhr gerade mit einem großen Metallkorb voller Pakete vorbei. Nate näherte sich einem Mann, der die Uniform der Post trug, und zeigte seinen Ausweis. »Hi. Ich bin Special Agent Carrington vom FBI. Ich suche einen Mann, der gerade hier hereingekommen sein muss. Er ist ungefähr 45 Jahre alt, hat blondes Haar, ist 1,85 Meter groß und wiegt ungefähr 100 Kilo. Haben Sie jemanden gesehen, auf den die Beschreibung passt? Er heißt Steve Chalmers.«

Der bullige Lagerarbeiter schüttelte den Kopf. »Hier arbeitet niemand mit diesem Namen. Das weiß ich genau – ich bin der Schichtleiter.«

Nate ließ den Blick durch die Halle und über endlose Behälter voller Briefe und Pakete schweifen, die vor den Sortierstationen warteten. Er runzelte die Stirn. »Oder haben Sie zufällig in den letzten 10 bis 15 Minuten einen schwarzen Mercedes S-Klasse ankommen sehen?«

Der Manager grinste schief. »Einen Mercedes S-Klasse? Die Marke kriegen wir hier nicht sehr oft zu sehen. Bin ziemlich sicher, dass mir so ein Auto aufgefallen wäre, wenn es hier auf dem Parkplatz gestanden hätte.«

Nates Frustration wuchs mit jeder Sekunde. Hatten sie die falsche Nummer verfolgt? Oder war bei der Handyortung ein Fehler unterlaufen?

Alex schubste Nate kurz an und raunte ihm zu: »Rufen wir Chalmers doch einfach mal an? Vielleicht kommt er dann aus der Deckung.«

Nate seufzte. »Na gut. Jetzt haben wir sowieso nichts mehr zu verlieren.« Er zog sein Handy heraus und wählte die Nummer des Arztes.

Es läutete einmal, zweimal.

Einer der Arbeiter rief plötzlich: »Hey, Boss. In dem Paket hier summt etwas!«

Nate begriff sofort, was das bedeutete.

Oh nein.

Er beendete den Anruf und sprintete zu dem Mann hinüber. »Welches Paket?«

Der Mann deutete auf ein kleines Päckchen in einem der kleinen Behälter, die mit der Aufschrift *Expresspost* gekennzeichnet waren. Das Päckchen war an Tops Pharmacy in Hamlin, New York, adressiert.

Mit schlimmen Vorahnungen rief Nate die Nummer noch einmal auf.

In dem Päckchen begann es sofort wieder zu summen.

»Dieser verdammte Scheißkerl!«, schimpfte Nate und holte das Päckchen aus dem Container.

»Sie haben kein Recht, das Päckchen zu öffnen! Dazu brauchen Sie einen Gerichtsbeschluss!«, schrie der Schichtleiter und rannte herbei.

Alex trat ihm in den Weg und hielt ihm wortlos eine Fotokopie des Gerichtsbeschlusses vor die Nase, während Nate bereits das Päckchen aufriss.

Er knirschte mit den Zähnen, als er in die kleine Schachtel spähte, in der ein Smartphone lag.

Steve Chalmers hatte sie an der Nase herumgeführt.

Dr. Al-Siddiqui begrüßte Kathy mit freundlichem Lächeln. »Guten Tag, Miss O'Reilly. Hatten Sie erholsame Winterferien?«

Kathy zuckte die Schultern. »Erholsam? Ereignisreich wäre das bessere Wort.« Und selbst das schien ihr noch untertrieben.

Der Arzt öffnete ihre Akte. »Schau'n wir mal – Sie hatten über ständige Müdigkeit und Eisenmangel geklagt, richtig?«

»Ja… aber…« In Wahrheit fühlte sie sich großartig. Die Müdigkeit war verschwunden. Sie hatte sogar überlegt, ob sie die Nachuntersuchung nicht einfach absagen solle, aber es erschien ihr sicherer, sich doch noch einmal untersuchen zu lassen. »Ich fühle mich jetzt wieder gut. Keine Müdigkeit mehr.«

»Na, das ist doch wunderbar.« Dr. Al-Siddiqui nahm ein Otoskop. »Wir machen eine einfache Untersuchung, dann können Sie wieder gehen.«

Er schaute kurz in ihre Ohren, horchte ihren Atem ab und leuchtete ihr in die Augen. Schließlich maß er noch den Blutdruck und die Temperatur.

»Ihre Temperatur ist 37,8, also leicht erhöht. Verspüren Sie Anzeichen für ein leichtes Fieber?«

»Fieber? Nein, ich fühle mich gut. Besser als noch vor ein paar Monaten.«

»Nun ja, die Temperatur ist nicht so hoch, dass wir uns Sorgen machen müssten.« Er blätterte in ihrer Akte. »Aber letztes Mal, als Sie hier waren, hatten Sie ebenfalls leicht erhöhte Temperatur. Vielleicht haben Sie nur einfach eine höhere Normaltemperatur. Das haben manche Menschen.« Er notierte etwas in ihrer Patientenkarte, dann blickte er sie wieder an. »Davon abgesehen, sieht alles gut aus. Wenn Sie sich gut fühlen, empfehle ich einfach, so weiterzumachen wie bisher.«

Als Kathy die Campusklinik wieder verließ, wurde ihr klar, dass sie wohl etwas genau richtig machen musste, denn noch nie hatte sie sich so energiegeladen gefühlt wie in den letzten Wochen. Sie fühlte sich wie... wie neugeboren.

Sie lächelte und überlegte, ob sie jetzt gleich zu einer längeren Joggingrunde aufbrechen solle.

Der Privatjet beschleunigte auf der Startbahn, so dass Nate in seinen Sitz gepresst wurde. Sein Griff schloss sich um die ledernen Armlehnen; er spürte, wie seine Eingeweide ein wenig angehoben wurden, als der Jet abhob und steil vom Washingtoner Dulles International Airport in die Luft stieg.

Über ihm knackte der Lautsprecher. Die Stimme des Kapitäns dröhnte durch die ansonsten leere Kabine.

»Willkommen an Bord, Mrs. Ragheb und Mr. Carrington. Wir haben soeben die Bestätigung für eine Flugplanänderung erhalten. Statt zum McCarran International Airport in Las Vegas werden wir zum Stützpunkt

Homey Airport fliegen. Dort werden Sie von FBI-Mitarbeitern erwartet, die Sie vom Groom Lake direkt zu Ihrem Einsatzort bringen. Durch die Flugplanänderung sparen wir ungefähr zehn Minuten Flugzeit. Erwartete Ankunftszeit ist nun 15.45 Uhr, also in vier Stunden und zwölf Minuten.«

»Groom Lake?«, fragte Alex.

»Ja – das ist nur ein anderer Name für den Luftwaffenstützpunkt.«

»Ist dort nicht auch die berühmte Area 51?«, fragte Alex grinsend. »Wo sie die UFOs und Marsmännchen versteckt halten?«

»Ja«, nickte Nate. »Aber eigentlich testet die Air Force dort nur ihre neuesten Wunderflugzeuge. Ich war schon mal da und habe kein einziges Marsmännchen gesehen.«

Sie hatten ihre Anweisungen erst vor zwei Stunden erhalten. Außerhalb der Ortschaft Ash Springs in Nevada hatte sich ein biologischer Gefahrenfall ereignet und das regionale FBI-Büro hatte Experten angefordert, die sie bei der Ermittlung der Ursachen unterstützen sollten. Natürlich hatte sich Nate sofort gefragt, ob der neue Vorfall etwas mit seinem letzten Besuch in der Gegend zu tun haben könne.

»Na gut, Außerirdische oder nicht, aber du weißt doch, wenn es nur einer der üblichen Chemieunfälle wäre, hätten sie die Kollegen von der FEMA angefordert und nicht uns«, meinte Alex. Nate nickte; er wusste, dass die FEMA, die Nationale Koordinationsstelle für Katastrophenhilfe, der logische Ansprechpartner gewesen wäre – wenn nicht noch mehr hinter der Sache steckte. »Also müssen unsere Leute vor Ort wohl eine kriminelle Aktivität gerochen haben.«

Nate zuckte die Schultern. »Kann sein. Ich hoffe, dass sie trotzdem die FEMA informiert haben. Weil ich keine Lust habe, als Tatortreiniger zu arbeiten.«

Der Lautsprecher knackte erneut. *»Noch etwas. Wir haben soeben eine dringliche Mitteilung von der Stellvertretenden Direktorin erhalten. Sie setzt Sie beide in Kenntnis, dass es vor Ort Tote gegeben hat. Für alle eingesammelten Beweisstücke wird Sicherheitsstufe 4 angeordnet.«*

»Verdammt!«, fluchte Nate. »In welche Scheiße sind wir denn jetzt wieder geraten?«

Auf dem Flugfeld wurden Nate und Alex von einem halben Dutzend FBI-Agenten erwartet. Sie machten sich sofort an die Arbeit und luden die Ausrüstung, die Nate mitgebracht hatte, in einen SUV.

Der leitende Agent vor Ort hieß Mark Cross. »Hört zu, Leute: Das hier ist Nate Carrington. Er leitet die Ermittlung für diesen Vorfall.« Er wandte sich zu Alex und sagte: »Tut mir leid, Ma'am, aber man hat mir nicht mitgeteilt, dass Sie ebenfalls dabei sein werden… Ich weiß daher nicht, wer…«

»Das ist Special Agent Alex Ragheb«, unterbrach ihn Nate. »Sie ist Expertin für biologische Kampfstoffe und hat einen Doktor in Molekularbiologie.«

Der örtliche Leiter schüttelte Alex die Hand. »Freut mich, Ma'am. Ich vermute mal, Ihre Ausbildung kann uns hier besonders nützlich sein.«

Alex begrüßte auch den Rest des Teams, dann fragte sie: »Womit haben wir es hier zu tun? Unsere Vorinformation und die Anweisungen von der Zentrale waren nicht besonders detailliert.«

Nate machte eine Handbewegung zu den schwarzen SUVs und meinte: »Das können wir auch unterwegs besprechen.«

Als sie kurz darauf auf einer staubigen Straße nach Ash Springs rasten, wiederholte Alex ihre Frage.

Cross schüttelte den Kopf. »Die Sache begann damit, dass ein örtlicher Rinderzüchter den Behörden meldete, dass seine gesamte Herde über Nacht verendet war. Der zuständige Sheriff…«

»Moment, nicht so schnell«, warf Nate ein. »Wollen Sie damit sagen, dass es bei unseren Ermittlungen um tote Kühe geht?«

»Das war auch mein erster Gedanke. Aber dann wurden drei Menschen ins Krankenhaus eingeliefert, die sich direkt mit dem rätselhaften Verenden der Kühe befasst hatten. Der erste war der örtliche Veterinär. Der Rancher hatte ihn angerufen, damit er sich die Kadaver anschaute, aber nachdem der Tierarzt die ersten Tiere untersucht hatte, wurde ihm plötzlich übel und er brach zusammen. Er wurde sofort mit dem Rettungswagen ins Krankenhaus gebracht und der örtliche Sheriff wurde verständigt. Mir wurde dann klar, dass es hier nicht um eine gewöhnliche Wasservergiftung geht oder so.«

Alex beugte sich interessiert vor. »Was genau haben Sie gesehen, als sie vor Ort eintrafen?«

Der Agent verzog gequält das Gesicht. »Als wir eintrafen, fuhr der

Rettungswagen gerade mit zwei der Hilfssheriffs davon. Anscheinend hatte nur ein einziges Kalb überlebt, lag aber unter den Kadavern der Herde. Einer der Beamten war so töricht und ging auf die Weide, um das Tier zu befreien. Wie man uns erzählte, habe er zu schreien angefangen, sobald er in die Nähe der toten Tiere kam. Er schrie, dass seine Augen wie Feuer brennen würden, dann wurde er von heftigen Krämpfen gepackt und fiel auf den Boden. Sein Kollege rannte hinaus, um ihn von der Weide zu holen, und dann zeigten sich auch bei ihm dieselben Anzeichen.«

Nate sah, dass Alex nachdenklich und konzentriert auf der Unterlippe kaute.

»Sonst noch etwas?«, fragte sie schließlich.

»Das Kalb starb dann ebenfalls. Es konnte sich selbst befreien und taumelte auf die Polizisten zu, aber jemand erschoss es. Also – Sie sehen wohl, warum man uns dann alarmierte.«

Nate runzelte die Stirn. »Wie ist der Zustand des Tierarztes und der beiden Beamten?«

Cross schüttelte den Kopf. »Der Tierarzt hat es nicht überlebt. Er starb noch im Rettungswagen auf dem Weg ins Krankenhaus. Einer der Polizisten liegt im Koma. Wie es um den zweiten Beamten steht, weiß ich noch nicht.«

»Wow, das ist entsetzlich«, murmelte Nate. »Ich nehme an, dass Sie das Gebiet weiträumig abgesperrt haben?«

»Das hatten die Polizisten bereits getan, bevor wir ankamen. Sie errichteten eine Dreißig-Meter-Schutzzone um die Weide.«

»Das ist gut«, meinte Nate und wandte sich an Alex. »Dein erster Eindruck?«

Sie zuckte die Schultern. »Könnte irgendein chemischer Wirkstoff sein. Zum Beispiel hätte sich ein stark volatiles Nervengas wie Sarin, Tabun oder sogar Soman über das Gebiet ausbreiten und die Herde töten können. Aber das ist im Moment noch reine Spekulation. Ich muss mir die Tiere erst einmal anschauen, bevor ich etwas Genaueres sagen kann.«

Nate wandte sich wieder an Cross. »Wie lange brauchen wir noch?«

»Wir sind in fünf Minuten vor Ort«, antwortete einer der anderen Agenten vom Beifahrersitz.

Nate lehnte sich wieder in den bequemen Ledersitz zurück und konzentrierte sich auf die bevorstehende Ermittlungsarbeit. »Alex, wir beide werden Schutzkleidung anlegen und auf die Weide hinaus gehen. In den Schutzanzügen und mit den Atemgeräten können wir uns für maximal dreißig Minuten in der Gefahrenzone aufhalten. Wir haben also sehr wenig Zeit und müssen sie so gut wie möglich nutzen. Ich werde alle fünf Meter eine Bodenprobe nehmen. Außerdem brauchen wir Körpermaterial von mehreren Tieren. Und ganz besonders brauche ich Proben des Kalbs. Je nachdem, wie groß das betroffene Gebiet ist, werden wir uns aufteilen müssen. Wir halten uns an die Standardvorschriften für Gefahrstoffe. Die gesammelten Proben werden direkt vor Ort versiegelt, dann außerhalb der Zone noch einmal versiegelt und ein drittes Mal, um jede Kontaminierung der Probenbeutel auszuschließen. Alle Proben werden wir an das Hochsicherheitslabor in Quantico schicken. Gibt es noch Fragen, bevor wir ankommen?«

»Nur eine«, antwortete Alex. »Wenn es sich um irgendein Nervengift handelt, wie könnte es auf die Weide gekommen sein?«

Nate runzelte die Stirn und zuckte die Schultern. »Frag mich was Einfacheres?«

Der schwere Gestank von heißem Bratfett und Bier erinnerte Juan an seine Zeit im College, eine angenehme Erinnerung an glücklichere Zeiten. Das Lokal am Stadtrand von Arlington war halb leer; Juan setzte sich auf einen Barhocker am Tresen. Eine Bardame mittleren Alters mit beachtlicher Oberweite und Zahnlücken begrüßte ihn mit freundlichem Lächeln. »Was kann ich dir bringen, Süßer?«

»Haben Sie Budweiser?«

»Klar. Kommt sofort.«

Juan reckte die Arme zur Decke und hörte das Knacken im Rückgrat, als er sich ausgiebig streckte und die Anspannung allmählich wich.

Es war erst fünf Uhr nachmittags, der Grund, warum das Lokal halb leer war – aber Juan bezweifelte nicht, dass es in ein paar Stunden mit Leben gefüllt sein würde: mit Säufern, rauem Gelächter und vielleicht sogar einem gelegentlichen Faustkampf. Für ein Lokal dieser Art war das Alltag.

Die Tür ging auf und zwei Männer in Anzügen traten ein. Dieselben Männer, die Juan schon den ganzen Tag gefolgt waren. Oder jedenfalls vermutete er das. Er hatte sie zuerst bemerkt, als er getankt hatte. Den

Burschen mit dem militärisch kurzgeschnittenen platinblond gefärbten Haar konnte man kaum übersehen.

Juan vermutete, dass die beiden Männer zur Sicherheitsabteilung von AgriMed gehörten und ihn bewachen sollten. Er überlegte kurz, ob er sie zu sich zum Tresen winken sollte, dachte aber, dass sie das wohl ablehnen würden. Wahrscheinlich durften sie ihrem Klienten nicht zu nahe kommen.

Die Bardame stellte das Bier vor Juan auf den Tresen. »Honey, das macht dann vier Dollar. Brauchst du einen Beleg?«

»Nein.« Juan trank einen Schluck und legte einen Fünf-Dollar-Schein auf den Tresen. »Der Rest ist für Sie.«

Sie bedankte sich und Juan schaute gedankenverloren auf den Fernseher, der über den glänzenden Flaschenregalen der Bar hing.

Als er den zweiten Schluck trank, erschien am unteren Bildschirmrand der Nachrichtenticker »Breaking News«. Eine Lokalreporterin stand vor einem Leichenschauhaus. Sie begann zu reden, aber der Ton war auf stumm gestellt; stattdessen hatte man die Untertitel eingeschaltet, die im Nachrichtenbanner über den Bildschirm krochen.

»Drei Personen wurden am Dienstag tot in ihrer Wohnung in Arlington aufgefunden. Dem Gerichtsmediziner zufolge starben sie an einer Vergiftung. Ich habe versucht, mehr Informationen von der Polizei in Arlington zu erhalten, aber man wollte mir über ein laufendes Ermittlungsverfahren keine Auskunft geben. Diese neuen Todesfälle ereigneten sich kurz nach zwei weiteren Todesfällen durch Vergiftung, die sich im Stadtbezirk von Washington in den vergangenen zwei Wochen ereigneten. Wir werden weiter über diese mysteriösen Vorfälle berichten.«

Juan wandte sich vom Bildschirm ab. Er hatte genug andere Sorgen, um sich für einen Giftmörder zu interessieren, der in der Stadt herumlief. Zum Beispiel die Frage, warum jemand in sein Apartment eingebrochen war? Was könnten die Einbrecher oder ihre Auftraggeber mit seiner hochspezialisierten Forschungsarbeit anfangen, und warum hatte AgriMed zwei Männer abgestellt, die ihn rund um die Uhr bewachten?

Er trank einen weiteren, großen Schluck Bier und blickte zu dem Tisch hinüber, an dem seine Bodyguards Platz genommen hatten. Einer schien sich intensiv mit der Speisekarte zu beschäftigen, der andere wandte sofort den Blick ab, als sich Juan zu ihnen umdrehte.

Warum habe ich allmählich das Gefühl, dass mir niemand mehr die volle Wahrheit sagt?

»Ich habe keine Ahnung, was da passiert ist«, sagte Frank wahrheitsgemäß.

Zwei FBI-Agenten saßen ihm und Megan am Esszimmertisch gegenüber. Der eine hieß Carrington, wirkte sehr ernst und saß kerzengerade am Tisch. Frank hielt ihn für einen ehemaligen Soldaten.

»Ich weiß nur«, fuhr Frank fort, »dass ich an dem Morgen frühzeitig zur Weide hinaus ging und die gesamte Herde der trächtigen Färsen und Mutterkühe tot auf dem Feld lag.«

»Trächtige Färsen?«, fragte Agentin Ragheb. »Ist das eine besondere Art von Rindern?«

Megan lächelte. »Nein, meine Liebe. Färsen sind Rinder, die noch kein Kalb geboren haben, und trächtig bedeutet, dass sie schwanger waren. Alle sollten im Laufe des Februar kalben.«

»Aber es soll ein Kalb unter den toten Tieren gefunden worden sein«, warf Carrington ein. »Hat eine der Kühe zu früh gekalbt?«

Frank nickte. Unwillkürlich verspürte er wieder die Trauer, die er empfunden hatte, als er sich an das klägliche Muhen des Kalbs an diesem Morgen erinnerte. »Das passiert manchmal, aber normalerweise nicht so frühzeitig. Gestern war das Kalb noch nicht geboren, aber heute Morgen hörte ich es schreien.«

Carringtons Handy summte; er meldete sich.

Frank versuchte mitzuhören, was die Stimme am anderen Ende sagte – sie kam laut genug aus dem Gerät. *»Die Jungs von der Kampfmittelbeseitigung aus Nellis stehen bereit, die ganze Gegend zu säubern. Ich wollte mich nur vergewissern, dass Sie genug Beweismaterial eingesammelt haben, damit der Trupp anfangen kann.«*

»Ja, wir haben alles, was wir brauchen. Bitte manchen Sie den Leuten klar, dass sich ganz in der Nähe eine bewohnte Farm befindet.«

»Verstanden. Ich sage es ihnen.«

Carrington schob das Handy wieder in die Tasche. »Mr. und Mrs. O'Reilly, ich muss Sie das fragen: Haben Sie Feinde? Gibt es jemanden, der es darauf abgesehen haben könnte, ihr Vieh zu schädigen?«

Megan schnappte erschrocken nach Luft, aber Frank tätschelte ihr beruhigend den Arm. »Agent Carrington, wir sind nur einfache Viehbauern. Keine Kinder im Haus, wir verdienen mit der Viehzucht unseren Lebensunterhalt. Das ist alles. Wenn wir ein bisschen Spaß haben wollen, blasen ich und meine Farmhelfer mal ein paar Baumstümpfe mit einer Viertelstange Dynamit in die Luft. Mehr läuft hier nicht.«

Ragheb fragte: »Und was ist mit ihren Nachbarn? Gibt es irgendwelche Konflikte oder Spannungen?«

»Wollen Sie damit sagen, dass es dort auch solche toten Rinder gegeben hat?«

»Nein.« Sie schüttelte den Kopf. »Was ich meine ist, ob Sie mit anderen Farmern in der Umgebung Streit hatten?«

Frank schüttelte den Kopf. »Ma'am, wir Rancher betrachten uns als Gemeinschaft. Wir können uns Streitigkeiten oder so gar nicht leisten. Es ist sogar so, dass wir…«

Megan mischte sich ein. »Ich will Ihnen das mal erklären. Wir Frauen kennen einander seit Jahren. Wir tauschen Rezepte aus, borgen uns gegenseitig Zucker oder Salz aus, helfen einander, wenn es drauf ankommt. Anders würden wir hier nicht lange überleben können. Wir O'Reillys leihen den Hanfords drüben auch mal unseren Zuchtbullen aus, und sie schicken uns dafür ein paar Ballen frisches Heu. Und wir liefern sogar den Glenfords Rindfleisch in ihr Hotelresort unten in Coyote Springs, und sie bringen uns dafür in Kontakt mit Getreidelieferanten, die günstigere Preise haben. Sehen Sie, wir sind Kleinunternehmer, wir können es uns gar nicht leisten, uns ständig zu streiten, sowas sehen Sie höchstens im Fernsehen. Wer anderen ständig schaden will oder sich mit den Nachbarn streitet, hat nicht genug zu tun.«

Frank drückte Megans Arm. »Ich liebe dich, Frau.«

Agentin Ragheb lächelte und kritzelte etwas in ihr Notizbuch. »Ist in letzter Zeit hier auf der Farm oder in der Umgebung irgendetwas Ungewöhnliches passiert? Oder haben Sie jemanden beobachtet, den Sie nicht kannten oder der hier nichts zu suchen hatte?«

Frank sagte nein, während Megan ja sagte.

Megan rieb zärtlich Franks Arm. »Nur dass mein Mann an Krebs erkrankt ist und behandelt werden musste. Das ist es, was für uns ungewöhnlich war.«

Agent Carrington sagte ernst: »Es tut mir sehr leid, dass Sie das durchmachen müssen.«

Frank machte eine wegwerfende Handbewegung. »Ich denke nur noch selten daran.« Er wies mit dem Daumen auf seine Frau und lächelte. »Sie macht sich genug Sorgen für uns beide. Außerdem bin ich im Veteranenkrankenhaus behandelt worden, und die haben wirklich einen Bombenjob gemacht.«

»Sie sind Veteran?«, fragte Carrington.

»Jawohl, Sir. Ich war ein Bravo Elf bei der 24. Infanterie in Fort Stewart.« Frank dachte kurz an diese Zeit zurück; es kam ihm so vor, als sei es in einem anderen Leben gewesen. »Im Desert Storm waren wir es, zusammen mit der 3. Gepanzerten Kavallerie, die einem Teil von Saddams Armee im Euphrat-Tal den Weg abschnitt, bevor sie in Kuwait einmarschieren konnten.«

»Februar 1991«, nickte Carrington. »Ich erinnere mich gut daran. Ich war auch in der Gegend stationiert.«

»Wirklich?« Frank strahlte erfreut. »Welche Einheit?«

»Bravo Achtzehn.«

»Oh, verdammt.« Frank schüttelte ihm noch einmal die Hand. »Wunderbar, jemanden zu treffen, der durch den gleichen Sand schlurfen musste.«

Megan stupste Frank an. »Was ist Bravo Achtzehn?«

»Special Forces«, erklärte Frank.

»Nate«, wandte sich Ragheb an ihren Partner, »gibt es sonst noch etwas, das du Mr. oder Mrs. O'Reilly fragen wolltest?«

»Im Moment nicht.« Carrington blickte auf die Armbanduhr. »Na ja, eins noch – die Jungs von der Kampfmittelbeseitigung werden Ihre Weide gründlich säubern…«

»Werden sie die ganze Weide in die Luft jagen?«, fragte Frank besorgt.

»Das weiß ich nicht genau. Wenn es sich um irgendein Gift handelt, gibt es nur eine Möglichkeit, es wirklich mit Sicherheit unschädlich zu machen, und das ist extreme Hitze. Könnte sein, dass sie es mit einer Serie von Explosionen machen, oder dass sie kontrolliert Feuer legen… oder beides. Aber was auch immer, es wird jedenfalls sehr bald geschehen, also erschrecken Sie nicht, wenn es verdammt laut knallt.«

»Der arme Doc Johnson«, seufzte Megan.

Die beiden Agenten standen auf und Frank begleitete sie zur Tür. »Mir fehlen eigentlich die Worte. Ich schäme mich nicht zuzugeben, dass ich eine Scheißangst habe.« Er schaute Ragheb an. »Sorry, Ma'am. Aber ich habe Angst, dass es noch einmal passieren könnte, wenn wir die Ursache nicht herausfinden.«

Agent Carrington schüttelte ihm die Hand. »Wir tun, was wir können, damit es nicht noch einmal passiert.«

Gerade als sie sich unter der Haustür verabschiedeten, erschütterte plötzlich ein gewaltiger Donner die Erde und das Haus. In der Ferne leuchtete ein greller Blitz auf; die Fensterscheiben klirrten, als die Druckwelle heranrollte. Kurz darauf folgte ein weiterer mächtiger Donnerschlag.

Frank fasste Megans Hand und drückte sie beruhigend. »Das war ja nicht so schlimm…«

Wieder blitzte es am Horizont auf und der Donner einer weiteren, viel stärkeren Explosion ließ den Boden unter ihren Füßen erbeben. Dieses Mal barsten mehrere Fensterscheiben. Jasper, den sie in einem der Schlafzimmer eingeschlossen hatten, jaulte laut und Megan entfuhr ein Aufschrei. Es dauerte volle fünfzehn Sekunden, bis das Klingeln in Franks Ohren wieder abklang.

Das Funkgerät an Franks Gürtel vibrierte und Bucks aufgeregte Stimme kam aus dem Handapparat. *»Mr. O'Reilly, haben Sie die verdammt laute Explosion auch gehört? Die Kühe drehen fast durch!«*

Frank flehte im Stillen, dass es keine weiteren Explosionen mehr geben würde.

Agent Carrington blickte verlegen zu den zerbrochenen Fenstern hinauf. »Tut mir leid, Sir. Ich schicke einen unserer örtlichen Agenten vorbei, damit der Schaden bald repariert wird. Natürlich auf unsere Kosten.«

KAPITEL SIEBZEHN

Paul Hutchisons Bürotür ging auf. Der fast kahlköpfige Chef der Agri-Med-Sicherheitsabteilung winkte Juan mit grimmiger Miene in sein Büro.

»Kommen Sie rein.« Er wies Juan einen Stuhl zu und setzte sich hinter seinen schlichten Resopalschreibtisch.

Juan nahm mit düsteren Vorahnungen Platz. Er kam sich fast so vor wie damals als Schüler, wenn er wieder mal etwas ausgefressen hatte und zum Schulleiter beordert wurde.

»Dr. Gutierrez, ich will gleich zur Sache kommen. Einer der Stellvertretenden Direktoren des FBI hat mich kontaktiert und mich unter höchster Geheimhaltung über gewisse Dinge in Kenntnis gesetzt, über die ich jetzt auch Sie informieren muss.«

»Klingt sehr geheimnisvoll…«

»Ist es auch. Im Sprachgebrauch der Behörden bedeutet das, dass es sich um geheime Informationen handelt, zu denen man eine spezielle Zugangsberechtigung braucht.« Hutchison schob einen kleinen Stapel Papiere über den Tisch. »Das hier ist ein SF86, der Standard-Fragebogen der Regierung. Er dient dazu, Personen genauestens zu überprüfen, bevor ihnen Zugang zu vertraulichen Informationen gewährt werden kann. Sie werden ihn ausfüllen müssen.«

Juan prüfte das Papierbündel mit dem Daumen. Es waren sehr viele Blätter. »Das ganze lange Ding? Worum geht es hier eigentlich?«

»Ja, es ist umfangreich, trotzdem müssen Sie es vollständig ausfüllen. Und bevor Sie das nicht getan haben, kann ich Ihnen nur sagen, dass das alles mit Ihrem Algorithmus zu tun hat. Und damit, dass wir ihn an Orten finden, an denen er nicht sein sollte. Und dass Sie deshalb mit dem FBI zusammenarbeiten müssen.«

Juan wurde es plötzlich eng in der Brust. »Aber was ist mit meiner Forschung? Ich muss dringend mit Dr. Winslow reden…«

»Mit Winslow habe ich bereits gesprochen. Sie dürften inzwischen wegen dieser Sache eine Email von ihm in Ihrem Postfach vorfinden. Und im Moment…« Der Sicherheitschef deutete auf den Fragebogen. »Füllen Sie das hier jetzt gleich aus. Das dürfen wir nicht aufschieben. Verdammt, schon eine zeitlich befristete Freigabe dauert normalerweise einen Monat oder noch länger, bis sie genehmigt ist, aber man hat mir klar gemacht, dass man den ausgefüllten Antrag praktisch sofort von Ihnen zurückerwartet. Ich wäre nicht erstaunt, wenn Sie die Antwort schon kurz danach bekommen.«

Hutchison beugte sich über den Tisch und reichte Juan einen Kugelschreiber.

Juan seufzte und zog sich mit dem Antrag ins Vorzimmer zurück, um ihn auszufüllen. Aber während er die unzähligen Fragen beantwortete, wunderte er sich, in welche Sache er denn nun schon wieder geraten war.

Ein paar Stunden, nachdem Juan den vollständig ausgefüllten SF86-Fragebogen abgegeben hatte, erhielt er einen Anruf von einem Mitarbeiter des Amtes für Personalverwaltung der Vereinigten Staaten, der ihm schier unzählige Nachfragen zu den Antworten stellte, die er in dem Formular gegeben hatte. Kurze Zeit später summte sein Handy erneut – dieses Mal teilte ihm ein anderer Mitarbeiter mit, dass ihm Zugang zu einem spezifischen Programmbereich gewährt worden sei. Allerdings hatte Juan den Code fast sofort wieder vergessen.

Jetzt stand er im Empfangsbereich der FBI-Akademie, wo ihm ein Mitarbeiter einen frisch gedruckten FBI-Beraterausweis mit Foto aushändigte.

»Dr. Gutierrez?«

Juan drehte sich um und stand Special Agent Nate Carrington gegenüber – demselben Agenten, der ihn schon bei AgriMed befragt hatte. Sie schüttelten sich die Hände und Carrington winkte ihm zu, ihm zu folgen.

Juan hängte den Gurt seiner Notebooktasche über die Schulter. Während sie das Gebäude verließen, erklärte Nate: »Wir müssen zum Laborgebäude hinüber, wo es kein Ausweisbüro gibt. Aber es sind nur ein paar Gehminuten. Unterwegs werde ich Sie über diese ganze Geheimnistuerei aufklären…«

Sie traten ins Freie. Ihr Atem bildete weiße Nebelwolken, als sie schnell auf ein großes, mehrstöckiges Gebäude zugingen.

»Nun«, begann Carrington, »in den letzten paar Jahren landeten mehrmals ungelöste Fälle auf meinem Schreibtisch, die alle eine Gemeinsamkeit aufwiesen. Ich glaube, dass Sie mir dabei helfen können.«

Er schaute Juan ernst an. »Bei jedem dieser Fälle stießen wir auf DNA-Beweismaterial, das meine Laboranten nicht anders als mit dem Wort ›einzigartig‹ beschreiben konnten. Aufgrund unserer Analysen vermuten wir, dass diese DNA-Proben von keiner bekannten Spezies stammen können. Äußerlich sah das biologische Material völlig normal aus – eine Vogelfeder, Haare von einem Hundefell, Muskelgewebe von einer Kuh – aber die DNA-Analyse zeigte dann ein ganz anderes Bild. Das ist der Grund, warum Sie hier sind.«

»Agent Carrington, selbstverständlich helfe ich Ihnen gerne, aber Sie sollten wissen, dass ich im Grunde nichts mit DNA-Analysen zu tun habe, die zur Aufklärung von Verbrechen verwendet werden. Meine genetische Forschung hat ganz andere Ziele. Ich denke, Ihre eigenen Analytiker werden doch viel besser…«

Carrington blieb stehen und schaute Juan direkt an. »Darwin-Algorithmus Version 3.4. Sagt Ihnen das etwas?«

Juan riss die Augen auf und starrte Carrington geschockt an.

Nate nickte. »Dachte ich mir. Wir vermuten, dass unsere Proben das Produkt Ihres Algorithmus sind.«

Plötzlich spürte Juan Wut in sich aufsteigen. Stümperte da jemand mit seinen Arbeitsergebnissen herum?

»Der Algorithmus darf nur unter strengsten Sicherheitsvorkehrungen angewendet werden!«, stieß er wütend hervor. »Mein Gott, wenn ihn jemand eingesetzt haben sollte, ohne auf die Sicherheitsvorkehrungen zu achten…« Ein kalter Schauder lief ihm über den Rücken.

»Genau das ist der Grund, warum wir Sie in die Geheimhaltung einbezogen haben. Wir haben es hier mit einer sehr schändlichen Aktivität zu tun. Offenbar setzt hier jemand eine Technologie ein, die aus Ihrem Unternehmen gestohlen wurde.«

Juan schnaubte und schüttelte wütend den Kopf.

»Tut mir leid, dass ich der Überbringer schlechter Nachrichten sein muss, aber es scheint tatsächlich so zu sein.«

Wieder schüttelte Juan den Kopf. »Sie müssen wissen, dass meine Forschung ein konkretes Ziel hat: den Krebs zu bekämpfen. Ich arbeite seit vier Jahren jede Woche hundert Stunden, habe unzählige Nächte durchgearbeitet, nie Urlaub genommen. Ich kann Ihnen gar nicht sagen, wie frustrierend es für mich ist, dass jemand meine harte Arbeit missbraucht.«

»Das ist mir klar«, nickte Carrington. »Und um ehrlich zu sein, ich selber wäre nicht nur frustriert – ich glaube, an Ihrer Stelle würde ich vor Wut und Mordlust fast ausrasten.« Er lachte trocken. »Sie können mir glauben – ich weiß, wie grausam diese Krankheit ist, und bete, dass Ihre Arbeit gegen den Krebs erfolgreich sein wird. Ich werde alles tun, was in meiner Macht steht, damit Sie so bald wie möglich mit Ihrer Arbeit weitermachen können. Aber im Moment brauchen wir Ihre Hilfe, um diese Sache einzudämmen… Was immer da vor sich geht.«

Inzwischen waren sie beim Laborgebäude angekommen. Carrington zog die Eingangstür auf. »Wir befürchten genau wie Sie, dass jemand Ihre Forschungsergebnisse ohne die strengen Sicherheitsmaßnahmen eingesetzt haben könnte, die Sie anwenden. Was würde passieren, wenn diese Personen dabei die Kontrolle darüber verloren hätten?«

Juan stieß entsetzt den Atem aus. »Das… wäre eine Katastrophe.«

Das Speziallabor des FBI war kleiner als Juans eigenes Forschungslabor, war aber wie dieses mit modernster Labortechnik ausgestattet. Man hatte sogar ein paar besonders leistungsfähige Computer installiert, um Juans komplexe Berechnungen zu beschleunigen. Auf vier dieser Rechner liefen noch immer die Simulationen, die er vor ein paar Tagen einprogrammiert hatte.

An einem Ende des langen Laborraums führte eine speziell versiegelte Sicherheitstür zur Kammer des S4-Hochsicherheitslabors, in der die jüngsten Proben in einem Kühlbehälter mit Biosicherheitsstufe 3 verwahrt wurden. Obwohl Juan schon seit drei Tagen in dem Labor arbeitete, hatte er die Kammer noch nicht betreten. Er verspürte nicht die geringste Lust, sich mit dem Druckanzug, den Desinfektionsduschen und all den anderen Sicherheitsmaßnahmen abzugeben, solange es nicht unbedingt nötig war.

Die meiste Zeit hatte er über den Ergebnissen der Untersuchungen gebrütet, die die FBI-Analysten bereits durchgeführt hatten. Verärgert stellte er fest, dass einige Passagen geschwärzt worden waren – vor allem Personennamen und Ortsangaben, aber davon abgesehen schien es ihm, dass man ihm Zugang zu allen wissenschaftlich erforderlichen Informationen und Daten gewährte.

Auf Bitte von Agent Carrington machte er sich nun daran, eine Zusammenfassung seiner Forschungsergebnisse zu diktieren.

»Die Version 3.4 des Darwin-Algorithmus, die gestohlen wurde, ist inzwischen fast ein Jahr alt. Sie enthält eine Reihe von Problemen, die diese Version besonders gefährlich machen. Als ich mit dieser Version die Evolution bestimmter Spezies über tausende Generationen hinweg simulieren wollte, zeigte der Algorithmus die Tendenz, vom beabsichtigten Ziel immer weiter abzuweichen. Aus diesem Grund wurde diese Version schon nach kurzer Zeit für unbrauchbar erklärt. Die nachfolgenden Versionen waren viel besser zu kontrollieren und daher auch leistungsfähiger; dennoch sind wir noch immer dabei, sie weiter zu optimieren und zu justieren.

Wer immer sich nun im Besitz des Algorithmus befindet, wird nicht in der Lage sein, die erforderlichen Anpassungen vorzunehmen, um die Fehler der Version 3.4 zu korrigieren. Der Algorithmus ist selbst nur das Endprodukt vieler, ihm zugrunde liegender Rechenvorgänge, die nicht einfach rückberechnet werden können. Dies wird zusätzlich dadurch erschwert, dass der Code hunderttausende Zeilen enthält, die manuell eingegeben wurden. Ohne profunde Kenntnis dieser Einträge und ihrer Beziehungen zueinander würde man ihnen keinerlei Sinn entnehmen können. Tatsächlich müsste man dazu hervorragend in Genetik qualifiziert sein und sich schon zuvor ausgiebig mit vergleichbarer Forschung beschäftigt haben – die ich bislang noch nicht publiziert habe. Außerdem müsste man natürlich auch ein Kryptoanalytiker sein.

Das bedeutet: Wer immer Version 3.4 entwendete, wird damit nicht weiterkommen. Und das ist ein außerordentlich unglücklicher Umstand.

Version 3.4 des Algorithmus hatte eine hohe Mortalitätsrate bei der Wanderratte (Rattus norvegicus) zur Folge. Das Problem ergab sich in dem, was ich für mich als ›Zeilenrauschen‹ im Genom bezeichne. Der Algorithmus war insofern effektiv, als manche Gene nach rund zweihunderttausend Generationen genau das aufwiesen, was ich erhofft hatte – aber dann begleitet von so viel Chaos und unsinnigen Ergebnissen im Rest des genetischen Materials, dass jeder Versuch, das simulierte Genom in ein lebendes Versuchstier einzufügen, den Tod der Ratte zur Folge hatte.

Es werden tausende klinischer Studien nötig sein – eine Arbeit, die noch lange nicht abgeschlossen ist –, bis wir uns dem Ziel unserer Forschung nähern: den genetischen Code, mit dem sich der Krebs bekämpfen lässt.«

Hinter Juan ertönte ein lauter Piepton. Er unterbrach das Diktat und drehte sich um. Auf dem Monitor der ganz rechts stehenden Work Station blinkte die Meldung »Pattern Matched«. Juan grinste erfreut.

Work Station 4 meldete eine Musterübereinstimmung. Das war der Beweis: Wer immer für die Vogelfederprobe verantwortlich war – die der Feder einer Gouldamadine ähnelte – musste die Version 3.4 verwendet haben.

Juan machte sich daran, die Zusammenfassung der Ergebnisse genauer durchzuschauen.

Was er sah, schockierte ihn.

Das Programm hatte die Evolution der Vogelfederprobe über 200 000 Generationen durchgerechnet. Das war genau das, was Juan auch für die Evolution der Ratten gemacht hatte, aber nur, weil ihre Generationen so kurz waren – diese Anzahl von Generationen entsprach nur ungefähr 4 000 Jahren Evolution – und selbst das war unglaublich viel Arbeit gewesen, wenn man es richtig machen wollte.

Die Geschlechtsreife der Gouldamadine betrug jedoch zwischen sechs und neun Monaten, was bedeutete, dass jemand über *100 000 Evolutionsjahre* simuliert hatte.

Juan konnte es nicht fassen. Selbst bei den Ratten hatte er fast 95 Prozent der genetischen Veränderungen herausfiltern müssen, wenn das Versuchstier am Leben bleiben sollte. Es war ein absolutes Wunder, dass es diesen Ignoranten gelungen war, überlebende Versuchstiere zu bekommen.

Ein kalter Schauder lief Juan über den Rücken.

Mein Gott, was für ein Biest hatten sie damit erschaffen?

Juan betrat die kleine Biosicherheitskammer und setzte sich auf einem hohen Laborstuhl vor das Stufe 3-Biosicherheitskabinett. Er trug einen Bioschutzanzug. Das Summen des Ventilators füllte den kleinen Raum.

Er hasste es, in der Kammer arbeiten zu müssen. Zumal er wusste, dass ihn nur der Anzug und der gleichmäßige Zustrom von Frischluft davor bewahrten, kontaminiert zu werden.

Weil das Diktiergerät die chemische Dekontaminationsdusche nicht überleben würde, durch die er beim Verlassen der Kammer gehen musste, benutzte Juan ein in den Anzug eingebautes Mikrofon. Alles, was er sagte, nachdem er den Schalter betätigt hatte, wurde aufgezeichnet. Allerdings fragte er sich, wer sich denn die ganzen verdammten Aufzeichnungen anhören oder sogar transkribieren würde, die man von ihm verlangte.

Er stellte den kleinen Käfig, den er mitgebracht hatte, in das Biosicherheitskabinett. Für diesen Versuch hatte er eine weiße Maus ausgewählt, und für einen kurzen Moment verspürte er Mitleid mit dem kleinen weißen Tier.

Denn für das Mäuschen würde die Sache wahrscheinlich nicht sehr gut ausgehen.

»Ich stelle den Käfig mit einem lebenden Versuchstier, einer *mus musculus*, in den Biosicherheitsbehälter.«

Er drückte auf einen weiteren Schalter an dem Kabinett und sagte: »Der Videorecorder wurde eingeschaltet.«

Er beugte sich vor, schob die Hand in das Kabinett und öffnete einen kleinen, gekühlten Behälter, in dem sich die kontaminierten Proben befanden.

»Ich habe den gekühlten Behälter geöffnet und entnehme eine der Gewebeproben, dic dcm Kalb entnommen wurden.«

Nun öffnete Juan eine der versiegelten Beweistüten und entnahm ihr die Gewebeprobe, wobei er eine Pinzette benutzte. Er legte sie vor die Maus und wartete.

»Die Gewebeprobe wurde entnommen. Das Versuchstier zeigt bisher keine Reaktion.«

Er beugte sich näher, vermied es aber, der offenstehenden Klappe des

Geräts zu nahe zu kommen. Das Fell der kleinen Maus bewegte sich im Luftstrom, der in den Sicherheitsbehälter gesaugt wurde.

»Die Gewebeprobe zeigt nach Augenschein keine Verwesungsspuren. Das Fleisch hat normale Festigkeit und die Färbung ist ebenfalls normal.«

Juan verschob den Käfig und die Probe im Kabinett.

»Noch immer keine Reaktion des Versuchstiers. Ich schiebe nun den Käfig hinter die Probe, um sicherzustellen, dass das Versuchstier die Witterung aufnehmen kann.«

Kurz darauf berichtete er: »Das Versuchstier ist auf die Probe aufmerksam geworden, die es für Nahrung halten muss. Es schiebt die Nase an das Käfiggitter, so nahe wie möglich an die Probe.«

Juan warf einen Blick zur Laboruhr hinauf und wartete.

Als die Maus auch nach einigen Minuten noch keine Reaktion gezeigt hatte, nahm Juan einen der anderen Probenbeutel aus dem Kühlgerät.

»Bisher keine Reaktion des Versuchstiers. Ich öffne jetzt nacheinander mehrere andere Proben und beobachte die Reaktion.

Zunächst öffne ich eine Gewebeprobe einer Kuh, die sich bei dem Vorfall mitten in der Herde befand.«

Nachdem eine Minute vergangen war: »Noch immer keine Reaktion. Ich öffne jetzt eine Bodenprobe vom selben Ort.«

In den nächsten 20 Minuten öffnete Juan nacheinander die verschiedenen Beweisproben, konnte aber keine ablehnende Reaktion der Maus beobachten.

Zunehmend frustriert verschloss Juan die Proben wieder, mit einer Ausnahme. Vorsichtig nahm er eine Schere mit stumpfen Spitzen zur Hand. »Etwas ist ungewöhnlich. Ich schneide ein fünf Millimeter großes Stück aus der Gewebeprobe, die von dem Kalb mit den genetischen Anomalien stammt.«

Er griff nach einer Pinzette. »Mit der Pinzette bringe ich jetzt das fünf Millimeter große Stück der Probe näher an das Versuchstier heran… Die Maus zeigt Interesse. Sie schnüffelt aufgeregt an dem Teilstück, das ich ihr knapp außer Reichweite hinhalte.«

Gespannt beugte er sich näher und hielt das winzige Stückchen noch näher an den Käfig. »Die Kalbprobe ist jetzt in Reichweite des Versuchstiers… sie berührt es mit der Nase… sie frisst es auf.«

Wieder warf er einen Blick auf die Laboruhr. »Es ist 19.55 Uhr. Bisher keine Reaktion.«

Frank trank ein großes Glas Wasser in einem Zug leer und beäugte das riesige Frühstück, das Megan vor ihn hinstellte. »Drei große Toastscheiben, ein Würstchen… und deine berühmte Käseomelette… *Wow*. Du hast anscheinend gemerkt, dass ich meinen alten Appetit wiedergefunden habe? Verdammt, ich glaube, ich habe mich seit Jahren nicht mehr so wohl gefühlt.«

Megan warf ihm einen dieser Blicke zu, die er so gut kannte – bei denen man nie genau wusste, ob sie nun gleich weinen oder ihn anschreien würde. »Franklin O'Reilly, es ist mir völlig egal, ob du *glaubst*, dass du dich gut fühlst. Das hast du nämlich auch behauptet, als es dir überhaupt nicht gut ging, weißt du noch? Ich will, dass du dich untersuchen lässt, hast du verstanden?«

Frank hätte ihr gern widersprochen, aber ihr Blick sagte ihm, dass es sinnlos sein würde. Er spießte die Wurst mit der Gabel auf. »Na schön. Für dich mache ich das. Aber ich sage trotzdem, dass man schlafende Hunde nicht wecken soll.«

Bei dem Wort »Hund« hob Jasper den Kopf vom Sofa und ließ ein fragendes Kläffen hören.

Megan lachte. »Schlaf weiter, Jasper. Es ist noch zu früh zum Aufstehen.«

Frank schaute zu dem Hund hinüber, der sich in ganzer Länge auf dem Sofa ausgestreckt hatte, und schüttelte den Kopf. Jasper war noch weiter gewachsen und hatte inzwischen fast die Größe einer Deutschen Dogge. Als Megan wieder mit einer Schale hereinkam, sagte er: »Der Hund ist inzwischen fast doppelt so groß wie du, Megan.«

»Ja, er ist wirklich ein großes Baby«, sagte Megan und tätschelte Frank zärtlich die Schulter. »Genau wie du.«

Während Frank die Wurst kaute, machte er sich über die Untersuchung Sorgen. Er fühlte sich prächtig und verspürte nicht die geringste Lust, sich von diesen Ärzten erzählen lassen zu müssen, dass er immer noch krank sei.

Megan schaute zum Fenster hinaus – die Sonne spähte gerade über den Horizont. »Ich rufe später das VA an, während du bei den Jungs draußen bist, aber dieses Mal werde ich nicht aufgeben, bis jemand das verdammte Telefon abnimmt. Bis du zum Mittagessen nach Hause kommst, habe ich herausgefunden, wann sie einen Termin für dich einschieben können.«

Frank schnaubte nur missmutig, während er eine große Gabelladung mit dampfendem Omelette in den Mund schob.

Nein, er wollte wirklich nicht hören, was ihm die Ärzte zu sagen hatten.

Megan lag auf dem Sofa und versuchte, sich eine Sendung auf dem altertümlichen, stark flimmernden Fernseher anzuschauen.

»Jasper, ich glaube, nach fast einem Vierteljahrhundert hat dieser blöde alte Zenith endlich den Geist aufgegeben.«

Der Hund, der halb über ihren Beinen lag, hob den Kopf und ließ ein leises Wuff! hören. Doch dann stellte er die Ohren auf und schnüffelte in der Luft.

Sie kraulte ihm den Kopf. »Das ist nur das Maisbrot im Ofen, dummer Junge.«

Aber damit ließ sich Jasper nicht beruhigen. Er stieß ein tiefes Knurren aus, sprang vom Sofa und lief zur Haustür. Wie immer öffnete er sie selbst, indem er den Türgriff mit dem Zähnen packte und drehte. Selbst nach den vielen Monaten, die er nun schon im Haus war, konnte Megan kaum fassen, wie clever der Hund war. Er führte sich sogar selbst Gassi, wenn es sein musste.

Megan stand auf und schlug kräftig auf das Gehäuse des großen alten Röhrenfernsehers. Das half manchmal, wenn der Kasten zu flimmern anfing. In diesem Moment hörte sie Jasper bellen.

Das hätte sie normalerweise ignoriert, der Hund jagte schließlich ständig hinter irgendetwas her – wenn sie nicht gleichzeitig auch eine wütende Männerstimme gehört hätte.

Sie rannte zur Haustür und kam gerade noch rechtzeitig, um einen schwarzen Kastenwagen zu sehen, der mit durchdrehenden Rädern davon raste.

»Was zum Henker…?«, rief Megan verblüfft aus, lief zur Seite des Hauses und rief: »Jasper!«

Der Hund bellte ein paarmal. Megan entdeckte ihn hinter dem Haus, wo er in der Nähe des Schuppens herumschnüffelte.

Als sie näherkam, sah sie, dass er eine große schwarze Reisetasche beschnüffelte, die neben dem alten Wellblechschuppen auf dem Boden lag. »Jasper, was ist passiert?«

Der große Hund schnüffelte noch weiter um die Tasche herum, bis er ein Stück Stoff aufhob und es vor ihren Füßen fallen ließ.

Sie erkannte sofort, dass es ein Stück Flanell war, das offenbar vom Ärmel eines karierten Holzfällerhemds stammte. Ein erster Angstschauder kroch ihr über den Rücken. »Du meine Güte, Jasper! Hast du jemanden weggejagt?« Sie tätschelte ihm den Kopf, doch dann bemerkte sie einen blutigen Kratzer an der Seite seiner Schnauze.

Was war nur in den Hund gefahren?, fragte sie sich. Jasper war noch nie aggressiv gegen Menschen gewesen.

Sie drückte auf die Sendetaste des Funkgeräts, das sie immer am Gürtel trug, wenn Frank draußen auf den Weiden war. »Honey – melde dich bitte.«

»Bin gerade auf dem Rückweg. Was ist los?«

»Hast du dich heute mit jemandem hier am Haus verabredet? Ein Handwerker vielleicht?«

»Nein, warum? Ist jemand da?«

Megan bückte sich und betrachtete die Tasche genauer. »Na ja, jemand war hinter dem Haus. Er hätte ja zuerst mal zur Haustür kommen müssen. Jasper hat diesen Jemand verjagt, aber dabei hat er eine Tasche liegen gelassen.«

»Hinter dem Haus? Da ist doch nur der alte Schuppen mit der Grundwasserpumpe. Wir hatten keine Probleme damit. Außerdem kümmere ich mich selbst darum, wenn etwas kaputt ist. Das weißt du doch. Was ist in der Tasche?«

»Ich habe sie noch nicht geöffnet. Warte mal…« Ein paar Schritte von der Tasche entfernt hatte Megan etwas anderes entdeckt, das auf dem Boden lag. »Oh, Frank… Diese Leute hatten einen großen Bolzenschneider dabei. Sie müssen versucht haben, in den Schuppen einzubrechen!« Sie bückte sich und blickte in die Tasche. »Und die Tasche ist voller kleiner Päckchen… das ist Rattengift, Frank! Was zum Teufel…«

»Megan, du gehst jetzt sofort ins Haus und rufst den Sheriff an. Ich bin in zehn Minuten zu Hause. Und behalte immer die Schrotbüchse bei dir, für alle Fälle.«

Megan schnippte mit den Fingern. »Komm schon, Jasper, alter Junge.

Du wolltest nur deine Mama schützen, stimmt's? Komm, wir rufen jetzt den Sheriff an, und dann schaue ich mir den Kratzer an, den dir der böse Mann zugefügt hat.«

Steve Chalmers hielt Olivias Hand und starrte wie gebannt auf den Monitor des Ultraschallgeräts, den die Frauenärztin so gedreht hatte, dass er das Bild sehen konnte. Er konnte fast seinen eigenen Augen nicht glauben. »Du bist wirklich schwanger!«

Die Ärztin schob die Sonde des Ultraschallgeräts ein wenig weiter über Olivias Bauch, der mit Gel eingeschmiert war, und sagte mit deutlichem deutschem Akzent: »Nach der Größe würde ich sagen, dass Miss Olivia ungefähr im dritten Monat ist.«

Olivia strahlte; Freudentränen rannen ihr übers Gesicht. Aber Steve hatte nur einen Gedanken im Kopf.

Wie war das möglich?

Steve hatte Olivia in London kennengelernt, eine der Krebspatienten, die sich für seine klinische Studie gemeldet hatten.

Zu dem Zeitpunkt war sie nur noch ein Skelett gewesen, abgemagert fast bis auf die Knochen. Ihr Anblick hatte ihn immer an die Überlebenden der Konzentrationslager erinnert. Durch die aggressive Chemo- und Strahlentherapie hatte sie das gesamte Haar verloren. Doch selbst in diesem Zustand, in dem sie einem lebenden Leichnam glich, hatten ihre blauen Augen vor Lebenswillen geleuchtet.

Augen, die ihn mit der Hoffnung auf ein Wunder angeblickt hatten.

Das war jetzt fast ein halbes Jahr her. Und diese Augen glitzerten nun, als sie ihn anblickten, aber jetzt lag noch ein anderer Ausdruck darin. Liebe. Und auch er selbst konnte nicht leugnen, welche Gefühle ihn überkamen, wenn er sie anschaute.

Die klinische Studie war ein voller Erfolg. Ihr Krebs war auf dem Rückzug, sie hatte wieder zugenommen und schon bald würde ihr das Haar wieder dicht und stark bis auf die Schultern fallen.

Aber nach der langen, intensiven Chemo- und Strahlentherapie hatte man angenommen, dass sie unfruchtbar geworden sei.

Vater zu werden hatte nicht zu Steves Zukunftsplanung gehört. Konnte, wollte er überhaupt Vater werden?

Er rang noch immer mit sich, ob er sich freuen sollte oder nicht, als die Ärztin fragte: »Wollen Sie das Geschlecht wissen?«

Olivia schaute Steve an. »Du willst es wissen, stimmt's?« Wenn sie aufgeregt war, wurde ihr britischer Akzent noch stärker.

Steve betrachtete das Bild auf dem Monitor und lächelte. Ein warmes Gefühl machte sich in ihm breit, als er die Einzelheiten erkannte. Er beugte sich zu Olivia hinunter und küsste sie leicht auf den Mund. »Es wird ein Junge.«

»Sehr gut erkannt, Dr. Chalmers«, bestätigte die Ärztin. »Und mir scheint, dass es vermutlich ein Augustkind wird.«

»Wir werden Eltern«, sagte Olivia leise und schaute Steve in die Augen. Ihr Herz floss fast über vor Freude.

Steve wischte ihr zärtlich die Tränen von den Wangen. »Ich liebe dich«, sagte er. »Wir werden eine wunderbare Familie sein, du, ich *und* das Baby.«

KAPITEL ACHTZEHN

Das Pferd ging in Trab über, als ihm Frank die Fersen in die Seiten drückte. Unwillkürlich musste er grinsen. Seit seiner Erkrankung war er nicht mehr geritten und hatte deshalb befürchtet, dass sich beim Reiten die leider nur allzu vertrauten Schmerzen in den Gelenken wieder einstellen und ihn ständig an seine Krankheit erinnern würden – oder, was noch schlimmer wäre, ihn unmissverständlich darauf aufmerksam machen würden, dass er womöglich noch gar nicht endgültig geheilt war. Aber das war nicht der Fall – er spürte fast keine Schmerzen.

Das Funkgerät vibrierte und Megans Stimme kam aus dem Lautsprecher.

»Frank, gerade kam noch einmal einer der Polizisten vorbei und hat mir erzählt, dass sie den schwarzen Van an der Shell-Tankstelle in Ash Springs gefunden haben. Niemand saß drin.«

»Sind sie denn sicher, dass es derselbe Van ist?«

»Oh ja, es ist derselbe. Der Polizist zeigte mir ein Foto, aber den Ausschlag hat ein Blutfleck gegeben, den sie in dem Wagen entdeckt haben. Ich denke, Jasper hat einem der Typen ein ordentliches Stück Fleisch herausgebissen.«

Frank warf einen Blick nach links, wo Jasper wie verrückt bellend hinter einem Kaninchen herjagte – wieder einmal. »Verdammt, hätte nie gedacht, dass Jasper den Mumm aufbringt, jemanden ernsthaft zu beißen. Was hat der Polizist sonst noch gesagt?«

»Nicht viel. Der Van war offenbar vor zwei Tagen auf einem Parkplatz in Vegas gestohlen worden. Die Polizei glaubt, dass der Einbrecher ein Junkie war, der dringend Geld brauchte und ein paar Werkzeuge klauen wollte, um sie zu verhökern. Jedenfalls ermitteln sie noch weiter. Bist du fast zuhause?«

»Ja, Ma'am. Jasper und ich sind in zehn Minuten da.«

»Okay, dann habe ich noch genug Zeit, um ein paar Anrufe zu erledigen.«

Keine 30 Meter weiter vorn raste ein Kaninchen über den Weg und Jasper jagte begeistert hinterher.

Frank rief dem Hund gutmütig zu: »Jasper, gib's auf! Du wirst das Ding nie einholen.«

Aber Jasper jagte unbeirrbar über das Feld, wobei ganze Grasbüschel unter seinen Hinterpfoten aufwirbelten. Das Kaninchen hatte einen Vorsprung von gut zehn Metern und raste im Zickzack auf seinen Bau zu.

Doch plötzlich passierte es: Das Kaninchen musste auf dem taufeuchten Gras ausgerutscht sein, denn plötzlich überschlug es sich und blieb für ein paar Sekunden wie betäubt liegen.

Frank hob sich aus dem Sattel und schaute gespannt hinüber. Jetzt würde dieser verrückte Köter endlich das Kaninchen fangen, das ihm seit Monaten ständig entkommen war.

Aber zu Franks völliger Verblüffung bremste Jasper ab und blieb ungefähr fünf Meter von dem Kaninchen stehen. Und wartete.

Schon hatte sich sein Beutetier wieder erholt und raste weiter. Und Jasper raste mit weit heraushängender Zunge hinter ihm her. Dem Hund machte die Jagd offenbar einen Riesenspaß.

»Na, ich kann's nicht glauben«, murmelte Frank vor sich hin.

Das Kaninchen entkam in seinen Bau und Jasper blieb vor dem Erdloch stehen und bellte es an.

»Das reicht für heute, Jasper!«, brüllte Frank hinüber. »Du hast das Kaninchen fast zu Tode gehetzt. Los, komm, zu Hause gibt's Mittagessen.«

Er presste ein paarmal die Beine gegen die Flanken und das Pferd ging in einen leichten Trab über.

Jasper schloss zu Frank auf und rannte neben dem Pferd her.

»Ich hab genau gesehen, was du getan hast, Jasper«, sagte Frank. »Du willst das Kaninchen gar nicht fangen, du jagst es nur so zum Spaß, stimmt's?«

Der Hund kläffte und schaute mit seinen großen Hundeaugen zu ihm auf.

Frank lachte. »Du bist der seltsamste Köter, der mir je begegnet ist. Aber ich bin froh, dass wir uns kennengelernt haben, Jasper.«

Als Frank ins Haus kam, saß Megan am Esszimmertisch und begrüßte ihn mit finsterer Miene.

Diesen Blick konnte Frank überhaupt nicht leiden.

»Was hab ich jetzt wieder verbrochen?«, fragte er frustriert und schob die Haustür zu.

Megan warf mit einer ungeduldigen Kopfbewegung ihr kastanienbraunes Haar aus der Stirn. »Ich habe endlich im VA eine Krankenschwester erreicht, die über die Studie Bescheid weiß, Frank. Und weißt du, was sie mir erzählt habt? Dass deine klinische Studie längst eingestellt worden sei oder solchen Unfug, und sie war völlig überrascht, dass wir das nicht wussten. Die Teilnehmer seien alle telefonisch informiert worden.« Sie richtete den Zeigefinger vorwurfsvoll auf ihn. »Hast du das gewusst, Frank O'Reilly? Hast du deshalb die Sache immer wieder hinausgeschoben?«

Frank hob verblüfft beide Hände. »Unschuldig, Euer Ehren. Das ist mir völlig neu. Verdammt, Frau, du weißt doch, dass ich nicht gern telefoniere. Ich habe einmal die Zentrale im Krankenhaus angerufen und ihnen aufgetragen, sie sollten den Leuten von der Studie Bescheid sagen, dass ich wieder zu Hause bin. Das war's. Glaubst du wirklich, ich würde es dann noch tausendmal versuchen?« Er schnaubte verärgert. »Pff. Ich doch nicht.«

Megan runzelte die Stirn, dann entspannte sie sich ein wenig und grinste ihn schief an. »Na schön, dann freust du dich hoffentlich, dass ich Dr. Montgomery angerufen habe. Du hast heute Nachmittag einen Termin.«

Frank stöhnte. »Heute? Muss das sein? Wann genau?«

Megan stand mit seltsamem Lächeln auf, packte ihn am Ellbogen und steuerte ihn zur Treppe. »Wir haben noch zwei Stunden Zeit. Ich dachte… warum nehmen wir beide nicht eine Dusche…?«

Frank blickte auf seine Frau hinab und erwiderte ihr Lächeln. »Zu Befehl, Ma'am.«

Frank trommelte nervös mit den Fingern auf den Stuhllehnen, während er und Megan auf die Ergebnisse der Röntgenuntersuchung warteten.

Megan legte den Kopf an seine Schulter. »Du musst nicht nervös sein. Doc Montgomery hat gesagt, dass die Schwellungen verschwunden sind. Und alle Blutwerte sind normal.«

»Ja, sicher, aber ich habe immer noch ein leichtes Fieber, wer weiß schon, was das heißt.«

Sie klopfte ihm leicht auf den Schenkel. »Ach, jetzt plötzlich machst du dir darüber Sorgen? Wie oft habe ich dir schon gesagt, dass du dieses Fieber hast?«

Er legte ihr den Arm um die Schultern und drückte sich ein wenig an sich. »Weiß ich doch. Wir werden gleich erfahren, was er zu sagen hat.«

Die kleine Standuhr auf dem Schreibtisch des Arztes tickte gleichmäßig dahin. Gerade als Frank dachte, dass ihn das Ticken noch in den Wahnsinn treiben würde, ging die Tür auf und Dr. Montgomery kam wieder herein. Bevor er nur ein Wort sagen konnte, platzte Megan heraus: »Was sagen die Röntgenbilder?«

Der Arzt hielt kurz einen großen braunen Umschlag in die Höhe. »Die sind hier drin. Schauen wir uns die erst mal an.« Er trat an den großen Röntgenbildbetrachter an der Wand, schaltete ihn ein und schob zwei große Röntgenaufnahmen in die Halterungen.

Frank verspürte plötzlich ein drückendes Gefühl, als würde ihm ein eiserner Ring um die Brust gelegt. Unwillkürlich hielt er den Atem an, während er auf das Urteil des Arztes wartete. Er mahnte sich, nicht die Nerven zu verlieren und zwang sich, gleichmäßig zu atmen.

Der Arzt deutete auf die links hängende Aufnahme. »Das ist Ihr linkes Knie, als Sie zum ersten Mal zu mir kamen.« Er fuhr mit dem Kugelschreiber an den Rändern des Knochens entlang. »Hier sehen Sie die Schwellung unter dem Periost, also der Knochenhaut – und um ehrlich zu sein, das sah nicht sehr vielversprechend aus.«

Franks Blick zuckte unwillkürlich zur anderen Aufnahme, aber was er dort sah, sagte ihm nichts. In seinen Augen sahen die beiden Aufnahmen fast identisch aus.

Montgomery deutete auf dieselbe Stelle in der zweiten Aufnahme. »Das ist dasselbe Knie, heute aufgenommen. Mr. O'Reilly, ich bin nicht sicher, wie ich es Ihnen sagen soll, aber…«

Frank zuckte zusammen, als sich Megans Finger schmerzhaft in seinen Arm krallten. Sanft löste er ihre Hand und hielt sie fest.

Der Arzt schüttelte den Kopf und tippte auf die heutige Aufnahme. »Ich habe keine Ahnung, was da passiert ist, aber die Schwellung ist vollkommen abgeklungen. Auf der Aufnahme ist überhaupt nichts Ungewöhnliches mehr zu sehen. Das Knie sieht sogar aus wie das Knie eines Zwanzigjährigen.«

Frank spürte, dass sich das Eisenband um seine Brust ein wenig lockerte. »Aber was ist mit den anderen Aufnahmen?«

Der Arzt schaltete den Betrachter aus und ließ sich auf seinen Stuhl hinter dem Schreibtisch sinken. »Die anderen Bilder zeigen alle das gleiche. Ich habe so lange gebraucht, weil ich die Bilder anstarrte und nicht glauben konnte, was ich sah. Wenn ich die Röntgenaufnahmen nicht selbst gemacht hätte, hätte ich glauben können, jemand hätte mir die Bilder einer anderen Person untergeschoben.«

Megan schluchzte auf und drückte Frank eng an sich. Frank küsste sie auf das Haar; auch er selbst konnte kaum die Tränen zurückhalten.

»Das möchte ich nun wirklich wissen: Wo haben Sie sich behandeln lassen?«, fragte Montgomery.

»Ach, im Veteranenhospital. Dort führten sie einen klinischen Versuch durch.«

Der Arzt pfiff leise durch die Zähne und schüttelte den Kopf. »Na, die Ergebnisse würden mich wirklich sehr interessieren, denn anscheinend haben sie Ihnen sehr geholfen, Mr. O'Reilly. Aber ich empfehle Ihnen dringend, sich im Krebszentrum im Summerlin Hospital genauer untersuchen zu lassen, nur um ganz sicher zu sein. Wenn sie nicht nach Summerlin gehen wollen, kann ich Ihnen auch andere Stellen empfehlen.«

Megan nickte. »Ich werde dafür sorgen, dass er auch wirklich hingeht.«

Frank blickte auf sie hinab und sah die Tränen in ihren Augen. Der Anblick brach ihm fast das Herz. »Ja, das mache ich. Versprochen.«

Er schüttelte dem Arzt die Hand. »Danke für alles, Doc. Seien Sie mir nicht böse, aber ich hoffe nicht, Sie so bald wiederzusehen.«

Der Arzt lachte und klopfte ihm auf die Schulter. »Viel Glück, Mr. O'Reilly. Bleiben Sie gesund.«

Als Frank und Megan aus dem Haus traten, legte er ihr den Arm um die Schultern. »Wie wär's, wenn wir beide zur Abwechslung mal zum Essen ausgehen? Ich glaube, das ist ein guter Grund zum Feiern.«

Sie schlang den Arm um Franks Hüfte. »Das wäre schön.«

Die Sonne stand schon über den Bäumen, als Nate am Friedhof ankam. Der Friedhof markierte ziemlich genau die Mitte seines Acht-Kilometer-Morgenlaufs. Die kalte Mittwinterbrise fühlte sich erfrischend an, als er über den gepflegten Friedhofweg zum Grab seiner Frau joggte.

Eine alte Bekannte blickte sich um, als sie seine Schritte hörte. Wie jeden Dienstag stand sie vor dem Grab ihres Mannes.

Nate lief langsamer und blieb neben ihr stehen. Und wie immer, wenn sie ihren Mann besuchte, war sie völlig schwarz gekleidet.

»Wie geht's Ihnen, Mrs. Jacobsen?«, erkundigte er sich. Er wies mit einem Nicken zu dem Kleinbus des Altersheims Sunny Vale hinüber, der ein Stückweit entfernt an der Straße parkte. Der Fahrer saß hinter dem Lenkrad und las ein Magazin. »Werden Sie auch immer gut behandelt?«

Das faltige Gesicht der Achtzigjährigen verzog sich zu einem breiten Lächeln. Ihre blauen Augen bildeten einen eigenartigen Kontrast zu ihrer recht dunklen Gesichtsfarbe. »Oh, ja, ist in Ordnung, denke ich.«

Sie sprach mit dem südlichen Slang, der in dieser Gegend nicht mehr sehr oft zu hören war. Mit zittriger Hand deutete sie auf das Grab von Nates Frau. »Ich hab Ihrer Madison ein paar Gänseblümchen mitgebracht. Sie haben mir doch mal erzählt, dass sie Gänseblümchen mochte, nicht wahr?«

Nate blickte zu Madisons Grab hinüber und entdeckte ein paar kleine weiße Blüten, die darauf verstreut waren. »Oh, Ma'am, das ist sehr nett von Ihnen. Ganz bestimmt blickt sie jetzt von oben herab und freut sich darüber.«

Mrs. Jacobsen schaute zum Himmel hinauf, dann wieder auf das Grab, vor dem sie stand. »Warren hatte leider nicht viel übrig für Blumen. Seine wahre Liebe war der Whiskey.« Sie zog einen kleinen silbernen Flachmann aus der Tasche, schraubte den Verschluss ab und nickte zu Madisons Grab hinüber. »Das mit den Blumen verstehe ich ja, aber dieses Zeug…« – sie nahm einen kräftigen Schluck und verzog das Gesicht – »dieses Zeug… Gott bewahre. Jede Woche versuche ich zu begreifen, was er daran gut fand, aber ich mag es immer noch nicht. Ich trinke es nur ihm zuliebe. Es schmeckt einfach grauenhaft.«

»Wir alle haben unsere Vorlieben«, sagte Nate lächelnd. »Danke nochmal für die Blumen. Alles Gute!«

Nate lehnte sich zurück, den Telefonhörer zwischen Schulter und Ohr geklemmt. Er hatte gerade seinen Vorgesetzten über seine Fortschritte informiert. »Das war es von meiner Seite, Jeff. Ich treffe mich heute Nachmittag mit Dr. Gutierrez, um zu sehen, wie es bei ihm läuft. Ich habe dafür gesorgt, dass er auf keine Email-Konten zugreifen kann, und auch das Diktiergerät ist mit dem AES-256-Standard verschlüsselt.«

»Klingt gut, Nate«, antwortete Jeff. »Halten Sie alles unter dem Deckel, bis wir klarer sehen können, wer dafür verantwortlich ist. Ich habe auch Neuigkeiten für Sie. Ich habe gerade mit dem Büro des Stellvertretenden Direktors telefoniert. Sieht so aus, als hätte unsere Kommunikationsabteilung über INTERPOL eine internationale Ausschreibung über das herausgegeben, was in Nevada passiert ist. Schon bald wird praktisch jede Vollzugsbehörde auf der Welt über alle Einzelheiten Bescheid wissen.«

Nate setzte sich aufrecht. Seine Gedanken überschlugen sich förmlich. »Und Sie glauben, dass wir damit die Leute aus dem Bau locken, die für diese Sache verantwortlich sind?«

»Das lässt sich jetzt noch nicht sagen. Aber drei Todesfälle sind eine ernsthafte Angelegenheit, und dass irgendein biologischer Wirkstoff eine ganze Rinderherde vernichtet, wird die Leute aufhorchen lassen und sie antreiben, aktiv zu werden – und vielleicht sogar die Täter aus dem Versteck locken, wenn wir Glück haben.« Jeff seufzte. »Diese genetischen Modifikationen sind hochgradig problematisch, denke ich, Nate. Damit kann man viel Gutes tun, aber das Zeug ist gefährlich und kann in ungeahnter Weise außer Kontrolle geraten.«

Davon war auch Nate überzeugt. Er stand dem wissenschaftlichen

Fortschritt sehr positiv gegenüber, aber was er gerade bei diesem Fall entdeckt hatte, gab ihm ein ausgesprochen ungutes Gefühl.

Er hörte, dass jemand an Jeffs Bürotür klopfte. Sein Boss sagte: »Nate, bitte halten Sie mich auf dem Laufenden über alles, was Sie und Ihre Leute herausfinden. Ich werde Sie meinerseits über alles unterrichten, was ich höre. Jetzt muss ich aber los.«

Das Gespräch wurde beendet, aber fast gleichzeitig klopfte es nun auch an Nates Tür. Er warf einen Blick auf die Uhr und rief: »Kommen Sie rein, Juan.«

Der Forscher trat ein, wie immer ein wenig nachlässig gekleidet. Er hatte einen großen braunen Umschlag bei sich.

Nate deutete erst auf einen Stuhl, dann auf den Umschlag. »Was haben Sie da?«

»Keine Ahnung«, antwortete Juan. »Gerade als ich auf dem Weg hierher war, trat mir ein Mann in den Weg. Er sagte, er sei vom DCS-Kurierdienst, wollte meinen Ausweis sehen und übergab mir den Umschlag. Ich musste den Empfang bestätigen. Ich habe den Umschlag noch nicht geöffnet – ich wollte Sie zuerst fragen, ob es okay ist, wenn ich ihn aufmache. Ich weiß nämlich immer noch nicht genau, inwieweit ich an Ihren Ermittlungen beteiligt bin und entsprechend eingeweiht werde.«

Nate betrachtete den schlichten braunen Umschlag und runzelte die Stirn. »Na ja, er ist ja nun mal an Sie adressiert…« Er blickte auf. »Sie sagen, es war ein DCS-Kurier?«

»Das hat er behauptet. Aber ich weiß nicht mal, was das heißt.«

»DCS ist der Defense Courier Service, ein Kurierdienst, der für den Transport von hoch klassifiziertem und sensiblem Material eingerichtet wurde. Ja, das passt – wenn mir jemand klassifiziertes Material schicken möchte, würde man mir wohl eine Papierkopie durch den DCS schicken. Ich habe allerdings keine Ahnung, warum man es Ihnen schicken würde. Darf ich?« Er streckte die Hand aus.

»Klar.« Juan gab ihm den Umschlag.

»Moment – ich denke, wir müssen bei dieser Sache sehr vorsichtig sein.« Nate zog eine Schublade auf, nahm ein Paar Latex-Handschuhe heraus und zog sie an.

Juan riss die Augen auf. »Sie denken, dass da etwas Gefährliches drin sein könnte?«

Nate schüttelte den Kopf. »Normalerweise wäre es mir egal, ob da meine fettigen Fingerabdrücke drauf sind. Aber ein wenig Vorsicht kann nicht schaden, solange wir nicht wissen, woher dieser Umschlag kommt. Vielleicht sind da irgendwelche Beweismittel drin.«

Er klappte ein kleines Taschenmesser auf, schob die Klinge unter die Umschlagklappe und schlitzte den Umschlag auf. Vorsichtig spähte er hinein, dann zog er einen weiteren Umschlag heraus. »Interessant.«

Der zweite Umschlag war mit mehreren Aufdrucken versehen – »Top Secret« und verschiedenen anderen Stempeln, die besagten, dass der Inhalt von nachrichtendienstlichen Quellen stammte. Nate schlitzte auch den inneren Umschlag auf.

Er zog ein dünnes Bündel Papiere heraus. Wieder griff er in die Schublade und warf Juan ein zweites Paar Latexhandschuhe zu. »Ziehen Sie die Handschuhe an und kommen Sie auf meine Seite.«

Er breitete die Papiere nebeneinander auf dem Schreibtisch aus. »Das scheinen Obduktionsberichte zu sein.«

Juan beugte sich über die Papiere. »Warum sind alle Namen und Ortsangaben geschwärzt?«

»Kommt drauf an, wer uns diese Berichte geschickt hat, aber ich denke mal, dass es um US-Bürger geht und dass man die Angaben aus Datenschutzgründen geschwärzt hat. Das dürfte für unsere Ermittlungen keine große Rolle spielen.

Juan deutete auf das dritte Blatt und las laut vor: »›Ein 53jähriger weißer Mann wurde mit dem Rettungswagen eingeliefert. Er war bewusstlos und hatte 40,6°C Fieber. Nach Einlieferung in die Notaufnahme fiel der arterielle Blutdruck auf 30 mmHG, was zum Herzstillstand führte. Wiederbelebungsversuche blieben erfolglos. Obduktionsergebnisse: akute venöse Plethora der inneren Organe; bei der histologischen Untersuchung der Haut zeigte sich Mastzelldegranulation. Die Degranulation zeigte sich auch im Myocardium und in den Lungen. Aufgrund der Berichte war der Patient noch nicht identifizierten Giftstoffen ausgesetzt und erlitt eine schwere Immunreaktion, die zu einer Anaphylaxie führte.‹«

Nate blickte zu Juan auf. »Sagt Ihnen das etwas?«

Juan presste die Lippen zusammen und schwieg mehrere Sekunden lang. »Ja. Es bedeutet, dass das System des Patienten heftig auf irgendwelche Stoffe reagierte. Sein Blutdruck stürzte buchstäblich ab und verursachte den Herzstillstand. So ziemlich das Übliche bei einer schweren allergischen Reaktion, die schließlich zur Anaphylaxie führte.«

Nate tippte auf den letzten Satz des Berichts. »Schauen Sie sich das hier nochmal an. Jemand schrieb hier ›Entzündungsreaktion‹, doch dann wurde ›Entzündung‹ wieder durchgestrichen und durch ›Immun‹ ersetzt, und das wurde dann auch noch unterstrichen. Hat das irgendeine Bedeutung?«

»Ein Pathologe würde hier wohl nicht von einer Immunreaktion sprechen. Typisch für eine Anaphylaxie ist eher die Entzündungsreaktion. Vielleicht hat jemand die Änderung vorgenommen, um mich gezielt auf etwas hinzuweisen?«

»Haben Sie eine Idee, was dieser Hinweis bedeuten könnte?«

»Nein, keine Ahnung.« Juan schaute auch die anderen Blätter an. »Auch die übrigen Seiten sehen wie Kopien von amtlichen Obduktionsberichten aus. Ich glaube nicht, dass ich jemals handschriftliche Änderungen auf solchen Berichten gesehen habe.« Er schaute Nate forschend an. »Es kann natürlich vorkommen, dass einzelne Daten geschwärzt werden, aus Datenschutzgründen zum Beispiel. Aber ist es auch üblich, dass die Analysten vom FBI die Einträge ändern oder an einzelnen Wörtern oder Fachbegriffen herumpfuschen?«

»Ausgeschlossen«, antwortete Nate. »Wir erfassen unsere Erkenntnisse auf unseren eigenen Formularen. Für die offiziellen Berichte und Vorgänge wird alles genauso festgehalten, wie es uns von anderen Stellen mitgeteilt wird.«

Juan nickte, setzte sich wieder auf seinen Stuhl und lehnte sich zurück, tief in Gedanken versunken.

Nate schob die Papiere zusammen und steckte sie wieder in den Umschlag. »Es sieht nicht so aus, als sei direkt auf die Papiere geschrieben worden. Ich vermute, dass unsere Techniker auch keine Fingerabdrücke darauf finden werden, aber ich werde sie trotzdem untersuchen lassen. Auf jeden Fall möchte ich wissen, von wem diese Blätter kamen. Und natürlich werde ich auch die Jungs vom DCS fragen.« Er schob den Umschlag zur Seite. »So, jetzt zu Ihnen. Wie kommen Sie mit Ihrer Analyse voran?«

»Nicht sehr gut.« Juan runzelte die Stirn. »Die Proben, die die Todesfälle verursachten, scheinen völlig inaktiv zu sein. Tote Materie. Verdammt, es hat ewig gedauert, bis ich eine Maus dazu bringen konnte, auch nur ein winziges Stückchen genetisch modifiziertes Rindfleisch zu fressen! Sie zeigte fast kein Interesse. Ich kann es noch nicht beschwören, aber alles, was Sie eingesammelt haben, scheint harmlos zu sein. Das ergibt keinerlei Sinn.« Juan verzog gequält das Gesicht und fuhr sich durch das strubbelige Haar. »Ich übersehe irgendetwas… Ich weiß nur nicht was.«

Nate starrte nachdenklich ins Leere, als sein Telefon summte. Er griff sofort danach, aber bevor er sich auch nur melden konnte, redete sein Boss auch schon los.

»Nate, hören Sie genau zu. Ich bekam gerade einen Anruf von jemanden mit mehr Lametta an der Uniform, als sie sich vorstellen können. Ich möchte, dass Sie und Ragheb sich sofort bereit machen. Sie müssen auf einen Sprung in die argentinische Pampa hinunter, irgendwo in der Nähe von Buenos Aires. Und bevor Sie danach fragen: Ja, die Zuständigkeit ist geklärt, die Argentinier haben selbst bei unserer Regierung um Unterstützung gebeten und das Weiße Haus hat zugesagt. Sie werden mit einem kleinen Team der Special Forces hinunter fliegen. Das Team wird um eins vierhundert auf dem Andrews Airport bereitstehen.«

»Äh, Jeff, sind Sie sicher, dass Ragheb dabei sein kann? Wenn das ein militärischer Einsatz ist…«

»Machen Sie sich darüber keine Gedanken. Sie müssen sich nicht von einem Heli abseilen oder mit dem Fallschirm abspringen oder so. Aber ich möchte, dass sich Ragheb persönlich um die primären biologischen Beweismaterialien kümmert. Warum werden Sie schon bald verstehen. Aber ich muss Sie warnen: Es könnte sein, dass Sie eine ähnliche Ermittlungssituation vorfinden wie in Ash Springs, nur noch schlimmer, viel schlimmer. Die argentinische Bundespolizei berichtet, dass man hunderte tote Rinder vorgefunden habe. Und mindestens ein Dutzend Menschen sind ums Leben gekommen.«

»Ein Dutzend Tote? Verdammt, Jeff, die Sache gerät außer Kontrolle.« Er stand auf. »Soll ich Alex abholen?«

»Nicht nötig, sie packt bereits ihre Ausrüstung zusammen und wird Sie in zwei Stunden am Airport treffen. Hören Sie, Nate, Sie werden die Leitung der forensischen Analyse übernehmen. Ich möchte, dass Sie diese Sache mit Ihrer ganzen Erfahrung und höchster Konzentration untersuchen. Jetzt bin ich nicht mehr der Einzige, der Sie genau beobachtet, um herauszufinden, was zum Teufel da unten in Argentinien passiert ist und

wie es mit Ash Springs zusammenhängt. Sie werden mit der vollen Kooperation der argentinischen Behörden rechnen können. Tun Sie alles, was getan werden muss. Habe ich mich klar genug ausgedrückt?«

»Jawohl, Sir.« Nate hatte inzwischen seine Papiere vom Schreibtisch geräumt und verschloss die Schubladen. »Wäre das alles?«

»Das reicht doch wohl, oder nicht? Rufen Sie mich direkt an, wenn Sie irgendetwas brauchen, egal was. Aber finden Sie heraus, was da geschehen ist.«

»Mein Gott.«

Nate starrte fassungslos auf die riesigen Weideflächen der argentinischen Ranch hinaus. So weit das Auge reichte, schwirrten große Wolken von Fliegen um unzählige, in der Hitze grotesk aufgeblähte Kadaver. Nate stand fast hundert Meter vom ersten Kadaver entfernt, doch selbst aus dieser Entfernung hörte er das Summen und Surren der Fliegen. Er merkte sich die Tatsache, dass die Reaktion auf das, was immer die Rinder getötet hatte, den Fliegen offenbar nichts anhaben konnte.

Die Rinderfarm der O'Reillys in Ash Springs war schon schlimm gewesen, aber das hier war noch tausendmal schlimmer – eine Katastrophe.

Alex hatte bereits ihren Schutzanzug angezogen, wie auch die übrigen Mitglieder des Sondereinsatzteams.

Die Weidefläche wurde von einer Hundertschaft der argentinischen Bundespolizei gesichert. Die *Policía Federal Argentina* oder PFA war, wie Nate erfahren hatte, das argentinische Gegenstück zum FBI.

Die Brise änderte die Richtung; Nate und sein Team wurden von dem entsetzlichen Verwesungsgestank förmlich überwältigt. Einer der Soldaten rannte zur Seite und begann zu würgen, als sich der unerträgliche Gestank von faulen Eiern und etwas, das widerlich süßlich roch, über sie senkte.

Nate kannte diesen Geruch nur zu gut.

Der Geruch des Todes. Er breitete sich in den Atemwegen aus, legte sich wie ein Belag über die Mundhöhle, was ihn an seine Zeit im Irak erinnerte, als er mit seinem Team eines der Dörfer erkunden musste, das Saddam mit einem Bombenteppich überzogen hatte.

Ein anderer Soldat, der in Nates Nähe stand, atmete tief aus und sang den alten Lynryd Skynryd-Song vor sich hin, »Ooooh that smell! Can't you smell that smell…«, während er eine Reihe von Fotos aufnahm, um die Todesszene zu dokumentieren.

Nate schluckte hart, um den Würgreiz hinunter zu kämpfen.

Welches Monster war dafür verantwortlich?

Nachdem sie mit chemischem Desinfektionsmittel von Kopf bis Fuß abgesprüht worden war, zog Alex ihren Bio-Sicherheitsanzug aus. Sofort musste sie husten: Der Anzug hatte sie nicht nur vor den Gefahrstoffen geschützt, sondern ihr auch den entsetzlichen Verwesungsgestank der Rinder erspart.

Nate hielt ihr eine kleine Dose Vicks VapoRub hin. »Streich dir das unter die Nase. Es überdeckt den Gestank.«

»Danke.« Alex tupfte sich ein wenig Creme unter die Nase und nickte.

Die Soldaten, die sie auf das Feld begleitet hatten, zogen ihre Schutzanzüge noch nicht aus. Sie würden zuerst noch die riesige Sammlung von Beweismaterialien verladen müssen. Einer der Soldaten hob die Plane an, mit der die unzähligen Beweisbeutel zugedeckt waren.

»Sorgen Sie dafür, dass die Beutel sofort in Kühlboxen kommen!«, überschrie Alex das Knattern des Hubschraubers, der nicht weit entfernt stand.

»Ja, Ma'am.«

»Das ist eine ziemlich große Ladung«, sagte Nate.

Alex nickte. »Erde, Gras, Wasser, Gewebeproben, Speichel, Plazenta… wir haben praktisch von allem etwas eingesammelt.«

»Und was ist mit den Kälbern?«

»Wir haben eine Probe von jedem einzelnen Kalb. Und wir haben sogar ein ganzes Kalb mitgenommen.«

Nate dachte über all das nach, was er inzwischen herausgefunden hatte. Wie in Ash Springs hatte der Vorfall ungefähr zur gleichen Zeit wie die Geburt eines Kalbs begonnen – aber in diesem Fall schien die Geburt des Kalbs das auslösende Moment gewesen zu sein. Die örtliche Polizei hatte berichtet, dass mehrere Farmarbeiter bei der Geburt eines Kalbs geholfen hätten, als sie plötzlich, alle gleichzeitig, von Anfällen geschüttelt worden seien. Sie hätten sich sofort zurückgezogen und die Kuh habe das Kalb allein auf die Welt gebracht. Aber kaum war die Geburt vorbei, als die umstehenden Kühe – und auch die Mutter – umfielen und starben. Das Kalb sei auf dem Feld herumgeirrt und habe nach seiner Mutter geschrien, aber sobald es in die Nähe anderer Rinder kam, seien diese ebenfalls verendet, bis einem der Farmarbeiter klar geworden sei, was da geschah, und das Kalb erschossen habe.

Und das war nur eine der vielen Übereinstimmungen mit Ash Springs. Die argentinische Herde umfasste über tausend Tiere, viele waren trächtig und sollten größtenteils um die gleiche Zeit kalben. Kurz nach dem ersten Zwischenfall begann eine weitere Kuh zu kalben, die fast einen Kilometer entfernt stand, und auch hier verlief der Vorgang wie bei der ersten Kuh. Es dauerte nicht lange, bis die gesamte Herde verendet war. Und nicht nur das: Auch mehrere Rancharbeiter kamen ums Leben.

Nate blickte nachdenklich auf die von Tierkadavern übersäte Weide hinaus, während die Soldaten die Beweismaterialien in die Hubschrauber verluden. Plötzlich erregte ein schrilles Geräusch seine Aufmerksamkeit.

Das schrille Rufen eines Kalbs.

»He, Carrington!«, überschrie ein Communications Officer das Knattern eines der UH-60 Blackhawk-Helikopter, als sich die Rotoren zu drehen begannen. »Das Extraktionsteam hat den Rancher und fast ein Dutzend Arbeiter isoliert. Und sie haben ein paar Übersetzer herbeigeschafft, damit Sie mit den Leuten reden können.«

Doch bevor Nate antworten konnte, wurde er von einem neuen Geräusch abgelenkt – das Dröhnen starker Flugzeugmotoren. Er schirmte die Augen gegen die Sonne ab und blickte zu den tiefhängenden Wolken hinauf.

Trotz des Lärms des rasch näherkommenden Flugzeugs, dem Dröhnen und Rattern des startenden Hubschraubers und dem Befehlsgebrüll der Soldaten konnte er immer noch das schrille Rufen des Kalbs ausmachen.

Der startende Hubschrauber wirbelte den Staub auf; Nate kniff die Augen zusammen. Sein Herz begann zu hämmern, als er über das Feld blickte und nach dem Kalb suchte. Dann entdeckte er es: Aus einer der toten Kühe ragte der Kopf eines Kalbs. Es versuchte verzweifelt, sich aus dem Geburtskanal zu winden.

Nate war nicht der einzige, der es bemerkt hatte. Ein Soldat in seiner Nähe hielt das Funkgerät dicht an den Mund und brüllte: »Roger, Desert

Eagle, Bio-Risikobegrenzungsplan Alpha wurde eingeleitet. Zielobjekt ist identifiziert, Evakuierung beginnt.«

Sekunden später brach eine Lockheed C-130 durch die Wolken, eine viermotorige militärische Transportmaschine. Das Heulen der Propeller änderte den Ton, als die große Maschine über dem hintersten Ende des riesigen Weidelands in den Tiefflug überging.

»Alle in Deckung!«, brüllte jemand, als eine gewaltige weiße Wolke aus dem Heck des Flugzeugs wallte, die sich wie dichter weißer Nebel über das riesige Feld der toten Rinder legte. Schon stieg die Maschine wieder steil in die Höhe und verschwand in den Wolken.

Plötzlich blitzte es in den Wolken grell auf.

Und mit einem gewaltigen WUMMM! explodierte der weiße Nebel auf dem Feld und verwandelte sich in eine riesige, undurchdringliche orangene Flammenhölle.

Die Hitze rollte über Nate hinweg und versengte seine Augenbrauen. Er packte Alex am Arm und riss sie mit sich zum nächsten Hubschrauber. Das Heulen des Blackhawk wurde betäubend laut, als Nate Alex in die Kabine stieß und hinter ihr her kletterte. Der Helikopter hob sofort ab und stieg rasch schräg in die Höhe, um der höllischen Zerstörung zu entkommen.

Nates Faust verkrampfte sich unbewusst um den Nylongurt, als er fassungslos zu der C-130 hinüber starrte, die erneut im Tiefflug über die Weide flog und noch einmal eine gewaltige weiße chemische Wolke ausstieß. Der Gestank von verbranntem Fleisch füllte die Hubschrauberkabine, so dass Nate kaum noch atmen konnte. Wie ein Ring aus Eisen legte sich die Furcht um seine Brust.

Es geht los. Heute waren es nur tausend Rinder und ein Dutzend Menschen. Aber was ist, wenn das hier nur der Anfang gewesen war? Wenn es noch schlimmer, viel schlimmer kommen würde? Wenn es eine ganze Stadt voller Menschen treffen würde? Was wäre dann, und wie würde es enden?

KAPITEL NEUNZEHN

Der Geruch von Dung und frisch gesägtem Holz trieb durch den riesigen Schuppen, in dem sich die Arbeiter und Gouchos der Hazienda versammelt hatten, viele mit vom ätzenden Rauch blutunterlaufenen Augen und geschockten Gesichtern.

Nate schaute zu Carlos hinüber, dem Dolmetscher. »Sind alle bereit?«

Carlos gab die Frage an die Arbeiter weiter, die auf Heuballen oder einfachen Holzbänken saßen. *»¿Están listos?«*

Die Männer nickten stumm.

»Okay, fangen wir an.« Carlos übersetzte, da viele Männer nur Spanisch sprachen. »Männer, mir ist klar, dass ihr heute einen der schlimmsten Tage in eurem Leben erlebt habt. Ihr habt heute viele Arbeitskollegen und Freunde verloren, vielleicht sogar Verwandte. Das hier hätte sich niemals ereignen dürfen, und ihr seid nicht schuld daran und könnt nichts dafür.«

Nate machte eine kleine Pause, damit die Männer auch wirklich begriffen, wie wichtig es war, dass sie ihm aufmerksam zuhörten. »Ich werde euch jetzt in etwas einweihen, das bisher streng geheim gehalten worden ist.« Wieder eine kleine Pause. Er sah ihren Gesichtern an, dass er jetzt ihre volle Aufmerksamkeit hatte. »Es war nicht das erste Mal, dass so etwas geschah. Bisher wissen wir nur eins: Jemand hat ein sehr starkes Gift erfunden und angewandt.«

Die Männer starrten ihn geschockt an.

»Ich brauche eure Hilfe, um verstehen zu können, was heute geschehen ist, damit wir verhindern können, dass so etwas jemals wieder geschieht. Jede Kleinigkeit kann wichtig sein, kann der Schlüssel sein, um das Rätsel zu lösen. Ich werde euch deshalb ein paar Fragen stellen und bitte euch, mir alles zu sagen, was ihr wisst, auch wenn es euch unwichtig oder sogar lächerlich vorkommt. Okay?«

Carlos übersetzte, und die Männer nickten. *»Si.«*

»Gut. Fangen wir mit dem frühen Morgen an. Wer hat heute Morgen als Erster mit der Arbeit begonnen?«

Nachdem Carlos die Frage übersetzt hatte, begannen die Männer eifrig miteinander zu reden, schließlich deuteten sie auf zwei Männer, die nebeneinander saßen.

Nate schienen sie eng verwandt zu sein: sie sahen sich sehr ähnlich; beide hatten die walnussbraune, wettergegerbte Gesichtshaut von Männern, die den größten Teil ihrer vielleicht vierzig Jahre im Freien verbracht hatten. Sie begannen gleichzeitig zu reden, wobei sie aufgeregt gestikulierten.

Carlos fasste es für Nate zusammen. »Die beiden sind Brüder, die älteren Söhne des Ranchers. Sie waren heute Morgen die ersten, die hinausritten – ungefähr um fünf Uhr. Sie fingen mit den üblichen Tagesarbeiten an – Heuballen hinausbringen, die Abflüsse an den Wassertrögen reinigen, den allgemeinen Zustand der Herde überprüfen. Sie sagen, dass während der Nacht kein Kalb geboren worden war.«

»Gab es gestern oder früher in der Woche Geburten?«

Mehrere Männer nickten.

»Ist euch bei den Kühen, die heute kalbten, irgendetwas Besonderes aufgefallen?«

Jetzt redeten wieder mehrere Männer durcheinander. Carlos hatte Mühe, die wichtigsten Aussagen herauszuhören.

»Die erste Kuh war braun mit schwarzem Schwanz. Die zweite Kuh war weißfleckig. Sie wurde bald nach der Besamung krank und wurde deshalb von Señor Garcia behandelt.«

»Sie wurde behandelt? Womit?«

Carlos übersetzte die Frage und die Antworten.

»Señor Garcia ist der Rancher – er hat eine besondere Behandlungsmethode für kranke Kühe. Damit werden Fehlgeburten verhindert, und die Färsen werden für ihre erste Geburt gestärkt.«

»Ein Mittel, das die Färsen kräftigt, bevor sie zum ersten Mal kalben?«, murmelte Nate nachdenklich. »Die Kühe, die heute kalbten – haben sie alle diese Behandlung bekommen?«

Ein paar Gouchos nickten, aber ein paar andere schüttelten die Köpfe.

Carlos zuckte die Schultern. »Die meisten sagen ja, aber viele sind nicht sicher.«

Auch Nate schüttelte den Kopf, aber aus einem anderen Grund. »Ich habe keine Ahnung, wie die Männer die einzelnen Kühe unterscheiden können.«

Alex, die abseits stand und das Gespräch bisher stumm verfolgt hatte, mischte sich ein. »Ich würde gern mehr über diese Behandlungsmethode erfahren. Wo ist denn Señor Garcia?«

Die Männer blickten sich bedrückt an; die beiden Söhne senkten die Köpfe. Einer wandte sich direkt an Alex und sagte in gebrochenem Englisch: »Señor Garcia… mein Vater… war unter den Toten… Er ist heute gestorben.«

»Das tut mir leid«, sagte Alex leise. »Carlos, können Sie die Männer fragen, was sie über die Behandlung wissen? Egal was? War es ein bestimmtes Nahrungsmittel? Ein Medikament? Oder eine Spritze?«

Die beiden Brüder nickten und Carlos übersetzte ihre Antworten. »Señor Garcia ließ kranke Kühe aus einem besonderen Fass trinken.«

»Können wir das Fass sehen?«

Die Brüder nickten und standen auf.

»Es steht in einem der Schuppen«, sagte Carlos. »Sie zeigen es Ihnen.«

Fragen schossen Nate durch den Kopf, als er den Männern quer über ein riesiges Feld folgte. Obwohl sich das Drama fast zwei Kilometer entfernt ereignet hatte, hing auch hier der Gestank von verbranntem Gras und Verwesung in der Luft. Einer der Brüder hob einen Holzbalken aus der Eisenhalterung und öffnete das große Scheunentor. Er drehte sich um und sagte etwas auf Spanisch.

»Hierher wurden die kranken Kühe zur Behandlung gebracht«, übersetzte Carlos. »Der alte Herr hat niemandem außer Ramon und Francisco erlaubt, die Scheune zu betreten, weil er nicht wollte, dass sein Geheimnis außerhalb der Familie bekannt würde.«

»Leuchtet mir ein«, sagte Nate. Er trat in die Scheune und rümpfte die Nase. »Riecht seltsam – als hätte jemand schales Bier verschüttet.«

Einer der Brüder grinste und legte den Finger auf die Lippen. »Er sagt, das sei eine der geheimen Zutaten«, erklärte Carlos. »Macht die Kühe hungrig. Die Japaner machen es ganz ähnlich.«

Nate ließ den Blick durch die riesige, fast leere Scheune gleiten. Er entdeckte einen großen Holzzuber und deutete darauf. »Ist das das Fass, aus dem ihr die kranken Kühe trinken lasst?«

Die Brüder nickten und gingen voraus. Der Deckel war mit einem großen Vorhängeschloss verschlossen. Sie öffneten es und hoben den Deckel herab.

Der Gestank von altem Bier und Urin stieg heraus. Die Brüder lachten, als Alex ein würgendes Geräusch hören ließ. Sie stellte die große Tasche mit den Utensilien für die Beweisaufnahme vor Nates Füße und zog sich mit angeekelter Miene zurück.

Nate zog den Reißverschluss auf und warf ihr einen schrägen Blick zu. »Das soll wohl heißen, dass dieses Stinkzeug meine Aufgabe ist?«

Die Frage war überflüssig; Alex grinste nur und zog sich wortlos zum Eingang zurück.

Im Fass befand sich eine braune, breiige Substanz. Einer der Männer reichte Nate eine Schöpfkelle, mit der er ein paar kleine Proben des ekelhaften Zeugs in verschiedene Beweisbeutel füllte.

»Wissen die Söhne, woraus der Brei gemacht wird?«, fragte Nate.

Nach dieser Frage entspann sich ein längeres Hin und Her zwischen den Brüdern und dem Dolmetscher. Schließlich nickte Carlos. »Die Brüder sagen, Bier, Wasser und ›traditionelle Kräuter‹ – aber sie behaupten, sie wüssten nicht, welche Kräuter es sind.«

Nate verschloss den Beweisbeutel mit der »Medizin« und die Brüder verschlossen das Fass.

»Und was ist das hier?«, rief Alex von der anderen Seite der Scheune herüber. Sie stand neben einem kleinen Metallkanister, an dessen Vorderseite sich ein kleiner Wasserhahn befand.

Wieder redeten die Brüder miteinander. »In dem Kanister war Señor Garcias Medizin, als er Krebs hatte.«

Nate ging hinüber und betrachtete den Kanister. Er hatte ungefähr die

Größe eines Desktop-Computers und war, wie die meisten dieser Geräte, schwarz. Der Hahn war verchromt und hatte einen roten Drehgriff. Hinten am Gerät ragte ein Schlauch heraus, der mit einem Wasserhahn an der Wand verbunden war.

Alex trat dicht an Nate heran und flüsterte ihm zu: »Ein ähnliches Gerät habe ich in der Küche der O'Reillys gesehen. Es stand auf der Arbeitsfläche neben dem Spülbecken.«

Nate blickte seine Kollegin verblüfft an. Er spürte, dass sein Herz plötzlich schneller zu schlagen begann.

Er wandte sich wieder an die beiden Brüder. »Tut mir leid, aber wir müssen dieses Gerät als Beweismittel beschlagnahmen.«

»Danke, dass Sie so schnell gekommen sind, Juan«, sagte Nate Carrington, als er das FBI-Labor betrat. Er trug einen großen Karton herein.

»Hätte das nicht Zeit bis zum Morgen gehabt?«, fragte Juan gereizt und mit rotgeränderten Augen. Nate hatte ihn mitten in der Nacht aus dem Schlaf gerissen und ihn gebeten, sofort ins Labor zu kommen.

»Tut mir leid, aber ich komme praktisch direkt aus Buenos Aires. Dort gab es einen weiteren Zwischenfall wie der in Nevada. Wieder begann die Sache mit der Geburt von Kälbern – dieses Mal waren es mehrere. Kaum waren sie geboren, als auch schon sämtliche Tiere in der Nähe, auch die Mutterkuh, tot umfielen, insgesamt verendeten über tausend Rinder. Leider starben dabei auch dreizehn Rancharbeiter.«

»Um Gottes willen!«

Juan, jetzt plötzlich hellwach, starrte Carrington fassungslos an. Nate klopfte auf den Karton.

»Ja, so ist die Situation. Wir haben über 250 Kilogramm Beweismaterial gesammelt, das von der Joint Base Andrews hierher gebracht wird. Es ist als Biogefahrenstoff gekennzeichnet. Aber bis es eingeht…«

Er öffnete die Schachtel, die nach Bauernhof und Stalldung roch, und nahm zwei Gegenstände heraus: einen großen schwarzen Kasten mit einem Auslaufhahn und eine durchsichtige Plastiktasche, in der sich mehrere kleine Behälter befanden, die mit einer braunen, breiigen Substanz gefüllt waren.

»Was ist das?«, fragte Juan stirnrunzelnd. »Das Zeug sieht aus wie… wässriger Durchfall…«

Nate lachte. »Glauben Sie mir, es stinkt wie die Hölle, aber das ist das Zeug, das der Rancher kranken Kühen verabreichte – eine geheime ›Medizin‹. Bisher haben wir noch keinen Anlass zu glauben, dass es mit dem Vorfall zusammenhängt, aber als forensischer Analyst kann ich die Möglichkeit, dass es so sein könnte, nicht einfach von der Hand weisen.«

Aber Juan hörte nicht mehr richtig zu. Er überlegte bereits, mit welchen Experimenten er die Ursache der Katastrophe herausfinden könnte. »Hat auch der Rancher in Nevada dieses Zeug verwendet?«

Nate schüttelte den Kopf. »Nein. Aber…« – er klopfte auf den schwarzen Kasten mit dem Auslaufhahn – »auf beiden Höfen haben wir solche schwarzen Kästen gesehen.«

»Was ist das?«

Nate drehte den Kasten so, dass Juan sowohl den Auslaufhahn als auch den Zufuhrschlauch auf der Rückseite sehen konnte. »Eigentlich hatte ich gehofft, dass Sie mir das sagen könnten. Die Söhne des Ranchers in Argentinien wussten es nicht, und ihr Vater war unter den Toten.« Er deutete auf den Schlauch. »Der Schlauch war an einen Wasserhahn angeschlossen.«

»Na, wenn dieses Ding an beiden Orten gefunden wurde, an denen sich Katastrophen ereigneten, ist es auf jeden Fall ein potentiell interessanter Gegenstand. Haben Ihre Leute es schon näher untersucht?«

»Nein. Wir wollten es nicht anfassen, bevor es nicht in einem Sicherheitslabor stand, nur um sicher zu gehen.«

»Sind Sie einverstanden, dass ich es öffne?«

Nate lächelte. »Genau das war geplant.« Er zog ein Schweizer Armeemesser aus der Tasche, klappte den Schraubendreher heraus und reichte es Juan.

Juan betrachtete den Kasten genauer. Er schraubte zwei kleine Schrauben heraus, mit denen der Deckel des Kastens an der Rückseite befestigt war; an der Vorderseite ging der Deckel an Scharnieren. Er klappte den Deckel auf. Das Erste, worauf sein Blick fiel, war ein Plastikbeutel mit einer aufgeklebten Etikette.

Eigentum von AgriMed Global.

KAPITEL ZWANZIG

In Winslows Besprechungsraum breitete Juan die Fotos auf dem Tisch aus, die er von Special Agent Carrington bekommen hatte, und schob sie nacheinander zu Winslow und dem Sicherheitschef Hutchison hinüber.

»Dieses Gerät hier wurde mir heute Morgen vom FBI übergeben«, erklärte er und tippte auf eines der Fotos. »Wie Sie hier sehen, befindet sich im Gehäusedeckel ein Aufkleber, der es als Eigentum von AgriMed Global ausweist. Ich weiß bisher nur, dass dieses Gerät im Haus eines Krebspatienten gefunden wurde. Wissen Sie, ob es sich dabei um ein offizielles Gerät von AgriMed handelt, und wenn ja, wozu es verwendet wird?«

Winslow betrachtete die Fotos eingehend, dann nickte er. »Ein Metallkasten. Wasser wird durch ein geschlossenes Behältnis geleitet; ein undurchsichtiger Plastikbeutel ist darin befestigt. Das Wasser fließt durch einen Schlauch an der Rückseite in den Kasten und auf der Vorderseite durch einen Wasserhahn wieder ab. Im Innern wird das Wasser durch eine innere Kammer geleitet, in der sich eine Art Tropfinfusion befindet. Ist das eine zutreffende Beschreibung?«

»Ja«, nickte Juan. »Ich könnte allerdings nicht sagen, was sich in dem Plastikbeutel befand; dazu müsste ich ihn auseinandernehmen, und ich weiß auch nicht, wozu diese innere Kammer gedient haben soll. Haben Sie etwas Derartiges schon einmal gesehen, Dr. Winslow?«

»Ja, kommt mir bekannt vor«, nickte Winslow mit unbewegter Miene und legte die Fotos wieder auf den Tisch. »Aber ist der AgriMed-Aufkleber auf dem Plastikbeutel der einzige Hinweis auf die Herkunft? Keine anderen Etiketten oder Markierungen, etwa am Schlauch oder auf den Innenseiten des Kastens?«

»Nein, nichts. Nur dieser Aufkleber.«

Winslow presste die Lippen zusammen, starrte auf die Fotografien und brummte nachdenklich: »Ja, ich habe so etwas Ähnliches schon mal gesehen – wir benutzten solche Geräte, um bestimmte Medikamente zu dosieren. Ungefähr so, wie eine Infusionspumpe bei einer Infusionstherapie die präzise Medikamentengabe dosiert. Dieses Gerät hier funktioniert ganz ähnlich, aber statt der Pumpe wird das Medikament durch dieses kleine Schaufelrad in den Wasserstrom gemischt.« Er deutete auf eines der Fotos. »Wenn das Wasser durch die Mischkammer fließt, tropfen kleine Mengen des Inhalts des Plastikbeutels in den Wasserstrom.«

Juan beugte sich mit höchstem Interesse vor. »Dann müsste man doch wohl vermuten, dass sich in dem Beutel eine oral verabreichte Medikation befand? Und dass folglich das Wasser, das aus dem Hahn kommt, eine bestimmte Dosis dieses Medikaments enthält?«

»Richtig, aber soweit ich weiß, wurde dieses Gerät nur bei Tierversuchen eingesetzt«, sagte Winslow mit besorgter Miene und trommelte mit den Fingern auf die Tischplatte. »Bei klinischen Versuchen mit Menschen wurde es nie eingesetzt, vermutlich, weil es viel zu umständlich war. Wer will schon diesen großen Kasten benutzen? Die meisten Menschen würden eher Pillen schlucken oder sich Spritzen setzen lassen.«

Doch Juan konnte sich auch bösartige Absichten vorstellen. »Aber nehmen wir mal an, jemand will verhindern, dass die Person gar nicht erfährt, dass sie etwas einnimmt? In diesem Fall wäre doch so ein Gerät recht nützlich?«

Winslow runzelte die Stirn. »Hm… ja, vorausgesetzt, das Medikament ist geschmacklos… Denkt denn das FBI, dass es so sein könnte?«

»Nein, nichts dergleichen. Soweit ich weiß.« Aber Juan musste sich eingestehen, dass ihm Carrington vermutlich nicht alles erzählt hatte, was er wusste.

»Hat das FBI auch im Innern des Kastens nach Fingerabdrücken gesucht?«, fragte Hutchison und starrte Juan durchdringend an, wie es seine Art war.

»Mist – daran hab ich überhaupt nicht gedacht. Aber ich glaube nicht.« Juan lehnte sich in seinem Ledersessel zurück. Plötzlich fühlte er sich wie erschlagen, schließlich hatte er eine fast schlaflose Nacht hinter sich. »Tut mir leid, aber ich glaube, auch der Agent hatte schon sehr lange nicht mehr geschlafen… Wir haben beide versäumt, den Kasten auf Fingerabdrücke zu untersuchen. Ich habe schon seit über 36 Stunden nicht mehr geschlafen. Ich werde den Agenten gleich mal anrufen…«

Hutchison schüttelte den Kopf. »Nicht nötig, ich rufe meine Kontakte an. Ich muss sowieso noch ein paar andere Dinge mit dem FBI klären.«

Juan nickte und wandte sich wieder an Winslow. »Kann es sein, dass der Kasten ein rechtmäßiges, offizielles Produkt von AgriMed ist?«

»Für Versuche mit Menschen? Ausgeschlossen!«, antwortete Winslow mit wütender Miene. »Wie ich schon sagte: Solche Geräte wurden von uns nur bei Tierversuchen eingesetzt. Und auch alle anderen Versuche, an denen wir nur als Partner beteiligt sind, werden strengstens überwacht. Niemals würden wir bei einer klinischen Studie ein primitives Autodosierungsgerät wie dieses hier einem Probanden übergeben, damit er es bei sich zu Hause aufstellt und benutzt. Die Gefahr wäre einfach zu groß, dass Nicht-Probanden das Medikament versehentlich einnehmen oder dass der Proband selbst die Dosierung manipuliert.«

Juan betrachtete nachdenklich den schwarzen, anscheinend harmlosen Kasten – und plötzlich stieg eine furchtbare Vorahnung in ihm auf. »Was zum Henker wird damit dosiert?«, murmelte er wie im Selbstgespräch. Doch gleichzeitig musste er ein mächtiges Gähnen unterdrücken.

Winslow wies auf die Kaffeemaschine an der Wand. »Soll ich Ihnen einen Kaffee holen?«

»Nein, danke. Ich kann nicht mehr klar denken, ich glaube, ich sollte jetzt einfach mal eine Runde schlafen. Wenn wir schon beim Thema sind: Das Hotelzimmer ist zwar ganz nett, aber wann darf ich wieder in meine Wohnung zurück?«

Winslow schaute Hutchison fragend an, der aber ein paar Sekunden lang schwieg. »Im Moment noch nicht. Ich habe mit ein paar Leuten vom FBI gesprochen, mit denen Sie zusammenarbeiten. Wir haben vereinbart, dass Sie vorerst noch im Hotel bleiben. Das ist sicherer.«

Der Mann hatte früher beim Militärischen Nachrichtendienst gearbeitet und wusste sicherlich mehr, als er Juan erzählten wollte. Juan ärgerte sich zwar darüber, aber vielleicht war es auch besser so. Er hatte ohnehin schon Albträume von Männern mit deutschem Akzent, die in seine Wohnung einbrachen. Vielleicht wollte er gar nicht wissen, in welcher Gefahr er sich befand.

»Na gut.« Juan stand auf und wies mit einer Kopfbewegung auf die Fotos. »Vielleicht sollte ich die Fotos schreddern? Wahrscheinlich hätte ich sie gar nicht ausdrucken sollen.«

Hutchison schob die Fotos zusammen und nahm sie an sich. »Ich kümmere mich darum.«

Winslow begleitete Juan zur Tür und klopfte ihm auf die Schulter. »Sie sehen wirklich erschöpft aus. Soll ich Sie von Carl zum Hotel fahren lassen?«

Juan stellte sich den früheren Navy SEAL vor und schüttelte den Kopf. »Danke, aber Sie brauchen Carl damit nicht zu belästigen. Ich nehme ein Taxi.«

Aber als er die Tür hinter sich zuzog, glaubte er Winslow etwas flüstern zu hören, das sich wie »Lassen Sie ihn bewachen« anhörte.

Obwohl es inzwischen früher Nachmittag war, hatte sich der dringend benötigte Schlaf noch immer nicht eingestellt. Er hatte die Vorhänge zugezogen, so dass es dunkel genug war; trotzdem lag Juan immer noch hellwach in seinem Bett. Die Klimaanlage lief auf Hochtouren, weshalb er die Decke bis zum Kinn hochgezogen hatte.

Na gut, es war nicht sein Bett und auch nicht seine Wohnung. Seit dem Einbruch war sein Leben reichlich irreal geworden; er konnte sich noch immer nicht daran gewöhnen, dass irgendwo Leute herumliefen, die ihn bedrohten und ihm gefährlich werden konnten. Und die, was noch schlimmer war, die Ergebnisse seiner Arbeit missbrauchten.

Es gelang ihm nicht, sein Gehirn herunterzufahren, trotz seiner Erschöpfung. Es gab einfach zu viele Fragen, die sich ihm aufdrängten. Wie zum Beispiel, ob Winslow und Hutchison ihm gegenüber wirklich völlig aufrichtig waren? Oder hatte er nur einfach missverstanden, was Winslow gesagt hatte, als Juan die Tür geschlossen hatte?

Deshalb hatte er sich auf der gesamten Rückfahrt zum Hotel immer wieder nach Carl Weatherby umgeblickt. Es war zwar eine Weile her, dass er die beiden namenlosen Typen in Anzügen gesehen hatte, und auch auf dieser Fahrt hatte er niemanden bemerkt. Aber das musste nicht viel heißen.

»Scheiße«, murmelte Juan in der Dunkelheit vor sich hin. »Wenn AgriMed hinter mir her ist, bin ich sowieso erledigt.«

Er verdrängte den Gedanken, dass es eine Verschwörung geben könne. Das Handy summte.

Stöhnend nahm er es vom Nachttisch. »Ja?«

»Hi Juan, hier ist Kathy O'Reilly. Erinnern Sie sich noch an mich?«

Juan fuhr förmlich aus dem Bett hoch und setzte sich aufrecht. Und trotz aller Befürchtungen und Sorgen, die ihn quälten, musste er unwillkürlich lächeln, als er ihre Stimme hörte. »Hi Kathy, wie geht's Ihnen. Und wie geht es Ihrem Vater?«

»Uns geht es gut. Ich habe gerade mit meinem Vater telefoniert, und das ist der Grund, warum ich anrufe. Ich möchte mich noch einmal bei Ihnen bedanken für das, was Sie für uns getan haben. Mein Vater hat sich gerade noch einmal untersuchen lassen und die Ärzte haben ihm bestätigt, dass er wieder vollkommen gesund ist. Der Krebs ist völlig verschwunden. Sie haben meinem Vater das Leben gerettet.«

»Das freut mich wirklich zu hören. Manchmal gibt es doch noch Wunder. Ich nehme an, Sie sind wieder in Georgetown?«

»Ja. Und ich... äh...« Plötzlich klang ihre Stimme unsicher, fast schüchtern. *»Ich würde mich freuen, wenn ich Sie... irgendwann einladen dürfte... um das zu feiern...«*

Juan war es, als schösse ein Stromstoß durch seinen Körper. »Natürlich, gern!« Aber kaum hatte er es gesagt, als ihm auch schon klar wurde, dass es momentan kein günstiger Zeitpunkt war – er hatte einfach zu viel um den Kopf. »Ähm, ich würde definitiv sehr gerne mit Ihnen ausgehen, aber im Moment habe ich einfach zu viel Arbeit. Und ich bin nicht sicher, wann ich einen Abend frei machen kann.«

»Oh, kein Problem, ich verstehe«, sagte Kathy in beiläufigem Ton, als sei es tatsächlich völlig unwichtig. *»Wenn Sie mal Zeit finden, rufen Sie mich einfach an. Ich meine, wenn Sie es wirklich wollen. Aber, wie gesagt, tun Sie sich bitte keinen Zwang an.«*

»Ich melde mich, Sie können sich darauf verlassen«, sagte Juan schnell. »Es ist abgemacht.« Als er das Gespräch beendete, fühlte er sich wie ein Teenager beim ersten Date.

Er ließ sich wieder auf das Kissen zurücksinken. Die weiche Matratze schien ihn zu verschlucken. Und mit Kathys strahlendem Lächeln vor Augen glitt er schließlich in den lang ersehnten Schlaf.

Wie immer hatte Frank Probleme mit der Gangschaltung des alten Chevy-Pickup, und Megan hatte Probleme mit dem Stillsitzen. Aufgeregt wie ein kleines Schulmädchen rutschte sie auf dem Beifahrersitz hin und her. »Ich kann es kaum erwarten, ihn anzuschalten!«

»Mein Gott, Frau, man könnte meinen, ein neuer Fernseher sei ein Jahrhundertereignis!«

»Ist es auch! Oder jedenfalls für eine Frau wie mich, die seit hundert Jahren Ameisenhaufen statt klare Fernsehbilder zu sehen bekommen hat!«, schnaubte Megan. »Weißt du überhaupt noch, wann wir uns das letzte Mal einen neuen Fernseher gekauft haben?«

»Klar weiß ich das noch.« Tatsächlich erinnerte sich Frank daran, als sei es erst gestern gewesen. »Du warst schwanger mit Kathy und wolltest unbedingt einen Farbfernseher, bei dem man keine Röhren auswechseln muss.«

»Genauso war es, du sturer Esel! Und das heißt, dass es vor über fünfundzwanzig Jahren war! Und seit zwanzig Jahren flehe ich zum Himmel, dass der alte Zenith endlich den Geist aufgibt!«

Auf dem Rücksitz bellte Jasper zustimmend.

Frank warf einen Blick auf die Einkaufstaschen, die im Fußraum vor Megans Füßen standen. »Der neue Fernseher wird dich aber hoffentlich nicht daran hindern, ein ordentliches Abendessen zu kochen? Ich bin am Verhungern.«

Frank lenkte den Chevy auf den Vorplatz vor dem Haus, und Megan klopfte ihm auf den Oberschenkel. »Du schließt den neuen Fernseher an und richtest die Programme ein, während ich das Abendessen koche. Deal?«

Frank grinste. »Deal.«

Megan nahm die Taschen, während Frank die Heckklappe öffnete, um den neuen Fernseher auszuladen.

Er wollte gerade die Sicherungsgurte um den großen Karton lösen, als Megan schrie: »Frank!«

Frank blickte auf und sah, dass sie von der Haustür zurückwich. Jasper stand neben ihr und knurrte aggressiv. Und vor ihr stand die Haustür einen Spaltbreit offen. An der Tür und an der Zarge waren große Stücke Holz herausgebrochen worden; Holzsplitter lagen auf dem Boden.

Jemand war in ihr Haus eingebrochen.

Frank rannte hinüber, gleichzeitig zog er seine Smith & Wesson-Pistole Kaliber .45 aus dem Gürtelholster.

»Sei vorsichtig!«, zischte Megan. »Vielleicht sind sie noch im Haus.«

Jasper knurrte noch aggressiver und drängte sich vor Frank durch den Türspalt ins Haus.

Frank wusste, dass sich eine Patrone in der Kammer befand; er hielt die Pistole in der klassischen »Weaver stance« mit beiden Händen ausgestreckt vor sich, während er die Tür mit dem Fuß vollends aufstieß und vorsichtig in den Flur eindrang. Jasper schnüffelte bereits in der Küche herum, kam in den Flur zurück und wedelte mit dem Schwanz. Wenn der Hund keine Gefahr mehr witterte, war das schon mal ein gutes Zeichen. Frank wusste, dass Jasper ein gutes Gespür für solche Dinge hatte.

Trotzdem behielt er seine Schusshaltung bei, während er nacheinander die Räume sicherte, zuerst im Erdgeschoss, dann auch im Obergeschoss. Erst als er völlig sicher war, dass sich niemand mehr im Haus befand, schob er die Waffe wieder in das Holster und rief Megan herein.

»Megan, alles in Ordnung, du kannst reinkommen. Anscheinend hat jemand die Haustür mit einem Brecheisen aufgestemmt. Sieht aber nicht so aus, als hätten sie etwas gestohlen.«

Megan trug die Einkaufstaschen in die Küche. »Franklin, das spielt keine Rolle. Du rufst auf jeden Fall den Sheriff an.«

Während einer der Beamten von der Polizei von Lincoln County Fingerabdrücke an der Tür sicherte, nahm ein anderer die Aussage von Frank und Megan auf. »Sind Sie sicher, dass nichts gestohlen wurde?«

Frank nickte. »Wir haben uns genau umgeschaut. Nichts fehlt.«

»Das ist sehr seltsam, Mr. O'Reilly.« Der Polizist deutete auf die Vitrine, in der Megan ihr bestes Porzellangeschirr sowie das Silberbesteck verwahrte, das sie von ihrer Großmutter geerbt hatte, aber nie benutzte. »Sie haben hier ein paar Sachen, die sicherlich nicht wertlos sind, alles ist offen ausgestellt, die Einbrecher hätten das Silber ohne Probleme stehlen können.«

Franks Uhr piepte. Megan fuhr ihm leicht über die Haare und meinte: »Den Alarm kannst du doch jetzt abschalten, Lieber? Der Arzt hat doch gesagt, dass du vollkommen geheilt bist, deshalb brauchst du die Medikamente nicht mehr einzunehmen.«

Frank stöhnte. »Kathy hat das verdammte Ding programmiert. Du hast recht – ich werde einfach wieder meine alte Timex tragen. Das ist einfacher, als herauszufinden, wie man den Alarm abschaltet.«

Megan ging in die Küche, und plötzlich verschwand ihr Lächeln. Sie drehte sich zu Frank um. »Oh, Frank, was hast du mit dem Kasten gemacht, den dir das Krankenhaus gegeben hat? Er steht nicht da, wo er war.«

Frank ging in die Küche und starrte verblüfft auf die Stelle, wo der schwarze Kasten gestanden hatte, den er vom Veteranenkrankenhaus mit nach Hause gebracht hatte. »Verdammt.« Er drehte sich zu dem Polizisten um. »Sieht so aus, als hätten die Einbrecher doch etwas gestohlen.«

Es war ein langer Tag gewesen und Frank war erschöpft. Er hatte den neuen Fernseher eingerichtet, den alten auf der örtlichen Deponie ordnungsgemäß entsorgt, ein neues Schloss an der Haustür eingebaut und die herausgebrochenen Stellen in der Zarge ausgebessert. Bis er sich endlich ins Bett fallen lassen konnte, war Megan längst eingeschlafen.

Eine Weile starrte er an die Decke und grübelte darüber nach, was die Einbrecher wohl gesucht haben mochten. Warum sollte jemand in ein Farmhaus einbrechen, um ein medizinisches Gerät zu stehlen? War das Ding wertvoll? Und was würde er sagen, wenn sich das Veteranenkrankenhaus meldete und den Kasten zurückhaben wollte?

Nur würden niemand vom VA anrufen, das wusste Frank genau. Es war, als hätten sich alle Personen, die mit der Klinischen Studie zu tun gehabt hatten, in Luft aufgelöst, und niemand sonst im VA schien darüber Bescheid zu wissen. Bis heute hatte sich Frank darüber keine großen Gedanken gemacht – er hatte sich von der Krankheit erholt und hatte nicht vor, sich darüber zu beklagen –, aber allmählich kam ihm diese ganze Sache doch reichlich seltsam vor.

Was mochte wohl an diesem Kasten so wichtig sein, dass jemand in ein Haus einbrechen und ihn stehlen würde?

Frank erinnerte sich an den Arzt und die Klinische Studie, an der er teilgenommen hatte, und wie plötzlich das alles von der Bildfläche und aus dem VA verschwunden war. Keine Frage, die Sache war hochgradig verdächtig.

Hatte da jemand etwas zu verbergen?

Plötzlich schoss Frank ein furchtbarer Gedanke durch den Kopf.

Er schaltete das Licht ein, zog die Schublade des Nachtschränkchens auf und durchsuchte kurz den Inhalt. Schließlich fand er es: eine Visitenkarte. Er stand auf und wählte die Nummer.

Nach mehrmaligem Klingeln meldete sich endlich eine müde Stimme. *»Carrington.«* Sie klang, als sei der Agent aus dem Schlaf gerissen worden.

Erst jetzt warf Frank einen Blick auf die Uhr und verzog das Gesicht. »Oh, Agent Carrington... Hier ist Frank O'Reilly. Tut mir leid, dass ich so spät noch anrufe, ich hatte keine Ahnung, wie spät es ist... Ich hätte bis morgen warten sollen...« Er hörte, dass sich Megan im Bett herumwälzte, aber sie wachte nicht auf.

»Ist okay, Mr. O'Reilly. Wie kann ich Ihnen helfen?«

»Na ja, ich dachte mir, dass Sie das vielleicht erfahren sollten, was sich heute ereignet hat. Jemand ist in unser Haus eingebrochen und hat das medizinische Gerät gestohlen, das mir das VA für meine Krebstherapie gegeben hat.«

»Sie meinen – den schwarzen Kasten mit dem Ausgusshahn?« Carrington klang plötzlich hellwach.

»Genau den. Und nachdem das passiert war, ist mir noch etwas anderes eingefallen. Ich hatte das längst vergessen. Das war damals, als die Rinder starben. Bevor das passierte, war eine der trächtigen Färsen krank geworden, aber ich war nicht sicher, ob ich sie keulen lassen sollte oder nicht. Deshalb habe ich ihr ein wenig von meiner Medizin zu trinken gegeben – das war ja eigentlich nur Wasser, dachte ich, was konnte das schon schaden? Sie hat sich dann auch tatsächlich erholt, aber ich weiß natürlich nicht, ob das Medikament etwas damit zu tun hatte. Und ich weiß auch nicht, ob es etwas mit dem zu tun hatte, was sich dann später auf der Weide abspielte. Aber allmählich denke ich... Ach, ich weiß nicht, was ich denken soll. Bei mir wirkte das Medikament sehr gut, aber die ganze Klinische Studie kommt mir reichlich verdächtig vor, und jetzt wurde auch noch der Kasten vom VA gestohlen… Ich dachte einfach, dass Sie das erfahren sollten. Tut mir leid, dass mir die Sache mit der Färse nicht schon früher eingefallen ist.«

»Mr. O'Reilly, vielen Dank für die Information. Eine Frage noch: Haben Sie nach dem Einbruch die Polizei gerufen, und wenn ja, wurden Fingerabdrücke genommen?«

»Ja, Sir, die Polizei war hier und hat auch die Fingerabdrücke gesichert.«

»Okay, sehr gut. Ich werde mich direkt mit der Polizeistation in Verbindung setzen. Nochmals vielen Dank, Mr. O'Reilly, was Sie mir erzählt haben, ist sehr hilfreich.«

Frank beendete das Gespräch, schaltete das Licht aus und ließ sich wieder auf das Kissen sinken.

Megan wälzte sich zu ihm herum und legte ihm den Arm um die Brust. »War das Kathy?«

»Nein, Liebes. Schlaf weiter.«

Er zog Megan an sich, schloss die Augen und hoffte, die ganze Sache jetzt wenigstens für ein paar Stunden vergessen zu dürfen.

KAPITEL EINUNDZWANZIG

»Sie wollen mir allen Ernstes sagen, dass dieser Brei Kokain enthält?«, fragte Juan verblüfft und wedelte mit dem Analysebericht. »Und Urea? Da ist also auch Pisse drin?«

John Hendrickson nickte. Der FBI-Analyst war Juan zugeteilt worden, um ihn bei seiner Arbeit zu unterstützen. »Ich habe mit dem Zeug, das Sie mir geschickt haben, Gaschromatographietests und Infrarotspektroskopieanalysen durchgeführt. Die Testergebnisse stimmen überein, was die allgemeine chemische Zusammensetzung angeht. Das Gebräu würde bei jedem Normalsterblichen Albträume verursachen.«

Juan, der auf einem der hohen Metalllaborhocker saß, lehnte sich gegen die Arbeitsfläche und blätterte den Rest des Berichts durch. »Sieht also aus, als hätten Sie die wichtigsten Komponenten von Bier und Tierpisse gefunden, aber das sind doch säurehaltige oder saure Komponenten, und trotzdem ist der pH-Wert insgesamt immer noch neutral?«

Hendrickson nickte erneut und blätterte in seiner Kopie des Berichts. »Gehen Sie mal zu Seite 12. Dort sind die organischen Komponenten aufgelistet, die den Säurewert ausgleichen.«

Juan blätterte weiter und stutzte, als er zu der Mikrobiologischen Analyse kam. »Dieses Zeug wimmelt auch nur so von Bakterien.«

»Genau. Und jetzt blättern Sie mal auf Seite 35. Sehen Sie? Dort sind auch recht kleine Sporen aufgeführt. Die werden im Moment noch analysiert, aber sie sehen aus wie die Sporen, die wir in der Wasserprobe gefunden haben, die Sie uns schickten. Wie gesagt, wir wissen noch nicht genau, was für Sporen es sind, aber ihr Durchmesser beträgt ungefähr 400 Nanometer und aus ihrer Proteinzellwand ragen seltsame Fäden heraus.«

Juan betrachtete das Mikrofoto, das in dem Bericht abgebildet war. »Das… das ist ein Kapsid«, rief er aus. »Was zum Teufel ist darin? Vielleicht ein Virion? Und wenn ja, wofür ist es kodiert?«

Der Labortechniker starrte Juan verwirrt an. »Verzeihung, Dr. Gutierrez, aber wovon reden Sie? Ich weiß natürlich ungefähr, was Sie meinen, aber mir ist nicht klar, welche Rolle Kapside und Virionen bei dieser Sache spielen?«

»Tut mir leid. Kapsid heißt ›kleine Kapsel‹, damit bezeichnet man eine komplexe, regelmäßige Struktur aus Proteinen, die als Verpackung eines Virusgenoms dient. Ein Virion ist ein Viruspartikel, das sich außerhalb einer Zelle befindet. Es ist oftmals von einer Proteinhülle umgeben, also von einem Kapsid. Wir benutzen sie in der genetischen Forschung, weil man damit genetisches Material einführen kann. Ganz grob vereinfacht hat es etwas mit dem lysogenen Zyklus zu tun, also mit einem Vermehrungszyklus, bei dem das virale Genom in das Genom der Wirtszelle eingebaut wird, ohne dass diese zerstört wird. Man induziert einen kapsiden Selbstorganisationsprozess… Können Sie mir noch folgen?«

»Nicht so ganz...«

»Na, jedenfalls kann man dann das von der Proteinkapsel umgebene Virus zum Beispiel in Wasser einbringen, so dass die Probanden etwas trinken, das im Grunde Sporen enthält. Die Magensäure hilft dann mit, den Viralagenten zu aktivieren, der sich wiederum sein Ziel sucht und seine DNA in die Wirtszelle einführt. Das ist eigentlich schon alles. Ziemlich einfaches Verfahren.«

»Einfach? Wenn Sie es sagen…« Der Labortechniker verzog das Gesicht.

Juan klopfte auf den Bericht. »Können Ihre Leute diese Virionen genauer analysieren und die DNA für mich aufschlüsseln?«

Hendrickson nickte. »Ja, aber wir werden wahrscheinlich ein paar Tage brauchen, weil wir erst einmal herausfinden müssen, wie wir die Analyse durchführen können. Solche Dinge machen wir nämlich nicht jeden Tag, wenn Sie verstehen, was ich damit sagen will.«

»Ja, verstanden.« Juans Gedanken wanderten zu dem Biosicherheitslabor, in dem er Proben des Wasserdosierungsgeräts und des Breis aufbewahrte. »Ach, noch etwas. Ich weiß, diese Mikrofotos sehen identisch aus, aber ich möchte, dass Sie separate Tests mit dem Brei und dem Wasser durchführen. Ich will wissen, ob sie definitiv dasselbe sind.«

Der Techniker nickte, nahm seine Papiere und ging zur Tür. »Ich denke, bis übermorgen haben wir die Ergebnisse.«

Der Hocker knarrte, als sich Juan umdrehte, so dass er zum Biosicherheitslabor hinüber blickte. Er hasste das umständliche Einkleiden mit dem Sicherheitsanzug, und noch mehr hasste er den Desinfizierungsprozess, wenn er wieder aus dem Labor herauskam. Er seufzte tief auf und ging zu dem Schrank hinüber, in dem sein Druckanzug hing.

»Die Mäuse werden diesen Stinkbrei ganz bestimmt nicht schlucken wollen. Versuchen wir es mal mit dem Wasser und spielen ein wenig genetisches Roulette«, murmelte er vor sich hin, während er den blauen Anzug aus dem Schrank nahm. »Mal sehen, was dann passiert.«

Wie gewöhnlich verspürte Juan leichte Platzangst, als er in seinem Druckanzug im Biosicherheitslabor saß. Neben ihm saß Jennifer, eine der wenigen FBI-Labortechniker, die befugt waren, das Sicherheitslabor zu betreten. Beide beugten sich über Jennifers Bericht.

»Wie haben Sie herausgefunden, dass die Maus trächtig ist?«, fragte Juan. »Ich dachte, es gibt keinen verlässlichen nicht-invasiven Test?«

Ihre Stimme kam knisternd und metallisch aus den winzigen Lautsprechern im Druckanzug. »Schwangerschaftstests auf Urinbasis funktionieren nicht bei Mäusen, wie Sie wahrscheinlich wissen. Wir verwenden einen erst kürzlich entwickelten Fäkaltest. Der Kot liefert uns einen ziemlich zuverlässigen Indikator.« Sie deutete auf die Papiere und hielt sie so, dass er durch seinen Gesichtsschutz einen Blick darauf werfen konnte. »In diesem Fall zeigen die Progesteronwerte im Fäkalmaterial ein klares Ergebnis. Unser Mädchen ist definitiv schwanger… äh, trächtig.«

»Wie weit fortgeschritten?«

Jennifer deutete auf eine der Grafiken in ihrem Bericht. Juan sah, dass der Progesteronwert vor über zwei Wochen stark angestiegen war.

»Ungefähr 17 Tage«, antwortete Jennifer.

Juan betrachtete die Maus in ihrem Käfig, der im Biosicherheitskabinett stand. »Na, schauen wir mal, ob sie durstig ist.«

Er nahm einen kleinen Behälter, der mit dem sporenhaltigen Wasser gefüllt war, und schwenkte ihn, um das Wasser kräftig durchzumischen. Mit einer Pipette entnahm er fünf Milliliter Wasser und träufelte es in den Trinkwasserbehälter. Dann schob er mit zwei Zangen den Trinkwasserbehälter vorsichtig in das Sicherheitskabinett und hängte ihn in den Käfig.

»Die Trächtigkeitsdauer liegt zwischen 18 und 23 Tagen«, sagte Juan. »Wir stehen also kurz vor der Geburt, deshalb müssen wir einen Schichtdienst einrichten. Wir müssen die Maus von heute an rund um die Uhr beobachten. Wir trennen die trächtige Maus vom Vater, den wir in einen zweiten Käfig setzen, und beobachten beide genau. Ach, noch was – haben wir auch Käfige mit Wühlmausgitter?«

»Kann ich beschaffen, denke ich. Aber wozu?«

»Nur als Vorsichtsmaßnahme. Mir ist natürlich klar, dass neugeborene Mäuse noch nicht laufen können, und selbst wenn sie es könnten, würden sie sich wohl nicht zwischen den Gitterstäben dieses Käfigs hier hindurchquetschen können. Aber ein Wühlmausgitter hat noch viel engere Maschen. Und weil wir nicht wissen, womit wir es hier zu tun haben, möchte ich lieber auf Nummer sicher gehen.«

Sie nickte. »Alles klar, Dr. Gutierrez. Ich beschaffe Ihnen sofort zwei neue Käfige.« Sie drehte sich so, dass sie ihm direkt ins Gesicht blicken konnte, und fragte in besorgtem Ton: »Glauben Sie wirklich, dass hier etwas… hm, Dramatisches passieren könnte?«

Juan zuckte die Schultern. »Ehrlich, ich weiß es nicht. Hendricksons Testergebnisse zur genetischen Beschaffenheit des Virions sind schlicht verrückt. Ich lasse die Computer rund um die Uhr laufen, um herauszufinden, was die Leute getan haben, die das Virion hervorbrachten. Machen wir uns einfach auf das Schlimmste gefasst. Ständige Überwachung durch Video. Wenn wir uns genau an die Vorschriften halten, sollte es keinen Grund zur Sorge geben.«

»Ja, ich verstehe.«

Als Jennifer zur Dekontaminierungsdusche ging, drehte sich Juan wieder zum Biosicherheitskabinett und schaute zu, wie die Maus das infizierte Wasser trank.

»Na, was für ein Babymonster wirst du in die Welt setzen?«

Mit blutunterlaufenen Augen beobachtete Juan die Maus, die ihr Fell putzte. Immer wieder blickte er seufzend zur Laboruhr hinüber. 5 Uhr. Die Minuten krochen dahin. Noch zwei Stunden, bis Jennifer ihn ablösen würde.

Ein Summer ertönte, das Zeichen, dass jemand draußen im Labor seine Aufmerksamkeit erregen wollte. Juan drückte auf die Sprechtaste seines Druckanzugs. »Neunzehnter Tag, und alles ist in bester Ordnung«, sagte er ironisch.

»Dr. Gutierrez, hier ist John Hendrickson. Ich wollte nur kurz vorbeischauen, um Ihnen noch ein paar Berichte zu bringen, aber ich sehe gerade, dass auf einem Ihrer Monitore eine Nachricht blinkt, ›Übereinstimmung gefunden‹. Ich dachte, dass Sie das vielleicht wissen möchten.«

»Oh, hallo John. Ich muss noch zwei Stunden hier drin bleiben, bis mich Jennifer ablöst. Könnten Sie mal auf eine Taste drücken und mir vorlesen, was der Computer meldet?«

»Äh, ja, klar.« Hendricksons Stimme klang ein wenig besorgt. *»Wenn Sie sicher sind, dass ich da nichts falsch mache… Ich weiß, dass Sie diese Simulationen schon seit einer Woche laufen lassen.«*

Juan schaute auf die Betonwand, die das Labor vom Sicherheitslabor trennte, und seufzte. »Nein, das ist okay. Sie können nichts falsch machen. Drücken Sie einfach auf irgendeine Taste.«

»Okay…«

Juan zählte seine Herzschläge, während er auf das wartete, was der Techniker vorlesen würde. Eins… zwei… drei…

»Okay«, sagte Hendrickson nach kurzem Zögern, »ich lese es Ihnen Wort für Wort vor. ›Diese Annotation weist vier von neun Introns durch Alignment nach. Neunzig Prozent der annotierten Sequenz werden durch Isoform-Nachweis bestätigt. Die Gesamtlänge der Annotation beträgt 1 533 Basen…‹«

»Moment!«, unterbrach ihn Juan. »Tut mir leid, aber haben Sie die Taste Bild unten gedrückt? Ach, macht nichts, drücken Sie einfach auf die Bild oben-Taste, bis Sie zu der Zusammenfassung kommen. Sie steht bei solchen Berichten immer am Anfang.«

Wieder eine Pause. *»Okay, hier ist die Zusammenfassung. ›Peakmuster stimmen für 1 965 Annotationen überein. Die Treffer setzten nach 18 500*

Evolutionszyklen ein und setzten sich fort, bis sie bei 201 023 Evolutionszyklen die Peakmuster-Übereinstimmung erreichten.‹«

Hendrickson verstummte, dann fragte er: *»War es das, was Sie hören wollten?«*

Juan hatte inzwischen eine schnelle Kopfrechnung durchgeführt. »Heilige Scheiße. Drei Millionen Jahre?«

»Äh... Dr. Gutierrez?«

Juan schüttelte ungläubig den Kopf. »Sorry, John. Ja, das war es, was ich hören wollte. Danke, dass Sie mir die Ergebnisse vorgelesen haben. Ich schaue mir Ihre Berichte an, sobald ich hier raus komme.«

»Okay, Doc, aber falls es Fragen gibt – ich gehe jetzt erst mal nach Hause. Meine Schicht hätte eigentlich schon vor acht Stunden enden sollen... Gute Nacht!«

Der Lautsprecher verstummte.

Juan rief sofort Agent Carrington an.

In Juans Helmlautsprecher klang Nates Stimme ein wenig mürrisch. *»Juan? Ist alles in Ordnung?«*

»Na ja, wie man's nimmt. Eher nicht. Wir haben eine Übereinstimmung bei dem Zeug gefunden, das sich in diesem Wasserdosierungsapparat befand. Damit ist bestätigt, dass sie meinen Algorithmus verwendet haben. Aber es kommt noch schlimmer: Sie haben genetische Fragmente erzeugt, die wir bei Menschen erst in drei Millionen Jahren sehen werden.«

»Wow. Wollen Sie damit sagen...?«

»Ja, genau das. Was auch immer ich vor ein paar Stunden meiner schwangeren Maus hier zu trinken gegeben habe, stammt aus einem genetischen Experiment, das ich mir niemals hätte vorstellen können. Bei dieser Veränderung sind fast zweitausend verschiedene Gene involviert. Ich finde keine Worte, um auszudrücken, wie gefährlich so etwas sein kann.«

»Und dieses Zeug haben sie Krebspatienten zu trinken gegeben!«, platzte Nate entsetzt heraus.

Juan schnappte nach Luft. »Sie haben *was?«*, brüllte er entsetzt.

»Scheiße, das hätte ich Ihnen nicht sagen dürfen. Aber jetzt ist es passiert. Ja, an beiden Tatorten – in Nevada und in Argentinien – hat jeweils ein Krebskranker das, hm, angereicherte Wasser aus einem dieser Dosierungsgeräte getrunken.«

Juan stöhnte verzweifelt auf. »Und was geschah dann mit den Krebspatienten? Haben sie überlebt?«

»Einer starb, aber offenbar deshalb, weil er mit einem der Kälber in Kontakt kam. Der andere lebt, und soweit ich weiß, geht es ihm gut.«

Juans Gedanken überschlugen sich. »Nate, ich kann Ihnen gar nicht sagen, wie sehr ich mir Sorgen über dieses Zeug mache, das sich in dem Wasserbehälter befindet. Wahrscheinlich würde ich ein paar Jahre brauchen, und zwar mit einem ganzen Team von Assistenten, um herauszufinden, was zum Teufel diese DNA-Manipulationen…«

Juan verstummte plötzlich, als er sah, dass sich die Maus tiefer in das Streu in ihrem Käfig wühlte und ihre Genitalien leckte. Er beugte sich näher, so dass sein Helmvisier gegen den Rahmen des Biosicherheitskabinetts stieß.

»Juan?«, fragte Nate. *»Sind Sie noch da?«*

»Ja. War momentan abgelenkt – die Maus bringt gerade ihr Junges zur Welt.«

»Gerade jetzt?«

»Ja, gerade jetzt. Bleiben Sie dran.«

Juan schaute zu, wie ein winziges rosa Etwas erschien. Fast sofort hörte die Maus auf, an der Neugeburt zu lecken. Sie fiel auf die Seite und streckte sich.

Ein rosafarbenes, nacktes Minimäuschen wand sich mühsam heraus und fiel in die Streu.

Juans Hände verkrampften sich am Rand des Labortischs. Er spürte förmlich, wie ihm das Blut aus dem Gesicht wich. »Nate… wir haben ein Problem.«

Die Muttermaus lag hilflos in der Streu; ihre Beine zuckten wild, während sie ein zweites Junges gebar. Plötzlich zeigte die zweite Maus, der Vater, der im zweiten Käfig saß, Anzeichen höchster Unruhe.

»Juan, sind Sie noch da?«

Juan beobachtete wie gebannt die Mäuse. Beide erwachsenen Mäuse waren am Verenden, während die beiden Jungen mit lautem Quieken protestierten.

Juan wurde schwindelig; hastig atmete er tief ein, erst jetzt merkte er, dass er den Atem schon eine ganze Weile angehalten haben musste, während er etwas beobachtete, das eigentlich nicht möglich sein sollte.

»Juan! Melden Sie sich!«, kam erneut Nates Stimme durch den Helmlautsprecher. *»Muss ich ein Rettungsteam schicken?«*

»Nein«, sagte Juan und atmete noch einmal tief durch, was aber im Helm wie ein Keuchen klang. Er wich von dem Sicherheitskabinett zurück. »Nate, ich weiß jetzt, was auf den Rinderfarmen geschehen ist. Und die Menschen, die dieses Zeug eingenommen haben... sie könnten eine Gefahr für ihre gesamte Umwelt sein.«

»Ich bin in zehn Minuten bei Ihnen.«

Juan lehnte das Glas Eiswasser ab, das man ihm anbot. »Ich denke, Sie werden verstehen, warum ich im Moment eine gewisse Abneigung gegen Wasser habe.« Er griff nach einer der kleinen Diätcolaflaschen, die auf dem Konferenztisch standen.

Nate grinste. Sie standen in einem Konferenzraum im FBI-Hauptquartier, in dem sich mindestens ein Dutzend FBI-Agenten und andere Mitarbeiter versammelt hatten, mit denen Juan noch nie etwas zu tun gehabt hatte. Nate hatte ihm nur einen der Anwesenden vorstellen können – Jeff Binghamton, den Stellvertretenden Direktor der Kriminalabteilung des FBI –, als ein äußerst gepflegter, eleganter Mann in den Fünfzigern hereinkam und es absolut still wurde.

Der Mann ging selbstsicher direkt auf Juan zu und reichte ihm die Hand. »Dr. Gutierrez, nehme ich an?« Seine Stimme klang volltönend und sein Händedruck war kräftig. »Ich bin FBI-Direktor Neil Wilson. Ich bin Ihnen sehr dankbar, dass Sie uns bei dieser Angelegenheit unterstützen.«

»Gerne, Sir.«

Alle setzten sich an den langen Konferenztisch. Binghamton eröffnete die Sitzung und fasste zuerst zusammen, was man bisher wusste. Juan kannte zwar die meisten Einzelheiten, aber ein paar Details waren auch ihm neu – zum Beispiel die Tatsache, dass Agenten die Datenbanken von Krankenhäusern auf der ganzen Welt durchforsteten, um herauszufinden, ob und wo nicht genehmigte Krebsbehandlungen stattgefunden hatten.

Als Binghamton seine Zusammenfassung beendet hatte, wandte sich der Direktor an Juan. »Dr. Gutierrez, können Sie mir, einem Laien, kurz beschreiben, wie Sie diese Ereignisse einschätzen? Was geht hier vor? Womit haben wir es zu tun? Soweit ich das alles verstanden habe, haben wir es mit einer Art genetischer Mutation durch ein Virus zu tun, das der Behandlung von Krebspatienten dient?«

Juan nahm einen langen Schluck Cola, um seine Nerven ein wenig zu beruhigen. »Sir, es handelt sich eigentlich nicht um eine Mutation. Diese Viren unterscheiden sich völlig von den Viren, die bei Menschen beispielsweise einen Schnupfen verursachen. Es handelt sich vielmehr um Viren, die wir in der Gentherapie einsetzen. Sie greifen bestimmte Zellen an und modifizieren das genetische Material in der Zelle, um bestimmte Krankheiten zu heilen. Leider kann ich bei den Viren, mit denen wir es hier zu tun haben, nicht genau sagen, was sie bewirken. Hier werden fast zweitausend Gene gleichzeitig modifiziert, und das wird kaskadierende Folgewirkungen haben.«

»Wenn ich einen Schluck von diesem Wasser trinke, das wir sichergestellt haben… würde das bedeuten, dass ich mich mit diesen Viren infiziere?«

»Das kann ich leider nicht mit Sicherheit sagen. Es könnte so sein. Aber ich vermute, dass immer mehr Ihrer Zellen modifiziert würden, je länger Sie einer regelmäßigen Infusion mit den Viren ausgesetzt wären.«

Der Direktor nickte. »Wäre das also ungefähr vergleichbar mit der Chemotherapie, bei der man dem Patienten gewissermaßen bestimmte Giftstoffe injiziert, um so den Krebs zu eliminieren?«

»Ja, genauso wäre es.« Juan war beeindruckt, dass der Direktor mit diesem Vergleich genau erfasst hatte, worum es ging. Der Mann war ganz sicher kein Idiot.

»Aber was hat das, was Sie heute Morgen im Labor beobachtet haben, damit zu tun? Soweit ich informiert bin, waren die erwachsenen Mäuse dem Virus gar nicht ausgesetzt, sondern nur die Jungen. Haben Sie dafür eine Theorie oder eine Erklärung?«

»Ja, in der Tat. Die Gentherapie ist traditionell auf somatische Zellen beschränkt, was bedeutet, dass die genetischen Modifikationen nicht weitervererbt werden. Aber *dieses* Virus bewirkt offenbar einen Keimbahneingriff, und das bedeutet, es wirkt auch im Sperma und in der Eizelle. Trotzdem konnten wir bei den erwachsenen Tieren, die das Virus aufgenommen haben, keinerlei Wirkung beobachten, von leicht erhöhter Körpertemperatur abgesehen. Aber bei den neugeborenen Mäusen ereignete sich offensichtlich etwas Dramatisches. Kaum waren die Jungen geboren, als die Mutter auch schon in Krämpfe fiel. Und nur ein paar

Sekunden danach befielen diese Krämpfe auch den Vater, obwohl er sich in einem anderen, getrennten Käfig befand.«

»Wie ist denn so etwas überhaupt möglich?«, fragte einer der Agenten.

Juan zuckte die Schultern. »Ich möchte hier keine Spekulationen vortragen, aber ich habe eine Hypothese. Wenn man etwas riecht, bedeutet das, dass man bestimmte Partikel eines Stoffes einatmet, die in der Luft schweben. Konkret: Wenn Sie ins Männerklo gehen und es dort unangenehm riecht, ist das ein Zeichen, dass Sie die flüchtigen Partikel mit der Luft in sich aufnehmen.«

Die leicht angewiderten Mienen ringsum sagten Juan, dass alle sein Beispiel verstanden hatten.

»Deshalb ist meine Hypothese, dass die neugeborenen Mäuse – oder die neugeborenen Kälber – einen bestimmten Geruch abgeben, anders gesagt, dass sie Partikel durch die Luft schicken, die bei den Lebewesen in der Nähe eine schwere Reaktion auslösen. Wir konnten die toten Mäuse noch nicht obduzieren, aber die Autopsieergebnisse der menschlichen Opfer von den Rinderfarmen in Nevada und in Argentinien deuten darauf hin, dass alle einen anaphylaktischen Schock erlitten, und das stimmt mit meiner Hypothese überein.«

Nate meldete sich zu Wort. »Aber die Mäuse zeigten keinerlei Reaktion auf die Proben, die ich von den Kälbern mitgebracht hatte. Müsste man nicht meinen, dass ein so starker Geruch noch wirksam gewesen wäre?«

Juan trommelte mit den Fingern auf den Tisch. »Ja, das sollte man meinen. Im Moment ist das nur eine Hypothese; wir müssen in dieser Richtung weiterforschen. Aber eins kann ich sagen: Wer auch immer das getan hat, setzt das Modell hochentwickelter DNA-Fragmente aus einer sehr fernen Zukunft ein. Es ist durchaus vorstellbar, dass in dieser Zukunft, irgendwann auf diesem antizipierten evolutionären Pfad, alle Geschöpfe andersartige Immunsysteme entwickelt haben – Immunsysteme, die derart aggressiv sind, dass sie nicht abwarten, bis eine Infektion in den Körper eindringt, sondern dass sie von sich aus nach etwas suchen, das sie vernichten können. Nach etwas, das sich außerhalb des eigenen Körpers befindet. Wenn das so wäre, würde es erklären, warum die Proben von den Kälbern keine Wirkung hervorriefen. Denn sobald das Kalb starb, hörte auch sein Immunsystem auf zu funktionieren.«

Danach herrschte lange Zeit Stille, ein enervierendes Schweigen.

Schließlich sagte der Direktor: »Okay, Leute, ich denke, das ist alles, was ich wissen muss. Ich werde später den Präsidenten informieren. Ich möchte, dass Sie diese Viren aufspüren. Wir müssen der Sache ein Ende setzen, bevor sie sich zu einem absoluten Albtraum entwickelt. Auf keinen Fall dürfen wir zulassen, dass diese Viren in die Wasserversorgung einer großen Stadt gelangen.«

Als die Agenten aus dem Raum eilten, zog Juan Nate beiseite. »Nate, die Sache ist größer geworden, als ich jemals erwartet hätte. Jennifer und ich können das alles nicht allein bewältigen. Wir sind jetzt schon völlig erschöpft, und…«

Binghamton, der noch in der Nähe stand, hatte offenbar mitgehört und mischte sich ein. »Richtig, Dr. Gutierrez – ich habe bereits die Genehmigung, Ihr Team aufzustocken, ab sofort. Gehen Sie nach Hause und ruhen Sie sich erst einmal aus. Wenn Sie morgen früh wieder ins Labor kommen, wird das Team auf Sie warten. Ein paar von ihnen treffen schon heute Abend ein.«

»Danke«, sagte Juan.

Nate legte ihm die Hand auf die Schulter. »Ihr Auto ist doch noch beim Labor geparkt, richtig? In diesem übermüdeten Zustand sollten Sie nicht selbst fahren. Ich werde dafür sorgen, dass Sie von einem der Agenten gefahren werden. Geben Sie mir noch eine Minute, ich muss noch kurz mit Jeff sprechen.«

Juan seufzte und nickte. Er war so müde, dass er allem zugestimmt hätte.

Aber was noch schlimmer war: Er machte sich große Sorgen. Dieses genetische Material war bereits irgendwo dort draußen, ohne jede Kontrolle. Er konnte es analysieren, vielleicht sogar begreifen, was es bewirkte. Aber was um alles in der Welt konnte man tun, um es zu bekämpfen?

Wir sind erledigt.

KAPITEL ZWEIUNDZWANZIG

Nate folgte seinem Vorgesetzten in einen SCIF, einen speziell gesicherten Raum, in dem Quellen, Vorgehensweisen und besonders sensible, gesondert aufzubewahrende Informationen gelagert, gespeichert und eingesehen werden konnten. Diese Räume durften nur von besonders befugten Personen für Besprechungen benutzt werden. Nate wunderte sich über die strenge Geheimhaltung. Kaum hatte er die Tür hinter sich geschlossen, als er auch schon fragte: »Was ist los? Warum brauchen wir ein SCIF?«

Jeff knurrte »Deshalb!« und gab Nate einen Umschlag. »Ich habe ihn bereits auf Abdrücke untersuchen lassen. Es gibt keine.«

Nate zog ein einzelnes Blatt Papier heraus und las es halblaut.

»Zwei Agenten des deutschen Geheimdienstes haben unsere Geheimdienste infiltriert. Sie haben den Auftrag, einen mit der DRWN-Abteilung zusammenhängenden Agenten aufzuspüren und/oder zurückzugewinnen. In diesem Kontext sind Deidrick Müller und Hans Reinhardt von uns von besonderem Interesse. Ich bin nicht sicher, wie viele Agenten sie führen.«

Nates Puls beschleunigte sich. »Woher zum Teufel kommt das?«

Jeff fuhr sich durch die Haare und ging in dem kleinen Raum hin und her. »Ich habe nicht die blasseste Ahnung. Der Umschlag lag auf dem Armaturenbrett meines Autos. Jemand muss ihn dort deponiert haben, während der Wagen in meiner Garage stand – bei mir zu Hause!«, rief er empört.

Nate hatte seinen Boss noch nie so erregt gesehen. »Sie sind in Ihre Garage eingebrochen, nur um das hier in Ihr Auto zu legen? Was glauben Sie, ist die Sache überhaupt echt? Wir haben keine einzige nachrichtendienstliche Erkenntnis dazu, nicht wahr?«

»Im Moment wissen wir nicht, was wir glauben oder nicht glauben sollen.«

»Warten Sie mal…« Nate klopfte mit dem Fuß auf den Boden, während er angestrengt nachdachte. Irgendetwas in der Mitteilung regte eine Erinnerung an. Die Namen…? »Ach du Scheiße! Das sind dieselben Namen, die mir auch diese Studentin in Georgetown genannt hat! Die Frau, die von der Insel gerettet wurde!«

»Dann könnte das doch bedeuten, dass mit dem ›Agenten‹, von dem sie reden, Gutierrez gemeint sein könnte?«

»Was meinen Sie – sollten wir nicht den Secret Service einschalten?«

»Ich habe heute Nachmittag eine Besprechung mit der Stellvertretenden Direktorin – ich werde sie informieren, dann sehen wir weiter. Mittlerweile müssen wir unbedingt verhindern, dass Gutierrez etwas zustößt. Ich habe bereits angeordnet, dass jemand rund um die Uhr vor seinem Hotelzimmer steht. Wir verdoppeln die Wache, und sobald er das Hotel verlässt, muss er von zwei Fahrzeugen begleitet werden. Ohne einen Agenten darf er nirgendwohin. Wenn diesem Burschen etwas passiert, rollen unsere Köpfe.«

»Und was ist mit den beiden deutschen Agenten? Was machen wir mit ihnen?«

Jeff nickte. »Ach ja, die… Wir müssen diese beiden Witzbolde aufspüren und auch alle, die mit ihnen zu tun haben. Das waren wahrscheinlich die angeblichen FBI-Leute, die Gutierrez in seiner Wohnung in Arlington ›besuchten‹. Sobald wir ermittelt haben, wo sie sich aufhalten, möchte ich, dass Sie ein Team zusammenstellen. Wir müssen sie zu einem Verhör hierher schaffen, aber wir müssen damit rechnen, dass sie nicht sehr begeistert sein werden und nicht freiwillig mitgehen wollen.«

In Nates Kopf formte sich bereits ein Plan. »Ich werde mal die Datenbanken durchforsten, die Namen müssten ja wohl bei der Einreise registriert worden sein. Wenn es so ist, bekommen wir von den Zollbehörden vielleicht noch nähere Informationen und eine verifizierte Identität.«

»Ja, gut, machen Sie das. Und bevor Sie fragen: Nein, der gute Doktor muss nicht wissen, was hier los ist. Er hat schon genug um den Kopf. Ich werde ihm nur sagen, dass wir uns besonders intensiv um seine Sicherheit kümmern wollen.«

Nate schob das Papier wieder in den Umschlag und stopfte ihn in die Jackentasche. »Ich stelle gleich mal meine Vorschläge für das Team zusammen und schicke sie Ihnen.«

»Noch heute Nachmittag, bitte. Wir wissen nicht, wie verzweifelt diese Burschen sind oder wie eilig sie es haben.«

Nates Müdigkeit verflog und neue Energie floss wie ein Stromstoß durch seine Adern. Er grinste seinen Boss an und sagte mit kalter Stimme: »Wird gemacht. Wir erwischen diese Burschen.«

Nate joggte langsamer, als er sich Madisons Grab näherte.

Seit seinem Gespräch mit Jeff waren zwei Tage vergangen. Das Team hatte sich versammelt – fast alle Mitglieder waren früher Soldaten oder Sonderkommandos gewesen –, und zwei seiner Leute gingen bereits konkreten Spuren der Verdächtigen nach. Nate glaubte fast die Elektrizität zu spüren, die in der Luft lag, eine Anspannung, als wüsste er, dass jeden Moment der Anruf kommen würde, der ihn informierte, dass man einen der Verdächtigen gesichtet hatte.

Er blinzelte den Regen aus den Augen und kniete neben Madisons Grab nieder. »Maddie, manchmal wünschte ich mir, ich wäre bei dir. Die Arbeit war der reinste Albtraum. Menschen sind gestorben, und wir wissen immer noch nicht, wer die Schuld trägt. Es gibt da einen von Gewissensbissen geplagten Arzt, der rund um die Uhr schuftet, um Menschen zu retten, weil jemand seine Arbeit missbraucht, um anderen zu schaden.«

Die Sonne war gerade über den Horizont gestiegen; im Friedhof war es still, vom sanften Geräusch des fallenden Regens und dem Zwitschern der Vögel abgesehen, die das frühe Licht des neuen Tages begrüßten. Nate hob den Kopf, ließ ein paar der letzten Regentropfen in den offenen Mund fallen und versuchte, sich zu entspannen. In den letzten Tagen hatte der Stress ständig zugenommen. Er brauchte diesen Besuch bei Madison. Er half ihm, ein wenig Dampf abzulassen.

»Die Medizin ist heutzutage ganz anders, Maddie. Du würdest nicht glauben können, woran dieser Arzt arbeitet. Bevor dieser ganze Albtraum begann, forschte er tatsächlich nach einer Heilung für Krebs.« Nate verspürte plötzlich einen Kloß im Hals. »Vielleicht hätte er auch dich heilen können, wenn du heute krank geworden wärest und nicht vor zwanzig Jahren.«

Der Regen wurde wieder stärker; die Sonne hatte sich bereits wieder hinter die Wolken verzogen. Auf dem nassen Kiesweg war das Knirschen von Reifen zu hören; es kam näher und verstummte.

Nate hatte die Welt ausgeblendet, als er am Grab niedergekniet war. Eine innere Ruhe war über ihn gekommen. Vielleicht war das Madisons Art, ihm durch diese schwere Zeit zu helfen, oder vielleicht war es auch nur eine einfache Form der Meditation, die er sich im Laufe der Jahre angewöhnt hatte. Es spielte keine Rolle: Er wusste nur, dass er sich jedes Mal, wenn er ihr Grab besuchte, wieder besser fühlte.

Als er ungleiche Schrittgeräusche näherkommen hörte, musste er nicht erst die Augen öffnen, um zu wissen, wer es war. »Guten Morgen, Mrs. Jacobsen.«

»Guten Morgen, mein lieber Junge. Ich habe noch ein paar Gänseblümchen für Ihre Madison mitgebracht.«

Nate schaute auf und war überrascht, wie hell der Tag inzwischen geworden war. Mrs. Jacobsen trug wie immer schwarze Kleider und hielt einen kleinen Gänseblümchenstrauß in der knochigen, arthritischen Hand.

Er nahm die Blumen und legte sie auf Madisons Grab. »Danke.«

Mrs. Jacobsen öffnete ihre Handtasche und wühlte darin herum. »Und dann war da noch ein netter junger Mann, der mich gebeten hat, Ihnen das hier zu geben.«

Nate war plötzlich hellwach und aufs Äußerte angespannt. »Ein junger Mann?«

»Ja. Er kam ins Altersheim und sagte, er sei ein Freund von Ihnen. Und er müsse verreisen... nach... nach... äh, ich habe leider vergessen, wohin er reisen wollte. Jedenfalls sagte er, er sei Ihnen noch etwas schuldig, und das Ding würde seine Schuld ausgleichen.« In ihrer Handtasche klimperten die losen Münzen, als sie darin herumwühlte. Plötzlich rief sie aus: »Ach, da ist es ja.« Sie hielt Nate einen USB-Stick hin.

Er starrte verblüfft darauf. »Wissen Sie, was das ist?«

»Nein, keine Ahnung.«

»Mrs. Jacobsen, können Sie den Mann beschreiben, der Ihnen das gegeben hat? Hat er seinen Namen genannt? Und woher wusste er, dass Sie mich hier treffen würden?«

»Na ja, er trug Freizeitkleidung, als sei er im Urlaub oder so. Und eine Sonnenbrille… und einen Bermudahut, mit dem er ziemlich flott aussah…« Sie legte die Stirn in Falten, während sie sich zu erinnern versuchte. »Ach, ich werde allmählich richtig senil, oder vielleicht bin ich nicht mehr ganz richtig im Kopf… aber ich glaube, er hat mir nicht gesagt, wie er heißt. Aber er wusste genau, wer Sie sind. Hat Sie genau beschrieben und wusste auch, dass Sie heute Morgen an Madisons Grab sein würden. Aber das ist ja nicht so schwer vorherzusagen, oder?« Sie lächelte. »Ist dieses Ding denn so wichtig? Er hat mir sogar zwanzig Dollar gegeben, dafür musste ich ihm versprechen, dass ich es Ihnen wirklich gebe. Natürlich wollte ich das Geld nicht annehmen, aber er hat darauf bestanden.«

Nate lächelte. »Na, ich bin jedenfalls froh, dass er es mir zurückgegeben hat. Danke, dass Sie es mitgebracht haben. Wie geht es Ihnen heute?«

Sie schnaubte und hob die Augenbrauen. »Glauben Sie bloß nicht, dass ich es nicht mehr merke, wenn jemand plötzlich das Thema wechselt, junger Mann. Aber es geht mich ja nichts an.« Sie seufzte. »Ich denke, es geht mir so gut, wie es mir mit meinen sechsundachtzigjährigen Knochen gehen kann. Nur ist mein Gehirn eben genauso alt, und es macht mir immer mehr Probleme. Zum Beispiel habe ich mich wenigstens daran erinnert, dass ich Ihnen dieses seltsame Ding mitbringen sollte, aber dafür habe ich vergessen, Warren seine kleine Flasche mitzubringen.«

»Ach, das tut mir leid. Kann ich irgendetwas für Sie tun?«

»Nein, nein, alles in Ordnung. Warren wird das schon verstehen.« Ihr runzliges Gesicht verzog sich zu einem breiten Lächeln mit gelbem Gebiss. Sie tätschelte kurz seine Wange, dann drehte sie sich um und humpelte zum Grab ihres Mannes hinüber.

Nate ließ den Blick durch den Friedhof schweifen und suchte nach Beobachtern. Aber außer Mrs. Jacobsen und dem gelangweilt wirkenden Fahrer, der im Van des Altersheims saß und in einem Magazin blätterte, war niemand zu sehen.

Nate betrachtete den USB-Stick. Unter der durchsichtigen Plastikkappe befand sich ein Fingerabdrucksensor.

Er schaute zu der alten Frau hinüber, die fast fünfzig Meter entfernt am Grab ihres Mannes stand, und schüttelte verblüfft den Kopf. Wer zum Teufel würde einer halb verwirrten alten Frau einen biometrisch verschlüsselten Memorystick anvertrauen?

Wieder ließ er den Blick aufmerksam ringsum gleiten; seine Nerven waren aufs Äußerste angespannt.

Wer auch immer mir den USB-Stick geschickt hat, hat Zugang zu meinen biometrischen Daten... und beobachtet mich.

Während die letzten Teammitglieder hereinkamen, schloss Nate seinen Laptop an den Beamer an und lud seine PowerPoint-Präsentation hoch. Ein Agent dimmte die Beleuchtung des Konferenzraums.

Jeff Binghamton eröffnete die Besprechung. Nachdem er die Anwesenden kurz begrüßt hatte, sagte er: »Heute Morgen wurde unserem Agenten Nathaniel Carrington von einer unbeteiligten dritten Person ein verschlüsselter USB-Stick überbracht. Der Stick enthält wichtige Informationen, die unsere derzeitige Ermittlungsoperation betreffen. Die Entschlüsselung des Sticks ist nur mit Nates Fingerabdruck möglich. Das bedeutet, der USB-Stick kann nur von einer Person stammen, die Zugang zu unseren, oder jedenfalls zu Nates Personalakten hat.«

»Sie denken, ein Insider? Dass es jemand in unseren Nachrichtendiensten gewesen sein könnte?«, fragte die Stellvertretende Direktorin Sheila Franks. Sie war die Nummer zwei im FBI, direkt nach dem Direktor, und hatte den Ruf, brillant, streng und sachlich zu sein.

Jeff nickte. »Es muss so sein. Aber es scheint auch eine verdeckte Operation zu sein. Ich versuche jetzt schon seit Monaten herauszufinden, wer diese Operation leitet oder daran beteiligt ist, und laufe überall nur in Sackgassen.«

»Haben Sie auch an die Briten gedacht?«, fragte sie.

»Ja, aber der britische Nachrichtendienst hat nichts damit zu tun. Ferner haben wir durch unsere Quelle gewisse Daten von INTERPOL beschaffen können, aber bisher hat sich auch dort kein weiterer Hinweis ergeben. Bis heute. Diesen neuen Daten, die Agent Carrington zugespielt wurden, haben wir es zu verdanken, dass wir jetzt endlich wieder etwas Konkretes haben, mit dem wir weiterarbeiten können. Deshalb möchte ich jetzt Agent Carrington zu Wort kommen lassen.«

Jeff setzte sich, und Nate räusperte sich. Er spürte, dass ihn die Direktorin durchdringend anstarrte.

Er rief die erste Folie seiner Präsentation auf. »Die Dateien auf dem Memorystick haben es uns ermöglicht, die Geschichte der Operation in groben Zügen zu rekonstruieren. Die Operation wird mit dem Abteilungscode DRWN bezeichnet.«

Nate blickte sich um und sah ratlose Gesichter. »Das Projekt DRWN gibt es schon seit geraumer Zeit. Es hat das Ziel zu ermitteln, wie bestimmte Ergebnisse der Gentechnik genutzt werden können, um gewisse militärische Kampfszenarien weiterzuentwickeln. Dazu wurden Agenten mit entsprechendem wissenschaftlichem Hintergrund in biomedizinischen Forschungsinstituten oder –unternehmen platziert, in der Hoffnung, die in Privatunternehmen entwickelten Technologien für unsere militärischen Zwecke zu extrahieren. Die Firma AgriMed mit ihrer Forschung über evolutionsgenetische Simulationen gehört zu den Zielobjekten des DRWN-Projekts. DRWN gelang es, genügend Daten aus der AgriMed-Forschung herauszuschleusen, bis das Projekt in der Lage war, die Forschungsergebnisse selbst zu duplizieren – und damit eine Reihe von realen Experimenten durchzuführen. Und auf diese Experimente wurden schließlich auch wir aufmerksam.

Mit den Forschungsdaten, die sich das Projekt verschafft hatte, wurden zunächst Hunde genetisch so manipuliert, dass sie als Kampfhelfer für Soldaten dienen konnten. Diese Projektphase wurde auf einem Luftwaffenstützpunkt durchgeführt, wurde jedoch wieder eingestellt, als Probleme auftraten, weil man die Testtiere nicht mehr kontrollieren konnte – alle waren extrem intelligent, aber manche von ihnen auch extrem aggressiv geworden. Die übermäßig intelligenten Hunde hatten es geschafft, aus den Zwingern auszubrechen und einen Menschen zu zerfleischen. Daraufhin wurde eine neue Projektphase beschlossen, gleichzeitig aber auf eine abgelegene Insel ausgelagert.

Die neue Projektphase hatte zum Ziel, Vogelarten genetisch zu modifizieren, so dass sie aggressives Schwarmverhalten entwickelten. Man schaffte es, ihnen bestimmte feindliche Ziele für kontrollierte Angriffe einzuprägen.«

»Wer zum Teufel hat denn diesen Unsinn angeordnet oder genehmigt?«, fragte Franks scharf. Doch dann winkte sie frustriert ab. »Sorry. Machen Sie bitte weiter.«

Nate klickte auf die Fernsteuerung und rief eine Folie auf, deren Text mit schwarzen Punkten untergliedert war. »Auch diese Projektphase wurde eingestellt, als sich ein Zwischenfall ereignete.« Er deutete auf den ersten Punkt des Textes. »Ein Paar von Zivilisten geriet mit seiner Jacht in einen schweren Sturm, konnte sich aber auf eine entlegene Insel im Pazifik retten – aber das war genau die Insel, auf der jetzt die neue Forschungsphase mit den Vögeln durchgeführt wurde. Die Vögel griffen die Zivilisten an. Wer auch immer diese sogenannte Forschung auf der Insel durchführte, hatte offenbar kein Interesse, dass sie der Öffentlichkeit bekannt wurde – und hatte deshalb die gesamte Insel mit Napalm überzogen. Ich wurde mit der Ermittlung in dieser Sache beauftragt. Bei meinen Ermittlungen des Vorfalls stieß ich auf Hinweise, dass sowohl die CIA als auch der deutsche Nachrichtendienst BND involviert gewesen waren.«

»Madam Direktor«, mischte sich nun Jeff wieder ein, »ich möchte hier anmerken, dass wir diesen beiden Spuren gründlich nachgegangen sind. Bei der CIA kamen wir nicht weiter – alle Anfragen wurden abgewiesen. Was den BND angeht, habe ich einen Antrag auf Beobachtung beim FISC gestellt – und auch dieser Antrag wurde abgelehnt.«

Franks nickte grimmig. Natürlich wusste sie, dass das FISC als spezielles Gericht die Aufgabe hatte, Überwachungsaktionen der nationalen Auslandsgeheimdienste zu regeln und dass dazu auch die Überwachung ausländischer Agenten, zum Beispiel des BND, durch den Inlandsgeheimdienst FBI gehörte. Sie bedeutete Nate, mit seinen Erläuterungen fortzufahren.

Nate klickte die nächste Seite an. »Den Berichten auf dem Stick zufolge führte der Zwischenfall auf der Insel dazu, dass die beiden beteiligten Geheimdienste vereinbarten, das gesamte DRWN-Projekt einzustellen. Anscheinend geschah das auch. Aber offenbar gab es in beiden Geheimdiensten Personen, die an diesem Projekt beteiligt gewesen waren und es nun benutzten, um ihre eigenen, angeblich ›humanitären‹ Ziele zu verfolgen. Und das bedeutet konkret, dass sie bestimmte Teilergebnisse der genetischen Forschung übernahmen und für nicht genehmigte Versuche mit an Krebs erkrankten Menschen missbrauchten. Und was die Sache noch schlimmer macht: Das Veteranenkrankenhaus in Las Vegas war einer der inländischen Standorte, an denen diese illegalen Klinischen Versuche mit Menschen durchgeführt wurden.«

Die Stellvertretende Direktorin stöhnte auf und schloss gequält die Augen. »Fahren Sie fort, Carrington. Ich höre genau zu. Ich versuche nur, mir vorzustellen, was das für Menschen sind, die mit unseren Veteranen solche Experimente durchführen.«

Das hatte sich auch Nate schon gefragt. »Ja, Ma'am.« Er rief die nächste Folie auf. »Die Klinischen Studien wurden nur mit Krebs-Patienten im Endstadium durchgeführt, und wenn es bei dieser Sache überhaupt eine gute Nachricht gibt, dann die, dass die Behandlung offenbar manchen Probanden tatsächlich gut getan hat. Aber dann erweiterte man die Versuche. Wir wissen jetzt von drei weiteren Versuchsstandorten in Südamerika und in London.«

Nate räusperte sich. »Leider erfolgten diese Klinischen Studien nicht nach den strengen Richtlinien, die für derartige Versuche gelten. An zwei Orten, in Nevada und in Argentinien, kam es zu Zwischenfällen, die zum Tod vieler Menschen und zahlreicher Tiere führten. Ich wurde zu beiden Orten gerufen und konnte dort mit meinem Team forensische Daten sammeln und große Mengen Beweismaterial sicherstellen.«

Er blickte in die Runde gespannt zuhörender Agenten. »Um besser verstehen zu können, was an beiden Orten geschehen war, wandten wir uns an den Arzt, der bei AgriMed die ursprüngliche Forschung leitete, deren Ergebnisse gestohlen worden waren. Wir konnten ihn für unsere Ermittlungen gewinnen. Er half uns, genauer einzuschätzen, womit wir es hier zu tun hatten. Und leider muss ich sagen, dass es schlimm ist, sehr schlimm.«

Nate rief eine weitere Folie auf. Sie zeigte ein Foto der Verwüstung in Buenos Aires. »Bei den Studien wurde ein Medikament eingesetzt, das mit gewöhnlichem Wasser gemischt und mehrmals täglich eingenommen wurde. Bei den zwei fatalen Zwischenfällen wurde dieses behandelte Wasser auch trächtigen Kühen zu trinken gegeben, offenbar, weil sie krank geworden waren. Bei den Tieren zeigte die Behandlung keine nachteiligen

Wirkungen. Aber als sie kalbten, zeigte sich, dass die Kälber toxisch waren.«

»Toxisch? Was soll denn das heißen?«, fragte Sheila Franks. Ihr Mund war zu einer schmalen Linie zusammengepresst.

»Nun, kaum waren sie geboren, als alle Lebewesen in ihrer näheren Umgebung umfielen und starben. In Nevada starben fast hundert Rinder, aber leider auch ein Tierarzt und zwei Rettungssanitäter. In Argentinien kamen über ein Dutzend Farmarbeiter ums Leben, außerdem mehr als eintausend Rinder. Die Argentinische Bundespolizei forderte militärische Unterstützung bei der Beseitigung der Kadaver an, wofür ein Spezialkommando eingesetzt wurde. Die forensische Analyse führte ich selbst mit einem kleinen Team durch.«

Franks trommelte mit den Fingern auf den Konferenztisch. »Eine trächtige Kuh trinkt dieses Wasser und bringt ein Monster zur Welt, das alle Lebewesen in seiner Nähe tötet. Aber was geschieht, wenn eine schwangere Frau das Wasser trinkt?«

»Genau das ist unsere größte Sorge, Ma'am«, antwortete Jeff. »Und dieser Frage müssen wir jetzt unbedingt nachgehen. Diesem verschlüsselten Memorystick ist es zu verdanken, dass Agent Carrington in der Lage war, eine Liste von einhundertdreiundvierzig Patienten zusammenzustellen, die anscheinend mit dem Medikament behandelt wurden. Wir haben ihre Namen und Anschriften. Fünfundvierzig Patienten leben in den Vereinigten Staaten, mit diesen fangen wir an. Die übrigen leben in Südamerika oder im Vereinigten Königreich.«

Franks schlug mit der Faust auf den Tisch, dass die Flaschen und Gläser hüpften. Wütend schüttelte sie den Kopf. »Das ist ein verdammter Albtraum!«, bellte sie. »Ich werde darüber mit dem Direktor sprechen, aber wahrscheinlich müssen wir auch den Präsidenten informieren.« Sie wandte sich an Jeff. »Es könnte sein, dass wir nicht nur die amerikanischen Patienten, sondern auch alle Patienten im Ausland unter Quarantäne stellen müssen – für etwas, wofür letztlich diese beiden verdammten Geheimdienste verantwortlich sind! Klären Sie die Vorschriften und die Vorgehensweise. Und weiten Sie die Liste mindestens auch auf die Familienangehörigen aus, nur für den Fall, dass sich jemand mit dieser so genannten ›Medizin‹ angesteckt hat.«

»In Ordnung, Ma'am«, sagte Jeff. »Mein Team wird die logistischen

Fragen klären und einen Plan ausarbeiten. Wir warten dann nur noch auf Ihren Marschbefehl.«

Sheila Franks ging kopfschüttelnd zur Tür, wo sie sich noch einmal umdrehte. »Nein, der Marschbefehl wird sicherlich nicht von mir kommen, auch nicht vom Direktor. Bei einer so gewaltigen Scheiße hat nur einer die Befehlsgewalt: der Präsident der Vereinigten Staaten. Ist das allen klar?«

»Vollkommen klar, Ma'am.«

Als die Agenten aus dem Raum strömten, zog Nate Jeff beiseite. »Diese Sache wird hässlich, stimmt's?«

»Hässlich ist gar kein Ausdruck dafür. Ich hatte vor der Besprechung leider keine Gelegenheit, mit Ihnen zu sprechen, aber ich habe schon mal ein paar Namen auf der Patientenliste gecheckt. Über ein halbes Dutzend Leute sind in den letzten paar Monaten durch Gift ums Leben gekommen.«

»Wer war das? Unsere Leute? Die Deutschen?«

»Ich möchte, dass Sie genau das als Erstes herausfinden.«

Megan wusch gerade das Geschirr, als es an der Haustür klopfte.

»Ich gehe schon!«, rief Frank vom Wohnzimmer.

Megan wusch noch den Topf zu Ende, dann drehte sie den Wasserhahn ab und ging ebenfalls nachschauen, wer da zu Besuch kam. Frank führte gerade zwei Polizisten der lokalen Polizeistation ins Wohnzimmer, denen zwei Männer in Windjacken mit der Aufschrift »FBI« folgten.

Frank hob die Arme, als ihn einer der Beamten abtastete und die Pistole aus dem Gürtelholster zog.

»Frank«, rief Megan, einer Panik nahe, »was ist denn hier los?«

»Nichts, mein Schatz«, sagte Frank beruhigend. »Es hat etwas mit meiner Behandlung im VA-Krankenhaus zu tun.«

»Hast du ihnen gesagt, dass der verdammte Kasten gestohlen wurde?« Sie spürte plötzlich, dass ihr das Herz bis zum Hals schlug.

»Liebling, damit hat es wahrscheinlich nichts zu tun.«

Einer der FBI-Agenten hielt ein Fiebermessgerät an Franks Stirn. »Achtunddreißig Komma sechs.« Er trat auf Megan zu und sagte: »Mrs. O'Reilly, wir müssen auch Ihre Temperatur messen. Keine Angst, es ist reine Routine.« Ohne auf ihr Einverständnis zu warten, fuhr er mit dem Gerät über Megans Stirn. »Siebenunddreißig Komma null.«

Megan lief zu Frank hinüber und fasste ihn am Arm. Die Sache gefiel ihr überhaupt nicht. »Warum nehmen Sie unsere Temperatur? Was ist denn los?«

Der zweite FBI-Agent gab ihr seine Visitenkarte. »Mr. und Mrs. O'Reilly, wir sind angewiesen worden, Mr. O'Reilly abzuholen und für eine Beobachtung mitzunehmen. Das gilt für alle Patienten der Klinischen Studie im VA, an der auch Sie, Mr. O'Reilly, teilgenommen haben.«

Megan verschlug es buchstäblich den Atem.

Frank streichelte ihr beruhigend den Rücken. »Ich nehme an, dass ich dort über Nacht bleiben muss?«

»Ja, Sir. Sie sollten einen Koffer packen. Wir werden Sie zu einer Einrichtung bringen, die nicht sehr weit entfernt ist.«

»Aber Frank…«

»Pst, Megan, das ist schon in Ordnung. Hilfst du mir beim Packen?«

Megan wandte sich wieder an die Agenten. »Für wie viele Tage muss er packen?«

Die Agenten blickten sich ratlos an. »Vorerst für drei Tage. Wir wissen es nicht genau.«

»Und wenn er mehr Kleider braucht, darf ich ihn dann besuchen?«

»Ma'am, tut mir leid, aber das kann ich Ihnen jetzt noch nicht sagen. Wir haben diese Anweisung gerade erst vor ein paar Stunden bekommen. Bitte rufen Sie mich später unter der Nummer auf meiner Karte an. Bis dahin werde ich hoffentlich genauere Auskunft geben können.«

Frank nickte und schob Megan in den Flur. »Liebes, bringen wir die Sache einfach hinter uns.«

Megan schaute ihn an. Er wirkte besorgt, versuchte aber, sich nichts anmerken zu lassen. Sie zog seinen Kopf zu sich und küsste ihn kurz auf den Mund. »Dir geht's wieder gut, und wenn du wieder hier bist, koche ich dir was ganz Besonderes.«

Frank lächelte und küsste sie auf das Haar, wie immer, wenn er sie beruhigen wollte.

Sie zog ihn zum Schlafzimmer. »Na gut, dann packen wir jetzt deinen Koffer.«

Aber als sie sich umblickte, stellte sie fest, dass ihnen einer der FBI-

Agenten gefolgt war, der nun an der Schlafzimmertür stand und sie beim Packen nicht aus den Augen ließ.

Als die anderen Studenten und Studentinnen aus der Blommer Science-Bibliothek strömten, packte Kathy ihren Laptop in den Rucksack, hängte ihn über die Schulter und folgte den anderen die Treppe hinunter. Es war kurz nach 20 Uhr, und sie hatte einen langen Studientag hinter sich.

Gerade als sie aus dem Haupteingang kam, traten ihr zwei Personen in den Weg. Beide trugen schwarze Windjacken mit FBI-Emblem.

»Katherine O'Reilly?«

»Ja?« Sie blieb stehen. Jetzt erst erkannte sie die beiden Agenten wieder, die sie vor einigen Monaten vor ihrem Wohnhaus abgefangen hatten. »Agent Carrington und Agentin Ragheb?«, sagte sie verwundert. »Gibt es ein Problem?«

Carrington wies auf die Bibliothek und sagte: »Können wir uns irgendwo privat unterhalten?«

»Sicher.« Kathy zückte erneut ihren Studentenausweis und führte die beiden Agenten durch die Eingangshalle zu einem der kleineren Nebenräume. Den beiden Agenten war anzumerken, dass es ihnen unangenehm war, sie belästigen zu müssen.

Agent Carrington sagte: »Wir müssen Sie um Ihr Einverständnis bitten, Ihre Temperatur messen zu dürfen.«

Kathy zuckte die Schultern. »Okay… tut ja nicht weh, oder?«

Ragheb fuhr mit einem digitalen Temperaturmessgerät über Kathys Stirn. »Achtunddreißig Komma fünf.«

»Scheiße«, entfuhr es Carrington.

Sein Tonfall gefiel Kathy überhaupt nicht. »Darüber müssen Sie sich keine Sorgen machen. Ich weiß, dass ich leichtes Fieber habe, aber ich fühle mich völlig gesund. Worum geht es eigentlich?«

Agent Carrington beugte sich vor, stützte die Ellbogen auf die Knie und schaute sie ernst an. »Es geht um die Klinische Studie, an der Ihr Vater damals im VA-Krankenhaus teilnahm. Es gibt gewisse… Bedenken über diese Behandlung… und über die Personen, die ihr ausgesetzt waren. Ich fürchte, dass wir Sie bitten müssen, sich unter Beobachtung zu stellen.«

»Aber ich selbst wurde doch gar nicht behandelt!«, sagte Kathy verwundert. »Nur mein Vater!«

»Leichtes Fieber ist eine der Auswirkungen der Behandlung. Könnte es sein, dass Sie irgendwann einmal, vielleicht unabsichtlich, von dem Medikament getrunken haben, das für Ihren Vater bestimmt war? Es wäre leicht zu verwechseln, weil es genau wie reines Wasser aussieht.«

Kathy dachte an ihren letzten Besuch im Haus ihrer Eltern zurück... und tatsächlich fiel ihr die Szene wieder ein, als sie versehentlich ein Glas Wasser getrunken hatte, das für ihren Vater bestimmt gewesen war. »Ich... ja, das könnte sein... versehentlich. Warten Sie... haben Sie schon mit meinem Vater darüber gesprochen? Steht auch er unter Beobachtung? Und was meinen Sie überhaupt mit ›Beobachtung‹?« Sie malte die Anführungszeichen in die Luft. »Ich habe schon meinen Flug nach Nevada gebucht – in zwei Tagen beginnen die Semesterferien!«

»Kathy, uns ist klar, dass wir Ihnen heute etwas Unangenehmes zumuten müssen.« Carrington sprach ruhig und besänftigend. »Aber wir müssen Sie und Ihren Vater leider unter Beobachtung stellen. Dafür werden wir Sie in eine besondere Einrichtung gebracht. Sie werden mit Ihrem Vater zusammen sein. Es ist leider so, dass wir Ihren Gesundheitszustand ständig überwachen müssen.«

Auch Kathy war inzwischen etwas klar geworden: Sie hatte keine andere Wahl. »Puh. Und was machen wir jetzt? Darf ich wenigstens noch einen Koffer packen?«

Ragheb lächelte. »Natürlich. Ich begleite Sie in Ihr Zimmer. Agent Carrington holt das Auto.«

Kathy stand auf, und plötzlich verspürte sie tief im Innern Unruhe... und Angst. Sie begriff nicht, was mit ihr geschah. War sie krank? Und was war mit ihrem Vater?

»Agentin Ragheb, was ist eigentlich los? Ist da irgendetwas faul?« Ihre Stimme klang belegt und Tränen traten ihr in die Augen.

Ragheb schüttelte den Kopf und zog sie kurz an sich. »Kathy, bei Ihnen ist bestimmt alles in Ordnung. Es ist eine reine Vorsichtsmaßnahme.«

Aber damit konnte sie Kathys tiefe Angst nicht vertreiben. Sie wusste, dass es viel mehr war als nur eine Vorsichtsmaßnahme.

Nate wachte vom penetranten Dudeln seines Smartphones auf. Im Dunkeln tastete er nach dem Gerät. »Carrington.«

»Nate, jetzt fliegt uns die ganze Scheiße um die Ohren, und wie! Sie müssen sofort Dr. Gutierrez aus dem Bett holen.«

»Jeff? Wovon zum Henker reden Sie? Geht es um den Brief, den Sie bekommen haben? Was ist los?«

»Nein, es geht um etwas ganz anderes. In einem ländlichen Krankenhaus in West-Virginia… ach was, ich fasse den Bericht kurz zusammen, den wir vom Büro des Sheriffs von McDowell County bekommen haben. Hören Sie genau zu.

Bei der Notrufzentrale ging ein Notruf vom Welch Community Hospital ein. Gemeldet wurden sechs Tote, ein Arzt, drei Krankenpfleger und zwei weitere Personen. Das Sheriff-Büro schickte sofort drei Einsatzwagen, um die Vorfälle zu überprüfen und erste Ermittlungen anzustellen. Vorgefunden wurde ein neugeborenes Kind in einem Kreissaal, lebend. Weiterhin sollen auch zwei Rettungskräfte ums Leben kommen sein, noch unbestätigt. Todesursache unbekannt.

FBI-Agenten aus Beckley fuhren zum Einsatzort, um das Krankenhaus zu sichern. Das Neugeborene wurde in eine Hochsicherheitseinrichtung der Nationalen Gesundheitsdienste in Bethesda eingeliefert.

Dem letzten Bericht zufolge kamen bei dem Vorfall insgesamt acht Personen ums Leben, sieben Männer und eine Frau. Alle Leichen wurden ebenfalls in Quarantäne genommen, genau wie der Säugling.«

Jeff schwieg einen Augenblick. »Und jetzt kommt der Hammer. Wollen Sie ihn hören?«

Nate saß wie erschlagen in seinem Bett. Tonlos wie ein Roboter sagte er: »Ja, sagen Sie's mir.«

»Einer der Toten steht auf unserer Liste! Er wurde vor einiger Zeit im VA-Krankenhaus in Martinsburg, West-Virginia, behandelt. Er sollte morgen in die Quarantäne gebracht werden.«

»Dann war's das. Es ist raus und wir können es nicht mehr kontrollieren.«

»Keine voreiligen Schlussfolgerungen, Nate«, mahnte Jeff. »Das wissen wir noch nicht. Holen Sie erst mal Gutierrez aus dem Bett. Ich sorge inzwischen dafür, dass alle Personen auf der Liste sofort eingesammelt werden, während Sie sich mit Gutierrez zusammentun. Ihr beide müsst entscheiden, was mit den Leuten geschehen soll, während sie in Quarantäne sind.«

Nate blickte auf die Nachttischuhr und stöhnte: 3.30 Uhr. »Ich kümmere mich sofort darum.«

»Gut. Halten Sie mich auf dem Laufenden.«

KAPITEL DREIUNDZWANZIG

Frank blinzelte, als die ersten Lichtstreifen durch das Fenster seines kalten Zimmers fielen. Er machte sich Sorgen um Megan, auch deshalb, weil er nicht mit ihr telefonieren durfte. Das Beobachtungszentrum wurde von Soldaten bewacht, die ihnen stur jede Kontaktaufnahme nach außen verweigerten. Einer hatte sogar behauptet, es gebe hier nur Diensttelefone, keine frei zugänglichen Apparate. Das war natürlich blanker Unfug, davon war Frank überzeugt. Genau wie die Bezeichnung »Zentrum«. Schließlich musste man einem wie Frank nicht erzählen, wie ein Militärgefängnis oder ein Gefangenenlager aussah – und für diese Einrichtung hier hätten beide Bezeichnungen gepasst. Er schwang die Beine von der Schlafpritsche, rieb sich den Schlaf aus den Augen und betrachtete zum x-ten Mal seine Umgebung.

Mit ihren trostlosen Betonwänden war es kein Zimmer, sondern eher eine Zelle, 3 Meter lang und 2,50 Meter breit. Die Möblierung bestand lediglich aus einem Bett und einer Kommode, in die er den Inhalt seines Koffers geworfen hatte. Seine persönlichen Gegenstände hatten sie ihm abgenommen, sogar das Taschenmesser, das er immer bei sich trug, und ein Wärter hatte sogar den leeren Koffer abgeholt, der irgendwo im Gebäude aufbewahrt wurde.

Aber wenigstens hatten sie ihn in dieser kleinen Zelle nicht eingesperrt. Noch nicht.

Noch einmal blinzelte er, um den Schlaf zu vertreiben, dann wälzte er sich aus dem Bett und verließ den Raum. Der Weg aus dem kasernenähnlichen Bau führte durch einen völlig unscheinbaren, schmucklosen Flur, von dem mindestens ein Dutzend Zimmertüren abgingen. Draußen hing der Geruch von Asche in der Luft und der Boden ringsum zeigte Brandspuren. Offensichtlich war die Umgebung hier abgefackelt worden.

Frank steuerte zu den Toiletten hinüber, die sich nicht in einem eigenen Gebäude befanden; man hatte lediglich eine Reihe von mobilen Toilettenkabinen am Zaun entlang aufgestellt. Der Zaun selbst war fast vier Meter hoch; über die gesamte Länge der Zaunkrone zog sich Stacheldraht.

Frank öffnete die Tür einer der Kabinen. Wenigstens waren die Kabinen sauber, aber steril wie in einem Krankenhaus rochen sie nun wirklich nicht. Selbst als Laie wusste Frank eins mit absoluter Sicherheit.

Das hier war ganz sicher kein »klinisches Beobachtungszentrum«. Es war definitiv ein Gefangenenlager.

Nach ihrer Ankunft in Las Vegas wurde Kathy am Ankunftsterminal von einem FBI-Agenten erwartet.

»Wir müssen noch zur Gepäckausgabe«, sagte Kathy. »Ich habe einen Koffer aufgegeben.«

Der Mann nickte nur mit ausdruckslosem Gesicht; die Augen blieben hinter einer dunklen Sonnenbrille verborgen. »Wir kümmern uns um Ihr Gepäck, Ma'am. Es wurde besonders gekennzeichnet und wird zuerst ausgeladen. Jemand wird es rechtzeitig vor der Abfahrt zum Bus bringen, keine Sorge.«

Vor dem Hauptterminal des McCarran-Airports warteten sie auf den »Bus«. Der Agent stand fast zwei Meter von Kathy entfernt. Der ganze Aufwand, der hier betrieben wurde, verstärkte ihre innere Unruhe. Während sie in der heißen, trockenen Wüstenluft wartete, versuchte sie, ihre Eltern anzurufen, bekam aber erstaunlicherweise keine Verbindung. Auch das trug nicht zu ihrer Beruhigung bei, aber vermutlich hatte es nichts zu bedeuten.

Ein Bus hielt direkt vor Kathy an. Er hatte keinerlei Aufschrift; die

Fenster waren dunkel getönt und das Kennzeichen wies es als Behördenfahrzeug aus. Kathys Unruhe nahm noch weiter zu.

»Bitte steigen Sie ein«, sagte der Agent, als die Tür aufging. Ein Schauder lief Kathy über den Rücken, als sie aus der Hitze in den klimatisierten, kühlen Bus trat. Ein paar Plätze waren besetzt, und nach den Gesichtern der anderen Fahrgäste zu urteilen, waren sie nicht weniger verwirrt als sie selbst.

Sie setzte sich, und sofort fuhr der Bus los.

Lange Zeit war nur das Brummen des Busmotors zu hören. Niemand sprach, und weil die Fenster schwarz getönt waren, hatte Kathy keine Ahnung, wohin sie fuhren. Ihr Handy zeigte immer noch kein Netz an.

Die ganze Sache gefiel ihr nicht. Sie gefiel ihr ganz und gar nicht.

Nach langer Fahrt – Kathy hatte keine Ahnung, wie lange sie unterwegs gewesen waren – hielt der Bus abrupt an. Die vordere Tür glitt mit einem lauten Zischen auf; zögernd stiegen die Fahrgäste nacheinander aus. Ein Paar flüsterte aufgeregt auf Spanisch miteinander, was Kathys Gefühl noch verstärkte, völlig allein in fremder Umgebung gestrandet zu sein. Es hatte nichts damit zu tun, dass sie nicht verstand, was die beiden einander zuflüsterten, aber sie waren zu zweit und konnten sich wenigstens unterhalten. Kathy hatte niemanden.

Vor dem Bus brannte die Sonne erbarmungslos auf eine öde beigebraune Landschaft herab. Kathy blickte sich um. Der Bus stand auf einem weiten, von einem hohen Zaun mit Stacheldrahtkrone umgegebenen Gelände. Bewaffnete Soldaten patrouillierten am Zaun entlang. In der Mitte des Geländes standen ein paar einfache, rechteckige Betongebäude.

Ein Albtraum schien wahr geworden zu sein. Die Anlage wirkte auf Kathy wie ein Flüchtlingslager.

Die Ankömmlinge mussten sich in einer Schlange aufstellen. Das Paar stand direkt vor Kathy; es wurde von einem Spanisch sprechenden Soldaten in Kampfmontur befragt. Ein weiterer Soldat trat auf Kathy zu. Er hielt ein Klemmbrett in der Hand, auf dem sich ein Formular befand. »Sagen Sie mir bitte Ihren Namen?«

»Katherine O'Reilly.«

Er schaute auf das Formular. »Ja, Sie stehen hier auf der Liste. Willkommen im Camp X-Ray, Miss O'Reilly.« Er hielt ihr einen kleinen Plastikbehälter hin. »Bitte legen Sie hier alle persönlichen Gegenstände hinein. Sie bekommen sie bei Ihrer Abreise zurück.«

»Kann ich wenigstens mein Handy behalten?«

»Leider nein«, sagte der Soldat bedauernd. »Aber keine Sorge – Sie werden hier alles bekommen, was Sie brauchen.«

Kathy atmete tief ein; sie merkte plötzlich, dass sie zitterte. Seufzend legte sie das Handy in den Behälter – ihre letzte Verbindung zur Zivilisation, wie es schien, außerdem auch ihre Handtasche, in der sich alles befand, was sie ständig benötigte, wie Haarbürste, Deo, Papiertaschentücher. »Wie lange muss ich hier bleiben?«

Er zuckte die Schultern. »Tut mir leid, Ma'am, aber ich weiß es wirklich nicht. Ich soll nur Ihre Daten aufnehmen und Ihnen ein Zimmer zuweisen. Sie sind« – er fuhr mit dem Finger über die Liste – »in Raum 14 im Frauengebäude untergebracht.« Er reichte ihr einen Schlüssel, der an einem Halsband befestigt war.

Frauengebäude? Hieß das, dass sie ihren Vater gar nicht zu sehen bekommen würde? Sie blickte sich um. Ein paar Leute schlenderten auf dem Gelände herum, alle in normaler Alltagskleidung, aber ihr Vater war nicht darunter. Das Lager wirkte so trostlos, dass es ihr immer schwerer fiel, ruhig zu bleiben.

Der Soldat wies sie zu einer Soldatin hinüber, die Kathys Temperatur maß. Während die Frau die Werte auf ihrem Klemmbrett eintrug, zog ein Soldat ein paar Meter entfernt einen Handwagen vorbei, auf dem Koffer aufgestapelt waren.

»Entschuldigen Sie, aber mein Koffer ist auf dem Wagen!«, rief Kathy.

»Das ist schon okay«, versicherte ihr der Soldat. »Wir bringen Ihren Koffer direkt in Ihr Zimmer. Willkommen in Camp X-Ray.«

Der Soldat ging weiter, und Kathy stand allein mitten auf dem Gelände. Man hatte ihr nicht einmal gesagt, welches der völlig gleich aussehenden Gebäude das der Frauen war. Plötzlich rief jemand: »Kathy!«

Sie erkannte die Stimme sofort. Tränen schossen ihr in die Augen. »Dad!«

Sie lief zu ihm hinüber, fiel ihm um den Hals und schluchzte.

Er drückte sie fest an sich. »Mein Gott, Kind, warum haben sie dich hierher gebracht? Was hast du damit… Oh mein Gott!« Er hielt sie von sich und schaute sie ernst an. »Weil du versehentlich das Glas Wasser getrunken hast, in dem mein Medikament war?«

Kathy konnte nur stumm nicken.

Er drückte sie noch einmal an sich. »Es tut mir so sehr leid! Das wollte ich nicht... dass du jetzt wegen meiner Krankheit in Schwierigkeiten kommst!«

Acht Techniker arbeiteten konzentriert, als Juan das Labor betrat. Das neue Team war sofort voll in die Arbeiten eingestiegen, wie Juan erleichtert feststellte. Und Arbeit gab es genug – er hatte ihnen eine Menge aufgebürdet.

Er ging zu einem der neuen Techniker hinüber. »Guten Morgen, Kevin. Wie läuft es?«

»Guten Morgen, Dr. Gutierrez. Wir haben gerade die Stoffwechselprofile abgeschlossen und haben erste Ergebnisse.«

Juan setzte sich auf einen Laborhocker. »Kevin, erzählen Sie mir erst einmal, was genau wir da testen, bevor ich mir die Ergebnisse anhöre.«

»Ja, Sir. Wir führen die Tests mit 150 Laborratten durch. 15 erhielten eine einmalige Minimaldosis; 15 weitere erhielten eine einmalige Maximaldosis. Die übrigen 100 Ratten wurden in 5 Gruppen zu je 20 Tieren aufgeteilt; jede Gruppe erhielt 17 Tage lang jeweils eine tägliche Dosis des viralen Erregers, aber jede Gruppe in einer anderen Konzentration.«

Juan nickte; das alles wusste er bereits.

»Wir haben bei sämtlichen Versuchstieren eine Blutanalyse durchgeführt, und zwar jeweils vor und nach der Dosiszufuhr, und danach alle drei Tage. Die Grundumsatzwerte stiegen an, aber davon abgesehen konnten wir nichts Ungewöhnliches feststellen. Eisen, Bilirubin, Protein, Schilddrüse, Glukose, Kalium, Albumin, Calcium, BUN, Kreatinin, Elektrolytspiegel – alles ist im Normalbereich.«

»Gibt es Schwankungen der Körpertemperatur?«, fragte Juan.

»Die Temperatur zeigte nach dem ersten Tag einen Ausschlag nach oben, aber danach blieb sie konstant.«

»Konnten wir Antigene im Blutstrom feststellen? Was ist mit Antikörpern? Und sehen wir irgendwelche lymphatischen Reaktionen?«

»Nein, Sir. Das allerdings erscheint mir seltsam, vor allem bei den Tieren, die tägliche Dosen erhielten.«

Juan seufzte und nickte. »Ich hatte gehofft, dass wir hier etwas sehen würden… ein leichtes Fieber reicht nicht aus, um Menschen in Quarantäne zu halten.« Er trommelte mit den Fingern auf den Labortisch, während er überlegte, wonach sie noch suchen könnten. Und plötzlich kam ihm eine Idee. »Ja, natürlich!«, rief er aus.

»Sir?«

Juan lehnte sich zurück und grinste breit. »Der Sauerstoffgehalt! Den müssen wir uns anschauen! In meinem Labor bei AgriMed hatte ich unterschiedliche Werte bei der Aufnahme von Sauerstoff festgestellt. Warum setzen wir unsere kleinen Freunde nicht in separate Kammern? Vielleicht können wir dann Unterschiede in ihrer Exhalation feststellen?«

»Wie wäre es mit sterilen Plethysmografie-Behältern?«, fragte Kevin mit schiefem Lächeln. »Ich weiß zufällig, dass eine Abteilung kürzlich eine ganze Palette geliefert bekommen hat. Sie brauchen die Behälter für irgendwelche Experimente über den Alkoholstoffwechsel, glaube ich.«

Juan lachte. »Na, jetzt weiß ich wenigstens, womit sich das FBI beschäftigt. Ihr messt, welche Auswirkungen Alkohol auf die Fahrtüchtigkeit von Mäusen hat. Aber im Ernst: Ja, die Behälter könnten wir gut gebrauchen!«

»Dann werde ich die Dinger herholen, bevor die andere Abteilung merkt, dass die Lieferung schon eingegangen ist.«

»Ja, tun Sie das. Und wenn jemand fragt, sagen Sie einfach, ich bräuchte sie dringend und sie könnten sich gern bei der Stellvertretenden Direktorin beschweren.« Juan zuckte die Schultern. »Was könnte mir schon passieren? Dass sie mich feuern? Offiziell bin ich ja gar nicht hier.«

Kathy saß neben ihrem Vater an den Zaun gelehnt, die Beine vor sich ausgestreckt. Sie schauten zu, wie ein weiterer Bus durch das Tor auf das Gelände fuhr. »Dad, wie lange bist du schon hier?«

»Seit drei Tagen. Siehst du das?« Er deutete auf den Bus, der wie Kathys Bus keine Aufschrift hatte. »Wieder bringen sie eine Handvoll Leute hierher, und alle waren Teilnehmer an dieser elenden Klinischen Studie.«

»Elend? Das war sie bestimmt nicht. Sie hat dich geheilt, oder nicht?«

»Hm, kann sein. Aber um welchen Preis?«

»Weiß Mum überhaupt, wo wir sind?«

Dad seufzte tief und tätschelte Kathys Knie. »Stell dir vor, Liebes, ich habe keine Ahnung. Ich kann nur hoffen, dass sie vor lauter Aufregung und Sorge keinen Herzanfall bekommt. Du weißt doch, wie sie ist, wenn etwas nicht so ist, wie sie es will.«

Kathy stieß den Kopf leicht gegen das Maschendrahtgeflecht, so dass er zurückfederte. Sie runzelte die Stirn, als sie die Neuankömmlinge aus dem Bus steigen sah. Eine Frau trug ein Baby auf dem Arm.

»Mein Gott«, sagte sie, »das scheint sogar eine ganze Familie zu sein.«

Dad nickte. »Ja, aber wenigstens dürfen sie zusammen sein.«

Sie wusste, dass er damit ihre Mum meinte. Er hatte ihr erzählt, dass er sie nicht hatte anrufen dürfen, seit er hierher gebracht worden war.

»Woher kommen all diese Leute? Das möchte ich wirklich gern wissen«, murmelte sie vor sich hin.

Ihr Vater seufzte. »Die meisten kommen aus Argentinien und Brasilien. Ich habe ein paar Leute aus Kalifornien kennen gelernt, und ein Mann stammt aus Washington.«

Kathy schlang die Arme um die Knie. »Ist dir schon gesagt worden, was bei der Behandlung schief gelaufen ist? Warum wir eigentlich hier sind?«

»Nein, Liebes, das habe ich noch nicht herausgefunden. Bisher bin ich weder untersucht noch irgendwie behandelt worden. Alles, was sie gemacht haben war, jeden Tag meine Temperatur zu messen. Allmählich glaube ich, dass nicht einmal die Pfleger und das übrige Personal wissen, warum wir hier sind. Glaub mir, ich habe alle gefragt. Ich habe den Eindruck, die Soldaten von der Air Force versuchen nur, das Beste aus dieser beschissenen Situation zu machen. Das Essen ist ganz okay, natürlich lange nicht so gut wie Mums, aber weit besser als das Zeug, das sie uns bei der Army zu essen gaben. Aber…« Frank zögerte, bevor er fortfuhr: »Ich glaube, ich weiß zumindest, *wo* wir uns befinden.«

»Echt? Wo denn?«

Er deutete nach Norden. »Siehst du diese große weiße Ebene?«

Kathy schirmte die Augen gegen die Sonne ab. »Ja… ist das nicht eine große Salzebene?«

»Genau. Ich bin ziemlich sicher, dass der Berg noch weiter hinten der

Bald Mountain ist. Wir sind mal hinaufgewandert, als du noch ein Kind warst. Erinnerst du dich?«

»Ja… aber nur dunkel.«

»Jedenfalls bedeutet das, dass die Salzebene der Groom Lake ist – und in diesem Fall wären wir nur höchstens zwei Stunden von Zuhause entfernt.« Er lachte leise.

»Und warum ist das so komisch?«

»Na ja, als ich noch ein Junge war, gab es jede Menge Gerüchte über diese Gegend – dass es hier eine geheime Basis der Air Force gebe, auf der sie die gefangenen Aliens versteckt hielten. Ich habe zwar noch keine Aliens zu sehen bekommen, aber ich denke, das mit der geheimen Basis der Air Force dürfte stimmen.«

Eine geheime Air Force-Basis. Wo niemand sie finden konnte. Umgeben von einem hohen Zaun mit Stacheldraht und bewaffneten Patrouillen. Und keine Erklärung, warum sie hier waren und was diese Leute mit ihnen vorhatten.

Kathy lehnte den Kopf an Franks Schulter. »Gott, ich hoffe nur, dass dieser Albtraum bald vorbei ist.«

Juan hatte Jennifer Green als Leitende Labortechnikerin im Biosicherheitslabor eingesetzt. Sie liebte die Arbeit, und im Gegensatz zu Juan schienen ihr auch die Umstände nichts auszumachen, die mit der Sicherheitsausrüstung und der Arbeit im Schutzanzug zu tun hatten.

Leider konnte auch er das Sicherheitslabor nicht völlig vermeiden. Auch heute musste er wieder selbst hinein, um die Wärmebildkameras einzustellen. Jetzt studierte er gemeinsam mit Jennifer die Ergebnisse.

»Sehen Sie das?«, fragte er. »Die Tiere mit Maximaldosis im Biosicherheitskabinett haben ungefähr dieselbe Temperatur wie die mit der Minimaldosis, aber die Hitze strahlt viel weiter von ihnen aus.«

In ihrem Druckanzug konnte sich Jennifer nur schwerfällig bewegen. Sie schob sich neben ihn und blickte auf die Displays der Kameras. Metallisch kam ihre Stimme aus Juans Helmlautsprecher. »Ja, das ist seltsam. Alle infizierten Versuchstiere zeigen ein völlig normales Temperaturprofil. Sie haben leichtes Fieber, aber die Temperatur nimmt gleichmäßig vom Körper weg ab, also völlig normal. Aber bei den hochtoxischen Exemplaren strahlt die Wärme wellenartig und viel weiter ab.«

»Sie haben auch eine überhöhte Kalorienaufnahme, und diese ganze Energie muss irgendwie verbraucht werden. Haben wir schon mal eine sterile Petrischale mit Agar hineingestellt und beobachtet, was dann passiert?«

»Nein, das haben wir noch nicht gemacht. Warum auch? Ein Virus würden wir doch nur in einem Wirt wachsen lassen können, nicht außerhalb…«

»Genau das ist der Punkt, Jennifer! Wir wissen nicht, was diese verdammten Dinger absondern. Ist es denn eine Art Virus? Eine Bakterie? Oder irgendeine chemische Verbindung, die sich verflüchtigt oder zerfällt, wenn das Tier stirbt?«

»Es gibt nur einen Weg, das herauszufinden«, sagte Jennifer entschlossen, ging zu einem der Schränke und nahm eine Packung versiegelter Petrischalen heraus. In jeder befand sich eine dünne Schicht durchsichtiges Agar.

»Sehr gut. Öffnen Sie eine Schale erst im Kabinett, in der Nähe der hochtoxischen Tiere. Lassen Sie sie dort eine oder zwei Minuten lang stehen, danach schauen wir sie uns unter dem Mikroskop an. Dann werden wir sehen, ob sich etwas getan hat.«

Jennifer benutzte die Roboter-Greifer, um die Petrischale in das Sicherheitskabinett zu stellen, die Folie abzuziehen und den Deckel abzunehmen. Sie wollte es gerade noch näher zu den Versuchstieren schieben, als sie plötzlich zusammenzuckte.

»Oh mein Gott!«, rief sie.

Juan lief ein kalter Schauder über den Rücken. »Sehen Sie, wie schnell die Verfärbung eintritt? Ziehen Sie die Schale wieder weg und setzen Sie den Deckel darauf! Ich will sehen, was zum Teufel jetzt gerade passiert ist!«

Juan konnte Jennifers heftiges Atmen hören; beruhigend klopfte er ihr auf die Schulter. »Tief durchatmen, Sie dürfen jetzt nicht ohnmächtig werden. Benutzen wir einfach immer nur die Roboter-Greifer, dann kann nichts passieren.«

Jennifer zog die Schale zurück und stellte sie auf den Objekttisch des Hochleistungsmikroskops. Sie schaltete den Monitor an, so dass sie gemeinsam das Ergebnis beobachten konnten, und fokussierte auf einen der dunklen Punkte.

»Sieht wie Schimmel aus«, sagte sie.

Juan schüttelte den Kopf. »Schimmel hätte sich nicht so schnell bilden können. Aber im Moment bin ich für jede Erklärung offen.«

Jennifer stellte eines der Objektive auf höhere Auflösung ein und justierte die Fokussierung. »Ist das Agar geschmolzen? Aber es gab doch keine große Hitze? Das haben wir doch überprüft.«

»Könnte eine chemische Reaktion sein. Zoomen Sie noch näher heran.«

»Okay, aber das ist jetzt maximaler Zoom. Sichtfeld ist ein Mikrometer. Warten Sie... Die Fokussierung ist ziemlich schwierig.« Äußerst vorsichtig veränderte sie die Kontrollwerte. »Jetzt. Aber... das sind definitiv keine Algen, die wir hier sehen.«

Juan starrte die runden Zellen an, auf die Jennifer das Mikroskop fokussiert hatte. »Sieht fast wie Lymphozyten aus... aber was sind diese fadenähnlichen Auswüchse...?«

»Einer der Fäden bewegt sich!«, rief Jennifer.

Juan blickte zu der Kamera hinauf, die an der Decke montiert war. »Ich hoffe, ihr seht alle, was hier vor sich geht?«, rief er den anderen Mitarbeitern im Großraumlabor zu.

Sie beobachteten die seltsame Zelle fünf Minuten lang. Noch zweimal zuckte einer der fadenförmigen Auswüchse.

»Was glauben Sie?«, unterbrach Jennifer endlich das lange Schweigen.

»Ich glaube nicht, dass Sie das wissen wollen«, sagte Juan düster. »Sagen wir einfach mal so: Wenn es das ist, was ich denke, dann haben wir es hier mit einem Tier zu tun, dessen Immunsystem nicht nur abwehren, sondern auch angreifen kann. Und das würde erklären, warum nach dem Tod des Wirts keinerlei chemische Toxizität mehr festzustellen war.«

Er schauderte bei dem Gedanken, dass es ein Immunsystem geben könne, das auf der Zellebene angreifen konnte.

»Es würde wahrscheinlich wie ein anaphylaktischer Schock aussehen«, fuhr er leise fort. »Und das ist ein Kampf, für den unsere Körper nicht trainiert sind und den sie nicht gewinnen können.«

Als Juan zu seinem Wagen hinausging – er hatte wieder einmal einen 16-Stunden-Tag hinter sich – kam ihm vom Parkplatz her ein Jogger entgegen. Als er näher kam, erkannte Juan den Sicherheitschef von AgriMed, Paul Hutchison, der ihm zuwinkte, stehen zu bleiben. »Dr. Gutierrez! Juan!«

Obwohl er schon Mitte sechzig war, joggte Paul leichtfüßig heran. »Dr. Gutierrez, kann ich Sie kurz sprechen?«

Hutchisons Stimme klang neutral und unbekümmert, aber seine Körperhaltung zeigte eine Anspannung, die bei Juan sofort Alarmstimmung auslöste.

»Ja, natürlich. Was ist los? Gibt es…?«

Huchison legte den Finger über die Lippen und winkte Juan zu, ihm weiter vom Gebäude weg zu folgen.

Juan hatte das Gefühl, dass ihm schlimme Nachrichten bevorstanden. Sie entfernten sich vom Vorplatz und den Autos, die vor dem FBI-Gebäude geparkt waren.

Erst als sie sich außer Hörweite befanden und keine Menschen in der Nähe zu sehen waren, blieb Hutchison stehen und winkte Juan dicht zu sich heran.

Hutchison zog ein Smartphone aus der Tasche. »Juan, ich muss Ihnen hier eine Tonaufnahme vorspielen, die Sie sich unbedingt anhören sollten. Aber bevor ich das tue, muss ich Ihnen noch etwas klar machen. Fragen Sie nicht, woher ich die Aufnahme habe, und erzählen Sie niemandem davon. *Absolut niemandem*«, wiederholte er mit viel Betonung. »Denn wenn Sie das tun, wird Ihr Kopf rollen, nicht meiner, und das könnte durchaus wörtlich gemeint sein.«

»Hey, Moment mal! So geht das nicht! Vielleicht will ich das gar nicht hören?« Juans Unbehagen wuchs mit jeder Sekunde und schlug in Verärgerung um. Was um alles in der Welt konnte noch wichtiger sein als die Probleme, mit denen er ohnehin schon zu kämpfen hatte?

»Sie haben keine Wahl. Das hier hängt direkt mit dem zusammen, was Sie machen, und sie haben Ihnen nicht alles gesagt.«

»Sie? Wen meinen Sie damit? Das FBI?«

»Das können Sie sich aussuchen. Hören Sie zu, vielleicht begreifen Sie es dann.«

Hutchison drückte auf ein Symbol auf dem Display.

»Wie ist der Status? Haben Sie alle zusammengetrieben?«

Die Stimme kam Juan irgendwie bekannt vor, aber er konnte sie momentan keiner Person zuordnen.

»Beinahe«, antwortete eine andere, ebenfalls männliche Stimme. *»Wir haben fast alle aus Südamerika eingesammelt. Die Briten sind einverstanden und schicken uns ihre Fälle. Wir erwarten, dass wir spätestens Ende nächster Woche alle beisammen haben. Es gibt da noch ein paar Nachzügler an der US-Westküste, aber die Quarantänestation in Nevada sollte ausreichen, um alle ohne Probleme aufzunehmen.«*

»Ohne Probleme?« Der erste Mann lachte. *»Einen Dreck wissen Sie über die Probleme! Ich habe damals ausdrücklich angeordnet, dass das Projekt mit den Deutschen abgebrochen wird, und nun muss ich eine Scheißladung Leute wegsperren, weil sie ein tödliches Virus in sich tragen – obwohl Sie und Ihre Leute mir versichert haben, dass die Sache nicht außer Kontrolle geraten würde! Jetzt sehen Sie, womit ich es zu tun habe!«*

»Ja, ich verstehe, Mr. President, aber...«

Juan riss die Augen auf. Deshalb war ihm die Stimme so bekannt vorgekommen!

»Wir haben alle in gesicherten Einrichtungen untergebracht«, verteidigte sich der zweite Mann. *»Niemand muss davon erfahren!«*

»Sind Sie blöd oder was? Wir haben ganze Familien in diesen Quarantänestationen wegsperren müssen, oder nicht? Kinder! Frauen! Männer! Was ist, wenn ein paar von ihnen einen Aufstand anzetteln? Versuchen Sie nur mal, eine Familie zu trennen! Und wie wollen Sie verhindern, dass die Hormone bei den jüngeren Leuten verrücktspielen und eine der Frauen in einem der Lager schwanger wird? Glauben Sie denn, dass Sie sie zwingen könnten, das Kind abzutreiben? Scheiße – wir wissen nicht mal, ob wir diese... Monstrositäten überhaupt abtreiben könnten! Am Ende würden wir die Frau umlegen müssen, und was ist dann? Wollen Sie mir weismachen, dass wir so eine Sache unter dem Deckel halten könnten?«

Juans Knie waren weich geworden; ihm drehte sich fast der Magen um. Kalter Schweiß trat ihm auf die Stirn.

Der zweite Mann seufzte. *»Vermutlich haben Sie recht, Sir.«*

»Natürlich habe ich recht, Sie Hornochse!«

»Was schlagen Sie vor, Sir?«

»Muss ich Ihnen das wirklich noch buchstabieren?« Die Stimme des

Präsidenten troff vor Sarkasmus. *»Wenn Sie alle, aber wirklich alle, in einer sicheren Einrichtung weggesperrt haben, muss irgendein... Unfall passieren. Ein großer, heißer Unfall. Irgendein Großbrand. Verstehen Sie, worauf ich hinauswill, Soldat?«*

Juan beugte sich abrupt vor und schlug sich die Hand vor den Mund. Beinahe hätte er sich übergeben.

»Jawohl, Mr. President. Ist das ein Befehl?«

»Ein Unfall. Aber so, dass die Ursache hinterher nicht mehr festgestellt werden kann. Und ob das ein Befehl ist? Verdammt nochmal, Sie sind Offizier! Sie müssen doch selbst wissen, was zu tun ist!«

Hutchison hielt die Aufzeichnung an. »Jetzt wissen Sie, was auf dem Spiel steht.«

»Aber ich...«

»Es geht hier nicht um Sie, Dr. Gutierrez.«

Juan wischte sich mit zitternder Hand über das Gesicht. »Was... was soll ich tun?«

Hutchisons blaue Augen blickten ihn kalt an; was er gehört hatte, schien ihn nicht zu berühren und nicht aufzuregen. »Ich will, dass Sie sich über eins klar sind, Doktor: Es geht hier nicht um Ihre Neugier herauszufinden, was irgendwelche Schurken mit Ihrem Algorithmus gemacht haben; es geht auch nicht um Ihre Krebsforschung, so wichtig sie auch sein mag. Es geht jetzt nur noch einzig und allein darum, das Virus aufzuhalten. Jetzt stehen Menschenleben auf dem Spiel. Ich schätze, dass Ihnen höchstens noch zehn Tage bleiben, bis man auch die letzten Betroffenen in das Lager gebracht hat. Und sobald feststeht, dass kein Infizierter mehr frei herumläuft, wird sich dieser große, heiße Unfall ereignen, von dem die Rede war – und danach wird die Welt ziemlich schnell vergessen, dass diese Menschen jemals gelebt haben.«

Hutchisons kalte Stimme hallte wie Donner durch Juans Kopf. Er hatte praktisch rund um die Uhr gearbeitet, aber das reichte immer noch nicht; er war nicht schnell genug. Er musste die Wirkung des Virus umkehren, und er musste es jetzt tun. Denn sonst würden all diese Menschen sterben.

Hutchison schlug ihm auf die Schulter. Für einen kurzen Augenblick zeigte der ältere Mann echtes Mitgefühl. »Hören Sie, Doktor: Wenn Sie keine Behandlungsmethode finden können, die das Virus aufhält oder abtötet oder was auch immer... nun, dann könnte der Plan des Präsidenten tatsächlich die beste Lösung für uns alle sein. Denn wenn das Virus außer

Kontrolle gerät und sich weiter verbreitet… denken Sie darüber nach: Wenn Sie nicht herausfinden, wie es sich verbreitet, nun, dann wird es sich unkontrolliert ausbreiten. Schon mit der nächsten Generation könnte es das Ende der Menschheit bedeuten.«

Zitternd atmete Juan tief ein. »Ich glaube, ich weiß, was wir tun können… tun müssen.«

»Dann tun Sie es. Ich habe alles getan, was ich tun konnte. Jetzt liegt es an Ihnen, Dr. Gutierrez.«

KAPITEL VIERUNDZWANZIG

Ein Gutes hatte das Gespräch mit Hutchison bewirkt: Juan hatte plötzlich nur noch ein einziges, klares Ziel. Ihm blieben zehn Tage Zeit, um die Sache in Ordnung zu bringen, sonst hätte alles keinen Sinn mehr. Er musste seine ganze Arbeit auf das ausrichten, was in dieser Zeit machbar war.

Die Wahrheit war allerdings, dass es nahezu unmöglich war, in dieser kurzen Zeit eine »Heilmethode« oder eine Behandlungstherapie für das Virus zu entwickeln. Die DNA-Veränderungen waren einfach zu vielfältig. Bestenfalls konnte er hoffen, die Menschen zu retten, die nicht infiziert waren. Er musste eine Methode finden, wie er sie identifizieren konnte. Denn Juan war überzeugt, dass viele Kinder, Ehepartner, ganze Familien nur deshalb in das Lager gebracht worden waren, weil sie sich in der Nähe eines der behandelten Krebspatienten befunden hatten und sich bei ihnen irgendein harmloses Fieber gezeigt hatte… und das konnte von einer einfachen Grippe oder einer ganz gewöhnlichen leichten Erkältung stammen.

Er würde nicht alle retten können. Aber vielleicht diese Leute.

Als er am nächsten Morgen das Labor betrat, in dem seine Techniker Dutzende Experimente überwachten, spürte er die schwere Last auf seinen Schultern: Schuld. In ein paar Tagen würden womöglich hunderte Menschen sterben. Und alles nur wegen seiner Forschung.

Wie in vielen Tagen zuvor ging er zuerst zu Kevin, der so etwas wie sein Hauptansprechpartner geworden war. »Hi, Kevin. Wie läuft es?«

Kevin schob die Brille auf den Nasenrücken zurück. »Es läuft gut.«

Er wies auf ein transparentes, versiegeltes Gehäuse, nicht viel größer als die Ratte, die darin eingesperrt war. »Das ist einer der Plethysmografie-Behälter. Ein bisschen zu klein für die Rattenart, die wir testen, schließlich waren sie für Versuche mit Mäusen bestimmt. Aber sie funktionieren, und ich habe mit ein paar Behelfsmitteln für ausreichenden Luftaustausch gesorgt. Die Sauerstoff- und Kohlenstoffdioxid-Konzentration der ausströmenden Luft wird durch Analysatoren gemessen.«

Juan strich nachdenklich über den Schlauch, der den Behälter mit der Ratte mit dem Digitalgerät verband, auf dessen Display die O_2- und CO_2-Anteile angezeigt wurden. »Die Einheiten sind doch steril versiegelt, nicht wahr?«

»Ja, aber wenn Sie die Anteile ganz besonders genau gemessen haben wollen, wird das hier nicht ausreichen. Um genaueste Daten zu bekommen, müssten wir die Ratten dazu bringen, direkt in Pipetten zu blasen oder wir müssten ihren Atem unter Betäubung messen.«

Juan schüttelte den Kopf. »Nein, das hier dürfte genügen. Wir brauchen keine ganz exakten Werte. Machen Sie weiter so. Sammeln Sie alle Daten und vergleichen Sie dann die verschiedenen Gruppen miteinander.«

Kevin griff nach seinem Notizblock. »Okay. Ich brauche ein paar Minuten, um die Daten zusammenzustellen.« Kevin ging davon, um die Werte von den verschiedenen Monitoren abzulesen, die im ganzen Labor verteilt standen.

Die Tür ging auf und Nate kam ins Labor. Juan starrte ihn durchdringend an. Was hatte ihm der Agent verschwiegen? Wusste er darüber Bescheid, was für das Quarantänelager geplant war?

»Wie läuft es, Juan?«

»Das kann ich Ihnen in ein paar Minuten sagen.« Juan deutete auf Kevin, der im Labor herumeilte. »Er liest gerade die Werte ab und stellt sie in einer Tabelle zusammen.«

»Glauben Sie, dass Sie einen Durchbruch schaffen werden?«, erkundigte sich Nate in hoffnungsvollem Ton.

»Nein, nichts dergleichen. Im Moment versuchen wir nur, eine sicherere Methode zu entwickeln, um herauszufinden, ob jemand dieser Form von Gentherapie ausgesetzt war oder damit behandelt wurde.«

»Ist das denn so schwierig?« fragte Nate. »Ich bin kein Arzt, aber wenn jemand ein Virus einfängt und sich Symptome zeigen, dann reicht es doch als Nachweis, wenn man einfach nur die Antikörper identifiziert, die der Körper produziert?«

»Das gilt nur bei einem normalen Virus, aber leider nicht in unserem Fall. Ein normales Virus – sagen wir mal, ein Grippevirus – dringt in die Zellen ein und frisst ihre DNA, um sich selbst zu kopieren und sich dann immer weiter zu verbreiten. So ähnlich wie eine Zigarettenkippe, die einen Waldbrand auslösen kann. Der Körper nimmt das Virus als fremden Eindringling wahr und produziert dann spezifische Antikörper genau für dieses Virus.«

Juan hob fast hilflos die Schultern. »Aber unser Virus verhält sich anders. Wenn es in eine Zelle eindringt, vernichtet es den Code der Wirtszelle nicht, sondern vermischt seinen genetischen Code mit dem der infizierten Zelle. Wenn sich dann später die nächste natürliche Zellteilung ereignet, repliziert sich der Inhalt der Zelle. Der Körper produziert keine Antikörper – einfach deshalb, weil er den Eindringling gar nicht bemerkt. Er bemerkt nur eine völlig normale Zellteilung.«

Nate runzelte die Stirn. »Aber wenn es so ist, warum zeigt sich dann bei allen Infizierten eine leichte Abwehrreaktion – nämlich ein leichtes Fieber?«

Juan nickte dem Agenten anerkennend zu. »Sehr gute Frage – genau diese Frage habe ich mir fast von Anfang an selbst gestellt.«

Kevin eilte herbei. »Dr. Gutierrez, ich habe jetzt alle Daten beisammen und habe für jede Gruppe die Durchschnittswerte berechnet.« Er rieb sich den Nacken und blickte auf seinen Notizblock. »Zwischen den Exhalationen der dosierten Tiere gibt es fast keine Unterschiede. Aber bei den nichtdosierten Tieren zeigt sich ein niedrigerer CO_2- und ein höherer O_2-Wert als bei den dosierten Tieren.«

Juan kniff die Augen zusammen. »Wie stark weichen die Werte voneinander ab?«

»Die dosierten Tiere stoßen zweimal so viel CO_2 und ungefähr ein Viertel weniger O_2 aus.«

»Das ist großartig!«, rief Juan. Er wandte sich wieder an Nate. »Damit hätten wir eine zuverlässige Methode, um festzustellen, ob jemand das Virus hat oder nicht.«

»Hätten wir eine Methode oder haben wir sie schon?«, fragte Nate.

»Na ja, das kann ich erst sagen, wenn ich ein paar Leute getestet habe, bei denen wir sicher sind, dass sie das Virus haben.« Wieder hallte ihm Hutchisons Warnung durch den Kopf, dass er nur noch zehn Tage Zeit habe. »Was meinen Sie: Wenn ich eine Testmethode gefunden habe, kann ich dann zu einer der Quarantänestationen fahren und die Tests durchführen?«

Nate zuckte die Schultern. »Das muss ich erst einmal mit meinem Boss klären. Um offen zu sein, ich weiß nicht mal, wo sich diese Stationen befinden. Wann wären Sie denn so weit, dass sie den Versuch starten könnten?«

»Das kommt drauf an.« Juan wandte sich an Kevin. »Kevin, bitte sagen Sie mir, dass wir tragbare Kapnographie-Geräte haben, mit denen wir exhaliertes O_2 und CO_2 messen können?«

»Sie meinen – bei Menschen?«, fragte Kevin verblüfft.

Juan verbiss sich eine scharfe, ungeduldige Antwort. »Natürlich bei Menschen!«

»Ja, klar, normalerweise haben wir ein paar mobile Kombinationsgeräte für Atemgasmessung im Magazin. Die Variante, bei der man kräftig hineinblasen muss, ungefähr wie bei einem Spirometer, das aber dann die jeweiligen Gasanteile in Prozentwerten anzeigt.« Er zögerte kurz. »Ich müsste erst mal herausfinden, ob eines der Geräte im Magazin steht oder nicht. Vielleicht kann ich Ihnen eines besorgen, in, sagen wir, 15 oder 20 Minuten?«

»Das wäre großartig.« Juan wandte sich wieder an Nate. »Ich würde dann in einer halben Stunde aufbrechen.«

Nate riss die Augen auf und zog sein Smartphone aus der Tasche. »Dann werde ich wohl gleich mal ein wenig herumtelefonieren müssen.«

Während Nate sich leise telefonierend entfernte, verspürte Juan zum ersten Mal das Gefühl, einen kleinen Schritt vorwärts gekommen zu sein. Vielleicht würde es ihm gelingen, ein paar Leute aus der Quarantäne herauszuholen und ihnen damit das Leben zu retten.

Er schloss die Augen und zermarterte sich das Gehirn. *Gibt es denn irgendeine Möglichkeit, auch etwas für die Infizierten zu tun?*, fragte er sich.

Hoffnungslosigkeit überkam ihn, als er sich klar machte, wie verzweifelt die Lage war und wie gewaltig die Aufgabe, die vor ihm lag.

Ihm blieben nur noch neun Tage, und noch immer sah er keine

Möglichkeit, das ungeschehen zu machen, was diese Verbrecher angerichtet hatten.

Kathy und ihr Vater saßen in der Cafeteria des Camps X-Ray. Während sich Frank mit anderen »Häftlingen« (wie Kathy die anderen Insassen bezeichnete) unterhielt, würgte sie mit einigem Widerwillen ihr lauwarmes Rindergulasch hinunter.

»Ihr alle hattet auch Krebs?«, fragte ein magerer Mann mittleren Alters mit starkem spanischem Akzent und vollem Mund.

Alle anderen am Tisch nickten, und einer sagte: »Gottseidank ist der Krebs bei mir wieder verschwunden.«

Frank fragte: »Ist das bei euch allen der Fall? Seid ihr alle geheilt?«

Wieder nickten alle.

»Es ist wie ein Wunder!«, rief eine Frau vom Ende des Tisches.

Eine andere Frau, die am Tisch hinter Kathy saß, fügte hinzu: »Das ist noch nicht alles. Zum ersten Mal in meinem Leben ist meine Psoriasis völlig verschwunden, und das seit über sechs Monaten!«

Und ein älterer Mann meinte: »Ich glaube, es ist ein Segen für uns alle, dass wir noch am Leben sind. Ich habe gehört, andere Patienten, die an unserer Klinischen Studie teilgenommen haben, sind gestorben. Aber anscheinend hatten diese Leute Multiple Sklerose, und die Behandlung hat bei ihnen nicht angeschlagen.«

»Das habe ich auch gehört«, warf ein anderer ein.

Kathy wurde plötzlich von ihren Gefühlen überwältigt. Sie legte ihren Kopf an Franks Schulter und flüsterte: »Ja, das war wirklich ein Segen. Ich bin so froh, dass du immer noch bei mir und Mum bist, Dad.«

Ein Mann mit dichtem braunem Haarschopf fragte: »He, Leute, mir ist noch was anderes aufgefallen – ich glaube, ich brauche fast kein Deo mehr! Wenn mich meine Nase nicht täuscht, rieche ich nicht mehr so sehr nach Schweiß, nicht mal nach dem Sport oder so.«

»Das stimmt! Geht mir genauso!«

»Ja, das habe ich auch schon bemerkt. Ist doch seltsam, oder nicht?«

Kathy sah, dass nun auch ihr Vater unter seinen Achseln schnüffelte. Sie kicherte. »Ich hätte es dir schon gesagt, wenn du gerochen hättest.«

Ein anderer Mann rief mit nasaler Stimme: »Das mit dem Deo ist eine

Sache. Aber viel wichtiger ist, dass es bei mir mit dem Sex wieder richtig abgeht! Ich hatte Herpes, aber plötzlich findet der Arzt nichts mehr – kein Herpes, kein Krebs, nichts. Jetzt bin ich ein Single und spitz wie ein Schlingel!«

Alle lachten.

»Aber ihr habt ja gehört, was die Wärter gesagt haben«, meinte ein bärtiger Mann. »Solange wir hier im Lager sind, läuft nichts zwischen Männlein und Weiblein. Sie bewachen die Wohnhäuser ganz genau, damit hier niemand auf dumme Gedanken kommt.«

»Ach, dumm wären solche Gedanken doch wirklich nicht«, meinte der Mann mit der nasalen Stimme. »Man könnte sagen, wir leben hier in einem reichen Jagdrevier. Und dazu braucht man kein Einzelzimmer im Wohnheim, es gibt doch die Mobilen Klohäuschen, oder nicht?«

»Das ist widerlich!«, rief eine ältere Frau.

Dad flüsterte Kathy zu: »Wird wohl besser sein, dass du mich rufst, oder einen Wärter, wenn du auf die Toilette gehst. Verstehst du?«

Kathy nickte. Es stimmte, sie wusste so gut wie gar nichts über diese Leute. Auch unter früheren Krebspatienten konnten sich Kriminelle befinden. Kriminelle, die sich hier in einer Art Gefängnis befanden.

Genau wie Kathy selbst.

Am Außenzaun des Luftwaffenstützpunkts, der nunmehr Camp X-Ray genannt wurde, ließ Nate Carrington die Scheibe auf der Fahrerseite herunter und reichte dem diensthabenden Sergeant die Ausweise hinaus. »FBI, Agent Carrington und Dr. Gutierrez. Ihre Leute sind informiert, dass wir kommen.« Er wies mit dem Daumen auf zwei weitere SUVs, die hinter ihnen warteten. »Die Männer in den beiden anderen Fahrzeugen sind Dr. Gutierrez' Sicherheitsgruppe. Sie werden draußen warten.«

Der Wind wirbelte eine rötlich-beige Staub- und Sandwolke über die unbefestigte Zufahrtsstraße, die sich vor ihnen erstreckte und hinter dem nächsten Hügel verschwand, während der Soldat die Ausweise kontrollierte. Er hielt sie auf Armlänge vor sich und verglich die Passfotos mit den beiden Männern. »Bitte lassen Sie die hinteren Fenster herab und öffnen Sie die Heckklappe.«

Nate seufzte und ließ die dunkel getönten Scheiben des GM Yukon herunter, den er vom FBI-Bezirksbüro in Las Vegas ausgeliehen hatte. Er musste kurz suchen, bis er die Taste fand, mit der sich die Heckklappe öffnen ließ.

Der Soldat spähte ins Wageninnere, während ein anderer den Kofferraum inspizierte.

Juan streckte den Kopf aus dem Beifahrerfenster. »Bitte seien Sie vorsichtig. Wir haben medizinische Geräte dabei. Sie sind sehr empfindlich und zerbrechlich.«

Nach zwei Minuten waren die Wärter mit der Kontrolle fertig. Nate und Juan erhielten ihre Ausweise zurück. Der Sergeant deutete geradeaus. »Fahren Sie die Straße entlang. Nach der Hügelkuppe biegen Sie links ab. Sie können es nicht verfehlen. Ich werde das Team dort informieren, dass Sie kommen.«

»Danke, Sergeant.« Nate fuhr die Scheibe wieder hoch, schob den Hebel auf Drive und fuhr langsam die holprige Straße entlang.

»Das ist echt Scheiße«, murmelte Juan vor sich hin.

Ein paar Augenblicke später näherten sie sich dem eigentlichen Lager. Nate fiel auf, dass der Arzt heute besonders nervös wurde, als sie sich dem bedrohlich wirkenden hohen Zaun mit der Stacheldrahtkrone näherten, der das gesamte Quarantänelager umgab. »Sie sollen doch nur die Leute aufspüren und aussortieren, die angeblich, aber nicht wirklich positiv sind, stimmt's?«

»Richtig.«

»Dann fokussieren Sie sich am Besten darauf und lassen Sie sich nicht ablenken. Wir gehen rein und wieder raus, sobald Sie fertig sind. Und vergessen Sie nicht: Die Leute hier haben keine Ahnung, warum sie in Quarantäne gebracht wurden, und es ist besser, wenn sie es nicht erfahren. Die Besatzung des Stützpunkts hat den Auftrag, Männer und Frauen getrennt zu halten; mehr wissen die Soldaten nicht. Die Patienten dürfen nicht zusammen sein und auf keinen Fall miteinander schlafen, nicht mal die Ehepaare.«

Nate warf Juan einen kurzen Blick zu und setzte so beruhigend, wie er konnte, hinzu: »Denken Sie immer daran, dass Sie hier sind, um Menschenleben zu retten. Die Leute hier können nirgendwo hingehen. So schwierig es im Moment auch erscheinen mag, aber irgendwann werden Sie vermutlich eine Heilmethode entwickeln. Sie brauchen nur genug Zeit.«

Nate spürte, dass ihn der Arzt durchdringend von der Seite anstarrte, als er vor dem Tor des Quarantänelagers anhielt.

Das schwere Eisentor rollte langsam zur Seite und einer der Soldaten winkte Nate zu, hereinzufahren.

Nate lenkte den SUV um einen großen Bus herum, der keine Aufschrift trug, und fuhr zu einem weiteren Zufahrtstor, das ebenfalls aufglitt. Zwei Soldaten in Kampfuniform winkten sie zu einem Gebäude hinüber, das durch ein großes rotes Kreuz auf der Außenwand gekennzeichnet war.

Auch dort wurden sie von einem Soldaten erwartet.

»Agent Carrington, Dr. Gutierrez, bitte folgen Sie mir. Ich bringe Sie zu den Untersuchungsräumen, in denen Sie die Tests durchführen werden.«

Juan stieg aus und deutete auf das Heck des SUV. »Einen Moment noch. Ich möchte meine Ausrüstung mitnehmen.« Er schaute Nate durch das noch offene Beifahrerfenster an. »Helfen Sie mir?«

Nate schaltete den Motor aus und stieg aus dem Fahrzeug. »Ja, klar. Sie können die Kiste ja nicht alleine tragen.«

Nate saß auf einem Klappstuhl mit harter Rückenlehne und blickte sich in dem fensterlosen Raum um. Die kahlen Wände aus Betonziegeln wirkten im harten Licht der Neonröhren trostlos und kalt; er fühlte sich an die Vernehmungsräume einer Polizeistation erinnert, wozu auch der Geruch von Desinfektionsmitteln beitrug, der im Raum hing. Die einzigen Möbelstücke waren ein Tisch und ein paar Stühle.

Der Arzt hatte sein Gerät auf dem Tisch aufgebaut und überprüfte gerade, ob es ordnungsgemäß funktionierte. Es hatte ungefähr die Größe eines Desktop-Computers und bestand vor allem aus einem Kasten mit zahlreichen Schaltern und Knöpfen, einer LED-Anzeige und einem langen, flexiblen Schlauch mit einer Pipette am Ende. Nate hatte den Eindruck, was immer Juan bei der Ankunft hier im Lager beunruhigt haben mochte, hatte er wohl im Moment verdrängt und konzentrierte sich nun auf seine Aufgabe.

»Macht es Ihnen etwas aus, wenn ich es mit Ihnen ausprobiere?«, fragte Juan. »Nur um sicher zu gehen, dass alles ordnungsgemäß funktioniert.«

Nate zuckte die Schultern und schob seinen Stuhl näher an den Tisch. »Klar, warum nicht? Laborratte war schon immer mein Traumjob. Was muss ich machen?«

Juan streifte Latexhandschuhe über und hielt ihm die Pipette hin. »Halten Sie das mal einen Moment.«

Die Pipette erinnerte Nate an eine Zigarettenspitze. Juan drückte auf ein paar Schalter und drehte an den Knöpfen unter der LED-Anzeige. »Mit diesem Gerät kann ich die Sauerstoff- und Kohlendioxid-Werte in Ihrer Ausatemluft messen. Atmen Sie einfach tief ein, nehmen Sie das Ende der Pipette in den Mund, umschließen Sie es fest mit den Lippen und blasen Sie so stark wie möglich hinein, bis Sie keinen Atem mehr übrig haben. Das machen wir dreimal. Sind Sie bereit?«

»Bereit.«

Juan drückte auf einen Schalter und der Kasten piepte. »Okay, tief einatmen und blasen.«

Nate blies, bis seine Lungen nichts mehr hergeben wollten. Nach dem dritten Durchlauf verspürte er einen leichten Schwindel.

Juan tauschte die Pipette aus, während er die Daten auf dem kleinen LED-Display studierte. »Durchschnittswert für Sauerstoff ist 15,87 Prozent, Kohlendioxid-Exhalation ist 4,15 Prozent. Gut. Ungefähr das, was ich erwartet hatte.«

»Das Gerät funktioniert also ordnungsgemäß?«

»Ja, alles okay.« Juan lächelte. »Und Sie dürfen sich freuen: Sie haben das Virus nicht eingefangen.«

Kurz darauf ging die Tür auf und der Soldat, der sie vor der Sanitätsstation begrüßt hatte, trat ein. Er hielt ein Klemmbrett in der Hand. »Dr. Gutierrez, wir haben sämtlichen Patienten eine Nummer zugewiesen. Auf dieser Liste hier haben wir für jeden Patienten täglich die Körpertemperatur erfasst. Außerdem finden Sie hier die Angabe, ob die jeweilige Person selbst in Behandlung war oder nur in Kontakt mit einer behandelten Person gekommen ist. Können wir anfangen?«

»Ja, danke. Bringen Sie mir bitte immer nur einen Patienten herein. Ich werde jeden Patienten kurz untersuchen, zum Befinden befragen und die Atemluft messen.«

»Jawohl, Sir. Ich bringe Ihnen jetzt den ersten Patienten und einen Dolmetscher.«

»Einen Dolmetscher?«, fragte Juan.

»Ja, Sir. Ein großer Teil der Leute kommt aus Südamerika.«

»Sergeant, ich spreche Spanisch.«

Der Sergeant nickte. »Natürlich, Sir. Und wie gut ist Ihr Portugiesisch?«

Juan zögerte. »Ach so. Na gut, dann brauchen wir den Dolmetscher eben doch.«

Während sie auf den ersten Patienten warteten, zog Juan einen weißen Laborkittel an, den er mitgebracht hatte. Er grinste Nate ein wenig verlegen an. »Ich habe nur selten direkt mit Patienten zu tun. Wird wohl besser sein, wenn ich wie ein Arzt aussehe.«

Kurz darauf trat eine kleine Frau mittleren Alters ein, eine Brasilianerin. Juan schüttelte ihr die Hand und fragte sie durch den Dolmetscher, wie sie sich fühle.

Nate schaute zu, wie Juan die Frau kurz untersuchte – Herz, Blutdruck – und ihr allgemeine Fragen zu ihrem Gesundheitszustand stellte. Nach einigem Hin und Her mit dem Dolmetscher war die Frau schließlich bereit, in die Pipette zu blasen. Nate trat hinter Juan, als der Arzt die Ergebnisse ablas. Ihr Sauerstoffwert lag etwas niedriger, als er hätte sein sollen, aber ihr CO_2-Wert war fast doppelt so hoch wie der Wert, der sich bei Nate ergeben hatte.

Juan notierte sich etwas, dankte der Frau und verabschiedete sie.

»Positiv?«, fragte Nate.

Juan nickte mit düsterer Miene. »Ja, leider. Sie erhielt die Behandlung mit dem Virus.«

Nate beobachtete Juan, während dieser einen Patienten nach dem anderen untersuchte und testete, und gewann allmählich den Eindruck, dass Juan ein sehr guter Arzt war. Er schien sich wirklich um jeden Patienten zu sorgen, den er untersuchte. Geduldig hörte er sich ihre Klagen und Beschwerden an und versicherte ihnen abschließend, dass alles wieder gut werden würde.

Aber natürlich würde es in den meisten Fällen nicht gut werden. Unter den ersten vierzig Patienten konnte Juan nur zwei Personen aussondern. In beiden Fällen, erklärte er Nate, nachdem die Patienten gegangen waren, hätte er sein Gerät gar nicht gebraucht: Beide hatten leichtes Fieber, als sie eingeliefert wurden, aber es war rasch abgeklungen und sie waren seit Tagen völlig fieberfrei.

Als die nächste Patientin hereinkam, zuckte der Arzt förmlich zurück und starrte die Frau aus weit ausgerissenen Augen an. Auch sie war stehen geblieben und wirkte völlig überrascht. Auf beiden Gesichtern war klar zu sehen, dass sie einander kannten.

»Juan!«, rief die Frau mit bebender Stimme. »Woher wussten Sie, dass ich hier bin?«

Auch Nate erkannte die Frau. Sie war Mitte zwanzig und sehr hübsch. Ihr dichter roter Haarschopf und die blasse Gesichtshaut erinnerten ihn ein wenig an einen Streichholzkopf. Die Tochter der O'Reillys, die Studentin, die er und Ragheb in Georgetown abgeholt hatten.

Aber woher zum Teufel kannte sie den Arzt?

»Wu-wusste ich nicht«, sagte Juan völlig verblüfft. Offensichtlich war er genauso geschockt wie sie. »Oh mein Gott, Kathy… wieso sind Sie hier?«

Kathys Augen füllten sich mit Tränen. »Wegen der Klinischen Studie, Juan. Ich habe unabsichtlich ein Glas Wasser getrunken, das eigentlich für meinen Vater bestimmt war – mit seinem Medikament darin, und ich…« Ihre Stimme brach und sie begann zu weinen.

Juans Gesicht lief dunkelrot an. »Es tut mir so sehr leid! Ich hatte keine Ahnung…« Er presste die Lippen zusammen und blickte Nate nervös an. Dann riss er sich zusammen und untersuchte sie, wie er auch alle anderen Patienten untersucht hatte. Abschließend gab er ihr die Pipette.

Sie blies hinein. Nate und Juan beobachteten gespannt, wie Kathys Werte auf dem Display erschienen.

Sie war positiv.

Als Juan die Testergebnisse notierte, wütete in ihm ein Sturm widersprüchlicher Gefühle. Nate war völlig klar, dass der Arzt die junge Frau kannte – und dass er etwas für sie empfand.

Kaum war sie aus dem Raum, als Nate den Soldaten, der an der Tür Wache stand, mit einem kleinen Auftrag wegschickte. Er blickte Juan in die Augen.

»Woher kennen Sie die Frau?«

Juan sah müde und erschöpft aus; er ließ sich auf einen Stuhl sinken, offensichtlich zutiefst verstört. »Das ist schnell erzählt. Ich lernte sie bei einem meiner Vorträge kennen. Danach gingen wir mal zum Essen in Georgetown aus.« Er atmete tief ein. »Und es ist meine Schuld, dass sie hier ist. Ihr Vater war krebskrank im fortgeschrittenen Stadium, es sah nicht gut aus für ihn. Ich habe ihr von der Klinischen Studie erzählt. Ich habe ihr eine Information gegeben, über die ich selbst nichts wusste. Wenn ich das nicht getan hätte, wäre sie nicht hier. Und sie wäre nicht infiziert worden!«

Nate legte ihm den Arm um die Schultern und drückte ihn kurz an sich. »Tut mir leid, Doktor. Ich weiß, dass Ihnen diese Sache sehr zu schaffen macht. Soll ich Ihnen was zu trinken holen? Tee? Kaffee?«

Juan atmete tief aus und schüttelte den Kopf. »Nein, danke. Bringen wir die Sache hinter uns.«

»Sind Sie sicher, dass Sie weitermachen können?«

Juan starrte Nate an. »Das ist jetzt nicht mehr wichtig. Uns läuft die Zeit davon.«

Nachdem der letzte Patient dieses Tages gegangen war und Juan seine Werte notiert hatte, blickte er kopfschüttelnd auf seine Notizen. Ihm wurde fast übel, als er das Tagesergebnis betrachtete.

»Fünf«, sagte er bedrückt. »Von fast zweihundert Patienten waren nur fünf nicht positiv. Nur fünf!«

Und auch Kathy war positiv. Kathy.

Und würde schon in ein paar Tagen tot sein.

»Ich weiß, Sie hatten ein besseres Ergebnis erhofft, aber es sind immerhin fünf Menschenleben, Juan. Fünf Menschen, die nach Hause zurückkehren dürfen, weil Sie heute so hart gearbeitet haben.«

Der Agent hatte den ganzen Tag schweigend im Raum gesessen. Juan fragte sich, was Nate wusste. Wusste er, dass Steve an diesen illegalen Versuchen mit Menschen gearbeitet hatte? Und was sonst hatte er Juan nicht mitgeteilt?

Steve. Als Juan an seinen früheren Freund dachte, wurde er plötzlich von einer mörderischen, aber buchstäblich ohnmächtigen Wut gepackt. Er,

Juan, hatte Kathys Vater völlig bedenkenlos und nichtsahnend auf dieses Programm hingewiesen. Ja, bei Kathys Vater hatte es Wunder bewirkt – aber dafür war jetzt Kathy infiziert.

Wie eine eiserne Klammer legte sich die Angst um seine Brust, wenn er an sie dachte. Die Vorstellung, dass sie in weniger als neun Tagen tot sein würde, war ihm unerträglich. Sein Blick wurde trübe; hastig wischte er sich die Tränen aus den Augen. »Ich muss noch mehr tun.«

»Das können Sie immer noch. Das ist der Grund, warum wir Sie hierher gebracht haben. Uns zu helfen, diese Sache zu beenden.«

»Dazu bräuchten wir mehr Zeit, viel mehr Zeit, die wir nicht haben!«, platzte es aus Juan heraus – und er bereute es sofort. Womöglich war Nate tatsächlich nicht informiert, was der Präsident plante. Und selbst wenn er es wusste… nun, Juan sollte es nicht wissen.

»Was meinen Sie damit?«, fragte Nate verwundert.

Juan biss sich auf die Unterlippe. »Ich wollte nur… ich meine, ich weiß nicht, wieviel Zeit ich für meine Arbeit noch brauchen werde, und was in der Zwischenzeit mit diesen Leuten hier geschieht. Im Moment sind alle so gesund, wie sie nur sein können, aber wir wissen nicht, wie lange das anhält. Und ich muss den Leuten *jetzt* helfen.«

»Hören Sie, Juan.« Nates Stimme klang sanft, aber bestimmt. »Kann sein, dass ich nicht die geringste Ahnung habe, womit Sie es in medizintechnischer Hinsicht zu tun haben. Aber ich bin ein ziemlich guter Problemlöser. Würde es Ihnen helfen, wenn wir die Sache in aller Ruhe zusammen durchsprechen? Manchmal ist es sehr nützlich, ein Problem mit den Augen eines Laien zu betrachten.«

Juan atmete tief durch. Er spürte plötzlich, dass er am ganzen Körper zitterte. Nates Vorschlag war sicherlich keine schlechte Idee. »Ich bin für alles offen.«

»Großartig.« Nate drehte seinen Stuhl so, dass er Juan direkt gegenüber saß. »Okay. Sie wollen eine Heilmethode für dieses Virus finden. Bitte erklären Sie mir, warum das so schwierig ist.« Er grinste ein wenig schief. »Und erklären Sie es mir so, dass ich es verstehen kann.«

Juan zuckte die Schultern. »Es ist eine extrem komplizierte Sache. Ich weiß nicht, womit ich anfangen soll.«

»Okay, dann fange ich an. Sagen Sie mir: Warum können Sie den Leuten nicht einfach eine Schutzimpfung verpassen? Wie man das bei Grippe oder solchen Krankheiten macht?«

»Eine Schutzimpfung ist keine Heilung, sondern eine Vorbeugungsmaßnahme. Bei einer Impfung wird Ihnen ein bestimmter Impfstoff injiziert. Man unterscheidet dabei zwischen Lebend- oder Totimpfstoffen. Der Lebendimpfstoff enthält abgeschwächte, jedoch noch vermehrungsfähige Erreger, die aber beim Impfling die Krankheit nicht auslösen. Bei einem Totimpfstoff wurden diese Erreger dagegen abgetötet oder es liegen nur noch Bruchstücke des Erregers vor. Der Impfstoff soll nun ihr Immunsystem anregen, so dass es das stärkere Virus bekämpfen kann, sollten Sie damit in Kontakt kommen. Als Vorbeugung funktioniert das für kurze Zeitspannen ganz gut, vielleicht sogar über mehrere Jahre, aber eine Schutzimpfung nützt Ihnen nichts, wenn Sie bereits infiziert sind. Sie lassen sich keine Grippeimpfung spritzen, wenn Sie die Grippe schon haben.«

»Okay, verstanden«, sagte Nate. »Ich weiß, dass Antibiotika gegen Krankheiten wie die Grippe nichts nützen. Weil ein Virus keine bakterielle Infektion ist, richtig?«

»Richtig.«

»Wenn man die Grippe einfängt, erkrankt man gewöhnlich für eine oder zwei Wochen. Aber die Leute hier infizieren sich ja nicht immer weiter mit dem Virus. Sollten sie nicht einfach von selbst wieder gesund werden?«

»Nein, so funktioniert diese Art von Virus nicht.« Juan fuhr sich durch die Haare. »Wie soll ich das erklären… Viren besitzen keinen eigenen Stoffwechsel, deshalb können sie sich nicht selbst vermehren. Sie brauchen dazu einen Wirt. Wenn Sie sich mit dem Grippevirus oder irgendeinem anderen Virus infizieren, dringt das Virus in eine Körperzelle ein, übernimmt sie praktisch und bringt sie dazu, neue Viren zu produzieren, die dann weitere Körperzellen angreifen. Wenn dann Ihr Körper die Eindringlinge erkennt, beginnt er seinen Abwehrkampf.« Juan hob die Hände. »So läuft es normalerweise. Aber bei diesem Virus hier ist das anders. Bei der Art von Viren, die wir in der Gentherapie verwenden, dringt das Virus in eine Zelle ein.« Er spreizte die Finger beider Hände und schlang sie ineinander, um den Vorgang besser erklären zu können. »Wenn also das Virus eindringt, verbinden sich die DNA-Teile, die es mitbringt, mit der DNA dieser Zelle. Die Zelle wird dabei nicht zerstört, sie wird modifiziert. Man erhält dann im Grunde so etwas wie eine Update-Version der Zelle. Bei der nächsten Zellteilung teilt sich auch die verschmolzene DNA – und man bekommt dann zwei Kopien der infizierten Zelle. Und der Körper bemerkt gar nicht, dass sich da etwas verändert hat.«

Nate trommelte nachdenklich mit den Fingern auf seinen Oberschenkel. »Okay, das heißt also, das Virus sorgt dafür, dass sich die DNA verändert, also praktisch eine andersartige DNA vorhanden ist. Und sobald das geschehen ist, wissen Sie nicht, wie Sie es wieder ungeschehen machen können, stimmt's?«

Juan nickte. »Genau so ist es leider. Wenn ich sämtliche Veränderungen oder Ergänzungen feststellen könnte, die dieses Virus verursacht hat, könnte ich *vielleicht* herausfinden, wie man die Veränderungen wieder reparieren kann. Aber leider haben wir es mit einem riesigen Ausmaß von Veränderungen zu tun.«

»Und sagt Ihnen das Virus, was es verändert hat? Und wie es das gemacht hat?«

»Ja, das tut es«, nickte Juan bedrückt. Dieses Gespräch erwies sich als völlig sinnlos. »Aber ich habe keine Ahnung, was das bedeutet. Ich kann das, was das Virus anrichtet, nicht ungeschehen machen.«

»Warum nicht?«

»Weil…« Juan zögerte, während er nach einer passenden Antwort auf diese einfache Frage suchte. »Weil…«

Und plötzlich fiel ihm etwas ein, an das er bisher noch gar nie gedacht hatte. Er starrte stumm vor sich hin – und dann schoss ihm ein Gedanke wie ein Stromstoß durch den Kopf.

Er sprang auf. »Heilige Scheiße! Ich glaube… nein… ja… ich glaube, das ist… eine Möglichkeit… Ich brauche nur ihre alte DNA… die DNA, die sie vor der Infektion hatten! Wenn ich sie beschaffen könnte, nur als Test…«

Nates Augen glitzerten im harten Neonlicht, als er lächelnd zu dem aufgeregten Forscher aufblickte. »Na, jede Wette, dass Katherine O'Reillys Mutter noch eine alte Haarbürste oder so von ihrer Tochter aufbewahrt hat. Und zu ihrem Haus brauchen wir nur eine Stunde.«

»Woher wissen Sie das? Ach, egal. Ja, das würde für einen ersten Test reichen, denke ich.« Juans Gedanken überschlugen sich förmlich.

»Gut. Machen Sie sich bereit. Inzwischen fahre ich ins FBI-Büro in Vegas und besorge mir sämtliche Blutproben oder DNA-Proben, die ich von den anderen Patienten finden kann. Alle wurden damals als Krebspatienten in die Klinische Studie aufgenommen, unsere Chancen stehen deshalb gut, dass die Proben noch vorhanden sind.«

Juan warf einen Blick auf die Uhr. Sein Herz hämmerte heftig. »Okay. Sobald ich die DNA-Probe von Kathy habe, muss ich so schnell wie möglich ins Labor zurück. Die Zeit wird immer knapper.«

Nate schaute ihn verwundert und neugierig an, dann sagte er: »Ich werde versuchen, einen Flug vom Air Force-Stützpunkt in Nellis zu bekommen. Ich bin sicher, so dringlich, wie die Sache hier geworden ist, wird man einen militärischen Flug nach Andrews genehmigen, so dass Sie ohne Verzögerung wieder zurück fliegen können.« Er ging zur Tür und winkte Juan, ihm zu folgen. »Kommen Sie, Doc. Sie fahren jetzt gleich nach Ash Springs. Keine Sorge, wir wissen genau, wo Mrs. O'Reilly wohnt.«

KAPITEL FÜNFUNDZWANZIG

Zwei Stunden später holperte ein kleiner Konvoi von drei SUVs über eine ungeteerte Straße. Juan saß im mittleren Fahrzeug. Noch nie hatte er eine derart trostlose Landschaft gesehen – sie erstreckte sich bis zum Horizont, nichts als fleckiges grau-braun-grünes Gestrüpp und Erde, und nirgendwo gab es Anzeichen einer Zivilisation.

Die Sonne stand knapp über dem Horizont, als endlich rechts von der Straße wie aus dem Nichts ein Gebäude im Stil einer Ranch auftauchte. Als die Fahrzeuge vor dem gepflegten Hauptgebäude anhielten, entdeckte Juan das erste Zeichen menschlichen Lebens: eine ältere Frau, die mit strenger Miene aus der Haustür trat, eine Flinte auf die Hüfte gestützt. Neben ihr stand ein dunkelbrauner Hund, so groß wie eine Deutsche Dogge, aber kräftiger an den Schultern.

Juan ließ das Fenster herunter. »Mrs. O'Reilly?«

»Ich bin Megan O'Reilly«, sagte die Frau mit misstrauisch zusammengekniffenen Augen.

»Mrs. O'Reilly, ich komme gerade von einer Begegnung mit Kathy…«

»Unfug! Sie ist nicht in der Gegend, Sie können sie gar nicht…«

»Mrs. O'Reilly, mein Name ist Dr. Gutierrez. Ich habe Kathy gerade untersucht und getestet. Und ich habe auch Ihren Mann untersucht.«

Der Hund kam schwanzwedelnd auf das Fahrzeug zu.

»Jasper! Platz!«, befahl ihm Megan. Der Hund blieb sofort stehen.

Megan senkte die Mündung der Waffe zur Erde, aber erst, als sie nur noch drei Meter entfernt war. Sie blickte aufmerksam und misstrauisch zu den beiden anderen Fahrzeugen hinüber, die hinter Juans SUV angehalten hatten. »Zeigen Sie mir erst mal Ihren Ausweis.«

Juan zog seinen FBI-Beraterausweis und seine Visitenkarte von AgriMed aus der Tasche. Megan studierte beides sehr genau und mit gerunzelter Stirn.

Schließlich wedelte sie mit der AgriMed-Visitenkarte. »Meine Tochter hatte so eine Karte dabei, als sie letztes Mal hier war.« Sie hob fragend die Augenbrauen, doch dann lächelte sie. »Sie hat mir von Ihnen erzählt, und wenn ich es mir recht überlege, kommt mir Ihre Stimme bekannt vor. Sie haben hier ein paarmal angerufen, stimmt's?«

»Ja, Ma'am, das stimmt. Und jetzt bin ich gekommen, weil ich Kathy und Ihrem Mann helfen will.«

Megan drehte sich um und ging zum Haus zurück. Über die Schulter sagte sie: »Na, dann sollten Sie nicht hier draußen im Auto sitzen bleiben. Kommen Sie mit ins Haus. Es gibt frische Limonade, dann können wir reden.« Sie deutete auf die anderen Agenten, die aus den Fahrzeugen gestiegen waren. »Bringen Sie Ihre Leute mit, es ist genug für alle da.«

Einer der Agenten beugte sich zu Juans Fenster hinunter und sagte: »Wir schauen uns kurz um und warten dann hier draußen auf Sie.«

Verwundert ging Juan hinter der Frau her, die ihn noch vor Sekunden mit einer vermutlich geladenen Waffe bedroht hatte und nun ihn und ein ganzes Team von FBI-Agenten auf ein Glas Limonade ins Haus einlud.

Diese O'Reilly-Frauen schienen doch sehr unberechenbar zu sein.

Die Agenten wollten lieber draußen warten, was wahrscheinlich auch besser war. Juan wollte sich ungestört mit Megan über ihre Familie unterhalten, ohne dass eine Gruppe harter, kampferprobter Burschen ihr Wohnzimmer besetzte.

Sie goss zwei Gläser eisgekühlte Limonade ein und setzte sich zu ihm an den Esstisch.

Juan trank einen Schluck und verzog das Gesicht.

Megan kicherte. »Ich mag es nicht so süß.«

»Schmeckt sehr gut.«

»Lügner.« Lachend schüttelte sie den Kopf. »Genau wie mein Frank. Ich merke es immer sofort, wenn er mich anschwindelt.« Sie trank einen großen Schluck, dann setzte sie entschlossen das Glas ab. »Und nun erklären Sie mir mal, was hier eigentlich los ist. Plötzlich tauchen hier Männer auf und nehmen meinen Frank mit, dann holen sie auch meine Tochter, und niemand sagt mir, warum und wieso.«

»Das tut mir leid, Mrs. O'Reilly.«

»Nennen Sie mich einfach nur Megan.«

»Megan… ich fürchte, der Grund für die ganzen Umstände… sitzt vor Ihnen. Alles begann damit, dass ich Kathy von dieser Klinischen Studie für Krebspatienten erzählte. Dort hat man Ihrem Mann ein Medikament verabreicht, das… noch nicht erprobt und nicht zugelassen war. Und dieses Medikament hat bei den Behörden gewisse… Befürchtungen ausgelöst.«

»Befürchtungen?« Megans Gesicht zeigte Anzeichen von Panik. »Was für Befürchtungen?«

»Ich will nicht, dass Sie sich Sorgen machen, Mrs. O… Megan. Leider darf ich Ihnen keine Einzelheiten mitteilen. Aber ich möchte Ihnen versichern, dass ich alles tun werde, um zu helfen. Aber dafür brauche ich etwas von Ihnen – ich brauche DNA von Kathy oder von Frank aus der Zeit, bevor sie das Medikament eingenommen haben. Eine Haarsträhne. Eine Zahnbürste, die seit langem nicht mehr benutzt wurde. Aber es ist wichtig, dass sie wirklich eindeutig aus der Zeit vor Franks Behandlung kommen muss.«

»Aber warum Kathy? Sie hat die Arznei doch gar nicht eingenommen!«

»Soweit ich informiert bin, hat sie möglicherweise versehentlich ein wenig davon getrunken.«

»Ja, das stimmt! Ich weiß noch genau, wann das war – aber das passierte nur ein einziges Mal.«

»Einmal hat offenbar gereicht, mehr war nicht nötig. Die Sache ist so: Ich versuche alles, was ich kann, um die Wirkung des Medikaments zu beseitigen. Aber, wie gesagt, dazu brauche ich die DNA aus der Zeit vor der Behandlung.«

Megan atmete tief ein. Dann stand sie entschlossen auf. »Kommen Sie mit, Dr. Gutierrez.«

Er lächelte. »Nennen Sie mich einfach Juan.«

Sie führte ihn in ein Schlafzimmer, das offenbar nur noch als Abstellraum genutzt wurde. Überall standen Schachteln und Kisten. Manche waren geöffnet, und Juan sah darin Fotoalben, Spielzeug, altertümliche Messer und sogar Waffen, abgelegte Kleider, holzgeschnitzte Figuren und allen möglichen Trödel.

»Bitte entschuldigen Sie das Chaos. Das ist mein Abstellraum für alles Mögliche. Hätte ich schon längst mal aussortieren müssen.« Sie wühlte in ein paar Schachteln.

Nach einer Weile gab sie auf, schnaubte frustriert und blickte sich suchend um. Ihr Blick fiel auf eine kleinere Schachtel auf einem der Wandregale, ungefähr so groß wie eine Schuhschachtel. »Können Sie die Schachtel mal herunterholen, Juan? Ich kann sie nicht erreichen. Ich glaube, da müssten noch ein paar Babysachen von Kathy drin sein.«

Juan hob die Schachtel vorsichtig aus dem Regal. Megan setzte sich im Schneidersitz auf den Boden und nahm den Deckel ab. Sie durchsuchte kurz den Inhalt; plötzlich lächelte sie und nahm einen kleinen durchsichtigen Plastikbeutel heraus, wie er für Tiefkühltruhen verwendet wird. Darin befand sich eine kleine rote Haarsträhne, die mit einem rosafarbenen Bändchen zusammengehalten wurde. »Ah! Das ist eine Locke von Kathys erstem Haarschnitt.« Sie schaute zu Juan auf. »Nützt Ihnen das etwas?«

Juan hielt den Beutel ins Licht. »Leider nein, Megan. Was ich brauche, ist nur in Haarwurzeln zu finden. Wenn zum Beispiel ein Haar herausgerissen wird. Man sieht dann oftmals eine winzige weiße Wurzel am Ende. Vielleicht haben Sie noch eine alte Haarbürste von Kathy?«

»Na, alte Haarbürsten habe ich bestimmt nicht aufbewahrt. Was kommt denn sonst noch in Frage? Wie wäre es mit ihren Milchzähnen?«

Juan riss die Augen auf. »Ja! Die wären perfekt!«

Wieder wühlte sie in der Schachtel und holte einen zweiten Beutel heraus, in dem mehrere winzige Zähne lagen. »Bekomme ich sie zurück? Ich weiß, das klingt einfältig, aber ich kann mich noch an jeden Moment erinnern, als die Zähne herauskamen.«

»Ja, ich denke schon. Aber einen oder zwei Zähne werde ich behalten müssen. Die DNA finde ich nur im Innern der Zähne.«

»Na gut, wenn wir damit Kathy und Frank helfen können…«

»Das können wir bestimmt«, lächelte Juan.

»Und brauchen Sie auch etwas von Frank?«

»Wenn Sie etwas haben?«

»Nun ja, von Frank habe ich natürlich keine Kinderhaare oder Milchzähne. Aber wie wäre es mit ein wenig Blut? Letztes Jahr ist er an einem Nagel hängen geblieben und hat ein ziemlich großes Loch in ein Flanellhemd gerissen. Es war auch noch blutverschmiert, deshalb wollte ich es in Lumpen zerschneiden, bin aber bisher noch nicht dazu gekommen. Würde Ihnen das was nützen?«

»Wenn Sie es noch nicht gewaschen haben?«

»Ich kann Ihnen versichern, dass ich es noch nicht gewaschen habe. Kommen Sie.«

Nach ein paar Minuten hatte Juan DNA-Proben von beiden O'Reillys, sauber getrennt und in Plastiktüten verpackt.

»Danke für alles, Mrs. O'Reilly. Ich verspreche Ihnen, dass ich Tag und Nacht arbeiten werde, um Ihrem Mann und Ihrer Tochter zu helfen.«

»Ich heiße Megan und ich weiß, dass Sie das tun werden.« Megan schaute ihn mit leicht seitwärts geneigtem Kopf an. Ihre grünen Augen, die genauso grün waren wie Kathys, glitzerten schelmisch. »Aber eins wollte ich Ihnen noch sagen – Kathy würde mir dafür den Kopf abreißen, aber ich denke, Sie sollten es wissen. Also: Ich habe Ihnen ja schon gesagt, dass Kathy Sie ein- oder zweimal erwähnte. Na ja, die Wahrheit ist, sie hat öfters von Ihnen gesprochen als nur ein- oder zweimal.«

Juan spürte, dass ihm das Blut ins Gesicht stieg.

»Und das, obwohl sie nie über Jungen geredet hat. Nicht mal, als sie noch die Highschool besuchte und ich wusste, dass sie mit Johnny Pilmachek ausging, aber sie hat mir nie von ihm erzählt. Und sie hat auch später nie einen Mann in ihrem Leben erwähnt, als sie schon längst nicht mehr zu Hause wohnte. Und dann redete sie plötzlich über Sie! Das will etwas heißen.« Megan lächelte. »Na, egal – ich bin jedenfalls sehr froh, dass ich Sie kennenlernen durfte, Juan.«

Durch sein Hochleistungs-Nachtsichtfernglas blickte Nate durch ein Fenster im zweiten Stock eines Wohnblocks. Es war fast 23 Uhr. Seit über zwei Stunden observierte er das Lagerhaus auf der anderen Straßenseite, und in dieser Zeit hatte sich niemand blicken lassen.

»Sind Sie sicher, dass sie dort drüben sind?«

»Zu hundert Prozent«, antwortete einer der anderen Agenten des Einsatzteams. »Das Wärmebild zeigt sieben Zielpersonen, und der Erkennungsdienst bestätigt, dass eine von ihnen Müller ist. Der Typ ist offiziell noch beim BND und genießt formell immer noch diplomatische Immunität. Aber der deutsche Geheimdienst hat uns mitgeteilt, dass gegen ihn und ein paar andere Agenten ein Ermittlungsverfahren wegen Zugehörigkeit zu irgendwelchen extremistischen Gruppierungen läuft. Und dieser Müller hat bei dieser Sache offenbar mit ein paar gleichgesinnten CIA-Leuten zusammengearbeitet. Sowohl der BND als auch unsre eigenen übergeordneten Behörden haben uns grünes Licht gegeben, diese abtrünnigen Schurken zu verhaften, deshalb kann uns die Immunität scheißegal sein.«

Ein anderer Agent, der ein Headset trug und früher als Spion gearbeitet hatte, mischte sich ein. »Leute, sie haben eine Geisel.«

Nate blickte wieder durch sein Fernglas. Er sah immer noch niemanden, aber für den Agenten mit dem Headset spielte das ohnehin keine Rolle: Er fing mit Hilfe eines Infrarot-Lasers die Geräusche auf, die aus dem Gebäude drüben kamen, und hatte in einem der Oberlichter des Lagerhauses Schallvibrationen aufgefangen.

»Was hören Sie? Können Sie sagen, wer die Geisel ist?«

Der Mann schüttelte den Kopf. »Eine Frau. Sie weint. Sie scheint eine von Gutierrez' Mitarbeitern zu sein. Sie befragen sie über Gutierrez und woran sie und er gearbeitet haben.«

»Scheiße.« Nate spürte, wie sich seine Nackenmuskeln verkrampften. »Tauschen Sie Ihre Magazine durch die Magazine aus, die ich mitgebracht habe, die mit Frangible-Geschossen bestückt sind. Wenn es zu einem Schusswechsel kommt, zählt jeder Schuss, aber erschießen Sie um Himmels willen nicht die Geisel.«

Nate wandte sich wieder an den Ex-Spion. »Können Sie sagen, wo genau sie…«

»Scheiße, Boss«, unterbrach ihn der Mann. »Sie hat ihnen gerade irgendeinen Mist erzählt… dass Gutierrez zu seiner Mutter gefahren sei, aber vermutlich wissen die Typen, dass die Frau lügt, denn einer brüllt sie jetzt an. Er droht ihr, sie umzubringen.«

»Fuck!«, stieß Nate hervor und wandte sich an den Scharfschützen des Teams. »Machen Sie die Barrett schussklar und passen Sie genau auf. Schalten Sie jede Person aus, die aus dem Haus zu fliehen versucht.«

»Jawohl, Sir.« Der Mann setzte das Scharfschützengewehr Kaliber .50 auf den Dreifuß und spähte durch das Nachtsicht-Zielfernrohr.

Nate machte eine kreisende Handbewegung und führte die übrigen vier Agenten nach unten und über die Straße.

Unter anderen Umständen wäre es eine wunderbare Nacht gewesen. Der salzige Geruch des Ozeans lag in der Luft – die Chesapeake Bay lag nur ein paar hundert Meter entfernt. Aber als sie leise zum Eingang des Lagerhauses schlichen, war alles unheimlich still. Keine Möwen waren zu hören, keine Stimmen, nicht einmal das Wellenplätschern der Bucht.

Einer der Männer legte das Ohr an die Tür, während sich ein anderer am Schloss zu schaffen machte. Nate fragte durch Handzeichen, ob irgendetwas zu hören sei. Der Lauscher schüttelte den Kopf.

Ein leises Klicken verkündete, dass der Agent die Tür hatte öffnen können. Nate zog die Glock, schob vorsichtig die Tür auf und setzte sich an die Spitze des kleinen Trupps.

Sie kamen in eine riesige Lagerhalle, in der zahlreiche, wahrscheinlich längst ausrangierte Maschinen dunkel aufragten. Es war fast finster, nur etwa 40 Meter vor ihnen schimmerte gedämpftes Licht zwischen den Maschinen hindurch. Nate deutete darauf; seine Männer bildeten eine breite Linie, ohne sich gegenseitig aus den Augen zu verlieren, und rückten langsam vor.

Als sie näher kamen, hörten sie auch Stimmen.

Nate signalisierte: Feind.

Sie befanden sich immer noch im Schutz der Dunkelheit. Vorsichtig schlichen sie um die Maschinen herum; jetzt erst konnte Nate die Zielpersonen sehen. Die Frau saß auf einem Aluminiumstuhl, einen Knebel im Mund. Ihr Kopf hing zur Seite, als sei sie bereits tot, aber Nate sah, dass sich ihre Brust hob und senkte.

Sie lebte – noch.

Etwa drei Meter entfernt stand eine kleine Männergruppe. Einer hielt eine Pistole in der Hand, ließ sie aber lose an der Seite herabhängen. Nate zählte nur fünf Gegner.

Wieder verständigte er sich durch Handzeichen mit seinem Team. *Fünf Feinde. Einer fehlt.*

Die Zielpersonen stritten sich offenbar, aber auf Deutsch, so dass Nate kein Wort verstand. Er wünschte, er hätte damals bei seinem FBI-Training auch einen Deutschkurs belegt.

Dann machte der Mann mit der Pistole eine unwirsche Handbewegung. Er zog den Schlitten der Pistole zurück und lud damit eine Patrone in die Kammer.

Nates Puls, der bereits recht schnell ging, begann zu rasen. Jetzt durfte er nicht mehr zögern. Er musste die Entscheidung treffen.

Er signalisierte seinem Team: *Pistole. Ich. Scharfschütze.*

Seine Männer wussten genau, was sie zu tun hatten. Deshalb hatte Nate sie ausgewählt.

Nate brachte seinen Atem unter Kontrolle und zielte.

Er spürte den Puls im Zeigefinger, der auf dem Abzug lag, zwang sich, den Blick auf das Korn am Ende des Pistolenlaufs zu fokussieren, so dass die näher am Auge befindliche Kimme leicht unscharf zu sehen war, und stellte sich die Bahn des Projektils vor, das mit rund 360 Metern pro Sekunde aus dem Lauf schießen würde.

Zwischen zwei Herzschlägen zog er den Abzug durch.

Fast sofort spürte er den heftigen Rückstoß; der Mann mit der Pistole stürzte zu Boden, Nates Kugel hatte ihn in den Kopf getroffen.

Nates Team brüllte: »FBI! Hände hoch!«

Einer der Deutschen hob zwar die Hände ein wenig an, wirbelte jedoch blitzschnell herum und schaffte es noch, seine Waffe zu ziehen, doch sofort jagte ihm ein FBI-Agent eine Kugel in die Brust. Die Waffe klapperte auf den Betonboden. Die übrigen Agenten kreisten die Gegner ein.

Das Befehlsgebrüll seiner Männer echote durch die Halle. Nate lief schnell zu der gefangenen Frau hinüber, die mit weit aufgerissenen Augen auf dem Stuhl saß. Doch gerade, als er bei ihr ankam, blitzte es blendend hell auf, gefolgt von einer ohrenbetäubenden Explosion, die Nate fast um den Verstand brachte. *Eine Blendgranate!* Bevor er sich vom Schock erholen konnte, wurde er angegriffen und stürzte zu Boden.

Immer noch fast blind und taub, schlug Nate wild auf seinen Angreifer ein. Seine Faust traf auf eine weiche Körperstelle; ein Schuss krachte; gleichzeitig wurde ihm ein Messer in den Oberschenkel gestoßen und ein unglaublicher Schmerz schoss durch sein Bein.

Nate brüllte auf vor Schmerzen.

Undeutlich sah er etwas Helles, das sich über ihn beugte und ein Gesicht sein mochte, und stieß den Daumen in einen der dunklen, runden Schatten, den er für die Augen des Angreifers hielt. Jetzt war es der Gegner, der vor Schmerzen brüllte. Nates Sehvermögen kehrte allmählich zurück; jetzt sah er das Gesicht des Angreifers genauer: eine lange Narbe zog sich über die Wange des Angreifers.

Wieder knallte ein Schuss; der Angreifer riss sich von Nate los und verschwand.

Nate zog sich an einem der Eisenpfeiler, die das Dach stützten, mühsam auf die Füße; das Messer steckte noch immer in seinem Schenkel. Er blinzelte die Schmerztränen aus den Augen und versuchte, sich einen Überblick über die Lage zu verschaffen.

»Drei Tote, zwei Gefangene«, schrie einer der Agenten.

»Wo ist der Scheißkerl mit der Narbe?«, brüllte Nate zurück.

»Sir?«

»Der Bursche, der die Blendgranate geworfen hat! Große Narbe auf der Wange. Das Arschloch hat mir ein Messer ins Bein gestoßen!«

In diesem Augenblick schlug weiter hinten in der Halle eine Eisentür zu. Zwei Agenten machten sich sofort an die Verfolgung.

Nate wandte sich wieder zu der Geisel um. Dunkles Haar umrahmte ein Gesicht, das von Blutergüssen angeschwollen war. Sie sah völlig verängstigt aus. Nate zog den Knebel aus ihrem Mund.

»Sie wollten mich umbringen!«, schluchzte sie.

»Ma'am, wir sind vom FBI. Sie sind in Sicherheit.«

Einer der Agenten kam zurückgerannt. »Sir, wir haben ihn verloren. Der Bastard warf eine Rauchgranate und verschwand. Wir konnten ihn nicht mehr verfolgen.«

Nate blickte zu den gefangenen Männern hinüber, die inzwischen mit Plastikhandfesseln gefesselt worden waren. »Okay. Nehmen wir diesen Abschaum mit. Die Frau bringen wir ins Krankenhaus.«

Einer der Männer schlug Nate auf die Schulter. »Und Sie auch. Ihnen ist doch klar, dass da ein verdammt großes Messer in Ihrem Schenkel steckt?«

Nate verzog das Gesicht. »Ja, würde sagen, ich spüre da etwas.« Aber er wusste, dass er es nicht herausziehen durfte. Damit würde er womöglich noch mehr Schaden anrichten.

Der Agent zog ein Funkgerät aus der Kampfmontur. »Ich lasse zwei Rettungswagen kommen.«

Ein anderer Agent brachte einen Stuhl herbei. »Nate, Sie sollten sich setzen.«

Nate schüttelte den Kopf. »Nein, ich lehne mich lieber gegen die Säule.«

Obwohl es sich so anfühlte, als hätte ihm jemand glühende Kohlen ins Bein gedrückt, wurden seine Schmerzen von der Wut überlagert, dass das Narbengesicht entkommen war. Wer waren diese Männer? Warum hatten sie die Frau als Geisel genommen? Was wollten sie von Juan?

Er hatte plötzlich das Gefühl, dass er Juan jetzt in noch größere Gefahr gebracht hatte.

Frank saß an einem der langen, einfachen Tische und aß ein Eieromelette, oder jedenfalls das, was die Lagerküche so bezeichnete. Es schmeckte nach… nichts. Nicht einmal, nachdem er einen halben Liter Tomatensauce darüber gegossen hatte.

Kathy saß ihm gegenüber. Sie aß einen grünen Apfel und starrte geistesabwesend ins Leere.

Der Besuch des Arztes von der Ostküste, Dr. Gutierrez, hatte bei den Lagerinsassen große Erwartungen und Hoffnungen ausgelöst. Die meisten glaubten, dass sie jetzt schon bald von hier wegkommen würden. Auch Kathy blickte jetzt wieder mit mehr Zuversicht in die Zukunft. Und Frank fühlte sich ein wenig beruhigt, als der Arzt ihm versichert hatte, dass er Megan besuchen und sie informieren würde, dass es beiden gut ging. Im Grunde war es Frank egal, was mit ihm geschah; er wollte nur, dass Kathy und seine Frau versorgt waren.

Aber das war nun schon eine Woche her. Und seither hatten sie nichts mehr von Gutierrez gehört.

»Deine Mum dreht wahrscheinlich längst durch vor Angst«, sagte Frank düster.

Kathy nickte seufzend. »Juan hat versprochen, dass er mit ihr reden würde.«

Frank spießte ein weiteres Stück gummiartiges Omelette auf die Gabel. »Vertraust du diesem Arzt?«

»Ich glaube schon. Aber eigentlich kenne ich ihn nicht sehr gut. Ich hab dir ja erzählt, dass wir nur ein einziges Mal zum Essen ausgingen, und das war ein netter Abend. Er ist sehr nett.«

»Nett wie Boyfriend-nett oder wie Normal-nett?«, wollte Frank wissen.

»Keine Ahnung.« Sie schüttelte den Kopf und biss sich auf die Unterlippe. »Im Moment weiß ich überhaupt nichts mehr. Aber ich glaube schon, dass er sein Versprechen gehalten hat und Mum erzählt hat, wie es uns geht.«

»Ich wünschte nur, ich könnte direkt mit ihr reden«, seufzte Frank. »Ich kann nur hoffen, dass die Sache hier eher früher als später vorbei ist. Schon der Gedanke an Mum und dass auch dein Leben völlig durcheinander geraten ist – von der Ranch ganz zu schweigen, ich weiß nicht mal, was dort los ist.«

Kathy griff nach seiner schwieligen Hand und drückte sie beruhigend. »Ach, du kennst Mum doch – sie wird den armen Buck und die anderen Jungs schier in den Wahnsinn treiben und ihnen keine Ruhepause gönnen.«

Frank lachte. »Da hast du wahrscheinlich recht. Ich hoffe es jedenfalls. Das wird sie davor bewahren, völlig durchzudrehen.«

Eine Frau in Kampfmontur rief von der Tür des Esssaals herüber: »Frank und Katherine O'Reilly – sind Sie anwesend?«

Frank hob die Hand und die Frau winkte sie zu sich herüber. Kathy nahm ihren Vater an der Hand.

»Ein Arzt ist gerade in der Sanitätsstation angekommen«, sagte die Frau. »Er möchte Sie beide jetzt gleich sprechen.«

Frank und Kathy wechselten nur einen kurzen Blick und rannten zur Sanitätsstation hinüber.

Juan fühlte sich so schlecht wie schon lange nicht mehr. Seine Kehle war ausgetrocknet, heftige Kopfschmerzen pochten in seinem Schädel. Die Woche, die hinter ihm lag, war die Hölle gewesen.

Sieben Tage lang war er praktisch nicht aus dem Labor gekommen; er hatte fast rund um die Uhr gearbeitet. Natürlich hatte er hin und wieder eine halbe Stunde Schlaf nachgeholt, vor allem zwischen den einzelnen Verfahrensschritten bei der Polymerase-Kettenreaktion, aber danach war er immer sofort aus dem Schlaf hochgeschreckt und hatte sich sofort wieder an die Arbeit gemacht. Es gab einfach zu viel zu tun, und zu viel hing davon ab, dass er es so schnell wie möglich tat.

Mit seinem Team hatte Juan aus Kathys und Franks ursprünglicher, nicht modifizierter DNA noch viel mehr herausgeholt. Vorsichtig und äußerst sorgfältig hatten sie Segmente herausgeschnitten und mit ihnen Teile der experimentellen DNA-Sequenzen ersetzt, die das ganze Problem verursacht hatten.

Juan hatte sein Team in mehrere Schichten aufgeteilt, so dass er seine vertrauten Mitarbeiter Tag und Nacht um sich hatte. Fast ein halbes Jahr Laborarbeit war in nur einer einzigen Woche durchgeführt worden.

Und sie hatten es geschafft: Sie hatten ein neues Gentherapievirus entwickelt.

Oder jedenfalls war es das, was Juan hoffte. Es war ihnen nicht genug Zeit geblieben, klinische Experimente und Studien durchzuführen. Juan hatte sämtliche Vorschriften übergangen, um so schnell wie möglich zu einem Ergebnis zu kommen. Er hatte auch gar keine andere Wahl. Es blieb ihnen höchstens noch ein Tag, bis sich ein katastrophaler »Unfall« ereignen würde. Juan hatte die Ergebnisse der Laborarbeit eingepackt und war in die nächste Maschine nach Vegas gesprungen.

Jetzt saß er wieder in demselben trostlosen Raum, den er bei seinem ersten Besuch im Camp X-Ray als Untersuchungszimmer benutzt hatte. Vor ihm stand ein isolierter Koffer voller markierter Spritzen. In jeder Spritze befand sich eine gelbliche Flüssigkeit.

Das Produkt einer Arbeitswoche, die ihn an den Rand des Zusammenbruchs gebracht hatte.

Die Tür ging auf und Kathy kam herein, dicht gefolgt von ihrem Vater. Juan verspürte plötzlich einen Kloß in der Kehle. Stumm winkte er sie zu sich an den Tisch.

Kathy blickte ihn besorgt an. »Mein Gott, Juan, Sie sehen furchtbar aus.«

Trotz seiner Erschöpfung musste Juan grinsen. »*Wow.* Was für ein nettes Kompliment.«

»Nein, aber ich meine… Sie haben riesige Tränensäcke unter den Augen und sehen völlig abgemagert aus. Im Ernst – geht es Ihnen gut?«

»Mir geht's gut.« Juan nahm zwei Alkoholtupfer aus seinem Koffer. »Ich habe intensiv an dieser Sache hier gearbeitet.« Er deutete auf die beiden Klappstühle am Tisch. »Bitte setzen Sie sich. Ich erkläre Ihnen zuerst einmal, worum es hier geht.«

Er setzte sich ihnen gegenüber. »Ich werde Ihnen eine Substanz spritzen, die wir aus der DNA entwickelt haben, die ich von Megan bekommen habe.«

»Sie haben Megan DNA abgenommen?«, fragte Frank erstaunt.

Juan rieb sich die Augen. Sein Kopf brummte. »Nein, ich habe mich falsch ausgedrückt. Kathy, ich habe Ihre Mutter besucht und ihr erzählt, dass es Ihnen beiden gut geht. Auch ihr geht es gut, sie scheint mir eine sehr starke Frau zu sein. Sie hat mir Proben von Ihrer DNA gegeben – Ihre Milchzähne.« Er schaute Frank an. »Und von Ihnen habe ich ebenfalls DNA bekommen – ein altes, ungewaschenes Hemd, an dem noch ein wenig Blut war.«

»Aber warum brauchen Sie unsere DNA?«, fragte Kathy. »Und warum mussten Sie erst zu Mum fahren, warum haben Sie nicht einfach hier einen Abstrich gemacht?«

»Ich brauchte Proben von Ihrer DNA aus der Zeit, bevor… bevor Sie beide das Krebsmedikament einnahmen.« Juan umschiffte vorsichtig alles, was er zwar wusste, ihnen aber nicht sagen durfte. »Schauen Sie: Die Krebsbehandlung war eine Art Gentherapie. Sie hat Veränderungen in Ihren Körperzellen bewirkt, und sie hat es tatsächlich geschafft, Ihren Krebs zu besiegen, Mr. O'Reilly. Leider traten dabei aber auch unerwünschte Nebenwirkungen auf.«

»Nebenwirkungen? Welche denn?«, fragte Frank verwundert.

Juan runzelte die Stirn. »Tut mir leid, aber das darf ich Ihnen nicht sagen. Nur so viel: die Nebenwirkungen können extrem gefährlich sein. Aber«, fügte er schnell hinzu, »weder Sie selbst noch Kathy leiden jetzt an diesen Nebenwirkungen. Und das gilt auch für alle anderen Patienten hier im Lager. Nur besteht das Risiko, dass Sie irgendwann doch die Wirkungen zu spüren bekommen.«

Er deutete auf die Spritzen auf dem Tisch. »Die gute Nachricht ist, dass wir mit Hilfe Ihrer alten DNA eine Möglichkeit gefunden haben, das umzukehren, was Ihrem System zugefügt wurde. Es sind mehrere Spritzen, die ich Ihnen alle zwölf Stunden verabreichen werde. Im Wesentlichen wird die Behandlung Sie wieder in den Zustand zurück verwandeln, in dem Sie sich vor der Einnahme des Krebsmedikaments befanden. Sie werden also die Nebenwirkungen nicht erleiden müssen.«

»Moment mal«, warf Kathy ein. »Heißt das, dass Dad dann auch wieder den Krebs zurückbekommt, wenn Sie ihm die Spritzen gegeben haben?«

Mit dieser Frage hatte Juan gerechnet und hasste es, diese Antwort geben zu müssen. »Ganz ehrlich: Ich weiß es nicht. Im Moment weiß es niemand. Wir befinden uns hier auf unerforschtem Gelände. Ich kann nur vermuten, wenn der Krebs tatsächlich geheilt wurde – das heißt, wenn sämtliche Krebszellen eliminiert wurden –, dann sollten diese Spritzen nichts daran ändern. Aber das kann ich nicht versprechen, weil dieses Verfahren neu ist und wir es noch nicht testen konnten. Frank – ich kann Ihnen deshalb nicht versprechen, dass der Krebs nicht wieder zurückkommt.«

Frank legte seiner Tochter die Hand auf die Schulter. »Du hast gesagt, dass du diesem Arzt hier vertraust. Lass uns machen, was er uns rät. Ich will nur, dass du wieder zu deiner Mutter nach Hause kommst. Um das, was danach passiert, kümmern wir uns, wenn es soweit ist.«

Kathy schien nicht völlig überzeugt zu sein, aber sie nickte. »Okay.« Dann beugte sie sich ein wenig über den Tisch und blickte Juan direkt an. »Eine Frage noch: Woran merken wir, dass die Spritzen wirken?«

»Nun ja, ich glaube, ein leichtes Fieber ist eines der Symptome der genetischen Veränderungen, die Sie erlitten haben. Meine Vermutung ist, dass das Fieber abklingt und Ihre Temperatur wieder auf Normalniveau zurückgeht. Das könnte das erste Anzeichen einer Besserung sein. Wir haben noch andere genetische Tests, die wir durchführen könnten, aber dafür brauchen wir viel mehr Zeit.« Juan nahm die beiden Spritzen, die mit Franks und Kathys Namen beschriftet waren. »Das sind ziemlich hohe Dosen des neuen modifizierten Virus mit Ihrer ursprünglichen DNA, jedenfalls im Vergleich zu dem, was Sie mit dem infizierten Wasser eingenommen haben. Ich habe noch zwei weitere Spritzen vorbereitet, die ich Ihnen geben möchte, mit jeweils zwölf Stunden Abstand. Sind Sie bereit? Okay. Bitte machen Sie den Arm bis zur Schulter frei.«

Frank zog sein Hemd aus; Kathy zog ihre Bluse aus, unter der sie ein eng anliegendes, ärmelloses Tank Top trug. Sie drehte ihm die rechte Schulter zu, wich aber ein wenig zurück. »Bitte seien Sie sanft… ich hasse Spritzen.«

Juan tupfte die Stelle an Kathys Oberarm mit dem Alkoholtupfer ab, nahm die Plastikhülse von der Spritze und lächelte aufmunternd: »Bei drei… eins, zwei…« – und schon schob er die Nadel in den Arm und drückte auf den Kolben. »Drei.«

»Aua!« Kathy wich zurück. »Das war gemein!«

Er grinste schelmisch. »Hoppla.«

Sie zog einen Schmollmund, während er ein Pflaster auf die Injektionsstelle klebte. »Danke.«

Juan lächelte schwach. »Nichts zu danken. Wir wissen noch nicht, ob es funktioniert.«

»Egal – ich habe Ihnen schon jetzt so viel zu verdanken«, murmelte sie, wobei sie errötete.

Juan wischte Franks Arm mit dem sterilen Tupfer ab und setzte die Spritze an. »Warten wir's ab. Ich bleibe auf jeden Fall noch bis morgen Nachmittag hier. Und vergessen Sie nicht: In 12 Stunden bekommen Sie die zweite Spritze.«

Zwölf Stunden später erhielt Kathy die zweite Spritze. Sie zuckte zusammen, als die Nadel eindrang, aber dieses Mal blieb sie stumm.

Juan blickte auf die Uhr und sagte: »Okay, es ist 21 Uhr und das war Dosis Nummer zwei. Ihre nächste Dosis wird um morgen früh um 9 Uhr sein. Würden Sie bitte Ihren Vater suchen und ihn für die zweite Spritze hierher bringen?«

Kathy stand auf und rieb sich die Einstichstelle. »Ja, ich hole ihn.« Aus einem Impuls heraus strich sie Juan über die Wange. »Aber Sie sollten jetzt ins Bett gehen. Schlafen Sie ein paar Stunden. Sie bringen sich noch um.«

Juan schaute in Kathys grüne Augen, und plötzlich war ihm, als stünde die Zeit still. Er könnte noch ewig in diese Augen schauen.

Er nahm ihre Hand und drückte sie sanft. »Mir geht's gut. Ich brauche kein Bett. Ich bin so müde, dass ich sofort einschlafen würde, sobald ich den Kopf auf den Tisch lege.«

»Warum übernachten Sie nicht bei meinen Eltern? Meine Mum hätte endlich wieder jemanden, den sie bemuttern könnte, und sie ist eine ziemlich gute Köchin.«

Juan lachte. »Nein, es ist zu spät dafür. Und was Ihre Mum angeht, so hat sie mich letztes Mal mit einem Gewehr in der Hand und mit dem größten Hund begrüßt, den ich jemals gesehen habe.«

Kathy lachte. »Na gut, aber irgendwie müssen Sie sie dann doch besänftigt haben, sonst hätten Sie ihr nicht meine Babyzähne abbetteln können. Und Jasper ist nur ein überdimensionales Hündchen. Wenn er mit dem Schwanz wedelt, wissen Sie, dass er Ihnen nichts tun wird.« Sie kam noch ein wenig näher, sehr nahe. »Im Ernst – fahren Sie hin und ruhen Sie sich aus.«

Aber Juan schüttelte den Kopf. »Nein, ich bleibe hier. Ich will hier sein, falls irgendetwas passiert. Wenn Sie oder Ihr Vater auch nur einen Schluckauf bekommen, oder wenn das Fieber nachlässt, was auch immer, will ich nicht erst eine Stunde herfahren müssen.«

Seine wirkliche Befürchtung durfte er ihr nicht sagen. Dass sich, wenn er sie hier allein zurückließ, ein »Unfall« ereignen könne. Schon der bloße Gedanke jagte ihm einen kalten Schauder über den Rücken.

Ohne jede Warnung legte ihm Kathy die Arme um den Hals und vergrub ihr Gesicht an seiner Brust. Juan wurde völlig überrascht – und freute sich so sehr, dass seine Erschöpfung plötzlich verflog. Sein Herz begann heftig zu pochen, als wollte es die Brust sprengen, als er die Arme um sie legte und sie an sich drückte. In diesem Augenblick fühlte er sich so nahe bei ihr, wie er sich noch niemals einem anderen Mädchen nahe gefühlt hatte. Und dabei hatten sie sich noch nicht einmal geküsst.

Auch Kathy verspürte einen wunderbaren Schauder. Sie löste die Umarmung und sagte mit halb erstickter Stimme: »Ich werde nie vergessen, was Sie für uns getan haben.«

Juan küsste sie auf das Haar und schloss die Augen. Dieser Augenblick sollte niemals enden.

Aber schließlich löste sie sich vollends von ihm und wischte sich die Tränen aus den Augen. »Na gut«, sagte sie und räusperte sich. »Ich werde Ihnen mindestens eine Liege beschaffen. Und wenn ich einen dieser Wärter aus seiner Pritsche werfen muss.«

Lächelnd drehte sie sich um und ging hinaus.

Juan blickte ihr nach und hatte nur noch einen einzigen Gedanken: *Was ist, wenn die Behandlung nicht anschlägt?*

Als plötzlich die Tür aufging, fuhr Juan erschrocken von der Liege hoch. Nate trat in den Untersuchungsraum und stellte eine große Sporttasche auf den Tisch.

Juan warf einen Blick auf die Uhr. 6 Uhr. »Nate? Seit wann sind Sie hier?«

»Bin erst vor zehn Minuten gelandet. Ich muss sofort mit Ihnen reden.« Nate humpelte zum Tisch und ließ sich schwerfällig auf einen Stuhl sinken.

»Was ist mit Ihrem Bein – sind Sie verwundet?«

Nate machte eine wegwerfende Handbewegung. »Nichts, hab mir nur den Knöchel übertreten. Also: Eigentlich bin ich auf dem Weg zu einer Besprechung mit irgendwelchen hohen Tieren. Aber sie haben mich gebeten, erst noch bei Ihnen vorbeizuschauen und mich von Ihnen informieren zu lassen, ob die Impfung wirkt?«

Juan schluckte. Die Sorge ließ ihn fast schwindelig werden. Er rieb sich die brennenden Augen. »Es ist keine Impfung, es ist… ach, egal. Wie ich Ihnen schon mal erklärte, ist dies unser erster Versuch mit der DNA-Reversionstherapie, aber nennen Sie es meinetwegen Impfung. Und ich weiß noch nicht, ob und wie sie wirkt. Vor etwa neun Stunden habe ich den Probanden eine zweite Spritze verpasst. Die nächste Dosis ist in zwei Stunden fällig. Und wenn wir schon beim Thema sind…«

Nate klopfte auf die Tasche. »Ich hab hier alles dabei. Ihr Team war sehr fleißig. Ich habe hier vier weitere Dosen für jeden der beiden O'Reillys. Und wir haben auch alte DNA-Proben für ungefähr achtzig Prozent der anderen Insassen nachverfolgen können. An den restlichen zwanzig Prozent arbeiten wir noch.« Jetzt erst schaute er Juan genauer an. »Hey – wissen Sie, dass Sie beschissen aussehen?«

Juan runzelte die Stirn. »Hat man mir schon mal gesagt.«

Juan spürte die Schmerzen in seiner Seite – als ob etwas in ihn hineingetrieben würde. Und die Schmerzen wurden immer heftiger.

Er riss die Augen auf. Kathy hatte ihr Versprechen gehalten und ihm ein einfaches Feldbett bringen lassen. Juan war darauf sofort eingeschlafen. Offenbar lag er auf dem Satellitentelefon, das zu vibrieren begonnen hatte und sich in seine Rippen bohrte. Er rollte sich herab und nahm das Gespräch entgegen.

»Hallo?«

»Juan – der Eliminierungsplan ist angelaufen. Sie müssen verschwinden«, sagte Paul Hutchison mit rauer, sachlicher Stimme.

Panik ergriff Juan. Er warf einen Blick auf die Uhr: 6.45 Uhr. »Ich… ich verstehe nicht… Ich dachte, wir hätten noch mehr Zeit…«

Die Tür flog auf und Kathy stürmte herein. Tränen strömten ihr übers Gesicht. »Juan!«

Juan wurde flau im Magen, das Blut wich schlagartig aus seinem Gesicht. »Kathy – was ist los?«

»Sie haben meine Temperatur gemessen, als ich aufstand – und stellen Sie sich vor, sie ist normal und das Fieber ist verschwunden!«

Juan wurde von einem Sturm der Gefühle überwältigt; er blinzelte, um die Tränen zu verdrängen, die plötzlich in seine Augen schossen. »Sind Sie… sicher?«

Sie schniefte und nickte. »Sie haben es zweimal gemessen. Ich habe kein Fieber mehr.«

Juan hob warnend den Zeigefinger und drückte das Telefon wieder an das Ohr. »Hutchison…«

»Ich habe es gehört. Das ist großartig. Sie machen wohl alles gern auf den letzten Drücker, wie? Ich melde das sofort nach oben weiter. Und Sie sollten jetzt so schnell wie möglich auch den Vater der Frau untersuchen. Wir brauchen gesicherte Ergebnisse, sonst… Ich kann Ihnen nur noch einen Aufschub verschaffen, mehr nicht, bis Sie definitiv bestätigen können, dass Ihre Gegentherapie wirkt.«

Es klickte in der Verbindung. Erleichtert legte Juan das Telefon weg. Ein paar Sekunden später kam auch Kathys Vater herein und grinste Juan schief an. »Na, ist ja wohl ein bisschen früh am Morgen, um etwas zu feiern, aber, Doc, ich dachte, das wollen Sie sofort erfahren: Sie haben gerade meine Temperatur gemessen und sie war fast wieder normal! Das Fieber ist weg.«

Steve Chalmers saß auf einem Zweiersofa; Olivia schmiegte sich in seine Arme. Die Sonne hing tief über dem Waldrand, Stare flatterten um die beiden Futterhäuschen, die er gerade erst gestern aufgehängt hatte. Es war immer noch so warm wie am Vormittag, über 22 Grad, zu warm für einen Frühlingstag in Wiesbaden – das jedenfalls hatten die Leute auf dem Wochenmarkt gemeint –, aber eine sanfte Brise trug den Duft von frisch gemähtem Rasen und den harzigen Geruch der Tannen und Fichten vom Wald herüber.

»Ich kann es immer noch nicht glauben, dass wir dieses Haus bekommen haben«, murmelte Olivia, ohne die Wange von seiner Brust zu heben. »Wie hast du es nur geschafft, die Lehmanns zu überreden, es an dich zu verkaufen?«

Steve legte die Hand auf die leichte Schwellung ihres Bauchs. »Ich hatte noch den einen oder anderen Gefallen gut bei ihm. Es ist doch immer wieder hilfreich, wenn man den Vater des Bürgermeisters als Patienten behandelt.«

Olivia hob den Kopf und schaute ihn vorwurfsvoll an. »Was hast du mit ihm gemacht?«

Steve hob mit unschuldsvoller Miene die Hände. »Nichts, das schwöre ich dir. Ich habe dem Bürgermeister nur klar gemacht, dass ich unbedingt ein Haus mit einem großen Grundstück kaufen möchte. Vielleicht habe ich nebenbei auch bemerkt, dass ich mir wünschte, der Eigentümer dieses Hauses hier würde mein Angebot ernsthaft in Erwägung ziehen. Es dauerte dann nicht mehr lange, bis mein Angebot akzeptiert wurde.«

Olivia runzelte die Stirn. »Und vielleicht zahlen sich jetzt deine guten Beziehungen zu manchen deutschen Politikern aus, die dich für einen Helden halten?«

»Na ja, ein Held bin ich wirklich nicht.« Steve schoss unwillkürlich die Erinnerung an Juan, AgriMed und an das Leben durch den Kopf, das er endgültig hinter sich gelassen hatte. »Ich bin nur ein Arzt, der der Menschheit helfen will.«

»Unsinn. Nur ein Held würde die deutsche Staatsangehörigkeit bekommen, ohne seit acht Jahren im Land gewohnt zu haben.« Olivia stupste ihn spielerisch in die Brust. »Und du sprichst ja nicht einmal richtig Deutsch!«

Bevor Steve antworten konnte, bemerkte er einen großen schwarzen Mercedes, der auf der Zufahrtsstraße heran fuhr. »Wer kommt denn da?«

»Sieht aus wie ein Dienstwagen eines hohen Tiers, vielleicht ein Minister?« Olivia stupste ihn noch einmal. »Vielleicht wird dir jetzt auch noch ein Orden verliehen?«

»Woher willst du wissen, dass es ein staatlicher Dienstwagen ist?«

»Das weiß ich nicht. Ich habe nur gesagt, dass der Wagen so aussieht.

Außerdem hat er eine Berliner Nummer. Und Berlin ist nun mal die Hauptstadt der Bundesrepublik Deutschland. Sollte man schon wissen, wenn man deutscher Staatsbürger ist.«

Steve grinste, schwang die Beine vom Sofa und schob die raumhohe Terrassentür auf. Der Mercedes hielt keine zehn Meter vom Haus entfernt an.

Ein groß gewachsener Mann in dunkelgrauem Nadelstreifenanzug stieg aus dem Luxusfahrzeug. Er war muskulös, wirkte durchtrainiert und trug eine dunkle Sonnenbrille. Mit ausdrucksloser Miene kam er über den Rasen zur Terrasse, blieb ein paar Meter entfernt stehen und schaute Steve an. Eine lange Narbe zog sich über seine rechte Wange.

Steve trat einen Schritt auf die Terrasse hinaus. »Kann ich Ihnen helfen?«, rief er in gebrochenem Deutsch.

Der Mann kam näher, aber statt Steve zu antworten, wandte er sich an Olivia. »Miss Olivia Cooper, ehemals wohnhaft in London, Großbritannien?« Er sprach Englisch, aber mit hartem deutschem Akzent.

Steve blickte sich erstaunt zu Olivia um, die inzwischen ebenfalls auf die Terrasse getreten war. Sie zuckte die Schultern, offensichtlich nicht weniger verwundert als Steve selbst. »Ja. Darf ich fragen, wer…?«

Ein Schuss krachte. Olivia erstarrte; Blut drang aus ihrem Bauch durch das weiße T-Shirt.

Die Zeit schien stillzustehen.

Ein zweiter Schuss krachte. Er traf Olivia in die Brust. Voller Entsetzen riss sie die Augen weit auf.

Steve stand starr vor Entsetzen, als er sah, wie das Licht in ihren Augen erlosch.

Der dritte Schuss traf Steve in die Brust, mächtig wie der Schlag mit einem Vorschlaghammer. Seine Beine gaben nach, die Welt drehte sich um ihn und er stürzte neben Olivia auf die Terrassenfliesen. Blut schoss ihm aus dem Mund und aus der Brust, breitete sich in einer großen Lache aus und vermischte sich mit Olivias Blut. Der warme Tag wurde plötzlich kälter.

Als alle Geräusche verstummten, hörte er nur noch eine Stimme, wie aus großer Ferne. »Du bist schuld an der Katastrophe. Deine Flucht endet hier.«

KAPITEL SECHSUNDZWANZIG

Drei Monate danach

Der Secret Service hatte Juan gerade durch die Sicherheitsschleusen gewinkt, als sein Handy klingelte. Das Display zeigte eine bekannte Nummer an; lächelnd drückte Juan auf das grüne Hörersymbol.

Miguels Stimme kam laut und klar aus dem Lautsprechersystem des Autos. »Hey, Bruder, hab schon lange nichts mehr von dir gehört! Mein erstes Studienjahr in Medizin ist jetzt fast vorbei, ist doch unglaublich, oder nicht? Wie läuft es bei dir? Hast du gerade irgendwelche interessanten Projekte?«

Juan lächelte in sich hinein, als er kurz darüber nachdachte, wie er diese Frage beantworten sollte. Kathy griff nach seiner Hand und drückte sie; ihr Verlobungsring glitzerte in der Sonne.

»Na ja, wir hätten uns vielleicht ein paar Dinge zu erzählen, Miguel, aber ich sehe gerade, dass das Netz immer schwächer wird. Aber ich wollte dich noch was fragen: Hast du Mitte Dezember schon was vor?«

Miguel lachte. »Sorry, aber so weit voraus plane ich nicht.«

»Na ja, dann wirst du wohl mal eine Ausnahme machen müssen. Ich heirate am 16. Dezember und hätte dich gern als Trauzeugen. Schreib das gleich mal in deinen Kalender.«

Die Verbindung brach ab, als sie unter dem Vordach eines der Nebeneingänge des Weißen Hauses anhielten.

Juan lachte. »Na, wenigstens konnte ich es ihm noch sagen.«

Kathy schüttelte den Kopf. »Du bist grausam. Der arme Junge wird jetzt wahrscheinlich durchdrehen, weil er keine Einzelheiten weiß.«

Juan lächelte seine zukünftige Frau an. Wie immer konnte er kaum den Blick von ihr lösen. Sie trug ein schlichtes grünes Kleid, und die Lippenstiftfarbe passte exakt zu ihrem roten Haar, das wie ein breiter Wasserfall über ihre Schultern hing.

Sie wurden von zwei Secret Service-Agenten in Empfang genommen. »Willkommen im Weißen Haus, Dr. Gutierrez und Ms. O'Reilly. Bitte folgen Sie uns.«

Sie wurden durch einen Privateingang in den Westflügel geführt. Kathy griff nach Juans Hand und drückte sie leicht. Es beruhigte ihn ein wenig, konnte aber das Flattern in seinem Magen nicht vertreiben.

Man hatte ihm nur gesagt, dass er im Weißen Haus eine Art Auszeichnung entgegennehmen solle. Die Einladung war ihm persönlich von einem Secret Service-Agenten überbracht worden, und niemand sonst schien Bescheid zu wissen, worum es ging.

Selbst Paul Hutchison, der doch angeblich immer wusste, was in der Hauptstadt los war, hatte keine Ahnung.

Sie gingen durch ein wahres Labyrinth von Fluren und gelangten schließlich in einen großen Konferenzraum, der von einem langen Konferenztisch beherrscht wurde. Niemand saß am Tisch, aber mehrere Leute standen in kleinen Gruppen beieinander und unterhielten sich zwanglos. Als Kathy und Juan eintraten, eilte ein Mann auf sie zu, der Juan vage bekannt vorkam. Herzlich schüttelte er ihnen die Hände.

»Dr. Gutierrez, ich freue mich, Ihnen hier wieder zu begegnen.« Er wandte sich an Kathy. »Und Sie müssen die wunderbare Ms. O'Reilly sein. Mein Name ist Neil Wilson. Wie ich erfahren habe, darf man gratulieren? Wann ist die Hochzeit?«

Es folgten ein paar Minuten Smalltalk, dann begrüßte Wilson andere Neuankömmlinge und Kathy und Juan blieben allein zurück. Kathy flüsterte: »Wer war das denn?«

Juan beugte sich dicht zu ihr. »Der Direktor des FBI.«

Kathy riss die Augen auf. »Mein Gott, mit wem habe ich mich jetzt wieder eingelassen? Ich muss dir sagen, dass ich nie im Leben erwartet hätte, ins Weiße Haus eingeladen zu werden und mit irgendwelchen FBI-Bossen Smalltalk führen zu müssen!«

Plötzlich verstummten die Gespräche, als eine Tür am entfernten Ende des Raums aufging. Der Präsident der Vereinigten Staaten trat ein. Fast alle drängten näher heran, um ihm die Hand zu schütteln, aber er nickte den Anwesenden nur freundlich zu und ging direkt auf Juan und Kathy zu.

Juan schluckte heftig und kämpfte den Würgreiz nieder, der in ihm aufstieg. Niemals würde er vergessen, was dieser Mann gesagt hatte. Was dieser Mann geplant hatte. Und tatsächlich auch getan hätte.

Der Präsident schüttelte ihm kräftig die Hand. Dann wandte er sich an Kathy. »Meine liebe Ms. O'Reilly, Sie bringen diesen ansonsten öden Raum zum Leuchten.« Er klopfte Juan väterlich auf die Schulter. »Passen Sie gut auf diesen Mann auf. Das Land steht tief in seiner Schuld.«

Die Anwesenden hatten sich ringsum versammelt. Der Präsident schaute Juan mit festem Blick an. »Dr. Gutierrez, unser Land – nein, die Welt – hat Ihnen viel zu verdanken. Wir wissen Ihre Arbeit und Ihren Einsatz zu schätzen und zollen Ihnen höchste Anerkennung für die Fortschritte, die Sie durch Ihre Forschung bewirkt haben. Und was noch wichtiger ist: Wir sind Ihnen dankbar, dass Sie sofort bereit standen, als die Regierung in dieser extremen Notlage nach Ihnen rief.«

Der Mann, der neben dem Präsidenten stand, hielt eine mit blauem Samt bezogene Schatulle in den Händen. Der Präsident öffnete sie und nahm eine Medaille heraus, einen fünfzackigen weiß emaillierten Stern mit goldenem Rand, umgeben von fünf goldenen Wappenadlern. In der Mitte des Sterns prangte eine blaue Scheibe mit den 13 goldenen Sternen des US-Wappens. Die Medaille war an einem breiten, tiefblauen Band befestigt. Er bedeutete Juan, sich umzudrehen.

»Dr. Juan Gutierrez, in Anerkennung Ihres verdienstvollen Beitrags zur Sicherheit und dem nationalen Interesse der Vereinigten Staaten verleihe ich Ihnen die höchste Zivilauszeichnung unseres Landes, die Freiheitsmedaille des Präsidenten.«

Der Präsident hängte Juan die Medaille um den Hals. Juan konnte kaum den Schauder des Ekels unterdrücken, als der Mann das blaue Band um Juans Nacken glattstrich.

Er drehte sich um und schüttelte dem Präsidenten erneut die Hand. Die Anwesenden applaudierten.

Kathy blickte strahlend zu ihm auf, und Juan fragte sich, ob er sich jemals dazu überwinden würde, ihr zu erzählen, warum ihm dieser Mann, und diese Ehrung, einen Schauder der Empörung und des Abscheus über den Rücken jagten.

Nate und sein Boss saßen auf bequemen Gartensesseln auf dem Pier hinter Jeffs Haus. Der Pier ragte in einen schmalen Fluss hinaus. Nate kam das sanfte Plätschern des Wassers wie ein friedliches Schlusskonzert nach den letzten, äußerst anstrengenden, nervenaufreibenden Monaten vor.

Der Fall Darwin war offiziell abgeschlossen.

»Ich kann mir wirklich nicht vorstellen«, sagte Nate, »dass in dieser riesigen Behörde, dem FBI, niemand auch nur die blasseste Ahnung haben will, wer von unseren eigenen Leuten der Maulwurf war und sich bei diesem katastrophalen Verbrechen mitschuldig gemacht hat.«

Jeff trank einen Schluck aus seinem Bierglas und zuckte mit den Schultern. »Ja, geht mir auch so. Stinkt zum Himmel. Aber bei jedem Kartenspiel wird einem manchmal ein schlechtes Blatt zugeteilt.«

»Hat Direktor Wilson Sie gedrängt, den Fall zu den Akten zu legen?«

»Sie wissen, dass ich das nicht beantworten darf, Nate.«

Nate war es zutiefst zuwider, dass der Direktor des FBI von den Politikern in Washington ernannt worden war. Er, Nate, hatte sich während seines gesamten Berufslebens am Motto und an den Idealen des FBI orientiert – »Treue, Mut, Rechtschaffenheit« –, hegte aber starke Zweifel, dass der derzeitige Direktor sein Amt nach diesen Idealen führte. An Neil Wilson kam ihm so manches nicht ganz richtig vor. Aber natürlich war er diesem Verdacht nie nachgegangen – dazu hätte er auch gar keine Befugnis gehabt.

Doch jetzt rümpfte er angewidert die Nase. »Viele, viele Menschen hätten dabei sterben können. Und viele sind tatsächlich umgekommen. Zum Beispiel auch der Soldat in der Nähe von Vegas. Wir haben nie richtig herausfinden können, was dort geschehen ist.«

Jeff hob abwehrend die Hand. »Das stimmt nicht ganz. Wir haben herausgefunden, dass es dieses Programm mit den Hunden gab, und wir wissen, dass der Marine von einem dieser Hunde zerfleischt wurde.«

»Das ist nur Spekulation«, widersprach Nate. »Außerdem haben wir nicht herausfinden können, was dann mit den Hunden geschah.«

»Ich möchte doch annehmen, dass sie gejagt und abgeschossen wurden.«

»Kann sein. Also noch mehr tierische Todesfälle.« Nate schüttelte den Kopf. »Und was ist mit dem Neugeborenen in West Virginia? Das Mädchen, das wie die Kälber den Tod aller Menschen auslöste, die ihm zu nahe kamen, bis man es dann tief in den Eingeweiden des Krankenhauses in eine Quarantänezelle legte? Was werden sie mit dem Mädchen machen?«

Jeff leerte sein Glas und verzog das Gesicht. »Hören Sie, ich werde Ihnen nicht sagen, was mit dem Kind geschah.«

»Haben sie das Baby getötet?«

»Ich sagte doch: Ich darf es Ihnen nicht sagen.« Aber dabei nickte Jeff leicht.

»Scheiße.« Nate leerte sein Glas und hielt es Jeff wortlos hin.

Während Jeff die beiden Gläser füllte, fuhr Nate fort: »Ich habe genug – genug von Toten, Fast-Toten, Lügnern, Betrügern… von all dem Hässlichen, das es auf dieser Welt gibt. Ich möchte endlich wieder mehr Schönheit und Freude in meinem Leben sehen.«

Dabei sah er Madisons Gesicht vor sich und konnte fast ihre Gegenwart direkt neben sich fühlen. Eine innere Ruhe senkte sich auf sein Gemüt. Plötzlich wurde ihm klar, was er zu tun hatte.

»Wissen Sie, Madison und ich haben kurze Zeit nach dem Tod ihrer Eltern geheiratet. Sie haben ihr ein Stück Farmland in North Carolina hinterlassen. Ich habe keine Ahnung, warum ich das Grundstück nicht schon längst verkauft habe, zumal ich jedes Jahr dafür ziemlich viel Steuern zahlen muss. Aber jetzt, glaube ich, weiß ich warum.«

Er schaute Jeff offen an. »Jeff, ich denke, ich bin hier fertig. Madison und ich redeten immer davon, dass wir auf dem Land eine richtige kleine Farm aufbauen und dort eines Tages ein ganz einfaches Leben führen würden. Damals hatten wir vor, genau das zu tun, sobald ich meine Dienstzeit bei den Special Forces hinter mir hatte. Und dann… kam plötzlich alles anders.« Er räusperte sich. »Aber jetzt ist es an der Zeit.«

Jeff reichte ihm das frisch gefüllte Glas. »Sind Sie sicher? Denn wenn Sie das tatsächlich machen, werde ich richtig neidisch sein. Ich glaube nicht, dass ich den Mut hätte, die Zelte einfach hinter mir abzubrechen und woanders ganz neu anzufangen.«

Nate nickte. »Sie finden meinen Antrag auf Ruhestand gleich morgen früh auf Ihrem Schreibtisch. Es war gut, mit Ihnen zusammenzuarbeiten, Jeff. Ich hoffe, dass Sie verstehen, warum ich gehe.«

Mit einem tiefen Seufzer lehnte sich Jeff zurück. »Ich verstehe Sie vielleicht besser als jeder andere. Aber vergessen Sie nie: Die Welt ist nicht perfekt. Es wird immer schlechte, böse Menschen geben, die man für ihre Schandtaten vor Gericht stellen und zur Rechenschaft ziehen muss. Wir brauchen viel mehr Leute wie Sie, Nate.«

»Richtig, Schurken wird es immer geben, aber Leute wie mich ebenfalls. Darüber mache ich mir keine Sorgen. Was mir viel mehr Sorgen macht ist zu wissen, dass eben immer noch viele dieser Schurken frei herumlaufen, die mit jeder Schandtat durchkommen und niemals zur Rechenschaft gezogen werden.«

Er hob das Glas und seufzte tief. »Und das finde ich total beschissen.«

Juan fühlte sich besser als seit langem. Seinen FBI-Ausweis hatte er längst abgegeben und arbeitete jetzt wieder Vollzeit im Labor von AgriMed. Als Zivilist. Als Forscher.

Er klopfte an Winslows Tür.

»Kommen Sie herein, Juan.«

Juan trat ein und setzte sich auf seinen gewohnten Stuhl. Derselbe Stuhl, auf dem er vor vier Jahren gesessen hatte, damals, als er befürchten musste, seinen Job zu verlieren. Jetzt musste er lächeln, wenn er daran dachte, wie klein und nebensächlich seine damaligen Sorgen gewesen waren, jedenfalls im Vergleich zu dem, was er seither erlebt und gelernt hatte. Fast so, als sei es in einem anderen Leben geschehen.

»Juan, jede Wette, dass Sie froh sind, wieder hier zu sein.«

Juan lachte. »Die Wette würden Sie gewinnen. Ehrlich, es ist eine riesige Erleichterung. Obwohl ich sagen muss, dass das FBI wirklich erstaunliche Labors besitzt. Und ich könnte Ihnen auch ein paar Leute nennen, die wir gut gebrauchen könnten. Ohne sie hätte ich das, was ich dort zu tun hatte, nicht erfolgreich abschließen können.«

Winslow lächelte. »Ein guter Manager muss immer auch in der Lage sein, gute Leute zu identifizieren und an die Firma zu binden. Das werden Sie jetzt bestimmt auch so sehen. Es geht nicht darum zu sagen, ›Machen Sie das‹, und es dann erledigt zu bekommen. Sondern es geht darum, ein gutes Team um sich zu scharen und zu wissen, wie man es führt und weiterentwickelt.«

»Ja, Sir.«

»Aber«, fuhr Winslow fort, »ich habe Sie nicht hergebeten, um mit meinen Managementweisheiten zu prahlen. Juan: Ich werde Ende dieses Jahres in Ruhestand gehen. Den Vorstand des Konzerns habe ich bereits in Kenntnis gesetzt.«

»Herzlichen Glückwunsch, Sir«, sagte Juan aufrichtig. Winslow hatte er seinen ersten Job in der Privatwirtschaft zu verdanken.

»Das ist noch nicht alles.« Winslow kam um seinen Schreibtisch herum und setzte sich in den zweiten Besuchersessel, so dass er nun Juan direkt gegenüber saß. »Ich habe Sie für meine Nachfolge vorgeschlagen.«

»Sie haben… was?« Juan starrte seinen Boss mit aufgerissenen Augen an. »Aber was ist mit den anderen Abteilungsleitern…?«

Winslow wischte den Einwand mit einer Handbewegung beiseite.

»Sie sind der richtige Mann dafür. Schon allein aufgrund der erfolgreichen Arbeit, die Sie für das FBI durchgeführt haben. Vieles davon ist offenbar Verschlusssache, vermutlich weiß ich deshalb nicht mal die Hälfte von dem, was wirklich vor sich ging, aber mit dem, was ich weiß… Nun, ich glaube nicht, dass ich die Sache so entschlossen und mutig durchgestanden hätte wie Sie.«

Er schlug die Hände zusammen. »Also: Der Vorstand ist meiner Empfehlung gefolgt. In ein paar Monaten kann Ihnen der Job gehören; dann sitzen Sie hinter diesem Schreibtisch. Sie müssen nur noch Ja sagen.«

Juan hatte es buchstäblich die Sprache verschlagen; seine Gedanken wirbelten wild durcheinander. »Ich weiß nicht… Ich möchte meine Forschungen weiterführen dürfen…«

»Juan, ich werde Ihnen zeigen, dass Sie beides tun können. Und wie wir gerade besprochen haben, wissen Sie inzwischen, wie Sie ein gutes Team um sich scharen können. Sie forschen weiter, in Teamarbeit. Glauben Sie mir, ich hätte Sie niemals vorgeschlagen, wenn ich nicht absolut sicher gewesen wäre, dass Sie beides schaffen.« Winslow lächelte ein wenig schief. »Und das Gehalt ist ja auch nicht schlecht.«

Juan ging durch den Kopf, welche Freiheit es ihm verschaffen würde, Forschungsziele weiter zu verfolgen, die er für nötig hielt, um anderen Menschen zu helfen, ohne sich ständig mit den vorgesetzten Managern herumärgern zu müssen. Er murmelte: »Ich wäre wohl ein Idiot, wenn ich nein sagen würde.«

»Und was für einer. Dann ist das also ein Ja?«

Juan konnte kaum glauben, was ihm in letzter Zeit geschehen war. Er hatte maßgeblich dazu beigetragen, eine Katastrophe abzuwenden, die womöglich die ganze Menschheit ins Unglück gestürzt hätte. Nicht nur das FBI, sondern sogar das Weiße Haus hatte ihn mit Lob und Ehrungen überhäuft. Was noch wichtiger war: Er hatte sich mit der nettesten und stärksten Frau verlobt, die er jemals kennen gelernt hatte. Und jetzt bot man ihm sogar einen Spitzenjob bei AgriMed an!

Er strahlte Winslow an. »Ja! Ich mache es!«

Frank empfand einen Frieden wie schon lange nicht mehr, als er auf dem Sofa lag, mit Megan eng an sich geschmiegt. Im neuen Fernseher lief irgendeine doofe Spieleshow, aber beide schauten nicht hin.

Sie hob ein wenig den Kopf und küsste Frank kurz auf den Mund.

»Wofür war das denn?«, fragte er.

»Dass du dich nicht gesträubt hast, als ich dich zur Nachkontrolle in die Krebsklinik brachte.«

Er drückte sie ein wenig fester an sich. »Ich hab dir doch gesagt, dass mir nichts fehlt!«

Sie schob den Kopf wieder unter seinen Arm. »Stimmt, aber ich wollte das von Leuten hören, die sich damit auskennen. Franklin O'Reilly, ich will dich noch viele Jahre bei mir haben, sonst hätte ich doch niemanden, über den ich mich ärgern kann. Hast du verstanden?«

»Jawohl, Ma'am. Ich gebe mein Bestes.«

Megan fuhr mit dem Finger über seine Brust. »Jetzt ist alles wieder in Ordnung, und ich freue mich auf die nächsten Jahre. Ich meine, jahrelang habe ich mir Sorgen um Kathy gemacht – immer wieder hat sie sich mit den falschen Männern eingelassen. Ich kann es kaum glauben, dass sie jetzt einen Mann wie Juan gefunden hat! Er ist so... freundlich, nett und klug – überhaupt nicht wie diese ungehobelten Typen, mit denen sie früher zusammen war. Ich bin begeistert, dass sie jemanden gefunden hat, mit dem sie endlich glücklich wird.«

Frank küsste sie auf das Haar und streichelte ihren Rücken. »Ja, er ist ein netter Bursche. Aber ich hätte nie gedacht, dass sie an einem Stadtmenschen hängen bleibt.«

»Franklin, meinst du das im Ernst? Du weißt doch, dass sie das Bauernleben nicht ausstehen konnte! Sie musste von hier weg.«

»Na ja, ich dachte immer, das sei nur eine vorübergehende Phase. Haben sie schon entschieden, wann sie die Sache amtlich machen wollen? Und wo – hier bei uns?«

»Sie wollen im Dezember heiraten. Mit einer großen Party, in der Nähe von Georgetown, glaube ich.«

Frank stöhnte. »Dann muss ich meinen Affenanzug anziehen, oder?«

Sie schlug ihn leicht auf die Brust. »Aber natürlich! Und keine Cowboystiefel, damit das klar ist!«

»Jawohl, Ma'am. Sind auch Enkel geplant?«

»Franklin! Sie sind noch nicht mal verheiratet! Gib ihnen Zeit. Irgendwann ist es dann soweit, da bin ich sicher. Und wenn wir schon von Liebe machen und Babys reden…« Megan hob den Kopf und schaute zu Jasper hinüber, der sich auf dem Sessel zusammengerollt hatte. »Was ist mit unserem Jasper?«

Der große braune Labrador öffnete nur ein Auge und blickte herüber.

»Was soll mit ihm sein?«

»Jasper«, sagte Megan, »möchtest du nicht eine Freundin haben?« Sie blies ihm einen Kuss zu. »Weißt du, Frank, ich glaube, ein zweiter Hund würde uns nicht stören. Und kannst du dir vorstellen, was für nette kleine Welpen unser Jasper haben würde? Er ist so groß und clever. Die Hundebabys wären absolut entzückend!«

Franklin schüttelte den Kopf und seufzte. Wenn sich Megan etwas in den Kopf gesetzt hatte, war jeder Widerspruch sinnlos.

ANMERKUNGEN DES AUTORS

Wir sind am Ende von *Darwins Faktor* angekommen, und ich hoffe, dass Ihnen das Buch gefallen hat.

Für den Fall, dass dies das erste meiner Bücher ist, das Sie gelesen haben, möchte ich mich kurz vorstellen und Ihnen erzählen, wie ich darauf kam, mit dem Schreiben anzufangen.

Ich bin möglicherweise der ungewöhnlichste Schriftsteller, den Sie sich vorstellen können. Im Hauptberuf bin ich als Ingenieur und Forscher tätig, und zwar schon seit langem. Ich habe eine naturwissenschaftliche Ausbildung mit den Schwerpunkten Biologie und Physik.

Mit dem Schreiben begann ich, als meine Söhne noch klein waren und abends Gute-Nacht-Geschichten vorgelesen bekommen wollten. Am besten gefielen ihnen epische Fantasy-Stories. Je mehr Kobolde, Drachen oder Trolle vorkamen, desto besser. Aber das nahm ich damals nicht besonders ernst. Ich schrieb diese Geschichten nur, weil die Jungs sie mochten.

Aber nach ein paar Jahren geschah etwas Seltsames.

Ich wurde vom Schreibe-Virus angesteckt.

Bis dahin hatte ich schon ein paar Jahre Geschichten geschrieben und hatte dabei auch ein paar andere Schriftsteller kennengelernt. Als ich erwähnte, dass ich mir vorstellen könne, die Schriftstellerei nun auch hauptberuflich zu betreiben, gaben mir einige von ihnen einen guten Rat: »Schreibe nur über Dinge, bei denen du dich gut auskennst.«

Dinge, bei denen ich mich auskenne? Michael Crichton kam mir in den Sinn. Er war ausgebildeter, nichtpraktizierender Arzt und sein erster großer Roman war ein medizinischer Thriller. Und John Grisham arbeitete ein Jahrzehnt lang als Anwalt, bis er sich darauf konzentrierte, juristische Thriller zu schreiben. Vielleicht war an diesem Ratschlag wirklich etwas dran?

Ich grübelte über die Frage nach: »Womit kenne ich mich wirklich gut aus?« Und ich fand die Antwort.

Naturwissenschaften. Damit verdiene ich meinen Lebensunterhalt und damit kenne ich mich aus. Tatsächlich gehört es zu meinen Lieblingsbeschäftigungen, Artikel und Aufsätze zu lesen, die mehrere wissenschaftliche Disziplinen berühren. Meine Interessen reichen von der Teilchenphysik über Computer, Militärwissenschaft (damit meine ich die Wissenschaft, die nötig ist, damit irgendwelches Zeug richtig laut »Bumm!« macht) bis hin zur Medizin. Zugegeben, in dieser Hinsicht bin ich eine Art Nerd. Aber im Laufe meines Lebens bin ich auch viel gereist und habe mir auch Kenntnisse über Fremdsprachen und andere Kulturen angeeignet.

Mit dem Ratschlag einiger *New York Times*-Bestseller-Autoren stürzte ich mich Hals über Kopf in Romane über Themen, die mich interessierten. Mit meinem wissenschaftlichen Hintergrund war natürlich zu erwarten gewesen, dass ich mich ausschließlich auf Science Fiction konzentrieren würde, aber ich hatte auch immer schon eine besondere Schwäche für die so genannten »Mainstream-Thriller«, vor allem solche, die vor einer internationalen Kulisse spielten.

Um ehrlich zu sein, hatte ich ursprünglich nicht geplant, mich so intensiv mit dem Selfpublishing zu befassen, wie es inzwischen der Fall ist. Meine Absicht war immer gewesen, meine Romane den großen Verlagshäusern anzubieten. Schließlich hatte ich eine Menge begeisterter Rezensionen von etablierten Autoren vorzuweisen, die meine Texte gelesen hatten. Alle waren sehr freundlich und stellten für mich eine große Quelle der Ermutigung dar.

Deshalb schickte ich zunächst – bevor ich mich überhaupt ernsthaft mit dem Selfpublishing befasst hatte – ein paar Geschichten an die Lektoren großer Verlage. Ein paar bekundeten zwar Interesse, aber am

Ende ließen mich alle wissen, dass meine Romane nicht zu ihrer jeweiligen Leserschaft passten. Inzwischen habe ich gelernt, dass es für einen unbekannten Autor sehr schwer ist, im traditionellen Buchmarkt Fuß zu fassen, und für einen Verlag stellt es ein hohes Risiko dar, einen unbekannten Schriftsteller herauszubringen. Das kann ich auch vollkommen nachvollziehen.

Angesichts dieser Situation stand ich vor der Wahl, entweder die Romane in einer Schublade verschwinden zu lassen und mein Leben weiterzuleben, oder den Sprung ins kalte Wasser zu wagen und zu versuchen, auf eigene Faust eine Leserschaft für meine Texte zu finden.

Beharrlich wie ich nun mal bin, entschloss ich mich zu Letzterem.

Und nachdem mein erstes Buch – *Primordial Threat* – veröffentlicht und zu einem *USA Today*-Bestseller wurde, kann ich heute erfreut feststellen, dass ich die richtige Entscheidung getroffen hatte.

Ich nehme an, dass Sie, wenn Sie diese Anmerkungen lesen, den Roman davor in voller Länge gelesen haben, und hoffe, dass Sie ihn unterhaltsam und interessant fanden. Wenn es so ist, dann haben wir uns gefunden! Sie gehören offenbar zu der »schwer erreichbaren« Leserschaft, bei der traditionelle Verlage nicht wissen, wie sie sie ansprechen sollen.

Na klar!

Darf ich Sie, liebe Leserin und lieber Leser, abschließend noch um eines bitten? Teilen Sie Ihre Meinung oder Ihre Rezension zu diesem Buch mit Ihren Freunden und auch mit anderen Lesern auf Amazon oder anderen Buchplattformen. Denn im Selfpublishing kann diese Story nur durch Mund-zu-Mund-Propaganda und durch Rezensionen (»Reviews«) andere Leserinnen und Leser finden. Und natürlich hoffe ich, dass *Darwins Faktor* eine möglichst große Leserschaft finden wird!

Danke, dass Sie mir als einem im deutschsprachigen Raum noch unbekannten Autor eine Chance geben und einen meiner Romane lesen. Ich hoffe sehr, dass ich noch weitere Technothriller herausbringen kann!

Meine Absicht ist es, ungefähr zwei Bücher pro Jahr zu veröffentlichen, einen in der Kategorie Science Fiction/Technothriller, einen weiteren als »Mainstream-Thriller«.

Daher kann ich hier gleich eine Ankündigung machen: Ich werde schon bald einen Thriller mit dem Titel *The Inside Man* herausbringen.

Wenn Sie mir noch ein wenig weiter folgen wollen, hier ist eine kurze Inhaltsbeschreibung von *The Inside Man:*

Levi Yoder gehört zu einer New Yorker Mafia-Familie, aber mit einer einzigartigen Rolle: Er ist ein »Fixer«, ein Problemlöser, für den Loyalität gegenüber der »Familie« absoluten Vorrang hat. Aber er ist auch ein Mann mit einem Gewissen.

In *The Inside Man* erhält Levy den Auftrag, die entführte Enkelin eines japanischen Mafiabosses zu suchen, und stürzt dabei in eine Welt, die nur aus Chaos zu bestehen scheint.

Als man ihm eine Serie entsetzlicher Verbrechen zur Last legt, macht ihm das FBI ein Angebot, das er nicht ablehnen kann: Mithilfe seiner Verbindungen in der Mafia-Szene soll er die Morde an mehreren Undercover-Agenten aufklären helfen. Weigert er sich, wird man ihn sofort in Untersuchungshaft nehmen, womit ihm jede Möglichkeit genommen würde, seine Unschuld zu beweisen.

Die drohende Verhaftung hängt wie ein Damoklesschwert über Levy, aber es steht auch das Leben einer Fünfjährigen auf dem Spiel. Als Levy auf die Spur eines Serienmörders stößt, muss er befürchten, dass sie ihn immer näher an weitere Verdächtige heranführt, die aus seinem eigenen Umfeld stammen könnten.

Ein Leben im Gefängnis gegen das Leben eines unschuldigen kleinen Mädchens – Levy bleibt keine Wahl.

ANHANG

Viele Menschen nehmen an, dass es sich bei Büchern, in denen auch Naturwissenschaften und Technologie eine Rolle spielen, um Science Fiction handeln müsse. Und mit SF-Literatur verbindet sich bei vielen die Vorstellung von Raumschiffen und Laserschwertern.

Aber das stimmt nicht.

Ich möchte darauf hinweisen, dass in *Darwins Faktor* kein einziges Raumschiff oder Laserschwert auftaucht, und doch würde wohl niemand bestreiten, dass es in dem Roman von wissenschaftlichen Themen und Technologie nur so wimmelt.

Genauso schwierig wäre es zu leugnen, dass es sich bei Michael Crichtons Romanen, etwa *Jurassic Park* oder *Andromeda,* technisch gesehen um Science Fiction handelt; trotzdem wurden sie als Thriller vermarktet, was sie ja auch sind.

So kam es zur Geburt eines neuen Genre: des *Technothrillers*.

In meinen Romanen werden fast immer naturwissenschaftliche Elemente in die Handlung eingeflochten. Mag sein, dass manche Komponenten meiner Stories fantastisch oder gar unmöglich erscheinen, aber ich habe mir zum Ziel gesetzt, auch diese Elemente immer auf den derzeitigen wissenschaftlichen Stand oder jedenfalls auf eine theoretisch nachvollziehbare Grundlage zu stellen.

Wie schon erwähnt, schreibe ich zwei Arten von Romanen – die eine

Art ist mitten im Technothriller-Genre angesiedelt, die andere Art sind eher Mainstream-Thriller (wie zum Beispiel die *Levi Yoder*-Serie).

Natürlich könnten Sie, nach allem, was ich oben beschrieben habe, die Frage stellen, »Wenn Sie immer Naturwissenschaften und Technologie in Ihre Romane einflechten, warum unterscheiden Sie dann zwischen Technothriller und Mainstream-Thriller?«

Die Antwort ist recht einfach:

In einem Technothriller, oder jedenfalls in dem, was ich darunter verstehe, sind die Naturwissenschaften nicht einfach nur etwas Zusätzliches, eine Art Zutat, sondern ein zentrales Element der Story. In einem Buch wie *Darwins Faktor* würde die Story ohne das »Faktor-Element« – also die Modifizierung der DNA – nicht viel hergeben.

Doch das soll nicht heißen, dass man einen naturwissenschaftlichen Universitätsabschluss braucht, um zu verstehen, was in meinen Technothrillern passiert. Alles, was Sie brauchen, ist eine Vorliebe oder zumindest die geistige Offenheit für eine gute Geschichte, in der wissenschaftliche und technologische Handlungselemente vorkommen. Es liegt am Autor, die wissenschaftlichen und technologischen Aspekte so darzustellen, dass jede Leserin und jeder Leser sie gut nachvollziehen können.

Im vorliegenden Roman habe ich mich bemüht, ein hohes Niveau wissenschaftlicher Genauigkeit beizubehalten. Sicherlich wird es in einer fiktiven Geschichte immer Elemente geben müssen, die aus heutiger Sicht für »unmöglich« gehalten werden. Aber indem ich die Handlung auf ein solides wissenschaftliches Fundament stelle, sind meine Vorhersagen durchaus im Bereich des Möglichen – und daraus konstruierte ich eine Geschichte, die hoffentlich unterhaltsam und vielleicht auch lehrreich ist.

In diesem Anhang möchte ich ein paar der wissenschaftlichen Aspekte kurz erläutern, die ich für die Handlung verwendet habe, und erklären, wie sie mit den sonstigen Elementen der Geschichte zusammenhängen. Ein Beispiel: In diesem Roman habe ich bestimmte Aspekte der genetischen Modifizierung recht ausführlich dargestellt. Fast alles, oder jedenfalls ein großer Teil dessen, was ich beschrieben habe, ist bereits Realität.

Zum Thema Gentechnik gibt es eine große, kontrovers geführte Debatte und eine Menge falsche Vorstellungen. Dass das Thema kontrovers diskutiert wird, ist richtig und angemessen – schließlich geht es um wichtige Fragen. Es wäre irreführend zu behaupten, die wissenschaftliche

Erklärung oder Rechtfertigung zu derartigen Themen stünde ein für alle Mal fest.

Wir sollten alles hinterfragen. Alles in Zweifel ziehen. Und immer alles verifizieren.

In diesem Anhang habe ich für Sie sehr kurze Erklärungen zu teilweise sehr komplexen Konzepten im Stil eines kleinen Glossars zusammengestellt. Meine Absicht ist es, Ihnen genügend Informationen zu vermitteln, die Ihnen ein Grundlagenverständnis der Thematik verschaffen. Wenn Sie sich noch eingehender informieren möchten, finden Sie darin genügend Schlüsselbegriffe, die Ihnen eine intensivere Recherche und ein tieferes Hintergrundwissen ermöglichen sollen.

Gleichzeitig erlaubt Ihnen das kurze Glossar einen Blick in die Themen, die mich bei der Abfassung dieser Geschichte beeinflusst haben. Und vielleicht werden auch Sie sich dann die Frage stellen, die sich jeder Autor und jede Autorin irgendwann stellt: »Was wäre wenn?«

Genetisch Modifizierte Organismen (GMO)

Über Gentechnisch Veränderte Organismen (GVO), auch Gentechnisch Modifizierte Organismen, englisch *genetically modified organism* (GMO), seltener *genetically engineered organism* (GEO) genannt, wird in Deutschland sehr intensiv, aber auch sehr emotional diskutiert. Ich möchte deshalb vorab eines klarstellen: Ich trete hier weder für noch gegen GMO ein, sondern werde nur einfach die Tatsachen nennen, die dahinter stehenden Motive und die Besorgnisse, die es auslöst. Ich will niemanden zu irgendetwas bekehren, glaube aber fest daran, dass man den Menschen immer alle Tatsachen nennen muss und es ihnen überlassen sollte, ihre eigenen Folgerungen zu ziehen. Nur eine auf Wissen fundierte Meinung ist eine wertvolle Meinung.

Im breiten öffentlichen Diskurs gibt es kaum ein Thema, das mit derart großen Ängsten verbunden ist wie das Thema GMO.

In *Darwins Faktor* wird das Thema immer wieder angesprochen; in dem Abschnitt, in dem Dr. Gutierrez aus seiner Sicht den Nutzen der GMO-Forschung erläutert, werden mehrere Beispiele genannt.

Doch bevor wir über allzu viele Details sprechen, sollten wir einen Blick auf die Motive werfen, die Wissenschaftler dazu veranlassen, etwas genetisch verändern zu wollen. Klar ist jedenfalls, dass sie dies nicht aus einer Laune heraus tun. Es gibt immer ein Ziel.

Nehmen wir an, in dem folgenden Beispiel gehe es um den Kampf gegen Mangelernährung, oder genauer, gegen den Vitamin-A-Mangel in manchen Teilen der Welt.

Allgemein gefragt: Wie würde ein Wissenschaftler bei diesem GMO-Prozess vorgehen?

1. Der Forscher identifiziert zunächst eine erwünschte Eigenschaft einer bestimmten Lebensform, ob Pflanze oder Tier.
2. Das Gen, das diese erwünschte Eigenschaft bewirkt, wird identifiziert und kopiert.
3. Das kopierte Gen wird in ein Ziel eingefügt, in der Absicht, auch in diesem die erwünschte Eigenschaft hervorzubringen.
4. Danach wird unzählige Male getestet.

Vereinfacht ausgedrückt, verfolgen Genforscher das Ziel, einen Zielorganismus, ob Pflanze oder Tier, zu verbessern, indem sie einen genetischen Code verändern oder ihm einen anderen genetischen Code einfügen.

Im nachfolgenden Abschnitt werden die technischen Details eines gut dokumentierten Beispiels genetischer Modifizierung dargestellt.

Goldener Reis (Ziel: Kampf gegen Vitamin-A-Mangel):

Was meinen wir wirklich, wenn wir über die Veränderung des Erbguts von Lebewesen sprechen? Werfen wir zunächst einen Blick auf den Hintergrund des Themas, bevor wir in die Einzelheiten einsteigen.

Sicherlich sind den meisten Leserinnen und Lesern der Begriff *Desoxyribonukleinsäure* und deren Bedeutung vertraut. Ihre korrekte deutsche Abkürzung lautet DNS, aber inzwischen hat sich auch in Deutschland die englische Abkürzung für *deoxyribonucleic acid*, DNA, durchgesetzt. Sie ist eine Art Blaupause dessen, was wir sind und wie wir gemacht sind. Aber haben Sie sich jemals gefragt, woraus die DNA wirklich besteht?

Nun, die DNA setzt sich aus einer Vielzahl von Genen zusammen. Jedes dieser Gene ist gewissermaßen für eine bestimmte Funktion »codiert«, man könnte auch sagen, programmiert. Sie können sich ein Gen als eine der Eigenschaften vorstellen, die das bestimmen, wer Sie sind. Menschen besitzen ungefähr 20 000 solcher Gene.

Aber was genau ist ein Gen?

Ein Gen setzte sich aus einer Reihe von Basenpaaren zusammen. Basenpaare bilden die Grundbausteine der DNA; man bezeichnet damit zwei gegenüberliegende Nukleinbasen im Doppelstrang einer doppelsträngigen Nukleinsäure, die zueinander komplementär sind und durch Wasserstoffbrückenbindungen zusammengehalten werden, auch Doppel-Helix genannt. Das prominenteste Beispiel einer Doppel-Helix ist die Struktur des in allen Lebewesen vorkommenden Desoxyribonukleinsäure-Moleküls. Alles klar? Stimmt, das klingt wie Kauderwelsch, daher möchte ich es hier mit zwei Analogien erklären.

1. Wären Sie Computerprogrammierer, könnten Sie sich ein Gen als eine Reihe von Anweisungen vorstellen – oder Opcodes, wenn Sie so wollen. Jeder Befehl hat einen eigenen Opcode, zum Bespiel Addition, Multiplikation, Kopieren, Laden, Speichern und so weiter. Alle Opcodes zusammen bilden den Befehlssatz des Prozessors. Eine Liste von Opcodes können wir uns als einen Teil eines Computerprogramms vorstellen, das eine bestimmte Funktion oder Aufgabe übernimmt. Doch selbst diese Unterprogramme bestehen aus 20 000 bis 2 Millionen Codezeilen (»Basenpaaren«). Fügen Sie nun genügend dieser Subroutinen zusammen, hätten Sie letztlich ein Programm konstruiert, das Ihrem genetischen Aufbau entspricht.
2. Wären Sie Koch, könnten Sie sich ein Gen als eine Zutat zu einem Rezept für die Menschheit vorstellen. Aber jede dieser Zutaten muss wiederum durch eine mehr oder weniger lange Reihe von Schritten vorbereitet werden. Schälen, putzen, vorkochen, in Würfel oder Streifen schneiden, anbraten und so weiter. Stellen Sie sich nun ein Basenpaar als eine Anweisung für die Vorbereitung einer solchen Zutat vor. Nur erfordern diese Zutaten extrem komplizierte Vorbereitung. Es geht nicht darum, sie in ihrem ursprünglichen Zustand in einen Topf zu werfen. Vielmehr erfordert die Zubereitung jeder Zutat zwischen 20 000 und 2 Millionen Einzelschritten (»Basenpaaren«). Und natürlich ist die Vorbereitung mancher Zutaten (Gene) komplizierter als die anderer Zutaten. Und wenn Sie sich nun vorstellen, dass der menschliche Körper

ungefähr 20 000 Zutaten (Gene) hat, wird Ihnen sicherlich klar, wie aufwändig die Arbeit ist, von der wir hier reden.

Nachdem wir hier nun ungefähr beschrieben haben, was ein Basenpaar ist, können wir uns wieder dem Reis und seiner genetischen Veränderung zuwenden. Wenn Sie mir bis hierher gefolgt sind, möchte ich Sie für Ihre Beharrlichkeit beglückwünschen.

Oryza sativa und *Oryza glaberrima* sind die lateinischen Bezeichnungen der Pflanzenarten, deren Körner wir gemeinhin »Reis« nennen. Ihre DNA besteht aus über 400 Millionen Basenpaaren.

In den 1990er-Jahren wurden Forschungsarbeiten an der Reis-DNA durchgeführt. Für den ersten Goldenen Reis kopierte man ein Gen der Narzisse (Phytoensynthase) und ein Gen eines Bakteriums (Phytoendsaturase) und fügte diese Gene in die genetische Struktur von Reis ein. So schuf man schließlich eine Reissorte, die beta-Carotin enthielt, eine Quelle von Nahrungsmittel-Vitamin A. Später, im Jahr 2005, gelang es, diese Formel zu verbessern, indem man statt des Narzisse-Gens die Phytoensynthase von Mais erschloss und mit diesem Verfahren einen deutlich höheren beta-Carotin-Gehalt erzielte.

Warum macht man das?

In vielen Ländern der Welt stellt Reis ein Grundnahrungsmittel der Bevölkerung dar; oftmals werden andere Nahrungsmittel vernachlässigt. Denn nicht überall auf der Welt haben die Menschen einen direkten Zugang zu einer großen Vielfalt von Nahrungsmitteln, wie es in den reicheren Ländern der Fall ist.

Da Reis keinen natürlichen Vitamin-A-Gehalt aufweist, musste man feststellen, dass der Vitamin-A-Mangel in manchen Regionen der Welt epidemische Ausmaße annahm. Nach Schätzungen der Weltgesundheitsorganisation WHO von 2018 litten weltweit etwa 140 Millionen Kinder an Vitamin-A-Mangel. Und übrigens auch weit über zehn Millionen schwangere Frauen in über hundert Ländern. Die Mangelkrankheit wird außerdem für 1 bis 2 Millionen Tote und eine halbe Million unheilbare Erblindungen verantwortlich gemacht – Jahr für Jahr.

Nur 140 Gramm Goldener Reis – ein GMO-Produkt – genügen, um einen Erwachsenen mit dem vollen Tagesbedarf an Vitamin A zu versorgen.

Goldener Reis wurde 2017 in Australien und Neuseeland und 2018 auch in den USA und Kanada als Nahrungsmittel zugelassen. Eine Zulassung für den Anbau steht jedoch noch aus. Zwar werden in Deutschland gentechnisch veränderte Pflanzen derzeit nur zu Forschungszwecken angebaut – importiert werden gentechnisch veränderte Pflanzen jedoch massenhaft. In der EU sind derzeit 58 GMO für die Verwendung in Lebens- bzw. Futtermitteln zugelassen, darunter Mais, Baumwolle, Sojabohnen, Ölraps und Zuckerrüben. Für über 50 GMO wurde die Zulassung beantragt. Bauern setzen in der EU vor allem Gen-Soja als Futtermittel für Tiere ein.

Welche anderen Möglichkeiten bieten GMO?

Die Erhöhung des Nährwerts im Endprodukt, also im Goldenen Reis, ist ein guter Grund für die Arbeit, die in seine Entwicklung investiert wurde. Aber GVO-Produkte wurden auch aus anderen Gründen entwickelt.

Zu diesen Gründen gehören: Verbesserung der Dürre-Toleranz oder der Pilz-Toleranz bei vielen Kulturpflanzensorten, Steigerung der Ernteerträge, Senkung der Nahrungsmittelpreise und so weiter. Es wurden sogar Äpfel gezüchtet, die nicht braun werden, wenn sie angeschnitten und der Luft ausgesetzt werden.

Gibt es Gründe, sich vor GMO zu fürchten?

Unter Wissenschaftlern ist die Auffassung weit verbreitet, dass von genetisch veränderten Organismen nichts zu befürchten sei. Im Jahr 2016 forderten 107 Nobelpreisträger – von denen die meisten die Preise für Medizin oder Chemie erhalten hatten – Greenpeace und andere Organisationen in einem offenen Brief auf, ihre Kampagne gegen die Gentechnik einzustellen. Am Schluss bringen die Unterzeichner das Kerndilemma der Anti-Gentechnik-Kampagne mit einer Frage auf den Punkt: »Wie viele arme Menschen müssen noch sterben, bis wir dies als ›Verbrechen gegen die Menschlichkeit‹ betrachten?«

Nachfolgend fasse ich die Argumente der Gentechnik-Gegner zusammen:

1. Es wird die Sorge geäußert, genetisch modifizierte Substanzen

könnten nach ihrem Verzehr dauerhaft im Körper zurückbleiben und schädliche Wirkungen hervorrufen.
2. Indem genetisch modifizierte Kulturpflanzen widerstandsfähiger gegen Unkrautbekämpfungsmittel gemacht werden, wird ein stärkerer Einsatz dieser Mittel erforderlich, was für gefährlich beziehungsweise umweltschädlich gehalten wird.
3. Trotz aller Tests ist die Furcht vor unvorhersehbaren Nebenwirkungen weit verbreitet, die durch den Transfer von Genen von einer Spezies auf eine andere hervorgerufen werden könnten.
4. Viele sind der Auffassung, dass der Staat in dieser entscheidenden Frage seine Kontrollfunktionen vernachlässigt.
5. Andere glauben, GMOs schadeten oder belasteten die Umwelt und die Artenvielfalt, da sie sich, einmal ausgesät, durch Pollenflug oder Insekten unkontrolliert weiter verbreiten könnten.
6. Manche Gentechnik-Gegner fechten die Beweise an, wonach GMOs auch nützliche Wirkungen hervorrufen.
7. In manchen Religionen gibt es die Sorge, dass Gene verwendet würden, die von »unreinen« Tieren stammten. Und andere Religionen treten wiederum dafür ein, dass nichts verzehrt werden dürfe, das nicht in der Natur vorkomme.

Gentherapie

In den vorhergehenden Abschnitten haben wir uns mit Genetisch Modifizierten Organismen befasst. Die Gentherapie unterscheidet sich nicht wesentlich von dem, was bei der Erschaffung eines GMO geschieht, mit Ausnahme der Tatsache, dass das Ziel der Genmanipulation bei der Gentherapie keine Pflanze, sondern ein Tier ist.

Seit den späten 1980er-Jahren befasst man sich auch mit der Anwendung der Gentherapie auf den Menschen.

Im Unterschied zu genetischen Veränderungen, die auf die Verbesserung des von der Natur hervorgebrachten Zustands abzielen, wird die Gentherapie eingesetzt, um ein Problem an seiner genetischen Ursache zu bearbeiten.

In der Diskussion um die Gentherapie unterscheidet man zwischen der

Manipulation *somatischer* Zellen, die sich nur auf das jeweilige Individuum auswirkt, und der Modifizierung von *Keimbahnzellen*, die sich durch Vererbung auf alle Folgegenerationen auswirkt. Folglich gibt es zwei Arten von Gentherapie, die bei Tieren (einschließlich des Menschen) angewandt werden.

1. *Somatische Gentherapie* ist die am weitesten verbreitete gentherapeutische Methode. Sie wird bei Versuchen eingesetzt, bestimmte Krankheiten zu heilen, und wirkt sich nur auf das jeweilige Individuum aus. Die Veränderungen der Erbinformation somatischer Zellen haben daher keine Auswirkung auf die folgende Generation. In Deutschland darf die Methode nur in den somatischen (nicht die Keimbahn betreffenden) Zellen durchgeführt werden, damit die neue genetische Information nicht an die Kinder der behandelten Person weitervererbt werden kann.
2. *Keimbahntherapie:* Diese Methode ist aus ethischen und technischen Gründen in den meisten Ländern nicht zugelassen. Sie hat zum Ziel, vererbte, auf einem Gendefekt beruhende Krankheiten bei Nachkommen des Trägers des defekten Gens zu heilen oder die Vererbung dieses Gendefekts zu verhindern. Einer der wichtigsten Unterschiede zur somatischen Gentherapie besteht deshalb darin, dass die genetischen Veränderungen direkt auf die Spermazelle (Samenzelle) oder die Eizelle angewandt werden. Die so bewirkten Veränderungen werden an die nächste Generation vererbt.

In *Darwins Faktor* fokussieren wir den Blick sehr stark auf die Gentherapie. Die Krebsbehandlung, die Juan erforscht, ähnelt in mancher Hinsicht den Therapien, die reale Wissenschaftler für eine Vielzahl anderer Krankheiten erforscht haben.

Ein Beispiel solcher Krankheiten ist eine spezifische Form der Leukämie. Die US-Arzneimittelbehörde FDA erteilte 2017 einer Behandlungsmethode für akute lymphatische Leukämie die Zulassung. Dabei werden dem Patienten körpereigene Zellen entnommen, modifiziert und wieder in den Patienten zurücktransferiert.

Ein ähnliches Verfahren wurde von der FDA auch für die Behandlung von Non-Hodgkin-Lymphomen, einer Vielzahl bösartiger Erkrankungen des lymphatischen Systems, zugelassen.

Man kann sich gut vorstellen, dass durch die Fortschritte der Forschung und weitere Experimente manche Krankheiten eines Tages der Vergangenheit angehören werden.

Die Zukunft sieht vielversprechend aus, aber die Story in *Darwins Faktor* kann auch als eine Warnung gelesen werden. Im Moment sind wir im Hinblick auf die Entschlüsselung des genetischen Codes, der uns zugrunde liegt, noch immer in einem Stadium, in dem wir uns nur vorsichtig vorantasten können. Kein vernünftiger Wissenschaftler würde für sich beanspruchen, begriffen zu haben, wie das gesamte genetische Material funktioniert. Und deshalb müssen wir bei dem Wagnis, unsere eigene genetische Identität erforschen zu wollen, mit größter Vorsicht vorgehen.

Denn wer kann schon wissen, was in den vielen unbekannten und unerforschten Nischen und den unzähligen genetischen Kombinationsmöglichkeiten lauert?

VORSCHAU – OPERATION TOTE HAND

»Mr. Yoder, es tut mir leid, Ihnen das mitteilen zu müssen.« Dr. Cohen wirkte besorgt und zögerlich, dennoch sprach er schnell, als wollte er es hinter sich bringen. »Sie haben Bauchspeicheldrüsenkrebs im vierten Stadium.«

So hatte sich Levi den Verlauf seines Folgetermins um neun Uhr nicht vorgestellt. Kälte breitete sich durch seine Brust aus und jagte ihm einen Schauder über den Rücken.

Der grauhaarige Arzt setzte sich Levi gegenüber auf die Tischkante und schob einen Karton mit Taschentüchern in seine Richtung.

Als würden Taschentücher helfen.

»Wie kann ich Krebs haben?« Levis Finger bohrten sich in die Armlehnen des gepolsterten roten Ledersessels, als er sich vorbeugte. »Ich bin erst 30 und lebe gesund. Ich trinke keinen Alkohol, nehme keine Drogen. Sind Sie sicher?« Ihm war bewusst, dass es wie Verleugnung klang.

Dr. Cohen stand auf, kam um den großen Mahagonischreibtisch herum und legte Levi eine runzlige Hand auf die Schulter. »Junger Mann, es tut mir aufrichtig leid.« Er seufzte. Sein Atem roch nach Pfefferminztee. »Leider verlaufen die Frühstadien von Bauchspeicheldrüsenkrebs nahezu ohne Symptome. Ich habe die Biopsieproben an zwei verschiedene Labors geschickt, beide haben dieselben Ergebnisse geliefert. Die Aufnahmen aus der Radiologie von letzter Woche bestätigen das Ausmaß der Metastasen ebenfalls. Der Krebs hat sich in Ihr Lymphsystem ausgebreitet.«

Levi atmete tief ein und blies die Luft langsam aus. Die Anspannung seiner Muskeln lockerte sich, als sich ein Gefühl der Resignation über ihn senkte.

»Im vierten Stadium? Was heißt das? Wie behandeln wir? Wie sieht der nächste Schritt aus?«

Der Arzt zog sich einen Stuhl herbei und setzte sich so nah gegenüber Levi, dass sich ihre Knie praktisch berührten. »Im Grunde bedeutet das vierte Stadium, dass der Krebs auf andere Organe übergegriffen hat. In Ihrem Fall haben wir ihn sowohl in der Bauchspeicheldrüse als auch in den Lymphknoten festgestellt. Was die Behandlung angeht: Sloane-Kettering und einige Universitätskrankenhäuser haben 2005 klinische Studien über diese Art von Krebs durchgeführt. Es gibt inzwischen experimentelle Strahlenbehandlungen, mit denen wir es versuchen können, dazu mehrere Runden Chemotherapie. Allerdings fürchte ich, dass die Erfolgsaussichten angesichts des Stadiums Ihrer Erkrankung nicht gut sind.«

Er lehnte sich vor und fügte mit ernster Miene hinzu: »Meiner Schätzung nach bleiben Ihnen ohne Behandlung nur vier bis sechs Monate, um Ihre Angelegenheiten zu regeln. Und ich will ehrlich sein, was die Chancen *mit* einer Behandlung angeht: Nur ein Prozent der Studienteilnehmer hat fünf Jahre überlebt. Nichtsdestotrotz habe ich ein paar Anrufe getätigt. Uns stehen weitere erstklassige Behandlungen zur Verfügung, mit denen wir die Chancen hoffentlich erhöhen können. Jedenfalls werde ich alles in meiner Macht tun, um Ihnen zu helfen.«

Levis Gedanken überschlugen sich, während er die Worte des Arztes zu verarbeiten versuchte.

In seiner Branche kannte man ihn als Problemlöser. Er kümmerte sich um heikle Angelegenheiten, wenn Mafiabosse jemanden mit einem geschickten Händchen brauchten, nicht bloß stumpfe Muskelkraft. Außerdem nahm er Probleme an, die man seitens der Polizei nicht lösen konnte oder wollte.

Für *dieses* Problem fiel ihm keine Lösung ein.

Aber er wusste, dass es einige Dinge gab, um die er sich sofort kümmern musste.

Er stand auf und schüttelte dem Arzt die Hand. »Dr. Cohen, mir ist bewusst, dass es schwierig sein muss, solche Neuigkeiten zu überbringen. Danke für Ihre Ehrlichkeit. Ich komme in ein paar Wochen wieder, sobald ich meine Angelegenheiten geregelt habe, dann reden wir weiter.«

»Aber Mr. Yoder, Sie sollten mit den Behandlungen unbedingt sofort beginnen. Ich habe mit Sloane-Kettering gesprochen und einen Platz in einem der Behandlungsprogramme für Sie ergattert ...«

Levi winkte ab und drehte sich dem Ausgang zu. »Das weiß ich zu schätzen, aber ich melde mich, wenn ich so weit bin.«

Als Levi die Tür öffnete und das persönliche Büro des Arztes verließ, konnte er nur an Mary denken.

Als Levi das Schlafzimmer betrat, schenkte ihm Mary – bereits im Nachthemd – ein strahlendes Lächeln, während sie eine Schallplatte auflegte. »Die hab ich in einem alten Plattenladen entdeckt. Das musst du dir anhören.«

Aus den Lautsprechern drang der Sound von Nat King Cole, einer von Marys Lieblingsinterpreten.

»Love me as though there were no tomorrow ...«

Der bewegende Text der Ballade ließ Levi einen Kloß in den Hals steigen.

Mary tänzelte mit einem verträumten Lächeln im Gesicht auf ihn zu, verzaubert von der Musik. Als ihr Blick jedoch dem seinen begegnete, erstarrte sie mitten im Schritt. Ihr Lächeln verblasste, Sorgenfalten bildeten sich auf ihrer Stirn.

Levi war nie in der Lage gewesen, seine Gefühle vor ihr zu verbergen.

Er trat zu seiner Frau, nahm ihr Gesicht in die Hände und sah ihr tief in die wunderschönen, dunkelbraunen Augen. Ein dichter Schopf pechschwarzer Haare umrahmte ihr Antlitz. Sie sah noch genauso umwerfend aus wie an dem Tag, an dem er sie kennengelernt hatte.

Während er ihr erklärte, was der Arzt ihm mitgeteilt hatte, kehrten seine Gedanken zum Moment ihrer ersten Begegnung zurück. Erst vor fünf Jahren war sie in den USA als Maryam Nassar eingetroffen, 22 Jahre alt, Flüchtling aus dem Iran. Sie hatte schon damals passabel Englisch beherrscht und sich auf eines von Levis Inseraten gemeldet, mit denen er eine persönliche Sekretärin gesucht hatte. Kaum hatte er sie zum ersten

Mal gesehen, hatte er sich wie vom Blitz getroffen gefühlt. Seine Haut hatte gekribbelt, und er bekam kaum Luft.

Neun Monate später waren sie verheiratet.

Seine Brust zog sich zusammen, als ein Sturm von Gefühlen über ihr Gesicht zog: Ungläubigkeit, Schmerz, Wut. Tränen glänzten in ihren dunklen Augen, und ihr Kinn bebte, als sie mit ihrem ausgeprägten persischen Akzent hervorstieß: »A-aber du h-hast verspro...«

Sie verstummte, holte abgehackt Luft, und Levi schloss die Arme um sie.

»Schatz, ich weiß ...«

Er drückte sie an seine Brust und massierte ihren Rücken, während sie schluchzte. Mary war die Einzige in ihrer Familie, die sich nach der iranischen Revolution für das Exil entschieden hatte. Obwohl unter ihren Angehörigen niemand tiefreligiös war, hatte sie ihr Schicksal in dem Moment besiegelt, als sie den Iran verlassen und einen Nicht-Muslim geheiratet hatte. Sie konnte nicht zurück. Mary hatte niemanden auf der Welt, wodurch es umso schwieriger wurde, ihr von seiner Prognose zu erzählen.

An sich war sie außerdem kein Mensch, der seinen Emotionen freien Lauf ließ – dennoch zitterte sie nun in Levis Armen.

Vor Bedauern fühlte sich seine Kehle wie zugeschnürt an. Er konnte nur versuchen, sich vorzustellen, welche Ängste ihr gerade durch den Kopf gehen mussten. »Ich kümmere mich darum, dass du dir für den Rest deines Lebens nie um irgendwas Sorgen machen musst«, versprach er. »Das hier wird immer dein Zuhause sein, ganz gleich, was passiert. Hast du verstanden?«

»Ich brauche nichts *Materielles*. Ich brauche nicht Levi Yoder, den Geschäftsmann. Ich brauche meinen *Ehemann*.« Mary packte Levi leidenschaftlich an beiden Handgelenken und sah ihn mit geröteten Augen an. »Ich liebe dich.«

Die Worte hatte er nur eine Handvoll Male von ihr gehört. Bisher war es jedes Mal ein euphorisches Erlebnis gewesen. Diesmal hingegen quälte es ihn.

In der Vergangenheit hatte er Hunderten Menschen geholfen. Und in diesem Fall, in dem es am wichtigsten gewesen wäre und um den Menschen ging, der ihm mehr bedeutete als jeder andere auf der Welt ... konnte er nichts tun. Dieses Problem konnte er nicht beseitigen.

»Ich bleibe bei dir, so lange ich irgendwie kann – zumindest so viel verspreche ich dir.« Er wischte mit den Daumen die Tränen von Marys Wangen. »Ich liebe dich mehr, als du dir je vorstellen kannst.«

Sie umklammerte Levi innig, und sie hielten sich schweigend gegenseitig fest, da sie wussten, dass Worte nicht zu lindern vermochten, was sie durchmachten.

Ein erwartungsvolles Kribbeln breitete sich über Yousef Nassars Haut aus, während er beobachtete, wie die Arbeiter die uralte Grabkammer eines frühen ägyptischen Priesters leerten. Erst vor zwei Tagen hatte Yousef die lange vergessene Kammer entdeckt, dennoch war sie bereits beinah kahl.

Diebe! Diese Männer waren allesamt Diebe, und das Wissen, dass er in gewisser Weise daran mitwirkte ... Schuldgefühle nagten an Yousef.

Er bemühte sich, nicht weiter auf die Männer zu achten, die unersetzliche Artefakte entwendeten. Stattdessen wandte er sich der Wand mit den verblassten Hieroglyphen zu und übertrug sie weiter in sein Notizbuch. Während sich sein Verstand auf die Aufgabe konzentrierte, verschwanden um ihn herum die Welt und die Vorgänge darin.

»Dr. Nassar?«

Yousef zuckte zusammen, als er seinen Namen auf Englisch ausgesprochen hörte, wenngleich mit ausgeprägtem russischem Akzent. Er drehte sich um und erblickte einen von Wladimirs Männern. Trotz der Hitze in der unterirdischen Kammer trug der von Kopf bis Fuß schwarz gekleidete Mann einen Anzug. Die versteinerten Züge und die stahlgrauen Augen verrieten keinerlei Emotionen.

»Ja?«

Der große Mann trat näher, und eine kleine, kostbare Bernsteinperle zerbarst unter seinem Fuß. Er zeigte mit dem Daumen durch die Grabkammer auf eine knapp zwei Meter hohe Statue von Anubis mit ausgestrecktem Arm. »Wladimir hatte Anweisungen für den Fall, dass eine solche Statue gefunden wird. Ist das Anch ordnungsgemäß verpackt?«

Yousefs Herzschlag beschleunigte sich. Er hatte Mühe, keine Miene zu verziehen. »Wir haben nichts in der Nähe oder auf der Statue gesehen.«

Die Kiefermuskulatur des Mannes verkrampfte sich kurz, bevor sie sich wieder entspannte. »Sind Sie sicher?«

»Ja.« Yousef deutete mit dem Daumen in Richtung der Wand. »Wenn Sie mit Wladimir reden, dann sagen Sie ihm, dass einiges, das hier geschrieben steht, bewahrt werden muss und ...«

»Ich werde Wladimir darüber informieren, was gefunden wurde.«

Damit wandte sich der breitschultrige Kerl ab, und die Arbeiter gingen ihm aus dem Weg, als er in steifer Haltung zum Eingang der Grabstätte stapfte.

Yousef räusperte sich. Das Geräusch hallte von den Steinwänden der Kammer wider.

Trotz der drückenden Hitze lief es ihm eiskalt den Rücken hinunter, als er begann, die Bedeutung einiger der Symbole zu entschlüsseln. Die in den bildhaften Texten geschilderten Szenen erzählten von einer Zeit, in der das südliche und nördliche Ägypten noch nicht geeint gewesen waren.

»Yousef«, flüsterte eine Frauenstimme. »Bist du mit der Übersetzung vorangekommen?«

Er schaute über die Schulter zu Sara. Auf Farsi fragte er: »Hast du ...«

Sie nickte.

Erleichtert seufzend atmete er durch, gab seiner Frau einen flüchtigen Kuss und lächelte. »Ich glaube, das könnte wirklich eine der ältesten Grabstätten sein, auf die wir je gestoßen sind. Das hier stammt eindeutig aus der frühen ersten Dynastie.«

Sara spähte zu dem Notizbuch auf seinem Schoß. »Was hast du bisher?«

Er blätterte eine Seite zurück und überflog seine Notizen. »Wie du vermutet hast, ist das definitiv das Grab eines frühen Priesters, nur sehe ich keine Zeichen von Atum, dem Sonnengott. Muss etwas anderes sein. Die Texte sprechen von einem großen Krieg gegen den Süden. Warte, hör dir das an.«

»Das Land steht vor Krankheit und Seuchen in Flammen.
Ein Teil der Sonne kam herab, und es war ein Mann ...«

. . .

Yousef legte den Finger neben das nächste Symbol und zermarterte sich stirnrunzelnd das Hirn darüber, wie er es am besten zu etwas Bedeutungsvollem übersetzen sollte.

»Er leuchtete wie viele Sterne in der Nacht, und sein Atem war wie ein Krokodil.«

»Was soll das denn heißen?«, fragte Sara.

Er schüttelte den Kopf. »Bin genauso ratlos wie du. Es ergibt keinen Sinn. Wir werden recherchieren müssen, wenn wir zurück an der Universität sind. Die nächsten Passagen sind sogar noch unsinniger.«

Yousef verlagerte den Blick auf die restlichen Symbole, die er noch in sein Notizbuch übertragen musste. Sein Körper versteifte sich, als er eine der Hieroglyphen erkannte. »Mein Gott, was könnte *das* bedeuten?«

Sara zeigte auf zwei der verblassten Symbole an der Wand. »Der Katzenfisch und der Meißel ... steht das nicht für Narmer?«

Yousef nickte, als er versuchte, aus den anderen Symbolen in der Nähe eine Bedeutung abzuleiten. »So ist es. Aber mir scheint, der Text will besagen, dass dieser Mann, der ein Teil der Sonne war, Narmer etwas übergeben hat.«

Als er sich näher zur Wand lehnte, hörte er hinter sich ein metallisches Rattern. Er wirbelte herum und erblickte eine Granate, die über den sandigen Boden rollte wie ein Pulk dunkler Weintrauben.

Yousefs Schrei blieb ihm in der Kehle stecken, als die Granate explodierte.

»Heute ist wohl der Bankentag der Familie Yoder. Vor ein paar Stunden war Ihre Frau hier.«

Levi, der nie viel von Small Talk gehalten hatte, nickte nur und zeigte dem Mann seinen Schlüssel.

Der gutgekleidete, grauhaarige Bankmanager blickte auf Levis Schließfachschlüssel und erwiderte das Nicken. »Bitte folgen Sie mir, Mr. Yoder.«

Der Manager wandte sich ab und ging steif voraus zum Tresorraum der Bank. Sein Blick schwenkte über die Metallwand. Er steuerte auf einen Abschnitt ganz rechts zu und blieb vor dem Schließfach stehen, das dieselbe Nummer wie Levis Schlüssel aufwies.

Der Mann holte einen zweiten Schlüssel aus seiner Westentasche hervor und steckte ihn in eines der Schlüssellöcher vorne an Levis Schließfach.

Er streckte die Hand aus. »Den Schlüssel bitte, Mr. Yoder.«

Levi reichte ihm seinen Schlüssel. Der Manager schob ihn ins zweite Loch. Als der Manager beide Schlüssel gleichzeitig drehte, hörte Levi das Klicken einer Verriegelung, die sich löste. Sein Schließfach glitt einen Zentimeter aus der Wand.

Der Manager gab Levi seinen Schlüssel zurück. »Mr. Yoder, gestatten Sie mir, Sie in einen Raum zu führen, wo Sie sich Ihrem Besitz ungestört widmen können.«

Levi zog sein Schließfach am Griff heraus. Widerstandslos glitt es aus der Ausnehmung in der Wand.

Wenige Augenblicke später befand sich Levi in einem ungestörten Raum, in dem es leicht nach Holzpolitur und Leder roch. Der Bankmanager schloss hinter sich die Tür, als er ging. Levi blieb allein zurück.

Levi zog einen dicken Umschlag aus seinem Jackett und legte ihn in das Metallbehältnis. In dem Umschlag befanden sich mehrere juristische Dokumente, die das Haus und seine Vermögenswerte betrafen. Bei seinem Tod würde alles in einen Fonds fließen, und Mary würde sich nie wieder finanzielle Sorgen machen müssen. Ihr Zuhause war abbezahlt, die monatlichen Ausgaben würden automatisch aus dem Fonds abgedeckt werden.

Levi fand ein wenig Trost darin, dass er getan hatte, was er konnte, um für Mary vorzusorgen.

Er legte die Hände auf das Schließfach, ließ den Kopf hängen und seufzte. Der Knoten unter seiner Achselhöhle – ein Tumor, wie er wusste – war in den vergangenen Monaten deutlich gewachsen. Der Erste von vielen, die sich durch seinen Körper ausbreiteten. Aber insbesondere dieser fühlte sich heiß an und pochte zornig im Takt seines Herzschlags.

Ihm würde nicht mehr viel Zeit mit Mary bleiben, und das bedauerte er am meisten.

Einen Moment lang fühlte sich seine Kehle wie zugeschnürt an, und er gestattete sich, eine Traurigkeit zu empfinden, die er in der Öffentlichkeit nie zeigte. So Vieles im Leben hatte er überwunden, aber an diesem Hindernis kam er nicht vorbei.

Levi wischte sich mit dem Handrücken über die Augen und atmete schaudernd durch. Er warf einen letzten Blick auf den Inhalt der Metallbox. Als er sie gerade schließen wollte, bemerkte er ein Päckchen, an das er sich nicht erinnern konnte.

Er zog es heraus. Es maß etwas mehr als seine Handfläche und war auch ungefähr so dick, aber schwer für die geringe Größe. Adressiert war es an »Maryam Nassar« – Marys Mädchenname, darunter jedoch stand ihre aktuelle Wohnanschrift. Das Päckchen strotzte vor Briefmarken, stammte also von sehr weit her, war aber noch versiegelt.

»Was um alles in der Welt ist das?«

Levi holte sein Klappmesser aus der Tasche. Er drückte auf einen Knopf, um die Klinge herausspringen zu lassen. Es bedurfte einiger Anstrengung, sich durch die vielen Schichten Klebeband zu hacken, die das Päckchen umwickelten.

Als Levi schließlich den Deckel anhob, fand er in dem Karton eine handgeschriebene Nachricht auf etwas, das in ein Tuch gehüllt darunter lag. Es handelte sich um die geschwungenen Schnörkel etlicher fernöstlicher Sprachen, die er nicht lesen konnte.

Er legte den Zettel beiseite und wickelte den Stoff aus.

Seine Augen weiteten sich.

In der Schutzhülle aus grauem Tuch befand sich ein goldener Gegenstand, wie ihn Levi noch nie zuvor gesehen hatte. Er war fast so groß wie seine Hand mit vollständig ausgestreckten Fingern und ähnelte stark einem Kreuz, aber statt einer vertikalen Linie, die durchgehend durch die horizontale Linie verlief, bestand der obere Teil aus einer umgekehrten Tränenform. Es sah beinah aus, als sollte der Gegenstand an der überdimensionierten Öse aufgehängt werden.

Dass ausgerechnet Mary ein solches Symbol empfangen sollte, das eindeutig religiös aussah, erschien Levi merkwürdig. Immerhin war sie Atheistin.

Levi legte die Stirn in Falten. »Warum schickt dir jemand so was«, murmelte er bei sich, »und warum hast du das Päckchen nicht aufgemacht?«

Er setzte sich und starrte auf den goldenen Gegenstand. Irgendwo im Hinterkopf dämmerte ihm, dass er etwas Ähnliches doch schon einmal gesehen hatte. In der Stadt. Bei einer ägyptischen Museumsausstellung. Wie nannte man dieses Symbol noch mal? Ein Anch?

Wahrscheinlich handelte sich um einen Trick des Lichts, aber einen Moment lang schien das goldene Anch aufzuleuchten, als wäre es lebendig.

Als Levi es aus dem Päckchen hob, hätte er es beinah fallen gelassen. Es fühlte sich unerwartet schmierig an, wodurch es sich schwer halten ließ. Er verstärkte den Griff. Es wurde merkwürdig warm unter seinen Fingern.

»Woraus um alles in der Welt ist das Ding gemacht?«

Die Zeit schien sich zu verlangsamen, als Levi plötzlich Hitze in den Hals und ins Gesicht schoss. Sein Herzschlag beschleunigte sich. Ein Brennen breitete sich kribbelnd seinen Arm hinauf aus, und er spürte einen sengenden Schmerz in der Hand. Es war, als versuchte das Ding, sich durch seine Handfläche zu brennen.

Levi schoss durch den Kopf: *Lass das dämliche Ding fallen.*

Er öffnete die Hand, und der schwere Gegenstand landete mit einem lauten Pochen auf dem Holztisch.

Levis Brust fühlte sich wie zugeschnürt an. Er hatte Mühe, tief durchzuatmen. Er zuckte zusammen, als der pulsierende Schmerz weiter seinen Arm entlang nach oben kroch und sich über die Brust und den Rest seines Körpers ausbreitete. Noch sah er keine Blasen auf seiner Handfläche, ahnte aber, dass welche folgen würden. Was immer das Anch auf der Haut hinterlassen hatte, es hatte sie zornig gerötet.

Levi fing zu schwitzen an, als er sich die Hand mit einem Taschentuch abwischte und laut fragte: »Mary, warum hat dir das jemand geschickt?«

Er schaute zurück zu dem Gegenstand auf dem Tisch. Zu seiner Verblüffung sah er plötzlich anders aus. Das Anch schimmerte nicht mehr golden, sondern hatte eine stumpfe silbrige Schattierung angenommen.

Als die Hitze in seiner Hand im Takt mit seinem Herzschlag pulsierte, fragte sich Levi, ob die goldene Beschichtung eine Art Gift gewesen sein könnte.

Resigniert schnaubte er und schüttelte den Kopf. *Was spielt das noch für eine Rolle?*

Nur zu, forderte er das leblose Objekt heraus.

Levi benutzte das Taschentuch, um das Anch zurück in den Karton zu legen, dann brachte er den Deckel wieder darauf an.

Die Heimfahrt von der Bank erwies sich als Qual. Seine Augen fühlten sich klebrig an und begannen zu tränen, sein Mund war staubtrocken. Er brauchte dringend ein Glas Wasser. Sein gesamter Körper schmerzte, und hohes Fieber schien sich darin auszubreiten.

Entweder brütete er gerade eine schwere Grippe aus, oder es handelte sich um ein Krebssymptom, vor dem ihn niemand gewarnt hatte. Oder konnte das Anch tatsächlich mit Gift beschichtet gewesen sein? Was immer es gewesen sein mochte, es schien dafür zu sorgen, dass man sich hundeelend fühlte. Als Levi seine Wohngegend erreichte, schwitzte er heftig, und die Augen fielen ihm ständig zu.

Die blinkenden Lichter eines vor seinem Haus geparkten Streifenwagens rissen ihn jäh aus seinem Dämmerzustand.

Levi bog in die Einfahrt und stieg gequält aus dem Auto. Ein an seiner Eingangstür stehender Polizist drehte sich in seine Richtung.

Der Beamte blickte auf ein Foto in seiner Hand, dann zu Levi. »Lazarus Yoder?«

»Ja, Officer. Das bin ich.« Levis Herz hämmerte wild in der Brust, als er sich Schweiß von der Stirn wischte. Lazarus war sein Taufname, aber seit er nach New York gekommen war, benutzte er stattdessen Levi. »Stimmt was nicht?«

»Mr. Yoder, können wir uns unter vier Augen unterhalten? Ich fürchte, es hat sich ein Vorfall ereignet.«

Levi schaute zur Garage – leer. Ihm fiel nicht ein, wohin Mary gefahren sein könnte. Sie war Diabetikerin und um diese Tageszeit immer zu Hause, weil sie sich Insulin spritzen musste. Levis Brustmuskeln spannten sich wie Eisenbänder an, und er bekam zu wenig Luft. Die Welt fing an, sich zu drehen.

Der verkniffen dreinschauende Beamte legte Levi eine Hand auf die Schulter. »Mr. Yoder, Sie sehen nicht gut aus. Ich denke, dafür sollten Sie sich setzen.«

Levi spähte auf das Foto in der Hand des Polizisten und spürte, wie ihm das Blut in den Adern zu Eis gerann. Das Bild war blutfleckig und zerrissen, trotzdem erkannte er es. Sein Hochzeitsfoto.

Das Hochzeitsfoto, das Mary in der Handtasche bei sich trug.

Eine Woche war seit Marys tödlichem Autounfall vergangen, und erst ein Tag seit ihrer Beerdigung. Levi erinnerte sich nur an Teile der Zeremonie. Irgendwann mittendrin hatte er die Besinnung verloren, anscheinend dehydriert von der Grippe, mit der er kämpfte.

Mittlerweile lag er zu Hause im Bett. Eine Pflegerin hängte einen Beutel mit klarer Flüssigkeit an den Infusionsständer.

»Ich habe ein brechreizhemmendes Mittel in die Infusionsleitung gespritzt, die Übelkeit sollte sich also bald legen«, erklärte sie. Dann stellte sie eine große Wasserflasche aus Plastik auf Levis Nachttisch. »Bitte versuchen Sie, so viel wie möglich zu trinken. Dr. Cohen sagt, wenn Sie nicht genug Flüssigkeit aufnehmen können, um hydriert zu bleiben, müssen Sie stationär eingewiesen werden.«

Levi schüttelte den Kopf. »Alicia, Sie scheinen mir eine nette Frau zu sein, und ich weiß, Sie meinen es gut ...«

Sein Kopf fiel aufs Kissen zurück, sämtliche Kraftreserven schienen aufgebracht zu sein. Levis Muskeln schmerzten, als hätte er eine Woche ununterbrochen trainiert. Am schlimmsten schienen seine Gelenke betroffen zu sein. Er fühlte sich wie ein arthritischer Greis. Und das war noch gar nichts verglichen mit dem Brennen, das er in den Tumoren seiner Krebserkrankung spürte.

Was ihn daran erinnerte, dass die Grippe das geringste seiner Probleme darstellte.

Alicia, die altbackene Krankenpflegerin mittleren Alters aus Dr. Cohens Praxis, musterte ihn mit mitfühlender Miene. »Ich mein's *wirklich* gut. Morgen früh bin ich wieder hier und sehe nach Ihnen.«

»Okay.« Zu einer längeren Antwort fehlte Levi schlichtweg die Energie. Er schloss die Augen und versuchte, die Schmerzen zu ignorieren, die durch seinen Körper wüteten.

Levi musste eingeschlafen sein, denn als er die Augen aufschlug, schien die Sonne wie ein morgendlicher Gruß durch die Lücke zwischen den beigen Schlafzimmervorhängen in sein Gesicht.

Das Fieber war verschwunden.

Die Laken fühlten sich nass von nächtlichem Schweiß an, aber seine Augen brannten nicht mehr, und die Gliederschmerzen hatten sich gelegt. Dennoch fühlte er sich ... eigenartig.

Die morgendlichen Geräusche klangen irgendwie lauter, als er sie je zuvor gehört hatte, beinah so, als hätte er bisher Wattebäusche in den Ohren gehabt. Vögel zwitscherten sich gegenseitig im Garten vor dem Haus zu. Irgendwo in der Ferne zischten die Luftbremsen eines Schulbusses. Die altmodische Aufziehuhr auf dem Nachttisch tickte laut bei jeder Bewegung des Sekundenzeigers.

Plötzlich setzten die Geräusche aus, als stünde die Welt einen Moment lang still ... dann fing alles wieder an. Die Uhr tickte weiter, die Vögel zwitscherten wieder, der Bus löste die Bremsen.

Als Levi gähnend die Arme über den Kopf streckte, zog etwas an seinem Arm, und der Infusionsständer fiel auf ihn. Er kämpfte sich in sitzende Position und entfernte die Leitung mit einem Ruck aus seinem Arm. Levi zuckte zusammen, als das Klebeband über dem durchsichtigen Schlauch von seiner Haut gerissen wurde. Das schlüpfrige Gefühl, als die Infusionsnadel aus seiner Vene glitt, jagte einen angewiderten Schauder durch ihn.

Seine Haut kribbelte, als er die Beine aus dem Bett schwang. Blut sickerte seinen Arm hinab. Er griff sich etwas Watte vom Nachttisch und drückte sie auf die Einstichstelle der Nadel.

Die Wasserflasche auf dem Nachttisch erwies sich als leer.

»Was zum Teufel ist los mit mir?« Levi schüttelte den Kopf, um die Benommenheit loszuwerden. Seit Marys Tod hatte er nie mehr als zwei Stunden am Stück geschlafen, und plötzlich waren zwölf Stunden auf einen Schlag verstrichen.

Argwöhnisch starrte er auf den leeren Infusionsbeutel, der mittlerweile auf dem Boden lag, und fragte sich, was die Pflegerin sonst noch hineingemischt haben mochte.

Als er aufstand, fühlte er sich bemerkenswert stabil für jemanden, der noch in der vergangenen Nacht wie ein Halbtoter im Bett gelegen hatte. Levi berührte den heißen Knoten in seiner Achselhöhle und zuckte zusammen.

Ist mir denn gar keine Pause vergönnt?

Aus irgendeinem gottverdammten Grund schienen sich seine Tumore plötzlich in rotglühende Schürhaken verwandelt zu haben, die in seiner Haut steckten.

Levi drehte sich zum Nachttisch zurück, und wieder schien die Welt stillzustehen. Diesmal zählte Levi laut mit, als der Sekundenzeiger der Uhr erstarrte. »Eins ... zwei ... drei ... vier ... fünf.«

Der Zeiger tickte weiter.

»Ich verliere grade den Verstand.«

Von mehr als einem Dutzend Stellen seines Körpers gingen pochende Schmerzen aus. Levi verzog das Gesicht und atmete mehrmals tief durch.

Er wusste, was er zu tun hatte.

Wenig später steuerte er angezogen durch die Eingangstür hinaus.

Dr. Cohen würde ihm einiges zu erklären haben.

Während Levi über den Northern State Parkway zu Dr. Cohens Praxis raste, wuchs die Frustration in ihm.

»Nach allem, was ich durchmachen musste, hätte er wenigstens offen und ehrlich zu mir sein sollen.«

Irgendetwas war in der vergangenen Nacht mit Levi geschehen, doch er konnte sich nicht zusammenreimen, was. Dr. Cohen musste Alicia aufgetragen haben, mehr als ein brechreizhemmendes Mittel in die Infusion zu spritzen.

Levi nahm alles um sich herum wesentlich intensiver wahr. Farben waren schillernder als je zuvor, Geräusche – Vögel am Himmel, Autos auf dem Highway – klarer, deutlicher. Seine Haut kribbelte irritierend, als der Fahrtwind über die Behaarung seines Arms strich. Es war, als spürte er, wie sich jedes einzelne Härchen rührte.

Fühlt es sich so an, wenn man high ist?

Als ihn links ein Auto überholte, konnte er das nahezu perfekt harmonische Stampfen der sechs Metallzylinder hören, die sich im Motor auf und ab bewegten.

Levi kratzte die brennende Stelle in der Nähe seiner Achselhöhle und runzelte die Stirn. An der Stelle hatte er den ersten Tumor entdeckt. Aber plötzlich fühlte sich der Knoten ... anders an. Kleiner? Und heißer als je zuvor, wie ein unter seiner Haut glimmendes Stück Kohle.

»Verdammt noch mal, Doc. Was passiert mit mir?«

Als Levi Dr. Cohens Praxis betrat, schaute die blonde Empfangsdame von dem Roman auf, in dem sie geschmökert hatte, und lächelte strahlend. »Guten Morgen, Mr. Yoder. Ich glaube, Sie haben heute keinen Termin.«

»Ist Dr. Cohen da?«

»Er arbeitet an Krankenblättern, aber ...«

Levi marschierte schnurstracks an ihr vorbei und pflügte ins Büro des Arztes.

Dr. Cohen war damit beschäftigt, in einem der zahlreichen Patientenordner zu schreiben, die sich auf seinem Schreibtisch stapelten. Als Levi eintrat, schaute er von der Arbeit auf. Seine Augen weiteten sich.

»Mr. Yoder. Alicia hat mir erzählt, Sie wären bettlägerig.« Der Stift fiel ihm aus der Hand und rollte vom Schreibtisch. »Ich wollte heute Nachmittag nach Ihnen sehen. Geht es Ihnen gut?«

Das heiße Kribbeln in Levis Körper schürte seinen Zorn. »Was zum Teufel haben Sie die Frau in meine Infusion geben lassen? Es fühlt sich alles falsch an – als wäre ich high oder so.«

Der ältere Mann stand auf und stützte sich schwer auf den Schreibtisch. »Wovon reden Sie da? Sie haben eine Salzlösung gegen Dehydrierung bekommen und ein Medikament gegen Ihre Übelkeit, das ist alles.«

Beim verwirrten, ernsten Gesichtsausdruck des Arztes kam sich Levi plötzlich dumm dafür vor, dass er eine böse Absicht vermutet hatte. »Entschuldigung. Vielleicht ist es bloß ... Ich weiß auch nicht.« Er rieb über das Brennen, das von dem Tumor seitlich an seinem Hals ausging. »Eins nach dem anderen. Warum fühlt es sich an, als stünde ich in Flammen?«

»Das verstehe ich nicht.« Dr. Cohen kam um den Schreibtisch herum und schloss die Tür seines Büros. Er legte die Hand seitlich an Levis Gesicht, und die Falte zwischen seinen Augenbrauen vertiefte sich. Der Mediziner drehte Levis Kopf zur Seite und betastete den Knoten an seinem Hals. »Da stimmt etwas nicht ...«

Der betagte Arzt hob Levis linken Arm und fühlte mit den Fingerspitzen an mehreren Stellen entlang bis hinauf zur Achselhöhle, durch die schmerzhaft Hitze pulsierte.

»Was stimmt nicht?«, wollte Levi wissen. »Warten Sie, sagen Sie nichts, lassen Sie mich raten: Ich sterbe.«

Der ältere Arzt trat einen Schritt zurück und streifte Untersuchungshandschuhe aus Latex über. »Ziehen Sie Ihr Hemd aus.« Der humorlose Gesichtsausdruck des Mediziners duldete keine Widerrede.

Levi entkleidete sich bis auf die Taille hinunter. Als der Arzt unter seinen Armen und seitlich an der Brust entlangtastete, fragte Levi: »Was sehen Sie? Was stimmt nicht mit mir?«

»Sie haben seit der Diagnose keine Strahlenbehandlungen oder chemischen Infusionen erhalten?«

»Nein. Konnte keinen Sinn darin sehen.«

»Das verstehe ich nicht«, murmelte der Arzt. »Levi, es hat den Anschein, dass sämtliche Tumore, die sich in Ihrem Lymphsystem ausgebreitet haben, geschrumpft sind, seit Sie das letzte Mal hier waren. Die Wenigen, die ich entdecke, sind sehr hart und fühlen sich warm an, und die anderen ... nun, einige finde ich überhaupt nicht mehr. Ich will Biopsien von einigen, um zu sehen, was da vor sich geht.«

Levi seufzte. »Nur zu. Tun Sie, was Sie glauben, tun zu müssen.«

Levi lief rastlos im Wartezimmer des Sloane-Kettering Instituts auf und ab und konnte sich einfach nicht vorstellen, was so lange dauerte.

Sein Besuch bei Dr. Cohen vor mehreren Tagen hatte außer einer Ganzkörperuntersuchung und Nadeln nichts gebracht. Und auf Drängen des Arztes hatte Levi diesen Vormittag damit verbracht, sich bei Sloane-Kettering von weiteren Ärzten unter die Lupe nehmen zu lassen. Mittlerweile neigte sich der Nachmittag dem Ende zu, und er befand sich immer noch im Wartezimmer. Er hatte längst jede verfügbare Zeitschrift gelesen.

Dann ertönten irgendwo in der Ferne leicht erhobene Stimmen – eine klang wie die von Dr. Cohen. Neugierig verließ Levi den Wartebereich und folgte den Geräuschen durch die Gänge. Vor einer geschlossenen Doppeltür mit der Aufschrift »Radiologie und Histologie« blieb er stehen. Auf der anderen Seite diskutierten zwei Stimmen. Obwohl die Türen sie dämpften, war Dr. Cohens nasaler Ton unverkennbar.

»Frank, ich kann Ihnen nur so viel sagen: Vor drei Tagen hat dieser Patient meine Praxis betreten und über ein Brennen geklagt. Ich habe einige seiner Lymphknoten abgetastet, was abnormale Wucherungen bestätigt hat. Ich habe sie biopsiert und hierher gebracht.«

»Und ich, Dr. Cohen, kann Ihnen nur sagen, dass die Biopsien, die Sie hergebracht haben, unmöglich vom selben Patienten stammen können, den ich heute Vormittag biopsiert habe. Ich will wirklich nicht unhöflich sein –

immerhin waren Sie an der medizinischen Fakultät mein Professor in Histologie. Aber sind Sie sicher, dass Sie nichts durcheinandergebracht haben? Ich konnte bei meiner Untersuchung weder eine Schwellung noch sonst irgendetwas Ungewöhnliches feststellen. Hat mir leidgetan, den Mann einer weiteren Biopsie unterziehen zu müssen, aber ich habe es strikt auf der Grundlage dessen getan, was Sie gesagt haben.«

Levi entfernte das Pflaster von seinem Hals und berührte die Stelle, an der ihn der Krebsspezialist von Sloan-Kettering biopsiert hatte. Wo die Probe entnommen worden war, fand er keine Spur einer Schwellung.

Während die Ärzte weiter diskutierten, lehnte er sich an die gelb gestrichene Waschbetonwand. Die Umgebung schwankte unstet. Levi schob die Hand unter sein Hemd. Versehentlich brachte er einen Knopf zum Abplatzen, als er die Beuge seines Unterarms entlangtastete. Auch er fühlte keine harten, brennenden Knötchen mehr. Anders als noch vor wenigen Tagen.

Wie ist das möglich?

Der zweite Arzt ergriff wieder das Wort. »Aufgrund der Ergebnisse der Biopsie und der PET-Aufnahmen kann ich nur sagen: Mit dem Mann da draußen im Warteraum ist alles in bester Ordnung.«

Printed by BoD™ in Norderstedt, Germany

9 781087 933078